中国百年工业文学大系

丛书主编　贾玉民 樊洛平

报告文学卷 II

田　丰　主编

中国工人出版社

本卷主编简介

- 田丰，山东大学文学博士，河南师范大学文学院教授，博导，主持两项国家社科基金后期资助项目，在《中国现代文学研究丛刊》《新文学史料》等刊物发表论文近百篇，出版《两弹元勋：邓稼先传》《中国左翼乡土小说的多元化研究》等4部，为《中国工人文学史》（上下卷）（河北人民出版社2023年版）第二作者，对工业报告文学理论与创作有深入见解。

编委会

（按姓氏笔画排序）

主　编：贾玉民　樊洛平

编委会主任：贾玉民　樊洛平　宋　杨

编　委：田　丰　刘宏志　刘福泉　孙拥军　宋　杨
李　骁　李惠敏　贾玉民　柴高洁　傅　娉
樊洛平　潘　磊

顾　问

（按姓氏笔画排序）

何向阳　张　炯　谈　歌

梁晓声　董学文　蒋子龙

出版说明

一、缘起

为庆祝中华全国总工会成立100周年，中国工人出版社特组织编纂《中国百年工业文学大系》丛书。文学作品是社会现实的形象反映。本丛书的编纂，全面整理百年来工业文学作品及相关资料，精选优秀作品，按体裁分类，编成20卷的丛书，生动、形象地呈现百年来中国工业化的历程，呈现中国工人阶级的命运和奋斗历史，呈现中华全国总工会在中国共产党领导下，与工人运动一同发展壮大的图景，有助于讲好中国工人阶级故事、中国工业故事和中国工会故事，为更好继承弘扬革命传统，创造未来提供历史借鉴。

二、编纂团队

本丛书编纂团队由《20世纪中国工业文学史》和《中国工人文学史》的作者为基础，邀请郑州大学、河北师范大学、河北大学、河南师范大学、河南理工大学、中原工学院等院校为合作单位，以研究中国工业文学的专家、学者共同组成编辑团队，分工合作，在中国工人出版社的指导下共同完成编纂工作。

三、选录作品范围

重点选录反映工业生活、描写工业人物、揭示工业领域社会问题的优秀作品，根据中国具体情况，适度收录有关传统手工业、商业、人力车夫、纤夫等生活的作品。兼顾各历史阶段、各阶级、各阶层、各个地域、各种产业、各种体裁作品；兼顾专业作家、工人作家、业余作者。

四、编纂原则

真：选录的作品，基本以初发或初版为准，个别作品使用与初版接近“最佳”版本，使其成为中国工业文学发展史的可靠文献。其中繁体字须改为规范简化字；标点符号改为规范格式；错别字给予纠正，加注说明。原作署名为非通用笔名的，注明其真名或通用笔名。

专：各卷按文学体裁编列，分别为史论卷、报告文学卷、短篇小说卷、中篇小说卷、长篇小说卷、诗歌卷、散文卷、剧本卷、电影文学卷、电视文学卷、资料卷。各卷均有独立性，组合又具统一性、逻辑性。

精：各卷首的“导读”，长篇作品的“提要”、节选作品的“简介”，各篇所加注释，务求内容准确、文字简明。

鸦片战争后，中国近代工业开始萌芽，至今已近200年；从中国工人阶级队伍略具规模，至今也已百年以上。这期间出现的各类工业题材文学创作，虽然赶不上“乡土文学”等传统题材作品数量之多，但也可称数量巨大。我们的编纂工作肯定存在不少缺陷，切望有关作家、专家、学者，广大读者批评。

2025年4月

《中国百年工业文学大系》在编纂过程中，有幸收录了众多作家描绘工业岁月的珍贵作品，这些文字是中国工业发展的重要记忆载体。由于时间跨度长、信息更迭等客观因素，书稿付梓之时仍有部分作者未能取得联系，对此我们深感歉意与遗憾。恳请尚未联系上的作者或家属看到成书后，及时与我们取得联系，以完善作品收录的后续事宜。

总序

深刻反映时代巨变，描绘时代精神图谱
——新时代呼唤工业文学的繁荣

“文化是民族的精神命脉，文艺是时代的号角。”习近平总书记的这一重要论断，深刻揭示了文艺与时代的紧密联系。文艺作为社会生活的镜像与人类精神的诗性表达，始终与时代同频共振、血脉相连。它不仅是时代变迁的见证者，更是时代精神的塑造者和引领者，在为我们展现历史巨变的同时，也将中华民族伟大复兴的壮阔征程熔铸成一幅可触可感的精神图谱。

100多年前，我国近代工业刚刚产生，就陷入帝国主义列强的围堵和封建专制的压迫之下，在其筚路蓝缕的艰辛跋涉中，20世纪上半叶就有茅盾、夏衍等作家描写民族资产阶级“工业救国”梦的破产，描写工人阶级的悲惨处境和觉醒斗争，创作了《子夜》《包身工》等优秀作品。新中国成立后，在大规模经济建设中，更多作家长期深入工矿生活，创作了许多新作，如草明的《乘风破浪》、雷加的《潜力》三部曲、艾芜的《百炼成钢》、艾明之的《火种》等长篇小说以及李季赞颂玉门石油基地的诗歌等，出现了工业文学的初次繁荣。而工人

作家胡万春、万国儒等的崛起，则开了工人写工人的先河。到了改革开放大潮中，反映工业战线生活的作品更如雨后春笋，蒋子龙的《乔厂长上任记》等系列，张洁荣获茅盾文学奖的《沉重的翅膀》、程树臻的报告文学《励精图治》，以及众多作家反映工人生活的中短篇小说、诗歌和剧本等，势如乘风破浪，冲上改革文学的前沿。伴随着改革深化和经济转型，在“新写实”和“现实主义回归”文学潮中，又涌现出一批沉甸甸的作品，如张宏森、肖克凡、谈歌等作家真实反映国企工人经历的转型期阵痛的佳作。而“打工文学”在珠江三角洲等沿海经济特区异军突起，更成为新时期工人写工业文学的一道新风景。

从党的十八大开始，中国特色社会主义进入新时代，进一步强化了工人阶级是国家的领导阶级和主人翁地位。在《关于繁荣发展社会主义文艺的意见》指引下，文艺界克服价值扭曲、娱乐至上、唯市场化等倾向，用现实主义精神和浪漫主义情怀观照生活，歌颂光明、抒发理想，鞭挞丑恶、抵制低俗，给人民以信心和力量，在工业文学方面产生了一批讴歌大国重器、“中国制造”的响当当的作品。同时以“知青文学”而闻名的梁晓声，创作了长篇小说《人世间》，描写知青回城前后几个工人家庭两代人的生活变迁，以其动人肺腑的笔力而荣获茅盾文学奖。一向书写矿山工人生活的刘庆邦，以现实主义笔触展示了不同类型的煤矿工人的人生。不少剧作家也创作或改编了描写工业和工人生活的剧本，搬上屏幕，受到广大观众的欢迎。

百余年来，中国工业文学由小到大，由弱到强，形象地记录了中国工人阶级的发展历程。从百年前郁达夫笔下的女工陈二妹，到蒋光慈小说中的工人形象，从《百炼成钢》的秦德贵到报告文学中真实的英雄孟泰、王崇伦、王进喜、赵梦桃等等，构成了中国工业领域的英雄人物画廊，构成了工人阶级光辉的斗争史和成长史。感谢中国工人出版社和主编本丛书的贾玉民、樊洛平诸位教授学者，经过多年努力，辛勤劳作，为广大读者编成此套规模宏大、内容丰富的选本，自是一项盛举！

如今，中国工业文学作家面前仍然任重而道远。

首先，和我国工业迅速崛起的势头相比，工业文学的反映还远远不够。工业文化，尤其是21世纪以来，极速变化，迅速飞腾，节奏之快，前所未有。这就要求我们身在工业战线、对这种伟大变化有深切感受的工业作家，肩负起历史使命，拿出更多新的好作品来。

其次，和经典作品相比，相当一部分工业文学作品对现实的剖析和人物心理世界的开掘还不够深刻，还少有触及这方面深层次的观念冲突、心理变化和复杂的矛盾斗争的新作。随着城市化的加速，新工人、新市民成亿增加，对工业文学的期待必将日益强烈。

中国实现工业化、现代化，是多少代人的理想和立国之本。新时代呼唤工业文学的繁荣。这既是挑战，更是机遇。工业文学作家和工业战线的文学业余作者，自应把握这个历史机遇，全身心地投入这场新的工业革命，投入由农业文明向工业文明的深刻变革之中，在实践中观察，体验，对工业基础以及高端装备等建设成果努力深切了解，对这场变革中的各种人物表现有更生动把握，从而掌握扎实的生活素材，奠定工业文学更生动更深厚的基础。我们深信，广大读者都会殷切期待作家、艺术家的进一步努力，充分认识所承担的历史重任，开出灿烂的文艺之花。希望广大工业战线的文艺工作者不辜负时代召唤、不辜负人民期待，描绘出中华文明古国在21世纪工业腾飞的足迹，绘出民族的精神图谱，奏出时代的最强音。

张　炯

2025年春于苏州

导 言

中国工人阶级在五四运动中不仅作为一支独立的政治力量开始登上历史舞台，而且迅即成为运动的主力军。自此之后，中国工人阶级在历次罢工运动和革命斗争中表现出高度自觉的爱国主义精神和极其彻底的反帝反封建精神，为实现民族独立和人民解放贡献卓绝，上演了一幕幕可歌可泣的工人苦难史、斗争史和成长史。早期马克思主义者为了宣传革命思想和启迪工人进行反抗斗争，始而致力于创作兼具新闻性和文学性的工业报告文学。自 1919 年迄今已逾百年之久，这些作品连缀起来描摹出一幅百年来工业战线波澜壮阔的历史画卷，见证了工人阶级从弱到强不断发展壮大的沧桑巨变。百年来的工业报告文学热情赞颂了工人阶级的斗争精神、奉献精神和创新精神，谱写出工人阶级光辉熠熠的历史篇章，能够让读者从中获悉百年来工人阶级在想什么、干什么和怎么干。相对于其他文体而言，百年来的工业报告文学充分发挥了“文学轻骑兵”的特殊作用，既迅速及时、真实生动地记录了中国工人阶级从弱到强的发展壮大历程，同时又以强烈的文学感染力引发了重要的社会效应，不仅留下印迹深刻的难忘时代回声，而且当下人们依然可以从中源源不断地汲取精神力量。

五四时期中国工人阶级在经过五四运动洗礼后走上历史舞台，进而在本阶级的先锋队——中国共产党领导下成为中国现代社会最有觉悟也最具革命性的阶级。这也为工业报告文学的萌生和发展提供了重要的前提条件。

1919 年 3 月 9 日，李大钊化名“明明”在《每周评论》第 12 期上发表报告文学《唐山煤厂的工人生活》，通过列数字和作比较的方法揭示出唐山煤厂工人在如同地狱般的炭坑里辛苦劳动，待遇却连骡马也不如的凄惨状况。唐山煤厂实行包工制，工人们承受着资本家和包工头的双重剥削，“他们终日在炭坑里做工，面目都成漆黑的色，人世间的空气阳光，他们都不能十分享受。这个炭坑，仿佛是一座地狱。这些工人，仿佛是一群饿鬼”。包工头为了赚取更多利润肆意盘剥克扣，以致工人每日工作 8 小时只能领得区区 2 角钱的工银，而同时期当地一匹骡马每天的生活费用还要 5 角钱。同样因劳动过度或者意外事故致死，一匹骡马平均可以获得一百元左右的赔付款，而工人却只有三四十元，李大钊对此大为感慨：“这样看来，工人的生活，尚不如骡马的生活；工人的生命，尚不如骡马的生命了。”李大钊对工人的凄惨境况给予深切同情，对暗无天日的社会发出强烈控诉，同时他也毫不隐讳地指出工人自身存在的诸如缺乏组织、沾染恶习等问题，启示工人阶级不仅要团结起来维护自身的利益，还要提高文化知识水平和道德修养，明确自身所要承担的历史职责和斗争方向。

由于资本家一味追求利益最大化，缺乏必要的安全防护措施和基本的生产条件保障，致使事故频发。1920 年 10 月 14 日 9 时，开滦煤矿发生瓦斯爆炸事故，造成五六百个工人死伤。皆平（朱泰信）《唐山煤矿葬送工人大惨剧》及时地将惨剧真相公之于众，控诉了英帝国主义者疯狂掠夺中国矿产资源“要煤不要命”的血腥罪行。事故发生前，许多工人在挖煤时见到有白烟冲出不愿意继续挖掘，井底监工将这一情况汇报给煤矿工程师德马利，然而为了不影响产煤德马利命令工人将矿灯捻小些继续挖掘，最终导致事故发生。矿难发生后，股本年利高达 8 倍之多的矿局视煤矿工人的性命如草芥，只发给每个死户一个“四块板盒子”和 60 块钱的赔偿金便算了事。吴桢《湖南煤矿水工惨状》揭示了湖南煤矿水工所承受的非人遭遇，这些水工绝大多数是被强抢或哄骗过来，一入煤窟便永难再见天日，稍有不从便有杀身之祸。海外华工的处境较之国内更为艰难，尤其是那些被卖到海外的华工处境更是凄惨不堪，梁绍文《活入阿鼻地狱的猪仔！》就展现出南洋华侨猪仔如同坠入活地狱般的非人苦痛。赵信天《巴黎和会中之华工——英日法对华的写真》则揭示了飘零海外的华工为了欧战胜利流血牺牲，却因爱国举动遭到残酷虐待的不公平处境。

哪里有压迫哪里就有反抗，工人阶级逐渐觉醒，掀起了声势浩大的罢工风潮。1920 年 3 月 31 日至 4 月 19 日，香港机器工人进行了罢工，《新青年》记者在《香港罢工风潮始末记》中记述了此次罢工风潮的详情，并对其原因及影响进行了剖析。风起云涌的罢工风潮不仅危及资本家的利益，也动摇了反动统治者的统治根基，遂招致疯狂的报复和镇压。1923 年 2 月 7 日爆发了震惊中外的二七惨案，中国劳动组合书记部在《二七大屠杀的经过》中详细记述了此次大屠杀的真实情形，呼吁国人团结起来反对压迫，打倒军阀和帝国主义。

1925 年 5 月 15 日，上海内外棉第七厂日籍职员悍然开枪并用刀猛砍顾正红头部，导致其身负重伤，翌日抢救无效不幸牺牲，由此引发席卷全国的罢工风潮。5 月 30 日下午租界英国巡捕向手无寸铁的示威群众开枪射击，酿成举世震惊的五卅惨案。叶圣陶、郑振铎、胡愈之等进步作家纷纷拿起笔来声援工人阶级，在《五月卅一日急雨中》《街血洗去后》《五卅事件纪实》等报告文学中表达了对帝国主义殖民侵略的强烈仇恨，呈现出五卅惨案爆发之际及嗣后的真实情景。五卅惨案带来的影响是持续性的，陆定一《五卅节的上海》即详尽描绘了上海各界民众隆重纪念五卅运动一周年时的盛大场面，通过典型场景刻画展现出中国人民的觉醒和抗争。

工人阶级并没有被中外反动势力的血腥屠杀吓倒，反而更加明确了斗争方向，在中国共产党领导下展开英勇不屈的斗争。施英（赵世炎）在《上海工人三月暴动纪实》中记述了上海工人阶级为了迎接北伐军发动夺取军阀武装的三月暴动的详细情形。然而令人感到痛心不已的是，工人阶级不畏牺牲取得的胜利果实被以蒋介石为首的国民党新军阀窃取，为数众多的工人惨遭杀戮，作新《蒋介石屠杀上海工人纪实》详细披露了屠杀内幕。

左翼十年间，不仅以夏衍、楼适夷、杨潮等为代表的左联作家致力于创作工业报告文学并取得丰硕成就，而且非左联作家也有着显著成绩。

夏衍此时期创作有《劳勃生路——××棉日厂工场壁报第十号号外》《包身工》《〈包身工〉余话》等报告文学。《劳勃生路——××棉日厂工场壁报第十号号外》描绘了沪西万余民众因日本兵白昼杀人，自发集合起来举行反日示威活动的宏大场面。嗣后夏衍历经两个多月的深入调查，以铁一般的事实为依据创作了报告文学杰作《包身工》，对此他在时隔四十余年后曾经说过：“《包身工》所写到的，则完全是真实。那篇报告文学虽然1936年才发表（《光明》创刊号），但对包身工这个罪恶制度的情况的了解，却在八九年前我在沪西做工会工作就已开始了。……这里的人和事都是真实的，没有一点虚构和夸张。那个‘芦柴棒’也是确有其人的，只不过因为别人都不知道她的真实姓名，只能那么叫。”《包身工》将新闻报道、社会调查和文学表现手法相结合，具有真实可信而又震撼人心的力量。夏衍灵活运用电影远景、近景及特写镜头交互切换的手法展现出“包身工”的日常生活景象，让人们清醒地认识到半封建半殖民地社会的本质，激发起人们对帝国主义和封建势力的仇恨。他在结尾处对日本殖民主义者发出严正警告：“黎明的到来还是没法可推拒的”，“当心呻吟着的那些锭子上的冤鬼”。夏衍还在《〈包身工〉余话》中记述了自己调查“包身工”生活状况的详细情形，并辛辣嘲讽了国民党制定的法律制度。

1932年，苍剑在《矿工手记》中记述了煤矿工人一年来的经历体验，真实呈现出矿工的凄惨生活，在包工头残酷的剥削压榨下他们

“只能依旧地牛马般给包工头工作着，我们的血干了肉瘦了，包工头腹大腰粗了”。1933 年，楼适夷《纺车的轰声——生产阵虔礼之一》揭示了纺织女工所遭受的非人压迫，她们入厂后的一举一动都被严密监视着，为了避免她们团结起来进行反抗，资本家还大批雇佣容易控制的破产农民来代替她们。1934 年，杨潮在《包饭作》中生动描绘了纺织厂包身女童工被残酷剥削压榨的情形，正值豆蔻年华的女童工备受摧残后面孔“有的尪瘦，额角和颧骨三角式突耸着，两眼和一嘴凹成三个坑，简直是些活骷髅；别的似乎很胖，但仔细一看便知道实是浮肿，青一块黄一块像烂透的黄桃儿”。彭子冈根据在郑州一家尚未被洋人占据的纱厂采访调查时取得的第一手资料创作了报告文学《在机器旁边》，揭示出民族工业举步维艰的发展状况以及女工们恶劣的劳动和生活环境。丁玲也试写了报告文学《八月生活——报告文学试写》，记述了印刷厂学徒工的工作情形。李乔《锡是如何炼成的》以纪实手法描绘出个旧锡矿主野蛮残暴本相的同时，也对工人的反抗斗争有所展现。

中国共产党创建的苏区呈现出与国民党统治区截然不同的崭新气象，工人阶级翻身解放后以主人翁的姿态对待自己的工作。明云《军委印刷所工人生活素描》中的印刷工人有着高度的责任心和荣誉感，他们不仅自觉加紧工作来支援前线作战，而且积极响应工会号召节省材料，甚至有的自愿将全部工资捐作战争经费。

1936 年，茅盾发起“中国的一日”征文活动，以 1936 年 5 月 21 日这一天为限面向全国公开征文，经过筛选后由生活书店出版，其中包含黄微波《纱厂的一日》、华蕊《在香烟制造厂里》、李导《在桥林》、宜介《矿区剪影》、筱出《我的一日》等。虽然这些报告文学的创作手法和文字表述尚显青涩，但在朴质的话语表述中融入真情实感而自有打动人心的力量，同时也有着极强的现场感。

1937 年 7 月 7 日卢沟桥事变后，全国民众同仇敌忾、抵御外侮，为抗战服务、为政治服务成为此一阶段报告文学的创作宗旨。

1939年，程海洲《印刷厂的生产突击》记述了抗日根据地印刷厂工人响应中共中央号召开展生产竞赛的情形，全厂工人以空前高涨的热情紧张地工作着，取得了惊人的成绩。萧乾《血肉筑成的滇缅路》讲述了国统区2500万民工为了修筑有着极其重要战略意义的滇缅公路，铺土、铺石也铺血肉的感人事迹。他们在缺乏筑路机械，也没有巨款支持的艰难条件下，单靠人力硬生生地在崇山峻岭间修筑起长达973公里的汽车路。1940年，康濯《井陉矿工》在讲述位于敌占区的井陉矿工遭受日本侵略者残酷压榨惨况的同时，也展现了不甘心当亡国奴的矿工们誓死反抗的斗争精神。1944年，丁玲《袁广发——陕甘宁边区特等劳动英雄》赞扬了特等劳动英雄袁广发“一心为党，不怕艰苦，不断学习，始终如一”的高尚情操及其先进事迹。

不惟普通工人如此，民族资本家也为抗日战争贡献卓著，孙恩三《卢作孚和他的长江船队》、徐盈《刘鸿生——中国的天才企业家》等对此有所展现。

抗战胜利并未让广大人民获得翻身解放，他们依旧生活在水深火热之中，在中国共产党领导下为推翻“三座大山”进行了艰苦卓绝的斗争。作家们对此进行深刻描绘的同时，也对日伪时期工人所遭受的苦难做了回顾。

1948年初，位于国统区的上海申新九厂爆发了震惊全国的罢工运动，1949年上海刚刚解放，黄钢便立即深入采访，创作了《她们是胜利者——二·二事件（申九纱厂惨案）真相》，为这段在中国工人运动史上有着深刻印迹的工人罢工运动留下了生动翔实的记录。黄钢着重展现了女工们在罢工过程中敢于斗争不怕牺牲的精神。其中罢工领导者之一——共产党员戚怀琼遭到特务暗害，喉咙被掐哑，一个多小时讲不出话来，但她刚一好转便激励工人们团结起来继续斗争。共产党员何宇珍在斗争过程中腿上中了一枪，但她仍不顾疼痛抡着大铁杠与警察进行搏斗，在被抓住后她趁着警察不注意纵身从三层楼顶的木桥上跳下，被军警再度抓住后投入监狱，受尽酷刑折磨。尽管国民党反动派制造了这场“二·二”惨案，但是工人斗志十分坚强，毫不屈服，最终迎来了上海解放。为了支援前线作战，解放区的工人们克难攻坚、加紧生产，涌现出为数众多的劳动模范。1948 年 7 月，《东北日报》副刊上连载了参加工代大会的劳动模范的系列性访问文章，题名分别为《新劳动态度的模范——记工人的旗帜赵占魁》《劳动旗手甄荣典》《战斗和生产的旗帜——记西北特等劳动英雄袁广发》《女工的榜样——记陕甘宁女工劳动英雄李凤莲》等。

1945 年冬，杨朔到宣化龙烟铁矿深入体验生活，次年创作完成《乱人坑》，揭示了铁矿工人在日伪时期遭受的残酷迫害。日寇在侵占龙烟铁矿和庞家堡、烟筒山采矿区的 8 年时间内竟然残害我同胞多达 3 万人，仅庞家堡乱人坑就足有 5 亩地大，埋尸多达 6000 具，这也是日本帝国主义侵华罪行的铁证。八路军到来后工人们获得新生，一个老工人不胜感慨地说：“头些年，工人哪有这个穿？肚子饿得要死，裤子露着屁股，冻得哆哆嗦嗦……想想当时，我真要哭！鬼子可望着你骂：苦力，快快地干活——一石头就劈过来。今年人翻过来，天地翻过来了！好多工人都架上皮袄，吃的也是热腾腾的好饭食……八路军给工人带福来啦！也不知道怎么回事，天也暖和了，人也不死了，连狼也没有了！”张垣（张家口）是抗战以来八路军从日军手中夺取的第一个较大城市，具有重要的战略意义，被誉为“第二延安”。草明在毛泽东《在延安文艺座谈会上的讲话》精神指引下深入解放后的张垣烟草工厂体验生活，于 1946 年发表《记张垣烟草工厂》。该文不仅从宏观上描绘了解放前后张垣烟草工厂的变化，而且从微观上运用对比手法展现出工人们在解放前遭受日本法西斯残酷奴役的凄惨状况和获得翻身解放后的崭新面貌，有着鲜明的时代感和真实的现场感。草明敏锐捕捉并及时呈现张垣烟草工人们从物质到精神的历史性巨变，不但在同时期报告文学中极具代表性意义，也为她后续的一系列工业报告文学创作打下坚实基础。

总之，旧中国时期的工业报告文学不仅立足于真实性，而且有着强烈的文学感染力，详尽描绘了中国工人劳动、生活和斗争的状况，展现出中国工人遭受资本家残酷剥削压迫的惨象，同时呈现出工人的劳动组织以及工人运动和斗争情形，发挥了重要的社会作用。

中华人民共和国成立后，工作重心由乡村转向城市，随着大规模工业化建设的开展，工人群体迅速壮大。作家们纷纷响应文艺为工农兵服务的号召，使得工业报告文学创作迈入新的发展阶段，反映出如火如荼的社会主义工业建设的崭新气象以及取得的突出成就，同时对各条工业战线上涌现出的劳动模范和英雄人物予以热情礼赞。

1954 年，靳以到安徽霍山县佛子岭水库工地体验生活，写出了《到佛子岭去》等报告文学。1956 年，万忆萱《驰骋吧，祖国的汽车》记述了“第一汽车制造厂”生产出第一辆国产汽车的艰辛历程。1957 年，徐迟《天堑变通途——记武汉长江大桥的“合龙”》以雄放的气势和激昂的情感对社会主义新中国的桥梁建设景象予以高度赞扬。方纪《三峡之秋》记述了长江水利枢纽中苏专家鉴定委员会举办的一次重要会议，情景交融地展现出科学家和工程技术人员高超的技术能力和高尚的精神世界。1958 年，刘白羽《从富拉尔基到齐齐哈尔》让人们领略到东北大工业基地热火朝天的建设景象，入夜之后人们依旧在机器旁满怀激情地从事劳动。

石油素有工业的血脉之称，中国石油工人为了打破国外的石油封锁奋战在祖国的大江南北，涌现出以王进喜为代表的众多劳动模范。李若冰《在柴达木盆地》，刘肖无《彭海群——克拉玛依散记》，袁木、范荣康《大庆精神　大庆人》，穆青、高洁《中国工人阶级的先锋战士——铁人王进喜》，刘白羽《石油英雄之歌》，徐迟《石油头》，魏钢焰《忆铁人》等报告文学对此有着浓墨重彩的描绘。其中穆青、高洁在《中国工人阶级的先锋战士——铁人王进喜》中以生动形象的语言呈现出王进喜的责任担当意识，他说："一个人没有血液，心脏就停止跳动。工业没有石油，天上飞的，地上跑的，海上行的，都要瘫痪。没有石油，国家有压力，我们要自觉地替国家承担这个压力，这是我们工人阶级的责任。"

社会主义新中国是在一穷二白的基础上搞工业建设的，加之受到国外的严密封锁，因此必须发扬自力更生、艰苦奋斗和勤俭节约的优良传统。鞍山是新中国建设的第一个钢铁基地，老工人孟泰带领工人们刨开厚厚的冰雪，将"日伪"时期深埋于地下和混入废铁堆的各类器材收集起来，变废为宝建成赫赫有名的"孟泰仓库"，成为鞍钢人自力更生、艰苦奋斗的一面旗帜。1954 年，国涌《钢都的老英雄——孟泰》对此进行了详细记述。1963 年，魏钢焰《红桃是怎么开的？——记党的忠实女儿赵梦桃》记述了全国劳动模范——纺织女工赵梦桃的感人事迹。1963 年，李峰、余辉音的《"一厘钱"精神》记述了"一厘钱"精神不仅在有关工厂发生了连锁反应，而且还衍生出"一分钟""一根火柴"等提高劳动效率和降低废次品率的新举措。

描绘先进模范人物的报告文学还有陈登科《一个平凡的人》，杜鹏程《一个平常的女人》，胡万春《一个女炼钢工人》，温俊权、单复《李金芝——记无缝钢管厂的一个女操纵手》，费礼文《我们的竞赛没有结束》，等等。

工业战线自然不是单靠勤俭节约和忘我工作就能取得丰硕成就的，还需要不断进行科技攻关，从而打破西方国家的技术壁垒，让中国工业实现真正意义上的飞跃式发展。陆灏《王崇伦的故事》中的主人公王崇伦就是善于科技攻关的卓越代表，他原本是鞍钢机修厂的一名普通工人，却有着 100 余项技术革新和发明创造。

旧社会资本家只重机器不重人，工人只不过是替他们赚钱的工具，出了工伤事故都无法得到及时治疗。新社会工人阶级成为领导阶级，工人的生命安全也有了切实保障。在工业战线上英勇奋战的工人们满怀着对社会主义新中国的热爱，他们经常为了保护机器设备和挽救国家财产奋不顾身，甚至为此献出宝贵的生命，党和政府也对他们百般关心和爱护。巴金《一场挽救生命的战斗》，巴金、茹志鹃等合写的《手》，房树民、黄际昌《向秀丽》，茹志鹃《离不开你》等，都以无限崇敬的感情，热烈地讴歌了奋不顾身保护国家财产的英雄。医务人员打破迷信，攻克医学难关，挽救英雄生命的举动，也体现了全社会热爱英雄、学习英雄的良好风尚。

1978 年 12 月，党的十一届三中全会宣布中国实施对内改革、对外开放的政策，有力地加快了我国工业现代化进程，取得了举世瞩目的伟大成就。改革开放前我国工业基础较为薄弱，改革开放后工业经济尤其是制造业方面发生了翻天覆地的变化，制造业规模不断扩大，技术创新能力逐渐增强，产业结构持续优化升级，工业产品的国际竞争力显著提升，成为全球制造业的重要力量。自改革开放政策实施以来，一大批工业报告文学应运而生，不仅展现出我国各个领域工业建设日新月异的发展状况，而且重点刻画了一批敢于破旧立新的工业改革家形象。

郑重《天上人间——我国第一颗同步卫星上天记》（1984）记述了 1984 年 4 月 8 日我国成功发射第一颗同步通信卫星的过程及科研人员在幕后默默付出的感人事迹。李玲修《“奥迪”迎面驶来》（1990）详细介绍了一汽“奥迪”得以诞生的来龙去脉，由此开启了汽车制造国产化的新篇章。郑伯权《飞向明天——上海飞机制造厂备忘录》（1990）记述了上海航空工业公司和美国麦道公司合作生产的 MD-82 型客机在上海飞机制造厂的安装过程。李鸣生《飞向太空港——“亚洲一号”卫星发射纪实》（1991）记述了中国航天人用“长征三号”火箭成功地将美国休斯公司制造、香港亚洲卫星公司委托发射的“亚洲一号”卫星送入太空的全过程及其幕后故事。蒋巍

《闪着泪光的事业——和谐号："中国创造"的加速度》(2010)讲述了中国高铁这一"闪着泪光的事业"的发展历程，由中国铁路人自主研发的"和谐号"列车创造了震惊世界的"中国速度"，谱写出中国铁路辉煌壮丽的历史新篇章。

改革开放政策实施后各条工业战线涌现出许多改革家，报告文学对此也给予了热切关注。1980年，程树榛《励精图治》中有着"宫大胆"之称的宫本言临危受命担任位于富拉尔基的第一重型机器厂厂长，他励精图治、敢于革新，经过一年努力终于扭亏为盈，使得全国出名的"老大难"单位一跃成为全国先进单位。此外，李延国《废墟上站起来的年轻人》、理由《希望在人间》等也描绘了敢于突破陈规陋习、锐意进取的改革者形象。《希望在人间》中的黄宗汉对金钱毫不讳言，在发表就职演说时他慷慨直言"办工厂就应该赚钱，这是常识性的问题，就像农民种地要打出粮食一样的天经地义"。他对"埋头苦干"这个口号也不赞同，直言不讳地宣称现在是抬头巧干的时候了。

在从低端制造业向高端制造业转变的过程中，不仅有赖于科技人员的刻苦攻关，还必须大力弘扬"工匠精神"。刘海民、林红梅的《中国工人许振超》记述了许振超凭着数十年如一日的刻苦钻研精神练就的"一钩准""一钩净""无声响操作"等"绝活"，以"振超效率""振超精神"谱写出新的时代强音。

随着市场经济体制的大力推行和人口流动政策的逐步放开，出现了举世瞩目的南下"打工潮"，关注打工者群体的报告文学也随之产生。1986年，罗建琳《在蛇口——一次短暂的"罢工"》是较早关注打工者群体的报告文学。1988年，陈秉安《来自女儿国的报告——深圳二十万女临工掠影》是最早专门反映深圳外来女工状况的报告文学，对涌入深圳的20万"打工妹"(女临工)的生存图景及其她们所面临的困境进行了全景式描绘。21世纪以来，作家们对打工者群体的命运遭际依旧关注不已，其中黄传会《中国新生代农民工》（2011）、丁燕《低天空：珠三角女工的痛与爱》（2013）等堪为代表。

作家们在倾力讴歌改革开放政策实施后引发的工业建设领域新变化的同时，也未回避改革进程中存在的诸多问题，深刻揭示出改革开放继续推进的阻力所在，以期引发人们的重视和思考。1986年，贾鲁生、丁钢合写的《未能走出“磨房”的厂长》中的赵敬在改革浪潮推动下竞选为山东塑料试验厂厂长，一开始也曾有过一番作为，但终因无法走出封建观念的“磨房”而沦为改革的阻碍者，由此表明要想实现工业现代化首先人的意识必须转向现代化。周嘉俊《步鑫生现象的反思》记述了浙江海盐衬衫厂厂长步鑫生从闻名全国的改革英雄沦落到被免职的整个过程，不仅对步鑫生个人的成败得失给予评判，也对步鑫生现象进行了深刻反思。

改革开放政策实施以来中国工业取得举世瞩目的突出成就的同时，也暴露出资源无序开发、矿难频仍和生态恶化等亟待解决的严峻问题。何建明《共和国告急——中国矿产资源开发忧思录》披露了不合理乃至掠夺式的开发导致中国矿产资源流失严重的问题，全民性的抢矿窃宝风造成“矿山大割据”的无序乱采状况。同时他也将触目惊心的矿难公之于世，呼吁人们在进行现代化建设时不要忘了科学平衡的发展。姜孟之《壮哉！红松精神》和吴宝三、曹锋《马永顺传》在揭示出小兴安岭林区过度采伐所带来的一系列问题的同时，也记述了以马永顺为代表的林业工人为了林业能够可持续发展而植树造林的感人事迹。

进入新时代后中国工业凭着独特的发展理念和强大的创新能力，在全球范围内展现出强大的竞争力和发展潜力。各条工业战线取得令人惊叹的巨大成就，尤其是随着先进装备制造业的快速快展，不仅实现了“可上九天揽月，可下五洋捉鳖”的宏伟梦想，也铸就起捍卫国土安全的大国重器。新时代以来随着数字化和智能化浪潮的加速推进，智能制造逐渐成为推动制造业转型升级的重要力量，透过为数众多的报告文学也能够见证出中国工业从“制造”到“智造”的历史性转变。

新时代以来我国航天航空航海事业在科技创新意识引领下不断取得新的突破和成就，展现出强大实力和巨大潜力。兰宁远《中国飞天路——中国载人航天工程发展纪略》呈现出中国航天事业取得的辉煌成就，赞颂了几代航天人凝聚而成的“特别能吃苦、特别能战斗、特别能攻关、特别能奉献”的载人航天精神。崔斌峰《鲲鹏起兮——大型运输机运 -20 研制纪实》讲述了我国自主研发大型远程战略军用运输机运 -20 的过程。李青松《智慧之翼》详细介绍了堪称强国利器的中国无人机的发展状况。我国航空航天和核工业的飞速发展为铸就大国重器奠定了坚实基础，徐剑在《大国重器——中国火箭军的前世今生》中以宏大的视角展现了从第二炮兵到中国火箭军的发展演变历程。许晨《第四极——中国“蛟龙”号挑战深海》讲述了中国“蛟龙”号载人潜水器的研制过程，以及中国人对南极、北极和第三极青藏高原之外的深海世界也即第四极的探索状况。舒德骑《大国起航——中国船舶工业战略大转折纪实》记述了中国船舶工业的干部职工坚决贯彻执行“中国的船舶要出口，要打进国际市场”的战略决策，赶超英、美、日、韩，成为世界造船大国的发展历程。

新时代以来我国为了满足国家发展战略的需要，在桥梁工程建设上也加大了投入，推动实施了一系列重大工程项目。长江《天开海岳——走近港珠澳大桥》生动地展现了被誉为“新世界七大奇迹”之一的港珠澳大桥的建造始末。章剑华《大江之上：长江大桥建设三部曲》详细记述了新中国成立后长江大桥的建设史，彰显出我国工业发展取得的伟大成就。

新时代以来面对国内外环境的巨大变化，我国工业发展进入从“制造”到“智造”的转型新阶段，不断探索和推动经济高质量发展的有效途径，为中国式现代化贡献力量。王成章《国家责任》中的张国良带领团队将濒临破产的纺织机械厂转型升级为国家级重点高新技术企业，创造了中国碳纤维的神话。王雄《中国智慧：中国高速铁路创新纪实》在“引进消化吸收再创新”的技术路线指引下前后不过6年，我国便一举跨过发达国家高铁40年的发展道路，创造了后来居上、领跑世界的奇迹。孙学丽《大机车》以时间为序记述了大连机车车辆厂从研修到研制，从替代进口到批量出口，从单一品种转向多元化经营的蜕变式发展历程。王鸿鹏、马娜《中国机器人》记述了以蒋新松、王天然、曲道奎等为代表的几代中国科学家研发机器人的曲折经历，他们胸怀“科技报国”之志，投身于“中国制造”向着“中国智造”转变的伟大事业，经过刻苦攻关运用东方智慧打破国外技术封锁，将中国机器人打造成大国重器。

综上所述，自中华人民共和国成立以来，工业报告文学不仅展现出我国工业建设取得的卓越成就，赞扬了工业领域涌现出的英雄人物，也秉持着对国家、民族和人民高度的责任感与使命感及时揭露了各种丑恶现象，有助于党、政府和人民群众认清事实真相。报告文学在艺术上也越来越成熟，尤其是20世纪90年代以来长篇工业报告文学纷纷推出，体式也不断完善，以宏大的篇幅和开阔的视野全方位、立体化地展现出工业领域取得的成就。

百年来中国工业报告文学取得丰硕成果的同时，也有着深刻的经验教训，尤其是“文化大革命”时期“假大空”的作品严重违背了报告文学的真实性。事实证明，内容真实、思想性强和富于艺术感染力是工业报告文学葆有长久生命力的切实保证。百年芳华正青春，当前中国正在为实现中华民族的伟大复兴而砥砺前行，为工业报告文学开辟了广阔发展空间和远大发展前景。

为了尽可能全方位地展现百年来工业报告文学所取得的成就，在编选《中国百年工业文学大系：报告文学卷Ⅰ》和《中国百年工业文学大系：报告文学卷Ⅱ》时，既对已出版的《中国新文学大系·报告文学集》《中国新文艺大系·报告文学集》《中国解放区文学书系·报告文学编》《二十一世纪中国文学大系·报告文学卷》等有所参阅，同时更注重从文学史论中寻找线索，查阅了大量原始报刊，尽力做到凡是反映我国工业发展历程的优秀报告文学作品都不遗漏。百年来中国工业发展取得了举世瞩目的伟大成就，使得中国从积贫积弱夹缝里求生存转变成为世界第一制造业大国，是迄今全球工业门类最齐全的国家。这些伟大成就的取得既离不开中国共产党的正确领导，也离不开广大工人的辛勤劳动，更离不开工业领域开拓者和管理者的聪明才智。所以我们既重点收录表现工人阶级的历史命运和战斗精神的作品，又扭转了过去的极“左”倾向，选录了记述卢作孚、范旭东、刘鸿生、荣德生等爱国民族资本家的历史贡献的优秀之作；在最大限度地收录名家名作的同时，也尽可能地收录一些不为人们所熟知的作者的优秀作品。当然由于篇幅和视野所限，一方面不得不舍弃许多优秀作品，另一方面又难免有遗珠之恨，但正所谓窥斑见豹，我们自信，“中国百年工业文学大系”中的报告文学卷，从整体上真实反映了百年来我国工业的发展历程，也勾勒出我国工业报告文学的发展脉络和演变状况。

田　丰

目录

船　长

柯　岩

Master，直译是船长或主人。那么，对他，贝汉廷，怎样译更确切呢？

我站在“汉川号”的驾驶台甲板上凭栏远眺，深深地思索着。海风迎面扑来，新鲜而又湿润。远处，是神秘莫测的大海；近处，海鸥在我的脚下飞翔……

刚才，在和海员们的谈话中，有什么搅动了我的心，为了掩饰我的泪水，我才离开船舱。但现在，在这蓝天与大海之间，我仍然不能平静，思绪的波涛追逐着海水，去得很远很远……

不知怎么，我一下子离开主题，忽然想起二十多年前我给小读者写的一首诗，告诉他们什么叫作海员。

我不禁噙泪而笑了。那时我是那样年轻，在生活的海洋里几乎未经沉浮，我懂得海员么？那时的小读者今天该也是三十多岁的人了，他们怕也有自己的孩子了。经历过十多年的狂飙巨浪，他们还像儿时那样天真地向往海洋吗？天真，也许是消失了；但向往——还应该向往。那么，就让我再给他们讲一个海员的故事吧！

讲一个海员，一个水手，一个船长，一个 master 的真实的故事吧……

汉堡港的变奏

汉堡港是美丽的。岸上，一幢幢红色和黄色的建筑群；港口，碧蓝的海水翻卷着银白的浪花……

汉堡港是忙碌的。每天来来往往，穿梭着各国的船舶，码头上吊杆起落……但工人的脚步是稳重的，德国人原是出名的有秩序。一百多年来，汉堡港早就形成了自己的节奏——有条不紊，按部就班，寓丰富于单纯，多变化而又精密……就像成熟的乐队演奏熟悉的乐曲。

但突然，有一次汉堡港竟改变了它正常的节奏：港口、码头、装卸公司、服务公司频繁来往，电话不断；货主、代理、大小工头、理货组长和工人们都激动不已，甚至连正好停泊在港口、尊严而又自信的十几个老船长也打破常规，开了一条小艇，集体下海去了。

是什么引起了这骚动呢？台风吗？惊涛骇浪吗？都不是。一百多年的港口了，任何风浪也改变不了它的节奏。

使得汉堡港变奏的，说也奇怪，是一条船。就是中国远洋公司上海分公司的这艘远洋货轮——“汉川号”。

码头上人头攒动，指指点点：“汉川”“汉川”之声不绝。有的人还特地带了老婆孩子来参观，说是让他们见见世面。明媚的阳光，彩色的裙衫，童声稚气的欢笑，一下子使得汉堡港这支一百多年的古曲，焕发出青春的明丽，奏出了奇异而动人的旋律。

这是一九七八年四月的一个星期天。

故事却要从三月说起……

三月二十一日，“汉川号”在驶欧途中接到公司电报，返航时在汉堡港装运天津化纤厂成套设备，国内急用！

但抵港之后，港口却给安排了一些杂货。原来代理认为中国船根本运不了这套设备。因为这套设备极不规整，且又贵重。很多都是超长、超高、超重件。其中任何一个部件有任何一点损坏或漏运，都要误工误时，损失严重。何况按照惯例，港口从来都把贵重的成套设备交给他们认为工效最高的德国船运。当然，这些话并未直说，说的是："这套设备任何一条船也装不下，'汉川号'尽可以运别的货嘛。"

但是，以贝汉廷为首的"汉川号"还认准了非装这批货不可！理由嘛：一是国内急需，二是成套设备运输费高，三是你外国人能做的，我们中国人就也能做，凭什么小看人！当然，这话也没直说，说的是："谢谢你们的好意，但是我们可以一船装走。我们行。"

行不行，这可不像国内搞大批判，揪"走资派"那么容易。只要戴上袖章，抢过话筒，哇哩哇喇喊一通，谁帽子大，上纲高谁就胜利。这可是国际港口，面对的都是专家，一张嘴就知道你有多少斤两，空话、大话引来的只有讪笑。何况这是航海，是科学，大海可不是被剥夺了一切权力的"走资派"，大海是要发言的，稍有一点儿不实事求是，不科学，它就要惩罚你！就会让你船覆货沉，葬身鱼腹。因此，这个"行"字可是一字千斤，开不得半点玩笑！

贝汉廷是有名的老船长了，他坚持说"行"，外国人也不得不掂量掂量。于是一伸手说："拿来！""什么？""配载图。"贝汉廷微笑着摊开了图纸。行家搭眼一看就愣住了，不由得脱口说了一个"好！"

这是一幅何等详尽的配载图啊！图上布满了密密麻麻的图形和数字，成千上万个部件，不仅各有各的装载部位，而且件件有尺码、有重量，有体积，件件有标号。

可怎么有几件甲板货，高出了船舱，伸出了船舷，这可是不安全的吧？……

谁知贝汉廷笑嘻嘻地说出了到达、离港及航行中最佳、最差稳心的全部计算数字，同时还分析了四月的沿途气候：英吉利海峡怎样，北太平洋直布罗陀海峡如何；贝斯开湾及北大西洋的冬季风暴已过，地中海亦如此。印度洋虽长期平均六七级风，但此刻西南季风盛行的季节还未开始……沿途均属无风暴间隙，正是一年里航海的黄金季节。当然，也可能出现最坏情况，那就是印度洋阿拉伯海南部东经六十度以东提前开始西南季风，可能出现八九级大风，那也没关系。我们可以采取改变航向、变更航速、减轻正面迎风及开慢车等一系列技术措施嘛！

好一个贝汉廷！这哪里是什么配载图及其注释，简直是一份科学报告！德国人不由伸出手拍着贝汉廷的肩说："祝贺你有个好大副。"贝汉廷彬彬有礼地躬了一下身说："谢谢。"

德国人哪里想得到，这张配载图早已超出了大副的业务范围，它是船长，政委、大副和所有技术力量二十七个不眠之夜的结晶。是他们，利用卸货期每天拿着尺子跑码头，将货物一件件量了过来，并根据船舱甲板所有部位的不同形状、结构及负荷，经过反复的核算和排列，求出了这种最合理的配载方案。

那些日子里，全船像要参加国际棋赛一样，把货舱、甲板的布置图纸（1∶100）贴在木板上，把货物按比例缩小做成硬纸模型，反复组合，这盘特殊的"棋"足足弈了几百次……

代理不知道，但他被科学说服了，于是开始装货。

一号工头吉亚特是个有几十年工龄的行家里手，两撇小胡子，矮小而精明，极有本事又看不起中国人。"汉川号"的大副根本指挥不动他。

在装第三舱时，吉亚特自作主张将其中两个大件不按配载图装，贝汉廷接到报告后匆匆赶到现场与他理论时，工头满不在乎地拍着胸脯说："我有把握！"

贝汉廷再三劝阻他："这样你会被动的。"

吉亚特翘着小胡子说："我从来没有被动过。"

"如果最后装不下，由你重装，误工误期一切损失由你负责。"

"那是自然。"吉亚特说。

一天过去了，两天过去了，第三天吉亚特满头大汗地来找贝汉廷：果然一个十六米的大件放不下去了，硬放下去也关不上舱盖，而不关舱是不能启航的，何况舱盖上早已计划好了配载别的货物呢。贝汉廷早已有话在先，这一下，骄傲的工头可卡了壳啦！支部动员了全船的技术力量，重新修正部分配载，在中，德两国工人的共同努力下，最后把一个大件的包装木箱锯掉了一个角，用四个铲车斜着铲了进去，稳稳当当地盖上了舱盖。在场的工人都拍手称好，大叫“精彩”。小胡子吉亚特摊开双手，耸了耸肩说：“太奇妙了，这些货简直是按你们船舱的尺码定做的！”从此他客气得不得了，工人装货尺寸稍有出入，他立即纠正说：“不，不，请按配载图！”

货装妥了，代理等人纷纷上船祝贺，一致说：“像这样的货，我们德国有经验的老水手也绑不好，何况贵船海员多是新手。这么娇贵的货，弄坏一件可不得了哇。这船货，你们公司发财了，光运费就二百多万外汇。花几个绑扎费也值得。”

但是，感谢朋友们的关切，“汉川号”仍然决定自己来绑扎：一是自己绑的货心中有数，便于途中检查；二是我国远洋事业在飞速发展，正好借此锤炼海员；三呢，绑扎费用要好几万马克，船员们舍不得，于是一场绑扎大战开始了。

有的同志背拉着五十多米的钢丝绳爬上了六米高的圆锅炉上；有的钻到货物下面仰身安装克莱姆；有的在装得满满的、侧身难行的货物间来回运送绑扎材料；有的用墨线一一记下货物位置，以便在风浪中随时检查有无移位，……手勒肿了，不哼一声；人累瘦了，不肯休息；年轻的小泮磕掉了门牙也在所不惜。这一切的一切，都是为了在“四化”的储蓄罐里投下一枚枚外汇！

绑扎前验货师曾再三威胁说：绑扎不合格绝不发给证书。第一天，贝船长陪他检验一遭，共同找出了几处毛病，他摇了摇头，大不以为然。但是，从第二天起，他就再也找不出毛病了。第三天，他竟然未等绑扎完毕就开来了检货证明，并且声称他已不必再到船上来了，因为贝船长的要求比他更严格。他说："这样的绑法在海上船摇三四十度也不会出问题，我相信我的眼睛。"

"汉川号"就是这样引起了汉堡港的变奏，为我国的海员，为我们的祖国争得了荣誉。

于是就来到了四月的那个明媚的星期天。在妇女和孩子的欢呼声中，那个交通小艇坐得满满的，绕着"汉川号"转，为的是让行家的眼睛记下"汉川号"甲板配载的各个角度。他们是那样不断地发出赞叹之声，好像着迷的观众围在舞台四周对心爱的艺术家喝彩一样。

而引起如此轰动的"汉川号"船长贝汉廷不但没有频频谢幕，反而连面也没露，而是满头大汗地躲在船舱里和政委、大副们一起商量怎样婉谢一定要上船拍照的报社和电视台的记者。

"今天想起来，是多么愚蠢呵，拒绝人家给我们免费宣传。"贝汉廷笑着对我说："可那会儿，思想就是没解放嘛！当然，后来在我们离港时，他们还是从雷达站上进行了拍照，而且登在报上说：'这是汉堡港一百多年没有过的……'"

他挥挥手，不肯说那些赞美之词，怎么也不肯。

从南市来的孩子

人们说：搞远洋航行的人，应该像大海一样渊博，应该既是航海家，又是科学家，还是艺术家……

在没有见到贝汉廷时，我曾猜测过他的风貌。见了面之后，我觉得他——也像，也不像。像，他确实有点科学家的味道，讲起话来有根有据，像计算机一样精确，又像水银一样灵敏。不像嘛，那么小小的个子，穿着一件破衬衫，一条短裤（据说要一直穿到下雪），待人彬彬有礼，哪里像个威严的船长呢！

我知道他受过很好的教育，是老交通大学航海系的学生，是我们最早的几只远洋轮的船长之一。有很丰富的航海知识，能说很流利的英语，但他是怎样，又为什么走向大海的呢？

“我生在上海，从小在南市长大，南市，晓得哦？”

南市么？晓得的。那是解放前上海比较贫困的商业区。小商小贩很多，文化比较落后……随着他的叙述，我想起了那里泥泞的街道；狭窄的店铺；流里流气的白相人和衣衫褴褛、面有菜色的黄包车夫和苦力……

“我最小，哥哥姐姐都只上过一两年小学。后来哥哥做工了，他拼命要让我上学，为这，母亲十分不愿意呢。小学毕业了，在南市就不得了啦，还要上中学！亲戚朋友都没听说过。可是哥哥坚持，他后来在一家研究院工作，看见过科学家，他认定了科学和文化会给人光明。他一定要让我考中学，而且必须考有名的上海中学。”

于是这个从南市来的、瘦小而机灵的孩子就这样跨进了中学的大门。上海中学当时是鼎鼎大名的，来上学的多是书香门第和名流的子女。这些孩子学习基础好，文化素养高。小贝汉廷是多么惊奇地看着有的同学大笔一挥就写出那样优美的作文，老师拿来就在全班朗读。他又是那样羡慕那些数学动不动就拿一百二十分、年年考第一的同学。但是他，贝汉廷，惊奇而不泄气，羡慕而不妒忌。因为哥哥告诉他：身边老有需要追赶的人，就好像道路上老有遥远的路标。它永远召唤你，提醒你：人，是有潜力的，有使你自己都惊奇的潜力呢！于是，小贝汉廷一步步地追赶着，后来简直是奔跑起来了。

到了高中，学校分理、工、商科了。妈妈多么希望自己的小儿子能去学商呵！上海中学的商科，各大写字间都抢着要呵。一个从南市来的孩子能坐进任何一个写字间都是难以想象的幸福呵！因为那就意味着温饱。

但小贝汉廷又一次违背了母亲的意愿，毅然地选择了理科。因为奔跑得越快，视野就越开阔，知识给人以信心和力量。为什么飞机会飞、火车会跑？为什么瓦特要追求蒸汽机，哥伦布要寻找新大陆？为什么李斯特的《革命挽歌》那样悲怆；契诃夫的《海鸥》忧郁得那样令人窒息；而高尔基的《母亲》却又那样的有力……原来世界上除了老板和学徒，掠夺者和奴才之外还有一种人：这种人不断地追求光明，使人类摆脱愚昧，为生活插上彩色的翅膀，给历史创造奇迹……

世界因有这样的人而越加美好，人类因有这样的创造性劳动者而拉开了和低级动物的距离。小贝汉廷是多么希望也成为这样的人呵！既然生活还有另一个境界，他就要顽强地向那里迈步，拼了命也要飞跃到那里……

是的，生活和感情都是有不同境界的，而攀登的每一步都要付出汗水、心血和力气。小贝汉廷那时是多么恨他的英文老师呵，每星期要背一课（不是读，而是背）。那么一年，就要背五十二课。真是头也背晕了。可是等一年、两年、三年过去，等他能直接阅读莎士比亚和惠特曼时，生活在他面前又展示了一个多么瑰丽的天地……

而到了现在，当他能用流利的英语、法语在各个港口向外国友人表达中国人民的情意，同德国人谈歌德、贝多芬、舒曼；同俄国人谈契诃夫、托尔斯泰、柴可夫斯基；同英国人谈拜伦、莎士比亚；同意大利人谈帕格尼尼……看着那些外国人的脸由淡漠变得凝重，由凝重转成钦佩，这个从南市来的孩子是多么高兴，多么满意。这时他是多么感激他的老师，又多么怀念那些顽强攀登的艰辛岁月呵！

吐血的水手

俄国一代名将苏沃洛夫有一句名言：“不想当将军的士兵不是好士兵。”我们的船长贝汉廷有一句与他互为表里的大实话：“没有了水手的船长就不是船长。”

贝汉廷是尊重水手、懂得水手的。他也是从一个水手开始他的海上生活的。当他在东北那艘小泵泵船上实习时，不但领略了东北零下四十度那凛冽的严寒；也深切感受到伟大祖国那彻骨的贫寒……

上海临近解放，这一百多个航海系的学生迅速分化了：有钱有势的去了美国、香港、台湾。大部分穷学生在隆隆的炮声中最关心的一件事就是跑到外滩，看看可还有船？如果没有了船，他们可怎么办呵！

而外滩，那熟悉、桅杆林立的外滩，果真是一片寂静。滔滔的流水映着空空的蓝天，国民党把所有的船都迫驶去运送“撤退”人员和物资，把不能行驶的船都炸沉了。

什么都没有留下呵，留下的只是毁灭性的灾难……

有的同学改了行，而贝汉廷上了东北这艘小泵泵船。

为什么叫泵泵船呢？因为一共不到一百吨，蒸汽机整天泵泵、泵泵地响着，一条小船上只有六个人，还是条漏水的。每天吃的是咸菜、高粱米，却要日夜轮班用水泵把漏进来的水从船上抽出去。海上的风浪是颠簸的，贝汉廷先是吐食物，后是吐白沫，继而吐苦胆水，最后吐血了。但他一边和同志们面对面地、一下一下“拍打、拍打”地压着水泵，一边吐了吃、吃了吐地延续着自己的生命，并把生命给船……

“是日本人吧！”

大地回春，乍暖还寒。新中国大规模的建设开始了。贝汉廷开始到一艘大船上当实习二副了。船长是个老派的船长，十分严格，每天板着面孔，不苟言笑，穿一身笔挺的制服，右手捏着一副雪白的手套。多么大的风雪，见习生也只许站在驾驶台外巡视海面，不许拿望远镜，又不许漏掉一个目标，否则就骂得你狗血喷头。姿势嘛！必须按照条例，手绝对不许插在兜里。零下二十度不许吗？是的，不许！零下三十度呢？也不许！

冬季里只有一条单裤的贝汉廷有一次实在受不住啦，回头看看没人，刚悄悄把手放进兜里暖暖，后边啪的一脚就踢过来了。

“打人当然是不对的。”贝汉廷笑着说。“可我也真从他那受到了严格的训练，学会了一丝不苟。”

俗话说“严师出高徒”，而严师也多半是爱高徒的。那个老船长从来没正眼看过贝汉廷一眼，但在挑选二副时，他却点名要贝汉廷。他遭到了反对，但他力排众议：“贝汉廷。”又是一阵反对的浪潮，他却仍然是三个字：“贝汉廷！”

贝汉廷就这样当上了二副，然后就来到了广远公司，开始了远洋航行的那一天。

当船长的幸福贝汉廷今天已记不清了。他记得最清楚的却是当船长的痛苦——只要他在海外显示出一点文化教养和科学水平时，外国人就要问他：“是日本人吧？”

有一次，在鹿特丹港，一个领港员因为船上一水是中国人而有意刁难，把舵令用英语说得又快又流时，贝汉廷就迎上去和他用英语对话。领港改用法语，贝汉廷也改用法语，然后有意识地用意大利语和西班牙语向他问话。

这个领港回答不上来了，说：“你的一水不行。”贝汉廷装没听，他连说三次，贝汉廷火了说：“你怎么知道他不行？”“反应太慢。”“那是你没有必要说得太快，舵令叫得不清楚。”

“我要求你换人。”

“他是我船上最好的水手。”

“中国人没一个操舵操得好的。”

“各国港口的领港员都说他好，只有你一个人说他不行。”

“我要求下船。”

“可以。三副！立即送他下去。拿来！”

“什么？”

“你的派司。我要在你的引水单上注明，你是一个不合格的引水员，不能给船舶提供良好的协作。从此以后不欢迎你到任何一条中国船上领港。我很遗憾，但看来只好如此了，派司，请！”

面对如此强硬的船长，那个领港咕哝了几句，再也不响了。

船进了港口，贝汉廷签证了引水单，并没有加任何批注，那位傲慢的引水员十分感激；而那个被船长保护过来的一水，噙着泪水咬着牙。从此日夜念英文……

蓝色的梦

正当我国海员在全世界各个港口赢得尊敬、我国远洋事业蓬蓬勃勃发展的时刻，“文化大革命”开始了。林彪、江青等人互相勾结，从文艺界杀出来，砸烂公检法之后，开始有步骤、有计划地在各条战线夺权，开始了血腥镇压的改朝换代。

贝汉廷在休假中突然被通知到广州集合，以海员的速度他按时到达，去接受新的任务。

但是，没有任务，却让他进了学习班。

学习班都是熟人，我国开创远洋事业的不少老船长、老大副都来了。老朋友久别重逢十分开心，各路兵马摩拳擦掌，准备大干一场。可是——笑容慢慢冻结在脸上了。怎么？走路要排队，吃饭也要排队；寄信要请假，说话还有人监督……军宣队宣布全面接管，难道成了国民党俘虏？

唉，贝汉廷哪里知道，林彪、“四人帮”的革命理论就是，越是有功越要整，越是有成绩越是修正主义，他们所谓的革命就是要革革过命的人的命。

现在看来，真是比绕口令还绕口令！迷信、愚昧到了令人抬不起头的程度。但那时，贝汉廷也像中国大多数革命者一样，十分虔诚地检查自己的不足，俯首赎罪……

首先出来抵制的又是我们的总理。总理说："如果我们开创远洋事业的骨干都修了，远洋事业的大好形势从哪里来的？"多么无可辩驳，多么义正词严！可是人家哪里听总理的，总理正是他们要打倒的主要目标哩！

于是读语录，谈话；谈话，读语录，逼供，诱供；进隔离室，出隔离室……从追"拍照"到"送情报"，最后发展到追他"里通外国"。本来嘛，搞远洋运输的还能不里通外国？！

但世界上的事就是这么不可思议，事物的规律就是这样不可抗拒，他们纲上得越高，贝汉廷就越轻松，到追查里通外国的什么"照片"时，他早已从晕眩到清醒，由虔诚而呼呼大睡起来了。……

总理毕竟是他们夺权不可逾越的障碍。就像文艺界的大批骨干被总理保护下来送到部队农场"改造"一样，远洋事业的这批骨干也被保护下来，送到航道局挖河泥去了。

挖河泥，上海人叫"罱河泥"，贝汉廷和他的伙伴们带着流血的心和解除隔离的欣慰，罱起河泥来……

贝汉廷毕竟是贝汉廷，在罱河泥的小船上当三副，专管伙食事务，仍然年年被评为先进。

他从来没过过这样清闲的日子，用他爱人的话说：结婚二十年，在家的日子加起来一共不到两年。现在，每天开开单据，报报账，下了班就可以回家，骑着脚踏车，路边上买点螃蟹鱼虾，晚上和妻子儿女一起听听音乐……

这在一般庸人看来是求之不得的幸福呵！可是，他却哭了。这个从来没哭过的汉子，他哭了。

他哭了，不是因为邻居的眼色，这个从南市来的孩子从小见惯了各种各样冷漠和怀疑的眼色。

他哭了，不是因为路人的歧视，这个在各国港口为中国争取到荣誉的海员，有的是对付歧视的办法。

他哭了，不是因为亲人们——妻子儿女，特别是哥哥，那个一心一意支持他走上这条路的哥哥的质问。虽然他们疑虑的视线在他心上织起了灰色的和有罪的雾似的迷网……

但，他不是为这些哭的。他哭，是为了他的梦，他蓝色的梦。

他是这样地思念大海，他的梦也尽是蓝色的。当他坐在小船三副的办公桌前想起他的波涛汹涌的大海时，他心如刀绞。

他仍然喜欢独自在黄埔滩头倚栏沉思。每当他看见了自己驾驶过的“桂林”“友好”“九江”号从他眼前驰过时，他的心狂跳，他像孩子一样地大哭了。他感到它们是那么的漂亮，真是美极了。在他当它们船长的时候，他从来没像今天看它们那样漂亮。而今天，当他被活活地从它们身上撕开，目送着它们仪态万方地姗姗远去时，他怎能不泪如雨下……

他的泪水在羞辱的愤怒中干涸了。那是当他听见“四人帮”改朝换代后派出的有的船员竟在外国人面前把“twelve”说成“one，two”的时候；是当他听说“四人帮”派出的“小兄弟”有失国体地在外国百货公司偷人一双袜子的时候；是知道那些打砸抢的“英雄”们竟在外国港口的垃圾箱里拾破烂的时候……

愤怒把泪水烧干了，但蓝色的梦依然是蓝色的。他怀着钢铁般的意志，钢铁的决心，他要回到大海上去。他会回到大海上去的！于是他咬着牙在自己的航海笔记的扉页上写下了“勤笔密思”四个字。他重新挺起了胸，点燃了深夜的灯，通宵达旦地啃起了《海上保险》《国际海商法》《海上救助》和各种国际航运法规、各国港口资料来了……

伦敦港的友谊

“Who is the captain？”

“I’m the master。”

他果然回到了大海，但这已是一个新的贝汉廷。

如果说过去他只是一个业务熟练的船长，那么，今天他是一个满怀信心的主人。Master 的含义在十年政治风暴的锤炼中，重心有了令人欣喜的转移，而这双重含义在他身上竟是如此和谐、统一。

这里，我只想讲一个小故事，那就是——伦敦港的友谊。

有一次，“汉川号”配载二百吨滑石粉到伦敦港卸货，途中收到公司电报：伦敦港最近规定，不卸滑石粉。为什么？不知道，这是新规定。

公司远在万里，可以不知道。但二百吨滑石粉压在贝汉廷的冷藏舱盖上，舱里还有伦敦的各种冷冻货。滑石粉不让卸，别的货也取不出来，到前边中转，运费要超过货物本身。贝汉廷决定，船仍直驶伦敦港。船一到港，他立即彬彬有礼地去拜访代理、卸货组长、工头、工人……摸清了不卸滑石粉的缘由。原来是一个工人看报时偶然发现了一篇化学家署名的文章，分析滑石粉的结构：如此这般，这般如此，作用于人体，就会引起癌症。这个工人在他的工班一说，癌症，这还了得！几个工班一商议，向工会提出：从此不卸滑石粉。特别是中国的，因为包装不好，运输时又马虎，纸袋压得尽是裂缝，卸起来粉末飞扬，不要说卸，工人连手都不摸……

呵！原来如此！贝汉廷立即请代理到船上做客。畅叙别情，举杯问候夫人健康。谈英国绘画的新发展，从背诵莎士比亚的片段谈到流行的扭摆舞对青年的影响……谈得十分融洽。代理告别时说：“在港口，有什么困难，只管找我。”贝汉廷长叹一声：“困难是有哇，可不能告诉别人。”代理马上伸过手来，与贝汉廷紧握：“决不，到我为止。”

“我带来了滑石粉。”

“知道，不就二百吨吗？”

“可我因为怕压坏，装在了冷藏舱盖上。”

“糟糕！这可怎么办？”

“我想和工头谈谈。”

“交情深吗？不深——这样吧，我先和工会的负责人谈谈，请他来看你。”

“我去拜访他！”

工会的负责人把头摇得像拨浪鼓：“这是工人的权利，工会坚决支持。”

“别的港口都没这项规定呢！”

“本港对工人劳动保护特别注意。”

贝汉廷承认确实如此，并且列举了伦敦港工会的种种成绩，他是那样如数家珍，说得工会负责人心里热乎乎的，至于卸滑石粉的劳动保护么，“汉川号”愿意提供一切条件，口罩、面具……

工会负责人说：“那么……也许……我试一试！”

贝汉廷说：“只要先生愿意帮忙，一定成功。先生知道伦敦的商人为什么远程购买滑石粉么？”

“为什么？”

“因为我国青岛出产的滑石粉质量好，包装也好。我又装在舱盖上，一点没有破裂……先生知道滑石粉是做什么的么？是做化妆品的。香粉，脂粉，高级化妆品呀！贵国的妇女那么美丽，从古到今都擦粉，但她们是多么健康！”

工会负责人紧板的面孔开始有了一丝笑意。

“贵国亲友相会，都有接吻的习惯。算算，你们一天要接触多少香粉——多少滑石粉。而你们又是多么健康！”

“哈哈……”在场的人不由得都哈哈大笑了。

“那么，允许我去找工人们谈谈？”贝汉廷说。

“不，我去，还是我去好。”工会负责人匆匆走了。

贝汉廷提心吊胆地从窗口望着甲板，看见工会负责人到工人群中拍肩打膀地说着，说着……突然，从工人中爆发出那样舒心地大笑，他们简直笑得前仰后合了。贝汉廷这一颗心才落到了胸膛里。

代理对他跷起大拇指："真行呵，Captain 贝！"

他说："全靠你们老朋友。"

"为什么你还不高兴？"

"我还有事求你帮忙，又不好开口。"

"说！"

"我们还有好多艘船都载着滑石粉呢！"

代理双手齐摇："就你这一船，我的脑袋差点没裂开。"

"但道理不是一样么？"

"你何必管别人的船呢？"

"因为都挂着五星红旗呀！"

代理挠挠头："那……我去试试。"

"一定成功，英国工人是最讲道理的。"

经过反复磋商，终于成功了。从此，凡是挂着五星红旗船上的滑石粉，只要包装不破，伦敦港一律管卸。

我在这里不想叙述因此每条船每个航次为国家节约了多少外汇，因为读者比我算得更清楚。那是数以万计十万计……我只想说：十年的政治风浪怎样使贝汉廷完成了从一个船长到一个主人的飞跃。因为我时时想着我们的人民——在各条战线上的每个主人十年沉思的伟大力量。正是它，在推动我不断地向前，向前……

"邓小平式的船长"

中美建交，邓小平同志访问美国引起了巨大的轰动。

中美航线打通了。好钢用在刀刃上，公司把首航美国的任务交给了贝汉廷，把他调到"柳林海号"。

但在"汉川号"的航线上，几乎各个港口都打听 Captain 贝。有的转达港口的问候；有的诉说朋友的思念；有的跷起大拇指；有的说："你们中国的船长都像他就好了。"

"汉川号"实习船长、大副甄永祥同志告诉我：汉堡港的理货组长库克和装卸公司的威利先生干脆说贝汉廷是"邓小平式的船长"。

为什么库克先生们给他这样高的评价？只是因为邓小平首访美国，他首航美国的偶然机缘么？当然不是！

大副和水手们津津有味地给我讲开了故事：

有一次，"汉川号"将到亚历山大港卸货，这个港口在苏伊士运河入口处。经常停泊着上百条等待泊位的各国船只，搞不好一等就得几十天。于是，贝汉廷在途中就接二连三地给港口代理打电话，以便让"汉川号"这三个字一再冲击所有有关人员的脑细胞，加深他们的印象。并且翻检自己记忆的仓库和笔记本，厘清了这个港口必须打交道的一系列人物的姓名、年龄、脾气秉性、特殊爱好、办事方式……

抵港后，他就直奔港务局，拜访港务局长。他是那样熟悉地称呼着局长的名字顺利地通过了门岗，又那样亲密地和港务局长谈着家常。当他最后提出要求快速装卸时，局长说："怎么这样急？你们中国人从来不在乎船期。"他说："谁说的？我们现在要搞四化，分秒必争哩！"港务局长像老朋友似的望着他笑。于是他熟练地和所有打交道的人交往着，尽快办好一切手续，穿过各国彩色缤纷的泊船，用一句古话说："扬帆远航"了，节约了二十多天船期。多么灵活，闪电似的进击，不像个船长，倒像个军事家。

同"汉川号"一起，我们从国外一共买了四条船。保修期间，发现冷藏舱上有"汗水"，浸湿了货物。贝船长拍下了现场的照片，又请各个港口的验货师签署了证明，还用油漆在船上标出了"汗水"的位置，回厂要求返修。

船厂工程师抱着几尺厚的设计资料翻给他看，满嘴数字、专用名词，就是不肯返修。并说已有两条船来过厂，他们在冷藏舱内侧打了二百个洞，找不出问题，已签字同意不返修了。

贝汉廷说："请你看我的船。"

工程师说：“你的船，绝缘体是举世无双的优质品。”

贝汉廷说：“举世无双的优质品却搞出了前所罕见的‘汗水’。”

工程师说：“理论上找不出任何错误。”

贝汉廷说：“实践上就是‘汗水’浸坏了货物。”

工程师有成百上千条理论根据，但贝汉廷有一叠一叠的现实照片，证人签单。

工程师火了：“找不出理论根据，就是不给修，这是国际惯例作法，合同上规定的。”

贝汉廷也火了，“放下你那几尺厚的资料，我拼上几夜不睡也要查出根据来，你吓唬不住我！”

工程师像海水一样莫测高深，但是贝汉廷却像礁石一样坚硬，于是海水退潮了，留下了资料。

于是贝汉廷顽强地用血肉之躯去迎战冷冰冰的数据。这毕竟是专而又专的船舶冷藏业务呵！热学、力学、钢铁、绝缘……几十门学科。但血肉之躯也自有它的好处，那就是它有主观能动性。贝汉廷分析着各个不同的数据，寻找着规律，终于抓住了矛盾的“牛鼻子”。为什么在冷冻舱的各个部位绝缘体都是一百八十毫米厚，而横梁部分的绝缘体只有九十毫米？差距一倍，这合理吗？贝汉廷一下子跳了起来，跑到冷藏舱实地对照，油漆的印痕条条排列。果然，“汗水”出在横梁部位……

把工程师请了回来，工程师先是点头后是摇头：“没想到呵！没想到问题出在这里！”

怎么办？返修呗！船厂工人连续开了几个夜班，加铺了一层绝缘体，加铺了一层甲板。

这条船修好了，其他的呢？工程师听也不要听。于是，贝汉廷去见总经理。

总经理说：“那两条船已经双方签过字，免修了。”

贝汉廷说：“但道理不是一样么？”

总经理说："你知道你这一条船返修用了我多少美金，上二十万哩！"

"我很抱歉，"贝汉廷说。"我知道四条船索赔，工厂损失是很大的。但如果不修好，那三条船全世界航行，等于给你的厂做活广告。那样，你的损失不就更大了吗？"

总经理先是摇头，后是点头，最后抬起头来打量这个小小个子的 Captain 贝，欣赏起这个好当家人来了。真是：第一流的头脑，外加一副铁腕，好一个铁腕人物呵！四条船冷藏舱设备返修共花了船厂七十二万美金哩！

水手们还十分钦佩地讲起了大吊的故事：

在意大利，好像是热那亚港，港口当时正好没岸吊。过去都是借用船上的大吊，喏，用就用呗！好像是已成惯例了。但贝汉廷反复研究各港口的资料，发现那是不合理的。

于是他向代理提出：应由货主付费。代理说："过去都不付呀！"

贝汉廷说："但那是不合理的。"

"为什么？"

"你想，买这条船时，大吊是船价的十分之一。怎么，用了我的大吊，使了我的人工，磨损了我的钢缆……难道不付费是合理的吗？"

"是不够合理。那好，我去和货主谈谈。"第二天代理来讲货主同意了，因为他如不同意付大吊费，他就得到港口申请岸吊，同样得付费用，而且还得等着调配。

第一次大吊费拿到了，有好几万外汇呢！拿到之后，贝汉廷立刻要求以书面形式，将它作为制度固定下来。

拿到书面材料之后，贝汉廷代表公司和代理谈判，要求所有的中国船以后一律按此办理。

代理说："你的船，我保证每次如此，但别的船……"

贝汉廷说："道理不是一样的么？"

谈判的结果，是拿到了港方的书面合同。贝汉廷立即把这份材料，寄回上海，由公司报总公司，向世界其他港口交涉，一律照此办理。

多么精细，多么科学！完全是科学家的逻辑！然而又多么灵活，多么有办法，简直像个出色的外交家。

有一次……

还有一次……

可惜，我无法在这里写下政委、大副、水手们向我讲述的所有的故事，我只能记下他们那钦佩的眼光、赞叹的话语——

在海里，贝汉廷像一块冲不动的礁石。

在岸上，贝汉廷是一块千锤百炼的钢铁。

开起船来，又多么潇洒。“汉川号”在他手里不像条船，倒像个芭蕾舞演员，是那样迷人的优美……

水手们都习惯了，多大的风浪也没有人去向他报告。因为你报告：“九级风呢，船长！”他会不动声色地看看海面：“有九级吗？我看还好嘛！”“八级浪了，船长！”他仍不动声色地看看：“有八级吗？我看还好嘛！”贝汉廷懂得一个船长镇定自若的意义，于是再也没有人和他谈风浪问题了。

只有我这个外行，反复问他：“你老是‘还好，还好’，可几级风浪船就会沉呢？”他沉思地看着我说：“多大的风浪也不会让万吨轮沉的，只有船本身的损坏才会沉船。而只有不懂得船也不懂得大海的船长才会把船搞坏，把船搞沉。”

好一个只有不懂得船也不懂得大海的船长才会把船搞沉。而船长，Master，在作形容词用时，又意味着熟练、精通。

“He is master of his business。”可以这样说：作为国家领导人之一的邓小平和作为船长的贝汉廷，对自己的业务都是那样熟练、精通；面对各自的风浪又都同样镇定自若、勇于驾驭；偏偏在他们各自的航程中，又都具有那种百折不挠、鞠躬尽瘁的主人翁态度。这就难怪贝汉廷有了这样一个光荣的称号——“邓小平式的船长”。谁能说库克先生们没有眼力呢?

海员风度

“SOS”！“SOS”！！“SOS”！！！塞浦路斯商船“艾琳娜斯霍浦号”不断发出紧急呼号。

船长伊柯优斯眼看这艘二十八年的超龄船，在九级大风袭击中主机不能运转，全船失去控制，海底阀裂损，大量海水涌入机舱，已齐人脖颈，决定发出弃船求救信号。

“SOS”！“SOS”！！“SOS”！！！

全体船员及一名家属已下到救生小艇，但小艇被悬崖似巨浪颠簸得直上直下，完全没有行驶能力。在望远镜里看见远远一只船影，水手们用全部生命凝视着，但黑影渐渐消失。可能是风浪太大，他们自己也在危险之中，不能靠近。

又是一个黑影远远驶去，又是一个远远的黑影……也可能那只是自己希望的幻影吧，船员们已失去获救的信心……

“嘀嘀嘀，嗒嗒嗒，嘀嘀嘀！”“汉川号”一年轻的报务员在呼啸的风暴声中突然收到了“SOS”的求救信号。贝汉廷一跃而起，到海图室查明了难船失事位置，他立即命令：“全体船员进入岗位准备抢救！”“满舵！全速进！”超高频无线电话从此不断呼叫：“艾琳娜斯霍浦号！我是中国船‘汉川号’！前来救助，请回答，请回答！！”

一片静默。遇难船早已失去全部通信能力。

当“汉川号”驶近难船时，只见它船身已右倾三十多度，船尾下沉。在十分危险的状态里，正在狂风暴雪中哑然下沉，下沉……当“汉川号”好不容易驶近救生艇时，一个压顶巨浪把它打回遇难船的舷旁去了。四次驶近，四次打开，贝汉廷下令开车在它周围游弋等待。直到一个多小时后，第五次驶近时，老水手王敬元一直捏在手中的粗尼龙撇缆绳，才好像脱弦之箭顶风穿雪疾飞过去，被难船水手接住……

这时，只有这时，贝汉廷才腾出空儿来回答整个地中海东部塞得港、马耳他、雅典、塞浦路斯电台及附近船舶的互相呼号："我是中国'汉川号'，现在'艾琳娜斯霍浦号'的船员已安全登上我船，请放心，谢谢……"

但是，"艾琳娜斯霍浦号"船长伊柯优斯却迟迟不肯上到"汉川号"。他和三个船员留在他的小艇中一再坚持靠拢难船。贝汉廷在风浪中再三向他疾呼"危险！危险！！"但看到他那样坚持，考虑到他仍坐在自己的救生艇上，他还是"艾琳娜斯霍浦号"的船长，有权作出自己的决定。因此只能劝慰他："作为一个船长，我很了解你的处境和心情。我一定在旁守护，在旁守护！在旁——守护！！"小艇时起时伏地在巨浪的峰波间摇晃着离去！"汉川号"始终在旁边巡回游弋……

十七点多，夜幕即将降临，九级的西北风把浪和雪卷上阴暗的高空，风在白茫茫的海上打转，海浪呼啸怒吼，贝汉廷开始忧虑地用汽笛和高音喇叭招呼那位守职的船长。

十七点二十四分，小艇终于再次靠近"汉川号"。贝汉廷特地到甲板上去迎接这位不幸的希腊同行。当他得知"汉川号"正在驶往伦敦途中时，他一再要求："请继续留在遇险船边，因为我必须守候它沉没。在它沉没后，请把我和我的船员送到希腊克利蒂岛登岸。"

贝汉廷，这位在他的航海日志上没有误过一天航期的船长，抢船期抢得没有一次是在港口休息日停泊记录的精细之极的船长，这时却毫不迟疑地答应了。考虑到这艘没有灯光漂泊在国际航线附近的遇难船，对附近的船只是个极大的威胁，他不但答应了伊柯优斯的要求，而且立即命令船员把甲板灯全部打开，守候在她旁边。并反复高声呼号："航行中的船舶，我是中国'汉川号'！请注意！在你的左舷三海里处有艘不点灯的遇难船，请注意远行，请注意不要碰撞……"就这样通宵守护，防止了一切可能发生的事故，直到难船最后沉没。他整整两天两夜没有合眼！

Seamanship，直译“船艺”，意译时，水手们却惯于把它称作海员风度。是呵！人有人的风度，船有船的风度，国有国的风度。“外国人不可能个个到我们国内来认识我们的国家，”贝汉廷常常对他的船员说，“他们就是通过我们每一个海员来理解中国的。中国，是五千年的文明古国，解放了三十年，有着崇高的威望……我们要牢牢记着这点，时时刻刻记住”。

他是这样说的，也是这样做的。因此无怪乎在“艾琳娜斯霍浦号”船员遇救后个个都感到了中国的风度。巴基斯坦船员穆罕默德说：“当我们完全绝望时，看见远远驶来一条船，但直到看见船上Mark是波纹五星时才又重燃起希望之火……三个到过中国的船员说：中国人会来救我们的！你们果然来了。而且在那样的风暴中整整守护了两天两夜，多危险呵……”斯里兰卡船员比雷说：“我回去后，要告诉我的家人亲戚朋友，是中国人救了我！在你们围着我们游弋时，我们都明白不用怕了。中国人在等待和保护我们！我一辈子不会忘记，而且子子孙孙也不会忘记。”希腊轮机长阿松年底斯·康诺是全船年龄最大的船员，他要求我们用船上的无线电话和家中通话，当他从电话中听到他妻子的声音时，哭得讲不出话来，十几分钟后才断断续续讲出：“你一定听到我遇难了……放心……中国人救了我们……并且船长、政委和我们……同桌吃饭……”

希腊大管舱佛来季·本德里斯说：“你们不仅救了我，还救了我的妻子。她还有八天就要生育了，这次如果生个儿子，一定要取名‘汉川’，‘汉川’！……”

Seamanship，Seamanship，人有人的风度，船有船的风度，国有国的风度！但愿——但愿我们每个人也能时时刻刻记住这一点吧！

船长的苦恼

我望着贝汉廷开朗的面容，他是多么幸福呵！这个精通自己业务，善于驾驭大海的能手；这个在国际远航线上有着很高威望的船长。他，可也有什么苦恼么？

他沉吟了一阵，竟叹了一口气说："我五十三岁了，正当年，正该大干一场呵，可有时，却不得不睁着一只眼，闭着一只眼过……"

旁边的同志——船员们，还有工作组的同志，纷纷补充说："现在，谁不想甩开膀子大干一场呵！可掣肘的事就那么多！"

比如：什么呢？

什么吗？大家也七嘴八舌地说开了。比如什么吗？俯拾皆是呵！就比如吧——

有的船员不合格，要求不听，严格一点吧，他就拿出打派仗的办法去反映你，而掌权的居然仍是他的"哥儿们"。"××号"不就有这么一位水手到处拍着胸脯讲吗："哼！船长批评我，叫我下船……三天后，下船的是他。闲话一句嘛！"

再比如：××省海运局通过香港招商局买了两条船，得招商局雇用外国水手接回来。这，要花多少外汇呵！而且人还不好找。贝汉廷和"汉川号"正在香港，听说这事立即提出：把"汉川"的六十二个船员分出二十八个来，替他们把船接回来。报告打上去，联系了再联系，请示了又请示，研究了再研究，最后终于拖过了时日……

又比如：我们每天运的货，人人都明白这是全国人民省下来的口中食，身上衣……"汉川号"因此也千方百计地为国家挣取外汇，节约外汇，像小泮那样磕掉门牙照样拼命的事多得很。可我们挣回来的外汇呢，是每一枚都用到"四化"上了吗？为什么有的人浪费起来那样抛洒，那样满不在乎呢？！

又比如，又比如……

哎，何必再说下去呢！难道每个要干点儿事的人，不都经过盖上十七八个图章，也解决不了一点问题的事例么？

人民多么希望我们能少有几个扯皮的干部，而多一些勇于承担重担的 master 呵！

因此，我讲了这个故事。

我讲了一个成长的青年的故事，可绝非只为了青年；

我讲了一个海员的故事，可绝非只为了海员；

我讲了一个船长的故事，可绝非只为了船长……

那么，我是为了谁呢？是你呵，我的祖国！呵，我的亲爱的，经历了巨大欢乐和痛苦的祖国；我的正在向四个现代化前进，而又困难重重的祖国！我是为你而讲的，你听见么？呵，我的祖国，生我养我的祖国呵……

一九七九年九月，为建国三十周年而作

原载《人民文学》1979 年第 11 期

荣获“1977—1980 年首届全国优秀报告文学奖”

中年颂

理　由

如今，对人生自然阶段划分的概念，在不知不觉中发生了变化。一个人已经跨入中年，搞科学的，仍被称为青年科学家；唱歌的，仍被称为青年歌唱家；写东西的，仍被称为青年作家……人们越活越年轻了。青年是令人羡慕的，对于被羡慕的人来说，却有一种怅惘若失的感觉。仿佛在这一代人的生活经历中，有十年左右的时间可以略去，不计在数内！于是，人们一下子就年轻了十年多。

但是，时间的流速并没有改变，生物钟运行的节奏也一如既往。当梦幻般的童年时代，无忧无虑的少年时代和黄金一样的青年时代悄然度过，一去不复返的时候，一个人就面临着严峻的岁月。不管人们如何改变计算时间的常规，这个岁月总是按照常规到来。在这一段岁月里，一个人上有老，下有小，工作和生活的双重担子，沉重地压在肩上，最大限度地消耗着自身的能源，所得到的燃料补充却很少很少。如满载的船舶在漫长的航道上行驶，如负重的牦牛在浩瀚的戈壁上跋涉，把理想、希望、生活的使命、社会的重托，顽强地输送到彼岸。中年，深沉朴素的年华，扶老携幼的年华，充满风波险阻的年华——她，就跨入了这样的年华。

她是谁?

她不是科学家，她的文化程度只有初中三年级。她不是音乐家，她每天要听八个小时的刺耳的噪声。她不是作家，她的作品从来没有署过个人的名字。她叫索桂清，北京清河毛纺厂里的一名挡车工。

当她生下第二个小孩，度过了五十六天产假，来到车间里上班时，屈指算算，她刚好到了"而立"之年，整三十岁。

车间里像喧嚣的海。森然排列的织布机抖动着钢铁的骨架，发出震耳的声音，像巨大的松林在摇曳，使人恍若置身于风呼浪啸的海岛上。

她看管着四台织布机，每隔一小会儿，就要挨遭巡视一遍。

她生得中等身材，体态轻盈，脸庞消瘦，留着运动员式的短发，给人一种精干、利索的感觉。她是一名熟练的挡车工，用手摸摸织出的毛料子，试试它的松紧，单凭指尖细腻的触觉，就能判断有没有缺经断纬；在千丝万缕中哪怕有一根断头，也逃不过她敏感的神经末梢。她接线的动作很美妙，只是手腕在空中一抖，手指轻轻一绕，眨眼间已把断头接好。她一忽儿俯下身子，监听机器的心脏跳动有没有杂音；一忽儿绕到机器的背后，看看这里有没有可能造成事故的征兆……

当她走到那一头，一个青年女工用新奇的目光打量着她："索师傅，不在家歇着啦?"

她羞涩地笑了笑。

当她走到这一头，一位老师傅大声地说："小索，听说你又生了个闺女，儿女双全啦!"

她的脸上一阵发烧。说来怪难为情的，这个老二原来她和爱人并不想要。

今天不知怎么搞的，是因为长期抱病在家的缘故，还是因为刚刚坐完月子，她走起路来脚下发飘，像踩在棉花垛上似的。她靠在工具柜前，喘了一口气，忽然觉得胸前有些异样，低头看去，只见奶水透过上衣，浸湿了白色的工作围裙，在胸前染出两幅不规则的图案。于是，她想起自己的小宝宝。小女儿刚满月就送到天津去了，放在亲戚家里，又请了一位外人来照料。外人照看得精心么？会不会忘了按时喂奶？此刻，她那可爱的小宝贝也许正在嗷嗷待哺吧……她不由用手揉着肿胀的乳房，奶水像喷泉一样涌了出来。她从口袋里摸出两条手帕，朝车间四下看了看，趁人不注意的时候，悄悄地把两条手帕塞进了内衣。

她又去干活了，可是乳房像快要胀破似的疼痛。随着她的走动、俯身、挥臂，乳汁流个没完。胸前的两条手帕湿透了再拧干，拧干了又湿透，这么一来，别提有多狼狈了。

这个车间很大。在天花板的正中央，安着一盏红灯。她一面挡车，一面忍不住回头看看红灯。那是下班的信号。今天的红灯像是故意叫她难堪，亮得特别晚……

她拖着疲惫的脚步回到家里，一下子坐在爱人的面前。

"呀！"爱人吃惊地看着她，"今天累得够呛吧！换件衣服，好好歇会儿，坐着别动，我去做饭……"

工夫不大，爱人把做好的饭菜端到桌上。

她的爱人老李，身高一米八，膀阔腰圆。别看生得五大三粗，可是粗中有细，样样家务都能干，在家里服务态度又好，集"五大员"于一身。其实，老李在单位里干得也不错。老李的工作单位和她只有一墙之隔，是另一个毛纺厂的保全工。保全工上下班的时间比较固定，每天上白班，不像挡车工那样三班倒；在毛纺厂里，人们都公认挡车工最辛苦，是全厂的第一线。丈夫很体谅妻子的难处，自愿把家里的事一股脑儿承担下来。

吃过晚饭，爱人关切地问她："桂清，这样上班顶得住么？"

"都怨你！"她笑着说，"这几年你把我惯坏了……"

"明天还能去么？"

“明天……”她低头思忖起来。

她在产假后按时上班，本来是一件极平常的事。可是对于她和她的小家庭来说，却具有不平常的意义。

她是一九六二年进厂的，当时只有十九岁，青春正茂、年华似锦。作为一名青年工人，身上没有家务的连累，心里没有什么忧愁，有的是过剩的精力，还有年轻人对生活情趣的追求和酷好。她决心不给自己青春的翅膀以任何的束缚，要像一只自由鸟尽情飞翔。她选择体育来宣泄自己过剩的精力，田径、游泳、滑冰、打球——打篮球、打排球、打乒乓球，除去足球以外，什么球都想摸一摸。尤其是乒乓球，她打得很出色，单凭她的一手发球，就能制服厂里的女子选手，无人堪与匹敌。渐渐地，这里的小天地容不下她了。在一个文化与体育尚不普及的环境里，文化与体育历来为男性所据有。于是，她在运动场上结交了一些男朋友，有本单位的，也有外单位的，因为这些人能和她玩在一块儿，旗鼓相当。她的性格开朗、大度、粗线条，和男友们相处得很融洽；但是只限于球来球往，保持着等距离外交。她不认为这样做有什么过失，用她的话来说：“上班好好干，下班好好玩，别人管得着么？”

是她把此事看得过于简单，还是有人把此事看得过于严重？

她怎么也想不到，上述的这些事情，竟然成为挨整的材料，在一场史无前例的政治运动中，占据了一席小小的位置，招来了墙上花花绿绿的大字报。说她“风流”“轻佻”，裤腿太瘦、头发太怪、高跟鞋太高，和那些男友的关系太“不正当”……写大字报的人颇用了一点儿编辑们的概括的手法，其实她还没来得及给自己买一双高跟鞋，不知把谁人的事安在她的身上。一句话，她成了资产阶级的同义语，不把她打倒，国家可就不得了！一天上午，有几位英雄站在工厂的甬道上宣布了她的“罪状”，声言要把她揪出来，幸好那天她没有在场，才躲过一场大祸……

她惊恐、战栗、委屈、厌倦。为了寻求安全和保护，她干脆结婚了。老李也是一个体育爱好者，正好情意相投。

婚后的生活很逍遥。当时很多人都在逍遥，她也乐得自在。以前她虽然好玩，但是干活一向认真；既然劳动没有给她换来起码的尊严，干好干赖也无所谓了。

自从生下头一个男孩以后，她有时感到心口发慌，到医务室去看看，没有什么大不了的病。医生倒也慷慨，心跳每分钟超过九十下的，提笔就开一张假条。于是，她三天打鱼，两天晒网，后来索性拿一半的工资在家吃起劳保。整天趿着一双拖鞋蹓来蹓去，像一个悠闲的少妇。

几年过去了，当她生下第二个小孩的时候，她听说厂里的情况发生了变化。

运动初期，厂里那几个呼风唤雨的人，如今吃不开了。那几个人随着一阵气流，在空中翻了一个跟头，又落在原来的土地上，有的还摔得很惨。那几个人的沉浮，与她并无直接关系。整人的人往往健忘，何况她是个普通的女工，整就整了，并没有人来给她道一声对不起。被整的人往往难忘，她回想当初为赌一口气而消沉，扪心自问，反倒觉得对不起国家，对不起人民。她对爱人说，"瞧，我这样晃荡下去，像个什么样子？我得上班去，争一口气！"

老李想了想说："也好。索性把孩子托出去，免得累赘。既要干出个样子来，就不能考虑经济问题，宁肯家里受些损失……"

这就是她实实在在的想法，他不承认有多高的觉悟。为了工人的义务，为了人生的尊严，也为了她的小宝贝有一个体面的母亲，她挺着胸脯，毅然上班去了……

身体的虚弱，产后的不适，使她在第一天陷入窘境。她没有被难住，第二天又来到车间。

干出什么样子来？对于一个挡车工来说，施展的空间和时间都有限，很难作出显赫的成绩、惊人的壮举。她的生产工具只有四台织布机，别人也一个萝卜一个坑，谁想替别人多看几台也不行。每天，她按时从上一班人的手里接过机器，再按时把机器交到下一班人的手里，谁想加班加点，条件也不允许。四台织布机，八个小时，这就是她的空间和时间。不惜力、不走神、不马虎，这就是她对自己的要求，平凡而具体。

当她接班的时候，总是提前半小时来到车间，趁着上一班的机器还在运转，细细检查一遍，做好准备工作。轮到她当班的时候，别人每五分钟巡视一遍，她总要巡视两遍，四台机器离得虽然很近，有人算了算，一天下来，也得走十里地。机器运转正常的时候，挡车工的心情是轻松而惬意的；快到交班的时候，又往往袭来一阵不可抗拒的疲倦。越是到了这样的时刻，她越是要克制自己，不去想那些没完没了的家务，不去想她宝贝儿子和宝贝闺女，不去想车间以外的一切事，仿佛要从尘世间超拔出来，两眼紧紧盯住织布机。她知道，她所看管的这四台三十年代仿造的东洋货，只能以常速运转。在八个小时里，少停车，少拆布，少出次品，就是辉煌的胜利——像是坚韧不拔的战士，攻占了一个险峻的高地！

一个月过去了，攻占了一个险峻的高地！

一个月过了，她在厂里领了工资，心安理得地回到家里。

“喂，这个月我可没拿劳保。”她对爱人说：“全月的，一天不少。”

老李也把自己的工资摆在桌上。

她把工资分作三份。这一份三十元，是给孩子他姥姥的；老大放在姥姥家里照看，刚够孩子的吃穿用，姥姥白搭许多操心。另一份四十元，是寄往天津的，老二的牛奶费加保育费，还得欠下许多人情。这么一算，老李的工资全部报销了。剩下的只有她的那份工资。她掂着手里的四百大毛说：“这是灯煤水电加房费；这是咱们俩的饭费。你一半，我一半，拿去换饭票。”

他们家庭的总收入恢复到原来的水平，纯收入却大幅度地减少了。

“你干活这么累，嘴不能亏，食堂里有好菜可别舍不得买。”老李笑了笑，还是那句话：“既要干出个样子来，宁肯家庭经济受些损失……”

一年过去了。车间里，她的生产组长翻开考勤簿，不由吃了一惊：“呀，索桂清去年干得不赖呀！干活一天没缺，开会一次没拉，事假病假都没请，生产、开会双满勤呵……”

生产组长跑去找厂里的宣传干部：“放着这样的经验不总结，还上哪里去找呀？”

于是，她听到了表扬，这是她进厂十几年来第一次听到表扬。她惶惑、羞涩，脸涨得通红：“我做的都是该做的，值不得表扬我……”静下来想一想，她也为自己身上发生的变化而惊异，东跑西颠的青年时代早已成过去，夫妻生活的重心也急剧地转移，新的岁月开始了，虽然，她还朦朦胧胧的，不知在未来的岁月中将遇到一些什么……

这一天，她站在织布机前，织着一种图案新颖、色泽宜人的毛料子。安装在机器底部的日光灯，射出柔和的光线，透过精致的毛料，辉映着她那专注、安详的面孔。在她眼前，像展开一幅美丽的长虹。这种毛纺新产品，也许很快就会成为市场上的畅销货，成为人们的新上衣、新裤子，给生活增添新的颜色。每当她这样想着，嘴角上就浮起一丝笑纹，像是正在纺织着别人的幸福，纺织着美好的生活图案……

这时，一个女工跑来对她说：“索师傅，有你的电话，快去接……”

电话是妹妹从医院打来的。电话里说，母亲病得很重，医生通知要检查造影……

母亲住在颐和园附近的农村，她的老大一直跟着姥姥，她和老李每个星期去看望一两次。前一阵子，母亲就说胸口难受，吃东西咽不下去。她劝母亲到医院去看看，母亲不大在意。母亲是个倔强的妇女，小时候家境清贫，身世孤伶，为了找个依靠，才嫁给了她的父亲。谁知父亲是个衣来伸手饭来张口的人，母亲不但没得到什么指靠，反倒操劳了一辈子，拉扯大了儿女又拉扯外孙。母亲很少想到自己，把病情不放在心上，因此一拖再拖……

第二天是星期五，赶上厂里公休。她揣着一颗忐忑的心，来到医院的放射室。母亲由妹妹陪着先到了一步。

母亲吃了一种白色的流质，脸色苍白而平静。放射室的灯光熄灭了，X 光的屏幕闪着淡蓝的幽辉。医生指着屏幕对她说："你看，吃下去的东西到这里停住了……"

她只觉心里"蓦"地一沉，仿佛落入了深渊。女儿比母亲更加惶恐，她闭上眼睛，想躲开那冷酷的射线，她想推开沉重的氛围。她冲出放射室，跑到隔壁的一个房间，掩面痛哭……

母亲的食道癌已到了中期，需要动大手术。

动手术的那天，她正在上白班。车间里插着红旗，各小组之间开展多出勤、保优质的竞赛。她站在织布机前，心里七上八下的，女儿是娘身上掉下来的肉，此时不让她去想母亲的安危，简直是不可能的。她甚至想到如果再不去看看母亲，可能会成为终生的遗恨。她还想到，如果她向生产组长请假，组长一定会点头同意，还会催促她赶紧上路，这是人之常情……

她的思绪在翻滚，双脚在移动，不觉走到组长的跟前。

"小索，有事吗？"组长问道。

"我……"她的喉咙蠕动着，话到嘴边又梗住了。

她的目光越过组长的肩膀，看到一片沸腾的海。这里，每一台机器都在运转，每一个工人都在埋头操作。千万根经线，千万根纬线，随着飞梭的往返，交织成人类赖之以御寒的物质，构成社会文明的物质，连接共产主义未来的物质。这是一个普通的工作日，正是由于无数个这样的工作日积累在一起，我们的生活大厦才得以升高，不至倾覆。

"大伙都在一门心思地干活，我能够离开这里吗？"她动摇了。

她知道，即使组长准许她请假，整个小组的生产也将受到影响。

她是有着十几年工龄的工人了，懂得机器的价值。她所看管的那四台织布机如果停下来，一天得少织百八十米料子，使国家损失上千元的财富。一千块钱有多少哇？在一个每月只拿四十块钱工资的女工眼里，那是一个庞大的数字。想到这里，她惋惜、心疼。

“不，我没什么事。”她克制着自己的不安，对生产组长说。然后绕了一个圈，回到织布机跟前。

过了一会儿，她恢复了常态，挥手试试料子的弹性，用灵巧的手指接起断头，又钻到机器的背后仔细巡视着——为了纺织更多人的幸福，她默默吞下了个人的不幸……

在同一个工作日里，我们当中的许多人应该感到惭愧，此刻，也许有的人泡上一杯清茶，悠然地翻开一张“参考”；有的人靠在豪华宾馆的沙发上，挥霍着民脂民膏；还有的人，专门以挥舞棍棒和制造诬陷为职业，践踏着善良人的心灵……须知，所有这些特殊的开支，统统由千万个索桂清创造的财富中来报销。而索桂清呢？

她的心地纯洁得像一面镜子。

下班以后，她赶到医院，母亲的手术已经做完，静静地躺在病床上，还没有从麻醉中苏醒过来。

母亲的病拖了一年。先是渐好，继而出院；不久病情又恶化了，癌症向全身扩散。女儿的心也一张一弛，希望的火花时明时暗。这一年中，她和老李轮班去侍候母亲，从清河赶到颐和园附近，在郊区的公路上，在母亲的病榻旁，不知度过了多少清晨和夜晚。她尽到了做女儿的最大心意，但是，她仍然没影响生产，没请过一天假。

这一年，她的家庭收支的天平剧烈地倾斜了。母亲生病花了许多钱，这些钱需要儿女们来分担；而平时的开支并没有减少，出现了惊人的赤字。本来，她在结婚前是有一点积蓄的。可是，前些年来，很多家庭的经济状况处于微妙的变化之中。工资像眉毛，物价像胡子，眉毛不长胡子长，很多人的面容憔悴了。她人虽进入中年，工资仍很年轻。手中的存款折很早以来就变得有出无入了，更无力去应付生活中意外的事变，只好破釜沉舟。一年中，她花光了仅有的积蓄，还卖掉了两辆自行车。自行车对她来说是多么离不开呀……

春节前的一天，她下了夜班，回到家里，刚刚脱衣上床，忽听院中有人高声喊着她的名字，叫她去接电话。

她抄起话筒，禁不住手哆嗦起来……

当她赶到母亲的家里，只见一群人围在床前，母亲已经奄奄一息。她拉住母亲的手，母亲慢慢地睁开眼睛，叫了一声她的小名，说："你回来……"说完就闭上双眼，再也没有睁开。

妹妹们告诉她，母亲在倒下之前表现得很坚强。就在这个白天，母亲忍受着剧烈的疼痛，亲手给全家人包了一顿饺子。此外，还给外孙做了一件崭新的棉袄。

她透过白蒙蒙的泪水看去，饺子还没来得及下锅，棉袄只差纽扣还没钉好。这件棉袄是给她的老大做的。母亲给她留下还没做完的事，也给她留下对人生的回味……从此，她是一个真正的母亲了。她肩上的担子，比老一辈的家庭妇女更沉重。她是一名劳动妇女，不但要衔接生命的链条，还要创造社会的未来！

她抹去眼泪，把自己的儿子领去了。不久，又听说天津的牛奶供应不上，只好把女儿也接回身边。她和爱人商量一下，把儿子闺女一块儿送进厂里的托儿所。托儿所是日托，白天送，晚上领。经过这样一番调整，家庭经济上的压力减轻了一些，而精力上的负荷则增加了。

在毛纺厂里，一个挡车工如果对工作条件有一点儿个人追求的话，那就是白天干活，晚上睡觉。仅此而已，也是一种很不实际的奢望。

车间里三班倒。每当她下了夜班回到家里，正是这间小屋里阳光明媚的时刻，她躺在床上，怎么也睡不着觉。这间小屋太小了，棚顶过于简陋，墙壁也很单薄。墙外，孩子们追逐嬉戏的声音，行人们高声的谈话，以及附近正在施工的工地的机器轰鸣，汇成嘈杂的声浪，在她的大脑中制造出各种兴奋的信号。如果爱人和孩子进了家门，那就更不得了，家里人近在咫尺，别人过着白天的生活，只给她在床上留下一个平静的小岛……夜间，人静的时分，别人入睡了；而她隔夜的疲劳还没消除，上班的时间又到了。天长日久，她患了严重的神经官能症，因病加重了失眠，失眠加重了病情，浑身像积累了一股甩脱不掉的疲劳。她变得更加消瘦了，眼睑渐渐松弛，眼角平添了鱼纹，俨然是一个中年妇女。

她盼望上白班，白班每月能轮到一周，只有上白班她才能休息好，恢复正常的生活节奏。每当轮到她上白班的那天，就像是一个在崎岖而漫长的山路上行走的人，突然步入了明朗的平川，浑身那么轻松、舒坦、畅快！

这一周，正是她上白班的时候。她精力充沛地干完一天的活，交班之前，走到组长跟前说："有件事跟您商量一下，我想倒倒班。"

"怎么倒法？"组长说。

"我上夜班，找个人替我上白班。"

组长惊异地问道："为什么？"

她喃喃地说："家里有一点儿事……"

挡车工要求改换班次，平时也曾有过；主动请求把上白班改为上夜班则属罕见。组长想了想，觉得这样倒法不减少人手，不影响生产；找人替她上白班谁都乐意，很容易办到，便同意了。

第二天，她来上夜班时，显得神情焦躁，脸色疲倦。但是，这一夜她仍然干得很好，竹板弓，一个劲。机器运转正常，产品质量第一流。

天亮时，她迈进家门，爱人正在等候她的归来。老李朝她那笼罩着黑晕的眼圈看去，心疼地说，"桂清，要不我留在家里，你好好休息一下吧！"

她说："我不请假，你也不要请假，谁请假都会影响生产。你去上你的白班，我来替换你……"

老李上班去了。她走向床前，开始接班——她的儿子和闺女双双躺在床上，发着高烧。

她的小女儿从天津接回来的时候，因为很长时间吃不到牛奶，干瘦干瘦的，看上去怪可怜。放到托儿所以后，时常闹病，耗去她不少的精力。儿子稍大几岁，虽不缠人，毕竟男孩子淘气，整天叫她操心。一个操心，另一个费力，占全了。她刚刚送走衰老的上一辈，又来扶携稚嫩的下一代。

两个小家伙一齐病倒的那天，她正在上白班。托儿所的阿姨体谅挡车工的甘苦，没有去惊动她。阿姨抱着孩子到医院去挂了号，打了针。晚上，她下了班来接孩子，两个小家伙刚刚吃过苹果，在阿姨的看护下睡着了。

她听了阿姨的诉说，感激得不知怎么才好。她认为，别人替她做了她该做的事。

为了托儿所里的其他孩子不受传染，她坚持把两个小家伙接走。

有的人，即使输入十倍的燃料，却悭吝得不发出一分光来；也有的人，只需送去一丝温暖，就能转化为巨大的热量。有谁能比一个淳朴的女工更多情、更晓理、更能从周围的人的关怀中去汲取力量？！

她是通过日常生活的微末细节去认识整个社会的，她决心作出十倍的报答。她只会挡车，决不能让那四台机器停下来。她和爱人合计了一下，想出一个倒班的办法。

……白天，她带着孩子去打针，回到家里喂药。孩子哇哇地哭，她抱在怀里不停地摇。好容易把孩子哄睡了，她才能靠在床头眯一会儿，在那各种奇妙的音乐交织的梦境里短暂地遨游……

天黑时，老李回来了，关切地朝妻子看了一眼，她已料理停当。她那瘦削的脸上，只有一双眼还很有神采，像一泓清溪蓄下的两汪深潭，蕴藏着内在的活力。她掠了掠头发，走入星光灿烂的夜色里，走向夜幕笼罩下的厂房……

她靠这种化黑夜为白天的办法，度过了生活中很多困难的时光。

六年过去了，车间干部翻开她的考勤表，又是一阵惊讶。

她被评为全厂的先进标兵。人们给她披红戴花，把她推上汽车，绕着工厂转了一圈儿，敲锣打鼓地送回家里。

一个普通的女工冒尖了。她在年轻时连共青团都没入，现在居然一步入了党。不过，冒尖有冒尖的苦恼。像长得高出丛林的一棵树，招致风来摇、雨来潲……

她有什么了不起的？说来说去，不过是一些家长里短……

她所做的，的确称不上是惊人之举。论技术，有比她更强的；论成就，有比她更显赫的；论资历，她也没什么可炫耀的。

她的成绩，是平凡的积累，马拉松式的记录：六年来，她的生产质量保持在第一流，名列前茅，既没直线上升，也没直线下降。六年来，她先是为母亲送了终，继而又死了父亲，加上婆婆生病，孩子生病，她自己也累出病来……简直没有喘息的工夫。而她始终出满勤，干满活，使满劲，像一根坚强的柱子，默默承受着沉重的压力，不摇不晃，凝结着力的美，稳定的美……

这，不也正是当今一代中年人的形象么！饱经忧患，坚韧不拔，含辛茹苦地伫立于浑厚的大地，支撑着金碧辉煌的屋顶。

呵，中年，社会的壮工，国家的筋骨！

一九七九年九月十四日

原载《北京文艺》1979年第11期

荣获“1977—1980年首届全国优秀报告文学奖”

希望在人间

理　由

引　子

本文介绍的主人公，有人称他是个梦想家，于是就从梦说起。

六十年前，在北京的寺庙里，一个端庄娴雅的少妇拜倒在佛像的脚下，虔诚地献上一炷香火。进的什么庙？拜的什么佛？年深岁久的一桩小事，如今未能详考了，就算是拜的大慈大悲观世音菩萨吧。在民间素有“观音送子”之说，这位少妇正是为了求子而烧香的。

苦思成梦。几天后，她果然做了一个梦，梦见五个男孩子围在桌边吃饭，其中一个吃了鱼肉的，忽然“哐当”一声，倒在地下昏迷不醒。其余那四个吃的是青菜淡饭，有说有笑，皮皮实实，挺欢实的。少妇把这个梦说给丈夫听，丈夫是北京第一任的电话工程师，留学日本归来的自由人士，精通技术，兼爱戏剧，对功名、利禄、子嗣之事历来持淡泊的态度，听了并未放在心上。少妇又把梦说给了奶妈，奶妈最能揣度主人的心思，顺情圆梦，只拣好听的说。她说，那个吃鱼的男孩就是女主人的头生子阿宝，不久前得了急病而夭折，天意难违，不必过于伤心；主人命中注定还有四子，大吉大福，一如北京四合院的那副常见的门联所写：“忠厚传家久，诗书继世长”……

少妇听了急不可待，给还没出生的男孩们取了名字，用中国奔腾不息，充满活力的四大水系来命名——江、淮、洛、汉。

梦兆与现实之间并无必然联系，后来却奇迹般地应验了，当然这仅仅是巧合。原因在于年轻的母亲遵循了多子多福的旧习俗，不辞辛苦地与丈夫一起担起养育的责任。后来更有梦外的收获，在四男当中还生了一女。不过，子女们的命运并不像父母期望的那样顺当，而是颇多坎坷，经历过海角天涯的漂泊，人间风雨的磨难，当今大多成为驰骋于文艺界的名人。

黄宗江、黄宗英、黄宗洛被《人民戏剧》誉为黄氏三杰，他们的故事有许多读者都熟知。黄宗淮早年也曾登台献艺，后来虽然改攻历史，至今仍在一往情深地迷恋着剧本创作。生长在这个家庭环境里不能不受艺术的吸引与熏陶。在子女们的记忆当中，他们那位落落洒脱的父亲的嘴里，甚至连“好好读书”这天经地义的教子之言，都未曾向他们交代过一句。在几乎是无羁绊、无差别、无冲突的和睦气氛中，任凭他们的个性像平原上的小树一样充分发展。父亲的影响是通过一条无声的线路传送的，潜移默化，铸就了子女们一颗颗善良、宽厚、正直的心。执着的追求，罗曼蒂克的气质，党的革命文艺事业的召唤，使他们献身于艺术就像川流归海那样自然。

这篇非虚构文学的“版权”，本来当属著名报告文学作家黄宗英所有。可惜近来她抱病在上海，编辑部的同志又饥不择食，急匆匆拉来一个同行后生执笔。这里，单说的是这个艺术世家的一个例外，一簇逸出的浪花，一串不协调的音符，即老四黄宗汉。

梦　话

一九七九年的初春，黄宗汉身穿一件半长不短、半新不旧的棉外衣，正在北京沙滩附近的一座凋敝破旧的寺庙里，面对着北京东风电视机厂几十名车间主任、党支部书记和科长们，慷慨激昂地发表他的就职宣言。

这个艺术世家里年纪最小的老疙瘩，如今也年近半百了。他留着一头齐齐短短的寸发，隐约露出银针似的白茬。他的面容是生动的、活泼的，富于表情和感染力。修长而弯曲的眉毛，明亮又含蓄的目光，棱角鲜明的元宝形的双唇，使人决不怀疑他就是在电影《家》中扮演美丽安详的“梅”的那位女演员的亲弟弟。如果说他与他的兄长有什么差异的话，就是显得更魁梧、更精干，也更具有男子汉的魅力。难怪他的三姐早在三十多年前，就用爱抚的目光注视着他，若有感慨地说：“在我们家，若论搞艺术，老四是最有前途的！”

此刻，这个具有艺术禀赋的中年人，却在用流利的语气，大谈特谈其办工厂的生财之道。他说：“办工厂就应该赚钱，这是常识性的问题，就像农民种地要打出粮食一样的天经地义。年年赤字，八年亏损，难道我们能够心安理得，无动于衷吗？扭亏不扭亏，难道还有什么可争论的吗？干脆咱们讲明白一点，我就是利润挂帅，因为利润和政治是一致的。搞出优质低价的新产品，满足老百姓对市场的需要，向国家上缴利润，这就是为人民服务，这才是真正的政治挂帅！”说着，他把深沉的目光，投向七零八落的厂房。

这座生产现代电子显像技术产品的工厂的厂址，相传原是严嵩祭祖的家庙，少说也得有几百年的历史。楼阁颓败，庭院荒圮，如今盖起一间间临时性的简陋工棚，看上去乱糟糟的。工人们吃饭连个食堂都没有，每天开饭的时候，只能端个饭碗在露天下穷凑合。东风电视机厂的前身，本来由生产面包纸和糖纸的烫蜡厂、刻蜡版的誊印厂等几家手工企业合并而成。它是中国工业发展的一个缩影。一九五八年那场炽热的狂风，把社会上的零散劳力、家庭妇女卷入了集体经济的同盟，挂出一块块响亮又气派的招牌，而生产方式仍然是中世纪的手工作坊。不久，西伯利亚的寒流骤然刮来，对我国工业的主体造成巨大的冲击，却刺激了我国工业千万个微小细胞的生长活力，它们以惊人的速度，开始了从铁器时代向机械化、自动化、现代化的进军。昔日严嵩留下的家庙里，也发生了令人头晕目眩的变化，从生产面包纸一步跨入了生产收音机、电视机。这样的奇迹在世界上是绝无仅有的，在外国人的眼里简直不可思议。但是，我们有着可爱的知识分子、普通工人和基层干部，他们以无与伦比的韧性，在两条板凳架起一块铺板的工作台上，硬是完成了上百道复杂的工序，把一台又一台自己设计、自己配套、自己制造的电视机投入了国内市场。

用破釜沉舟的精神取得的有限的成功是不计成本、不惜代价的。多年来，我们就是这么硬干的、蛮干的。北京东风电视机厂生产的“昆仑牌”九寸小屏幕黑白电视机，每台材料费的成本三百元，工时费和管理费的成本不计在内，等于白搭；而投入市场的售价只有二百二十元。从一九七一年到一九七八年，这个厂累计亏损一千六百万元；加上依靠国家投资盖起一座楼房和增添一些设备，总计亏损两千万元。争了气，亏了本；增了产，赔了钱。增产愈多，亏损愈大。这样干赔不赚的企业在全国多如牛毛，这样的经营思想在全世界却属罕见。钱从哪里来？既不会从天上掉下来，也不会从地下长出来，却很少有人去考虑它。只能成为国家财政的包袱，越背越重，这个沉重的负担最终还会落到全体人民的身上。

《吉尔·布拉斯》一书的主人公从他在官场周旋的经历中悟出一个秘诀，就是每当新官上任发表演说的时候，要用最黯淡的语言把自己的前任说得一无是处，并用空洞的许诺把未来描绘得一片光明。黄厂长上任后可没这样做，他热情地赞扬全厂职工的积极性，感谢他的前任完成了国家规定的生产数量的计划指标，分析了这个厂从白手起家逐步建立的设备基础和技术条件……随后，他的话题一转，干脆地说："我这里没有空洞笼统的口号，经营方针的第一条，企业要赢利。今年做到扭亏为盈，明年成为百万富翁，后年争取向国家上缴更多的利润。抓住利润这个牛鼻子，添设备、搞革新、盖宿舍、发奖金……其他一切事情都好办！"

他的话博得一阵掌声。掌声是没有字义的语言，可以表达多种含意。有的人颇具同感，出于强烈的共鸣；有的人听了怪新鲜的，出于一时的感情冲动；也有的人持保留态度，拍巴掌纯粹出于礼节性。掌声平息了，人们散去了，不久黄宗汉就听到对他那番演说的诙谐、刻薄的评论——"梦话！"

黄厂长上任的第一把火并没在人们的心中燃起烈焰，八年的企业亏损，使一些人认定生产电视机就该赔钱的逻辑像铁一样冰冷。此外，还有更大的亏损——信仰的亏损、感情的亏损、命运的亏损、人生价值的亏损。多年来的政治动乱，在人们的心灵中留下多少伤痕、缺陷、隐痛啊！是的，许多人的心都冷了，它无法用统计数字来表达，它是比企业亏损更为冷峻的一个现实！

就当黄宗汉作报告的时候，这个厂的一名经验丰富的工程师正躲在家里教他的两个儿子安装电视机。他名叫何家祥，解放前毕业于北京高工，学的是机械专业；解放后又进入军事通讯学院深造，并多年从事无线电尖端技术的研究工作。既懂机械又懂电子，对于电视机工厂来说，这是打着灯笼也难找到的人才。然而，他好不容易从"文化大革命"的牛棚中走出来，又坐上了工厂的冷板凳，闲置一旁，无人问津，他的组长、顶头上司是一位二级工。他患有肾结石，正好告病在家，把浑身本事都用在两个儿子的身上，挖空心思地辅导儿子复习高考教材，手把手地教儿子掌握实验技术。用他的话来说："儿子考大学，等于在考我。"此外，他还有一条退身之路。他的哥哥在美国芝加哥大学任教，侄男侄女也都取得了博士学位，两相比较，更令他有怀才不遇之感。他已与国外的亲人取得联系，随时做好拔腿就走的准备。这个饱经政治风霜而变得老于世故的知识分子，在他第一次与新上任的黄厂长迎面相遇时，他的目光是冷漠的、尖刻的、傲慢的，仿佛在说："谁来办厂还不都是一样！如果有求于你的话，只希望您在我出国的事情上高抬贵手……"

在工厂一间简陋的小房子里，坐着一个面孔白皙的年轻人，他名叫高峰倩，中国科技大学的毕业生，论技术在全厂是第一流的。深思的目光，紧闭的双唇，整天把自己埋藏在一堆电子测试仪器当中，两耳不闻窗外事。但是，他在无言之中包含着比别人更多的心灵创痛。他是干部子弟，他那当过驻外商务参赞的父亲在"文化大革命"中受迫害而服毒自杀，母亲精神失常跳了楼。他很少对人说起家庭的不幸。在别人的眼里，他的感情似乎凝固了、冻结了，只专心致力于分配给他的"小段包工"，能够做到这一点就很不易了。工厂里赚钱赔钱，人事调动变迁，一概与他无关。因此，当黄宗汉从他的眼前走过时，他连眼皮都懒得抬一抬……

在严嵩家庙的破楼上，坐着一个容颜开朗的中年妇女，她叫范绿筠，原是中央机关领导的秘书，如今坐守厂部办公室，处于基层日常事务的漩涡中心。当秘书的往往是没有"自我"的，而她却有棱有角，心直口快，主持正义，独当一面，但在无休止的人事和业务的纠缠中变得心疲力惫了。中央某部要把她调回去，她也期望有个安适的归宿。她与黄宗汉恰好是同年，当她见到新厂长时，露出一副惊讶和疑虑的神情："我正想离开这个地方呢，你倒自己要求往这儿调！我要是你，就不到这儿来干。"

我们的某些基层企业干部似乎有《中锋在黎明前死去》那位古怪的收藏家的癖好，他们的手下拥有一批如龙似虎的人才，却不给这些人才以施展活力的天地。像上述的例子还可以举出很多，在这次采访的过程中，许多同志坦率地倾诉了他们在当时的极度苦闷。零散的元件可以组成发光的电路，涣散的人心却难以聚拢。黄宗汉就面对着这个局面。而且，人们并不了解他，对新厂长的所知还不如对电影明星的了解更多。他能行吗？干得了吗？许多人甚至叫不出他的名字，张口闭口，只知道他是黄宗英的弟弟。这位艺术之家的老四，在会上的慷慨陈词，大概是一时心血来潮，下海，客串，粉墨登台吧。

黄宗汉摇头叹息，向他新结识的同事们说："我是我们家最没出息的一个！"

立正，向右转

他的话多少有点儿言不由衷。

生长在这个和睦的艺术家庭里，每个人都有每个人的成就，每个人又有每个人的个性：自信、自负和自勉。大概其这也是"文人相轻"在家庭里的一种表现。

比方说，四弟对三哥的评论是："要论搞艺术的条件恐怕还不如我，他连句话都说不清楚，抽象思维多于形象思维。不过，此人练功十分刻苦，居然搞出名堂来，谁都没想到他能成为一个职业演员！"

又如，大哥对三妹清新俊逸的文笔大加赞美，对自己这些年来写作道路上的波折满腹惆怅，感慨之余，还要补充一句半开玩笑的话："天下文章属我妹，我妹文章任我改。"

再如，兄长对四弟的评论是，"他是我们家默默无闻的一个，别人甚至不知道我还有这么一个弟弟。直到最近，文艺界的同行们见了面才对我说，原来你还有一个当厂长的弟弟呀！"

而老四自己呢，他认为没能蜚声文坛，与兄长们并驾齐驱，纯属生活机缘所造成的误会。

他为自己五岁就曾登台演出而自豪。那是在天津的大戏院里，在《秋瑾》一剧中扮演女主人公的儿子。也许他的戏只是被别人抱在怀里晃了几遭，他的台词只有“哇哇”的几声哭叫，但他的艺龄毕竟应从那时算起。是他们家登台最早的一个。

聪颖、机敏、勤奋、好动、血气方刚、激进向上，他的胆汁型气质早在少年读书时就显露出来。他是北京通县潞河中学品学兼优的好学生，兼备组织能力和艺术才华。他带领同学们演唱进步歌曲，编排抨击国民党腐败统治的活报剧，他的思想具有浓厚的赤色基调，又有蔚蓝色的自由倾向。即使如此，他的那位热心于宗教宣传的美国女教师还是从几百名学生中一眼看中了他。密斯·蒙特·卡玛丽把他请到自己的一栋小白楼里，从冰箱里取出一杯冰激凌，又在钢琴上为他弹奏了一曲耶稣的赞美诗。然后，睁着碧蓝的眼睛注视着他：“毕业后去美国吧，我保送你进神学院深造，费用不成问题，我可以请你住在我家里。”他沉吟片刻。当时他对美国并无直接的恶感，但美国是站在国民党一边的，他对国民党给中国人民造成的深重灾难充满了反抗和憎恶的情绪。他摇了摇头说：“老师，谢谢您的好意。我不想当个传教士，因为宗教是救不了中国的。我希望到了中国强盛的时候请您再来看看！”

不久，他那鲜明的情感就戏剧性地爆发了。那是在学校的大礼堂里，站在讲台上的一位男老师，大谈特谈其“当别人打了你的左脸，你应把右脸伸给他”的博爱精神，他再也听不下去了。他在人丛中高声喊道：“先生，如果你认为人们可以在屈辱和压迫下生活，那么，就先拿你来试试看吧。请您把脸伸过来，让我打一记耳光！”全场顿时哗然，同学们热烈鼓掌叫好，而那位老师满脸涨红，尴尬地愣在台上……为了这件事，他被以“侮辱教师”的罪名从学校里开除了。

一九四八年七月那个炎热的夏天，经潞河中学地下党组织联系人的介绍，他加入了中国共产党。宣誓仪式是在景山公园的山坡上履行的。在场的只有两个人，一个是介绍人，一个是他，以游山观景遮掩他们的身份，别无选择地安排在崇祯皇帝上吊的那棵树下。因此，至今他对文学作品中描写厂长处于困境时联想到崇祯皇帝孤独的心理描写，抱有本能的反感。他从来不甘孤独，习惯于生活在人与人的旋风之中，并从周围人的身上汲取力量。

他的舞台生涯有着辉煌的一幕，在《大团圆》的多幕话剧中扮演老四。这个剧本是大哥黄宗江创作的，由焦菊隐担任导演。剧情里不乏黄家兄妹们生活经历的影子，写的是太平洋战争之后一家人分而复合。但是，国统区一片黑暗，民不聊生，使兄妹们思聚又不得团圆，最后姐姐和四弟毅然出走，奔向解放区去追求光明。同台演出的有孙道临、于是之……净是当代剧坛的精粹。“我是跟当代名角同台演过戏的！”黄宗汉回忆说。那时他还是一个翩翩少年，灵气、帅气、略有几分书生气。剧情的结尾也与他的经历不期而合，他是全家人当中第一个入党的，本来真的在筹划奔赴解放区，只是由于组织的需要让他留下，迎来了北京的和平解放……

他所以没能如他的兄长和三姐那样从事于文艺事业，据说是在解放后分配工作时，由于一个可爱的老头儿的疏忽所造成的。

解放军入城后，他接到组织的召唤，匆匆去指定的地点集合。一群生气勃勃、喜笑颜开的年轻人，聚集在一幢小楼前的院子里，每人接过一张表格，简单地填写了几行字。表格送到了小楼上，这是决定命运的时刻。而主宰他命运的那个老头儿，也许忘了他是黄家的老四，或者压根儿就没当作一回事。当时的北京百废待兴，许多事情迫在眉睫，更顾不上找每个人谈谈分配的志向。老头儿从楼上走下来，朝大家一挥手：“立正——向右转！”于是，他们这支齐刷刷的队伍，开到宣武区去接管。从此，他坐在区委宣传部的办公室里，开始了二十多年政工干部的生涯，与他的家人分道扬镳。

人生有多少十字路口！一抬腿，就踏上了各自生活的延长线。

他历任区委干事，宣传部副部长、区人委街道办公室、钢铁办公室，还有什么联合办公室的副主任。后来又调到市委组织部，充当所谓“旧市委”主管科技人事工作的一员得力干将。在人事、办事和政治运动之事的圈子里，说干了嘴，磨秃了笔，熬白了头。直至来到东风电视机厂之前，他正坐在北京市电子仪表局的主任办公室里，面临着两种抉择。

政工，无往而不至的职业，在我们的全部生活领域曾经发挥了多么巨大的作用呵！它凌驾一切，推动一切，冲垮一切。频繁的政治运动使这个职业发展为空前兴旺的热门。但是，有一天人们终于发现它并不能代替一切，吃这碗饭的人过多，饭碗里的米粒儿就减少。务虚与务实这两个行当如隔山，改行是痛苦的，等于用其所短弃其所长。一时间，这支过分膨胀的队伍当中有许多人感到苦恼与彷徨，茫茫然不知所归。他后悔吗？有点儿后悔。倘若他当初搞艺术的话，他的成就将随着年龄的积累而延伸，至少有了一技之长。回首往事，自己在运动中整过人也挨过整，到头来两败俱伤，颇有虚度年华之感。

上级机关要调他，下级机关要留。他对局领导说："要留我，得答应一个条件。我在机关里闲得难受，让我去当厂长。"

爱惜人才的领导执意挽留，同意了他的条件："可以，公司所属的几个大厂随你挑。不过，你得有思想准备，如今基层的事不大好办哪。"

"从头儿学徒，试试看。从务虚到务实，学着干点实事儿。"他笑着说，"我这辈子还没当过厂长呢，就让我过过当厂长的瘾吧！"

人皆有瘾。烟瘾、酒瘾、官瘾、财瘾、玩瘾、闲瘾以及老婆孩子热炕头的瘾……唯独不可没有事业瘾。从务虚到务实并不是一条不可逾越的鸿沟，就怕你没瘾。他要在年将半百的时候创造一项三级跳远的罕见纪录：艺术—政工—实业。难怪诸多的观众拭目以待！

一文不名

"黄宗汉丢了！"新厂长的妻子是个医务工作者，上海人。她操着一口流利的上海话，在电话里对厂部的秘书范绿筠说："这个人，见不着伊的影子，阿拉每日一个人在屋里吃冷饭，请侬帮助把伊找回来。”范绿筠也是上海人，她用同样流利的乡音答道：“阿拉也勿晓得伊到啥地方去了，侬不要着急，寻寻看吧……”

不光妻子见不到他，厂里的人也见不到他。副厂长焦灼地找他商量生产当中出现的紧急问题，设备科的人找他研究技术改造的方案，会计师的手里攥着一大摞条子找他签字。还有一群倒霉的用户因为电视机没声音或没影像，怒冲冲地涌到厂里，吵吵嚷嚷，找厂长给他们修理、退换。工厂的摊子像个小政府，比政府的职能还要琐碎。职工的病退、顶替、探亲，某家需要派人去奔丧，某人发神经病需要安置，以至某个车间当干部的爸爸打了当工人的女儿一个耳光……都在等待厂长来处理。而黄宗汉却失踪了，就像蓬皮杜忽然从爱丽舍宫里消失那样，上下乱成了一团。

不久，人们就在嘀嘀咕咕地相传：“你知道厂长到哪儿去了吗？听说躲进了北京饭店，他倒美！”

所传非谣，听到的人气得肺都快炸了。此刻，黄宗汉换上一身干干净净的衣服，拎着一个鼓鼓囊囊的皮包，气派十足地迈进北京饭店的西大厅。

黄宗汉上任之时，就在认真思考着技术设备更新的国产化方案。难道用国产的机械、国产的仪器、国产的工具，直至国产的螺钉……装备一条自动化的流水线，再用全套国产的电气元件生产电视机，这才叫“国产化”吗？目标——赶超世界上最先进的技术水平。这样的民族自尊心是可嘉的，豪迈勇气是值得赞美的。不过，这幅蓝图与现况之间相距甚远。日本的一位电子技术专家铃木来到这个厂参观以后，叹道：“你们生产的这个机型，和我在二十五年前设计的一样。你们的生产方式，也是日本五十年代的那个样子！”他说对了也猜对了，这个厂生产的第一台电视机，就是仿造从同仁堂老板乐松生的家里抄去的一部“文化大革命战利品”，依葫芦画瓢，那个机型的设计者正是铃木其人。我们埋头苦干了许多年，到眼下依然比人家落后了二十多年，使人不得不对“埋头苦干”这个高亢、响亮的口号提出疑问。那位在家里泡病号儿的工程师何家祥就曾激烈反对全盘“国产化”的高级方案，他说：“难道制造机械一定得从炼钢炼铁做起，生产半导体一定得从拉单晶硅做起吗？我认为，国产化就是搞清楚国外是怎么设计的，人家到了什么水平，消化了，变成自己的，这才是国产化。每个国家的工业发展都有自己的层次，工业发展的层次是和技术发展的层次相关的。嘴里嚷嚷国产化，手里搞的是大、洋、全，一步登天，能行么！”

一个极端—另一个极端，畸形的思维，偏颇的摆动，多年来却成为支配社会生活的法则。一九七九年春天，在北京如同在全国一样掀起一股沸腾的“引进热”，恨不得把西方所拥有的先进技术设备一股脑儿端到中国来。这场发高烧所造成的后遗症至今还令人痛心、伤心、寒心。黄宗汉并无先知先觉的预见性，他也怦然心动，手心发痒，如同一个贪婪的孩子那样向隔岸相对的日本企业投去天真的目光。他接到一份日本胜利公司寄来的全套技术设备改革的引进方案，将形成年产七十万台的生产能力。他请厂里的技术人员计算了一下，把日本的成套流水线搬过来以后，他们这片在严嵩家庙里盖起的厂房将变成什么样子？计算的结果叫人沮丧：他们现有的厂房得凿出几十个洞穴，破坏了大楼的强度；他们工厂大门外的那条小胡同每隔五分钟将吞吐一辆卡车，在北京沙滩一带形成空前的交通堵塞……更叫他沮丧的是，引进这套设备需要一千二百万美元，国家手中有限的外汇轮不到照顾他们这个小厂。他的梦破灭了。

当他气宇轩昂地走进北京饭店的时候，天晓得他那鼓鼓囊囊的皮包里装的是什么东西。反正他一个子儿也没有，有的只是关于企业亏损的统计材料。

他胆敢闯入这块国外财团、商贾云集之地，原因在于他的脑子里装着一个灵感。这个灵感来自领导上的几句交代、几句嘱托，使他那富于想象力的大脑受到了启迪。

当时商业部和日本厂商正在签订一笔进口数十万台电视机的合同，以解决国内市场饥渴的需求。外汇，对我国来说珍贵得如宝贝，是全国人民从牙缝里省出来的。一位新加坡华人曾感慨地说："每年从国外进口上百万台电视机，而不同时把技术带进来，这是多么令人惋惜的事！"商业部部长王磊同志建议从国外进口五万台电视机的散件，交给北京东风电视机厂组装加工，每套散件与成品当中有五美元的差额，省下的五美元就积攒下来作为这个厂引进技术设备的资金。既不多花国家的外汇，又扶植了本国的民族工业，是个好主意。这项建议经由北京市委领导人转告了电子仪表局的副局长龚云涛，又传达到黄宗汉的耳朵里。他听了高兴得不亦乐乎："太好了！我正在着急没办法呢，这下子有辙了！"

散件加工是手段而不是目的，通过这个手段引进先进技术，推动国产化早日实现，最终把刻有"昆仑牌"商标的产品打入国际市场，才是真正的目的。瞧，他的胃口真不小哇！但他的老本儿只有五美元的差额，天机不可泄露。他在北京饭店里跟副局长龚云涛一唱一和，配合得十分默契。他说："这个办法对我们中小型企业是适用的。我不同意埋头苦干这个口号，它有片面性，掩盖了我们工作中的保守、无能、浪费……许多问题。现在是抬头巧干的时候了。"于是，这个一文不名的皮包商，挤在与外商谈判的人群中，一个劲儿地往前加塞儿，支棱着耳朵旁听，转着轴地动脑筋，一双明亮的眼睛扫来扫去。那神气与当年《大团圆》中的老四、正襟危坐的政工干部，判若两人。为了不放过任何微小的机会，他一连几天顾不得回家。这天进得家门，扑向床上，倒头便睡。次日清晨，厂部办公室的电话铃又响了，对话的依然是两个上海女性的声音："伊回来了，吃力煞，人瘫了。"

"伊讲了啥？"

"回来一句话不讲，困觉时在讲梦话，啥个五五二十五万美元，半夜里吓死人。伊财迷心窍，热昏了！"

这是清醒的梦话。小本儿经营，算得门儿精。他的梦魂萦绕在祖国这块现实的土地上……

贝多芬与生意经

外国人也是人——这是多么幼稚的命题和答案。但是，当我们多年紧锁的大门打开的那一瞬间，对世界上的另一部分人却所知甚少。先是涌上街头把他们当作稀有生物去围观，接着把他们全都想象成腰缠万贯的富翁而肃然起敬，继而板起面孔朝他们头上戴的高帽子“啪”地一敲，做完一锤子买卖便调头而去……

在北京饭店的餐桌上坐着一个黄皮肤的外国人，他是来谈生意的，酒兴方浓，却把生意撇在一边，笑着问道：“在座的有谁能和我讨论中国的庄子？”他的目光具有挑战性。显然，这个问题他已经提出过不止一次，俨然以比中国人更中国通而自居，并为自己在生意的谈判桌上找不到讨论庄子的对手露出得意的神气。

“我对这个问题感兴趣。”黄宗汉说。他对庄子的学说发表一番见解之后，忽然话题一转：“先生，我对另一个问题更感兴趣，愿意和你讨论一下久留岛龙夫，他在日本出版的那几本关于《第三次世界大战》的书……”

这位日本人听了一愣，表示自己没看过这本书。

黄宗汉说：“我认为你们存在着和平麻痹的情绪。”

对方不服气地争辩说：“只要战争爆发，我们的工业可以马上转入战争体制。”

“办不到，三个月也转不过去。”黄宗汉说：“请你读读久留岛龙夫的那本书吧，他是怎么描写的。几天之内，你们的国土将被占领，你们的内阁将坐船飘渡，在上海成立流亡政府。我们辽阔的国土，才是你们的大后方。我认为，中日的经济合作不单单是做几笔生意的问题，一个有眼光的企业家应该看得更远，当西伯利亚的寒流刮来的时候对你们来说一样的冷！”

他在生意的谈判桌上谈战争，也谈和平。第二次世界大战在日本人民的心中投下沉痛的阴影，他们当中有许多人对中国怀有负疚的感情，希望那样的历史悲剧不再重演。三洋公司的常驻代表是一位音乐爱好者，黄宗汉每次见到他总要一起听上几盘录音磁带：“来，先听听音乐吧。”在一片庄严、和谐、轻松的乐曲声中，他们谈论贝多芬、莫扎特、柴可夫斯基……也兼谈生意。音乐，抽象而富于感染力的语言，跨越了语言的隔阂，沟通人的心灵，触动了常驻代表记忆中敏感的一隅。他说，在上一次战争中，他的家里也死了好几个人，他再也不愿发生这样的事，说到这里，这个文质彬彬的中年人眼里满含着泪水，一把抓起酒杯：“来，黄厂长，为了和平，为了我们的合作，干杯！”

后来，三洋公司的常驻代表给北京东风电视机厂帮了许多忙。直至他离任回国前还诚挚地对黄宗汉说：“如果你遇到了困难请直接写信给我。”

“我们应该怎样看待他们？”厂长对自己的外经人员说，“他们是来做生意，来赚钱的。他们的信仰也跟我们不同。但是，他们也有人的感情，人心都是肉长的，不懂这个也就不懂生意经。我们要在音乐的背景下进行谈判，才能把生意做活。”黄家的老四施展了艺术的魅力，也运用他的多年政工的经验去打开外国人心灵的窗口，把艺术、政工、生意奇妙地融为一体。他看了大半辈子的书，艺术的著作，马列主义著作，今天又在如痴如醉地钻研国外企业经营管理和电子技术的著作。当代的新型企业干部需要有雄厚的文化修养，而文化修养能够转化为外汇，乍看起来简直不可思议。

一九七九年，北京东风电视机厂与日本三洋公司签订了进口五万套黑白电视机散件的合同。并在不花国家一分钱外汇投资的情况下，利用每台电视机五美元差额的外汇积累，引进了一批关键性的仪器和设备，建成了全国第一条高效率的流水线，每台电视机的生产周期从十二小时缩短到一小时零二十分钟，每四十五秒钟就有一台电视机在流水线的终端进入包装，平均班产量达到了六百台。但是，龚云涛和黄宗汉并不满足，他们看到了国内外从黑白向彩色电视发展的趋势，又在与日本的企业进行引进彩电生产设备的谈判了。当时，日本的松下、胜利、东芝等公司分别与我国的几个大厂签订了合同，而三洋公司的投标却没能被接受。这个公司也不甘落伍，对于北京东风电视机厂来说是个难得的机会。富于艺术气质的厂长每逢关键时刻颇能沉得住气，野心勃勃，头脑冷静，寸步不让。经过一番艰巨而曲折的洽商，三洋公司的领导人拍案而起，慷慨解囊："本公司经过研究，愿意赠送贵厂一条彩色电视机的生产流水线！"

三十三万美元的彩电生产设备——白拿。多么富于戏剧性！

不可思议的事还多呢！三洋公司委派一名专家斋藤，来到东风电视机厂协助进行技术性的指导工作。他三十多岁，尚未成家，在日本留下一个七十多岁的老母亲，这位孝子思母心切，本想办完公司交付的事就速归。黄宗汉对日本的初级技术人员倾注了更多的关注。斋藤在童年时有过一次爱迪生式的遭遇，耳膜被暴力震破，长期未能痊愈。当他坐飞机来到北京时，由于高空气压的变化造成耳膜破裂溢血，一阵阵剧痛。黄宗汉当即千方百计地托人寻医，终于找到一种中医的配方，把一种药末儿喷进斋藤的耳朵眼儿，耳膜居然愈合了。黄厂长还陪他一起去看戏，调剂生活，看的是《文成公主》，看到动情之处，厂长若有感触地说："我看你也有点儿像这出戏的主人公。"斋藤听了激动地流下眼泪。当时正值中日纪念鉴真大师东渡，他说："我将怀着鉴真的心情来报答你们的工厂！"这位日本技术人员的献身热忱，几乎博得所有工人的敬重。他把自己的技术毫无保留地贡献出来，不知疲倦地日夜工作，看到车间里零乱时，顾不得脱下西装就打扫卫生。工人评奖金时出现争议，他比当事人还要着急，找到车间主任去反映情况……这年他回国度假，十五天的假期只休息了一天，有十四天都在为东风电视机厂无偿地工作；他熟知中国的工厂缺少哪些技术资料，在假期当中收集了一大摞。通过他，还与国际上享有盛名的平田机工庞大的企业挂上了钩，对推动东风电视机厂的设备改造起到了积极作用，祝愿斋藤那正直善良的精神不会受到他的老板的指责，而应受到褒奖，他出色地完成了他的本职工作。中国人民对一衣带水的邻邦所做的每一件好事是难以忘怀的。

不过，住在北京饭店的外商们，再也想不到跟他们打交道的学识渊博、精明强干的黄厂长的个人生活是怎样度过的。他离开高雅的谈判房间，拖着疲惫的脚步，穿过一条狭窄的甬道，走进后楼一间简陋的小屋，倒在租金只有两块钱的司机们的床铺上，像猫打盹似的养一养神儿。尽管如此，他仍然受到来自背后的非议，说他整天不务正业，说他围着洋人团团转。他只顾牵着企业的牛鼻子，却没顾得回头看看，在一个充斥着小生产者意识的生活环境里做人实在是太难了。

他的后院在起火。

一朝天子三朝臣

乱摊子图治，很多人把期望寄托于铁腕人物，快刀斩乱麻，三下五除二。像一辆隆隆的坦克车碾过田野去攻克目标，在废墟上扬起胜利的旗帜。新厂长却不属于这样的人。他的手太软，心太慈了。他的身上既没有防护的装甲，也没配备强有力的炮火。对有关他的责难、委屈，一概容忍、不挂心、不计较，甚至当别人把听到的话转告给他的时候，仍然天真地眨着眼睛，来一句："不至于吧。"在人事角逐的激流中，由这样的好佬官担任两千多人的工厂厂长，怕难站得住脚。

工厂犹如一个小社会，不知经历过多少次人事的更动与组阁，一朝天子一朝臣，更不知留下多少派系的纷争。这个屡见不鲜的畸形现象逐渐被人们当作正常现象接受了。而黄宗汉这个外来户，孑然一身，上任时一个人没带，一个人没调，瞧他那副优哉游哉的神气，不像是来当厂长，倒像是来赶庙会的……

新厂长一眼看中了把自己埋在测试仪器堆里的那个年轻人。小伙子太可爱了，在闹而优则仕的岁月里，他却一心在电子的世界里遨游，现在该把他引入红尘了。他被委派率队去日本学习，回来后又被委任为分管技术的副厂长，提案通过得很顺利。因为这个年轻人是各方面都能接受的角色。他庄严地担起自己的职责，对他那悲惨的家庭遭遇不吭不响，对重用他的领导不卑不亢。他对黄宗汉的评价只有一句幽默又有所保留的话，那是出于某种联想："我看你当个驻外的商务参赞倒是绰绰有余的。"

对工程师何家祥的任用有过一番激烈的争论。这个城府很深的知识分子却没学会做人的圆通，说话尖利、刻薄，动不动就大光其火，难免伤害感情。他是广东人，精通粤语、英语，还懂得点儿日语——谈判桌上的各种热门语言。新厂长如获至宝似的发现了这个难得的人才。有的同志举出该工程师的某些缺点，证明其人不可重用。黄宗汉皱了皱眉头："为什么不多看看人家的长处呢！"如今何工程师在总工程师办公室分管外经工作，并被派驻国外一年，最近刚刚回来。他对两个宝贝儿子的学业很少问津了，出国投亲的事也忘在脑后，带着糜烂性肾结石的疾病活跃于谈判桌前。可是，依然有人摇头叹息："这个人长期在家泡病号，单单老黄来了以后才来劲儿了。"来劲儿了毕竟比泡病号要好，这句话当可作为新厂长知人善用的佐证。

何工程师曾颇有感触地说："我所以来劲儿，是因为我从老黄的身上看到，这样的人才像共产党！"

说得好。工人群众和知识分子正是从共产党员的行动中去认识党的。我们讲了许多年的身教胜于言教，那是从领导方法角度提出的；身教与言教并未尽统一，因为领导方法取决于领导的素质。黄宗汉把别人聚集在一起，出于他善良、宽厚、忘我的品格。

在新厂长到来以后，范绿筠这个年近五十的女同志，还是坐在那间破旧的办公室里，应付着烦琐的日常事务。她忘不了以前企业亏损的时候，别人把向国家央求贷款来发工资的借条摆在面前，由她亲手盖上公章的沉重心情。如今看到工厂的利润在增加，尽管她并没从中得到什么，还是打心眼儿里高兴。她还亲眼看到新厂长是如何工作的——清早来到厂部，扫地、打水、擦桌子，一面动手一面回答各路人马提出的连珠炮般的问题，处理完了，又一溜小跑地去忙他的“洋务”。新厂长连个办公桌都没有，曾经为他搞了一个不赖的办公桌，他转让给业务部门使用，因此他只得拎着又大又沉的提包跑来跑去。企业赢利了，奖金增加了，范绿筠把代领的奖金发到厂长的手里，厂长摇了摇头：“我是个当学徒的厂长，没资格领这笔钱，放在你那里吧。”范绿筠气得直跺脚：“那些反对利润挂帅的人少给他一分钱奖金都不干，你干么不要？该拿的就拿，放在我这里怎么开销？”一连半年，厂长的奖金攒了不老少，到头来开销得精光：请客、应酬，属于会计报不了账的就由这笔钱来支付，现金花光了，有时还搭上点工资，结果却还有人控告厂长请客吃饭的账目不清。厂长夫人也在电话里发出控告：“伊从机关调到厂子里收入应该多些，每月给家里的钞票却比以前还少，这是怎么搞的？”这一切，又有谁来替他解释呢？

黄宗汉患有肾结石病，加上过度劳累，发展到每天尿血，担任医务工作的妻子深知病情利害，强拉他去看病，他硬是说腾不出空儿，有时连人影都找不着。厂长夫人再一次打电话发表寻人启事，范绿筠接到电话觉得事出蹊跷，据司机说，头天深夜结束谈判以后，明明开车把厂长送到家门的，此事未能探究，秘书手持话筒不敢吭声。经过进一步查询，才知道黄宗汉确实在家中睡了几个小时，天不亮又跑了。而那天他的爱人正值夜班，夫妻不相见，动如参与商，妻子回到家来依旧独守空房。黄宗汉的病一拖再拖，终于剧烈地发作了。在一次听汇报的时候，别人眼看他疼得满脑门的汗珠吧嗒吧嗒往下掉。他嘴里说没事儿，而人已衰弱得伏案不起了。这次他被送进医院，只住了一个星期，为了赶赴一次外事访问活动，穿着病号衣服跑到王府井去，买了一套现成的西装，没等疗程结束就离院而去……

范绿筠说："我现在暂时不想调回部里去工作，是被他的精神感动。看看他的精神能感动得人掉泪！"

他不靠手腕，不靠计谋，不靠权术，单靠他自身的行动把周围的人卷入一项巨大的事业。在这次采访中，他对写一篇关于他的报告文学表现忧心忡忡，如同灾难临头。但宣传工作总是要做的，这个责任只能由作者来担当。他还曾开列过一个长长的名单：上至局长、公司经理、厂党委书记，下至副厂长、副总工程师、总会计师、基层干部和工人群众……希望一一予以报道。他们的名字不胜枚举，如果把这些人物统统描写的话，将写成一部砖头那么厚的著作。他的建议是由衷的。他的妻子曾说："我从他的嘴里没听见说过一个人不好的话。"这句话由他多年相守的伴侣说出，可以窥见他的心清似水。然而，对于他的人事使用存在着诸多争议，许多同志担心他的任人不当将降低他的威信，担心他的好心落不到好结果，担心他的一碗水不能端平……当然，这些劝告都出于善意。

他却至今不悔。他说："每个单位都有可用的人才。我不愿采取大换班的办法，免得乱中添乱，而现在这样做较少后遗症。"

夹缝间

一九八一年初的一天，北京东风电视机厂的门前车水马龙，冠盖如云。一天当中来了几十名局、处长级干部检查工作，听取汇报。这个不同寻常的举动事出有因，某局打了个报告，大状告到了上边，给这个小厂扣上个大帽子，说他们"摧残民族工业"，劝他们"赶快刹车"……这一状告得不轻，一时惊动了三委：计委、机械委和进出口委。幸好有关领导是支持这个厂工作的，特地组织了各方面的干部下到厂里来听听看看，兼听则明，一看便知，大凡来过的人对他们的经营方式都表示了赞赏。

为了应付那个报告，忙坏了黄宗汉。他到处去游说，不厌其烦地加以解释；接待报界人士，搞出一份又一份内参。他说得口干舌燥，还得学会翻译，把技术性的语言翻译为领导能听得懂的语言。某局的态度终于有所松动，作出了新的表示。风波暂时平息了，黄宗汉也耗得精疲力竭了。这是黄厂长工作的另一个侧面——走上层路线的侧面。

“走上层路线”本来包含贬义，当今却不得不走。现行工业管理体制条条框框太多，条条把一项完整的事业割开来，以邻为壑；框框束缚自己的手脚，画地为牢，在生产电视机的流水线开动之前，不知得通过多少条纵横交错、互相碰撞的行政渠道的流水线。就拿散件加工、引进技术来说，主意是商业部门提出来的，落实是生产部门的事，做买卖与引进技术结合，本来两全其美。调换一个角度去看，却成为不可容忍的事。外贸部门一些人表示反对，层层设卡，因为打破了他们的惯例。金融管理部门一些人要予以制裁，因为这样做是把流动资金转变为专用资金，“用打酱油的钱去打醋”。生产管理部门一些人对工厂的产品不予承认，因为这些在中国本土上用进口零件生产的电视机印有外国商标，拒绝登入统计数字的表格……各方面都忠于职守，说出话来理直气壮。然而，正是一些理直气壮的条条框框把小孩子都能弄懂的常识性问题搞成大人听了也头痛的一堆概念，最后上升为高级政治语言，表现为倾向性的斗争，几乎使一个处于行将分娩状态的生产力难产……

黄厂长一脸苦笑地说：“如今办成一件事八面玲珑都不够，十六面玲珑也勉强。”说得多么令人心酸！

玲珑归玲珑，棱角归棱角，这位厂长干起事来具有一鼓作气的行动特征。在对我们的企业领导干部的评价中，很少使用“想象力”这个词汇，但它是必不可少的素质。想象力可以使人振起翩飞的羽翼，冲破人为设置的层层罗网，在生产力发展的广阔天地展翅翱翔。

一九八〇年初，北京东风电视机厂与日本三洋公司签订的五万台黑白电视机散件加工合同所规定的计划完成以后，该厂处于专用生产的流水线停工待料的困境，一筹莫展。其实，消极等待的厂长很少承担责任，可以举出各种客观原因为自己解脱，但黄宗汉又想入非非了。在“把微观经济搞活”上动脑筋。在上级领导的支持下，筹措了一笔外汇。他说：“反正流来流去，都是为国家增加资金收入。”就这样，他们又与三洋公司签订了两笔合同。部门之间相互扯皮，合同规定的货物在塘沽新港积压了一个月不予放行。龚云涛放胆子给黄宗汉撑腰，经过一番上下斡旋，好不容易疏通了渠道。此外，他们还想方设法签订了另一笔进口五千台彩色电视机散件加工的合同。这个厂的生产流水线又在隆隆运转了。副厂长高峰倩说：“外经工作就怕目光短浅，一次买卖做成——完兮！老黄却技高一招儿，做到长流水不断线，难得。”

黄宗汉说：“我们要用自己的成效来结束围绕我们厂的这场争论！”成效如何？他们在散件加工的同时，本厂生产设备的国产化技术改造工作一刻也没有放松。而且，对带动生产电视机配套元件的兄弟工厂起到了带动的作用。东风电视机厂大批进口散件，的确曾给原来为它配套的小厂带来一时的被动。但是，这种影响最终将从消极向积极转变。如果笼而统之的以保护民族工业为理由，硬是使用国粹的质量差、成本高的元件，实质上是保护落后，窒息竞争。当黄厂长的手提包里真正装得鼓鼓囊囊的时候，扯开拉锁，也给兄弟厂以应有的支援。例如，配件一厂生产的机箱，原来的工艺粗糙，喷涂技术也不过关，它是电视机的“脸蛋儿”，至关销路。东风厂以补偿贸易的方式借给该厂一笔外汇，引进先进的注塑模具和喷涂技术。眼下该厂生产的机箱与日本的同类产品一样漂亮。又如，另一个配套工厂生产的高频头，属于电视机的心脏部分，东风厂也资助了少量外汇，黄厂长还落个写检查的下场，因为他违反了现行的财经制度。如今，围绕着整机配套元件生产而奋起直追的工厂，在全市就有二十二家之多。在东风厂试制的国产化样机中，已采用国产的零件一百五十三个，占全部零件的百分之六十一。这些功劳不能一概算在东风厂的账上，到底取决于各厂奋发图强的内因。但是，倘若说他们的同行黄宗汉“摧残了民族工业”，只怕这些被“摧残”了的工厂也未必表示赞同。

随着东风厂产量激增，电视机堆积如山，严嵩家庙的院落早已容纳不下。干脆说，连个起码的仓库也没有。黄厂长拍了拍后脑勺，灵感又涌上心头。他说：“买集装箱，再买‘日野’牌大卡车拖运，花钱租一块空地存放吧。”集装箱的容量大，密封性好，不怕风吹日晒和雨淋，无异于流动的仓库。黄宗汉对这些新鲜的玩意儿既能接受又能发挥，经过集体讨论确定下来。该厂在东郊农村租用了一块原来堆放垃圾的空场，并出于长久之计与公社协商征购。这么一来，违反了城市规划管理的规定，不久，有关部门出面干涉，因为事先未经请示和审批。

黄宗汉铺开几张稿纸，又在埋头写他的检查。第一遍没通过，再写第二稿。他边写边说：“今年是我的检讨年呵！”习惯于说公道话的范绿筠又在鸣不平：“这事该你检讨嘛，你就写。如果……”黄宗汉不在乎地说：“谁让我是个厂长呢！如果写检查能够成就一番事业，多写几份也无妨！”

事业与检讨总是连在一起的。龚云涛也好，黄宗汉也好，他们都不会在检讨面前望而却步。如今望而却步的人甚多，以牺牲事业求得个人既得利益的安稳，他们的既得利益永远也不会存入党的事业的金库里。如果这篇披露了该厂少许内情的报道给当事人招致更多的检查，也罢。历史的天平终将作出公正的鉴定——到底哪头重，哪头轻！

三年一觉

三年过去了，在历史的长河中只是短暂的一瞬，在人生的历程中也稍纵即逝，黄宗汉进厂时的那番梦话有了下文。这个亏损八年、负债累累的企业从一九七九年做到了扭亏为赢，一九八〇年成为“百万富翁”，向国家上缴了五百多万元的利润，一九八一年的利润指标将达到一千七百万元，已被列入北京市的四十一个重点企业之一。

在北京东风电视机厂流水线的终端，一台台造型美观、色泽优雅的电视机进入了包装。它们通过七道工序，一百零四个工位和二十二个检查点的精心组装和测试，达到国际同类产品的质量水准。这些闪烁着“昆仑牌”醒目标记的 B3110 型新产品，即将远销东南亚市场，为国家换取电视工业的第一笔外汇收入。

这一切，都是在没花国家一分钱投资的情况下办到的。三年哪，对于每个人来说，可以办许多事，也可以一件事不办，还可以挥霍人民的血汗造成巨大的浪费而并未受到谴责，各有各的度过时光的方式。该厂的职工们是值得赞美的，他们把一场浪漫主义的痴梦化为现实。

他们厂长的行踪依然难以捕捉。偶尔见到他，你会感到他像一股灼热的旋风，又随时会像旋风那样消失。他说：“我这个厂长的脑子里没装着升官图，只有一幅降官图。当一拨年轻人成长起来，就是我离职的时刻，当个副厂长、科长，或者别的什么……”奋发、进取、澹明、淡泊——丰富的心灵层次，不能不令人感叹！难道这就是他的全部心灵层次么？难道他就没有这一代人共同的创痛和隐忧么？

他也有！他的妻子了解他，那是一场痛苦的梦魇。在当年的“旧市委”被冲垮以后，他无辜地受到留党察看的处分，被流放到北京最远的深山区去改造，蹚过二十四条河沟，来到长城外的番家牌，一个月掉了十多斤肉，精壮的汉子变得骨瘦如柴。他曾无论如何也想不通，回到家里把他过去看过的经典著作一股脑地搬出来，从头再读一遍，仍然如坠五里云雾，最后把那些书全都铺在地下，倒在上面昏沉大睡。他的神经受过强烈的刺激。……如今，他的梦醒了，又在做新的美梦，难怪有人说他是梦想家。梦，是绝对不可缺少的，因为有了梦，才有了明天，而明天是永存的！

当这次匆匆的采访工作结束之时，笔者油然产生相见恨晚的感触。在这里，可以看到一大批在基层工业战线上苦斗的有识之士，他们从各自的痛苦经历中选择了一条义不容辞、义无反顾的道路。祖国的未来终归寄托于工业的强盛，而工业的强盛寄托于众多的新型企业家。他们的年纪多在四十到五十岁的样子，从他们的胸膛中发出共同的声音："趁此正当年，豁出去干了！"

今年是黄家老四的五十大寿。当他与艺术世家的亲朋们欢聚的时候，话比以前少了。他听到文艺界的风风雨雨，只是摇晃着脑袋，发出一声叹息，使人感到讳忌莫深。不过，有时他的口气也够大的："跟你们搞文艺的相比，我这个舞台更大。这是我最后的一幕了，我愿我的演出给人以希望！"

希望——在人间！

原载《人民文学》1981 年第 10 期
荣获"1981—1982 年第二届全国优秀报告文学奖"

励精图治（节选）

程树榛

作品简介

曾被周总理誉为“国宝”的富拉尔基第一重型机器厂（简称“一重”）经过十年浩劫后陷入瘫痪状态，成为全国出名的“老大难”单位。虽然几经更换领导，但均未能扭转颓势。党的十一届三中全会后，新任厂长宫本言重视人才、知人善任，敢于抑强碰硬、奖勤罚懒，大刀阔斧地进行整顿与改革，不到一年便让工厂重新焕发生机，最终实现跨越式发展。程树榛作为他身边的工作人员，目睹了宫本言担任厂长后给“一重”带来的崭新变化，激发起火一般的创作热情，在《励精图治》中忠实地记录了他非比寻常的改革业绩，多侧面、多角度地将一个致力于改革的新式厂长形象立体地呈现出来。程树榛着重描绘了宫本言锐意进取、勇猛无畏的革新精神，他不仅抓班子、抓生产，也十分关心群众的生活，团结和依靠一些中坚分子齐心协力将工厂里的懒散腐朽之气扫除殆尽，把一个老大难单位变成了全国的先进企业。

根据程树榛《励精图治》(《当代》1980 年第 2 期）节选。

正文节选:《励精图治》第三—五节

奇怪的沉默

新厂长上任的消息传出来，像一块石头投进大海，掀动了几圈波纹，随后就无声无息了。人们不由又怀疑起来：是不是又像那位未上任的书记那样：知难而退了?

不过，× 车间一位姓曲的老工人却用自己亲身感受的一件事告诉人们：作出这种结论为时尚早。

这里，得先交代一些背景。

建厂二十多年，一重职工和家属人数比工厂产品的产量增长速度快得多。和全国的许多工厂一样，一重好多职工“三世同堂”。一家多口挤在一间十余米的斗室里。晚上，父母和孩子常常为抢同一张桌子进行学习而闹得全家不欢。有的一间单身宿舍住着两对夫妇，中间以布帘为屏。曾发生过这样的笑话：一天晚上，两对夫妇中的一位男工值夜班，另一对的女方恰好需要加班。可是如果他们按时走开，室内就剩下孤男寡女……十年“战斗洗礼”之后，双方都不相信今天还会有坐怀不乱的柳下惠，所以，谁也没去上班。

前两年，工厂也曾盖了几栋房子，不但没解决住房不足的困难，反而加剧了这种矛盾。因为在“挖门子”“走后门”成风的年月，寥寥几栋楼，还不够某些人送人情、搞交易的哩！人们瞪大了通红的眼睛，盯着这些房子的奠基、施工、落成、分配……于是“红眼楼”“瞪眼楼”的雅号也就产生了。据说，在那几座楼房落成的日子，房产部门负责人的家几乎是门庭若市。

普通工人老曲头几经奋斗，才算分到了简易楼中的一套新房。但是新房却为他带来了新苦恼。楼顶覆盖层太薄，夏天炎热的空气穿过房盖传进室内，令人如蹲火炉；冬天，寒风穿透屋顶将冰冷的气流入房里，使人如坐冰窖。冬天烧炕，冷热一对流，水蒸气很快凝成水珠，滴落下来，滴在炕头，滴在衣柜顶，掉在炒菜的马勺里。外边越冷，里边水珠越多，最后几乎如天公挥汗，天母掉泪。于是，这些宿舍里常常出现这样的情况：炕上蒙着大块塑料布，盆盆罐罐排成长队迎接水滴，上便所戴起雨帽，炒菜时两个人在锅台旁转悠：一个掌勺、一个打伞……

老曲头和他有相同遭遇的职工们无法忍耐下去了，他们不止一次地向领导反映，请求解决，不止一次的无声无息，没有反响；直到七八年年底，老曲头忽听厂里来了位新厂长，他灵机一动：是不是再反映一下？有的人却叹气地说：

“甭费那个事了，还是多买几把雨伞、多买几块塑料布吧！”

“有枣无枣打一杆！”老曲头自有主张。他鼓足勇气给新厂长写了封措辞尖锐的信。他想，如果新厂长神经尚不麻木的话，这一刺兴许会有点反应……

一九七九年元旦过后的一天下午，老曲头正心情烦躁地在室内忙着接“雨水”，忽听外边有人敲门。他没好气地说了声：“进来！”

门开了，一位身材不高、衣着朴素的陌生人走进房来，后边跟着两位少见的干部。

陌生人饶有兴趣地浏览了房间的狼狈样儿，然后便详细地问起主人的居住情况。老曲头以为来人是房产管理员，便放开嗓门发起牢骚来了。他首先批评了厂领导高高在上、不关心职工疾苦；又埋怨了福利部门不接受群众意见；又责问了房产科长为什么不下来看一看，把房子修一修；最后还愤懑地补充了一句：

“就这种房子每月还收三元七毛房租，值吗？”

“怎么不值？我看还便宜呢。”来人笑了笑，在场的人都为之一愣，不知此话何意。只听来人又补充说："你的淋浴钱还没交哩！"

一句严峻的笑话，包含着深沉的愤慨！

"这种情况决不能继续下去了！"陌生人继续说，"我们不能空喊为人民服务，而在具体的人的痛苦面前闭上眼睛！"

短短几句话，说得老曲头心里热乎乎的。他已经长久没听过这样感人的话。他偷偷地问了问身边一个干部：此人是谁？说话还挺解渴的哩！

"他就是咱们新来的宫厂长！"那人告诉他。

此时，如果质量很差的预制水泥地板可以打个洞钻下去的话，老曲头决不会继续站在那儿；他脸红过耳，后悔自己的批评太冒失了。

新厂长似乎看出他的心思，连忙诚挚地向他说：

"老师傅，你批评得很对！我们完全接受。我们回去就研究解决办法。不仅要修旧房子，还要大量盖新房子！"

厂长一行走了，老曲头仍沉浸在激动中。来厂二十多年了，厂领导到他这个普通工人家里走访还是第一次，而且说得句句顺心。晚上，他便走东家串西家，把所见所闻，告诉他那些具有同样牢骚的邻居。

开始，大伙对这话还半信半疑，但过不多久，房产科的修建队一到，人们便深信不疑了。这件事在重机厂一时传为佳话：新厂长刚来就把职工疾苦放在心上，一重有希望了。

不过，这个佳话比起新厂长雪夜勘荒原的事儿，就显得逊色多了。

在发生上件事前的一天傍晚，一辆北京吉普从厂门口开出，顶着雪后凛冽的寒风向茫茫雪原驰去。车内坐着新厂长和他的两位助手。一位是曾被政治风云卷到最底层，又被党的实事求是的春风吹回人间的六十五岁的副厂长鲁明，二十多年前他在第一机床厂当厂长时，曾是宫本言的上级；另一位是刚刚升任第一副厂长的刘安福。这位在生产第一线奋战二十多年的实干家，是新厂长此后工作中的得力助手。

为什么宫本言上任后抛开那么多棘手的事儿不管，却要去荒山野岭兜风呢？

此事说起来也不会令人愉快。

黑龙江向以地大物博、土地肥沃著称。乌黑的土壤用力一捏就能挤出油来；随便刨一个坑儿丢几颗种子，几个月后黄澄澄的谷米便会压弯禾秆头。可是生活在这儿的人们，在相当长的时间内，每月只能吃半斤猪肉，每年只能在春节时享受半斤海鱼；至于鸡蛋嘛，那得看机会；而爱吃大米的南国同胞，对不起，每月一斤大米已经很不错了。当然，我们的有些领导，是不会享受这种待遇的。

居住在富拉尔基的人们，曾经不断大声呼吁：给我们增加点副食吧！增加点细粮吧！增加点……

一重历届领导对广大职工的呼声并不是不闻不问的，早在六十年代初期就在工厂附近开办了农场。但二十年来，人们从农牧场那儿得到的产品屈指可数。人们除了从工厂的年度总结里看到成串的鸡蛋[①]要比自己分到的鸡蛋多得多外，很少看到别的什么。观全省，提高生活的前景相当遥远；看本厂，改善待遇的希望又十分暗淡。于是，人们对在一重工作也就兴味索然了。

宫本言常说自己是个现实主义者，面对这个现实，他不能无动于衷。这就是他不惮天寒地冻外出勘测荒原的原因。

吉普车在接近零下四十度的寒夜中开到甘南。稍稍吃了点饭，随行人员便张罗着住宿，宫本言却站起来将手一挥：“咱们赶路！”

大家以为厂长可能要到阿荣旗住宿。因为他这些天，每天工作十八九个小时，调查研究，了解情况，饭都顾不上吃。所以当汽车开到那个荒僻的小镇的一家小旅店门口时，司机刹了闸。

宫本言忙问：“怎么停车了？”

司机答道：“天这么晚了，还不在这儿住下？”

---

① 指总结报告中数字的圆圈。

“怎么，你们都困了？”宫本言望着司机和车里的人。

大家互相望了望。一位副厂长接口说：“我们怕你太疲倦了，这几天你一直没得到休息……”

“你们怕我累着？”宫本言笑了，“嗐！我什么时候变得这么娇贵了！”他催促司机：“继续向前开！”

要干的事情多得很，时间不等人啊！

司机求助地看了两位副厂长一眼。对宫本言知根知底的鲁明将手一挥：“开！把油门加大一点！”

汽车怒吼一声，驶出了阿荣旗。

北大荒的大烟泡儿风，以它特有的疯狂劲来阻止汽车的前进。车身被吹得趔趔趄趄，并且不断地从车棚上各个细小的缝隙削进它刺骨的“利刃”。“乘客”们不得不用大衣裹紧身子，把皮帽子拉下来捂住耳朵；每个人的脚都冻得像猫咬一样没处可放，有的人牙齿冻得磕磕响。可是，宫本言却谈笑风生。他放开嗓门，畅谈今后两年如何实现开荒两万亩，生产四百万斤粮食，提供家禽、鱼、肉、蛋五十万斤。讲着讲着，他兴奋地把皮帽子一摘，额上居然冒出热气来。他把大手一挥：

“凭这么好的自然条件，咱们大干它一场，彻底改变面貌，让职工们以后恋着重机厂不愿走！你们相信不相信？”

“相信！”他的伙伴们大声呼应着。

豪迈的理想、宏伟的蓝图，驱走了人们身上的寒冷和旅途的疲劳以及瞌睡虫的侵扰。午夜，到达了目的地。宫本言把身体不好的同志安排在临时接洽的军营住下，他和老上级鲁明住在一个办公室里。

办公室冷得像冰窖，冻得两人一夜没有合眼。正好，宫本言借此时间又向自己的老领导虚心求教。

这位第一机床厂前厂长欣喜地看着曾是自己下级的“小伙子”的成熟，毫不隐讳地讲出自己办好重机厂的意见。最后说：

“你从抓职工生活入手，这步棋算走对了！”

宫本言也掏出了自己的肺腑之言：

“我总觉得，搞革命一定要使人民能享受到看得见的物质利益才对。过去我们抗日、打老蒋、搞土改不都是这么干的吗？只开无限远的空头支票，群众是不会跟我们走的！这些年的教训，一定要记取。”

“是啊！”老鲁头对这番话深表同意，他又接着说，“这些年总是吵吵要消灭城乡差别，可是，越消灭差别越大。到现在，城乡差别没消灭，城市之间的差别倒大了。人心为什么浮动，还不是想找个生活好一点的地方！”

“所以，我向部里立下军令状，”宫本言从床上坐了起来，“三年不改变一重面貌，撤我的职！一个共产党员，不能为党分忧，为群众谋福利，有什么颜面在那儿指手画脚！”宫本言充满义愤发誓般地说。

鲁明看着宫本言那炯炯闪光的双眼，他深信：这个铁铮铮的硬汉子是决不会食言的。

两人越说越兴奋，用理想的火花，驱除了长夜的寒冷。当东方刚刚泛白时，他们立即叫醒同来的伙伴。

他们翻山越岭，踏雪履冰，又整整走了一天。汽车冻得开不动了，人们累得走不动了。但宫本言还迈开他的铁脚板不停地走着、看着。年过花甲的鲁明，咬着牙紧随在他的身后。

他们走过阿荣旗地界，又去了三里岗；访问了哈拉公社，又到了蛟龙潭；最后，终于确定了今后几年内开办农场、养鱼场、养禽场的地址、规模和具体行动计划。

与此同时，财会部门的同志，也确确实实感受到新厂长的存在。宫本言查账了！多年来，第一次由厂领导向他们详细查问一重的“家底儿”。宫本言首先找到经营副厂长，这位同志因系刚接手，连问几个问题都未答出。这样，他又请教财会处长，可触及一些陈年老账，尽管这位处长责任心很强，业务很熟，也一下子难以说清。最后，宫本言问到了直接写账打算盘的会计师们，不少人也是支支吾吾，被问得头上冒汗……请看：我们价值连城的“国宝”，就是这样没有价码的东西！但能怪这些同志吗？不能！因为这个糊涂庙里的糊涂账已糊里糊涂一二十年了！

宫本言以他过去管理一厂的丰富经验和善于理财的清醒头脑，一笔笔、一本本进行详查细算。财会部门的领导和群众，巴不得有这个机会，他们热情帮助自己的新厂长，把这筐乱丝理出头绪来。

宫本言看了查清后的账面大吃一惊。啊！仅计划变更使在制品报废和因管理混乱而造成的原材料盘亏等项，就六千余万元；抵得上他苦心经营的一厂全部固定资产的百分之六十！怪不得人家说重机厂是家大业大，真是名不虚传哪！

使宫本言感慨的事还多着呢！大金工车间后边露天毛坯库中的半成品堆积如山。有的风吹日晒，早已改变了固有的模样；有的抗拒不了那铁面无私的大自然的惩罚、被氧化为一堆铁锈；但它们姓啥名谁，仙乡何处？查不到“户口”。

模型库里的热闹劲儿也绝不亚于这个露天仓库，躺在那儿睡大觉的木模究竟有多少，何处是他们的归宿，谁也不知道。

在锻压车间旁边，居然出现这样的奇迹：一个直径约为四百毫米的钢锭模里，长出一棵高高的白杨树。从它粗大的树干估算，其年龄决不会小于重机厂最早出生的新一代。不过，它可比本厂职工子弟更经得起风吹雨打，因为它的根部被这无人问津的金属体牢牢地保护着。

还有一个故事听起来也令人难以置信。有一天晚上，新厂长想到某车间走走。他从车间东门进去，只见毛坯把所有的过道堵得严严实实。他翻山越岭般地走到南门口却出不了门了，最后不得不从毛坏山底下钻出来，而这个现代化大厂房面积为两万多平方米，高三十余米。

当宫本言走到厂的托儿所和幼儿园时，他简直不相信自己的眼睛。这个五十年代落成的现代化建筑，被糟蹋得不成样子。所有门窗玻璃全部损坏，只好用马粪纸、破胶合板借助于板坯铁钉钉上，不用说里边是黑咕隆咚。地板几乎全部裂开，野猫和耗子自由出入。壁上五颜六色、色彩斑斓，但并非张贴的传统名画，而是出自那些不满五岁的孩子们的手笔。更可笑的是，原来专学幼儿教育的阿姨们，被"文化大革命"造反的"五七大嫂"所代替。她们保育知识不多，造反精神却很强，动不动就对孩子们大打出手，孩子们对她们如鼠见猫，不敢沾边。因此，职工们宁愿一月花二十元请邻家老太太看孩子，也不往幼儿园送孩子。

此外，在炼钢车间凌乱不堪的材料库，在运输车间瘫痪已久的机车群旁，在铸铁车间不见天日的清理工部，在厂区南端堆积如山的废品堆前，以及农牧场半躺半卧的拖拉机、卡车、肮脏不堪的鸡舍、猪圈……这些自建厂以来领导贵步难抵的地方，都留下了宫本言的足迹……

到处是触目惊心的混乱，到处是麻木不仁的糊涂，到处有唉声叹气的埋怨，到处有丧失信心的牢骚。机构重叠，人浮于事；生产率日益下降，废品率不断提高。不少人打一夜麻将，上班来到办公室作合法的休息；不少人半夜捞鱼摸虾，白天在车间修理被损坏的工具，而在年终评比会上，有些以制造流言蜚语为能事把本职工作一推六二五的人，却被评为先进工作者；有的专靠拉帮结伙为营生的投机钻营者却被提职加薪；而一些兢兢业业埋头苦干的人，却在那儿受气挨整；数以百计的冤、假、错案得不到平反、昭雪……

这些日子，厂办公大楼内经常有人在静坐；各种名目的大字报"琳琅满目"；成群结队的人在游行、请愿。宫本言每天要收到几十封职工来信；半夜回到宿舍，还有人在门口等候接见。他们要求调房子、定工伤、解决子女留城、盼望早点平反冤案、希望领导为银河搭桥……

宫本言未来一重前对困难是有思想准备的，但没承想，摆在他面前的困难比他所想象的要多得多。他不由暗自苦笑地说："我大概真的要栽在这儿了！”

能畏难却步吗？不！宫本言还没染上这种二十世纪七十年代在我们某些干部中的流行病。他是共产党员，共产党员是为解决困难、克服困难而存在的。如果生活中没有困难，还要共产党员干什么？来厂四十余天，在摸清厂的现实情况之后，宫本言努力探索根治一重痼疾的良方，准备对症下药。

正在这个节骨眼上，部里突然通知他：去国外考察。这是一个求之不得的学习机会，宫本言对之向往已久。当然，他并非想借此时机去外国游山玩水，看看资本主义的花花世界；而是真心实意地想学点管理现代化企业的经验，实现他改造企业的宏图大志。

这个消息传开后，一些朝思暮想盼着出国去捞一把的人，馋得直流“哈喇子”。他们羡慕宫本言走运：刚来一重三天半，就摊到这样的“好事”，而他们在这儿已熬了二十多年却没捞到。啨！真可惜！

但宫本言却拒绝了这件“好事”，他向部里打了报告，请求不要让他出国。

这是怎么回事？宫本言变成傻瓜了？那些“精明人”感到不理解新厂长的用意。

他是在仔细思量以后作出这个决定的。首先，他看到一重的现状：党委书记出外养病去了，二把手刚刚调出，三把手正在北京活动调动工作，……他刚来厂又要出门，广大职工会想：你们都撒手不管，重机厂还办不办啦？而且，根据惯例，出国前还有数不尽的准备工作要做：听动员报告、进行礼宾训练、裁制出国服装、学习旅行常识……一个月的时间是打不住的。回来之后呢？还得写总结、作汇报……至少又得一个多月。加上考察两个月，一来二去，几个月时间便报销了。而重机厂又如此现状，他这个新厂长能放心地出国吗？再说，重机厂这个病症，到哪个国家能够找到医治的良药呢？

宫本言不但自己放弃了出国机会，还动员厂的一位副厂长也暂时不要出国考察。这位副厂长欣然同意，也向上级请求，另外派人出国。

这个消息一传出，对正在涣散的一重“军心”，起了良好的安定作用。职工们在悄声地互相传告：新厂长到底与众不同，看样儿真要好好在这儿干下去了！可是，为什么还不见他讲话呢……

一鸣惊人

在沉默了四十九天之后，宫本言开始讲话了。在厂里的第六届职工代表大会上，他作了《解放思想，加速转变，把一切工作转移到生产建设上来》的报告。

这个报告是宫本言学习党的十一届三中全会精神的一篇联系实际的笔记。

当宫本言从收音机里听到全会公报时，他的心豁地一下亮了，宽了！他如饥似渴地一字一句咀嚼它那博大的内容，深邃的含义，不禁激动得心潮沸腾。他在心里说：党啊！您句句都说到我的心坎上去了！二十多年来，我一直盼着这一天，今天终于盼到了！快转移吧！要刻不容缓！要只争朝夕！我们的时间再也耽误不起了！我们的国家经不起再折腾了！

在充分研究重机厂的历史和现状之后，结合党的三中全会精神，宫本言和党委一班人归纳、整理、制订出一个搞好重机厂、完成一九七九年任务的“施政纲领”，经过各方面、各部门的反复酝酿与讨论，经过字字推敲、句句落实，而今在全厂的最高权力机构中“抛”了出来。

职工代表大会这个词儿已在一重职工中淡忘了！前些年，这个词儿被说成是修正主义货色。谁还敢再提它？所以召开这个会，这件事本身就带有一种新鲜劲儿。因此，人们是带着某种好奇的心情来会场上“瞅瞅热闹”的；新厂长到底是个啥样儿啊？也值得一看。

宫本言坐在主席台上，一连讲了三个小时。会场上人人聚精会神，个个屏声敛息，这在一重是多年来未见的。这些年来不少人已习惯于大会睡大觉，小会睡小觉了；经常是台下的声音压倒台上的声音，除睡觉者外，人们是各得其所或交头接耳小声诉说心腹话；或对着《参考消息》，纵谈天下大事；或看画报以赏心悦目；或嗑瓜子以饱口福；或借机养神以至鼾声大作……比较守规矩的还是一些女同胞，她们悄不言声地专心织着毛衣。至于主席台上谁在讲啥，则与咱无关。反正是“秘书会写，书记会念，念完了就散”，会会如此，有啥听头……可这次却不然。人们发现这个既不高大，也不威严，朴朴实实的新厂长，居然会吐出这样扣人心弦的话来。你听：

“……全厂上下要集中力量攻品种，上质量，确保国家下达的十三项重点产品一种不缺、一台不少，为国家填补四项空白；品种质量主要指标达到历史最好水平，力争有更多的产品进入国际市场……”

讲得真有劲！这能是一重的声音？

“为改善职工生活，一九七九年我们要办十件好事：兴建五万平方米住宅，解决一千户职工住房……要搞好副食品基地建设，建设机械化畜牧场、兴建大型养鱼场……”

听众瞠目结舌，如在梦中：新厂长在发高烧、说胡话吧？可是，宫本言却继续坚定地说：

“……全厂职工要认清我厂在四个现代化建设中的地位和作用，认清我厂的生产任务直接关系到四个现代化进程，树立坚决完成各项任务的责任感。”“我们要承认落后，看到自己的问题，增强紧迫感。树雄心，立壮志，急起直追，迎头赶上！”

宫本言沉默四十九天，一鸣惊人。

职工代表大会后，十里重机城像开锅粥似的沸腾起来。一万七千名职工，七万名家属，自发地在讨论宫本言报告，它成了人们谈话的主题。有人赞扬，有人惊叹，有人佩服，但也有人怀疑，也有人嘲笑。

赞扬者说：报告把人们年年盼而年年不见面的东西都提出来了，找到了“老大难”的病根，一重有希望了。

惊叹者说：宫本言好大的气魄！竟敢摸这样的老虎屁股，有个力挽狂澜的劲儿！

佩服者说：新厂长不愧是个实干家！通篇报告都是掷地有声的大实话！

怀疑者则说：啃这么硬的骨头，铺这么大的摊儿，凭宫本言……行吗？

嘲笑者的话却不是动听的音乐：“哼！宫大胆的牛皮吹的真不小，看吹炸了谁给他补？不说别的，光五万平方米宿舍，就够他喝一壶的……”

某单位的几个干部，当面和一位副厂长打赌：如果今年能盖成五万平方米宿舍，愿以一桌酒席为赌注；有人甚至摸着自己的脑袋说：“如果宫本言能……这个吃饭的家伙不要了！不信，咱们走着瞧！”

这些话从不同的渠道传进宫本言的耳朵。但他既不分辩，也不解释。不过，他却赞成这样一句话：走着瞧！

走着瞧

职工代表大会明确地提出了“全力以赴抓生产、集中力量攻品种、上质量”的中心任务，以及“生产、整顿、生活”三大奋斗目标作为衡量重机厂贯彻三中全会决议、工作重点转移的标志。宫本言要求全厂职工，这一年要“念一本经、唠一套嗑、唱一台戏”！他要求干部们要“说了算，定了干！一步一个脚印，决不失信于民！谁也不准出别的花点子，谁也不许打横炮！”

但说起来容易，具体怎么进行呢？

政治路线确定之后，干部是决定的因素。整顿各级领导班子，成为当务之急。

在未来一重之前，宫本言早就听说，这个厂的职工来自全国，除台湾省外，哪个省都有。人才济济，是有名的藏龙卧虎之地。省军级有之，地师级不算稀罕，处级成连，科级成营，大学和专科毕业生比比皆是，其中还有不少吃过洋面包的。可是重机厂为什么却治理成这样呢？

一个重要的原因是，一重不养人。这些年积压人才、浪费人才、糟蹋人才，达到惊人的程度，导致大量人才外流，人心思动。

“文化大革命”中，一举整死两个全国人大代表、副总工程师，因此在全国颇负造反“盛名”。

前些年，有十数位才高望重的老工程师因在本厂无法安排工作而自找门路了。前副总工程师冯 ××，曾留学美国，堪称热加工专家，因莫名其妙的原因，长期不予安排工作，初则下放农村劳动打井、铲地，接受贫下中农再教育；继则在煤气站打杂儿，掘煤、抬筐，又“接受工人阶级的再教育”。当时“四害”猖獗，情有可原；可粉碎“四人帮”后，该落实政策了吧？但奇怪的是，到了一九七七年年底，省政协开会选他为常委，征求重机厂意见，却遭到某些人的强烈反对。冯 ×× 伤心地说：“重机厂之大，竟无我安身立命之处。此处不留人，自有留人处，我走吧！”就这样，冯 ×× 怀揣满腹不平，愤然离去。据说，在离工厂前夕，这位为建设一重捐献二十年心血的老工程师竟以泪水洗面，并发誓说：“我再也不踏一重的门槛了！”后来工人们听说此事，嘲讽地说：“别看重机厂生产上不去，可为外单位输送人才方面风格却很高。瞧！连冯总这样的稀有人才都‘转让’了！”

知道内情的人都说：他要留在一重，别人的位置怎么摆呢？既然如此，就“转让”吧！

一个通晓国内外机械加工工艺的专家——党员副总工程师“转让”了；一个对全厂管道分布了如指掌、出席过全国青年积极分子代表大会的工程师“转让”了；一个国外留学、在热处理方面颇有见地的专家“转让”了；还有一大批经验丰富的管理干部，也“转让”了……

前总冶金师韩玉斌还算幸运，从“牛棚”出来后，在节约办公室里挂了个副主任的虚衔，轻松愉快地坐了好几年。

要调整现有的各级领导班子，就要有个全面的估计。宫本言经过充分调查后认为绝大多数是好的，但有一个不容否认的事实是，其中不少同志习惯于搞政治运动，对生产技术业务没有钻或者没钻进去，对当前工作重点转移很不适应。目前必须改变这种状况，把那些有业务专长的社会主义实干家，放到关键的生产领导岗位上去，使之人尽其才，各得其所。

过去调整领导班子，一直沿用这样一套老办法：由组织部门查档案，听汇报，提出人选，然后送交党委批准；党委会上，有关同志对着花名册念了一遍，便算通过，公布执行。至于这些干部是否胜任、称职，那是不需多问的，反正叫你干什么，你一定“能”干什么，当然也一定“会”干什么。

可这次调整班子，宫本言却采用了新的办法。他要各业务部门负责人，如有关副厂长、正副总工程师、总会计师等，根据实际考察与了解，把适于做某项业务工作的人员提出来，供党委研究，然后送交组织部门审查备案。

两种方法，两种效果：前者选拔的干部，多是档案袋里的死材料，虚的多，实的少；后者提出的人选，来自实践，符合实际要求，多半能够做到人尽其才。

调整首先从厂部做起。经过反复酝酿，一批年富力强、干劲十足、经验丰富的中层干部，被提拔到厂一级领导岗位上来了。他们的朝气为厂部带来了活力。政工口提拔了一位厚重稳健的同志任副书记。他的平易近人、脚踏实地的工作作风，大大改善了工厂的政治思想工作状况；在落实政策、促进广大党员干部思想转轨方面，成了宫本言的得力助手。

既然把干部安排在一定的岗位上，就应该使其有职有权。这是宫本言的一贯主张。

韩玉斌被提拔为副总工程师后，开始工作不够大胆，下边的人对他也不服气。宫本言了解这种情况后，主动为他创造发挥作用的条件。凡属他职责范围的事，都交给他全权处理。有这样一个例子：在调整有关热加工各单位领导班子的时候，宫本言不但让韩玉斌参加商讨，决定后，还让他去找有关干部谈话，宣布厂部的任命。有人看不惯，说："韩玉斌一个非党人士，有什么权利过问人事问题？奇怪！"可宫本言说："一点也不奇怪，副总工程师不知道手下的兵将是啥角色，怎么指挥作战？以前没让总工师过问这事，是我们工作中的缺陷，以后要改。"同时，他又要求韩玉斌：说了算，定了干，放手大胆工作。这位年逾花甲的老工程师见到厂长如此信任自己，心里十分感动，经常带着多病之躯，夜以继日地战斗在生产现场，及时发现问题，及时解决问题。他常说："还有比受到党的信任更可宝贵的吗？今后就把这把老骨头撒在一重也心甘情愿！"

水压机设计专家刘炯黎被破格提拔为设计处副处长兼副设计师震动了全厂。这位解放后毕业的大学生，是我国第一台巨型水压机的主任设计师，为发展我国重型机械作出过贡献。可是，他的才能一直不为人们重视。这些年，挨整有他的份儿，奖励挨不到他的边儿。前年全国科学大会召开前夕，上级要求一重上报重大科技项目，刘炯黎主持设计的那台水压机是其中的一项。可在列表排名次时，他却是最末一个。不久前，这种不合理的现象被纠正了，刘炯黎到了可以发挥自己才能的岗位。前后一对比，这位新的副总设计师怎能不心情激动呢？

宫本言敢于破格用人在计划处副处长金弢身上也得到生动的体现。金弢是五十年代初的交大毕业生，对企业管理有独到的见解与才能。五七年被错划为右派分子，如今已经两鬓斑斑了。本来他已心灰意冷，想趁“改正”的机会回到南方的老家度过后半生算了。但是，新厂长却为他的才能提供了可以发挥的条件。去年十月份，他被破格提拔，成为厂长管理企业、改造企业的得力助手。这位知识分子的精力被耽误了二十多年之后，在新长征途中，又为宫本言励志改革的热情点燃起来了。

炼钢专家蒋志良的遭遇，也令人三思。他是五十年代初专门学冶炼的中专毕业生，又到国外实习两年，在理论和实践上都颇有见地。可在一重，炼钢车间却不能容他，莫名其妙地把他“起”出来了。如果蒋志良没有任何事业心，他可以心安理得地在“养志院”里悠闲过日子，不必在炉前炉后受烟熏火燎之苦。可是国家统计局的统计员却会为一重钢的产量、质量每况愈下而摇头了：为什么具有如此巨大炼钢能力和现代化设备的大厂，会出现如此被动的现象呢？当然，他不会知道这与一重那个蒋志良使用不当有关。宫本言来厂后，蒋志良又回到他应该战斗的岗位——当了炼钢车间主任。蒋志良不负众望，一九七九年为实现职工代表大会所确定的战斗任务，领导炼钢车间作出了出色的成绩。

在为协助宫本言励精图治改造一重的宏图的点将台上，人们不会忘记运输处的赵玉才。这个同志在重机厂运输战线已滚了二十余年，他熟悉自己手下每个司机的性格、每台运输设备的性能，必要时，他自己也可以操起方向盘而驰骋千里。他的特点是思路敏捷，点子多，心眼儿来得快。谁知这也成了他不受重用的原因。“文化大革命”中被人称为“赵小鬼”，糟蹋得无一是处。最后，他感到实在无法在一重待下去了，三番五次地到组织部部长家去“泡”，要求调动工作。“到哪儿都可以，哪怕回家撸牛尾巴也行，就是别让我留在重机厂了！”他这样恳切要求道，“中国之大，哪个火葬场盛不下一个骨灰盒，我干嘛非在重机厂这棵树上吊死？”

这是一九七八年年底说的话。一年之后，他却换了完全相反的腔调：“我已拿定主意，这把骨头交给一重了！”还是那个赵玉才，又三番五次地找领导谈话，不过，谈话的内容不再是要求调走，而是为搞好工厂献计献策了。这是什么原因呢？

原因很简单：新厂长浇灌了赵玉才复杂的心灵世界那颗富有进取心的种子。宫本言说："'鬼'一点怕什么？在大干社会主义中，点子多一点，脑子活一点有什么不好？我们不希望干部都是些死木疙瘩。管理现代化企业，需要动脑筋、赛智慧……"本着这一想法，他对赵玉才委以重任，体谅他，信任他，严肃地帮助他克服缺点，热情地支持他大胆工作，随时给他敲起警钟。

实践是检验真理的唯一标准。一年来，赵玉才率领这支运输大军，除胜利完成生产运输任务，还为兴建职工住宅、大办养鱼场、搬迁设备、清除数十万吨废品、垃圾，作了名副其实的先行官。现在提起赵玉才，人们都交口称赞，说：宫本言真行，他把赵玉才的"鬼"点子都用到正地方去了。

…………

在这里，笔者无意一一描述宫本言知人善任和那些奋发有为的同志们的动人事例。在我们这个不正之风仍大有市场的社会里，受表扬的人往往会受到某些人的白眼和歧视。在读这篇报告文学时，说不定会有人冷嘲热讽，甚至用下流的语言骂街哩！他们还会挑那些同志身上这样那样的毛病。不过，我们奉劝这样的同志，还是别持这种态度为好。如果你们还有起码的党性，真有本事，那就振奋起来，重机厂有的是用武之地，大家一块来赛赛嘛！如果胸无大志，又不学无术，只会在嘴皮子上下功夫，以前还可以马马虎虎混下去，八〇年你还能混下去吗？八一年、八二年呢？……在宫本言手下工作光靠翻老皇历可不行了，谓予不信，有事实为证……

一九八〇年三月三十日午夜改于北京

原载《当代》1980 年第 2 期

荣获"1977—1980 年首届全国优秀报告文学奖"

祖国高于一切

陈祖芬

柏林妻子

30年前。德国柏林。

俗话说：人非草木，岂能无情。即使像王运丰这样豁达的人，现在也屡屡跌进感情的深渊。他陷在厚实的沙发里，望着正在地毯上嬉戏的三个儿女：孩子们和她长得太像了！那凹陷的棕色眼睛，那举手投足之间，无一不渗透着她的音容笑貌。说来也怪，只有在她出走之后，他这做丈夫和父亲的人，才充分地领略了这一切遗传上的惟妙惟肖之处。于是孩子们那欢快的笑声，只能引起他悲凉的情思。人对于失去了的东西，总是感到分外地宝贵。她出走了，却较之她在家的时候，愈发地使他感觉着她的存在和他视之比生命更宝贵的她的爱情。

这些日子发生的事情，像旋转木马似的把他搞得晕头转向。一切都是从那封邮件开始的。那是一张祖国寄来的《人民日报》——报道了新中国成立的消息。他简直不是看报，而是吞！他一口气把那条喜讯吞了下去，然后才久久地品味着、陶醉着……当然喽，回国去！1938年他出国留学时，坐的是德国海轮。这样先进的海轮，这样超乎他想象的内燃机！世界上一见钟情的故事不少，他和内燃机的姻缘就由此产生了。海轮途经新加坡，几个洋人向海里扔下几枚钱币，对中国人说：谁下海捞着，钱就归谁。洋人笑着，笑得白脸变成血红；下海的中国人也笑着，笑得黄脸变成惨白。这种愚昧痴呆的笑，都是因为他们心里没有一架燃烧起自豪和力量的内燃机！

柏林到了。呵，这么多的汽车！一辆、两辆，三、四、五、六……唉，数不过来！来自人力车和马车的国土的王运丰呵，这些飞驶的汽车无疑是给他来了个下马威：你们中国造不了汽车，你们连一个内燃机厂都没有！

唉唉，中国在德国的四百多留学生，几乎谁都不学内燃机专业——回国没饭碗呵！可是难道中国就永远没有内燃机、永远没有自己制造的汽车、轮船了？！不！……

现在王运丰是西德内燃机专业的国授（国家授予）工程师，拥有着一吨多重的书。正是这些书，浓缩成他生命的精髓；而他的生命，也分解在这些书里了。书本是他生命的影子，当然要跟随他回国的，影子是不会和他自身分开的。妻子再好，也可能分开……前几天国民党在西德的便衣跟踪他、审问他。昨天半夜又有人打电话来威吓："小心点，否则我们要用手枪来对付你。"妻子吓得睡不着了。她痴愣愣地瞪着他，那棕色的大眼睛更加凹陷了。一夜之间，她变得像一朵萎缩了的花。他的心也萎缩了起来：他干了什么对不起她的事？他召集了留德同学和侨民开会，呼吁响应周总理对海外知识分子的号召，回国参加社会主义建设，而且立刻给周总理发了电报："留德同学会全体会议通过决议，表示忠于中华人民共和国毛泽东主席，并响应周恩来总理的回国参加建设的号召，请速派遣外交代表和安排留德学生回国事宜。"祖国解放前几年，国民党驻西德的机构先后三次动员他回国，他拒绝了。可这次，他偏要回，“你别走吧……”棕色眼睛的妻子哭了，泪水莹莹地望着那六间一套的家。每间房里都有大幅的地毯和贵重的家具。于是，他看见爱情在讲究的咖啡壶上闪耀，在雕花木上微笑，在地毯上伸展，在她的泪水里流淌……只有他和她才知道，他的事业加上她的爱情，才能经营起这个美妙的家庭。他们是一体的。他和她之不能分开，犹如他们那三个孩子不可能再分解成他和她的细胞一样。

但是，当她知道他回国的决心已不可动摇时，她赌气回到东柏林的娘家去了。这位柏林妻子和他竟是同样把祖国看得高于一切。唉，人们往往津津乐道：一个共性如何使有情人终成眷属。但人们可知道，往往同一个共性，又能使眷属终成无情人？

无情？当法官宣读了离婚的判决后，她在法庭上当众就哭了起来。他真想一把搂住她说：别哭了，和我一道去中国吧，就像结婚时他拥着她走向他们的家……

家被无理查封了。家具、地毯、车库，一切都贴上了封条。根据当地法律，私自撕毁封条的，要加倍从严地法办。但是封条可封不了王运丰那急于回国建设的心，那颗像内燃机一样产生巨大能量的心。一切可能发生的凶险，都在“祖国”这个古今中外最有魅力的名词面前，变得不值一颀了。王运丰撕下了汽车上的封条。在德国司机的帮助下，他带走了三个孩子和跟随他的影子——一吨书。而财产，全丢下了。“生活中最没有用的东西是财产，最有用的东西是才智。”这话是谁说的？对了，莱辛！是呵，只要有书，有才，就可以为祖国服务。他怀着赤子之心奔向理想的境地。呵，解放区的天，是明朗的天，解放区的人民好喜欢。50年代的知识分子是天真的。第一个从西德回国的工程师王运丰，和他那三个7岁、5岁、2岁的孩子一起稚气地笑着……

“德国特务”

有人靠回忆度日，有人靠想象生活。有人因独具精神而力量过人，有人因敏于思想而陷于痛苦。人之所以成为人，就是因为有了思想。王运丰被作为专政对象，独个儿在河北蔚县的崎岖山路上担煤。他的思想却因抵抗专政而变得毫无规则。如果他能未卜先知地预料他这个留德的内燃机专业工程师在60年代中期将以担煤为生（虽然煤也是燃料），真不知当初他还能不能拼命攻读了？不过他当然还是要攻读的，否则他就不叫王运丰了！“王运丰，你老实交代，你是不是德国特务？”特务？他在德国倒是有个特殊的任务。他在内燃机专业毕业后，本来满可以每两年准备一篇博士论文，到1945年，两个博士学位也到手了，但他不去考。他给自己规定的特殊的学习任务是，尽可能多学会几门技术——祖国什么都欠缺呵！于是他又去学焊接、电工、管理、铸造。铸造是冶金不可缺少的部门，但在旧中国被看成下贱活：打铁翻砂么！西德教授惊讶地打量着站在他面前的王运丰：“我没见过中国留学生学我这个铸造系的。”王运丰在铸造厂实习，每隔三四分钟就得把一只70斤的砂箱搬上机台。搬几下还凑合，一会儿就对这70斤的宝贝儿望而生畏了。那也得搬！默默地喊个号子吧：“一、二——为了祖国！”“一、二——为了祖国！”10个月后，他的臂力使他在留德侨民中成了划船冠军。20多年后，他的臂力使他还能在蔚县山区担煤、运煤……

黑煤上闪烁着白雪，漫天又飞扬起雪片。1945年，炮弹皮和断砖碎瓦像雪片似的飞着，苏军进攻柏林了。柏林当局规定，居民听到空袭警报，全下防空洞。“王先生，整个楼的人都下防空洞了，你快走吧！”邻居劝他。“我就不信炸弹正好掉到我的头上。”炸弹尖叫着，偏偏来到了他的头上。他万念俱灭，只等着人生最后的刹那。一声巨响，楼晃悠着，土直往他头上掉。还有知觉？那就是说还没死？他活脱脱地蹦了起来，跑出去一看，五十米远的一幢楼成了瓦砾堆。他又回到楼里攻读，他不是不怕死，天生不怕死的人是没有的。他只是想，每次轰炸几小时，他要是往防空洞一钻，这几小时岂不是浪费了？对于一个学习癖，最痛苦的莫过于时间的浪费了：几个小时又可以吸收多少人类文明的精华！顾不上危险不危险了。一个人只有忘却自我，才能真正地发现自我。正是在忘却的时刻，他会焕发出他全部的智慧和力量，他将惊讶地看到他拥有着什么样的才能！

"王先生是我们的安慰，王先生不怕轰炸我们也不怕了。"德国邻居们信任地望着他，差点没把他当成上帝。但是炸弹像下最后通牒似的把他的门、窗都震落了。搬家。又震落了门、窗。再搬。他终于把一叠十几张设计图交给了德国老师考核。"王先生真不是一般的学生！"他快活地在弹坑间疾步走着，好像在生与死的边界线上穿行。"王先生来了！"书店老板亲热地招呼他："我给你留出了一捆书，准是你需要的。"他和书店老板之间已经达成了这样的默契：不用他挑书，老板知道该给他留下一些什么样的书了。他又把一份咖啡送给了好心的老板。咖啡在战时因缺货配给而变得身价百倍，但是咖啡再贵重也就是咖啡。而书籍却能变出内燃机，变出坦克，变出祖国所需要的无穷尽的宝物。

天安门前的阅兵行列里，开来了一辆辆中国制造的轻坦克、水陆两用坦克和装甲车。王运丰坐在观礼台上，像父亲欣赏儿子那样，向坦克倾注着全部的情和爱。真不知是坦克因他的注视而变得威武雄壮，还是他因坦克的出现而变得这样不能自已。他回国后就担任了坦克专业局的技术领导职务。可是厂呢？只有农机修理厂，机车修理厂。衣衫褴褛的祖国母亲呵，让我们来装扮你吧！先把这几个修理厂改建成发动机厂和坦克制造厂。唉唉，师傅们还是在山沟里制造步枪的半手工业做法，没有工艺规程，作出的零件一会儿一个样。必须把坦克几千个零件的每一个工艺规程都写下来，一切纳入现代化生产的轨道！规程写了3年，以后进程就快了。原先坦克的大部件都得向苏联订货，以后订货单上开的项目一年比一年少了，最后终于全部取消了订货单，而代之以中国制造的坦克。

不过他跟坦克的缘分并不长，反而跟卡车很有缘。一辆卡车载着造反派抄了他的家，抄走了毛主席、周总理接见他这个全国先进生产者的相片，抄走了好几箱书。书是他的影子，人一旦连影子都给剥夺了，将是怎样的凄苦！另一辆卡车拉他游街、批斗："无产阶级革命造反派的战友们，他，是一个彻头彻尾的德国特务！他的柏林老婆还到中国来串联过！"唉，柏林妻子！他离开柏林时，把本想留给她的小女儿也带走了——愿思念女儿的心情使她回到他的身边来吧。他给她邮去了路费，一年年地等着，终于把她等来了。他怎么也没想到这期待中的会见又这样地激动着他。在匆匆的一瞥中，他就把对于他是那么熟悉的她的身影、她的一切都看清楚了。"亲爱的，我们再也不分开了！"她笑了。她又伤心了：孩子们的德语说不利落了。因为前不久他出差了7个月，孩子们没人管了，就把德语忘了一半。可是他总得下去开展工作呵。他吻别了妻子，又走了。妻子回来一年多，他走了倒有8个月。他怎不想想，这个数字对一个不懂中国话，又对德国有着深深的眷恋的妻子来说，意味着什么！何况当时又正逢困难时期。"你看人家全家去德国了，我们一起走吧！"妻子痴愣愣地瞪着棕色眼睛，作着最后的努力。火车门关上了。妻子的泪水一行行挂在车厢玻璃上。他追着启动的车厢想说，想说什么？唉唉，全忘了，忘了。他只是用内疚的、失神的眼睛看着她，眼睁睁地看着火车载走了他的爱、他的心。他的胸膛一下空虚了，只有火车的隆隆声在他那空荡荡的胸膛里撞击着、回响着……

卡车的隆隆声在野地里显得孤单单的——又是一辆卡车把他送往蔚县监督劳动。押送"德国特务"的人戒备森严地拿着枪。其实，为确保安全起见，他们不妨先枪决他领导下设计的坦克。卡车途经八达岭，雪把他的胡子、眉毛都染白了。黑夜里他只见野狼闪着碧绿的眼睛。他柏林家的地毯就是这种绿色。现在要是能把这地毯裹在身上就好了。在这大冬天里坐卡车，身上冷得就像穿了皇帝的新装——什么也没穿！也许今晚就冻死，连同他的知识一起消亡。培根说知识就是力量。但是知识碰到暴力，毫无招架之功；知识分子碰到秦始皇，也只有束手待坑……

雪，纷纷扬扬地下着。漫天大雪使天地之间成了个大雪坑。王运丰在蔚县的山路上挑着一担煤，一步一停地向山上爬着。爬了半天好像还只是停留在雪坑的坑底，好大的坑呵……

中国母亲

一个人在平静的时代生活、工作，他也许永远也不会懂得什么叫解放，当王运丰重新获得工作的权利时，他的感觉犹如一个刚走出监狱的人，来到充满阳光的天地里，感到了令人目眩的光明、自由和解放。他的知识和才能，原先就像是一群拥挤着给关进笼子的小鸟，现在要把它们统统放出来，让它们冲天而起，展翅飞翔了。唉唉，要干的事情太多了。60多岁的人啦，他是恨不得把每一分钟的时间拉长。有些人受了委屈，或是疯狂地对社会挥着拳头，或是颓废地失掉了自信。一个人要是对自己都不信任，还会信任什么真理呢？——王运丰摇着头。他自信他的才能，他的价值，所以他这个“德国特务”偏要给周总理写信——给我工作！可惜总理已病了。他又给邓副总理写信，不料“批邓”开始了。1977年他再给华主席写信，于是应邀出席了国宴，获得了工作的权利。

是呵，只要能为祖国工作，他什么都可以不计较——贫困、委屈、凶险，一切。1960年苏联撤退专家，某柴油机厂陷入困难境地。“领导同志，让我去支援这个厂吧。”“老王呵，那是重灾区，你知道吗？”“怎么不知道？我刚从那儿出差回京么。那儿，已经有人吃树叶了。”“你能受得了？”“那儿的上万职工都受得了，我为什么受不了？我还要把3个孩子都带去。整个家迁去！”

“厂长同志，你们厂哪个部门最吃紧？”王运丰问：“铸造。不过铸造车间最脏、最累——”“我来主管铸造车间。”王运丰毫不怀疑当年他在德国铸造厂搬那70斤重的砂箱时，就预感到有一天会在中国的铸造车间里大显身手了。他和职工们改善了车间管理，稳定了产品质量。

人们往往以为，一场战斗胜利结束了，就可以痛快一下。但是王运丰是这样疲乏，以至没有精神来享受曾经那么期望着的胜利的日子。是的，只是在任务完成了之后，他才一下感到精力衰竭，难以支付生命的需要。生活是苦呵。“李师傅，你怎么没吃饭去？”“王总，是，是这样，我粮票没了。”“李师傅，拿着，快买饭去！”“三斤？！”“快去！”他回家了。孩子们饿得用自来水把生高粱面冲得稀稀的，当饭吃呢。可怜的孩子呵，爸爸怎么忍心看着你们挨饿呵！他晕倒了。营养不良性关节炎，脊椎硬化，等等，他近乎瘫痪地卧床了。一般的人，谁不愿意生活得好一些，活得长一些，留给子女的钱多一些，老年得病难免会想这想那。但是他最揪心的，是他的才能没有得到预期的、真正的发挥。就说在柴油机厂吧，书记很好，带头吃苦。可工厂是多头领导，总工程师制又没建立。他这个党外人士又只能担任副职，他的职权范围就相当有限。想作一些重大的改革，无职无权，无法推广，才能施展不出来呵！医治这种制度上的弊病，比医治营养不良性关节炎要难多了。

当他干活的时候，他只有一个要求：不要把他的手脚束缚起来。但是难呵，总有一些绳索从他的前后左右伸将过来……1975年，他靠边站时，有一位老上级请他到南京帮助筹建电子计算机站。他是个给剥夺了工作权利的“德国特务”，到南京去当临时工，政治上可是担风险的事。但他说去就去了，就像当年走向重灾区。他从大量的技术资料中，发现外国某公司提供的电子计算机，和合同中规定的型号不一样。这是一套拼凑的旧设备，连正规的出厂合格证都没有。可我们的干部说，“我们已经验收了，而且支付了货款的95%。”“不能听任外商欺骗！”“客人是我们请来的，别谈电子计算机的问题。”王运丰震惊了：这么奴颜婢膝！是呵，往往愈是真心实意地学习外国先进技术的人，愈是有自力和奋发的精神；而排外的人，往往走向媚外。科学使人格高尚，而无知使人格萎缩。

“我要上国际法庭控告你们！”外商想先发制人。

真闹出事儿来，王运丰当然是罪加一等。那么又会有一辆卡车把他带走，也许是囚车。不过他这时倒冷静了：其实死也是生活的一部分，不值得大惊小怪的一部分。当初轰炸柏林时，年纪轻轻的都不怕死，何况现在？人要是能死在他所爱的事业上，那也就找到了最好的归宿。可是孩子们怎么办？这些年他们插队、淘粪，而且因为那显而易见的外国血统而给人围观！活着，还能送去一片父爱……唉，人老了，更重感情了。这三个孩子从小离开了妈……当初在柏林法庭上离婚的劲头哪去了？我是个科学家，一个热爱祖国母亲的科学家。母亲可以一时错怪她的孩子，但我不能不爱母亲。让我们感谢祖先传给我们的这种默默的献身精神吧！我已经和计算机站的领导和同志们研究了一切材料和数据，我们决不能花钱买一架废物，更不能让外国人把中国人当作废物。“科学是使人的精神变得勇敢的最好途径。”布鲁诺又在给我以启示了……

勇敢战胜了欺骗。外商同意交一套新产品：“你们中国还是有人才的。”

还是有人才的？仅仅“还是”？不，我们有的是人才！但是在我们这块充满着人才的土地上，还延续着一种扼杀人才的习惯：有些掌握科学而不掌权的，得服从本单位掌权而不掌握科学的；有些想干且知道怎么干的，得服从不想干且不知道怎么干的。在两种对立的精神品质的阴错阳差、东拉西扯中，人才还在给消耗着，但是人们往往不震惊，不愤怒，因为这一切都已习惯了。而习惯是一种何等不可思议的力量！它能把一切可笑的和可泣的、可怜的和可叹的、可鄙的和可赞的、可恶的和可爱的统一起来，维系着一个伟大而落后的国家。

“王院长，您来了！”是的，在五机部党组、国防工办和王震副总理的一次次关心下，王运丰副院长沐浴着党的政策的春雨，来到了五机部科学研究院。“王院长，您来了！”是的，他又来到了以人相待的社会里，重新感到在人和动物的千差万别中，还有礼貌这一说。而礼貌，正是对人的价值的肯定。他回国30年，实际工作时间只15年。其他时间除了挨斗、靠边，还有让他干坐办公室。他本来可以创造多少价值？他自己无法估计，更无暇估计。他又忙于筹建电子计算中心。“如果说，机械化是19世纪进入20世纪的一个象征，那么，电子计算机科学将是从本世纪过渡到21世纪的重大标志。”——他什么时候成了电子计算机的义务宣传员了！他什么时候变得这么交游广阔！他几次去西德寻找30年前的同学、老师。在国际合作中，有时私人友谊比官方谈判更起作用。他联系派遣了一批中国实习生去西德学机械制造业，又几次请来西德的专家、教授来我国讲学，进行造船、建工等方面的合作。“王先生”，柏林大学的老校长望着他30多年前的学生：“在我有生之年，能为中德教育合作建立关系，是最大的愉快。”而王运丰也感受到一种意识到自己的价值的愉快。可是我们的行政效率……直到他第三次赴德找老校长时，教育合作才刚有所进展，而这时，老校长已过世了……我们有些当领导的，往往把精力花在如何转动官僚主义的机器上，而不去转动生产机器，去提高生产力。当我们很多人恨不得把每一分钟拉长的时候，偏有一些人在把每一分钟掏空。制造冤案的时代过去了，但是那种因循的习惯，却像幽灵似的嬉弄着勤勤恳恳的人才们。母亲老了，往往有些怪癖。好在祖国母亲现在是又古老又年轻：既有老人的涵养和怪癖，又有年轻人的朝气和冲动。我们做子女的，应该关心的不是母亲给了我们多少，而是我们是否帮助了母亲！说起来，王运丰被抄走的书至今没退还。他在“牛棚”被迫写的材料，也没退还。“造反派”为了给他强加罪名，硬把他这中农出身改成“富农”，也至今不更正。他的住房还是那么紧，他那些没被抄走的书，也只能继续封存在板箱里——没有地方摆出来。一位西德专家来他家做客时，他很怕有伤国体：“我这间房又是卧室，又是书房，又是饭厅，又是会客室。”“不，王先生，这已经不错了。你记得吗？战后我那间屋连窗玻璃都没有，只好用X光胶片贴在窗框上。”

好了，伤感使人衰老，牢骚使人不思进取。王运丰毕竟找到了他的幸福，他从1938年出国留学时就希冀着的幸福：为祖国奉献才能。人是要有信念的，在古今中外人类发展史上，信念始终是动力。王运丰在科学的道路上探索了一辈子，他确认的最伟大而又最平凡的真理，则始终只有一条：祖国高于一切！

原载《人民日报》1980年10月2日
荣获“1977—1980年首届全国优秀报告文学奖”

废墟上站起来的年轻人

李延国

楔　子

泉城北郊的黄河沿儿上，有一座不起眼的小工厂——向阳化工一厂。这是个区办小厂，生产着涂暖气片儿用的银粉浆，产品极为普通。近两年来有两件事却使他们声名大沸：前几年一场大火伤亡了六十二名干部、职工，成为建国以来全省罕见的惨重事故；事故后废墟上站起来一个小厂长，竟把厂子整治得井然有序，花园一般，连年都为国家捧上百万元的利润，目睹者无不称奇。

这位厂长上任时二十七岁，加之他身膀骨又生得瘦小，远不像"样板戏"中的英雄那样威武高大，所以人们都在"厂长"前面冠之以小字。尽管如此，他却有一个颇气派的名字——周大江。

笔者不是画家，却愿以文学的色彩和线条，为年轻的企业家涂一幅小肖，呈献读者。

开头难，我就从周大江的头上“画”起吧。

一　他年轻的额角映着火光

一九七八年元月三十一日下午，堆积凌乱的银粉车间突然红光一闪，雷霆动地，火龙驾着烟云扑向机器，扑向原料，扑向厂房，扑向生命……

火龙的呼啸，救火车的尖笛，伤员的哭叫，救火的职工们的呼喊，撕心裂肺地盖住了古老黄河的涛声……

克火之水，沉焰之沙，现代化的“干冰炮”，在强大的火势面前都失去了效应，可怕的红光和高温！

大火随晚霞隐去。上千名化工一厂的家属被挡在黄河二道坝上，妇女抱着婴儿，老人拄着拐杖，恋人噙着泪珠，一双双目光向那熠熠余烬里望去，寻觅着自己的亲人，这天是腊月二十三，中国传统的小年，多么令人心碎的守望……

“厂长——”

年轻的车间主任周大江用嘶哑的喉咙在人群里呼喊着老厂长方锡令，现在该是老头儿出来安顿人心的时候了。

没有回声！

——他卧在十几具黑色的躯体中，永远不能回答这个年轻人的呼喊了！

“书记——”

没有回声！

副厂长——

没有回声！

副书记——

没有回声！

…………

起火的时候，他们正在开着“讲清楚会”，火情就是命令，讲清楚的，没讲清楚的，都一窝子扑向大火之中……

周大江的呼喊变成了哭喊！

余烬的光谱照射着他年轻的面孔。他眉心上聚着川字结，留着短短的小平头，额角上凝结着一片褐色的血迹，他不知道自己什么时候负的伤，也不曾感到过疼痛，刚才大火把这个二级工推到了指挥员的位置上。他打电话向上级报告火情；向消防队员介绍情况；和工人们用连椅抢抬伤员……此刻，他的哭喊使伤口又溢出鲜血，合着泪水一起流下……

火场一片悲恸！

周大江紧紧咬住下唇，慢慢仰起带血的头！余烬的火光闪烁在他的额角上，他像一尊棱角分明的雕像，站在火光中，对面的残墙上显露出几条旧标语：

“造反有理！”

“彻底砸烂……”

…………

古老的黄河呜咽着向东流去。

二　两只奇怪的耳朵，有时迟钝，有时敏锐……

“大江！”

有人在他耳边呼唤。

周大江面前站着区工业局副局长宁继仁。矬子里面拔将军也好，“山中无老虎”也罢，区委派宁继仁来呼唤这个年轻人：

“大江，把厂里行政、生产这一摊子挑起来吧！”

“我？”周大江脸上流露出不安，“我太年轻……”他用嘶哑了的嗓音回答。

别人这样说，他自己也这样说。

年轻，已成为一种自卑的理由。

一九二一年，登上南湖红船的中国共产党的奠基人，有十名代表的平均年龄才二十八岁。经过了五十多年的战斗历程之后，让一个二十七岁的共产党员来当一名区办工厂的厂长，竟连自己也感到不通情理！

多么可悲的老化——脸皮皱得像橘子皮一样的演员去扮演黄花少女；胡子拉碴的小说家去领“青年文学奖”；当了奶奶的人担任共青团书记……

宁继仁说：“你考虑考虑吧。好多天没回家了，你先回家去看看吧！”

周大江拖着疲惫的脚步回到家中。

“不行！你不能干，五百多口子，再起一次火，烧不死你也得坐班房！”爱人小徐嘟囔着。

周大江仿佛没听见，一个劲地吸烟。

“托托门子换个地方，不在这个‘火葬场’干了，听见了吗？”

周大江合着眼睛。

“不为你自己，也要为俺和孩子想一想啊！”

小徐搂着刚刚出生两个月的孩子唏嘘落泪了。起火那天，她曾发疯一般地向厂里奔去，在黄河二道坝上被消防队员拦住，她望着大火，望着救火的人群，望着抬下来的伤员，心碎了……

“你耳朵聋了吗？”

周大江没有聋——睡着了。连日来不分昼夜地奔波，他已经疲惫不堪。

他一只耳朵贴着枕头，一只耳朵用被子压上，他什么也不要听，他要甜甜地睡一会儿，去追寻他失去的玫瑰色的梦……

那红红的是什么？火焰一样飘着的？红领巾！那是他生命染上的第一片红色。他戴着它和同学一起在街上扶着瞎眼的老公公走过马路；到菜场帮助阿姨们运菜；把拾到的一个铁钉送进勤俭箱……他戴着它走遍泉城几十座学校，介绍少先队学雷锋的经验。上中学的时候，那飘动的红色又聚结成一枚团徽别在胸前，他是新班级里的第一个共青团员。他的年华已经像春花一样艳丽地开放，他面前展现着奇光四射的彩虹，他用优秀的学业向理想的大门靠近着，他幻想着当一名科学家或者是工程师……

陡然，红色的团徽变成了红袖标。他戴着红袖标，举着红皮书，喊“造反有理”，跳“忠字舞”。他看到他崇仰的科学家、工程师变成了被批判的对象。倏地，他又成了“黑老保”。他逍遥了。青春的活力在脉管里沉睡了。

带着那破碎的青春之梦，他溅落在这个黄河边上的区办小工厂。这个厂原来只生产一些“黑肥皂”之类的小玩意儿，后来逐渐发展成生产银粉浆的化工厂。活儿又脏又危险，到这里来的大都是没有门路的“知青”。周大江却不嫌它，他听着机器的运转声要比空洞的政治口号更有趣味。后来，这个学徒工当了铆焊班长。他成为机电车间主任的时候还是个一级工，指挥着那些工龄比自己年龄还大的师傅，可如今，那被烧成“琉璃”的残垣，那几十万的票子，那几十名死伤的阶级亲人……

“呜哇——呜哇——”

远处的救火车笛声切碎了周大江的酣梦，他一骨碌从床上爬起来。

“你翻腾什么？”爱人醒来。

“救火车！你听？”

他披起衣服跑下楼去，看到救火车是向南去，才回到屋里。爱人看到他那副紧张样子说道：

“哎，你那耳朵俺服了，俺说了一晚上你没听进一句，救火车呜哇一声就勾了你的魂儿！”

周大江没有吭声，对着窗口站了一会儿，转身靴帽整齐地披挂起来。

“深更半夜往哪去？”爱人问。

“去厂里。”

“天还不亮呢！”

“睡不着了！”

“我不同意你干，听见了吗？”

他好像没有听到，开门扑进了夜色之中。

三　小小的肩膀向上挺着，呼啦啦打起一面大旗

“化工一”废墟的焦煳味还没散尽的时候，区委会议室里会集了五十多名厂长，落实全年的生产指标。最后，工业局局长用浑厚的嗓音喊：

“化工一，你们谈谈吧！”

五十多双企业家的眼睛，陡然都向一个角落里望去，那里，挺起一个小小的肩膀。

“向阳化工一厂保证按原计划完成全年生产指标。”

周大江的发言把会场轰动了！

有的摇着白发斑斑的脑袋：“这小人儿，说出这么大的话，两年内能恢复了元气，就算不错了！”

他那小小的肩膀吸引了各种各样的目光。有的用缺牙掉齿的漏风嘴说：“我从鸭绿江跨回来那工夫，他还没出生呢！不知天高地厚的青年人，怕要吃些大苦呢！”

这些善意的怀疑和担忧，周大江都看在眼里。他知道，如果干不

好，人家不说他周大江不行，而是说年轻人不行！

会后，周大江沉思着登上了黄河二道坝。他看到自己残破不堪的工厂，静悄悄的，在那里等着他的是问题堆起的大山：要妥善处理伤亡职工的善后工作；要改建不符合安全生产条件的厂房设备；要尽快恢复生产秩序……可是，最最紧迫的莫过于恢复被大火烧毁了的信念！这次火灾，是建厂以来大小加在一起的第十一次火灾。氮气，氢气，氧气，是厂里人视之如虎的“三气”。可是，目前最致命的是另外“三气”：泄气、丧气、叹气。工人们逃难似的纷纷设法调换厂子；分配来的新工人，下三次通知到不齐；原来和“化工一”恋爱的大嫂，抛开了山盟海誓，另走鹊桥；街上舆论更是可怕，伤亡数字像滚雪球越滚越大，甚至说向阳化工一厂被烧得没有人了！

人凭志气虎凭威。得想个法儿把士气提起来，把社会上的舆论扭过来，变“三气”为志气、争气、神气！五百号人，有三百多是进厂不久的小青年，干嘛不神气？

周大江找到副厂长王延文：“老王，去借它八辆汽车，加上自己的两辆，把全厂伙计们拉上，绕着全城转一圈儿，来个游行示‘气’，免得外面再说咱化工一死绝了！”

乍看起来，这行为似乎带有年轻人某种恶作剧的意味，可是，在他这个年纪，又怎能没有些童心呢？（记住，他不是小神仙）前些年搞“大批判”的时候，他也曾背着老厂长端着茶杯和工人划过拳（而且划得相当漂亮），他也曾因为漂亮的女会计不给他们业余球队多报误餐费而去扎破她的自行车胎……而今，漂亮的女会计已被大火无情地毁坏了面容，瘢痕和痛苦凝结在一起，永远不能再回到她的会计室来了，老厂长再也不会管他划拳的事，恶作剧的年代已经过去了……

游行那天，除了医院的伤号全来了。十辆大卡车，车身刷上通红的大标语。出发前，周大江站在四百多名经过烈火洗礼的工人面前，站在四百多副年轻的肩膀前，扬起尖尖的下巴颏，像列宁在一九一八年那样演讲着：

“大家伙把头抬起来，把胸脯子挺起来，今天我们让全市的父老们看一看，向阳化工一厂还没有完，我们人在志气在，决心把厂子重新建起来！上车！”

说罢，他把一面写着“向阳化工一厂”的大旗呼啦啦扛在瘦小的肩上，像攻占高地的勇士一样，倏地跳上了打头的汽车，就像他三年前站在党旗下那样庄严……

沿途的群众真的被震住了：

“想不到，‘化工一’还有这么多小伙子！”

有的知道他们挺过来不容易，在路边直抹泪水：

“厂子烧成那样儿，真难为他们了……”

本厂职工的妻女们更是远远地跑来，用目光、用手势向亲人祝愿，助威……

此刻，春风已经吹醒了路边的杨柳，饱含着生命活力的叶芽芽，已经向隅吐绿了……

四　手，崛起力的线条，“三板斧”砍得好

周大江那小手掌长得真不起眼，短短的，瘦瘦的，看上去恐怕连鸡也捉不住，可是当你细看时，会从那暴起的青筋上看到力的线条，当年他曾是济南十五中乒乓球队的“种子选手”，善握横拍，大板扣杀。（中国第一个世界女子乒乓球冠军邱钟惠，曾到学校里手把手地教过他进攻型球艺。）而今，他上任后咔嚓嚓三板斧也砍得够漂亮。

第一板斧，砍掉了过去的“席棚子”。

所谓“席棚子”是过去土法上马的简易厂房。长期以来，我们在企业管理中把先进的管理方法和先进的科学技术拒之门外，以“土”为荣。“化工厂”大小十一次火灾，也就足以说明这“土”的“优越性”了。周大江提出“拆掉席棚子，文明搞生产”时，有些人还想不

通，劝周大江说：

“当初好不容易盖起来的，还能用，就凑合着早日开工吧！”

周大江说：

“我们不守旧摊子，要创现代化！暂时生产受些影响，日后就看到收益了！”

“背水结阵”，席棚子一律砍掉。全厂铺成水泥地面；重新改建电气线路；全部更换防爆电机；银浆车间仪表化、自动化……

新的规划上级一批准，马上兵分三路，投入战斗。

带兵需将才，在用人问题上，周大江又砍下了第二板斧。

大火之后，全厂四个车间、六个科室，损兵折将，大部分头头都损失了。

多年来，我们有着许许多多舍生忘死的英雄，却少了高瞻远瞩、精明强干的企业家；我们有各种培养人才的学校，唯独缺乏培养作为国家经济基础的骨干——企业管理人才的学校。

损失这么多的厂长、科长、车间主任从哪里去调呢？几个关心厂子命运的老同志跑到区委去要干部，区委要他们就地取材。可是，这些进厂不久的年轻人，他们之中没有一个大学生，没有一个经过专门训练的技术员——这是十年浩劫在文化上留下的废墟啊！

周大江啊，周大江，你能变戏法儿变出干部来不成？

周大江不会变戏法儿，但却慧眼识人——

王立荣不行吗？他平时不言不语，可肚子里有板眼。在一些人鄙薄技术工作的时候，他利用业余时间去山东工业学校当旁听生，风里来、雨里去，常常啃块冷馍充饥。安装球磨车间，他组织严密，计划周到，这不是一个很好的生产科长材料吗？

电工出身的唐晓众不行吗？他年龄小，有些调皮，可是身上有一股子“虎气”。打架成风那阵子，他曾和外面来干活的小伙子们对阵，三战三捷，厂里的“歪脖子树”，见了他都畏三分。这次他被大火烧伤，住进了医院，女朋友为此告吹。小伙子没在乎，伤势未愈就吊着绷带跑出医院，回车间扛起了大梁。搞企业也像打仗一样，将领的性格决定部队的作风素质，目前厂子恢复生产正需要这样的“虎将”。他筹算精明，是个很好的厂长助手。

王冠兴不行吗？这小伙子经常搞些小革新，他曾提议把车间搞成自动化、仪表化。他可以当一个很好的自动化车间主任。

冯志根不行吗？这个小伙子脾气不好，可是做事敢负责任，也有实干精神……

傅大全不行吗？他……

周大江在每一个车间都干过主任，他像一个优秀的地质学家熟悉矿石里所含的珍贵元素那样熟悉厂里的工人。支委扩大会上，他把他的“开采方案”通盘托了出来。

不行，××人家庭出身不好；××父亲的问题还挂着；×××自身有错误；×××不党不团……

多少年来，一些人就是这样看待人才的。“政治”上不行，才能也就贬值；老子挂起来，儿子也要被悬着；过去有污点，将来一定不清白……人们可以笼统地说“支持青年人”，可一落实到人头，毛病就多了。

经过十年“战斗洗礼”，有几个身上没有弹洞和硝烟？老一代在“文化大革命”中所受之害，社会给予同情、谅解；而受害更深、被践踏了豆蔻年华的年轻人，却往往难以得到正视。信念，需要培植；才华，需要开掘。一些国家为了开发智力资源，专门设立了“人才银行”。而我们，却常常热衷于大张旗鼓地宣传节约一度电、一寸纱，却把能创造千万度电和千万吨纱的人才置之不顾。因为一些这样或那样的缺陷，就把一个人才轻易扼杀。扼杀的是民族的才智和前途啊！

周大江为这些“小字辈”的出山去游说、去争执、去担保。自从那场大火以后，他们的面孔都变得严肃了，仿佛一下子长大了好多岁，有谁能说他们不想“大人事”呢？区委新派来的党支部书记任建孔，支持周大江把这一板斧砍了下去，小小的厂子里，齐刷刷地站起一溜小厂长、小科长、小车间主任、小技术员、小会计……他们的平均年龄比年轻的共和国还要年轻三岁！

担子一分，小伙子们嗷嗷叫，分兵把口，甩开了膀子。连拆带建加改造，两个月之后，有十八台机器就随着第一声春雷轰隆隆响起来。

周大江的第三板斧也颇有胆识：

这天，外贸局打来电话——

“小周吗？港商又来到青岛，想和你们洽谈一下业务，你们打算怎么办？”

这是为国家创外汇的好机会，周大江当即答应：

“马上派人去！”

放下电话，他就去找精明干练的袁城技术员。这人不仅熟谙银浆业务，还通晓天文地理、文史杂家，派他去应付这样场面最合适不过。他找到袁城，说道：

“去把香港方面的底摸透，有买卖大胆接！”

袁城以“特使”身份连夜赶往青岛。两天以后，他把一个小小的塑料袋带回到大江手中：

“港商说，如果能解决质量问题，准备签订十吨合同。”

周大江打开塑料袋，用手抓出一小撮小钢珠、草棒棒、小沙粒，这是用户从三百公斤银浆中筛出的二十五克杂质。

周大江脸上像挨了巴掌，耻辱啊！

“这合同签不签？”袁城等待着小厂长下决心。

周大江心中斗争十分激烈，不签吧，好端端为国家创外汇的机会轻易放过去了。签吧，就等于把“军令状”立到国际市场去了，厂子正在恢复之中，一旦合同完不成，等着看笑话的人可抓着话柄了。

难道就这样“守摊子”吗？周大江一边吃儿着早饭一边儿反复思忖着。直到刷碗的时候，他也不知道自己吃了些什么，碗一放，他立即对袁城说：

“老袁，召集各科室、车间头头开会！”

头头们到齐了。

“这十吨合同敢不敢签？”周大江问。

会场出现了短暂的静默。周大江胸有成竹：

“不想当冠军的不是好运动员；不想当元帅的不是好士兵；不想创名牌的不是好企业家！王铁人说油井没有压力不出油，我们就不敢给自己加点‘压’？”

“敢！”

“签！”

毛头小伙子们齐声大呼道。

“光敢不行，还要有措施，我们厂是国家唯一的银浆出口厂，质量上不去，人家不说你‘向阳’不行，而说中国人不行……”

“形势分析会”变成了“攻关会”，年轻的实践家们很快地把杂质分成三类，钢珠是球磨机上磨损下来的，可以通过磁选机解决；草棒棒大都是料袋上抖落的，可以加强防范措施；沙粒是……

“银浆合同”当场拍板。

袁城喜滋滋地站起来：“我马上去买车票，赶回青岛签合同！”

周大江转身对技术科的同志说：

“把日本的、德国的、英国的样品摆到车间里，比着干！”他嗓门震天响，最后又接上说：

“马上在全厂开展质量月活动。谁提了合理化建议，根据经济效果给予奖励……”

好个小厂长，我们倒要看看你的话有多少算数的！

五　尖尖的嘴巴子，说话落地有坑，有时也吹一吹小胡子

周大江那尖尖的小嘴巴，常留一撮毛茸茸的青年胡，也许是因为

工作忙顾不上刮，也可能是怕别人说“嘴上没毛”不舍得刮。这尖尖的小嘴巴，说起话来嘎嘣脆，从不拖泥带水。有一次，在区里开会，他打开笔记本有板有眼地讲了一个多小时，工业局局长听得直点头，末了向他要讲稿，他从笔记本上撕下了一张纸，局长接过一看，只有几十个字的提纲列在上面，所有的板眼都在他肚里，这使那些惯于让秘书们写讲稿的老头子们大为叹服。

他平日闲话不多。每天到车间里转一转，根据半成品、原料和工人的操作情况，就能说出第二天的产量。那些车间主任们算服了！有一次，厂里开生产调度会时，一个车间主任说有台机器坏得蝎虎，应该换新的。周大江淡淡地说了句：“不至于吧？”然后就跟到车间里去，仔细一检查，原来是底碗坏了，换个新零件即可。周大江仍然淡淡地说：

“以后说话要实事求是哩！”

“质量月”开展之后，一条条合理化建议，涌向管理中心。周大江逐条认真研究，考虑采纳意见。有一天午饭时，冯志根凑到周大江面前，无意中讲到脱油工序的女工孙志敏提了个建议：倒料前把银浆的外层袋子脱掉，能减少杂质混进成品里……

周大江用筷子一敲碗边说：“这办法好！你们应该马上推广。”他放下饭碗，从笔记本上撕下一张纸条，哧啦啦签发十元奖金。冯志根又惊又喜：

“乖乖，别看小姑娘默言寡语的，蹦出句话值十块！”

周大江说：“你告诉她，值钱的是一个工人关心产品质量的责任心，我们要奖励这种精神！”

冯志根的高兴劲儿还没过去，车间里竟出了一起质量事故。周大江闻讯奔去，他望着因混进水分而“崩盖”的银浆桶大发雷霆：

“这桶银浆是谁干的？”

“不知道。”冯志根回答。

“问题出在你车间，能说不知道？”

“有分管质量的副主任！”冯志根嘟囔着。

“你管什么？”

“我管全面……”

“质量都上不去，你那‘全面’管什么用？这桶银浆查不出就罚你车间主任！”周大江吹起小胡子。中午休息时，冯志根打扑克连连败北，鼻子上贴满了纸条，周大江曾扶济他转败为胜，而此刻对他却毫不客气，这叫各归各码。

冯志根逐个去询问组长们，结果还是“无头案”。

“罚你！”周大江狠狠地说了一句转身走去。冯志根像一截木桩子一样竖在那里。心中咕哝着：“哼，你嘴大，说什么都行！”

谁知，“金口玉言”的小厂长第二天就改口了。

当时，周大江回到他的厂长办公室，点着一支烟卷，一口吸下小半截子，思绪随着喷出的烟雾开始翻滚起来：冯志根这个人干起工作来像个“拼命三郎”，到车间里找他，你尽管找身上最脏的拉，没错。可是，能为此原谅他吗？他的岗位是车间主任，车间里出了质量事故就应该扣他！可是怎么个罚法？厂里还没有罚的章程。那么你厂长干什么吃的？“岗位责任制”不落实，制度订得不严，这是谁的责任？怎么一味朝下面吹胡子呢？

第二天，他就找到党支部书记任建孔，提出这次“崩盖”质量事故应该从他这个厂长罚起。

冯志根听到消息后，喘吁吁地跑来：

“大江，还是应该罚我，我没有管理好！”

车间指导员李延华也赶了来：

“大江，罚我吧，我没负起责任！”

副厂长唐晓众也挤上来说：

“罚我，我负责生产这一摊子……”

周大江说：

“罚不是目的，为的是让每一个人都负起责任来。我们全厂从厂长到传达室一百三十多个岗位责任制，如果每个岗位都负起责任来，一定能把质量管理搞上去！”

支部书记任建孔看看这一群嗷嗷叫的小伙子，心里十分感动，当即说：

“好，马上召开支委扩大会，研究大江的提议！”

第二天，一幅“通报”贴到了厂门口，宣布取消周大江等三人的第三季度评奖资格。

六 三百度的近视眼，来了一个“提前量”

火灾的当年，“化工一”提前一个月完成了全年生产计划；第二年一个冲刺又夺得了二百五十四万元利润的历史最高水平！

一桶桶优质银浆从“化工一”销向祖国的四面八方和世界的十六个国家和地区。在东南亚，这个区办小厂生产的银浆被涂在神圣的教堂上，去反射赤道毒热的阳光。号称“世界霸王”的英国银浆大亨，来信要求把“化工一”的产品贴上英国的商标……

山南海北取经的人群纷沓而至。他们用眼睛瞅，用本子记，交口称赞厂子规划科学，管理有序，创造利润高。

好客的黄河儿女笑脸相迎，笑脸相送，恨不得把肠子都翻出来让人家带走。

这天，周大江突然下通知召开紧急会议！

会上，他一颗连一颗地抽着烟，每吸一口，两腮都深深陷进去，然后缓缓地吐出来。眉心上聚着一个深深的川字结，两只深度近视眼眯缝着（不知他为什么不戴眼镜）。

“大家想一想，我们的产品畅销还能维持多久？”

周大江竟然问出这样一个问题来，这是人们很少想过的。

“搞企业不能只把眼睛盯着车间、盯着机器。要研究经济规律，要研究市场动向。最近来参观的这么多，看到银浆是热门货，回去很快上马，银浆生产遍地开花的局面不久就会出现。再下去呢？就是产品的饱和、滞销、积压……”

小伙子们被他的话震醒过来。他接下来说：

“这个看不见的威胁，将关系到我们企业的生死存亡。凡事预则立，不预则废，从现在开始，我们就要采取应急措施。”

周大江向来就是说干就干的实践家，研究出策略之后，马上就付诸行动。

第一步骤：对那些相继而来的取经者，一方面热情接待，一方面耐心地言以利害，劝说他们不要再上马，以免给国家造成浪费。

可是这样的劝说往往是徒劳的，对方常常在心里暗自发笑：“这个小厂长猴精，自己想吃‘独’呀！”所以他们表面上点头晃脑地称是，回去“照上不误”。

周大江立即采取第二步骤：马上向国家建设银行“报警”。建设银行对他们的建议非常重视，普查的结果是：全国生产银浆的工厂由原来的八家已陡增到三十多家，而且有的还在继续贷款上马。建设银行及时把这一情况向中央有关部门发出报告，希望采取措施，可是报告发出，如泥牛入海，杳无音信。

周大江果断地采取了第三步骤：降低成本，降低消耗，准备大幅度降价，薄利多销，以争取企业生存的权利。

厂里实行了全面经济核算，成本、原料、消耗一个个钢镚地抠。车间主任们自觉地把办公室的两个灯泡拧去一个；工人们洗油纱把煤油改为石灰水……

为提高技术水平，对全厂职工进行了脱产技术轮训。化验员队伍大大扩充，把过去的“死后验尸”改为生产过程中的“跟班化验”。

厂里又组织技术人员搞了冷法炼油新工艺。这一改革，将使主要原料之一的煤油消耗量下降一半。当时离元旦还有三天，周大江决心争取年前试车成功。

北郊的冬夜是寒冷的，刺骨的西北风卷着细细的雪粒，扑向试验场地。忙碌了一天的周大江，又带领工人们挑灯夜战。干了一阵子，一个年轻工人下巴打着哆嗦说：

“厂长，何必这么紧张，年后搞吧！”

“不行！一天出四吨废油，拖一个星期就是二十多吨！”周大江不容商量地说。

忙到夜里十点多钟突然停电了，那个青年工人又嘟囔肚子饿，要回家吃饭。

周大江说：

“不行，今天晚上必须试车成功！”他先打电话向供电局询问停电原因，问清了是临时停电，然后又跑到伙房去，把自己的饭票掏出一大把，交给值班的炊事员：

“做八个人的面条，多放些鸡蛋，多放些姜。”

热腾腾的面条，赶走了寒气，小伙子们冒着风雪，又干了两个钟头。这时不知哪条管道漏了油，周大江带着安装总图的“设计师”王立荣去巡查。走着走着，“扑通”！不争气的近视眼，使周大江掉到油池子里面去了。齐腰深的废煤油顿时浸透了衣服，钻心的凉。有人说：“厂长搞‘特殊’，用油洗澡哎！”

王立荣把周大江从油池子里拉出来说：

“收摊儿吧，我送你回家换衣服。”

周大江跺跺身上的煤油说：

“别以为我掉坑里就不试了，你骑上车子到我家拿衣服去。”

王立荣去周大江家里取来衣服，并且还捎来他妻子的两个“活该”。也许是小厂长的这点精神感动了那些不会说话的机器设备，下半夜一点多，试车成功了，工人们欢蹦乱跳地闹了一阵子，然后，各自回家去了。周大江却盖着一件再生布大衣，倒在机电车间的连椅上，等待着化验结果。他已经筹算好了：冯志根一上班就让他配备六个人，把车开起来，另外，让技术科编一份安全防火操作规程……

单“冷法炼油”这一项，每年就为厂里节约三十万元。“化工一”节能挖潜，为产品压价做好了充分的准备。

一九七九年十一月，全国化工品购销会议在烟台召开。这时，银浆行业的“肿胀症”已经明显表现出来了。可是一些人还在做着银浆利润的美梦。王延文在会上甩出了一颗“重型炸弹”：

“我们的银浆价格由每吨一万元降到八千！并且送货上门，跟货化验……”

当场他们就销出了一百二十吨银浆，净得利润二十四万元。

渤海湾的爽风，把许多人的“银浆梦”吹醒了！这些年纪不小的企业家大部分都曾到“化工一”取过“经”，聆听过周大江的提醒，只不过那时候没有在意，此刻不得不纷纷向家里打电话，商量重新调整产品价格，有的考虑是否下马。他们万万没有想到，那个眯着近视眼的小厂长，竟那么早就看到了中国经济战线上将要出现的一个幽灵——竞争！

七　他那瘦小的躯体，却有着多么博大的胸怀

深夜，泉城独有的喧嚣和飞尘沉下去了。城北贸易大楼后边一座宿舍楼上，还明着一窗灯火。

“还不睡吗？都快下一点了！”妻子小徐一觉醒来，催促着他。

“你睡吧，我还要看会儿书！”周大江面前摆着《政治经济学》《企业管理》《质量管理》《丰田的秘密》……

“没见哪个厂长有你这么个当法的！”小徐嘟囔着，“现在厂里形势好了，还用着这么熬？”

“错了，现在才是最困难的时候！”

“比刚起火那会儿也难？”

“难！”周大江说罢，燃着一支烟卷，深深地吸了一口，眉心又

聚上川字结。

是的，周大江原来预见的局面出现了。全国四十多家银浆同行们，奋起求得生存的权利。各地的商业部门为保护本地区企业利益，也对产品的进货采取了限制。滞销的阴影投进了“化工一”。这时有人提出转产铝锅、铝勺以养生，就像有的汽车制造厂生产沙发，机床厂生产缝纫机，拖拉机厂生产电风扇……

这是党的三中全会以来企业战线上出现的一种“反常”现象。全面竞争已经铺开，有的在竞争中停产，有的在竞争中关闭，有的在竞争中改行……与此并生那些集体生产和个体经营却如雨后春笋，纷纷破土而出。

不少人望着经济战线上这种局面怀疑、叹息、徘徊，而小厂长却开始从这里面感受到一种刺激，一种振奋！

竞争，是一种苏醒！它逼醒了懒汉，逼醒了懦夫，逼醒了多年来捧着“铁饭碗”的人们！像一位叙利亚近代诗人说的：只有当你被追逐的时候你才最迅速！

竞争，宣告了“衙门工厂”时代的结束。在平板死沉的中国经济大湖里，推起了有生气的波澜。

“化工一”有个别致的“午餐会”。参加的成员有厂长周大江、支部书记任建孔、副厂长王延文和唐晓众。两老两新，每天中午过一顿“共产主义生活”。“会章”是每人每月缴纳十元伙食费，开会、出差概不退伙。这“午餐会”在离伙房不远的供销科里举行（有时科室、车间的小头头们也端着饭碗来凑热闹）。厂里许多重大决策在这里拍板定盘。

这天“午餐会”上，周大江夹了一筷子烂冬瓜，在菜桌上点了点：“我看该换品种了。每天老这么一套，炖冬瓜、拌茄子，什么人也吃腻了！”

这一说，引起唐晓众的感慨：“对，七六年咱们搞了两个银浆新品种，当时赶上国际水平，印度尼西亚连年订货，现在用户都转用日本的新品种去了！”

王延文说：“一〇一银浆生产十几年了，现在还在出，是要考虑了！”

周大江说：“日本企业家把用户看成企业生存的依据，而我们多年来却不研究社会发展的需要。我们砸了‘铁饭碗’，何不也砸一砸‘旧饭碗’？”

说到这里，周大江提起了袁城在国外科技情报上看到的有关“金属闪光银浆”和“水分散银浆”的资料。

“金属闪光银浆”，是自行车和轿车上的新涂剂原料，它那透过漆层星光一般闪烁的光点，将为现代文明生活增添瑰丽的色彩。外商曾向我有关部门提出，如果中国出口的自行车能涂上“金属闪光漆”，价格将提高一倍。

“水分散银浆”，是高层建筑必不可少的材料。它会像酵母一样在水泥中“发酵”，使预制板的分量减轻三分之一，并且隔音、隔热。在“四化”大厦的建设中，这是一种多么富有诗意的产品！目前在我国还是一项空白，单国家建材部一年就需要一千多吨，它为银浆生产带来多么广阔的前途！

周大江说：“发展科研，是企业竞争最强大的后盾，最光明的前途。淘汰老的、淘汰旧的，在更新换代中发展新的优势。”

一直在旁边聆听的任建孔此时连连点头。王延文和唐晓众一致赞同上马新品种。

“咱们厂自己成立一个科研所怎么样？”周大江贸然提议。午餐已经吃完，此时已成了纯会议性质的讨论。

任建孔抽着一支烟，用目光支持着他：“你说下去！”

“企业竞争的实质，就是技术和管理的竞争，说到底就是人才的竞争。我们平时基础研究差，搞起个科研所，一边发展新品种，一边培养人才，三五年就可以见成效。”

任建孔听着，由沉思变成了微笑：“大江这个问题想得好，是个长远谱。老王，小唐，你们看怎么样？”

王延文和唐晓众也早有所虑，此刻一拍即合。

“我看大江现在就可以着手抓这事，大胆扑棱，出了事我负责。”任建孔说。

这个党龄比周大江年龄还长的老同志，是在别人不愿来的情况下到“化工一”的。小将们前进的每一个关键时刻，他都挺直身子，为他们撑腰，为他们领路，支持他们的每一项改革和创新。他很少像一些当权者那样用“研究研究”来应付公务，而最常说的就是“你大胆扑棱，出了事我负责。”这是多么可贵的“人梯”精神！

厂里要成立科研所的消息一传出，立时有人来找周大江说情。讨厌的“关系学”，什么时候渗透到我们生活中来了呢？连科研这块阵地也不放过。一些人不是想干科研人员要干的工作，而是看好了科研人员所享受的工作条件和待遇。他们把绞尽脑汁的艰苦劳动看成有逸可图。

文明的前进，总是伴随着和愚昧的斗争。一九七八年那场毁坏厂房、毁坏生命的大火是谁造成的？不是特务，不是汉奸，不是反动派，而是无知、蛮干——不懂得每立方米空气中铝粉的密度在四十克以上就要爆炸，而在那铝粉密度已三百多克的车间里乱扔铁棍，撞击出致命的火星！

难道还要“关系学”来重演这人、财化灰的惨剧吗？不能，决不能！应该张榜招贤，进行考试，选拔那些有真才实学的青年人。

党支部采纳了周大江的建议，委派袁城工程师拟出了考试题。就这样，七名有志的平民儿女，带着自己的合格成绩，走进了刚刚盖起的还散发着灰土气息的科研所。

周大江一手抓提高，一手抓普及。“化工一”五百多名职工，大部分人的学历赶在“文化大革命”期间，这些人高小生占一百多名，另外还有三十多名文盲。

青年，是我们国家希望之所在，理想之所寄。当年，二十六岁的爱因斯坦提出了光量子说和狭义相对论；二十三岁的牛顿发现了万有引力；二十一岁的马可尼进行了第一次无线电通讯实验；十八岁的伽利略发现了钟摆等时原理……今天，肩负着祖国四个现代化神圣使命，将要去跨越世纪的炎黄子孙，没有文化怎么能行呢？

厂里决定开办文化课和技术轮训班；三十岁以下的职工要在数学和外语中选学一门；办起图书室，不惜代价进行智力投资；职工考学、进修大力支持，提供有利条件……

深秋的一天，金风送爽，夕阳喷辉。雾化车间的青年工人陈玉如自修考上了电视大学，要离开心爱的工厂上学去了。起始，他的车间主任刘金柱不大舍得放这个埋头苦干的小班长，经周大江再三“晓以大义”才撒了手。此刻，周大江像一位慈祥的兄长那样把陈玉如送到厂门口，握着他那生满老茧的大手说：

“学习也是竞争！你在学校里得了优秀成绩，厂里优先给你提级，并把全年奖金作为奖学金发给你。学习需要什么仪器、文具，厂里给报销……”

陈玉如眼里噙满了泪水。在这即将离去的瞬间，他是多么留恋和他命运相连的工厂啊！他回首望着废墟上建起来的“鲜花盛开的工厂”。那里，美丽的花圃里四季交替开放着迎春、月季、夹竹桃、大丽菊……平整的水泥路边，挺立着苍翠的雪松和冬青。工人们已不像当年那样在粉尘飞扬的车间里奔忙，而是坐在操纵台前，用仪表控制着机器的运转；下班铃声响过，工人们再也不是乱哄哄地挤向厂门，而是带着笔记本走向文化课堂和电视讲座；那朴素大方的会客厅，不断接待着来自欧洲、东南亚和港澳的企业家和化学师；当年张贴着空洞政治口号的宣传栏里，而今悬挂着牛顿、爱迪生、达尔文、居里夫人、爱因斯坦这些科学先驱们的巨幅画像和他们攀登科学高峰的伟大格言……

啊，这样的工厂怎不使人留恋？陈玉如激动地说：

“厂长，你放心。我在学校里一定好好学习，毕业就回厂里来。”

周大江眼里反射着黄河的波光，话语深沉：

“到时候你愿意回来，厂里组织人欢迎！如果觉得别处更能发挥才能，我也支持你。一句话，学了本事都是国家的。”

望着厂长穿工作服的瘦小胸膛，陈玉如眼泪涌了出来，年轻的银浆工人没有多说话，转过身去，沿着黄河二道坝走上了他的攀登之路。去吧，年轻的伙伴，不要等待白发来淹没你如火的青春！

尾 声

党的六十周年诞辰前夕，我带着这篇报告文学草稿到厂里去征求周大江的意见，面对青年们每年为国家创出的上千万元的产值，我掂着这轻飘飘的几十页稿纸，觉得它的分量是多么轻呀！

不巧，周大江不在。王延文告诉我，“周大江今晚要去北京，‘水分散银浆’已经试制成功，中央建材部要他去商量签订合同的事”。

唐晓众高兴地上前补充说：“你记得那个‘金属闪光浆’吗？上海自行车厂用它投产了，广交会上美国一下子就要了一万辆。这是中国自行车第一次打进美国市场，价格也由原来每辆三十美元提到六十美元。”

我迫不及待地奔往周大江家中。

“都准备好了吗？”我望着地上的提包发问。

“准备好了，过一会儿听听广播。”我进屋时，他正坐在藤椅上悠闲地抽着烟卷。

“有什么重要新闻吗？”我问。

“不，音乐！”他笑着指指桌上的海燕牌收音机：“我很喜欢音乐。平时没空听，收音机买了一年多，听了没几回。”

我把稿子递上，他眯起三百度的近视眼看起来。

看完之后，他眉心聚起了川字结！

难道是因为我把他画走了样儿？

“这样写合适吗？我手大捂不过天来。应该写任书记和王副厂长这两位老同志；应该写袁城和秦东符这样的好参谋；应该写唐晓众、王立荣、冯志根这些第一线的小将……”

我再三声明，报告文学有它“文学”的一面，适当地集中和剪裁是允许的，至于其他人我可以再写续篇云云。

周大江从藤椅上站起来，走到窗前，望着烟尘飞扬的大路说道：

“我不希望登报，一登报压力更大！”

我听出了他话语中轻微的叹息。我懂得：事业家往往要比懒汉、懦夫承受更多的指责和非难！

蓦然，周大江看了一下手表，倏地转过身来，拧开收音机，然后像观众入席般悄然坐到他的藤椅上。

收音机里一阵激昂的前奏，托出一个洪亮而亢奋的男高音：

“朋友，你到过黄河吗？你渡过黄河吗？你还记得黄河上的船夫，拼着性命和惊涛骇浪搏战的情景吗？如果你已经忘掉的话，那么你听吧……”

啊，冼星海，年轻的音乐家，这是你的《黄河大合唱》！那久已被遗忘了的呼唤，从收音机里，不，从历史的深处滚滚奔来了！

“划哟！划哟！划哟冲上前！划哟冲上前！划哟冲上前……”

节奏的惊涛，旋律的骇浪，凌空翻卷，迎面扑来！

啊，黄河！中华民族伟大精神的象征，中华民族文明的摇篮！几千年来，你孕育了多少灿烂的古代文化。在你两岸留下了多少殷商废墟、秦汉遗址！你无数次被践踏，又无数次不屈地崛起。多少次外寇的入侵，多少次灾难的毁灭，都不能改变你坚强的性格；你用乳汁哺育着一代又一代人！

周大江微闭着眼睛，睫毛上挂着泪珠！一年多的追访中，我第一次见到了小厂长的泪水，它是那么晶莹闪亮！

不，那不是泪，那是奔腾的黄河溅起的水珠，落在这个黄河子孙的面孔上。一瞬间，我觉得他不是坐在藤椅上，而是站在古老的木船上，正接过父兄的桨板，在激流中划行、搏战……

在磅礴的黄河交响乐中，我望着小厂长思绪奔涌：

一把火烧出个小厂长！而这把火付出了多么大的代价呀！我们能不能不采用“火”的办法，让那些血气方刚的黄河儿女尽早站到时代的前列，为中华民族的兴旺发达，去自立于世界民族之林？！

奋进吧，废墟上站起来的年轻人！

草成于党的六十周年诞辰前夕

原载《泉城》1981 年第 8 期

荣获“1981—1982 年第二届全国优秀报告文学奖”

一个女工程师的道路

金 凤

戴总和小戴

北京毛纺织厂副厂长兼总工程师戴秀生正在车间巡视。她今年53岁，看上去要年轻得多。漆黑的双眉，红润的双颊，一双细巧聪明的眼睛在玳瑁色眼镜后灼灼发光，齐耳短发紧塞在白色工作帽里。她那灵敏的耳朵倾听着几百台纺纱机、织机和染整机发出均匀的有节奏的声音，她那双锐利的眼睛留神观察着雪白的毛条经过几十道工序变成各种花式的高级毛料，她那因公伤残的手不时捡起落在地上的飞毛，擦去呢面的油污……哪道工序出现故障，她当机立断去排除；哪匹产品出了疵点，都逃不过她的眼睛。人们尊敬地称呼她“戴总”，她是名副其实的生产、技术总指挥。她的特点可以概括为：干，认认真真地干，三十年如一日地在生产第一线奋不顾身地干。

她成天活跃在各个车间，科室干部有事找她，不免要一个车间、一个车间地跟踪追寻，因此开玩笑说："咱们的戴总真像罗马尼亚电影《沸腾的生活》中的那位厂长，该给她随身配部报话机。"

她在车间巡视，一些工人和车间干部见她走来，不觉有些紧张。她是出名的要求严格的人啊，有些技术、管理或操作上的疏忽被她抓住，她可是毫不留情，当场给你下不来台。有人说她性子太急，要求太严，爱发脾气。一年要生产340万米优质毛料，要出口一百二十三十万米到四十多个国家，要给国家上缴二千多万元利润和税金，要提高经济效益和管理水平，一步步赶上国际水平……这担子不轻啊！而现在，生产上的漏洞还很多，她能不着急吗？譬如，有人马马虎虎把来样订货的配料颜色弄错了，产品不得不重新投产，交货日期要推迟，外商可能索赔，对这样的事她能眯眯笑，笑得出来吗？最挑剔她的人也承认她发火是为了把生产按质、按量、按市场需要搞上去啊。严厉的指挥员才带得出能打胜仗的队伍，要求严格的戴总，使北毛获得"质量信得过工厂"的荣誉。

1950年戴秀生从北洋大学纺织系毕业来到清河制呢厂时，还是一个梳着小丫辫，穿着工装裤的小姑娘，见人腼腆，一说话就脸红，一受委屈就爱哭鼻子。工厂的人都亲昵地喊她"小戴"。一个世纪的三分之一过去了。年轻的女大学生成长为毛纺工业的专家，"小戴"变成了"戴总"。但不少老工人、老同事、老上级至今还是亲热地喊她"小戴"。"戴总"和"小戴"，在她身上似乎同时存在，奇妙结合。生产中、工作中，她是精明强干、雷厉风行的"戴总"，而她的生活方式和处世哲学却还是颇为天真的"小戴"。她的老上级宋汀同志有次开玩笑地对她说："小戴，我要送部《东周列国志》给你看看，让你了解一下人事关系的复杂。"书，没有送，戴秀生至今也没有时间看。她对于当今显然变得复杂起来的人事关系和处世哲学依然一窍不通。心里怎么想，嘴里就怎么说，直来直去，不大讲究方式方法，不免得罪人，不免碰钉子。碰了钉子她还是要说。人家看她是"戴总"，有时不得不让步罢了。

一位车间主任劝她：“戴总，你不要太认真了。这年头乔厂长不好当。”戴秀生扬起双眉，认真反驳：“像乔厂长这样的干部太少了，要是多了，事情就好办了！”

现实中的戴秀生不是小说中的乔厂长。她的生活道路不同。但她的事业心和责任感，她的自我牺牲精神和坚毅的品质，和乔厂长颇有相似之处。就说她受伤的手的事吧……

伤残的手坚毅的心

1960年8月10日下午，北京市清河毛纺厂的长毛绒车间。戴秀生正同一位老师傅和一名青年女工在复洗机上试验毛条压染的新工艺。正是国民经济困难时期，戴秀生营养不良，日夜奋战，体重已降到八十多斤，但仍全神贯注地试验。一次意外的事故，把戴秀生五个手指连同手掌全卷到压水轴里去了，在14吨重的油压机下整整压了一小时。厂长、工程师、医生都赶来了。围着的人看到她那失去血色的脸，有的心疼得直掉泪。令人意外的是，平时爱哭的小戴这时却没有流一滴眼泪。当医生匆匆包扎好她那一团血污的手把她送往医院时，她甚至还勉强地向同志们微笑。

经过检查，医生断定是“五指粉碎性骨折”，需要立即截肢。北京市纺织局局长张布克赶到了，他向医生请求：“小戴是很有前途的工程师，和你们医生一样，她非常需要她的一双手。我们毛纺工业也需要她的一双手……”

骨科专家王大琬教授赶到了，她决定使用她创造的交叉皮瓣手术，尽量保住戴秀生的伤手。

手术进行了五六次。王大夫先将戴秀生的左腹部割开，将伤手和左腹的肌肉缝在一起，再从左腿割皮补在左腹。半个月后，又将伤手连同左腹部一块血肉一起割下，伤手成为紫红色的肉团，再将那紫红色的肉团割开，一次两次，逐步修出两个手指……

戴秀生凝聚起全身力量，接受一次又一次手术的巨大痛苦。

白雪覆盖大地，窗外已是一片银白世界。医院大玻璃窗内，心如白雪般晶莹的戴秀生正用仅存的半截拇指夹住笔在艰难地练习写字。她穿着的毛衣毛裤都被汗水湿透了。但白纸上毕竟赫然出现了豪迈的诗句："数风流人物，还看今朝！"

她被调到北京市纺织品设计所当副所长。组织上显然是照顾她。她可不是坐办公室的人，她把设计任务安排好，一头扎到工厂中去了，和技术人员一起设计、生产了乌黑毛涤纶，销到香港，大受欢迎。她的伤手已经能熟练地写字，画图，拉计算尺，做各项产品的性能试验，还能挡车开机器。她的腕关节已受伤，要运用整个胳膊的力量才能移动伤手。人们只看到她像一位出色的工程师那样工作，却不知道她夜间躺在床上时，有时疼得连自己的胳膊在哪里也不知道了呢？！

她来到北京毛纺织厂担任副总工程师兼技术科科长。她和老工程师马文荣、女技术人员黄小婉、田振云等一起改进了产品的设计和质量，制定了一整套工艺标准。

她带着北毛的样品来到天津参加全国毛纺织品质量评比。面对全国、特别是一些素负盛誉的老纺织工业基地的产品，她有点紧张、不安。

产品陈列室里，毛纺工业的老专家们用精细得近乎苛刻的眼光在估量着，用有几十年经验的手在抚摩着、品评着产品的弹性、手感、条干和色泽……脸上是一副高深莫测的神气。

评议结果，出乎大家的意料，毛纺工业中只算得小兄弟的北毛出产的华达呢、凡尔丁、哔叽名列三个第一。

这一天夜间，戴秀生在招待所的床上翻来覆去睡不着觉。迷迷糊糊的，她似乎又站在陈列产品的大厅。专家们在评议着，代表们在争论着。大家的眼光都集中到她带来的一块奶油色的凡尔丁。它的弹性、手感、条干、色泽、呢面和边道都很出色。一位代表忽然嚷道："它落水以后会不会变形，皱巴巴的像泡泡纱似的？"戴秀生吃了一惊，那块凡尔丁各项试验都做过，恰恰没有做落水变形试验。原来评比条件中没有这一条呀。她急得大叫起来："不行，不行……"

和她同住一屋的北京市纺织局科研处处长王俊灵惊醒了。她喊醒戴秀生，问是怎么回事，戴秀生不好意思地将她的梦告诉王俊灵。王俊灵听了哈哈大笑："小戴呀，你真是做梦也惦记着你那些宝贝咧。评比结果都出来了，你还担心什么？"戴秀生叹了口气："凡尔丁没有做落水变形试验，我心里总不踏实。"

有的代表果然对北毛连拿三个第一不服气，他们提出要对凡尔丁做落水变形试验。各地拿来的十几块凡尔丁投入水中，大多数变形了，有的当真皱巴巴的像泡泡纱似的，只有北毛那块奶油色的凡尔丁，出水后依然亭亭玉立，达到试验最高的五级。代表们信服了。

信念和力量

人是要有信念的。在那一场史无前例的政治动乱中，有许多人遭受折磨而坚强不屈，极少数人攀缘权势而堕落，戴秀生怎样了呢？

在工厂那样受人尊敬、器重的戴总一夜之间变成"资产阶级反动权威""阶级异己分子"，车间不准她进，只让她打扫厕所、种地，甚至宣布"开除她出党"！

她被剥夺了一个工程师工作的权利，但她的思想，她的心，最残酷的法西斯专政也难掠夺和占领。每天，拖着筋疲力尽的身体回到她姐姐家的小屋（她在工厂的宿舍已被没收），她有更多的时间读书和思考。

她想起小时候，失业的父亲就在这间小屋中给她们几个姐妹讲中国的历史，讲一百多年来中国人民所受的痛苦和屈辱。解放了，也是在这间小屋，父亲用怡然自得的眼光，笑着对她们说："我早就说过，中华民族大有希望，中国人民扬眉吐气的日子不是来到了吗？"

她想起，清河制呢厂的第一任厂长兼党总支书记张布克同志不止一次找他们这些刚进工厂的大学生谈心，谈抗日战争和解放战争的艰难经历，谈中国人民的英勇斗争。张布克那矮小的身躯似乎蕴藏着不尽的精力，短短几年把一个只有几十台残破布机、只能织军用毛毯和粗呢的小厂，改造成为拥有一万毛纺纱锭、能生产几百万米精毛产品的大厂。她忘不了张布克同志经常说的一句话："中华民族能自立于世界之林，任何外部和内部的敌人休想打垮我们。"

她想起，当她听到开除出党的消息，坐在高粱地里像一个孤立无援的女孩一样痛哭时，和她一起种地的老王师傅静静地说："小戴，你发什么傻？他们就能代表党？党在你心里，在我心里，他们开除不了。他们呀，兔子尾巴——长不了！"

戴秀生想了很多很多……

十年动乱终于结束。她恢复了组织生活，重新担任副总工程师，可以放开手脚抓生产了。

起步艰难哪。工厂接受16匹漂白华达呢订货。投产32匹，勉强挑出16匹交货，光修补就花去十多天时间。

困难和挫折常使怯懦者止步、消沉，真正的战士却更奋然前行。戴秀生又主动接受12匹漂白华达呢订货。她发动科室、车间订出漂白产品管理细则50条，她自己和科室人员田振云、顾佩卿，车间主任温德、陈怀志、华云梅、王学勤、王秀英等跟了白班跟夜班，一道工序、一道工序地抓。辛勤的劳动获得出色的成果，投产14匹，匹匹合格，有6匹没有一个疵点，修补只用了一天时间。队伍训练出来，管理制度重新恢复，北毛的生产走上轨道，现在每年生产两万多米漂白产品，匹匹合格。

戴秀生又在产品的质量、花色、品种上下功夫了。

高级单面花呢是国际市场上畅销的高级产品。"文化大革命"前北毛的高级单面花呢已赶上有五十多年生产历史的著名老厂的水平。“文化大革命”中这个产品质量掉下来了。戴秀生组织了攻关小组，把国外样品和老厂产品作为借鉴，又参考国外的资料反复试验，在工艺上采取一系列改进措施。1979 年，这个产品荣获国务院颁发的金质奖。全国毛纺工业只有两块金牌，北毛夺得一块，这凝聚了戴秀生和全厂工人、技术人员多少心血呵。1980 年，北毛又评上四个名牌、两个优质产品。北毛的质量在全国又开始有点名气了。

在总工程师戴秀生的组织和领导下，80% 羊毛、20% 聚酯的一系列毛涤产品，100 支纱的高级维也纳衬衫料，120 支纱的高级精毛产品和时纺都在北毛生产出来。和时纺薄如蝉翼，柔若轻裘，质如绢帛，加工成“国王牌”衬衫，在香港每件售港币 250 元，轰动了香港市场。许多港澳同胞伸出大拇指赞叹：“想不到祖国竟能生产出这样高级的产品，真给中国人长志气！”现在，北毛每年要生产三四百个花色、品种的毛料，还试制七八百个新的花色、品种。许多外商认定要 PA 牌的北毛产品。

时间的哲学和她的生活方式

戴秀生从青年时代起就认定每一分钟时间都要讲求实效，不能做虚功。“文化大革命”夺去她十年的时间。如今，她更迫切感到要在有限的时间内尽量发出自己的光和热。她一天的工作日程排得满满的。一到工厂，看完报表，下到车间，就要处理日常生产中一些紧迫问题，还要参加那些计划会、生产调度会、质量分析会、产品鉴定会、学术论文评定会、党委会、安全会、教育工作会……晚上回到宿舍，简单的晚餐还没来得及做，工人、干部跟了来，谈工作、谈思想……一直到深夜。她只好吃点面包和点心当晚餐。人走后，她还要在灯下考虑工厂的生产安排，看国外的纺织资料，准备新的学术论文……时间就是生命，就是工作的数量和质量。她对于时间抓得很紧很紧，也要求工厂的生产讲究实效和时效。

北京市纺织品进出口公司的同志拿来一块仅仅六盎司重的100支纱的斜纹方格棉布，这是国际市场上的畅销货。她组织技术人员、车间干部和工人，从分析原料、试验规格、制定生产方案到生产出100支纱斜纹方格毛料的高级维也纳衬衫料，只用了一个月时间，质量还超过原来的规格。制成高级衬衫投放国际市场，马上给国家挣来了外汇。

她接待美国一家著名的服装公司的经理。那位商人傲慢地说："我听说中国总要十个月才交货。"戴秀生意识到，现在交货的时间关系到国家的信誉。她冷静地说："你拿样品来，我们保证四个月交货。"两个月后，他们交出样品。美国商人高兴地一次订货四万米。

这几年，出国参观、考察的人多了，有人很有收获，但也有人只是出去看看花花世界，给自己采购一些"洋货"，白白浪费了宝贵的时间和外汇。1979年，戴秀生到英国考察毛纺染整工艺。二十几天中，她参观了几十家工厂，只在伦敦停留半天。她没有给自己买一样东西，却把节省下的零用钱买了几块英国毛料样品带回做试验。回国后，她立即把考察成果用来改进工厂的染整工艺。她一项一项产品做试验，取消了几道工序，提高了产品的实物内在质量，节约了能源，减轻了工人的劳动强度。时不空过，这就是戴秀生的时间哲学。

工作、学习几乎占据了戴秀生全部的时间，她留给个人生活的时间就很少了。五十年代，她和丈夫老李同在北京工作，但他们没有安家。平时各住各的宿舍，一星期聚会一次，看看双方的老人，吃顿饭，戴秀生就急急赶回工厂去了。有时老李下班后骑自行车赶到清河制呢厂，小屋中时常留下这样的字条："今晚要做实验，你等着吧。"老李等着，等着。十二点过去了，一点，两点钟过去了，有时直到天亮，戴秀生才回到宿舍，头一落枕便沉沉睡着了，梦中还在喃喃说着："质量，质量……"老李还能说什么呢？他轻手轻脚收拾好屋子，骑车走了。更多时候，她晚上还要给工人补习功课，老李也就不来打扰她了，满足于一星期聚会一次的生活方式。他们没有孩子吗？没有。五十年代还没有提倡计划生育，马寅初先生的人口理论还在受到批判，但这一对倾心于事业的年轻夫妇一结婚就避孕了。等到他们想要一个孩子，到医院检查，戴秀生需要动一次手术。只是，她总安排不出住院的时间。

1959年，老李奉命调到大连海运学院工作。戴秀生原也可以调到大连，但大连没有毛纺工业，戴秀生宁肯忍受两地分居的痛苦和不便。

这种牛郎织女的生活一过就是二十年。1979年，老李调回北京。这时他已将近六十，戴秀生也年过半百了。结婚三十年，细算起来，他们在一起生活的时间，大概不过三五年。老李调回北京后，平时依然住在单身宿舍，每星期回家一次。他们说，这样生活习惯了，晚上的时间双方可以专心工作、学习，这等于延长了三分之一的生命。只是在老李的一再坚持下，他们抱养了一个小女孩，名叫丹丹。三十年来第一次置办了锅盆瓢碗，有了自己的家。

在这新建的家里，引人注目的是墙上挂着著名的88岁老画家王森然送给戴秀生的两幅国画和老李弟媳妇画的一幅油画。国画上是一树黄澄澄的硕果和一篮紫艳艳的荔枝，画上题了“几头垂烂紫，纤手研轻红”的美妙诗句。油画上是郁郁葱葱的森林，加上小丹丹的欢笑，点缀得室内春意盎然，富有情趣。

老画家送的两幅国画也许是含有深意的吧！那累累硕果不正象征戴秀生艰苦奋战几十年，终于获得丰盛的硕果？！“纤手研轻红”的题词，最好不过地描绘了她那虽然伤残、依然纤巧有力的手，至今还在精心研磨毛纺工业的万紫千红！

原载《人民日报》1982年7月19日

热血男儿（节选）

李士非

作品简介

李士非《热血男儿》是应上海文艺出版社编辑刘征泰之约所写的一篇反映深圳蛇口工业区成就的报告文学，初载《花城》1984 年第 6 期，1986 年 5 月又与另外两位作者的作品一起被编为报告文学集《热血男儿》，由上海文艺出版社出版。《热血男儿》集中展现了蛇口工业区实施改革开放政策后的发展历程，探讨了改革与国家政策之间的关系。李士非非常注重人的聪明才智和开拓精神在改革过程中所发挥的作用，重点描摹了“热血男儿”——招商局集团常务副董事长袁庚这一人物形象。袁庚求贤若渴、礼贤下士，敢于突破陈规，大胆改革干部制度和调整干部结构，起用了一批青年干部，培育起一支年轻化、知识化、专业化的干部队伍，为蛇口工业区的发展披荆斩棘、开拓新路。李士非笔下的“热血男儿”并不仅限于袁庚一人，而是泛指

“热爱蛇口，渴望改革”，在改革浪潮中奋勇搏击的一切有为之士。

根据李士非《热血男儿》(《花城》1984 年第 6 期）节选。

正文节选：《热血男儿》第十一—十三节

十一　香港第一课

一九七八年，做了大半辈子军事、外交工作的袁庚，以六十花甲之年改行搞经济，被派到香港招商局担任副董事长。

招商局是清朝北洋大臣李鸿章于一八七二年创办的。一九五〇年一月十五日，招商局香港分公司的十三条轮船起义回到祖国的怀抱，从此成为交通部驻香港的代表机构。历任交通部部长都兼任香港招商局董事长，所以副董事长便是实际上的负责人。从李鸿章算起，袁庚是第二十九代了。

香港招商局在极左思想影响之下，单一经营，困守一隅，搞了几十年没有什么发展。袁庚到任，根据中央定下的“以航运为中心，立足港澳，背靠内地，面向海外，多种经营，工商结合，买卖结合”的方针，以铁腕大力整顿。

袁庚在沿海部分开放城市经济研讨会上的发言中说：

“我到香港的第一课，就是买了一座大楼，非常便宜，只花了六千一百八十万（港币）。第一次交订金时，支票二千万。那天是星期五，当时讲好下午两点钟，在一个律师楼里，大家一手交钱，一手交货。我们开了二千万的支票到律师楼去了，卖楼的对方也有好多人来了。楼下几部汽车停在那里，那个汽车发动机都没有停。一上去之后，大家一手交货，一手交钱，签字。签完字，对方拿着支票，两个人夹住，下去了。剩下一个老板和我们谈善后的事。那个支票用车以最快的速度，马上存到银行里去了。因为明天是礼拜六了，人家银行关门，礼拜天也关门，假如礼拜五下午三点钟之前不到银行去交那个支票的话，他要损失三天二千万的利钱。所以他要求按时把支票交给他。我们的财务去了，他回来向我们报告，说当时那个场面的紧张是很动人的。当然，我们闭着眼睛也能想到，资本家对二千万在银行三天的利息为什么那么重视，当时浮动利息是十四厘，三天中就是几万元的利息。如果是我们内地的同志，那就无所谓。这个支票就放到家里去，回家。他没有这个观念！这就是第一课。我也不怕自惭形秽，一窍不通，我接触经济工作，仅仅是在五年多前开始。但一开始我就发现我们中国经济工作毛病之多，简直令人发指！招商局的子公司多的是，一检查，发现支票在家里过夜大家根本不当一回事，就是内地理财的办法！……很快我就把这个财务换掉了，换了一个华东财经学院毕业的来。他来了之后，我就给他讲这个道理，一个礼拜之内他就能够接受。他说这里理财和内地理财完全是两码事，立即加以整顿。经过整顿之后，财源滚滚而来。……这个'时间就是金钱'，不是没有道理的。现在很多人骂我，其实这句话也不是我发明创造的。中国很早就讲了'一寸光阴一寸金'，它说得比我还厉害，时间重于金钱！"

招商局走上轨道，袁庚就考虑进一步的发展了。一九七九年初，他和有关同志带着在蛇口开发工业区的蓝图，到北京向李先念、谷牧同志汇报。先念、谷牧同志很感兴趣，当时同意把整个南山半岛都划给工业区，袁庚还没有这个胆量，只要了二点一四平方公里。当李先念同志举笔在他们的报告上签字的时候，袁庚心里默默地说：

"先念同志，签吧，您这一笔下去，将造福于中华民族的子孙后代呀！"

十二　清　新

一九八四年八月，蛇口工业区首届书画展开幕。观众进入展览大厅，迎面是一架屏风，正中间挂着一幅草书，苍劲流畅的书法，引人注目，细看那内容，更是气度非凡。这是多才多艺的袁庚的作品。我忍不住掏出笔记本，把它抄了下来。

登微波楼

微波楼上，雨初晴，水浸苍穹澄碧。极目纵横宇宙小，探手银河可摘。鹰掠浮云，鸥翻怒浪，何惧风雷激。掀天揭地，方显男儿胆识。梧桐山挹群峰，若游龙，直卷屯门西北。滚滚珠江南入海，洒满伶仃春色。厂舍鳞排，帆樯队列，似神蛇添翼。中华崛起，英雄豪杰辈出。

时维甲子，序属清明，雨后登蛇口微波楼，有清新感，兴之所至，填念奴娇。格律工否，非所计也，取其义耳。

宝安袁庚

我很注意“有清新感”四个字。袁庚在给清华大学校长刘达的信中也说过，“每登微波楼，均有清新感”。可见清新一词不是随便用的。

我有同感。

蛇口经过五年多的建设，已经成为一座新型的海港城市。工业区，当然以工业为主。引进项目九十八个，有五十二项已经开业投产。几十座工厂，几百栋宿舍楼，海滨的花园别墅，在昔日荒凉的海滩上拔地而起。“厂舍鳞排，帆樯队列”，完全是写实，没有一点夸张。工业区管委会七层办公大楼紧靠五湾码头，许多外国石油公司和财团的代表机构也在这里办公，水翼船来往于蛇口香港之间。大楼门前，蒲公英似的圆形水雕喷泉飞珠溅玉。大楼背后的山头上，就是引进的具有七十年代先进水平的微波通讯楼，登楼四望，整个工业区尽收眼底，难怪这是袁庚心爱的一个去处。

六湾中央的岸边，停靠着邓小平同志书题“海上世界”四字的明华轮。这艘豪华的大型客轮，诞生于一九六二年的法国，后来被广州远洋公司买下。二十一年间，它在海洋上奔波，到过数十个海港城市，如今它退役了，古老而又年轻的蛇口成了它的归宿之地。它虽然不再航行，但风姿不减当年，以它的客房、餐厅、舞厅、商场和游乐场吸引着成千上万的游客。入夜，灯火通明，烟花四起，它仿佛是一座海上宫殿。袁庚去年决定花三百万元买它的时候，一片反对之声，现在事实说明，它为蛇口添了异彩，对的又是袁庚。

晚上，我到海边散步。坐在麻石栏杆上，观两岸灯火，听一片涛声，历史和现实在脑海里交叉、叠印，我的心像大海一样不能平静。西去不远，就是伶仃洋，就是珠江口。文天祥苦吟“伶仃洋上叹伶仃”的声音，陆秀夫背负宋帝昺投海的声音，仿佛从历史的深处传来。赤湾左炮台上那尊锈迹斑斑的古炮，更是历史的见证。一百四十四年前，面对不可一世的大英帝国舰队，它勇敢地发出第一声怒吼，从而揭开了鸦片战争的序幕。但是，它能打掉海盗船的威风，却打不掉清王朝的腐朽，它和林则徐一道被出卖了。花开花谢，潮涨潮落，一百年过去了，终于迎来了翻天覆地的一九四九。人民解放军炮兵团长袁庚，指挥炮兵健儿，威震敌胆，一举解放了这片土地，解放了伶仃洋上的大铲岛。但是谁也没有想到，三十年的历史弯路，辜负了这大好河山。一些年轻人对祖国失去信心，月黑风高之夜，来到这荒凉的海滩，从这儿下水泅向对岸的灯火。几多人中途溺毙，涨潮把他们的尸体又推回他们出发的地方。五年前袁庚重返蛇口看到这些不幸者尸体的时候，痛苦的心情真是难以表达。现在好了，才过去五年，不过是历史的一瞬，蛇口的夜间灯火并不比对岸逊色了。据说袁庚曾在对岸驱车遥望蛇口的夜色，他那喜悦的心情想来是同样难以描述的。我望着海滨花园长椅上喁喁私语的情侣，望着在年轻的父母身边蹦蹦跳跳的孩子，心里暗暗地说：祝福你们，幸运的蛇口人！

这还是看得见的清新气象，还有那看不见的呢。经济体制、人事制度、工资制度的改革，由这些改革而引起的人际关系和价值观念的变化，这些属于上层建筑领域的清新之处，比那夜间灿烂的灯火更加美丽动人。

呵，清新的蛇口！

十三　心　血

清新动人的蛇口，是几千劳动者用心血和双手雕塑出来的。这中间，袁庚倾注了更多的心血。

工业区创建初期，香港招商局所属远洋公司总经理张振声担任总指挥，他出色地贯彻了袁庚的意图，艰苦深入，日夜辛劳，给人们留下深刻的印象。他调回香港后，袁庚便亲自兼任了工业区的主要领导职务。他既考虑方针大计，又关心具体问题，处理问题总是站在战略的高度，高瞻远瞩。他一天工作十几个小时，中午在藤椅上靠几分钟又工作了，晚上常常熬到深夜。

第一批引进的工厂中，有个华美钢厂，是招商局与香港资本家合资的企业。这位姓施的老板，本来是经营地皮股票的，对办工厂并无兴趣。袁庚在印尼工作时结识的一位华侨朋友，代施老板在国内考察了炼钢技术，认为在蛇口办一间轧制钢材的钢厂有利可图，便极力劝施老板投资。双方有利，一拍即合。引进的设备在国内是先进的，投资额近一亿港元。

一九八四年春，钢厂股东和工业区管委会举行联席会议，讨论经营方面面临的问题。港务公司提出一个悬案：建厂初期，厂方有三千多吨钢铁堆放在五湾码头的露天堆场，已经七个多月了，港务公司要追收六十万港币的堆放费，而厂方拒绝付款，一直未能解决。

这个问题一提出，气氛紧张起来。施老板很激动，把财务经理和总工程师都叫来，讨价还价。他们说，工厂里没有堆场，所以无法提货，这不能怪他们。袁庚提出到工厂去看看，确实没有堆场，但那是管理不善造成的，只要加以整顿，完全可以清出堆场来。

施老板知道理亏，答应出一半堆放费。事情没有解决，该吃午饭了，袁庚说下午再议。

午饭后的短暂时间，袁庚当机立断，做了我方人员的思想工作，说明吸引施先生投资办厂不易，应从大处和远处着眼，作出让步。

下午会一开始，施老板就不耐烦地说：

“袁老板，你拍板吧！工厂你招商局也有份的！”

袁庚不紧不慢地说：

“这件事，我看双方都有责任。钢铁既然是工厂的，工厂怎能长期让它堆放在码头？工厂没有堆场，这是管理混乱造成的。港务公司也不对，你们为什么不催货主提货，任凭这些钢铁长期堆放？难道只要有堆放费可收就行了？你们应当考虑工业区的全局利益，考虑如何促进生产。

出现这样的问题，是第一次，我的意见，这一次堆放费就免了，下不为例，工厂必须尽快把这些钢铁运走。”

这种出乎意料的处理方式，使三十多岁的施老板大为感动。他站起来说：

“谢谢你，袁先生！我口服心服！工厂接受批评，一定限期运走。”

以后施老板积极性大增，双方合作一直很好。

创造良好的投资环境，使资方有利可图，才能进一步吸引外资，这一直是袁庚的一个指导思想。

一九八二年在南洋商业银行蛇口分行开幕式上，袁庚宣布装卸费减半，博得一阵热烈的掌声。当时有的同志还不理解，后来事实证明了袁庚的战略眼光，这一措施对于吸引外资起了很好的作用。

在日本三洋（蛇口）公司的开业典礼上，袁庚风趣地对来宾说：

“先生们，我们希望你们赚钱，你们赚钱就是我们的胜利。”

这当然丝毫也不意味着我们不要赚钱。袁庚又对西方石油公司的老板们说：

“先生们，我要从你们的口袋里掏出钱来。是否掏得出来，那就看我的本事了。”

对这些坦率的语言，老板们总是报以掌声。

但是，如果以为袁庚不顾社会主义的原则和工人的利益，那就错了。在根本问题上，袁庚是坚定不移的。

一九八三年五月，由香港凯达实业有限公司独资经营的凯达玩具厂发生了一件震动整个工业区的事件。

一个时期以来，这家工厂为了追求超额利润，强迫工人超时加班，有时干到凌晨三四点甚至六点，一个工人当两个工人使用。许多工人累得昏倒在地，工人发病率急剧上升，不肯加班的就要开除。凯达厂成为工业区人们议论的焦点。

五月下旬，工业区召开首届团代会，凯达厂女工郑艳萍是团员代表。而这时候工厂为了迎接六一儿童节的销售旺季，接受了大量订单，正在拼命赶工。尽管团代会是晚上举行，并不占用正常的劳动时间，厂方还是不准郑艳萍去参加会议。郑艳萍平时劳动质量好，效率高，很少出差错，可还是因为参加团代会而被厂方无理停工，罪名是“拒绝加班”。

工人们愤怒了！蛇口毕竟是社会主义的天下，岂能任资本家为所欲为！

共青团管不了工厂的事，工会来管。

凯达厂是在工业区投资较早人数较多的一个大厂，当时有一千二百多名工人，占工业区工人总数的三分之一。筹建工会的时候，管委会主任熊秉权说，“凯达厂工会搞不起来，整个工业区工会等于没搞！”厂工会建立起来了，由工业区团委副书记端木默兼任工会主席。这个来自江苏连云港的戴眼镜的姑娘，别看才二十三岁，已经做了三年团的专职干部，在原则问题上是毫不含糊的。去年凯达厂非法搜查工人宿舍，她就向工业区领导写过一个调查报告，当时招商局从全局考虑，没把这件事闹大，平静地解决了。现在端木默又及时地把情况逐级上报工业区领导。

报告送到袁庚手里。

袁庚没见过郑艳萍。但他早在三年前就和凯达厂的女工打过交道，近来更关怀着她们的命运。他对她们怀着父亲般的感情。

一九八一年，袁庚从香港过来，听说凯达厂的女工没有热水洗澡，没有桌子写信，写信要在走廊里写，有些人流泪想家，马上同副指挥刘清林和办公室主任余为平到宿舍去看望工人。他同工人谈心，安慰工人，答应三天内一定解决她们的困难，临走伸出小手指说：

“你们信不信我的话？要不要勾手指？”

姑娘们没想到总指挥这么和蔼可亲，脸上的愁云一扫而光，开朗地笑了，“我们相信！”

“我们相信！”这不是相信他袁庚个人，而是相信党，相信社会主义呵！如今厂方对待工人无理到这种地步，再让步就丧失原则了。

他激动地在报告上批道：

“加班应是自愿原则，要找资方严肃讲清楚，不准他们胡来。”

替工人说话，为郑艳萍复工，维护独资企业工人的合法权益，工会是责无旁贷的。

根据他的批示精神，端木默深入女工宿舍，反复做了大量的调查。由于工人加班，找工人谈话大都要在深夜十二点以后，往往谈到一两点钟。有的工人怕老板报复，在宿舍里当着别人不敢讲，常在深夜去敲她的门。经过一个多月的艰苦劳动，终于掌握了大量第一手材料。为此深圳市总工会工作组曾写信到工业区党委，赞扬端木默同志警惕性高，组织性强，工作认真负责，积极主动。

接着，在工业区党委、区工会及深圳市总工会的具体指导和各有关部门的密切配合下，把工厂几年来违法的行为，包括去年非法搜查工人宿舍、侵犯人权，以及厂方无限制加班加点，给工人身体健康带来严重危害的事全部收集起来，整理成材料，向厂方提出：如不改正错误，就诉诸法律！准备循法律途径解决。

厂方明白诉诸法律的后果，还是价值法则起了作用。在多方面的努力下，厂方不得不答应给郑艳萍复工，补发停工期间的工资，工人加班自愿，每天加班时间控制在两小时以内。

斗争胜利了。原来很普通的女工郑艳萍，在斗争中受到锻炼，成了凯达厂工会副主席和工业区工会妇女委员。原来在连云港只念过两年英语专业的端木默，现在已由工业区组干处推荐，考上了深圳大学干部进修班企业管理系，凯达厂工会工作的重担落在郑艳萍肩上了。

工业区所有的独资合资企业都看到了这场斗争，这次斗争的胜利是我方对凯达厂开工以来的一系列不良行为的总回击。那些怀疑蛇口“到底姓社还是姓资”的人，也可以从这里得出必要的结论。

原载《花城》1984 年第 6 期

荣获“1983—1984 年第三届全国优秀报告文学奖”

天上人间

——我国第一颗同步卫星上天记

郑　重

我们的同步卫星要上天了。

带着这个期待多年的消息，我踏上西去的列车，奔向卫星发射场。

这正是一九八四年的春天。料峭的春风带着寒意，复苏了的大地却是一片生机。列车上人们的谈话也增加了新的主题：未来学，第三次浪潮，新技术，新材料，工业革命，微电子……在火车上，有的人就是为了这些事情在奔忙。

还有那赶着小毛驴、推着独轮车的人，伫立在路旁，看着火车的奔驰。他们在想什么呢？是对火车的羡慕与赞叹，还是埋怨火车比小毛驴、独轮车跑得快？也许两者都不想，乘火车，骑毛驴，推独轮车，各得其所。他们绝不会想到用毛驴、独轮车和火车进行竞赛的。这是“知识的爆炸”使人认识到自己的局限性。

也许是由于心情的急切，总感到火车跑得太慢了。那轰轰隆隆的声响，又使人想到我们追赶世界科学的步伐声。其实，我们中华民族也有过被世界追赶的时代。那征服星空的火就是从这里点燃的。最早登上月球的梦想也是从这里产生的，嫦娥奔月的神话是那样动人，吴刚伐桂的仙境又使人那样向往。要摆脱地球的束缚，飞向太空的第一个人也出现在中国。那是五百年前，中国明代有个叫万虎的人，他坐在用四十七支“起火”（土火箭）支撑的架子上，然后叫人把“起火”同时点燃，自己手持扇子用力扇动空气，一声巨响和浓烟，这位探索太空的勇士连同他的飞行器都被摔碎了。它和现代的同步卫星或宇宙飞船出于同一原理。世界上的科学家没有忘记他，称他为“第一个企图乘火箭飞行的人”，并以他的名字给月球上的一座环形山命名。

但是，第一个登上月球的不是中国人。万虎用的“起火”还是老样子，后来发展成为驱鬼避邪的焰火和鞭炮了。中国的科学虽然停滞了，但中国人登天的思想没有泯灭。这几年，科学唤醒了这块神圣而又在沉睡的土地。从洲际运载火箭到这次发射的同步卫星，都是为了摆脱地球对我们的束缚，飞到太空去。这不是对有养育之恩的母亲——地球的背叛，而是在克服先天带来的局限性。现在，是不是还有人不承认这种局限呢？

人间天上，天上人间，历史和现实……思绪万千，我想得很多，要说的也很多。现在，且按下这万千思绪，到卫星发射场去吧。

一

这里就是通往宇宙的大门——卫星发射场。

远处的山顶，白雪；近处的群山，绿树；卫星发射场的门前，溪水，由山泉汇成，奔向前方，幽静、抒情。发射塔架，拥抱着火箭，火箭上端有一颗星，庄重、威严。场坪上有许多人，塔架上有许多人，山洞里也有许多人。他们在给火箭、卫星检查身体。在这许许多多人中，我看到了他，他，他……他们是一群用智慧工作的人。

谁是调度陈工程师呢？

我走进调度室，值班的同志打开报话器呼喊：“老陈，有人找你。”“谁？”“记者。”“现在没空。”“约个时间吧。”“晚上十一点。”时间约定了，我没有走，坐在调度室看他们是怎样工作的。他们的联络工具就是报话器。传达上级决定，部署战斗任务，解决疑难问题……在三十公里之内，人们能找到他，他也能找到别人；在那看不到的地方，还有四只报话器时时刻刻盯着他，要他发表意见，要他决策，要他处理问题；还有几架电话机，几秒钟之内就可与数千里之外取得联系。电话铃响了，从北京传来了指示。值班同志把电话的内容念给他听，问他：“怎么处理？”他回答：“传达到各试验队。”报话器里也不时传来他的声音：“某某数据出来了吗？”“某某事情联系了吗？”“传真电报发出去了吗？”他的谈话总是简短的，果断的，准确的。我在想，他一定是一位精明的人。

晚上十一点钟，他准时地到了我住的地方，腋下挟着黑皮包，口袋里装着报话器。一见面他就说：“时间很宝贵，你问吧。”我们的谈话，有时需要一些资料，他马上打开那黑色的皮包，几秒之内就能从里面找到这个系统工程的任何一个精确数据；在谈话的过程中，还有人从报话器中询问某个数据不清，他马上打开那小小的计算器，几秒钟之内，进行一次复杂的运算，回答那个数字是正确还是错误。报话机，黑皮包，计算器，特殊的法宝造成了特殊的印象，使我感到他的工作战线是广阔的，他的工作效率是很高的。

我说：“你的工作抓得很紧。”

他回答说：“不抓紧能行吗？宇宙是无限的，卫星在赤道上方的停靠点又是有限的，它一圈只有三百六十度，不是每一度都能停放同步卫星，谁先打上去，谁就能在空间占有优势。像盖房子一样，我们总不能把好地方留给别人吧？”

他为祖国争取有利空间，他自己的生活空间却压缩得很小；他为祖国争取有利空间献出的是那样多，他所得到的呢？他那当医生的妻子爱他有一颗飞翔的心，但有时也责备他给家庭的太少，给孩子的太少，给她的也太少，甚至开玩笑地说："像你这样的人根本就不应该结婚。"他常常对妻子报以会心的微笑。怎么办呢？一个人能贡献出来的就是这样多啊。特别是四十九岁的人了，决不能把内心的火焰，仅仅献给一颗星，一朵云，一片早霞和晚霞，而是要献给整个广阔无垠的天宇，整个壮丽的星空。

还有那位火箭总体设计室的龙工程师。总体就是管火箭的整个身体，以及各个经络系统的协调性。只要火箭上有的，搞总体的人都要管，要管技术，要管协调，要集中群众的智慧。每次见到他，他都是在忙的时刻。他的岗位就是在现场，大家都来工作的时候，他要在现场；别人休息了，他也得在现场；吃饭的时候，有人找；坐在床沿上洗脚，要睡觉了，还有人找。睡眠少，熬夜多，火气上升，嘴唇上鼓起了几个大水泡。

我说："你太忙了，真不忍心因采访占去你的时间。"

他说："反正是把自己的一生都交给它了，连老婆的一生也交给它了。"他们夫妻像许多共同搞宇航科学的夫妻一样，一个在前线发射场，一个在后方搞试验；一个需要回去，一个又需要出来，阴差阳错，有时半年也见不了一次面。

我遇到不少像这样的家庭，他们都有着不安和痛苦，那往往不是因为分居和离别。他们的不安和痛苦，却是因为租了人家的卫星转播精彩的节目，特别是听到广播员说"请观众谅解，卫星的租期到了，无法继续广播"的时候，心中就特别难过。龙工程师说："每次遇到这种时刻，就像朝我们脸上打耳光一样，感情上受到侮辱，心灵上受到刺激。"这种痛苦感在他们夫妻之间是共有的，谁也无法劝解谁。

像陈工程师、龙工程师式的人物，在这个系统工程中是举足轻重的，他们的神经触到各个角落，他们受领导者群的集体指挥，他们又在指挥更多更多的人，他们参加技术上的重大决策，他们又是重大决策的执行者。他们的智慧能产生爆发性的光彩，他们的感情体现着千军万马的情绪。

在通往宇宙的大门口，我看到了庞大的系统工程，更看到了许许多多有才能的实干家。只要放手让他们去干，他们在“四化”的舞台上肯定能干出惊天动地的事情来。

二

同步卫星要发射的前夕，我去参加指挥部的决策会议。一走进会场，我就被那活跃热烈的气氛感染了。

争论。大家站起来争论。走到黑板前，一边写着公式、方案，一边进行争论。

根据。要找到最可靠的技术根据，从技术文件中去找，从笔记本上去找，从自己的记忆中去找。

你要说服我，我也要说服你。谁能说服谁，就看谁掌握着科学的真理。

我想，一个在行政命令下生活惯了的技术人员，在这种气氛中可能会感到不适应的。我看看那些到这里来参加决策会议的，有搞科学技术的，有搞科学管理的，有搞组织实施的人。他们没有不习惯的感觉。

一位作记录的秘书悄悄地告诉我：“这里都是智囊加实力的人物，没有挂名的人，挂名的人在这里没有发言权。”

争来争去，就是为了抓住发射时机。

什么时机发射最好？

胡工程师算是卫星发射专家了，这次他从大戈壁来到这里，是被请来的顾问团的成员之一。从我国发射第一颗卫星算起，每次发射都有他参加。可是发射同步卫星，对他来说是第一次，他花了不少时间熟悉这颗卫星的技术问题。这时他当仁不让地走到黑板前，详细阐述发射条件、发射时机和推迟发射的可能性。像学术讨论会上的答辩一样，他讲完了自己的设想，等待别人提出问题。

“发射时间是从瞄准窗口的最前沿算起，还是从后沿往后推算起？”有人提问。

“这是早有定论的问题，要维持原判，这里没有什么争论。”胡工程师回答得果断，丝毫没有犹豫的地方。

继续争论下去。该提的问题都提了，该回答的都回答了。最后他对五大系统总师说：“我们希望这个议案能成立，请老总考虑。”他的请求是那样坚定、自信。

这时，张工程师又走过来，对两个时间的概念作了解释：“概念要统一，不能给发射指挥员留下两个概念。”这个四十多岁的中年人，显得那样瘦弱，现在还过着牛郎织女的生活。为了给祖国争取有利空间，他的生活空间也压缩到了最低限度：集体宿舍，一张单人床，床上铺着普通白布床单。但是，在科学的概念上，他是绝不含糊的。

总师坐在那里静静地听着。他也提出一些问题，和别人进行激烈的争论。在争论的时候，他不把自己作为这次发射最高技术指挥者，而是以由脑力劳动创造出来的思维王国的公民的身份，和所有的技术人员作平等的讨论。

经过一番争论，发射场的王工程师走到黑板前，默默地写着：“以窗口的前沿为基准，六条原则、八种情况。”这位平时沉静寡言的工程师，这时也不是用语言来表述他的智慧。他在黑板上把六条原则、八种情况全部写了出来，对大家的争论作了简洁明确的概括，把卫星发射会遇到的种种可能性，条理化了，鲜明化了，使人看了一目了然。

总师作出决策：“意见达到统一，组织发射条件具备。”

那种争论，把每个人都带入无我的境界，也激发起我内心的一种特殊的情绪：在这里没有职位的高低，大家都是智慧王国的平民百姓。谁掌握了真理，谁就可以居高临下，世俗的偏见也荡然无存。各种意见，针锋相对，甚至是刻薄的措辞也不会使人产生难堪的条件反射，面红耳赤地拍桌子也不会被认为是没有修养。出类拔萃的见解更不必担心会弄得惹火烧身，反而会受到尊重……观点与观点相撞，思想火花像流星般地出没，最后形成一个发光的闪电，达到了统一。统一到把卫星送上太空，占领它那合法的位置。

一项决策就这样在争论中定了下来。

三

四月八日晚上，这是一个令人激动的夜晚：发射同步卫星的时刻到了。

最后一个人也撤走了，发射场坪上一下子寂静起来。

各种现代化的录像拍摄机器，早已选好理想的角度，镜头都对准待命起飞的火箭，传送到指挥控制中心大厅，映现在综合显示大屏幕上，就像看宽银幕电影一样的清晰。

发射塔架已经打开，火箭威风凛凛地站立在发射台上，等待发射指令。

这时，我多想用浓重的色彩来描绘这座现代化的指挥大厅，让亲爱的朋友们从这个大厅里看到我国能够搞成现代化的希望。眼下人们的注意力都集中在指挥长的身上，他肩负着指挥部交给他的使命，指挥着这个庞大的现代化的发射系统工程。这时他显得特别冷静，他通过数字、符号、波形，来判断各个系统的实际情况，随时准备作出应急的决策。

指挥大厅是智慧的宝库。人类发明创造的新的科学技术，在这里得到综合。指挥长经过什么专门训练？他能挑得起这副担子吗？

他的智慧是从实践中增长起来的。这位十七岁就参加革命的指挥长，从电话兵到炮兵，是摆弄过步枪、大炮、手榴弹的人，到今天五十七岁的时候，指挥这次使世界注目的现代化发射，他兴奋，他沉着，他冷静。他要有一个很大的气魄。

在这样用智慧筑成的指挥岗位上，只凭革命经历，不行；只凭勇气，也不行。这要用智慧来对付智慧。他那二十多年航天事业的生涯，实地指挥过多次运载火箭的发射，把好几颗卫星送上太空，他参加过开辟新的发射基地，也领导过研究测控设备的研究所，实践和学习使他掌握了综合性的知识，提高了他作为发射指挥员的素质，他绝不会说出“我用手也要把卫星甩上轨道”的空话。如今，他在一个新的发射基地，指挥新型运载火箭把同步卫星送上太空，有这样的指挥员应该是我们国家的骄傲。

从只会摆弄步枪、手榴弹的战士，变成发射运载火箭的指挥员，成为发射运载火箭的专门家，成为精明强干的组织者，何止指挥长一人。就在这个现代化的发射指挥大厅里，和他一起共同指挥的，有几位不都是与他同样的人才吗？

几十年时间过去了，他仍然像战争年代那样，奔波各地，转战南北，到现在他还没有一个安乐窝，妻子和孩子跟随着他，在最近的四年里，连续搬了五次家。工作的频繁调动，影响了孩子们的学习，老伴一生气不跟他搬来搬去了，让他过着“牛郎”的生活，但织女毕竟是织女，每年还要来探亲。他自己呢，在这紧张的指挥日子里，床头放着氧气袋，有时还要吸几口氧气才上阵地。

我的思路离开了指挥长的经历，又回到指挥大厅里来。看着和他坐在同一排上的指挥员们，他们仍然是从容镇定，聚精会神。我知道，他们的镇定不是没有理由的。他们有着自己的传统：人不带思想问题上阵，设备不带问题参试，星箭不带问题上天。他们发扬了这种传统作风，在发射之前，各个系统作了多少预想啊，什么事故的预想，推迟发射的预想……预想得周到，分析得细密，每种预想都有几种应急的方案。不要说这时一切顺利，就是发生一些故障，他们也不会手忙脚乱的。

火箭起飞！

指挥长再也控制不住自己了，他激动地站了起来。这时，他的大脑思维活跃起来，用智慧的眼睛瞪着显示屏上的飞行弹道……

四

看到火箭起飞时光焰万丈的壮丽情景，再冷静的人也会激动起来，再不愿意思索的人，这时也会想得很多。

尖端科学的进步是一个民族科学文化素质提高的表现。

他们几个中年人，怎么愣住了。你看看我，我看看你，好像是不知道发生了什么事。

“自动点火成功了，你们还愣在这里干吗？”不知谁提醒了他们。

他们没有欢呼，也没有鼓掌，悄悄地抹起眼泪来了。抹去眼泪，他们就笑了。从那火箭喷出的火花中，我看到一张张中年人的笑脸，那是搞自动化点火装置人的笑脸。他们是王工程师、李工程师、许工程师、罗工程师，他们都是属羊的，人们称之为“一群羊”。

就是这“一群羊”，不但研制了自动点火装置，还研制了地测机，用电子计算机建立了现代化的地面测试系统。为卫星和火箭检查身体的那套地面设备，就是他们的心血、汗水的结晶。

谁会相信，这样新的成就，是他们在“流浪”中创造出来的呢。

开始研制地测机时，他们的小组只有几个人，而且处于风雨飘摇之中，原来的工厂承担不了这项任务，工厂要转产了。

这时，摆在他们面前有两条路：

改行。

转厂。

事业就是自己的生命，改行不行，他们转厂，有哪个工厂要他们呢？他们从这个厂找到那个厂，好容易找到一个厂肯收留他们，可是没几天，这个厂也不干了，他们又不得不重找“婆家”。

就这样，他们从这个工厂转到那个工厂，又从那个工厂转到另外一个工厂，转到哪里，他们就把自己的事业带到那里。他们要做开拓者，不做占有者，不吃现成的饭。开拓者手中拿的是开山大斧，占有者背上却是一个包裹。他们没有忧虑，哪里能发展航天事业，他们就到哪里去。只要能有一个立足之地，他们相信就能搞出一些名堂来。

无巧不成书。原来以翻砂为主的一家工厂，这时正好要改行，另谋出路。厂长看到有这样一批人，又有尖端产品，就一口答应“到我们厂里来！”许多人都笑话这位厂长是“病重乱投医”。

就这样，在翻砂厂的旧摊子上搞起尖端科学来了。

废铁、木头模具、破炉子，停业之后的翻砂厂活像一个废品站。一群穿戴着白衣服、白鞋子、白帽子，白手套的人在这里干活，简直成了新鲜事。他们心中也冒出一股凉气：“厂长真是贼大胆，怎敢吃下这碗饭！”

对创业的人来说，勇气和魄力有时比知识更重要。这群身上有着自动点火装置的人，可没有让厂长费多大的劲，他们的火焰就喷射出来了。这个研究室的两位副主任，一个技术能力强，一个组织能力强，按照卫星发射的时间要求，倒排计划，缩短了研制周期。

地测机研制成功了！

运到发射阵地，与火箭联调、合练。但就在发射点火的关键时刻，管自动点火装置的计算机失灵了。

心脏坏了，还能干下去吗？

总师到厂里来了，热情地支持他们，“方向原理没有问题，继续干下去！”接着，他又安慰这批青年人（当时他们还是青年）：“你们是最有活力的。人们在议论纷纷，这说明成功已经在望了。”试车台上，地测机又经受住了考验，把失去的声誉挽回了过来。

地测机成功了。

自动点火装置也成功了。

在这个兴奋时刻，他们想到的不是自己，是他们的启蒙老师，他姓冉，被人们称为“点火的人”。当他们还不大清楚什么是地测机的时候，老冉从北京跑到上海，向他们宣传地测机的优越性和可靠性，向他们传播知识，鼓励他们搞地测机。

当记者访问这位启蒙老师的时候，他只是腼腆地笑了笑，好像一点“火”也没有。但是，那群属羊的记住了这位最先爆发出智慧火花的人。记住并尊重那些“点火者”“启蒙者”，这不是非常值得提倡的学术风气吗！但是，在靠吃“大锅饭”过日子的时候，人们会有意或无意地把“最先爆发智慧火花的人”忘却，常常会出现科研成果找不到主人的悲剧。

五

运载火箭在太空正常飞行的信号，不断从大屏幕上显现出来，我就想到那些研究新型发动机的人。特别是那位朱工程师。他刚过五十岁就出现了严重的秃顶，说话也很文静，可是他搞新型发动机的那股勇气和坚韧的劲头，却给我留下了深刻的印象。

搞航天事业的人都知道，这种发动机是目前能量最好的一种发动机，航天飞机和宇宙飞船都是用的这种发动机。但是在航天科学领域中，谈到这种发动机，人们还有些谈虎色变。目前在世界上，只有两家搞了出来，我们算是第三家。刚开始的时候，有的国家用的这种发动机，一次又一次地失败，有的刚刚飞出发射场就摔了下来。

我们装有新型发动机的运载火箭，现在正在太空中飞行，它能不能在最后的奋力一举把通信卫星准确地送到预定轨道？活跃在高山、平原、大海中观测的人们，谁的心不是悬在那里，在等待这个最佳信息。朱工程师自然更不用说了，本来他就感到周围紧张严肃的气氛，这时不但没有缓和，反而越来越增加了分量地向他心上压来。

新型发动机上凝聚着他们多少心血！

那时，他们还是在“臭老九”之列，在工厂里接受再教育，但心思并没有离开运载火箭上所需要的发动机。人们称他们是“七八个病号三五条枪”。在国外留学期间曾得到副博士学位的朱工程师带领下，利用“接受再教育”的业余时间，悄悄讨论新型发动机的问题。

他们在自己装配的试验台上做试验，结果连试验台也飞出去几丈远，并且马上起了火，他们的眉毛胡子都被烧光了。

他们进入这个新的科学领域，一切都感到陌生。

在谈到这个怪物的时候，他带着神秘的微笑说：“现在我们自由主动了，我想将来也会像使用汽油那样方便。”现在看来是常识性的东西，在未变成常识之前，那是要付出许多代价才能认识的。

像打仗时的攻坚战一样，新型发动机越到接近成功的时候，难度也就越大。为了攻下这个堡垒，一批又一批的科研人员攻了上来。女发动机工程师带着一支队伍攻上来了，几位中年研究人员也充满活力和朝气攻上来了，最后，发动机研究所所长亲自上阵，也参加了这场攻坚战。北方的冬季，风雪交加，真是够冷的了，他们还是在旷野里进行试验哩。

苦在缠着他们，死亡也时刻在威胁着他们。

听到他们在试验中这种艰难的情景，我向朱工程师问道：

“当时你们是否知道外国试验时爆炸死了很多人？”

“知道。”

“害怕过吗？”

“开始没有摸到规律时，也有些害怕；后来摸得多了，就不怕了。”

“有没有想到过会死？”

“想过。这种试验随时都有死亡或伤残的可能，但是我们从来没有因试验死过人。”

他们的话很朴素，很实在，说话的声调也很平静，我觉得他们是把生死置之度外的。

这时，我又想到五百年前的万虎，他为了飞向太空，献出了自己的智慧和生命。这种敢于探索和勇于献身的精神，在朱工程师他们这批搞新型发动机的人身上，表现得更自觉、更突出了。

指挥员的口令声把我从回忆联想中唤醒，我看到整个指挥大厅里的人不知什么时候已从座位上站了起来，等待新型运载火箭完成历史使命的报告。

六

卫星和火箭分离的时间到了。

她们既不能有依依惜别的柔情，也不允许有楚楚动人的挽留，一切都是人意的安排，只是说了声“再见！”就毅然地分手了。

装有新型发动机的运载火箭把卫星送到了大椭圆轨道。

作为一代天骄的新型火箭完成了自己的历史使命，自己也在茫茫宇宙中沿着卫星的类似轨道绕地球运行，但是人们除了欣赏它运送卫星入轨的成绩以外，再也不关心它今后的命运了。

一圈，两圈，三圈……卫星在大椭圆轨道上飞行着，等待远地点发动机点火，奋力一举，把她送上同步定点轨道。

天上的卫星在飞行，地面测控站牢牢盯着不放，人与自己制造出来的机器结成一体紧紧“驾驶”着卫星，不许它搞自由主义。特别是那群远地点发动机的研制者，在这种时刻已分不清哪是卫星的飞行速度，哪是他们心的飞行速度，卫星和人融合在一起。你看那老科学家杨教授，他守在跟踪室里已经几天几夜了，就是在等待远地点发动机点火的时刻。远地点发动机主任设计师王工程师，从卫星登上运载火箭顶端开始直到现在的十几个日日夜夜，他一直在泛着红红的眼睛，默默地等待和捕捉远地点发动机点火的时刻。

他们怎能不用一种急切的心情来等待呢？

在赤道上空的远地点，那是真正的真空地带，那里的大气压力比地面不知低多少。在这样恶劣的环境中，国外的同步卫星远地点发动机往往就在这里因点不起来而遭到失败。

点火的地点一定要在卫星运行到达的远地点，准确地定在赤道上空并调整好点火时的角度，一次点燃成功，才能使卫星在增加速度的同时改变运行的方向，不大不小、不偏不倚，正好把轨道拉到地球赤道的平面内。这样卫星才能进入与地球准同步的轨道。准确无误在这里是一切行动指令的最高准则，否则卫星就会逃出“同步”的轨道。

要选择一个适合研制远地点发动机的地点，杨教授和他的单位搬过多次家，从南方搬到北方，从东边搬到西边。无论搬到哪里，对他们来说，环境都不是舒适的。他们的生活也像远地点发动机一样，经受了一次又一次艰难的考验。那位主任设计师告诉我，他和他的伙伴们工作了二十多年，从来就没过过城市的生活，他们投考大学选择这个专业的时候，就立下了隐姓埋名，一辈子生活在艰苦地方的志愿。

实现这个志愿，他们付出的代价是自我牺牲。

他们来到艰苦的地方，有的人牺牲了自己的青春，正在热恋中的情侣吹掉了；有的人牺牲了自己的健康，给自己的身体带来某种残缺；有的人积劳成疾，刚到中年就献出了自己的生命。现在，又遇到了孩子们的前途和出路的问题。他们这批人，都是从重点大学培养出来的优秀学生，数理化经过全面严格的训练，花一些时间辅导自己的孩子，使孩子们考上大学，应该说并不是办不到的。但是，为了早日把卫星送上同步轨道，他们把智慧和时间都献给了远地点发动机。

年轻的时候，他们牺牲了自己的爱情；人到中年，又无法教育自己的孩子。他们自觉地付出了这样的代价。为了使一个电爆管在太空点火成功，他们在地面模拟高空环境试验过数千次，没有一次是瞎火的。他们虽然是用急切的心情等待点火的时刻，但他们对自己的成果是那样自信，不怀疑自己的成功，正像他们不怀疑自己走过的道路，不怀疑自己多年来的研制成果一样。

“远地点发动机点火！”信息回到大地。

“卫星进入同步轨道！”信息又一次回到大地。

这只是在数十秒钟内发生和完成的事情。

他们献出青春、爱情、智慧、健康、生命和孩子。可以说，这些代价的结晶集中在数十秒钟！

七

在轨道上，卫星以缓慢的相对速度沿地球赤道上空姗姗飘移，直至到达预定的位置为止，这还是需要一些日子的。

这时，记者对系统总师的采访，就像对卫星跟踪一样，不大容易捕捉到他的行踪。在前面几段文字里，可以隐约看到他的行踪。那是在重大的技术决策会上，那是在解决一些关键性的技术问题时，那是在别人遇到困难的时刻。从他解决困难时所表现出来的智慧上，我想他肯定是一位风度翩翩的学者。当记者一旦追踪到他的时候，发现他原来是一位瘦瘦的老人，身上还带着几分土气呢！他的出现不是在叱咤风云的场合，也不是在戏剧性的时刻，而是在许许多多的平凡岗位上。他在听取平凡的技术汇报，他在解决平凡的技术问题，看上去，他的工作是具体的，也是琐碎的。

“这些工作是总师必须要做的吗？”我把自己的想法告诉了他的助手。

“他就是这样的，从具体中抽象出技术的战略方案；从日常生活现象中，他能得到解决关键技术的方法；他从平凡中能组织一场综合性的技术战役，我们的任务就是尽早把他决定了的战役打下来！”这位助手对他的作风进行了概括。

在他主持的技术讨论会上，他没有把自己放在系统总设计师的位置上。他像一个普通的技术人员，未决定问题之前，习惯于同大家一起，进行平起平坐的讨论。他不是向别人下达命令，而是用自己的智慧去敲开别人的思维的大门；别人也在用智慧去敲他的思维大门。他的思维大门一旦被别人智慧敲开的时候，别人的智慧就变成他的智慧，而且经过他的思索，得到新的升华，然后再把经过升华了的东西变成集体的财富。

他提倡要敢于负责，不欢喜优柔寡断。

在技术方案拍板的时候，有的同志说要请示一下本单位的领导才能拍板定案，他就会说："你不敢拍板，你们的领导为什么要派你来？既然派你来，就要交给你拍板权。"这位同志说："领导对我还有点不大……"他就有些生气："不大相信是吧？那就派他们信得过的人来！"他认为在这种决战的时刻，来一个人就要发挥一个人的作用。每当遇到这种情况，他就会不满地说："有些人对知识分子总是在疑神疑鬼。"

有些技术问题到了发射阵地，需要作临时更改，经过他的判断，很快就要改变。谁愿意在这种时刻来改动自己的产品呢，于是就嘀咕"出了问题谁能负得了责？"这时他会激动起来，甚至拍着桌子说："出了问题，我负责！"

在这样的系统工程中，不敢负责还行！

他强调要敢于负责。他说："困难压顶，不敢负责，那不是软弱，那是圆滑，是为了保护自己。"但这不是夸大个人的作用。他说在集体的宇宙中，"我只不过是一粒尘土，作用是有限的。这样大的工程，要靠我们党和国家的决策，要靠上级领导人的决心，有了这两条，把谁放在这样的位置上，也会努力尽职的。"

他的生活和技术原则：不唯书，不唯洋，不唯上。

他的行囊中装着许多书，空下来就读书，用科学的理论同自己的技术实践结合起来，并有所创造。一旦实践超过了书本上写的，而有的人还抱着书本不放的时候，他就反对。

我们技术上的落后，常常会使一些人产生莫名的自卑。他早年留学国外，现在又出访外国。他发现：我们有一些落后的技术，在外国尖端科学中同样存在；我们独特的窍门，外国却没有。中国和外国，各有所长，各有所短。对我们的祖国，他充满自信。

他是共产党员，党性是很强的。在技术上，他不唯命是从。他会去宣传科学，宣传知识，说服那些不懂科学的人，按照科学规律办事，他以为这样才是党性的表现。

他也有发脾气的时候，但不是表现自己的威风凛凛，而是对真理的追求。长期的科学研究，给他养成了实事求是的作风，对别人，更是对自己。他说，“我们和宇宙打交道的人，就像一粒尘埃，不要因为自己这颗粒子小一点而悲哀，也不要因为自己这颗粒子大一点而骄傲”。

“这颗卫星成功了，你打算搞什么？你想到月球上去吗？”那天晚上我们谈得很晚，快到结束的时候，我问他。

“去还是要去的，目前还有比到月球上去更紧迫的事情要做，比如广播卫星，气象卫星，空间站……”这位心里装着宇宙的人，并不靠幻想过日子。他向往的是太空，目的还是地球上的人。

八

三万六千公里高的赤道太空。

东经一百二十五度。

中国的同步卫星，按照人们的预想，在那里升上了宝座。

她俯瞰着大地，凝视着哺育中华民族的每一寸土地，显得那样深情。

她在找谁？

找，邹工程师？他正在忙着呢。你看他正在指挥卫星：

自旋稳定，每分钟五十转；

天线反转，喇叭口永远指向地球；

脑袋要一直对着地球的北半球。

……

以大地为标准，他在用一双无形的手，为卫星调整姿态。

地上的人，想着天上的事。人在地上，要指挥天上的人造小卫星，真是够浪漫的了。

其实，让卫星听话的邹工程师，一点也不浪漫，连说的话都是普通的大实话。别人把他的工作冠以学术名称："卫星姿态控制"。他却说："我们要干的工作就是卫星驾驶员的工作。"

地球绕着太阳转，卫星绕着地球转。搞"卫星姿态控制"不只是要研究卫星，还要研究地球和太阳。理论指导实践，最后还是要通过实践，才能解决卫星在三万六千公里太空所遇到的问题。

人怎能到太空去实验？很难啊！

不能把太空的环境搬到地面上来吗？他们自己动手，建立模拟实验室，模拟三万六千公里太空的环境。在我们国家现实条件下，有时他们得自己刷墙，铺地板，铺设电缆，自己制造某些设备。这些本来不需要他们自己动手的，但是讲究思考效率的人，动起手来效率也是很高的。

有光，有电，有热，有冷。他们的实验室真像一个太空世界。这一切都有了，还不能造出一个太阳来。但太阳的温度是六千度，在地球上找不到。

难。但老邹"难"，只是抓抓头笑笑："这事可没做过。"他认为没有做过的事情就是难，如果真的去做了，也许是不难的。地球上找不到六千度的光源，他和伙伴们把许多探照灯的光聚在一起，比太阳光还强。问题又来了，太阳光是平行的，探照灯光不平行，还是不符合要求。他们又做了许多试验，接近了太阳平行光。

不但要研究太阳的光，还要研究地球的光。地球也是发光的，那就是红外光。红外地平仪要精确标定，他们又搞了红外地球模拟器等标定红外地平仪的设备。仪器搞出来了，误差太大。再动脑筋，消除误差。只要经常用脑，人的智慧是不会枯竭的。误差最后消除了，告诉人们卫星与地球确切方位的就是它。

在太空旋转的卫星，晃动起来怎么办？那就搞个阻尼器，不让她晃动不就得了。他们又研制成阻尼器。

做一天的试验，数据要处理好几天。手工操作，太慢了。买来了计算机，知识不足，起初不会用。有人自告奋勇地学习，用了两个月的时间，把计算机攻了下来。原来要十个人做的工作，现在只要五个人。试验做完，数据也出来了。

最近一年的时间，他们向有关单位发出了十几万字的技术文件，都做得很精确。这也为一次发射成功打下了基础。

这是真的，他们把自己的一切都交给同步卫星。就说老邹吧，他当过兵，上过大学，入了党。一九五七年的时候，说他右倾，受了批判，连党籍也开除了，但他还是申请入党。十年动乱更是处于逆境，他的心没有离开卫星，继续搞“卫星姿态控制”，也控制好自己的姿态。

在地球上，每个人都是一颗星。每颗星都有失控的时候，流星也许就是失控的星吧。他们这个星群，每颗星的姿态控制得都很精确。

他们之中，有的同志外语很好，本来可以出国进修的，但他们从来不提出国的要求，埋头搞卫星。有两位同志被送去学外语，不到半个月又跑回来了。是他们不想学外语吗？他们说：“卫星还没有上天，怎能安心学外语。”他们都有二十多年的研究的积累，每个人都有专题可写文章，可是谁都不愿写。有了经验，不写文章，后辈人要责备的。他们说：“是啊，卫星不上天，使我们的国家失去了有利空间，后辈人不更要责备我们吗？！”

九

卫星要和人世间对话，它开始忙碌起来。由卫星—人—宇宙组成的诗剧，这时才真正达到高潮。

人世间比它更忙碌。跟踪的，遥测的，控制的，给它下命令，让它听从人世间的指挥。

搞电视的，搞广播的，搞传真的，搞通信的，在为它准备信息。

更忙碌的还是那许许多多的家庭。他们打开电视机、收音机收看、收听从卫星上转播到地面上的节目。

人间天上，天上人间。老祖母再也不给孙子孙女们讲嫦娥奔月的故事了。嫦娥怎能和它相比。嫦娥奔向月宫，在琼楼玉宇之上，向人间撒出清冷的光，没给人世间留下温暖。我们的卫星呢？它从人间飞到天上，又让信息从天上飞到人间。在卫星的家族中，它有着特殊的性格。它不只是为科学家提供研究的资料和数据，而是和人民的生活时时相连，息息相关。它的根仍然扎在大地之上，知道人世间的冷暖寒热。

是什么使它和大地保持着这样密切联系的呢？是应答机和转发器。一颗同步卫星的应答机和转发器要失灵的话，这颗卫星就变成了瞎子、聋子和哑巴。所以，当通过卫星把远方的温暖和友谊传送到自己心上的时候，千万不要忘记生活在地上与地下的人。在这里，我遇到了小鄂，他是一个跟着卫星转的人。卫星还没有上天的时候，他就训练自己，每天在仪器上，捕捉旋转的目标。也许是由于过度的紧张或心理上的失控，他患了旋转病，在他的眼里，天在转，地在转，坐在饭桌前，桌子凳子在转，睡在床上，床也在转。转得他没有办法，住进了医院，医生查不出他的病。在卫星发射的前夕，他用意志战胜了这种旋转病，又回到观测的岗位上。

还有那位小陈，这位在我访问的技术人员中算是年轻的一个了。他原来是从这个发射场考进大学的。离开这里去读书时，他的女朋友送他，山盟海誓，要他发奋读书。在学校念书的时候，他患了癌症，经过两次大手术。从清华大学毕业后分配在这里，正好要参加发射同步卫星的工作。他隐瞒了自己的病情。他拒绝了女朋友的爱情。他想：我不能耽误她的青春，不能给她带来不幸。他的拒绝遭到了女朋友的误解，以为他变心了；也遭到了社会的误解，以为他上了大学却把女朋友甩掉。他说："我要把我自己全部献给卫星。"他白天黑夜地干。他经常浑身发痛，冒着冷汗，也不肯休息。后来，给他做手术的医生要找他复查病情，从医院找到学校，又从学校找到这里，强制他到北京去复查。他知道，光有这种不怕苦、不怕死的精神还不行，必须有知识，有了知识才能使卫星上天、听话。他在看病期间，还用这种不怕苦、不怕死的精神去占有知识。

把自己放在宇宙之中的人，并不把病和死看得怎样重要，他们认为重要的是如何去征服宇宙。不病，不死，当然更好，但那是为了替祖国争取有利空间。

这时候，最使人不能忘记的是搞应答机和转发器的邹德金。人们告诉我，在研制转发器时，曾遇到许多困难和波折，正是在到了几乎无法搞下去的时候，他把这个任务接了过去。

邹德金可不是一个闲人啊！他的命运总是和困难的题目结合在一起的。过去发射的卫星上，每一颗都有他解决了的难题。有的成果到现在还在用。当他接受研制转发器时，他的手上还有比这更难的工作。一个人要做两个人的事，他只好用双倍的生命去工作。这位一九六〇年毕业的大学生，恋爱晚，结婚晚，孩子小，家务也忙，一家人住在集体宿舍里，锅碗瓢盆都要放在走廊里……他要解决科学上的难题，还要解决生活上的难题。一个人不能不食人间烟火啊！一个事业心和责任感都很强的人，对生活注意得会更少，这样就更加艰辛了。

他不会照顾自己，也没有条件照顾自己。科学难关一个一个攻破，他的身体越来越差。他患了肝炎，也不去医院治疗，这种富贵病光靠药物也治不好啊，慢慢地转化为肝癌。腹腔积水，连腰带也无法束，但是他还不知道，还和别人说："怎么搞的，我的脸一天天瘦了，我的肚子却一天天胖了。"这话真叫人伤心。

直到住医院的前一天，他还在为转发器忙碌着。在医院还不到一个星期，他就与世长辞了。当卫星到了发射基地，他的妻子还来信说，这次发射成功，老邹在地下听到卫星的回声，心里也会笑的。他要能笑醒过来多好啊！

十

红军，长征。

四十八年前，他曾经经过这里。

火箭，卫星。

今天，他又来到这个地方。

红军，开创了中国历史的新纪元：同步卫星，标志着中国宇航科学跨进了一个全新的领域。

历史的巧合，沧桑的变迁，并没有引起将军的感叹。政治与科学，革命与建设，从指挥枪杆子到指挥同步卫星升入太空，通过辩证法把两者巧妙地结合在一起。当年革命时对科学的幻想，在今天变成了完美的科学成果。知识、智慧、科学，探索外层空间，航天工业形成技术领域的第二个工业群，太空科学实验和生产基地……这一切不但是科学家、工程技术人员所热衷的课题，也是尖端科学技术的决策和指挥者张爱萍将军所热衷的课题。

但是，他和一个科学家、一个工程师又不同，科学家和工程师心中只有一颗明星——让同步卫星从中华大地升起；将军的心中有许多颗明星，随着一颗卫星升上太空，在他那心的天幕上，闪现着许多科学家和工程师的名字。

将军爱的不只是一颗同步卫星，他爱着许许多多用科学武装起来的人。

在发动机的试车台旁，常常在人们不注意的时候会出现他的身影，在发射比较危险的地方，他会对科技人员说："你们站在后面，你们是宝，卫星上天要靠你们。"

既然是科学试验，在开始的时候失败总是难免的。在失败的时刻，他总是安慰科技人员："失败并不可怕，能转败为胜才是真正的英雄。"对失败的原因，他从来不含糊，要科技人员搞清楚，找到失败原因，总结经验，继续再干。

在我们宇航事业发展最关键的时刻，将军总是和科技人员在一起。粉碎"四人帮"以后，他又出现在尖端科学战线上。他的腿被整到骨折，手中多了一根拐杖。一上班，他首先去看望几位航天专家：

远程运载火箭什么时候能打出去？

潜艇水下发射运载火箭何时能成功？

同步卫星什么时候能送上太空？

科技人员的智慧之火被他点燃起来了。

卫星发射的前夕，将军又来到科技人员的身边，老朋友相会，旧地重游。

卫星要发射了。已经进入八小时的准备。在总调度室，我听到从北京传来他的声音："现在已经上阵，同志们要沉着、冷静、机智……"总设计师对我说："每当这种关键时刻，他（指张爱萍）总是为我们打气撑腰。"这就使我想到两年前对将军的一次访问，那时他正在尖端科研系统建立和推行总设计师和指挥系统的科学管理，制订一些规章制度，他对我说：要给搞领导工作的科技人员立个法，以此来保证他们行使权力，不然的话，大家没法工作啊！我觉得他想得是很周到的。如今，在卫星发射场，当由总师们组织的指挥系统像结构完美的机体在灵活运转的时候，他怎能不从内心里感到高兴！

同步卫星上天了，将军手里继续举着点燃智慧的火把。

在卫星发射场，使人感到人和智慧的价值提高了，人和智慧的作用得到了充分的发挥，也显示出了力量。

选自李虹、郑世隆等：《天上人间》

北京：解放军文艺出版社，1984年10月第1版

原子工业的实干家

——记一级工程师姜圣阶

李　虹

六十年代，我国的第一朵蘑菇云在大西北上空升起，全国人民都增加了安全感，无不欢欣鼓舞。有谁知道，那蘑菇云中凝结了多少人的心血和智慧啊！有这样一个人，曾为制造我国的第一颗原子弹、氢弹度过了无数个不眠之夜，甚至不怕牺牲自己的生命！他和许多科技人员一起将外国所设计的“沉淀法”，改变为先进的“萃取法”，为我国提前生产出低廉的核材料作出不可磨灭的贡献。

到了八十年代，经过十年内乱之后，国民经济困难重重。又是他组织广大科技人员，经过详细的研究和论证，提出“两堆变两堆半”的创见，为国家节约大量资金和贵重材料，促进了和平利用原子能事业的发展。

他究竟是一个怎样的人呢？

请看！一位年近古稀的老人在灿烂的阳光下向我们走来了！他头顶微秃，白净面孔，宽肩膀，高身材，一步跨出半米多。看他穿的那身灰不灰、蓝不蓝、胳膊肘已经磨得发白的旧衣服，好像是一位工人老师傅；手里拎着一个普通的人造革公文包，塞得鼓鼓囊囊的，又像个普通的机关干部。然而，他那魁伟的身材，富有弹性的步伐，腰板又挺得溜直，倒像一位体育界人士。他给人的这个印象不无道理。他生平无所好，只爱篮球，年轻的时候打过篮球前锋。从国际一流球队的比赛，直到“连滚带爬”球队的竞争，他都爱看；虽然年过花甲，还愿意当个“义务教练”，站在球场的白线外面替别人着急。

他，就是二机部的一位副部长，国家一级工程师姜圣阶同志。科技人员喊他“姜总”，一般人员称他“老姜”，工人们都叫他“姜老头”。

别看他从里到外都散发着机油味和泥土气息；可确确实实是“吃过洋面包的”，是四十年代美国著名的哥伦比亚大学研究院的高才生。

你为什么要回国？他说：

“我不愿意寄人篱下！”

一九五〇年在美国，姜圣阶同志对那些劝他留在国外的朋友们是这样回答的。

他是在一九四七年远涉重洋去美国留学的。年轻的时候，他满怀“实业救国”的理想，离乡背井——黑龙江省一个偏僻的乡村，考入河北工业学院机电工程学系。“九一八”事变以后，他面对祖国的破碎河山，深深感受到国弱被人欺的痛苦，克服了重重困难，半工半读，立志要为祖国的工业化作出贡献。正如“同学录”中所描写的那样：“更特具奋斗精神。如自‘九一八’以来，经济来源断绝，家书不达者逾年，而君安之若素，努力苦撑，以迄今日……”他为人正直、勤劳，同学们对他的评价是：“待人若春风霁月，行事则磊落光明。忠诚慷慨，俭朴耐劳。”从学院毕业以后，被南京“永利宁”化工厂录取为工程师，月薪一百元。但是，他并不满足于个人的温饱生活；为了继续深造，凭自己的学历考上赴美留学；感到祖国的化学工业落后，他又苦攻化工专业。

在留学期间，他扔掉一切娱乐，直到学成回国时连最平常的交际舞也不会。每天读书到深夜两点，假日就通过学校和华侨的介绍到美国的工厂去参观学习，他要拼命“往脑袋里多装点东西”。一九四九年新中国成立，留美学生思想一片混乱，传说共产党要对每个人“洗脑筋”；临毕业前夕，许多留学生都惶惶不可终日。有的打定主意赴台湾、香港；有的决心留在国外再观望一个时期。这时，校方正式向姜圣阶提出：希望他能留校作研究工作，月薪暂定四百美元。这意味着什么呢？当时每月生活费只需六十美元；这意味着优越的工作条件和优裕的生活环境，那些所谓“物质文明”的东西。许多好心的朋友都劝他留下来，可是他斩钉截铁地说：“不，我不愿意寄人篱下！”因为他透过繁荣的表面，看到了美国社会的种族歧视、贫富悬殊等许多弊病，他适应不了美国的生活方式。他非常怀念祖国，觉得祖国的土也亲，水也甜，他说：“那是生我养我的地方啊！”何况当时朝鲜战争爆发，祖国的安全受到威胁，他说：“我怎么能丢下自己的国家不管呢！”于是，毅然摆脱了物质生活的诱惑，在一九五〇年七月，搭上最后一艘开往新中国的货轮，启程回国了！

波涛滚滚的太平洋也盛不下对祖国的一片深情，他恨不能一步登上祖国的海岸。可是，他所乘的是一艘货轮，沿途要到日本、南朝鲜、新加坡等地卸货，只好随着船在海上漂泊了三个月。他不肯让时间白白流过，就在三个月的颠簸中，利用一套唱片学习了俄文；觉得当时俄文要比英文用途广，多学点本领，好为新中国出力。

远远望见祖国的海岸线了，第一次看到在碧海蓝天中飘扬的五星红旗，“祖国，我的祖国，我回来了！”他心中默念着，热泪顺着双颊滚滚而下……

祖国像母亲一样张开臂膀拥抱着亲生的儿子，给他安排了一个重要的工作岗位——到一所著名大学去当教授。但是，姜圣阶同志觉得新中国迫切需要的是“振兴工业”；仍然回到了“永利宁”厂，走上生产第一线。后来，这个厂改为“南京化学工业公司”，他被任命为副经理兼总工程师。

新中国为他开辟了广阔道路，他的理想才真正得以实现。他废寝忘食地工作，觉得浑身有使不完的劲。那时，我国的化学工业基础非常薄弱，化工产品异常缺乏。他心急如焚。在他的倡导、组织和亲自参与下，利用现有的简陋设备，试制成功了高压容器。这是我国工业史上一个创举，为制造化学、石油工业的全套合成设备和发展化学工业开辟了道路。为此，一九五六年十月二十五日的《人民日报》还专门发了消息和社论，国务院颁发奖金四万元。但是，姜圣阶同志和有关人员一分钱也没要，用这笔奖金给全厂盖了一座工人俱乐部。他深深感到我国的化工方面理论基础薄弱，教材极端缺乏，就利用业余时间亲自参加并组织人力撰写了《合成氨工学》等重要著作，有的被各大学选作教材，有的选为和国外交流的技术资料。

正当他一心扑在化学工业上，迈开大步前进的时候，一个关系到祖国安危的新兴工业——原子能工业上马了！那里需要高级科技人才，希望他能参加这个伟大的事业。这意味着需要离开在南京的温暖家庭，去到荒凉的戈壁滩，而他那位结发妻子还正卧床不起。这意味着需要离开既得的荣誉和驾轻就熟的专业，去涉足一个生疏的新领域，而他又已年半百。从化工部门领导一直到全厂职工都热情地挽留，而且还替他到有关部门去疏通，最后，只需要他“自己表个态”了。处于人生旅途上一个转折点，他也不能不认真思索。但是，当他听说“周总理已经批准了”的时候，知道这是党的决定，祖国的召唤！作为一个一九五六年入党的党员，应该毫不犹豫地执行这个决定！他毅然离开卧病在床的妻子，告别了美丽的玄武湖，奔向那遥远的大戈壁！

你为什么一定要下现场？他说：

“和工人在一起，我心里踏实！”

这是老姜的口头禅、座右铭，多年来他都是这样做的。

一九六四年，他担任了原子能工业工厂的总工程师。可是，他却像一名小学生，对全厂的每一条管道，每一个阀门，都要亲自动手去摸一摸。在土建工地上，和工人们一起挥汗挖土方；在安装机器设备的时候，和满脸油污的老师傅一起推敲图纸。全厂每个角落都印下了他的足迹，而脚印最深的地方，恰恰是困难重重的处所。下级技术人员最害怕给他汇报，倒不是怕吹胡子瞪眼睛“刮胡子”！——他从来也不这样，而是担心自己说出来的数字和情况，还不如他了解得准确、具体。他对关键性岗位的四级工以上的老师傅、技术人员、干部都能叫出名字，这些人数加在一起怕要用千位数来计算。机器检修，和工人脚跟着脚，踏着仅一尺宽的晃晃悠悠的小梯子，下到二十几米深的地下去。水道出了问题，在十冬腊月天，就挽起裤腿和工人一起下河挖泥。他不是二十几岁的小伙子啦，而是一位年过半百的一级工程师，大家都来劝阻，可他说：“和工人在一起，我心里踏实！”

面对苏联片面撕毁合同所造成的重重困难，面对党中央提出的要在规定时间内拿出第一颗原子弹的号召，姜总感到肩上的担子异常沉重。对人员的培训，试车大纲的拟订，工艺规程的制订，操作方法的编写，更重要的还有安全规程，都需要他亲自部署并作最后审定，他忙得每天只能睡眠三四个小时。在第一颗原子弹关键部件试制阶段，突然遇到了“拦路虎”。他就和工人、技术人员吃住在车间，日夜奋战；累了，将两张桌子拼在一块，盖一床薄薄的毯子打个盹。在技术资料极端缺乏的情况下，一直苦干了几十个昼夜，终于突破了难关，为生产出第一颗“争气弹”作出贡献！当全国人民欢呼第一次核试验成功的时候，他又带着满眼血丝和大家一道为生产第一颗氢弹而奋斗了。

“文化大革命”的动乱，也波及戈壁滩。有的受无政府主义思潮影响的工人，纪律松弛，违反操作规程，造成一次“元件烧结事故”。警报器连续不断地发出吼声，剂量灯不停地闪烁着血红血红的眼睛，在向人们发出警告：大厅里已有了放射性物质！

怎么办？姜总心里十分明白，据国外文献记载，如无非常妥善的安全措施，只好停止生产，等待放射性物质自然衰变，那需要多少时间啊！在这个期间，我们的祖国只好光着头站着，任凭别人用核讹诈的“锤头”来敲打，毫无还手之力。任何一个有血性的中国人能屈从这样一个现实吗？不能！姜总和党的工作者、工程技术人员、工人们一起，不顾个人的安危，冲进了大厅……

老姜和大家一起，用临时应急的办法奋战了三十几个小时，终于排除了事故，取得了第一手经验，为以后消除类似事故铺平了道路。这件事，惊动了敬爱的周总理，派了专机迎接这些为祖国立下汗马功劳的人们到首都治疗，并亲自过问和安排他们的饮食和起居。姜圣阶非常激动，觉得这是祖国给予他的最高奖赏啊！还没等完全恢复健康，就提前奔赴战斗的岗位。

事情已经过去十几年了？现在回过头来看，人们可以振振有词，说那是“不科学”啦，不顾“工人利益”啦，甚至还会有人写出大块、小块文章，说提倡“一不怕苦，二不怕死”是“不顾工人死活”，等等。但是，这些人恰恰忘了一点，那就是当祖国和人民的最高利益同个人、局部的利益发生矛盾的时候，要不要服从整体利益？姜总和那个厂的职工们的崇高行为作出了明确的回答，而且至今成为那个厂的传统作风流传下来！

姜圣阶深入第一线处理“水线事故”，也是广为流传的一段佳话。一九六七年底的一个寒夜，四十九号井的值班工人纪律松懈，睡了觉，使水线冻结了几公里。在戈壁滩上水就是生命！姜总连夜赶到现场组织抢修。他冒着零下二十多度的严寒，和工人一起爬下井去察看险情。苦战几天几夜，嗓子喊哑了，腿累肿了，浑身上下结了冰，手脚和脸也冻坏了；但是他始终坚持在事故现场，直到水线通水为止。

以后，这个厂就流传了一句话，比命令还灵；许多人只要听到这句话就再也坐不住，赶紧奔赴各种困难的现场。这句话是："姜老头下去了！"

你不怕掉脑袋吗？他说：

"我要实事求是！"

这是姜圣阶在一九七〇年从北京开会回来，和当时的军管组长的对话。

那是乌云乱翻的年月。有的人缄默不语，当然也有个别的卖身投靠。但是，也确实有一批真正的共产党人，把真理看得比生命还宝贵，磐石一般岿然不动，成为中华民族的中流砥柱。姜圣阶同志就是其中的一个！

他所在的厂和全国一样，领导干部相继进了"牛棚"或靠边站了，他挺身而出支撑着全厂生产的局面，从原子材料的生产到萝卜白菜都得管。"走资派"被围斗了，需要他去关照；"牛鬼蛇神"被打得遍体鳞伤，也需要他陪送到医院，否则就不让住院。食堂也"造了反"，不肯卖饭给党委书记，也得他拿饭盒去给打饭。在武斗期间，厂里交通车停开，学校停课，连幼儿园的小朋友也吓得躲在妈妈衣襟下不敢露面。全厂面临着停工停产的危险。怎么办？姜圣阶先到汽车司机家里动员他出车，自己坐在驾驶台旁边保驾，又挨门挨户去接换班的工人们进厂。在那段时间里，他就是这样既抓全厂的大事，还得无数次地陪同工人上下班；因为全厂两派职工都信服他，有他在场才能保证安全。在"文化大革命"期间，他不顾个人安危，顶住了各式各样的政治帽子，领导全厂职工坚持生产，一个小时也没有中断。

一九六九年，林彪发布了所谓“一号命令”，为篡党夺权进行试探，勒令原子能工业工厂立刻停产准备搬迁。在北京有“四大干将”坐镇，召开了一个近两个月的马拉松会议，研究搬迁问题。在这个会议上，姜圣阶同志不怕泰山压顶，用充分的事实和准确的科学论据，代表相当一部分人阐述了不能搬迁的理由。后来，那个“草包司令”竟恼羞成怒，蛮横地说：“就是用炸药炸，也得搬！”但是，姜圣阶面对横逆，毫不退缩，他心里十分清楚，这样的厂无法搬迁！如果硬要蛮干，不但会给国家造成巨大的经济损失，还将使我国原子能工业的发展推迟若干年！他不能为了个人身家性命的安全，眼睁睁地看着党和人民的事业受损失！后来，周总理知道了这件事，亲自出面干预，保全了这个厂，我国的原子能工业生产才不致中断。当时的军管组长替他捏了一把汗，悄悄对他说：“你想过没有！万一真的打起仗来，工厂受了损失，你是要掉脑袋的！”姜总说：“作为一个共产党员，作为一个科技工作者，我要实事求是！”

你为什么对自己这么刻薄？他说：

“我这样过惯了！”

姜圣阶要调到二机部机关工作了！临行之前，公务员帮他整理行装，见那个白包袱里只有几套破旧的衣服，一床薄薄的布面被褥和一块磨光了毛的毯子，心里禁不住一阵阵发酸，觉得这位老人的生活太清苦了！可是书籍很多，大本小本一大堆，如何运走呢？按不成文的规定，凡是工作调动的职工，厂里都拨给一定数量的木料做包装箱。谁都明白，过后这些木料会大有用场的。公务员向姜圣阶请示，他回答说：“咱们不要！你到副食商店去买几个纸盒子就行了！”公务员说：“你为什么对自己这么刻薄呢？”姜圣阶说：“刻薄什么？我这样过惯了！”

公务员亲眼见到，他只身在戈壁滩上“过惯了”怎样清苦的生活！他和工人们一样在大灶排队买饭，由于工作忙常常排在最后，许多时候连菜也买不上，就啃几个凉馒头。“文化大革命”期间社会秩序比较乱，为了保证安全，派了个公务员跟他作伴，才单独起伙。吃什么呢？按规定可以到暖窖和冷库去买菜买肉，可他从来也不允许。他说：“工人们生活这么苦，我们不能有一点特殊！”就吃市场上买来的咸萝卜缨子和大葱蘸酱。他不抽烟，不喝酒，渴了就喝凉白开。穿的是布衣服，都洗得发白了，一件毛衣还有多处断线的地方。有一次，公务员听说百货公司处理毛毯，价格便宜，就替他买了一条。姜圣阶见了问：“工人们都买到了吗？”公务员说：“哪有那么多，谁赶上算谁！”姜圣阶硬逼着将毛毯退了回去，自己仍然盖那床掉了毛的旧毯子。按规定他进厂工作可以单要小车，可他从来都和工人一块挤交通车。他说：“和职工在一块可以听到许多情况。”有时因急事不得不坐小车进厂，路上不论碰上工人、家属和孩子，就叫司机停车把人带上，直到车上挤不下为止。他不论在什么地方见到谁，都笑眯眯地打招呼，嘘寒问暖，连幼儿园的孩子都知道有个“姜爷爷”。从家属调动到油盐酱醋以及谁出差用车，不论有什么困难找他，都认真帮助解决。工人们对他的评价是：“那是个好老头！”

“文化大革命”期间，有个“造反派”听说姜圣阶住两间房子，便愤愤不平地说：“这些老知识分子太舒服了！”就去强占了一间。但是，这个人住了几天之后，便感到有些惭愧，因为他亲眼见到“这个老知识分子并不舒服”，一天忙到晚，吃的不过是大米稀饭和大葱蘸酱。夜里电话铃还不断叮铃铃响，吵得人睡不好觉，没用任何人去说服，他悄悄地搬走了。

姜圣阶先后三次出国。仍然和在国内一样，过着俭朴的生活。他从不游山玩水，总是把工作日程安排得满满的，一心想多学一点知识。有一次去南斯拉夫，他不怕危险也不嫌脏，穿上大胶靴，蹚着污水下到矿井去学习。在法国，从来舍不得花钱坐出租汽车，每天外出都要走很长一段路去搭乘“地铁”。在国外他找便宜的旅馆住，从不接受任何私人馈赠，换下的脏衣服都自己动手洗。他常对随员说：“咱们的国家穷，能多节约一分钱也是好的！”

你能活两辈子吗？他说：

“活一辈子也要过得有意义！”

这是姜圣阶在家里和老伴的一段对话。

姜圣阶的结发妻子叫刘景芝，是一位贤惠的妇女。她同姜圣阶共同生活了几十年，可是仔细算起来，他们分离的时间要比在一块的时间多得多。年轻的时候，姜圣阶入关求学，以后又去美国，丢下她一个人支撑家庭侍奉年迈的母亲，从无怨言。她从小缠足，没有读过书，识些字还是跟姜总学的。按照世俗的眼光，这简直太不般配了！满可以用什么“没有共同语言”啦，“对我的事业上没有帮助”啦等能说出口的理由来个“改组”。但是，姜圣阶不但没这样做，连想都没有想过。他从美国回来当上总工程师以后，办的第一件私事，就是把老母亲和妻子从家乡接到南京。姜圣阶对她充满感激之情，经常对人说：“我要是没有她无私的支持，怎么能出国留学呢！”姜圣阶认为她缠足、没文化等弱点，是旧社会留给妇女的残害，更值得同情。

在南京的一段共同生活，是他们一生中难忘的时刻，可惜又太短暂了！因为妻子患了严重的高血压病，后来又半身瘫痪，不能随姜圣阶去戈壁滩，结果又是长期分居，两地思念！姜圣阶在戈壁滩近十年，从来也没有度过一次完整的探亲假，多半是借出差的机会去探望妻子。在这短暂的相会中，姜总都体贴入微关怀妻子的病情；临别之际，妻子也总要从病床上挣扎起来，亲手料理姜总的衣物，像在年轻时候每次送他去求学那样，洒泪而别。为了让妻子的生活更好些，姜总每月除了留一部分生活费外，其余大部分工资都寄回家里，请了一个老保姆照顾妻子的生活。后来，这个老保姆也因年老体弱不能干活，就又请了个“保姆的保姆”，照顾她们两个人。姜总的工资就这么耗费了，而自己却始终过着清苦的生活。

姜圣阶调到北京工作后，想把老伴接来，一起度过幸福的晚年。可是，一直分不到房子，而他又坚决不要特殊照顾。等到有了房子，姜圣阶也请好假，准备回南京搬家。但是，生活是多么无情啊！突然接到一封电报，传来了他的老伴因患脑出血不幸逝世的噩耗……这位善良的妇女——和他一起走过艰难人生旅途的伴侣，永远离开他了，留下了绵绵的思念！

姜圣阶没有儿女，只剩下孤苦伶仃一个人，又不会安排生活，机关的同志们都替他操心、着急。经过相当长一段时间酝酿，在组织的关怀下又重新组织了家庭。但是，他长期以来都习惯于全身心投入工作，对家庭生活比较淡漠，引起老伴的不少忧虑。

“他不按时回家吃饭！”的确是这样。饭菜凉了热，热了凉，弄了好几遍还不见人影。有时给他包顿饺子，问他：“味道怎么样？”他说：“很好，很好！”可是等他吃饱了，问他是什么馅，他还不知道！他满脑子想着工作了。

“他成年累月加班加点，不注意劳逸结合！”的确是这样。看报纸、读文件，写材料都在家里干，常常深夜不眠。遇到重要会议，还要自己动手写讲话稿、查数据、找资料，一折腾就是好几天，劝他：“凭你多年的工作经验，写个提纲就行了呗！”可他说：“那怎么成！都是科学技术问题，弄错了一个数据，国家要受大损失哩！”有一回他连着加班几天几夜，从椅子上刚刚站起来，就直挺挺晕倒在地——心脏病犯了！住进医院也不安生，还要批阅文件，审查资料，临出院时，还带回来一大包剪报。这么大年纪了，还经常对照电视复习英文，校正发音。劝他躺一躺，他说躺不住。问他：“你不觉得苦吗？”他说：“不苦！我一闲下来就觉得心里没着没落的，那才叫苦哩！”

“他的客人实在太多，扰得人白天晚上不得安生。”的确是这样。越是节假日越多！有的要求调动工作，有的要发表论文，有的生病要住医院，都来找他。有人在他正吃饭时来访，他撂下碗就去接待；有人在他上床以后敲门，他披上衣服就去迎接。他总是笑呵呵的，从不厌烦，他说：“都是有问题要解决才来找我的。即使我无法都给解决，见见面说个话也好，总能了解点实际情况嘛！”

“他简直没有文化娱乐！”的确是这样。姜圣阶很少看戏、看电影、逛公园。他把全部精力都贡献给祖国的原子能事业了！有一回，老伴见他累得起不来床，就劝他说：“你都是快七十岁的人啦，能够坚持八小时工作就不错了！难道你还能活两辈子吗？”姜总语重心长地说：“活一辈子也要过得有意义，一个人不能光为自己而生活！”

姜总虽然担任了二机部副部长的职务，但是普通劳动者的本色始终未变。作为一位化学家，他没有像门捷列夫那样发现“化学元素周期律”；作为一位原子能学者，也没有像居里夫人那样发现镭。但是，他确确实实为中国的化学工业和原子能工业倾注了全部心血。他用自己的光和热，在所属部门中引起连锁反应，释放着巨大的能量！

他好像化学工业中的“催化剂”——无处不在无处在！他可以加速或延缓生活中的“化学反应”——只看这种“反应”对人民有利或有害而定。当一种新鲜的结晶体出现，人们都去赞美、感叹；有谁能注意到“催化剂”不可磨灭的功勋呢？可是，科学却真真确确表明：如果没有“催化剂”，一切新鲜的结晶体是不会出现的！

祝愿我们伟大的祖国在“四化”进程中，能多一些这样的“催化剂”，那么，我们的事业将会很快地昌盛起来！

选自李虹、郑世隆等：《天上人间》

北京：解放军文艺出版社，1984 年 10 月第 1 版

巨人行

——记刘少奇同志伊春之行

王　钊

我们党的十一届五中全会为刘少奇同志平反昭雪，恢复了他作为一个伟大的马克思主义者、无产阶级革命家、党和国家主要领导人的名誉。这种拨乱反正、伸张正义的果敢行动，表明我们的党是实事求是、光明磊落的马克思主义革命党；表明党决心恢复毛泽东思想的本来面目；表明我们的党中央和广大党员、人民群众心连心。这个盼望已久的喜讯，真像春风吹绿，把人们心中希望的花朵催开了！也把长时间寒凝在我们心中的冰块融化了。

千秋功罪，历史自有评说。历史是一面镜子，它把社会上一些“善与恶”“美与丑”“黑与白”的东西区分得一清二楚。刘少奇同志来黑龙江视察伊春林区的这段历史，无疑应该恢复它本来的面貌！

在这样的时刻，我不时溶浸在幸福的回忆之中，即或时过十九个春秋，而见到刘少奇同志的时间又极其短暂，但他那慈祥的音容笑貌，廉朴的举止，平易近人的风度，依然清楚地闪动在我的眼前，激动着我的心怀。

在国家三年困难时期，作为中华人民共和国主席的刘少奇同志，不畏炎热、不避劳累，栉风沐雨，亲自深入林区生产的第一线考察研究。当时我作为伊春市委的主要负责人，陪同少奇同志作了视察。

初 会

一九六一年七月二十日晚七点多钟，一列专车徐徐开进了带岭车站，在贮木场的专用线上刚刚停下，少奇同志就要我们到车上谈话。我暗想，老人家长途颠簸，怎么也不休息一下？我和带岭实验林业局书记张子良同志，怀着高兴而又紧张的心情，走进少奇同志专车上的办公室。少奇同志穿着一身褪了色的灰布制服，和我们一一握手。在座的还有王光美同志以及林业部副部长张昭和我省李范五同志。少奇同志说：我来带岭是想看看森林，看看你们的人工林怎么样。张子良同志汇报说：带岭从一九五一年开始，造林九千四百八十公顷，人工促进更新二千七百多公顷，天然更新四千九百多公顷。少奇同志接着问：每公顷种多少棵树好？子良同志说：五千到六千株比较好。少奇同志说：你们要搞一部分观察林，看一看是人工更新好，还是天然更新好？经过这段亲切的谈话，我们开始时那点紧张心情完全打消了，就同在家和老同志、老朋友攀谈一样无拘无束。

接着，少奇同志又问：带岭有多少工人？张子良同志说：有三千四百二十一人。少奇同志又问：国家开支的有多少人？企业开支的有多少人？有没有集体开支的？这些，张子良和我都说不清楚。他看到我们有点为难就不问了，笑笑说：看来你们的账算得不清啊，是不是一笔糊涂账啊？少奇同志虽然没有正面批评，却给了我们很大的触动，我从心里为张子良着急，也责备自己。我想：担负着那么繁重国事的主席，却注意研究一些小问题，作具体工作的人反而粗心大意、心中无数，工作能有成效吗？由于在一些细小问题上疏忽大意，贻误工作的教训还少吗？！

少奇同志还询问了工资问题，经济核算问题，生产任务问题，以及许多问题的细节。少奇同志那善于启发诱导的交谈，不知不觉竟进行了三个多小时，时针已指向午夜零点了，但是，少奇同志还说：这些问题你们再想一想，明天再谈。当我们走出少奇同志的车厢，新的一天已经开始了。

在凉水的高山上

七月中旬，伊春林区的降雨量超出了往年五六十毫米的平均数。七月二十日白天降雨二十五点六毫米，后半夜又下了阵雨。二十一日阴云密布，细雨不断。我向少奇同志的随行人员建议，原定去凉水林场，今天是否不出去，等天晴道路风干一下再去。他们请示少奇同志，答复是要下去。中午时分，我们陪同少奇同志乘森林小火车出发。少奇同志坐在徐徐前进的小火车里，仔细地观察两旁一片片的落叶松人工林，不断询问落叶松的栽植生长情况。小火车到站后，距要去的山头还有二里多路，坡陡、地滑，又没有路，同志们劝他是否在下面看，不要再爬山了。少奇同志只微笑一下，踩着一条小毛道登上了矗立着瞭望塔的山顶。“欲穷千里目，更上一层楼。”少奇同志站在山顶上，纵览起伏的群山，滚滚的松涛，潺潺的清流，飞渡的翠云和一片片采伐迹地的景象，显得十分高兴。尽管不断有阵雨袭来，也没有打断他的兴致，他一会儿指着一片采伐迹地问是哪一天采过的，一会儿又问迹地上留下的母树，为什么倒了那么些？他走到人工栽植的小落叶松和红松跟前，用手抚摩着棵棵小树，问这是哪年栽的，多少年能长成大树。少奇同志对林业事业发展的满腔热情，深深感染了周围的人。我几乎完全忘记阵雨带来的凉意。

从凉水林场返回带岭镇的途中，少奇同志又下车观看了植物园里各种树木生长的情况，当介绍到核桃树是很珍贵的木材，它长在森林里可以防御病虫害时，他把核桃树的叶子拿在手中闻了闻，琢磨了又琢磨。直到晚上六时，他才回到宿营车。

在寒月林场

七月二十二日，天气时阴时晴，不时落着阵雨。十二时半，小火车按预定计划，载着少奇同志去寒月林场视察。下车后，少奇同志穿着一件普通的雨衣，踏着泥泞的道路，一直走到采伐生产的现场，考察木材生产的全过程。他首先饶有兴致地观看了劳动模范、林区第一名油锯手孟兆贵同志伐树作业。油锯哒哒，木屑飞舞，少奇同志站在一棵红松旁边，详细询问怎样才能掌握树倒方向。当我们介绍孟兆贵是应用抽片、加楔、留弦的伐木法时，少奇同志很称赞，并同孟兆贵同志进行了亲切的交谈。接着又看了拖拉机集材，小火车装原条，还在现场同林场的干部进行了交谈，询问了木材择伐和皆伐的过程。在去装车场的路上，少奇同志看到一节旧链轨板丢在地上，他要我们拣回来，不要把国家的财产浪费掉。少奇同志还同东北林学院的一位教授就地交谈树种的分类、林间地植被生长的情况等。在这里，我看到领袖和人民群众像水乳一样交融。那天回到带岭的住地后，我在日记上写了下面的感受："少奇同志在寒月林场的考察，不仅在艰苦奋斗、平等待人的作风上作出了榜样，而且在观察问题上，也给我以启示：对问题要从根到梢地观察，要了解问题的始末过程，这样才能正确地把握全局，看到本质，防止片面。"

促膝谈心

七月二十二日，少奇同志从寒月林场回到列车上，吃过晚饭已经九点多钟了。他马上通知，邀请带岭实验局的书记、局长和财务、农副科长，凉水、寒月、北列林场和机修厂的书记、主任、劳动模范，以及区委书记、妇联主任等二十多人到他的列车上去座谈。王光美同志向大家介绍了少奇同志，介绍了在座的中央、地方负责同志之后，实验局副局长关士才和区委书记车庆文同志分别作了简短汇报。开始座谈起来时，大家有点拘谨。少奇同志询问职工群众的生活情况怎样，有什么困难？有的说住房很紧，生活差一点；有的说，在林场工作费衣服、费鞋，感到买衣服、买鞋有点困难；也有的反映，林业工人在林子里干活，又潮湿又挨累，晚上收工后想喝点烧酒也买不到……少奇同志听了大家的发言后说：林业工人是不是住得分散点好，没有房子住可以自己盖，互相帮助盖，今天你帮我，明天我帮你，就会盖得快一些，也可以自建公助，盖到什么地方应该有规划。他又对我们说，穿衣、穿鞋困难应该帮助解决嘛。后来少奇同志离开林区不久，就给山上工人每人发来了一双胶鞋，十五尺布，一套秋衣，还发来烧酒。而当时国家经济十分困难，党和国家对我们林业工人是多么关怀啊！

在座谈时，少奇同志还问大家：工人为什么愿意拉大木头，不愿意拉小木头呢？工人说：拉大木头用工少，挣钱多，拉小木头用工多，挣钱少，所以就出现了拉大不拉小的现象。座谈会始终在民主讨论的气氛中进行着。最后少奇同志谦虚地说：我是个外行，提几个问题你们考虑一下，你们这里主要是伐木头和造林两件事，现在国家和老百姓都很需要木头，要想法把大小木头都拉下来，可是山场上把大木头拉下来了，丢下了许多小木头，而这些小木头恰恰是农村盖房子和做农具用的。拉大木头用工少挣钱多，可以把定额提高点，小木头费工，挣钱少，可以把定额降低点，使大家愿意把大小木头都拉下来。少奇同志关于造林问题、核算单位、组织家属合作社、开荒、种菜、养牛、养马、养猪等问题都提出了深刻的见解。散会后，大家都说座谈会开得好，开脑筋，受启发。

在列车上

七月二十三日，少奇同志预定去伊春林区腹部五营地区进行考察。少奇同志的时间很宝贵，他把每一分钟都用到工作上，就连往返行车的途中也不放过，找干部谈话，听汇报，了解情况，研究问题。十点多钟，列车由带岭开出后，在带岭到南岔这段行车区间，他还邀请了带岭实验局党委书记和区委书记等十一位同志，到他的列车上继续座谈。当我同带岭的十几位同志走进车厢时，首先热情接待我们的是王光美同志，她说：请同志们稍坐一下，少奇同志还未吃早饭呢！接着少奇同志从他的卧车里走过来，一边吃饭，一边和同志们唠起来。饭后，少奇同志问实验局的同志：你们的劳力是不是多了点，使用是否合理，比如看拖拉机库的是不是需要？接着少奇同志说：个人家庭副业以什么为主？带岭一万多家属干什么？会打猎的可以打猎，会打铁的可以打铁，会木工的可以做木匠，做的东西除自己用，还可以到市场上出售，特别要注意把山特产品采下来，可以榨油、烧酒，作猪鸡饲料等。在座谈中，少奇同志还提出了十多个问题要大家考虑，其中又着重谈了更新采伐问题。他说：造林不要追求数目字，要强调质量，林场要清理好，秋天要整好地为第二年更新创造条件。更新要因地制宜，有的林区靠人工，有的地区靠天然，天然更新也算更新嘛。树种可以多搞一点，搞好一点，你们要好好研究人工更新的成功经验和天然更新的作用。林区只准烧树丫、烧干草，不准烧好材。他指着沿线两旁的村屯和荒山说：你们注意到了一个问题吧？人多了就有两个问题，一是可以砍光了树，一是可以把树种起来。这里关键问题是所有制的关系的问题，把责任交给他们就不乱砍了。少奇同志谈到采伐问题时说：小木头如何搞法？如何集材？你们想点办法，总的任务不降低，大木头可以少一点，小木头可以多一点。你们讨论后再充分发动工人讨论，定出办法，经过试行再定案。办什么事，做一切工作，都要走群众路线，不同干部群众讨论就不叫走群众路线。会走，就会出现又有集中，又有民主，心情舒畅，生动活泼的政治局面。今天谈话，骂你们一顿，你们就不会心情舒畅。你们下指示，人家心情就不舒畅。当然有一种人不能使他心情舒畅，你们要注意工作方法……这是多么顺乎民意、体贴民情、发人深思的话语啊！列车就要进南岔车站了，带岭的同志们就要下车。可以看出，他们虽然还有很多心里话要对少奇同志说，但是在这一刻值千金的时刻，他们更愿多听听少奇同志的意见。少奇同志热情而充满希望地说：今天谈的是启发你们想问题，把一个个的问题，找出办法解决它。同志们再见！

列车开出南岔站以后，少奇同志没有休息，就邀请有关人员听取我的汇报，沿路是边听边谈。他特别关注的是森林防火、打火的经验。

七月二十五日，由五营返回伊春时，列车刚开出车站，少奇同志就邀我们一行人到他的车厢里就木材调拨价格、工资定额等问题展开了热烈的讨论。王光美同志拿着一本木材价格表，她念一项，少奇同志就问一项，为什么这样定？根据是什么？少奇同志笑着说：你们应该算算账，你们当部长的讲不清价格问题，是不是有点官僚主义！……我认为普遍现象是价格问题，应该算一笔账，有两个价格，一是收购价格，一是销售价格。收购价格和工资有联系，按成本加利润确定收购价，大木头低一点，小木头高一点。木材销售价按使用价值、木材等级定，现在按生产价格来定，恐怕不合理。价格要有利促进生产率的提高，有利于把大小木头都拿下来。现在是把收购与消费价格混同起来了。大木头是老祖宗几百年的积累，这里还有个合理的工资问题。现在劳动生产率都提高了，工人却达不到定额，没有积极性，生产关系要适合生产力嘛。计划安排了，没有正确的价格政策，计划也没有了。木材价格和工资制度要不要调整，你们要研究。上层建筑要适应经济基础的需要嘛。要把行政办法和工资问题结合起来，再加上一个合理的价格，生产关系就适应了。我们都赞成少奇同志的看法，认为他说的是林业生产上的一个关键性问题。

最后一课

七月二十五日下午，少奇同志由五营返回伊春后，下车视察了伊春木材加工厂木材综合利用的情况和产品，还派王光美同志到我家里看看居住和生活情况。王光美同志揭开我家的锅盖，看看吃的是什么饭？掀开炕席，看看睡的是什么床？

晚上，少奇同志在列车上接见了伊春市委、市政府、林业管理局和各个林业局的负责同志。开始，少奇同志一一问了每个人的名字，然后根据他六天来亲自考察的情况，就充分利用森林资源、工资和木材价格、林业局的体制、木材运输、加强思想政治工作等六个问题，深入浅出地作了令人信服的讲话。同志们都深受启发和教育。少奇同志在结束他的讲话时说："什么是英明领导？什么叫进步？这就是劳动生产率提高，充分利用资源，成本降低，材料节省，采伐质量好，不是树墩子高；林场清理好，造林成活率高，政治上大家心情舒畅。这叫领导水平提高，叫英明领导、叫进步。如果你们劳动生产率低，资源不能充分利用，成本很高，那叫什么英明领导？……"

散会后，我拿着笔墨到车厢，请少奇同志题词留念。少奇同志想了想，挥笔写下了："充分利用森林资源，尽可能满足国家和人民群众各方面的需要。"

少奇同志要离开伊春了，我们给少奇同志送去了栽在木盆里的两株小松树，以表示我们的心意，一是保证青山常在，一是祝愿他健康长寿！

"要知松高洁，待到雪化时。"我接待和陪同少奇同志视察伊春林区仅仅六天时间，我从少奇同志的言行，看到一位国家领导人，同时又是一位普通的共产党员身上最值得敬佩的品质和对人民无限忠贞的情操。

党的十一届五中全会胜利闭幕后，我怀着思念和敬仰的心情，又回到了伊春和带岭，看了少奇同志视察过的地方。伊春林区的广大职工，没有辜负少奇同志的希望，木材综合利用事业，像烂漫的山花到处开放。少奇同志当年登上的凉水山和走过的沿路两旁栽培的小松树，高大笔直，郁郁葱葱，笑迎着八十年代的第一个春天。

一九八〇年三月于伊春——哈尔滨

选自王钊、潘青：《多彩的世界》

哈尔滨：北方文艺出版社，1985 年 8 月第 1 版

未能走出“磨房”的厂长

贾鲁生　丁　钢

再完美的现代制度和管理方式，再先进的技术工艺，也会在一群传统人手中变成废纸一堆。

——摘自《人的现代化》

一

在这座贫寒的农家小院里，磨房像某种观念似的，固执地占据了多半个院落。磨房的墙很矮，抬起头来就能触到屋顶。墙上开了一个小洞，原来是为了透亮的，但进不来多少光线，朝外也看不见多点天地。一盘青石磨，懒洋洋地转动着。没有竞争的刺激，快不起来。墙上、地下蒙了厚厚一层尘土、粉面，灰灰的，很沉闷。磨道上，一个面黄肌瘦的小男孩，用肩膀顶着磨棍，两只脚用力蹬着祖先的足迹，一步、一步，走得那样沉重，那样艰难。凸起的眼睛里闪现出一个幻想的世界，这个世界在磨道的尽头，没有饥饿和劳苦，到处是热气腾腾的白馍馍，随便吃。他不由自主地咽了口唾液，抬头望望，幻想世界仍未见影，他咬了咬牙，又倔强地向那永无尽头的磨道尽头走去……

一九八三年一月十四日，山东塑料试验厂职工代表大会的一百零七名代表，向红色投票箱内投入了信任和希望——

民主选举厂长揭晓：赵敬，以一百零四票当选！

“哗——”掌声雷动。

他是个四十多岁的中年汉子，不高不矮，不胖不瘦。一身中山装，既不入时，又不土气。从那张不方不圆的脸上和那双微凸的眼睛里，依稀可以看到当年那个推磨孩子的影子。他嘴唇翕动着，好半天说不出话来。一个推磨孩子，成为这个一千三百多人的工厂八十年代的厂长。

他挺着胸膛，豪迈地发表就职演说：“我的指导思想是，立志改革，永攀高峰。在‘四化’建设中永不停步，以顽强拼搏的革命精神，以改革为突破口带动各项工作的全面发展。”

管理体制、干部制度、工资制度等一系列的改革步骤在全厂展开了。懒洋洋的石磨飞旋起来！

敏锐的记者蜂拥而至。在两年的时间里，有关赵敬事迹的报道达七十八次，累计二十多万字。各级领导频繁地接见他。来厂取经的人络绎不绝。四面八方的邀请使他应接不暇。一个“济南的步鑫生”的光辉形象，矗立在人们心中。

一九八五年，改革进入了一个新的阶段。人们翘首企足，期待着赵敬的新消息。一家专门报道企业家的刊物，在创刊号上，用头条位置，以《希望》为题，发表了两万多字的赞颂他的报告文学。文章的结尾，引用了他不久前在一次报告会上的宣言：“新的一年，利润至少要弄到二百五十万，‘七五’期间要达到一千五百万，到二〇〇〇年翻五番。对‘山塑’的未来，我充满了希望！”

话音未落，一条爆炸性的新闻震得泉城目瞪口呆：

赵敬辞职了！

一纸辞职书，平淡得像退掉一件小商品："由于政治上的原因，以及我厂与市政府签订的经济承包合同：'当企业因管理不善发生亏损，厂长引咎辞职'的规定，我决定自即日起辞去山东塑料试验厂厂长的职务。"

同情，惋惜，幸灾乐祸，诅咒他或诅咒使他辞职的原因，人们对改革的种种观点，全被诱发出来了。数不清的好奇者，从厂里追到家里，想知道一些内幕，但谁也没有找到他。

赵敬耷拉着脑袋，没精打采地离开了他付出了二十多年汗水和心血的工厂。身后留下沉沉的脚印和不解的疑惑。在莫名其妙地产生的怀古幽思之情的支使下，他回到了故乡。那沉重的石磨已经被体现较低层次文明的机械代替，那漫长的磨道也不复存在了。然而，他仿佛依然听得到石磨沉闷的声音，看得见磨道上那密密的足印……

二

厂长办公室。赵敬提心吊胆，嗫嚅着说："这是我……我写的建议……"

几张薄纸，在手中颤抖着。

管理混乱，连年亏损。作为工人，他不能看着不管。厂长不屑一顾地扫了眼建议书，声音石磨般的沉闷："先放下，等研究研究……"

一纸令下，赵敬被扣了八个月的工资，和"四类分子"一起扫厕所、倒垃圾去了。罪名：散布"反党言论"。

他弓着身子，吃力地推起垃圾车。烈日用光线的鞭梢抽打着他的脊梁，汗水和泪水混在一起，滴落在脚下。不觉得热，不觉得累。他只觉得渴，渴得灵魂像着了火似的。他不想喝水。企盼着民主的甘霖从天而降，熄灭权势之火，救救磨房里的奴隶……

他端起茶杯，“咕嘟嘟”喝了半杯水，干渴的灵魂被滋润了。他提高了嗓音，继续发表就职演说：“我一定尊重职工的民主权利，支持职工代表大会的工作，接受代表的质询。”

“还是民主选举的厂长好啊！”工人们向他报以热烈的掌声。

新任厂长办公室。墙上薄薄地涂了一层蓝色的漆。这是天的颜色，民主的颜色，有宽阔博大之感。在这里，他第一次召开生产调度会：“大家要充分发扬民主，制订下一步的生产计划。”

对生产他并不外行，心中也早有设想。生产计划表格被注入了至高的权力。一千三百多人在厂长名字的支配下，迅速行动起来。他迈着轻快的脚步，到车间里抓落实，一切都有条不紊地进行着。在锅炉车间，他看了看压力表，说：“再加大一个气压。”

“厂长，这是三十年代的老锅炉，怕……”

“怕什么？”他有些不快，“我在这里干了好几年，了解它。”

那庞然大物乖乖地服从了他的意志，鼓足了气，呼呼直喘。看来，在这个世界上除了自然的动力，还有另一种强大的动力。一种异样的欲望在心中萌发，滋长。他脸上闪过一丝不易被人察觉的微笑。

他越来越体验到“赵敬”这两个他最熟悉的方块字的价值——

单据、发票上有了这两个字，一笔笔巨款加快了周转；任命书上有了这两个字，科长、车间主任就名正言顺了。他让他们把任命书镶入镜框，挂在墙上，让“赵敬”居高临下地监督着部属……

“厂长，请您签……”来人见他面前有一堆待签字的文件，改口说，“我这事小，找科长签吧。”

“嗯。”他头也不抬。“回来，我看看。”一张二两茶叶的发票。“这能算小事吗！”大笔一挥，发票带着“赵敬”入账了。

——他是不是那个花一分钱也要问问母亲的推磨孩子？

签名是灵魂的自画像。你看“赵敬”，初时端端正正，一笔一画都表现出谦恭和谨慎。后来，字迹变得潇洒了，大方了，随意的笔画中蕴藏着一股凛然不可冒犯的威严。连躯体也改变了初时的拘谨，仰坐在沙发上，燃起一支烟，漫不经心地扫视着下属，说："就这样定了，要罚，就重罚。"

声音像石磨般的沉闷。难怪有人说，权势是用鼻音说话的。

多年来，厂里纪律松弛。迟到、早退、旷工，在车间里打闹游戏，工厂像个自由市场。他详细地提出了一系列处罚规定。

不用再"大家要充分发扬民主"了。他读了许多企业管理现代化的书籍。不知为什么，最顺眼的是各种处罚方式。虽然，这只是一种一笔带过的辅助手段。他耐着性子，像从磨缝里扫麸皮一样，从字里行间抠出沾有"处罚"的字眼。"这是好东西啊！"他说，"现在工人的觉悟低，雷锋那样的人极少，光靠说好话，哄着干，那不成。"

离下班还有十五分钟，赵敬忽然来到车间。无法无天！有人甩扑克，噼里啪啦，就像在扇他的耳光。呵！女儿，自己的女儿也在其中。他毫不留情，当即宣布：算一天旷工，扣除当月奖金。

整个工厂被震惊了。散漫、松懈、懒惰的作风一扫而光。处罚的威力，在这位曾被石磨奴役过的厂长观念中，一下子被扩大了许多倍。他进一步扩大了处罚范围：不戴厂徽，罚款一元；进出厂门不下车，罚款三元……

这天，一位女工买饭没排队，正巧撞入赵敬的眼里。他不假思索，脱口而出："罚款五十元。"

"厂长，买饭不排队罚款，规定上没有呵。"

"没有，没有就加上。"

"太重了吧。"

"重？不重，怎么体现出现代化管理。限她三天交款。"

三天未交。他的尊严被刺伤了，火冒三丈"再加五十！全厂通报！"

磨房。赵敬把面包、蛋糕，民主和现代的管理，硬塞进磨眼。在呼呼隆隆的声响中，被碾碎了。和麸皮，粉尘，权势、宗法式的家长统治，掺合在一起，捏成一个奇形怪状的东西，经过狂热之火的烘烤，散发出一种谁也说不清的怪味。

质量太差！墙面上的蓝漆一块块脱落了，露出了白灰。算了，不用刷。蓝色过于轻飘，缺少权威。“改革家”需要威严。威严来自权力——

他一只手向上举起，高喊着“放权！放权！”他觉得自己的权力太小了，他要求“由厂长兼任党委书记”，他在全省性的会议上严厉斥责局领导专权，他对市长和省长说：“我要是你们……”

他另一只手紧抱着怀里那堆从任免干部到买一个胶卷、二两茶叶的大大小小的权力，生怕掉落一点点，被下面人拣去……

他的目光停留在国务院文件的一句话上：“集体企业职代会是权力机构”。

“职代会是权力机构，厂长负责制不就告吹了吗？”他叹了口气，苦笑着摇摇头，“我感到，就要大难临头了。”

突然，眼前一团漆黑——

停电了！和厂里用同一条输电线路的邻近村庄，发生用电事故，给厂里造成八万元的经济损失。

“立即支付赔款，否则不给送电。”掌握着这条输电线路大权的赵敬命令道。

此时，离春节只有几天了。赵敬这道命令，将使几万人过一个漆黑的节日，将给几家乡镇企业造成几十万元的经济损失！

市经委、供电局来人劝说：“还是先送电，再商量赔款问题吧。”

“不行！何时赔款，何时送电。”赵敬强硬地说。

厂党委召开紧急会议，表决送电问题：四比一。作为共产党员，赵敬应该服从多数。谁知，他好像被抢走了私人的珍宝，脸涨得通红：“我——我是厂——厂长，这件——事厂长说——说了算，党——党委，无权干涉！”

中共山东塑料试验厂委员会，服从了他这个拥有领导大权的党员，强大的电流被一个人的意志阻断了。几万人丢失了节日的光明，满足了一个厂长的权力欲。

企业整顿办公室主任黄汝林，提出了一个发人深省的问题："确立了厂长的法人地位，实行党委监督下的厂长负责制，为什么还会出现以法治厂，还是以权治厂的问题？"

瞧，那位在赵敬门前徘徊的老工人，他虽未想到如此深奥的理论问题，但想到了古人——

朱元璋、李自成，疲惫不堪地在"磨道"上爬行。他们揭竿而起，要砸碎"石磨"。不知谁使的法术，他们眨眼也变成了"石磨"，阴沉着脸，不停地发出冷酷的声音……

"唉，得给老赵讲讲朱元璋、李自成……将小比大……"他和赵敬同年入厂。赵敬当厂长，有他的一票呵。正待推门，手又缩回来了，"人家，如今是厂长……"

三

"啧啧，这盘磨，磨盘圆，磨眼正，推出面来，蒸馍馍也另一个味儿。"

打短工的人，捧得雇主乐滋滋的。也难怪，谁的话中听，他就雇谁。

"最可恨的人就是那些恶意恭维你的人。"

赵敬心里很清楚，为什么他刚刚决定精减管理人员，奉承话就飘来了："赵厂长，您不愧为改革家，当代企业家。在您的领导下工作，一定心情舒畅。"

"是人才，骂我，我也重用。"赵敬厌恶地回答，"是奴才，叩头也白搭。"

他打破情面，减下七十五名科室人员，充实到生产第一线。紧接着，在车间里实行岗位责任制，奖勤罚懒。工人们精神振奋了，全员劳动生产率提高了 6%，成本降低了 12.8%。

新官上任，三把火烧起来，赵敬心里痛快，劲头更大了。他忙着制订下一步的规划，竟然忘记了吃饭。

“赵厂长，为改革，您废寝忘食……”一位擅长看领导眼色行事的人殷勤地说，“应该注意身体。我，我帮您买饭去。”

溜须拍马，最要紧的是把握时机，看准时机，看准火候。若在过去，赵敬一定会厌恶地拒绝。此时，正沉浸在烧起三把火的喜悦之中，赵敬不由自主地道了一声谢，点头答应了。

“我要掌了权，非把这个人处理了不可。”过去一些领导，上台前都曾发过誓。可是一上台，用不了多久，宠上了他。

也难怪，他精明能干，办事周密，用起来顺手。来客人了，没等赵敬布置，他早已安排好了酒菜。赵敬要外出，不用开口，汽车就派到门前。忙于厂里的事，赵敬很少顾家，但家里事他早已给办妥了。对溜须拍马这门艺术，他达到了运用自如的境地。

“厂长，”不知不觉略去了姓，更显得亲热了。“到我家坐坐吧。”见时机已经成熟，他试探着发出了邀请。

酒菜是早已准备好的。三杯下肚，他趁着热劲又捧上了：“厂长，没有您，哪有‘山塑’的今天。”

“话不能这么说。”说着又是一杯，“改革是大家的努力。”

美酒加热了感情。赵敬决定起用他为行政科副科长、生活服务公司副经理。

“厂长，他只有小学文化程度。”有人反对。赵敬曾宣布过，中层干部必须具备初中以上文化程度。

“还应该看实际工作能力嘛。”赵敬说着，签署了任命书。

他的“能力”很快体现出来了。《支部生活》记者来采访，赵敬正在介绍情况，他笑容满面走进门，赵敬器重地介绍说：“这是我们厂生活服务公司副经理。”

他谦恭地点点头，用一种同行相见的亲热语气说：“我也是搞生活的，你们是搞生活的专家，请多多指导、帮助……”

“去、去、去，胡说什么。”赵敬满面羞红，恨不得立即撤了这个“能人”的职。

可是，用谁呢？

请客送礼，他从不用什么党风卡你；再不合理的开销，他也能合法入账；四面八方的关系户，他会周旋、应酬，从未出过麻烦……

赵敬打消了撤他的念头。用人之道：不吃馍馍就吃麸皮菜团子。

赵敬眼巴巴地望着篮子里的白馍馍。家里穷，蒸了馍馍卖钱，哪舍得吃。母亲疼儿子，给他掰了块馍馍。他放在嘴边，心里嘱咐着，先咬一小口尝尝。谁知，馍馍像长了腿似的，一下子蹦进嘴里，没等品出味儿，骨碌滚下肚子。他后悔地咂咂嘴，真好吃。

平时，一天三顿麸皮菜团子。硬塞进嘴里，胡乱嚼几下，伸直脖子，用力往下吞。团子卡在食道中，硬是不往肚里进。急忙灌几口凉水，好不容易才咽下去。揉揉脖子，里面火辣辣的。

吃馍馍啥滋味！吃麸皮菜团子啥滋味！赵敬再也不愿吃麸皮菜团子了。

劳资科长马大伟，简直像个麸皮菜团子，卡在赵敬的脖子里，吐不出，吞不进，活让他受罪。

搞工资改革，赵敬再三交代：“要拉开档次，越大越好。”谁知，他搞了一个多月的调查摸底，写的这份草案，档次小得根本体现不出“改革”精神。

赵敬敲打着草案，不满地说：“档次太小了。越大越能体现按劳分配的原则。不要怕干部拿得多。马克思说过，一个脑力劳动者创造的财富，胜过一百个体力劳动者。”

“厂长，您看报纸。”马大伟竭力想说服赵敬，“变压器厂的干部，少拿奖金，让工人先富起来。”

“八十年代，我们搞改革，就是要破除这些陈腐观念。”

马大伟哭笑不得，硬着头皮，又改了一遍。

“嗯，有进步。”赵敬边看边说，“档次还太小，要彻底打破铁饭碗。”

马大伟愁眉苦脸，到天津、北京、哈尔滨等几个工资改革先进单位取经。回来后，他向赵敬汇报说：“成功的经验是，既不能吃大锅饭，又要照顾到年老体弱者，体现社会主义制度的优越性。”

“你不要曲解社会主义的优越性，不管别人怎么搞，‘山塑’要有创造性，要走在全国的前面！”

无奈，马大伟向局里反映了这一情况。

“好呵，打小报告……”赵敬火了，在大会上狠狠地批评了马大伟一顿，“这种思想保守、僵化，阻碍改革的干部，怎么能用呢？”

他把马大伟调出了劳资科，下放到一个新建车间。亲自主持制订出工资改革方案，实行了十一个月：他每月工资二百八十一元七角钱，是工人平均工资的两倍多。年底发奖金，他奖了自己一千元，而工人平均只有三十元。他打破了工人的“铁饭碗”，为自己铸造了一个“金饭碗”。

负责预感的第六交感神经，不安地骚动起来，搅得赵敬心神不宁。哪儿来的危险？

“赵厂长，卢副书记查饭店的账，您可要当心呵。”一位不光彩的角色说。

厂办饭店，是赵敬招待客人的地方。分管纪委工作的党委副书记卢化强到这里查账，无疑触动了他最敏感的神经。他要求党委书记王静斋制止：“卢化强这个人思想保守，握有实权，一心想整倒我。”

为削弱卢的“势力”，厂纪委工作人员调走后，他以精减人员为名，迟迟不另配人，使纪委成为一座空庙，清冷了一年多。与此同时，他按照“馍馍”和“麸皮菜团子”的界限，在厂部扩充“自己的人”，使科室人员比精减前又增加了十四人。

昏暗的磨房里，一只只黑灰色的蜘蛛，织成一张张密集的网。然后，各自守在自己的网上，恶狠狠地盯着对方，相互戒备着。

一张蛛网上，只有一个蜘蛛。“一个厂，能人只能有一个。”

赵敬直言不讳地向总工程师高德谈起用人之道。他平时埋头技术，处理人事关系时，常常闹笑话。和他谈话，赵敬很放心。

高德被厂长的“坦率”感动了，诚恳地谈起干部队伍情况，谁有组织才能，谁有技术专长；谁可以放手干，谁必须管严些；谁职务低了，谁提拔快了，头头是道。

赵敬惊诧地听着高德的谈话，脸上闪现出一片阴影……

不久，高德感到了一种莫名其妙的压力。凡是他的建议，赵敬一定能找出否定的理由。厂里引进一套设备，他签字买了个彩色胶卷拍摄资料用。赵敬一听说，就火辣辣地宣布：“以后，高工的签字一律无效。”并责令退款，否则从工资里扣。

高德伤心地拿回发票，耳边响起了赵敬的名言：“一个厂，能人只能有一个。”

借搞联营的机会，赵敬来到曲阜。比起雄伟、壮观的孔庙，小小的磨房简直成了蚁穴。他久久地伫立在“奎文阁”前，不知在思索着什么——

这二十多米高的建筑，三层飞檐，四重斗拱，竟然没用一根钉。梁、柱、檩，全靠榫头、卯眼，“钩心斗角”，连在一起。四百多年来，经数次地震摇撼，岿然屹立……

赵敬莫名其妙地对干部队伍团结的局面产生了反感。有两个干部，相互尊重，配合默契，在一起干得很出色，赵敬突然把他们调开了。他像个小孩似的，在干部之间传话；谁是谁的人，谁说谁好，谁说谁坏……弄得大家相互戒备，你告我的状，我拆你的台。

前些年，干部队伍中钩心斗角，拉帮结伙。为改变这种状况，赵敬费了不少心血。好不容易人心齐了，为什么又要去制造混乱？

赵敬毫不隐讳地说：“下面的人心齐了，当领导的就得不到真实的情况。”

多么“高明”的领导“艺术”！

在他刚当厂长的时候，还咬牙切齿地说：“我最恨玩权术的人。”才不过一年，他竟也玩起权术来了，而且玩得如此“高明”，真令人吃惊！

是受了独占一网的蜘蛛的启示呢，还是受了“钩心斗角”的奎文阁的启示？传统意识中最肮脏的东西，怎样侵蚀了一个纯洁的推磨孩子的心灵？

磨房是蛛网最密集的地方。因为在这里织网，再方便不过了。墙角、墙缝、秫秸棚上、磨架底下，不用拉很长的横丝，织得又快、又牢固。空间狭小，光线昏暗，苍蝇、蚊子、小虫，稍一飞动，就能撞到网上。也许是因为织得太快了，人们也就不耐烦老是去清扫它了。在磨道上枯燥无味地转着圈子，心里烦闷了，欣赏着蜘蛛与蚊虫搏斗的情景，也不失为一种乐趣。丑，惊人地转向了美。观念通过习惯，在人心中转化成一种稳固的心理品质。哦，可怕的磨房！

四

“山塑”门内，有一座花房，万紫千红，争艳吐翠。百花簇拥着几块纤细的山水石，神态娇媚，柔情万般——两万多元的高价，从苏州园林局请来的“江南少女”，给来访者留下第一个好印象。

再往里，穿过两行垂柳，又是一座假山。这是北方的“男子汉”，粗犷雄壮。它被安排在厂部大楼前面，可以看出主人的气质。装潢华丽的会议室，墙上挂满了奖状、贝雕画。只要在那舒适的沙发上一仰，溢美之词便禁不住脱口而出。

一阵轻风吹来，哎，臭，臭，哪来的臭味，夹杂着呼哧哧的喘吁声，似乎有一只受了伤的兽趴在附近的什么地方。

“花园式工厂”的面纱被扯开了，“江南少女”变成一个满面污垢的老太婆。它一张口，氯气便泄漏出来，恶臭熏人。偏僻的角落里，一堆堆铁锈斑斑的机器设备，如同身上的疮疤。两台三十年代的破锅炉，犹如病弱的心脏，呼哧哧直喘，强力支撑着整个工厂的活力……

每年八十六万元的维修与折旧基金，本足以保证设备更新。这些钱哪儿去了！

垒起花墙，造起假山，装潢完会议室……赵敬满面春风，在那块“文明先进单位”的牌子下欣赏了好半天，然后回办公室摸起电话：“要设备科。”设备科和厂长办公室在同一层楼上。“燕科长吗，美化厂容的钱，由你们出。”

“啊……”燕彬愣住了，拿着话筒，好半天说不出话来，“唉，料子裤子，地瓜肚子。”

磨房傲慢地立在农家小院里。房顶苫着新麦秸织成的礼帽，门前种上一片大丽花，搭起一棚葫芦架；远远望去，抹得光亮亮的泥土墙，像一张擦了粉的脸，闪着耀目的虚光。

走进磨房，耗子“吱吱”乱窜，麻雀“喳喳”乱飞，蝙蝠倒挂在顶棚上，如同原始的洞穴。稍一走动，便挂了一头蛛网，沾了一身粉尘……

文明来啦——

闭关的锈锁敲开了。推磨人冲出磨房，解开拴腰的草绳，顾不得洗个澡，紧忙套上西装，挤进文明世界里，东张西望，眼花缭乱。忽然发现一个带弦的“扁葫芦”，勒勒裤腰带，买来套在脖子上，胡乱拨拉几下，嘿嘿，比磨盘那哑嗓子好听多啦。回过头来，冲着磨房摆摆手：“拜拜。”于是，心中升起一股自豪感，禁不住喊起来，“我文明啦！”

“厂长”头戴安全帽，身穿工作服，满头大汗，出现在摄像机前——

以赵敬为原型的电视剧《丰丰》，在“山塑”开拍了。厂里掏了一万元钱，赵敬亲临现场，决心要拍成一流片。“厂长”一出场，赵敬就看着不顺眼。他对导演说：“干嘛厂长总是这样忙呢？忙得连吸烟的工夫都没有，钓鱼的厂长就一定是孬厂长吗？……”

导演连连称是。一位西装革履，悠闲自得的“厂长”，出现在镜头上……

那位从赵敬那儿得到了一套液化气炉的记者，把这件事写进了报告文学：“千篇一律的表现方式，难以突破的艺术陈规，被赵敬几句话摧毁了。”

然而，穿什么服装，是厂长合格不合格的标准吗？如果说，戴安全帽的厂长是旧模式，那么穿西装的厂长则是从《乔厂长上任记》以后形成的新模式。这种新模式，抽空了“改革者”的灵魂，只给他们留下一身西装，一边谈着恋爱，一边“开拓前进”。任何好的东西，如果被当成一种时髦来追求，都会失去它内在的积极因素。偏偏从磨房里出来的人，就喜欢赶这个时髦——

赵敬西装革履，挺直腰身，潇洒地站在摄像机前，身后的彩幕，是他紧贴住的“文明的表层”。他竭力把笑容控制得恰如其分，摆出“现代”厂长的姿态，滔滔不绝地谈起“改革”的重大意义……

为了短短几分钟的春节联欢会讲话，他向电视台提供了三千元赞助。吃亏了吗！不，这叫“荣誉投资。”两年时间，厂里向报纸、刊物、电台赞助了两万多元钱，买回来的“金牌牌”比那盘大青石磨还要沉重：《人们称他“改革司令”》《开拓者的脚印》《赵敬——济南的步鑫生》……

笔尖在稿纸上表演的“艺术”，奇幻胜于魔术，惊险超过杂技——

魔术：“反差变形。”

在同类产品，同等规模的工厂中，“山塑”的经济效益处于中游，赵敬的形象并不高大。明明两年前已经扭亏为盈，笔尖一指，变：“上级曾十二次派工作组来厂扭转亏损局面，结果还是老样子。自从赵敬接过了这个烂摊子以后……”众人被缩小了，显出了个人的“高大”。

杂技："炮打空中飞人"。

数字尚未统计，新闻急需发布。轰的一声，打出"空中飞人"："在新厂长的领导下，今年一月，'山塑'超额完成了各项经济指标。"

有人拿着失实报道问赵敬："这是怎么回事？"

赵敬尴尬地笑了笑，说："嘿嘿，宣传嘛，没真事。"

另有人插话："不明白吗？浙江出了个'步鑫生'，山东要出不来'赵鑫生'，怎么体现出改革的成就。不吹赵敬，就得吹王敬、李敬，反正得有个人吹着。"

工人们议论纷纷……

赵敬仰坐在沙发上。阳光斜射进屋子，照在他那张疲惫憔悴的脸上。常年在外面开会，做报告，参观访问，难得在厂里坐一坐。他乘坐的那辆丰田面包车，里程表上显示出一个惊人的数字：五万多公里。仅一年呵，绕地球一周还多。难怪许多新工人，只知厂长是个大名鼎鼎的改革家，却不知他高矮、胖瘦。他仿佛又推起那沉重的石磨，累得腰酸腿疼，头晕眼花，却说不清是躯体难受，还是灵魂难受。他真想这样永远地坐在这儿，可是已经走上"磨道"，想停，也难以停下。他强打精神，召开办公会。长期在外，情况不明，他要先听汇报……

机器需要检修，设备急待更新；产品质量下降，用户纷纷抗议；奖金不合理，群众有意见……"大事是改革，当领导的，要有战略眼光。"赵敬有些不耐烦了，"改革的浪潮迅猛异常，'山塑'要出新经验！"他一挥手，果断地定下决策——

快把干部队伍"知识"化。那位中专毕业生吗？不能用。档案里没文凭，再有能力，百分比达不到要求。什么？母校给他补发了。好，快提！赵敬当即拍板，干部队伍知识化的经验立刻见报了。快把联营的范围扩大些。赵敬驱车跑了几千公里，终于拉来了联营单位：拉链厂、制锁厂、铆焊厂、化工厂、航运队……管他横向、纵向，管他产品沾不沾边。“什么不务正业！西德的原子能工厂还开着饭店，要紧的是联营，联营！”结果，倒贴了十万元钱，在报纸上换得一篇三百三十八个字的短新闻。快把利润增多一些。谁说没有钱？产品提价，一年增加百十万元没问题。做西服花了二十多万元，先记在明年的账上。成本费，减一部分明年待摊。上报一百五十四万元（一九八四年）。好！超额完成了承包计划……

赵敬挑起一铲稀泥，掇在磨房的外墙上，用力地抹啊，抹啊，堵严了缝隙，抹平了凸凹，抹得面子光亮耀眼。“磨房”里面呢？泡、冒、滴、漏，一年付出十五万元的污染赔偿费。

那几块来自苏州的纤细的山水石，失去了“江南少女”的柔情风姿，化作一个大大的“假”字，冷冰冰地竖在厂门口那块“文明单位”的牌子下。

五

一九八五年一月，仍在赵敬当选为厂长的那间大会议室里，仍然用无记名投票的方式，职工代表大会将对任职两年的厂长投信任票。

赵敬满面春光，坦然地坐在主席台上。簇拥着红色投票箱的几盆鲜花，散发出淡淡的幽香。他陶醉在满票的幻觉中。两年前，他赢得了百分之九十七的选票，那时候不过是个无名小辈。今天，凭他的名气、声望和权威，满票不足为奇。一向细心的赵敬，却忽略了台下那一张张脸上的疑惑、忧虑和失望的阴云。

唱票员报出结果：信任票，占百分之六十五。幸亏那几家靠“山塑”贴钱发工资的联营厂的代表，否则过不了半数。

从百分之九十七到百分之六十五，赵敬猝不及防，被摔得晕头转向。此时，如果他能静下心来，作一番认真的自我反省，也许能清醒过来。但是，那个依附在腐尸上的骇人的“我”字，紧紧地攫住了他的灵魂——

对我不公！“局里开表彰大会，我被列为第一名。结果，人家有的奖彩电，奖微处理机，有的晋升一级工资，而给我，只奖二百元钱，记功一次。”

成心整我！“既然我影响这么大，市里调我走，为什么不放？上下压力都很大，那些思想保守的人，一心想整我，我感到就要大难临头了。”

赵敬在“我”字的磨房里兜着圈子。天地狭小，光线昏暗。他像丢了魂似的，阴郁的目光里透露出心中的痛苦和迷惘。春节，放假五天，他天天泡在厂里。在办公室里坐坐，到车间里转转，一副留恋不舍、失魂落魄的样子。

企业整顿办公室主任黄汝林，似乎看出了他的心思，试探着问：“你要‘稀牛粪’吗？”

“怎么讲！”

“窜了。”黄汝林不客气地说，“你真这样做，坑了厂子，毁了自己，在社会将造成极坏的影响。”

赵敬默默无语。

节后刚上班。赵敬一进厂，就通知召开办公会。他失去了往日潇洒的风度，阴沉着脸，扫视了大家一眼，喃喃地说：“我决定辞去厂长职务。”

“厂长，你……这样做……”

“不用说了，我决心已定！”说完，递交了辞职书。

古老的磨房里，充满了东方的神秘。

改革初期，冷嘲热讽，诬告信、错误的批评、四面八方的关系网……赵敬顶住了难以想象的压力，走在改革的前面。而今天，当改革的潮流汹涌澎湃，势不可当的时候，他却被淘汰了……

这究竟是为什么！

有人指责他的人格：狂妄，有野心。借改革之名，谋取个人私利。假改革派！

不费吹灰之力，一下子就捕捉到了答案。然而，这究竟能向人们提供什么启示呢？人在社会中，毕竟不是沙漠中的沙粒，而是躯体里的细胞。离开赵敬的磨房，离开赵敬生存的社会环境，我们有什么理由指责他的人格呢！

“山塑”的同志说：“不管成败如何，赵敬在企业改革中，还是出了力，操了心的。”

那八种经济承包形式，二十六条管理守则可以见证，那套计算机和来自西德的生产设备可以见证。对先进的管理方法和科学技术，赵敬是怎样如饥似渴地追求它们。他仿佛中了魔，捧着这些管理和科技书，不停地嘟囔什么。人们永远难忘，由于长期熬夜和冥思苦想而变得精疲力竭的厂长，如何兴奋地捧着用心血写成的改革方案向大家宣布：“‘山塑’的出路在改革！”

怀着极大的希望和信心，满以为把先进的管理和技术播种在自己的土地上，就会收获现代化的成果。谁知，长出的却是失败和沮丧：厂长负责制变成了宗法式的家长统治，第三产业成为小金库的财源（三年来不正当开支有十几万元），新的干部制度为任人唯亲提供了方便，先进的技术成为覆盖脸上污垢的白粉……

赵敬用现代化的油彩所描绘的美好蓝图被涂抹成一幅奇形怪状的讽刺画。画面上：昏暗、破旧的磨房里，《大趋势》和《第三次浪潮》挂在蛛网上；计算机摆在磨盘上，灰尘和数字一道被编入程序；工程师、技术员被蒙上眼睛，在磨道上转着圈子，却不知道推的是什么，要向哪儿去……

智利知识界的领袖萨拉扎·班迪博士回顾了发展中国家所经历的长久的现代化阵痛和难产后，深切地说：“落后和不发达不仅仅是一堆能勾勒出社会经济图画的统计指数，也是一种心理状态。”

历史从赵敬的悲剧中印证了自己的规律：“再完美的现代制度和管理方式，再先进的技术工艺，也会在一群传统人的手中变成废纸一堆。”

赵敬走了。厂党委书记王静斋带着一身老病，风尘仆仆赶了几百里路，找到赵敬。他流着老泪说，“回去吧，改革才开了个头，你一甩手，要我这老头子难看呵。”

十年来，从发展赵敬入党，到选举他当厂长，王静斋花费了多少心血呵。民主选举结束后，人们兴奋地给王静斋送了一幅《伯乐识马》的画。赵敬辞职后，几位工人又画了一幅漫画，赠给王静斋。画面上，一匹撒野的烈马，撂起后蹄，把王静斋踢倒在地……

题：《马踢伯乐》。

往事历历在目，王静斋悔恨不已——

赵敬擅自决定，给厂长、书记各发一千元奖金，而工人平均只有三十元。他明知不妥，却担心挫伤了赵敬的积极性，便悄悄地把自己的一份捐献给了民政局。

在一次全省性的会议上，赵敬跳上台去，指责二轻局压制改革。他火了，正待严厉批评赵敬，不知为什么话一出口就软了：“要注意方式，别把关系闹僵了。”

不少同志向他反映赵敬的问题。“唉，我都知道。”他叹了口气，劝说道，“谁能没缺点，要看赵敬的主流，改革这台戏，全靠厂长唱主角……”

无原则的迁就助长了赵敬身上的不健康因素。后来，他竟然指责王静斋：“你扮演了苏加诺的角色，六十多岁，老糊涂了。”

浑浊的老泪，顺着王静斋脸上的皱纹沟缓缓流下，他呜咽着说：“说我是伯乐，我是个不会驯马的伯乐呀。”

一位曾经力排众议，支持赵敬改革的领导同志。痛心地说：“我们只想到为改革者克服外界的阻力，却忽视了旧传统观念对他们的影响。这沉痛的教训应该吸取。”

世界上什么道最长？磨道。因为它是一个封闭的圆，永远也走不到尽头。

赵敬带着过去的影子，孤零零地回到故乡。这里，是他人生的起点。面对着那早已不复存在的磨房，他百感交集，灵魂处在一种痛苦的抉择和彷徨之中……

回去吗?

人心，名誉，职务，权威。今后的出路……唉——看来是回不去了。

此时，如果他鼓足勇气，果断地冲出磨房，也许就可以在心理上和道德上完成向人的现代化的痛苦转变。然而，那些熔铸在他的人生观和心理品质中的旧观念、旧意识，像磨房里的蛛网一样，把他紧紧地罩在昏暗的阴影之中。

他不甘失败，又推动了石磨。在他狭小的人生的磨房里，他和儿时一样，又展开了幻想的翅膀。“我准备办两个公司，一个是中国黄海实业公司，我任副董事长兼总裁。一个海峡商社，我任经理。还要办一个‘赵敬’商社。”虽然，这比儿时那个白馍馍的梦，更远大、更绚丽，但毕竟是磨房里的梦呵!

一年过去了，赵敬一事无成……

也许，封闭在旧观念的磨房中，在何一个个人，都无法摆脱那巨大的、无形的引力。走向人的现代化的彼岸，这要靠一个民族的心理品质和群体意识的转变。

改革的潮流并没有因为一个人的落伍而止步。它谁也不等，沿着历史的渠道奔腾向前，势不可当。

“山塑”的工人、干部和知识分子，他们在昨天的挫折中接受了启蒙教育，今天成熟了。他们把观念的变革和经济的改革结合起来同步进行，犹如让灵魂回到躯体。他们用革命人生观和现代化观念的教育，毫不痛惜地扫除磨房里的灰尘、蛛网、蚊虫，为腐朽的观念唱起了挽歌。他们克服了重重困难，一九八五年补上赵敬留下的几十万元盘亏，盈利八十多万元。虎年到来之际，新任厂长提起笔来，在向主管局立的“军令状”上，签下了自己的名字。他充满了信心地说：“没有什么力量，包括最顽固的旧传统观念，能够把我们这个古老的民族永远囚禁在那个昏暗的磨房里！”

原载《报告文学》1986年第7期

在蛇口

——一次短暂的“罢工”

罗建琳

袁庚同志说：“这几年，我们想从事一项工作，即在这个小范围内探索，中国的经济改革。几年前我们讲‘冒险’，小平同志来了，我们改为‘试验’——在‘试管’里试一下，看看试出的是个怪胎，还是漂亮的小孩。”

——题记

一

一辆乳白色空调小巴驶进四海工人新村。

该上班的工人都上班去了，少数休班的在宿舍里各行其是，不知道外面将要发生什么事。

其实，该发生的事已经发生过，惊动了工业区的机关大楼。

生活真平静，真单调，真枯燥。今天和昨天一个样，明天和今天也一个样。自住进这座落在海滩上的工人宿舍楼群中任何一幢的第一秒钟，生活便不容违拗地钳进了一个乏味重复的模式，时间长了，才发现这乏味比死亡还可怕，比任何惩罚都令人烦恼，令人忍不住地想喊一喊，动一动。于是，在每一个人的心里，几乎都燃起一点哪怕是荒诞的渴望：发生一点什么吧，鸭子上树，蚂蚁打架，只要新鲜就行，只要能刺激感官上的快感就行了，日子绝不要这样呆板窒闷地过下去。

然而，当真正的事情一经发生，年轻的工人们都无一例外地震愕了，它毕竟太出格了一点儿。出格的事情常诱惑人想干的欲望，真正干了，却又被自己的冒失骇得不知所措。

请看，《中华人民共和国刑法》第一百五十八条：禁止任何人利用任何手段扰乱社会秩序。扰乱社会秩序情节严重，致使工作、生产、营业和教学、科研无法进行，国家和社会遭受严重损失的，对首要分子处五年以下有期徒刑，拘役、管制或者剥夺政治权利。

就在事情发生的当天，或者说事情发生的同时，蛇口工业区管理局工会已及时派出人员做工作，制止了事态再向前发展，使这件事实际上只显露了某种端倪，便急速收场了，收得干净利落。

显而易见地，工业区工会的措施有力而有效，没有酿成重大损失和不良影响，外国老板只是紧张了那么一下，便化干戈为玉帛；报纸还来不及报道，事情便已过去，如从没有发生过那样。简而言之，内外的舆论都还来不及关注，这件事已成为历史，如一粒细琐的石子投入静池，连水花都不曾溅起，便已湮灭一样。

可是，你去问问每一个工人，问问“三洋”的，问问“陆氏”的，问问“凯达”的……问问他们的反映。他们表情淡泊，令你捉摸不定，你就不想去探一探，他们心中曾划过的一痕吗？

三洋录音机厂的车间副主任车云华这样说：“事情已经过去了。已经处理了。”可是她说这话时的神情，表明她并没有把事情看得那么简单。作为一名称职的中方管理人员，她想得更多、更深、更杂。

在四海新村这片崭新的工人住宅区，聚居着八千名全国各地招募来的青年工人，年龄在 16 ～ 23 岁之间。在蛇口工业区，职工总人数 16300 人，其中 50% 男性人口不满 25 岁，50% 以上女性人口不满 22 岁；总人口中半数年龄在 23.3 岁以下。这是一支多么年轻的队伍！年轻得令人都产生嫉妒，也年轻得令人惶惑，当他们中有人莫名其妙地闯祸时，则年轻得令领导者头疼。

年轻，是一笔馋人垂涎的财富，是人生中蕴矿量最丰的地质带。重要的是开发。要在采掘中剔除蒙昧，在选炼中成熟幼稚。

年轻即是处女地，它考验拓荒者的智慧、胆识和韬略，以及对它的拳拳爱心。

工业区把他们招来，对他们注予了全部的爱心了吗？

这时，当那辆豪华型小巴停在四海新村一幢工人宿舍楼前的时候，四周静悄悄的，只有夏季的炎热在深紫荆的翠叶间肆行。不一刻，楼里怏怏地走出一男一女两个年轻人，腋下夹着各自的铺盖卷，几乎连看也没对周围再看一眼，就顺从地坐进已拉开车门的小巴。他俩被炒鱿鱼了。

二

“炒鱿鱼”，已不是惊人之语，在工业区，已如“吃饭”“睡觉”“上班”一般平常，已融入了“打工仔”这个词的具体含意中。炒鱿鱼，在仍稳当当吃着大锅饭的内地人眼中，它仍保持着太空距离，像一颗星宿，网着雾状的神秘。在工业区它却无时无刻不与人们贴身存在。你不好好干，懒惰，吊儿郎当，你不称职，必“炒”你无疑，绝无情面可言。“炒鱿鱼”像一个幽灵，老是缠绕着你，使你不得不常常检视自己的行为，小心翼翼。

反过去，你亦可以炒你的老板，炒你的领导。你觉得怀才不遇，不被重用，抑或说这个工作不适合于你，你可以辞去不干，另寻高就。在 1985 年 3 月，“三洋”工人就自行辞退 103 人，炒了老板的鱿鱼，就是一例。

遗憾的是我们在引进“炒”法时，没有成龙配套。单有一个方面，在炒或被炒两者之间，是没有人格上的对等的。炒鱿鱼，必须有一个利于“炒”的环境，使你在一个单位干不成之后，还可以有到另一个单位去一试身手的机会。

就我们目前的社会，还暂不具备这种环境。

此时，挟着行李卷，灰溜溜地钻进停候在楼前小巴的两个年轻人，已经再没有其他的机会了。他们将立即被送出工业区，送往深圳，然后送回家乡。据说区工会一位同志愤愤然地说：“交给地方劳动部门，通知他们今后这两人不能再安排工作。一颗老鼠屎，搅坏一锅汤。”果真如此，那他们是不仅再无在工业区将功赎过，重新做人的机会，就是今后谋职的一切出路，也因这次被炒鱿鱼而从此断绝，至少是难关常有了。

三

对待对他们的处理，他们无言以对，因为他们策动了罢工。

罢工这类事情，历来耸人听闻。

他俩，男的叫郑成君，刚满二十二岁，女的叫陈琼琪，也正好二十二岁。他俩同是广东省饶平县人，同于 85 年 8 月 15 日从饶平县招来做轮换工，同时刚好在蛇口干了不足十个月便被炒了鱿鱼，滚蛋回家。

在蛇口，所有从外地招来的合同制工人、合同制轮换工，都自称“打工仔”。

打工仔，如是而已。上班下班，睡觉吃饭，打工挣钱，万事不想。如果说有区别，那就是打“私家工”和“皇家工”之分。郑、陈二人是打“私家工”的，分在三洋半导体厂，独资企业，所以他们总是暗暗羡慕在工业区直属企业打“皇家工”的年轻伙伴。

车云华到蛇口已三年多，了解这里的情况，很同情这些年轻娃娃。同是打工仔，“皇家工”政治地位高，安全感和归属感强，大多数有当地户口，实行的是习惯了的中国式管理方法，有人情味。而在独资厂，资本家只管厂内不管厂外，看工人只看你卖不卖力，能不能干，而工人面对老板，也仅只是个老板而已，好好给他干活，工人走进工厂大楼，作为个别的、有血有肉、有思有想的人已不存在，存在的只是一个车间，一个班组，一条流水线，一道工序。像郑、陈这样的许多年轻工人，便陷入深深的苦恼。而更为苦恼的是，他们的苦恼不为人知。

从85年8月招工到这里来，已快十个月了，他们决定要求增加工资。加工资也算是单调平板生活的一点变化吧。不过，最实际的还是它具体的物质意义。因为他们回忆起，厂方去饶平招工的时候，曾允诺过：三个月后提一级工资。到现在还没提，厂方骗人了，厂方说话不算话。资本家真他妈狡猾狡猾地。

就在86年6月10日这一天，三洋半导体厂一工会委员到工业区工会报告，说从饶平来的工人准备明天罢工。当下区工会的两名干部就前去试图做工作。去了那里，工人否认有罢工的意思。干部只好回来。到了当天晚上一点多钟，陈琼琪开始在饶平工人住的宿舍串连，一共集合了21人，连夜写信给三洋半导体公司，正式提出他们的意见和要求。这封信一共换了三个人写，仍很多错别字，最后大家通过，次日上班的时候递交了公司。

次日的6月11日。他们二十多个人早上仍进厂吃了早餐，工作一个多小时后，便各自回宿舍，再没上班了。

没多久，工会得到报告，马上配合劳动服务公司、党委，三个部门派人前去做思想工作。

在四海新村，做思想工作的干部和罢工的青年工人间，有这样的对话——

“为什么不去上班？”

无言。

“闹事是不好的，我们的法律也不准这样做，请马上去上班。因为这样下去后果是严重的。如果有问题，可去工会反映嘛，工会可去公司协议解决……”

无言。

做思想工作的干部面对着一群沉默的青年。他们不开口，也不说话，有的把个脑袋埋着，有的茫然地直视着对面的墙壁，脸上不时掠过一抹怯怯的表情。这时，如果做思想工作的干部不仅限于要求回答，而是作一番认真观察，思考，那么，从无言的回答中，是能找出问题的症结的。

只是做思想工作的干部口气变得重了，态度变得冷峻了，直视着他们：

“你们这样做，违反《刑法》第一百五十八条，知道吗？我们现在以工会的名义，请你们立即回去上班。”

罢工者没有读过《刑法》第一百五十八条是什么内容，他们开始面面相觑，已有人从坐的位置上站起来，犹豫着挪动脚步，想去上班。但也有人又是瞪眼睛，又是拽手，加以制止。

这样，思想工作一直做到上午九时半，大家才同意上班。辛辛苦苦的干部们吁了一口气，宽厚地说：“好，我们在公司门口等你们。”先驱车走了。

领头的郑成君却没有动，站在楼上朝下张望。然后走到楼梯口，他突然举起手，说：“喂，你们谁掰得动我的手，谁就可以去上班。”他居然出此主意。

本来已陆续走到楼道里的罢工者又复站住了。郑成君手劲儿大，不会有人掰得动他的。姑娘中有人觉得有趣，扑哧笑了出来。一时间，一场为了争取经济利益的煞有介事的罢工，竟像孩子戏谑般地变得轻松无比。有几个已经推出单车的人，又被拖回了宿舍。

干部们久等不见人到，很生气，又开车回四海宿舍区来找。

就这样，艰苦的思想工作一直做到晚上。七点多干部们回去吃饭，饭后又继续回来做。最后，终于做通了。令管理局办公大楼震惊了的一场罢工，只持续了十多个小时，终告结束。

工会在发表意见时认为：

1. 这是我区六年来影响最大的一次工潮；

2. 工人年轻不懂事；

3. 工会委员要培养，如果这次工会委员得力的话，是可以避免的；

4. 入区教育要做，做得不够；

5. 影响对外开放。

区工会副主席李亚罗则认为，是集体旷工，他说罢工必须具备两个条件：

a. 致使这个单位停产、停业。

b. 要有组织，有计划，有措施，并提出条件。

不管算什么，这个事端解决之后，三洋请工会在华苑吃了一餐饭。宴会在友好的气氛中进行。

四

需要补充的情况是

——在罢工的前一天，6 月 10 日下午 4 点钟，三洋半导体厂已贴出告示，调整工资，全厂工人提二十元人民币，而且还开了职工大会，工资决定从四月份补起。

——罢工结束后第二天，陈琼琪依然在夏令时七点半起床，洗漱完毕，穿着胸前印有“SANYO”徽形的淡蓝色短袖工作衣，骑上自行车，和工友们一块儿去上班。直到中午时分，她还不知道，她已和郑成君一道，被炒鱿鱼了。炒他们的不是三洋方面，而是我们中方的部门。紧接下去的，便是上面已出现过的那辆小巴，那辆已在宿舍区停候着送他们回去的车子，他们匆匆收拾了自己的行李物品，留下两张空床，回饶平去了。全部参加罢工的工人，缓提工资三个月，等于每人罚款六十元。

前面已说过，工业区工会对这次罢工事件（姑且还是这样提吧）的处理是有力而有效的，不过，事情虽然过去了，我们是否再来想一想呢？

想一想，对我们思想政治工作者，是会大有裨益的。

想一想，消防队的功能，对我们，是否就已经够了？

首先让我们分析一下罢工的动机。

这些年轻人明白提出来的，是钱，提了三个问题给三洋公司的老板，中心是增加工资。这从事物的现象上着，不过是个争取经济待遇的问题，而且工人的欲望也并不很高。三洋厂的工资在工业区相比也确实低。问题恰在这里，头一天，三洋公司就已贴出告示，宣布每人加薪20元，那他们这个工似乎就可以不罢了？然而他们却罢了。为什么呢？工会意见之二，认为他们年轻不懂事。

“年轻不懂事”这样的评语，可适用于任何年轻人荒唐和盲目的行为。

他们轻举妄动地使用了解决劳资矛盾的极端手段——罢工。而在手段尚未施行时，目的已部分达到，却仍然一意孤行，这似乎有点不可思议。罢工是含经济等内容在内的政治行为，但他们仅理解为一种简单的对抗形式。关于罢工的常识，他们是从以往的电影和小说中得到，仅此而已。

所以，许多同志（包括一些年轻的工人们），都认为他们已增加了工资还要罢工纯粹是一次胡闹。可是，且请慢着，这些同志们是否有兴趣再揭开事物的这层表征，去年轻人意识的深层再寻找一些新的发现呢？

下面请看几组镜头——

车间里：（三洋录音机厂）

厂房宏阔而豪华。间架高、采光好、锃亮的打蜡地板映照出在上而匆匆移动的人影。一个车间，八部空调机同时工作，空气凉适而带着一点淡淡的温馨。工作环境目前在我国绝对一流。工人们都静悄悄地工作，管理人员也静悄悄地来回梭巡。日本资方人员坐在写字楼里，透过玻璃隔墙，可将工人工作的情况一览无余。

工人怕日本老板。老板发脾气，打人，当然他不打工人，而是打他们自己的管理人员和港方管理人员，怒气一来，当胸一拳，将撕碎的字纸朝对方脸上砸去，凛厉可怖。工人在一旁看了胆战心惊，人人自危。

这里令你感受到冷峻，威压和严格，等级森严。老板不与工人对话，他依靠中层管理人员管理工人。

这个车间的中方管理人员只有车云华一个人。她刚调来不久，情况不熟悉，她正加紧熟悉。她得记手下四百名工人的每一张面孔，各自的性格、思想和籍贯。只要不加班，她就跑工人宿舍，了解他们。每天她回到自己宿舍时，已是夜里十一二点了。她说：

这些年轻人离开家时，并没有离开父母的慈爱，走出学校门了还记得集体的温暖。来到这里，发觉这里与他们从前成长的环境大相径庭。他们渴求人与人的友爱和关注。

也许老板也在寻求某种途径达到沟通，但是语言的障碍为心理障碍提供了名正言顺的借口。工人在他们眼中，只是可变性生产资料的一部分，说穿了，是廉价劳力。有位老板就曾这样傲视过工人：“您不干请便，反正您们中国有的是待业青年。”这是什么？是屈辱。

年轻人感到一种屈辱：他们认为丧失了尊严。

招工时，笔试、口试、体检……在这一切一丝不苟的考核程度中，越来越强的将成为建设祖国特区创业者的自豪感，到这里很快便淡化了。要说有，也必须在走出车间之后，在车间里，面对老板和流水线，是绝对没有的。走出车间，举目四望，原来一片荒凉的沙滩，如今耸起了一片片高楼大厦，这与他们作出的贡献是密不可分的，尤其来了三四年的年轻人，亲眼看着工业区在迅速变化，内心除了惆怅、寂寞和茫然外，更多的是自豪感。尽管他们合同期满了就得回去，但他们还年轻，四五十岁时若再重返这里，可以骄傲地向人宣称，这座繁华的现代化工业城市是在他们手中初建的。

只有想起这些，才会觉得人生的意义没有逝去。

可是他们一天中有 8 ～ 14 小时须在车间里，从清早走出宿舍区，要到夜深了才回去。厂里没有原料，不管你愿不愿歇，老板都让你回去；原料来了，亦不问你的时间是否已作安排，加班加点补班。是补班，不给加班费，歇班也没有工资。这种不合理已被老板视之为当然。工人的时间属于老板，没有自己支配的自由。人被长在时间的夹板里，经常神经过敏。

不管你愿不愿意，你在这里打工，你就这样服从。

一台录音机，大小元件不计其数，在车间里却被流水线分割成一道道简单的流程工艺，传送带将元件板推到你跟前，你只管把规定好的某种元件往板上插就是了，如此往复，一成不变，这工作应该由机器人担任。但我们没有机器人，我们有的是一双双勤劳的手。

招工前学过的知识，招工时考过的知识，到这里后已一无所用了。人的创造性也没有了。

这天，车间门口的告示栏里贴出一纸通知，因为“7 月 21 日音响事业部部长由中野先生陪同来我厂参观，要求全体员工必须做到以下几点”云云，其中包括：须穿工衣，佩戴工作证；集中精力工作，不准随便说话走动；客人参观时不得目视客人，工作台上下保持整齐干净；等等。最后注明，“最近一段时间参观人员较多，希望各位员工自觉遵守”。落款：厂部。于是在通知贴出后，特意抽出几名工人，协助清洁工大扫除，写字楼里的文员们也亲自搓抹布擦玻璃窗台。这天正值周末，日本管理人员破例没有回香港，留下来检查准备工作。

工人们禁不住哼了哼鼻子。不是讲资本家最讲实际吗？想不到，他们也十分注重“面上”的工作。

放工的时间终于到来时。车间门打开，工人们便蜂拥而出，急骤地下楼，奔到车棚里推出自行车。在夜风中，在宽敞的柏油公路上，拼命骑出老远，才肯回头看一眼，看一眼三洋。

呵，三洋，读中学时就敬慕你的美名。粉碎“四人帮”后，第一个叩响中国现代物质文明之门的，就是你。三洋电器，誉满天下。大三洋，小三洋收录机，成为政策开放后首富起来的人的物质标志。

可是此刻，踏着自行车，脑子木木，四肢倦倦，真不愿再回到你那铁笼似的制钳中。

宿舍里：（水湾头凯达公司女工宿舍）

房间是直筒形的。两扇门对面开，一扇通外走廊，一扇通阳台。阳台上有个小小的卫生间，每天临睡前，不论多晚多累，姑娘们总要轮番钻进去，掩上门，痛痛快快地冲个凉。阳台另一侧，水池上方的墙壁上，挂着锅铲、菜刀、砧板等炊具，与之相应的是宿舍门边一溜儿挤着的电炉电饭煲。如果每天有自己安排的空闲，姑娘们是喜欢自己做小锅饭吃的。

好不容易挨到了一个不用加班的休息日，首先需要补回的是睡眠，透透地睡个懒觉、想多会儿起就多会儿起，饱吃不如饿睡。可是到了每天该起床的时间，自然而然就醒了。生物钟似乎也被三洋厂收买。

三张双层床，住着六个姑娘，有一个是外地来的，成天骑着架旧单车在工业区里跑，夜里三点多钟才一个人从四海新村回来，说是采访，当然得给她等门。日光灯白花花地亮着。她采访什么？来的记者够多了，都是问，做个特区人，你们有什么感想？收入比内地高多少？工作苦不苦？对工业区发展有什么预想？结果从报纸上登出来的，全是过去的报纸已登过的东西，天花乱坠，好像这里是西部牛仔发财的黄金梦乡，听轻轻推门的声音，她回来了。倒还会体恤人，凉也没冲，悄没声儿地爬上高床，钻进蚊帐，就把灯拉熄了。这么热的天，身上完全是黏糊糊的湿汗。听说她千方百计要混进独资厂的车间，增加实际感受。独资厂的门卫制度可是严得很，尤其不欢迎记者。

蚊帐动了动，撩开了。姑娘们打着哈欠，相继起床。晨光在屋内活泼地颤动。

通常情况下，年轻姑娘的宿舍里在悠闲的休息日清晨会有这样仍带着睡意的对话：

“你猜我昨晚梦见了什么？”

“猜不出。快讲。”

然而这里却没有。一片冷寂。

姑娘们的籍贯不同，生活习性也不同。各人固守自己的一隅，防备与别人掺和。“欢喜”牌床用电扇放在蚊帐里，连凉风也不让它从网眼纱中透出去。头从蚊帐中探出来，根本不朝对面和隔壁瞧一眼，自然更没有疏懒而轻快的相互问候了。仿佛从来互不相识，慢条斯理而又漫无目的地各行其是。

曾经有过很多个计划和决心，盼着有一个属于自己的休息日来将它们实行。而到了这一天，却又不知道到底先做哪一件好了。时间短暂。看书，看不完一本；记单词，也记不住几个。而且记了又有什么用？已经完全荒疏的功课再拾起来，真不知从哪儿着手。倒不如来享受这慢条斯理吧。紧张得够了，这慢条斯理真是份奢侈的享受。

夜里三点才骑车从四海新村回来的外地姑娘也醒了，两个眼圈乌黑。她走进卫生间，看见淋湿水管上又多了几个顺手贴上的外文商标，她想：她们又买了几件新衣服了。

外走廊上，六七个姑娘俯着身在看楼下的什么。她们什么也没看，只是那么木然地看着。她们可以一连那么看几个小时。休息日就过去了。

厕所里：（三洋录音机厂）

厕所的用途可扩大至如此限度，是三洋厂外方人员始料所未及的。

这个车间的女厕所原来是两间，因女工多于男工，又把男厕所改了两间为女用，一共四间。

厕所门不时被推开，走进几个女工，站到壁镜前，先在漱洗池里净了手，用纸巾仔细擦拭面部。接着取出口红，轻涂于唇上，使唇色在红与不红之间。然后用梳子细细地梳理秀发，很仔细地梳理，不使刘海紊乱一根。走出厕所时虽着意修饰过却不留修饰的痕迹，顾盼左右而巧笑兮。不一刻，又走进一批，程序基本如是，厕所不闲。

车云华不禁叹息说：这还是在整肃过劳动纪律之后。

那么以前呢？以前——

有的不堪单调乏味的重复性劳动，有的抗议劳动时间过长，有的干脆就认为，你是资本家，我不受你剥削，而且是日本鬼子侵略者，就得给你怠工。于是厕所成了休息间，关着厕所门在里面聊大天，叽叽喳喳笑声不止。有的干脆抬张小凳，坐到里面打瞌睡，睡得呼呼的。资本家知道了，气得发晕，从来没有见过这样的工人。命令将厕所锁了。工人要上厕所，须向管理人员要钥匙，这就连累了大多数工友。又纷纷反映，从来没有听过锁厕所的资本家。

于是中方和外方的管理人员坐下来协议解决。

锁闭的厕所门又自由开启了。真是闻所未闻。

也许是感到车间的约束太大，又拓展了厕所小小的空间吧！

厕所不仅供排泄、供化妆、供休息，供打盹，还供自由发表思想言论：愤懑、失望、忧思、希望、明志、诗情画意，都可一泻于此。

这里摘抄几条“厕所文荟”，是横七竖八书写于厕所门板上的，由此可见工人思想状况之一斑。

（抄写时是按照上下左右的顺序，未作剪辑，这样更真实些。因篇幅有限，只能摘抄部分。属原文错别字的地方，在括号内注释。特此说明——作者）

一、三洋非理想之地，迟走之人不如早走——为妙！

二、人生在世没几天唔，为何你要去悲伤，若是他们驱户（欺负）人，（余下没有）

三、三洋犹如一座地狱，美丽的青春，灿烂的前途，都被三洋吞没了。三年！！三年呵！！！！你太久了！！！！

四、再见吧！此处不是家，打咕。抢饭，满载心腹（不知何意），哪忍得了，走吧，受骗的人们！

五、进入三洋“好处”多，银钱多得成箩箩，青春废掉人衰老，此种教训有几何。

六、春回大地花似锦，问君何事犯伤心。

七、为何你处处同人作对呢？你自己也是过路人，你一天唔骂过人也，唔得安乐，你这样做人太悲卑（卑鄙）了太残酷了！假如公司是民主选举的，那你的未来组长位就会让给别人来做，你的梦想就会付诸东流。

八、你不要高兴得太早。

九、写这些字的人小心你的脑袋。

十、莫道前途多艰险，侠骨豪气建友情。

十一、艰苦的生活，磨炼了一个人的意志，洞悉了整个世界。

十二、一早起床，两脚齐飞，三洋打工，四海为家，五点下班，六步昏倒，七滴眼泪，八把鼻涕，久持落去（广东话：落为下），十会死亡。

十三、我倒还喜欢三洋呢。

十四、朋友呵，你的爱情在何处？

十五、怎么，你想知道吗？我的爱情在心里。

……

这些即兴发挥的文字，可真实地看见工人们混乱莫名的内心世界，他们没有人可以谈心，他们渴望得到了解，于是就信手涂鸦。潜意识中利用了这块小小的园地，以证实自己人生见识的价值。

这里头凝聚着多么复杂和丰富的思想信息。可惜的是，工业区搞思想政治工作的干部中，留意到此的，车云华是绝无仅有的一个。

俱乐部里：（四海新村俱乐部）

一个不大的庭院，一段短短的游廊。楼下是桌球室，等候玩球的空当可翻阅一些已翻旧翻烂的杂志。楼上是舞厅，约六十个平方米，没有空调。跑银灯、旋转灯、顶灯、侧灯、激光灯等灯光音响设备，还是团干部林坚就任俱乐部经理后率领人辛辛苦苦配置安装起来的。以前一无所有。

舞厅一、三、五、七晚上开放，收费五毫。乐音大作，灯光交错，挺热闹的劲头，可进去一看，六十个平方米的空间挤得满满的。的士高的动作幅度必须缩减50%，就这样还是肩膀碰着肩膀，鼻尖对着鼻尖。闷热难当，汗水横流，毫不懈怠而舞兴不减。离敞开的舞厅门还老远，就迎到一股扑面的热浪。窒得你一呛。

这就是四海八千名工人唯一的娱乐场所。

二十三岁的俱乐部经理林坚心里发急，很想再办一些补习班、夜校，为工人们提供稍理想的学习环境，但他手头无钱，想也白搭。

故此精神生活的天地只有外延至俱乐部周围的道路和树木间。在外面拉上银幕，放露天电影，观众如六七十年代时那样，银幕前面站成黑压压一片，银幕背面也站成黑压压一片。

更多的人则在宿舍楼间的空地上游荡。

姑娘们买了新衣服都喜欢扮靓的，扮靓不仅愉悦自己，也愉悦别人。但没有地方可去，只好在宿舍区内不疲惫地走，让别人欣赏。如此达到的社会效果，自然远非想象中的那样令人满意。

所以，这里所能得到的最充分的精神享受，就是夏夜海上吹来的凉风了。

夜深了，俱乐部早已关门，宿舍区内仍灯火通明，林荫道上人影幢幢，光着膀子穿着裤衩的男青工，挤在双层床里，毫无睡意地在甩扑克。

四海，常有这样的不眠之夜。

看着这样一些随手摄下的镜头，你会觉得太一般了，太零碎了。确实，这是工业区极普通极平凡者们生活的细枝末节，俯拾即是。类此还有许多，如：饭厅里；工业大道上；在给父母同学写信的时候；在簇挤在车间门口计时器前等着打工卡的情景；夜晚宿舍楼的走廊上拉动着双腿，站着看公共电视，看“今晚八点，隆重推出”，看神剑魔女在荧屏上杀得难分难解死去活来……

这确是些淆乱的色块，无法在画布上和谐地排列。

更是些星散的光斑，难于在取景框中聚焦。

所有高明的理论家都无法从中抽象出某个单一的概念来。

然而，聪明的人们，你应该从其间看得出青年们前行的轨迹，真切的人生和世界。

五

我们值得欣慰的是，蛇口聚集着一大批当代最优秀的青年。

这是86年7月27日晚，8时半，管理局大楼八层一间会议室。

青年沙龙

——青年的活动、代表着他们对社会的关切和允诺

广东省深圳市青年联合会蛇口分会题目：青年与蛇口

主持人：青联副主席吴学间

“题目大了点。但大之下有许多小。这是第一次活动。”主持人

说。接下来是大家发言。

“好多重要岗位都是年轻人，连纪委也是起的作用很大，推动工业区前进……”

“青年的命运。去年搞了次调查，工业区青年素质总体讲是好的，文化程度也较高，上进心、风气也不错。不足的是，与内地大学生相比，思想还不开放。不能靠老一代，要靠自己。咱们都四十岁的了。”

（插话：“四十岁正年轻。”）

年轻人谈年轻人的问题。年轻人关注年轻人。恰同学少年，风华正茂，书生意气，挥斥方遒。在座的都是工业区的精英、优秀分子。思维敏捷，知识广博，都毕业自清华、复旦、北大等名牌大学，从全国各地荟萃于此。报纸上宣传的蛇口模式的知识技术密集型，就是以他们为代表。他们谈改革、谈四化、谈蛇口方向、谈人类未来，他们令我们自豪。

“现代社会，节奏加快、新。老的很快淘汰。现在需要的不是务新、求新，而是需要判断力。无论青年，上层领导也罢，不要被新惑住。只求新，一事无成。这是蛇口人务实的方式……一个潮流来了，应注意提出与潮流相反的一点东西，当然这也是新。全世界都流行新。香港亦如此。”

“搞活沙龙。重建马列主义，允许民间办报，思想理论界中，实践方面广东走得快，理论方面北京走得快。全国青年非常活跃，有些青年跑得很快，提出取消党委团委，实行两党制。应如小平提出：在某些方面实行改革，党政分工、民主化、分权。其目的是加强改善党的领导。”

“王兆国讲：加强改善党的领导……”

“中国改革稳重起步，与七九年那次民主不同，并不是六年前的重复。”

“蛇口相对封闭型。”

“外面对蛇口评价相当高。一提民主，就看蛇口，八二年就开始搞，比内地早走一步。”

“一说改革，就是蛇口、深大。下步如何搞，也是大问题。蛇口名声在外，远非深圳所及。”（插话：“今后怎样接待记者？”）

静默了一阵。发言的面并不广，大多数人没有开口。室内灯光柔和。空调机咝咝地送着冷气。每人跟前一杯琥珀色的清茶，与雪白的瓷杯相映成趣。也许是沙龙的第一次活动，显得有些拘谨，倒更像党政工团开的一个严肃的会议。

“我们年轻人有个毛病，不给讲话的机会又闷得慌，给呢，又怕。工业区改革以前走得快，现在总要想周全了才说出去，一丝不漏。这不可能。”

“社会进步，经济繁荣体现在哪两方面？目标手段混淆起来。目标是长期的，要看准。”

“由于民主，引起心理平衡的破坏。”

“工业区文化层次高，期望高，经济水平却不高，连广州也比不上，蛇口是高度劳动密集型。”

“最可怕的东西是一致，内地容易一致。中国的事情很奇怪……我们的报纸基本是宣传，很少报道，形成一窝蜂……蛇口中外人士杂居，不可能同内地一样。”

实际蛇口也容易一致的，多元性与同一性并存。一旦形成某种模式，自上至下基本是一个声音。

“外国马列主义作为学术来研究，流派多。我们是国教。”

“蛇口文化，思想距离拉得太大，下面普罗大众对政治不关心，跟他们无话可言。”

是的。

厕所文艺与青年沙龙之间确实无话可言。

一个低级，一个高级；一个无知，一个博识；一个蒙昧，一个清醒。

这是一个大断裂，一个大落差。

看在座的青年，都是党办、政研室、纪委、蛇口通讯报、团委、管委会、工会等部门有一定级别的干部。其间只有两名来自基层的工人，是车间团支部书记，他们坐在别人的背影里，自始至终怯于开口。这样的场合，他们自惭形秽。

“劳动密集型，低技术。这是清醒的冷静，工人的文化水平名是高中，实则初中，甚至小学。谈政治不感兴趣，对经济也不知所云。”

“蛇口存在着两个层次。大专，白领阶层，普罗大众、劳务青工，是基础，文化差异很大。这次团委搞了个调查，工人来自县城乡村的占 80%，大城市的 20%，两个层次完全脱节。第一层次非常热衷于政治、改革，抱负高；第二层次是乡村招来的劳工，他们对蛇口的影响应引起团委的注意。”

警语！若不引起注意，两个层次仍无对话可言，白领阶层的优秀分子们会深感寂寞的。

“人员结构、文化层次都与内地不同。”

“文化层次与高层建筑差距大。”

“高的文化政治经济结构，低的青工素质水平。工会共青团很吃力。”

“工人中 80% 是青工。工、团工作重合。今后采用什么形式？以工为母体，工团合一？或以团为母体？合的呼声较高。在蛇口，18 ~ 25 岁的年龄线高，三十就掉下去了。内地是不以年龄区来分的。这里没有老年工人，或很少。青年团是助手，工会维护工人利益，但立足点应在 80% 以上的青工。”

“你刚才讲的是招商局内部，还应加一个层次，从全体来看，还有当地渔民青年。”

“如果眼睛不盯着世界，会退化。”

“中间层大部分在四海。脱离家庭，产生孤独感，不解决好会产生破坏力。美国流动性习以为常，中国青年家庭观念重，譬如梅县受灾，家在梅县的就急得不得了。第三层是当地渔民，放鞭炮成癖，享受阶层，比我们都富，经济水平最高。

“工业区产值七个亿，三洋厂就占三个亿。成绩集中在普罗大众，没他们就没有我们。”

“我同意这样一句话：单调重复的才叫工作，变化的叫玩耍。”

“三个层次间没有对话的机会，各自有个圈子，应该考虑。”

“跳舞就能看出来，大学生，男多，工人，女多，不谐调。”

这时，一直沉默地靠墙壁而坐的一个小伙子，突然把椅子朝前挪了挪，他慢吞吞地提出问题：

“前些天，三洋罢工，为什么报纸没见消息呢？”他指的是《蛇口通讯》报，这个报纸很民主。

好！终于把注意力拉到实质性的问题上来了。

“想报道的。是没抓住消息，打算补救。”报纸这样解释。

这不，已经过去许多天了，一切都平息了，该处理的已处理过了，人们几乎把罢工的事淡忘了。不想小伙子又把它拎了出来，是什么意思呢？是不是小伙子对这带有刺激性的新闻特别感兴趣呢？不是。就罢工这件事本身，并没有什么大不了。二十多个年轻娃娃闹的事，带着很大的幼稚的成分。而且工业区规定，不许罢工，那么资本家也再没有后顾之忧。可是如果我们仅把这件事看作一件事，甚而向对待违章肇事者那样罚款训斥便一样了事，那就大错特错了。

小伙子意在提醒有志于改革的人们注意，这是一枚小小的爆竹，它以那“叶”地一响，证实工业区近万名打工仔的真实存在。他们并非无声无息、无思无想。他们苦闷、徘徊，感到压抑，感到自我在消失。他们是管理局大厦足下的土地，是全国为之瞩目的蛇口模式的基础，是金字塔的底座。没有他们，对外开放，引进外资，什么都搞不成的。他们有权得到关切、疏导、爱护和尊重。压抑得太长了，不以这样一种方式，也为以另一种方式爆发出来的。

这个小伙子叫周建华，也是名牌大学毕业，他准备在工业区认真干上几年后，回校考研究生。他到蛇口已一年多，一来就扎到基层，成天穿着印有“SANYO”厂徽的浅灰色工装。他现在是三洋彩电厂的中方管理人员，三洋电机公司工会副主席，车云华的拍档。这个沙龙无法给他划层次，因为他就扎扎实实生活在工人中。

周建华又提出了罢工事件，遗憾的是，纵横捭阖，浑浑洒洒的思考并未因此而搁浅，接下去仍然是这样的话题：

“蛇口向心力何在？如何沟通？要提企业口号，现文章很多。讲企业文化最厉害的是日本，从服饰、口号，到精神，都在内。”

“企业文化与层次文化结合起来。”

“蛇口是杂交文化，毗邻港澳，珠江口咸淡水之交。建筑，酒店多元，向西方发展。”

“企业文化与民族文化结合起来。”

外面，已是夜阑星稀了。周建华站起身，悄悄退出活跃的沙龙。他无声地穿过楼道，乘电梯下楼，从车棚中推出自己的单车。他得赶快回宿舍睡觉，因为第二天他得起早上班。提前三分钟，流水线开动。

六

车云华和周建华，都是蛇口独资厂的中方管理人员，他们出身不同，经历不同，年龄和文化也存在着极大差异。但是他们有一个最大的共同点，要在蛇口这块2.14平方公里土地上进行经济改革的伟大试验中，摸索出一条中方管理人员在合、独资企业中，如何既帮助工厂得到发展，又让工人们不丧失对生活的信念和当代人尊严的路子。这将很难，将如踩在浪桥上那样难于平衡，但他们决定开始去做。

在中国搞开放，办工厂，对中外双方都是一个崭新的课题。资本家是共产党请来的，不能将他们轰出去。要他们从自己的制度下走出来适应我们，也过于天真。他们不是到中国来搞慈善事业，是来赚钱的。他们在这里也很难。要求他们施爱于我们的每一个工人不切实际。工人是我们的青年，我们要深深地爱他们。

本篇文章的终其目的，就是一个字——爱。

爱我们这些可爱的青年吧，不要把他们放在那些厂房里宿舍里就不管了。

故此，本文不惜用许多篇幅去写车间里的苦闷、失望，宿舍里的空虚、寂寞，以期引起像车云华、周建华那样的干部去开始重视。

然后，我们仍以袁庚同志的话作结束：

“我们需要一批头脑清醒的干部，对工业区发展十分明白的人，能在这个小社会中，摸出‘四化’经济走向的脉搏。”

86年8月2日

原载《特区文学》1986年第6期

步鑫生现象的反思

周嘉俊

夜归的我，通过长街上一个接一个的窗口，把断续传出来的播音员带着惋惜的声音连成了片：

“闻名全国的步鑫生被免去厂长、经理、副支书职务……他的海盐衬衫总厂决定向社会招标……”

河水沉寂下来，议论戛然止住，出现了瞬息的静场。几年来那种朦胧的、不祥的预感，不幸地变成了现实。我意识到这是历史的驿站，我惴惴不安地赶到了钱塘江畔，跨进了我惦念着的工厂。

厂区花圃庭院依然，苍松翠柏，小池立鹤，工人们在操作台前劳动。阳光辉煌地在照耀，但是人们异样的沉默，把异样警惕的目光投射到每一个外来陌生人的脸上。一种茫然的失落情绪，紧锁了大门……

蓦然，我想起四年前的5月8日，在那个向来以恪守传统、尊重旧俗著称的联合王国的一位名记者尤恩·麦克斯基尔发自北京的通讯中的那句话：“中国浙江海盐衬衫厂厂长步鑫生，如今已成了中国最有争议的人物之一……”

我无法准确推测这旧话重提的价值，但这个“最有争议的人物之一”如今又成为人们议论的热点，却是毫无疑义的。

“我要反思。”——他费力地打开沉默的铁闸，吐出一句话来。

历史的倾诉

于是我紧跟着历史，跌入了一个痛苦的曲折。我的笔，应该为英雄立传，恰恰我的面前坐着一位自称是一出活剧中失败的主角。

反思总夹带着痛苦，带着历史的重压，但是也有那么一丁点儿诱惑的魅力，毕竟它能给人以清醒，以新的前进的动力。

小镇的居民神秘地告诉我一个传说，在遥远的一个乌云翻滚的午夜，钱塘江在狂风的鼓动下，曾掀起过一次大潮，几乎吞没这座古镇。四年前，又掀起了一阵旋风，那样震慑和牵动武原镇父老兄弟的心扉，旋风却来自那位以后经常在电视屏幕上出现的步鑫生。瘦骨伶仃的身子，机灵的小眼睛，滑稽的手势，以及当时被视为异端，不可思议的改革。小镇人多般是善良而拘谨的，时间使他们接受了新的现实，无数的信息反馈，就像贯流镇中那条浑茫的盐平河一样，无时无刻不告诉他们，古镇又出了能人。于是，这位步家裁缝的后代，又成了小镇人的楷模，他们踏着拘谨的步子，学着偶像的模样儿，一步一步朝前走，古镇活跃起来了，全国活跃起来了。

现在，仿佛又是这条永不停息的盐平河，带来了令人沮丧的消息，那奔忙的钱塘江，又掀起了不祥的狂涛，步鑫生——他们心中的偶像出事了！

……

那一天，走进了他自行设计的、带有农村味的豪华接待室，我的心境有点沉重，我想在回顾逝去的历史中，寻觅这个神奇人物的踪迹。

印花地毯，工艺精巧的高背藤椅、茶几，嵌镜的墙壁，闪光的产品陈列柜，菱形吊灯，好像经过精心的拭擦，却总感到蒙着一层尘雾，一层阴晦。

这几年，他已不再接待记者，他的这种固执引起过麻烦。今天，他破例接待了我。

他坐在三人藤椅中间特意准备的海绵软垫上。他更瘦了，坐着，仿佛远山之间隐约的一个点。如是而已。

他对我凝目相视，似探询，似回答：

你要知道什么呢？失败？成功？幕起？幕落？

猛然想起：一位省委书记说他是夏伯阳式的人物。可是，我却产生了奇怪的念头，在我写他几篇数万字的文章时，总有一种不祥的预感，无端地困扰着我。

到过武原镇的人都知道，小镇的桥南有一家茶馆，人们捧着油亮发黑的茶壶，议论的老话题是步家裁缝的兴衰，带着一种同情、惋惜和小城人士的世故，哀叹：唉，这个步鑫生！

然而，凭着几张长着几颗老黄牙的嘴和一只墙角上的“喇叭头”所获信息毕竟是有限的。他们习惯依据的是盛极衰来的道家老皇历。

小镇的盛典

越发精瘦的步鑫生。他显得茫然、颓丧，同时，仍有荣耀之人的傲气：“我现在承受的压力，是任何一位厂长所经受不住的。”他机灵的眼睛，扫视着辉煌的四壁，然后又愣愣地望着我。

可不，我曾是他这段历史的同路人。

八四年盛夏，这位被中央指名号召学习的改革者也是坐在这只三人藤椅上发出了他的命令：就是要像模像样地庆祝一番！

在一周以后，这里出现了旷古未有的盛典：

是日，上海、浙江省有关领导、单位、新闻界，都来了人。轿车几乎把小镇街道挤满，公安局出动了民警维持秩序，小镇上此起彼伏的爆竹声，处处飘荡着煎鱼烧肉的香味，见人开饭，十人一桌，台上表演的是闻名全国的三个大剧团的著名角色。歌颂改革英雄，谁不趋之若鹜！

大幕拉开，步鑫生，在灯光追踪下，笔挺的米色西装，红色领带闪烁光彩，昂首，宣读受他奖励的全国参加报道他的工厂改革业绩的记者名单。

……

是夜，小镇人一夜未眠。兴奋地思考小镇的命运，国家的命运。改革，这个新鲜而有着无限魅力的名字，从此在古镇上扎下了根。

步鑫生，满面红光，又坐到三人藤椅上来。十里长席，终于散了，小镇出现了狂欢后的冷寂，似乎连小镇原先的繁荣都跟着盛典的旋风而远去了。

还是这间被来访者赞誉备至的接待室里，步鑫生端坐在长藤椅上，手上摆弄的是来自全国十几个省市签订的数十万件衬衫的定单，然后，便不屑一顾地将它摞在面前的茶几上。他有点儿不能自已。是的，就是要改革，没有改革，就没有步鑫生——

他有点幻觉，却又是事实。他清晰地记得，半月前的那天晚上，中央台重要预告新闻里的话：明天有重要广播，本社明天有重要广播……隔天就广播了关于他的改革的事迹，中央的批示。

步家裁缝后代有很好的记忆，这样庄重的格式，在几年前有过一次，那就是播送党的十一届三中全会公报的前夜。当然，他没有理解此举的深层含意。

从小就拈针引线的步家裁缝后裔，没有读过几年书，缺乏现代人的价值观，但是他强烈地要求改变现状，要发展他小小的工厂，打出他的牌子，一句话，商品经济的规律，促使他需要冲破多年来套用的陈规旧习，旧的框框，旧的机制，他自然地喊出了“不改革就没有出路”顺乎潮流的呼声。

加上他的机灵、大胆。于是，决口在这儿被他打开了，他取得了人们已经知道的胜利和拥护！

党及时抓住这个典型，推向全国！

县委的一位报道组长告诉我，他作了一个粗略的统计，自从新中国的太阳普照大地至今，报纸杂志上宣传个人事迹的文章之多，除了雷锋，也就是步鑫生了！

但，如果把我国几年前所开始进行的改革看作是一次革命，对于这位小镇能人的宣传就不足为奇了。

那时，人们不仅熟读了关于他的报道，也熟悉了电视屏幕上他那瘦小好动的形象、带点滑稽味儿的手势，过分自信的谈吐。

只要他在屏幕上一出现，亿万儿童也会同时叫出：步——鑫——生！

中国，第一流的西装线、第一块大石头

胜利，是人们所向往的，但胜利又往往成为导向失败的指路牌。

今天，人们在议论他决策失策的时候，第一热点是西装，这曾是一股困惑成千上万经营者的怪潮。

深夜，接待室灯火辉煌。工人们是熟悉的，这个灯光，告诉他们，他们的厂长在思考，在工作，在开会，他们信任自己的司令员，灯光给他们欣慰。

他们怎么也不会想到，他们信赖的带头人在进行的是一项导致翻船的错误决策。

室内烟雾弥漫，每个人都困倦了，有人甚至在打盹。但是，他们运筹帷幄的却是决定工厂命运的大事。

“老步，我们可以做做西装。”二轻局长，又被称为“政委”的老

沈从蝴蝶花纹藤椅上直起身，凝视着步鑫生说。

西装热，这是一股从1983年底形成，1984年立即进入高潮的带有点滑稽、讽刺味道的旋风。有些人把穿西装作为时髦，拥护改革的标志。从庄严的人大会堂上的要人，到猪舍里的饲养倌，从公司经理到街头卖生煎馒头的个体户，从笔挺挺的到皱巴巴的西装，穿到了各色人等的身上，买的、送的、半送半买的。西装走红。发生在中国的“国际玩笑”。就在这家衬衫厂里，每天像蚕宝宝吐丝，成百、成千条的领带哗哗地往外吐。

“不——搞！”他终于表态了，淡淡地摇摇头，但是，他那双机灵的小眼睛分明在告诉你，他正认认真真地盘算着哩，我步鑫生不傻哩！这位祖上承制过清朝官宦、商贾宝眷们花衫旗袍的老裁缝后代，正毫不含糊地在他灵活的脑子里盘算着利害得失呢！

步鑫生站起来，又一次坚定地回答：“不，我是从衬衫专业发展起来的，不搞西装！”

这是春天。越过了夏天，秋天降临了。

这位老沈终于又来了：“嘉兴搞了，海宁也在搞，我们小搞搞吧！”

于是，领带车间建立了，印染车间建立了，庞大的衬衫车间正在生产着“三毛”“双燕”“唐人”这些引为殊荣的产品，再建立一个西装厂，那不就成龙配套了么？眼前已经出现了宏伟景象，使改革家的雄心勃发了。

“搞！”向来坐不住的厂长“蹬”地从藤椅上站起，挥动着人们在电视里熟悉的手势，瞪大了机灵的小眼睛：“好，八万套。搞条流水线，进口，去日本！”

两小时——谁也不能想象，这样重大决策，他俩竟是在两个小时中拍板的。

他不明白，企业立于不败之地，依赖于决策的透明度，依赖于蛛网般的信息网络，依赖于科学手段深层的探索。今天，他以胜利者的自信，性格上的傲慢，作风上的随意性，作出了这一危险的决定。

他遭到了抵抗，一向为他的改革家气魄所折服的副厂长小沈提出了异议："不能这样匆忙决定，要研究一个可行性方案！"这位管着大印的青年人，敢于犯上了。

但是，被后来批评为"刚愎自用"的厂长轻率地否定了："你懂什么，老三老四！"

小沈感到委屈，他坚持很久，不愿在上报的申请书上盖印，但最后，他屈服了。

我们不应苛求他，这是当时唯一明确表示异议的青年干部。我们应该赞扬他的这种勇敢。事实上，他远比那些身居要职，明知不对，却一味奉承，举手赞成，事后又高唱所谓"违心"的人的品质高出百倍。

接着，他提出了一份年产八万套西装、十八万美元的估算和外汇额度的申请。

加快了车速

沿着杭嘉湖大平原丰饶的绿水田陌，他乘上轿车，颠颠簸簸，一路风尘赶到了省府。厅首长热情地接待了他，香醇的龙井茶，双手捧到为全省争了光的改革家面前。

"行，行！"他一迭声地赞扬改革家又一大胆创举："就是要有这种不断改革的精神！"厅座呷了口茶，以一副更具气魄的神态，说："我说，要搞就搞大的，年产 30 万套，到 1990 年，就 80 万套！嗯？"为了显示决策的气魄，他故意作了一个短暂的休止，此时无声胜有声——我是多么坚决支持改革！

十八万美元翻了个——八十万美元！

中国人素有好"大"的癖好，"大跃进""大革命"，只是下场总不是那么美妙！

轿车驰上归途，颠颠簸簸，返回盐平河畔。

在宏观上，从县到省，竟没人把关，反而加大了倍数。多么可怕的锦上添花！

“喜讯”在盼望中接踵而来：

轻工业部批准了他们的计划；

国家经委批准了他们的报告。

由省、市、县有关人士参加的审计会议严肃而热闹地开始了。

6000平方米西装大楼的方案以异乎寻常的速度拟就。征地、拆迁、进入、贷款……

失控的列车，疯狂地向谷底滑去！

消息，在盐平河边传开了，从工人到家属，从镇上学校到商店，终于又传到了乡镇的新闻集散地——桥南的那爿茶馆。

“喔唷，伲海盐要造大楼哩！”

“喔唷，步家裁缝的后代要出洋了！”

“喔唷，步鑫生要做西装了，西装是专门卖给外国人的！”

坐在这趟列车上的这位“小镇伟人”却预想着未来的胜利，他踌躇满志。他也像所有历史上的人物那样，胜利使自己放松了对自身弱点的警惕，尘埃扑上了双眸。

大厦出现倾斜，一再追加的基建投资，几乎超出了全部固定资产的总和，一把给了我们多次惩罚的经济规律之剑，开始出鞘。

但是，借贷暂时支撑着改革家肩上的重负。

我想起了1985年春节。我应邀赶到交通大学的外宾餐厅，参加他的宴会，只是校长没有躬身莅临，使我很感遗憾。那时我正在探索，一个在国际上有声望的名牌大学校长如何给一位乡镇小手工业者出身的企业家以理论上的指点，并促进他的自身完善。对步鑫生来说，这是多么至关重要。这样的结合在外国不乏先例；在国内，当时尚未出现。

辉煌的灯光下，步鑫生穿一套淡色西装，显得潇洒而精悍，却仍是一副坐立不定的好动模样。

“我就要出去，××服装株式会社邀请的，就走，机票已订好了。”他兴奋地握着我的手。

“祝贺你又有了新的开拓。”我随口应和着。

“啊，是嘛！”他用道地的海盐口音接上了话茬儿，“改革如果不和开拓结合起来，那么改革就没有方向、目标、前途！”“小镇伟人”有使用同义词的习惯，有时也不无闪光的语言和在断断续续中自成一体、不无道理的观点。

“唉，你过些日子来看吧，西装流水线一引进，那边大楼造好，年产30万套，到1990年是80万套。嗯，海盐厂就算是配套成龙了！”良好的自我感觉摧毁了他精明的防线。

锦上添花，喜讯接着喜讯——新华社报道：著名改革家步鑫生增补为全国政协委员。亿万人民又一次在荧屏上见到了令人感动的一幕：德高望重的邓大姐，迈着艰难的步履，在人群中找到了这位瘦小个子的改革家，谆谆祝愿：“步鑫生同志，你要继续改革。你有什么困难吗？”

“没有，没有，现在一切很顺利！”小经营者常有的一种狂热和沾沾自喜同时流露出来。小个子改革家怎么也没有预测到，一块大石头已悄悄地搬上了自己的脚面。历史已经写下，无法抹去。

世界仍在注视着他

中国经济改革，继续成为世界瞩目的中心，而在这改革潮头上翻飞腾跃的冲浪者，仍然是钱塘江畔这家小小衬衫厂中那位裁缝出身的厂长，引起了西方好奇的新闻记者的浓厚兴趣，他们不满于一年前长城饭店那次短暂的会见。太神秘了，太有新闻价值了。在外交部里，不断收到外国驻京记者雪片似的申请，请外交部设法为他们安排去实地采访步鑫生的活动！

他们习惯用观察和猜测来确定对中国一切事物的方式，龙的国家以这么高规格来宣传步鑫生，显示未来的一种模式，一个信号，一个信息！

是日，一支长长的豪华车队，浩浩荡荡地挤进了武原镇，南斯拉夫人、法国人、美国人、苏联人、波兰人，镇上的父老兄弟真是打心眼里感激这个步家裁缝后代为武原镇的家家户户光耀门楣。

记者招待会开得很有气魄。步鑫生独占一个三人长藤椅，风度极好，一切都妥帖得体，就像厂里熨烫的衣服一样平服。

“先生，你说你的衬衫能超过或是赶上美国名牌衬衫吗？”一位美国记者颇有兴趣地提问。

“当然，那是毫无疑问的。”身材瘦小得只有89市斤的步鑫生习惯地侧转头，不假思索地回答。其实在这一年多来，他的厂房顶上虽然还通宵地亮着霓虹灯“信誉至上，质量第一”的招牌，实际上已疏于去顾及“第一”的质量问题了。

他的回答，引起在座记者一阵风似的低语声。

“步先生，你能告诉我们吗，‘文化大革命’前贵国经济上的主要的问题是什么？”这是一位法国记者的提问。

“是吃大锅饭！”步鑫生用这句形象生动的语言概括了我们多年来的弊病。他很神气，仿佛圆满地回答了老师的课堂提问。

“这是你们国家独有的吗？”

“不，各位先生，”步鑫生激愤起来，加强了手臂的挥舞动作，他敏感地意识到这句问话的内涵，“我们中华民族一向勤劳勇敢，大锅饭是50年代从国外引进，58年全面推广了——”

他的回答没有结束，记者已经开怀地笑起来，闪光灯像雷雨天的雷电一样闪烁。

“先生们，我说，这大锅饭不是我国发明的，我们不要这个发明权！”他进一步发挥。

又是一阵哄笑。

这是一次既成功又不成功的记者接待会。一位新华社记者说：老步，你长了社会主义的志气！但是，事后他再也拿不出更好的衬衫。他的“唐人”“三毛”“双燕”，始终在原地踏步观望，不仅没有“当然”地赶上美国的名牌，而且，他的掌上明珠“唐人”牌衬衫，在青岛全国衬衫评比中被扣了15分，以0.05分之差，落选了——！这是1985年的金秋，可惜季节没有给他带来相应的硕果。这是又一个不祥的征兆。但是，改革家的目光始终没有在这重要问题上停留。

海盐县、武原镇首幢大楼——他的西装大楼，已经矗立桩基，吞钱的闸口就此打开。

与此同时，一衣带水的那个服装株式会社轻快地收下他们的数十万美元的巨款。

他，应该坐下来，认认真真地运筹帷幄，脚踏实地地思考了。

他应该明白，正是中国这一经济上的大革命，才产生了步鑫生，不是步鑫生掀起了中国的这场大革命历史！

在逝去的一个冬天的深夜，我曾在步鑫生的办公桌上，看到一位科学工作者，从遥远的北京的来信，是给这位已经红遍全国的步鑫生的：“……改革是一场伟大的事业，作为一位改革家，你要戒骄戒躁，更加谦逊谨慎，峣峣者易折，皎皎者易污，木秀于林，风必摧之，行高于人，众必非之……”

中国的思想家，用凝聚智慧的语言，唤醒无数的沉睡者，使他们清醒，理智，使他们鹏程万里。

“这封信，很有意义！”我说。

“唔，好，藏起来，以后好好地看。”他颇有诚意，随手交给正在理信的副厂长小沈。

信藏起来了。自然再也没有回忆起它。

接着，从遥远的北京赶来了各国驻华使节，他明白，世界仍在关注着他。

接着，国家各部委的负责人来了，省市的领导来了，总书记的夫人也特地来看望他，代表总书记向小镇上的改革家问好。

改革家，面颊显得消瘦，整天的冥思苦想，他自我告诫：应该考虑改革大局，应该面向全国！

（他哪里会预测到三年后的今天，面对我说：我的事业在海盐！悲壮而又凄楚。）

他乘着火车、乘着轮船、乘着飞机，奔忙于全国。

他和教授、和大学校长发起一次又一次全国性的关于改革的讨论会，农村的、城市的、文教的，拥挤在一起，在庄严的讲台上，讲着他自己也不甚了了的问题。他远远地离开了他的海盐：他的事业，他仿佛承担了整个国家改革的使命！

不过，他有一种很好的自制能力，他从不享受邀请单位请他夫人同住和休养的待遇，尽管在滨海的八大关和羊城为他预订了舒适的房间，他总是预订返程机票，匆匆而返。

他仿佛要充分体现他自身的价值，然而，离开了武原镇南边那家衬衫厂，他会失去真正的价值，来自乡村的企业家，没懂得这个质朴的真理！

这时候，中国大地上涌现了新的改革英雄，马胜利出现了，这个冀中大汉在会上宣称：我是学了步鑫生的事迹才闹起改革来的。

浙江的鲁冠球出现了，他也说，走改革之路，走步鑫生之路，才能搞好我们的企业！

后来居上——可悲又可喜的事实！

大厦开始倾斜

这时候，他的西装大楼又砌高了一层，这是他从南方的大学讲学归来偶尔发现的。然而，大楼却停止了上升。

“为什么？”

“钱没有了。”几位年轻的副厂长回答。那时仅土建一项就花去70万元。

“可以借嘛！”步先生挥一下手，他的神态就像在合肥的改革讨论会上报告那么潇洒。

他不大看报，那时，国家的财政出现了拮据，高额的赤字，银根紧缩了，基建战线迫不及待地收短了，无力去“喂”那些特殊企业了。

“老步，需要我们时开个口就行了——”一年多以前，银行的同志总是这样笑脸相迎，唯恐他不光顾。

现在，冷若冰霜了。这当然是一种进步。

一切陈旧的，带有浓重行政色彩、感情色彩的狭隘的旧意识统治下的生产关系就应该统统摒弃，金融必须登上商品经济的历史舞台，主宰一切！

小镇伟人端坐在长藤椅上，听着财务科长老陆的汇报：

水泥从600元一吨涨到1600元一吨；20万元的流动资金已全部投入。

建成的西装大楼又检查出偷工减料的毛病，这是南京一家建筑队的“杰作”，钢筋发锈，露出了水泥……不值一文钱的职业道德，展示着它的丑态，折射出卑劣的灵魂。

基建被推迟了，小镇的能人沉寂了。

我却记起了他高峰时期在北京的一次讲话，他的听众是掌管全国劳动人事的厅局长：“一个企业的厂长、经理，与一个家长当家一样。一个月收入除了油盐酱醋开门七件事，其他钱是给阿大添裤子，还是阿二买袜子，都要盘算量力而行！”多么生动、形象、幽默、智慧。

显然，现在他陷入窘境是因为没有买足油盐酱醋，就为阿大添了裤子、阿二买了袜子，并且还添置了全毛西装！这是真理，真理就这么朴实无华。

然而，这位“家长”毕竟有他过人的机灵和独特的创造力，在这窘迫时刻，他提出了招集小镇居民，每人出1000元，即可进入工厂工作。他给了个名称：集资户。将资金变成资本，然后去扩大生产、投入流动和商品市场，这是商品经济的基础，是获得利润的钥匙。

海盐厂在武原镇有着无可置疑的崇高的荣誉和诱惑力，没费多少日子，300多人就投到工厂的怀抱里来了，这不仅给瘦削的脸庞上增添了几丝笑纹，而且增加了一种常胜将军的自豪感。

制造西装的人员进来了，其中有几位是高薪的老西装裁缝，他们是上海的退休工人。在经济改革年代，不乏一批寻找发挥余热的人才。然而，他们的技术毕竟是过去时代的了，皱巴巴的前摆，皱巴巴的驳头，毫无服装文明的气息。

步鑫生的工厂造出了西装，不管是套在乡村干部身上，或者路边炸油条、卖烘山芋师傅结实的身上。

可是，这时全国的报刊上，对于西装热，已成为人们议论的热点。

半夜，他回到厂房后面那幢住宅楼的顶层房间，他的夫人意外地还没有睡去，脸上被一层焦愁泪影笼罩，这是一种为丈夫担忧的善良、贤惠的妇人典型表情。

“听说西装卖不掉？”她怯生生地说。

“啥人讲，瞎话三千！”他是好强的。

其实，海盐衬衫厂的西装已出现了滞销的迹象。但是，衬衫厂的西装依然以它原来的速度生产着。人，是一种奇怪的动物，常常以主观的臆想去看待事实。天下万物皆出于我——唯心哲学观也会侵袭共产党人的心灵。

“中国会有这么多人穿西装吗？”妻子睁着疑虑的眼睛。

“十亿人中，只要一百人中有一个人穿西装，将新西装线投产也来不及做呀，要想得远一些！”

“穿西装要打领带，多麻烦！”农村妇女总有那么一点执拗和唠叨劲。

“睡吧，你不懂！”

朦胧的危机感逐渐明朗起来。他显得心烦意乱，喝着桌上半热的粥。胃不好，粥是他的主食。

他的窗是面向钱塘江的，夜静，常闻涛声，只是他并不去聆听那令人感奋和联想的诗一般的呼唤声。

灿烂的星辰悄悄地滑过

他毕竟是幸运的。

五月，我们总理在省委领导的陪同下，光临了他的工厂。在日理万机的国务中挤出半天时间，真是无上的荣耀了。对步鑫生来说，这是机会。

总理颇有兴趣地注视着这位中国改革风云人物。是呀，在改革潮流已经风起云涌的今天，他要来看看这个“源头”的变化。

“……啊，我是慕名而来呀！”总理一跨下汽车，就握着他的手说。

他给总理汇报，陪总理参观他的工厂。

“……那是印染分厂，那是领带分厂，那是从日本引进的西装分厂，我们已经开始生产西装……”他自信而自豪。

总理迈着坚实的步子，习惯地将左手放在背后，看着、听着、思考着。

——要主动争取上海方面的支持；

——可以多搞些时装，加强应变能力；

——夹克衫很好，随便，老小可以穿。

总理对于步鑫生津津乐道的西装，似乎没有给予多大关注，更没有给予赞扬。

步鑫生的思维突然出现了一个空白，出身于小裁缝的企业家，缺少这种经营意识，这使他无法过渡到一个新的台阶，他有点愕然：“是的，是的。”他不断地应诺着，缺乏政治经验的乡村改革家，没有敏锐地意识到这是一个挽狂澜于既倒的主意，这是一个战略性的经济信息。他的事业会因此出现一个新的壮烈的活剧！

他不能自拔，悲剧继续深入。像一支雄鹰从翱翔的天空折翅，跌向深渊。

……

如今，他已经悔悟不及，他看着眼前那块印着厂标，被千万人景仰和脚踏过的充毛大地毯，黯然神伤地对从数百公里外赶去见他的我说：“我怎么会没照总理的话去做呢？”脸上呈现失败者的沉痛。

其实，就是从那时将船掉头，也为时晚矣！

他太缺乏现代企业家的素质了，他的奋起，是由于旧的生产关系长久束缚后产生的反弹力的一种表现。现代企业需要更高的素质要求，需要经营者在社会、心理、科技、文化、国情、管理等领域的钻研和准备，即使某种程度的涉猎也是有益的。

改革家的视角仍在扩展

早晨，在食堂的餐桌上，他疲惫地呆坐着。剩下浅半碗稀粥，他放下了筷子，桌上的生拌豆腐未动一筷。

“中饭不要给我准备了。”他懒懒地关照正准备给他添菜的服务员。

“先生，你吃得太少啦！”焦急的服务员真诚体贴地说。这是工厂的当家人呀！

52岁的步鑫生成了一个小老头。

岁月，像盐平河水平静地奔流，又送走了一个季度。冬日来临了，珍贵的200万元的流动资金投进了土里。

匆匆上马的印染车间，花去了近130万元，由于技术没过关，几个农村散打散干的染缸师傅凑起来的一班人马，一个月只挣数十元的工资。

他的领带分厂的效益也降到了冰点，看不到一点儿希望。那位副厂长小李也不是一位好的经营者。

“小李，你那里的效益怎么样？”充满了失落感的改革家带着希望询问。

“我已和杭州、嘉兴联系了，喔，我还要到江苏去走走，唔，人家说要回升的。”他支支吾吾。

“这样是不行的，不行的，办厂总要讲效益嘛！”步鑫生涨红了脸，他那小眼睛上的浓眉，几乎要蹦跳出来，这个所谓分厂虽然被小李说得天花乱坠，却总是看不到一分一厘的利润，这一切深深地炙烧着自己的心，现实向他进行无情的嘲弄。

衬衫，年产量高达120万件。是这里的吃饭产品，还支撑着门面，但是，财务科长两次告急："先生，进面料的款子没有了。"

"新疆伊犁不是有一笔款子汇来吗？"他的记性颇佳。

"给银行抵债了！"财务科长无可奈何地回答。

"势利！"他愤愤然。

用一句商人和金融界行话：银根紧了，掉不转头寸了。曾经被新闻媒介多次渲染的海盐县第一家年产值超过1000万元的工厂，全国最早的一家以改革闻名海内外的工厂，露出了败相。

然而，这位改革家仍不由自主地随着那个惯性的旋律，驰骋于各地，面对全国甚至海外发表着长篇高论：《谈谈对城市改革的看法》《谈当前改革中的若干问题》……

这些报告不仅在工厂，还在机关、学校，甚至部队。有限的精力被分散到无限的报告中去，本应投注他全部精力的自身的改革和经营，受到了冷遇。

一切排场仍未收缩：

厂庆耗资：7万元；

横向联系、赞助、广告：近20万元！

而1985年的纯利润仅52万元！

何等惊人！

这是用几十万条领带、近百万件衬衫、近千人的辛勤劳动所换得的呀！

旧传统意识的重负——阔绰的排场吞噬了来之不易的利润。甚至工人拿不到厂长亲口允诺的奖金，流水线上工人的奖金在逐月递减。

出现了争吵，出现了懈怠。他的权威受到了沉重的挑战！

"你答应的条件，为啥不兑现？"一个副厂长据理力争。

"这样我们还拼命干啥？"

出现了实际上的怠工：供销人员懒于火车、轮船、飞机的奔波，留在办公室里聊大天！

"为啥这样？"我问一位副厂长。

“步先生太自作主张！”

时代不同了。诚然，现代管理学最突出地表现为“意志”和“权力”的集中，而它的基础却是民主，是决策的透明度。资产阶级经济管理学家，早已明智地看到了这一点。

于是，企业中至关重要的凝聚力，消失了。

……

领带、绞索、领带官司

“步鑫生被绿杨领带厂告到法院去了！”

“步鑫生上法院了！”

“海盐衬衫总厂和上海绿杨领带厂打官司！”

在价值观念重新复苏的今天，几乎一夜之间，我国所有新闻媒介都把这特大新闻传送到亿万读者手里。名人名事，历来被新闻记者乐于攫取的高价新闻。

在中国，知名度高低往往和谣言是成正比的。我记得步鑫生迄今有过两次关于他的谣言高潮，一次是他去北京开会期间，说他被逮捕了；第二次就是在他兴旺时期，他的名字在报纸上销声匿迹了，有人传说他贪污被审查了。记者在最近一次出差的火车上，邻座的一位海宁县的供销员对我说：“步鑫生被逮捕了。”

几乎已经是四面楚歌的步鑫生，端坐在宽大的，铺放着厚海绵垫子的藤条椅上。

被接待的是一位三十来岁的妇女，笑容可掬，后来反目而成为原告的上海嘉定绿杨领带厂的女厂长、上海市新长征突击手，时髦的称呼为“女强人”。依次排座在雕花藤椅上的是她的几位副手，另有一位年近花甲的工人模样的老人——

“这是我的干爹！”女厂长开口介绍。“我的干爹是老印染工，老内行！”

“哦，哦！”步沉思着，闭一闭眼，眉宇间闪动了一下。

“唉唉，步厂长，这就我的过房囡，”这位老工人满是皱纹的黑红脸膛上浮起了笑容，“步厂长，你的名声大，各方面兜得转，帮帮我过房囡的忙吧！”

“喔，好说，好说。”步鑫生轻飘飘了，他那小镇人生意经上的警惕性受到了影响。他的感情型的气质占了上风。

“我这过房囡厂里的领带，你帮她推销推销，他们的质量是不错的。”亮出了底。

“你那印染车间需要帮忙，呶，有我过房爷！”女强人轻松地笑了。

“啊，啊！”老步应着，心里盘算着眼前那个上不去的印染车间的印花线生产，正是那个自己一无所知的玩意使他烦恼，使他得不到起码的效益，这是他的第二个沉重的包袱。

“让他做你们的顾问！”她继续做着宣传。

“好好，老施就做我们印染车间的技术指导。”

客人满意地走了。

“步先生，我们的领带也不好销呀！”耿直的副厂长小沈，在没有旁人的情况下怯生生地提醒他尊敬的上级，海盐衬衫厂已经无法周转了，哪能再背上新的包袱？

“唉，想办法，要向远处看。”他有点虚弱，总盼着柳暗花明的时刻。

“步先生”小沈又怀着希望唤叫了一声，眼里噙着泪，几乎要落下来。

“你懂什么！”改革家的语调变得粗暴，他不愿别人干涉他的决策，眼前经济上的拮据，从反方向增强了他的致命弱点。也是一种逆反心理。

“步先生，你应该三思！”小沈没有示弱，他已经看到了西装线必然酿成悲剧，而悲剧是完全可能重演的。

他却扭转头、站起身，拉开背后的小门，走进办公室去。

这一笔在后来被认为继西装分厂上马后第二个大伤元气的领带事件，终于未被阻止。

经过一番短暂而匆忙的来往，由领带厂起草的合同终于签成了。

13 万条领帮、双绉、斜纹、22 万元巨款，代销变成了购销。那个“过房爷”销声匿迹了，没有给印染厂以任何技术指导。

几天后，衬衫厂供销人员在领带厂发现了领带质量问题，他们为了全厂职工的身家性命，工厂的前途，回厂后和副厂长小沈商量后，决定发一个电报给领带厂，请他们暂勿发货，同时汇报步鑫生，请他采取措施，步鑫生没有给予重视。那位女强人倒是颇有远见，隔天的深夜十一点半亲自押车，将 68776 条领带闪电般地送进了海盐衬衫厂警卫森严的大门。

步鑫生终于发现了领带的质量、面料、规格、类别上的问题，决定退货，但遭到了领带厂的拒绝。

“我们不付款！”一向以为有无限权威的厂长发怒了。领带厂很快就上诉法院，请求法律督促衬衫厂按合同付清货款。既合法，而又冷峻。

到此，中国第一个响当当的改革风云人物，终了被传到被告席上。

事实上，是他自己一步一步走上被告席的。

上诉、答辩：

衬衫厂说领带厂的领带质量有问题；

但是，领带厂却说衬衫厂没在限期内提出，应视为合格。

是的，一切都已无济于事了，因为超过了期限。

把法律推得远远的步鑫生绝不会知道，世界众多的企业经营者为了自身权益，每时每刻都准备和对于在斯德哥尔摩的国际商业法庭上作一死战的。

在他们看来，竞争就是你死我活，中国式的温良恭俭让，是不能进入商品经济海洋中来的。

最后高级人民法院作出了调解结论：“本院认为，领带厂交付的领带确有少部分面料品种不符合同的规定，本应承担一定责任……衬衫厂没有在收货后十天限期内提出书面异议，应视为所交产品符合合同规定，……双方均应从中吸取教训……”

报纸、电台、电视台尽情地作了渲染。千余职工，含泪听完了广播、看完了报纸，这一天，全厂怨愤满怀，跌入了深深的沉默。

债台、面包车开走了

积压的领带，最后以几毛钱一条的低价，被一位无锡个体户收购。

这样，步鑫生肩上又背上了22万的巨债。

如何筹措？诚恳老实的副厂长，畏畏缩缩地来到上级省厅告贷。

找财政厅。

“厅里没有钱！”

找总公司。

“你们自己想办法。”

可敬的领导们忘记了，如果不是西装线的包袱，海盐厂还清这22万元还是游刃有条的哩！

告贷无门。窘相毕露。

拖欠、拖欠。

工厂走向了深渊。是日，在人们还没醒悟过来的时刻，厂里的两辆卡车，被法院派来的司机开走了。

但是，22万元，岂是两部旧卡车所能抵销的，这一天，从上海又来了几个人，其中一个是司机，他们的目标是那辆海盐镇上最漂亮的“小面包”！

工人们愤怒了，老工人噙着泪，关上了铁门，堵起了人墙：不准！不准！！不准！！！

但这是法院的判决，是法律！

是呀，这里不可能有温情，只有铁一般的严峻！

桥南的那爿茶馆又有了新的信息传播。

“啃啃，步鑫生欠下的债是还不清的，明天啊，嗨，人家还要来分厂哩！”

“啊！啊啊！”

在浙江一带农村，那些“桥头阿七”“茶馆阿八”，是最有效的新闻媒介。那些形形色色无可稽考的谣言，一夜之间会传到四村八舍。

于是，金灿灿的太阳还没有从钱塘江的水平线那边发出它无比灿烂的光芒时刻，有人就站到厂长面前：

“把1000元钱还给我吧！”

又来一个：“还给我们吧！”

“还给我们，1000块！”

由执着地索讨，发展到愤懑的怒吼！

“我们不会少你们一分一厘的！”干部们劝阻。

“不，还，还！”

厂长的信誉受到致命的挑战！

当年改革创举，变成今日的灾难！

这笔30多万的巨款，何处去寻！

步家裁缝的出类拔萃的优秀后代，此刻显得沮丧、疲惫。

翌日，为全中国所有新闻媒介、报纸、电台都报道了叱咤风云的改革人物，走进了两子湖畔高等学府、浙大教室读书的消息：海盐衬衫厂厂长步鑫生进浙大深造……

——步鑫生体面地下台了。

桥南茶馆里又开始传播出新的信息。

在这种困难时刻，一家以宣传法制为己命的报纸，又以步鑫生拒绝采访为内容而洋洋洒洒写了两大版文章，说步鑫生忘恩负义，过河拆桥，忘记了未出名时如何热情接待记者，甚至说他老婆的户口是利用职权从农村迁入市区的。在中国，谣言往往是名人的影子。因为积极与港商做生意便诬陷他收了两只金戒指，说得有鼻子有眼，这当然是不必经过深刻的反思就可明白的事。步鑫生对此既愤慨却又坦然，就在这次相见时他还对我说："他们有时间造谣，我没时间辟谣，我的苦恼是我内在素质的欠缺，我的反思只限于自身的内省。"往日叱咤风云的改革家，陷入了苦恼的回顾。

盐平河啊，在悄悄地翻腾。

海盐，善良的人们想着你

……心悬悬呵意迟迟，多好的词！多动人的箫声。静夜，我又想起了海盐，想起了阔别已久的钱塘江畔那位小镇伟人。

1986 年 3 月，步鑫生在县、市级政府向省要求下回到厂里。

不久，我坐倚在黑色轿车的边座上，我的前座是一位秀气而端庄的小姐。宽松的原白绸衫，淡色的西装裤。

她递过来一张名片：张海英——新开发企业有限公司（香港）

"喔，张小姐，去海盐？"

"是呀是呀，找步厂长做生意。"一口闽南话，很真诚，毫无矜持。

"啊，老客户？"我感到奇怪，在我和步鑫生较长时间的交往中，好像没见过这位张小姐。

"哦，新客户中的老客户，这一个月中我来了三次啰！"她微微一笑。

司机告诉我，张小姐刚下飞机。

"步厂长有信誉——"汽车戛然刹车，张小姐的话被打断。

刚开始的谈话就此中止，小车沿着沪闵公路、金山卫大堤、钱塘江大堤，一直向海盐县武原镇奔去。

已是暮色苍茫了，走进厂门，啥也看不清。我踏进了熟悉的接待室，四周高背的藤条椅、壁灯、垂落的大窗帘。他在哪里？哦，在——三人大藤条椅上坐着步鑫生，依然是一套米色薄西装，淡色斜纹领带，但是，瘦削的脸庞上失去了往日的风采，伤感又一次不由自主地袭上我心头。

“我错了！”他拉着我的手。

我愕然，在“小镇伟人”嘴里，我第一次听到“错”字。蓦然，我想起一位哲人的话：“认识自己是伟大的发现。”

“嗯，嗯。”我拉着他手，他在颤动。

“没关系，只要厂在，人在，我就不怕，一切从零开始，三年，翻它个身！”

他又一个习惯手势，挥个弧形，侧过验，向着前方，小而机灵的眼睛里又闪出神彩！喔喔，我无法用一个作家的心智去感悟他现时的心境。

——你先听听，去看看，晚上再谈。

哦，我发现张小姐姗姗过来了。

……

——我的事业在海盐。

三月，我从浙江最高学府归来。

春天里，冬青竟变得焦黄、零落。

门卫不在，金鱼池水枯了。我去看车间，冷冷清清，他们没有看见我，还是故意回避？我走进食堂，连椅桌都转了向，蜂窝式的小菜橱门都七零八落敞开着，大灶也已经塌落了。

昔日繁荣安在？怪谁？我？

账上，亏损已接近300万元。今年年初，花一万元开订货会，只来了七位客户，却没有一位经理到场。昔日趋之若鹜，今日被冷落了。

有人在赌博，有人拿着工厂发的衬衫在桥头摆摊叫卖；有人大白天在桥头新开张的咖啡厅跳迪斯科、喝饮料，一身新潮服饰，耳环、戒指，骂娘、赌博、扭腰……

一个四十来岁的技术工伏在杂货柜台里。

“步厂长，回来了？”

“你怎么在这里？不上班？”

“退啦！春节镇上哪爿厂不发200、300元奖金，伲厂？10元，不够给儿子买炮仗，三天两日停工。步厂长，你不是在读书，还回来？”

哼，过去有谁敢在这位“小镇伟人”、改革家、步厂长面前如此大胆放肆讲话！

无可奈何花落去。

深夜，两位青年副厂长走到他跟前。

“步先生，让我们分出去吧。”

“什么？”

“我们把印染分厂带走，你的负担也好轻一些。”显然，他们经过商量。

小沈——那位曾在西装和领带问题上向他提出过异议的副厂长，终于也离开了他。他们对他感到失望。他们不能让自己绑在一辆冲向深渊的战车上。

他站到盐平河畔，流水和他絮语——

——他们抛弃了我。

——不，首先是你抛弃了他们，你自以为是万能的神！盐平河回答。

——我是厂长，我要决策！

——你的傲慢抵制了他们的智慧，他们是有力量抗御非理性的戏弄。

——我该怎么办?

——回去吧，回到历史中去，为历史构思新的浪花。河水在奋涌。

……

面临困难、寻觅生路中的步鑫生，显得有些失魂落魄，甚至也有点愤愤不平。去“浙大”读书前，那位曾把8万套西装提高为30万套的厅负责人，又慷慨宣传厅里将拨款200万填补他的亏损，结果也成画饼，未见一个子儿。步鑫生在叹惜之余，终于又想再作一次拼搏。他自信，能把十几个人的红星成衣社变成海盐衬衫总厂的改革家，也一定能将这破船撑向新生的彼岸。

又回到了这个接待室，开会。干部、工人愣愣地凝望着。他们过去见到厂长的机会太少了。厂长被洋人们、领导们、记者，以及一些不相干的人包围了，厂长也用自己织起的网络，裹住了自己。

他推开话筒，侧着头，看一眼那样品橱窗里的“唐人”“三毛”“双燕”，作了一个稍稍思索的动作，说：“我错了。”他刚完了一句便又收住了，沉默下来，仿佛故意要拉长时空的间距，让人们咀嚼他说话的分量、滋味。

“我对不起党组织，对不起海盐的30万群众，对不起海盐厂全体职工。”他又打住了，似乎想说些儿具体的东西，但果断地否定了，“我说，你们要走，我不拦，要分，也不拦。我希望跟我一起干下去，我今年53岁，还有劲干，三年，翻它个身，跟着我干，帮助我，你们不要走！”

面对往日自傲矜持、不易近人、刚愎自用的厂长朴实的内省自责，人群中出现了骚动，激起的兴奋赶走了刚才的沉闷、疑虑、不悦和怨尤。但毕竟是开始，人们的态度仍然是保留的。

“现在劳动纪律不好！”不知谁埋怨地插了一句。

“我晓得，有人打人，有人赌博，有人把厂里的东西带到外面去了（他很机灵，没有说一个偷字），你们还骂我，我一律不追究了，以后好好干！”

“春节我们只拿了10元奖金，买炮仗还不够哩！”有人嘀咕了一句，这事一直成为镇上人们的笑料。

“今年加一个0！”

“0？”有人怀疑，不解！

“100元！”政委马上补了一句。

全场沉默。

“我们还有600万元的债，每月利息就近十万哪！”杀出了程咬金。

重重的一锤子，把刚刚活起来的会场打翻了，好像当胸一拳，窒息地不吱声了。

可不，这相当于全厂两个月工资！

政委的身子在坚硬的藤柳椅上禁不住颤动了一下，对于只有150万元固定资产的衬衫总厂来说，这个数字简直是一座无法移动的大山。这座大山是由200万元的西装大楼，130多万元的印染厂、那个领带生产线，失败的领带官司22万元，还有那三百多位朱三太式的集资工紧急索走的30来万元队及各种亏损而堆成的。步鑫生在那高等学府攻读的几个月，他为筹措五六万元的工资，没有少叩头拜佛呀，到后来，工资也凑不齐，只能靠停工、打折扣来解燃眉之急。前些日子，银行听说步鑫生返厂，人家要索取每月的利息了。

刚刚挥着手说完加个“0”字的步鑫生，瞬息间凝成了一座不动的塑像，机灵的小眼睛正对着橱窗中挂着那件有些儿泛黄的唐人牌高级衬衫上——那正是他三年前改革的产物，他也曾亲自带到五运会上，送给当时一跃而成的为破世界跳高纪录朱建华的手里，他很喜欢吉祥，期望也有震惊世界的一跃！

会就这样草草地结束了。

……

“我当时承受着全中国任何一个厂长都难议承受的困难！”五个月之后的今天，他这样对我说。

当时，困难正像钱塘江大潮，全线汹涌着向他袭来：

“还是让我们走吧！”大会以后，那两位曾经和他同过患难的年轻厂长又来了。

“好吧！”他终于咬着牙答应下来。

船翻了，总得让船里的人逃生呀！

“请先生批一下。”他们还沿用这至上的称呼，但要求是苛刻的。

——扫帚、簸箕、桌、凳……

“好！”他颤抖着手签上了名字，“以后好好办，缺啥再来拿。”他终究比年轻人更懂得创业之维艰。

“我们还要几个机修工、电工——”递上了名单。

“喔——”凝视着名单的厂长愕然了，那几位正是自己欣赏的技术工呀——“好——吧！”他终于把名单递还了他们，全身顿时一阵委软。

我熟悉这几位离他而去的人，他们年轻，有活力，甚至有点儿艺术细胞，海盐城，全中国第一首厂歌，倾注着其中一位的智慧。

“你是用了不当的人？还是不当地用人？”我静视着他。

“唉，唉，我错了，错了！”他巧妙地避开了。

讲究企业精神的今天，不能回避人才适用问题，这是企业发展的内部条件。而历史又证明，用人得失是古今中外治乱兴衰所系之大事。

幸运的星辰还会升起吗？

破碎的家，破碎的工厂！

他清早起来，抚慰着沿围墙而植的冬青，仿佛在思考什么。云柏凌乱蓬松，他找到一位勤工：“师傅，请你修剪一下，好吗？”

“步厂长，你到车间去看看！”车间主任小金一脸焦虑地来拉他。

“我——知道！”他的心在战栗。

“知道什么，”小金噘起了嘴，“七点上班八点落班，七上八落，上回好不容易接进一批加工衬衫任务，没人，到咖啡厅去拉，我还给他们骂。”小金几乎涌出眼泪。

是的，就在桥南茶馆的附近市场上新开了一家咖啡馆，虽然带着乡土气，对于小镇上的青年来说，够得上是一个新潮的刺激，厂里没有活，工资七折八扣，上班就七上八落，有人在这里寻觅跳厂的路子，寻觅获利的交易。小城青年对于个性解放、自主意识有着独特的理解。

“回去，做生活！”

“喔唷喔唷，做啥生活，厂都要关门了，省省吧！”

凝聚力已经逝去，面对的是一堵剥落的粉墙。

“谢谢你们，有生活了，厦门接来的，同志，帮帮忙！”车间主任几乎下跪。

“小阿妹，你也帮帮阿拉忙！”小师傅不甘示弱，举起软罐饮料，在这位车间主任眼前晃晃，“你也帮帮忙，弄两张大团结吧！”是嘛，乡村青年也有他的自我价值观，当然，那是低层次的愿望——钱！

半拖半拉，半骂半喊，小师傅被女车间主任揿在工作凳上，然而，领角高低，钮眼忘锁，线缝稀疏出现了。

“我知道。”厂长眼睛里喷着火，含着泪。

三年前一位副厂长迟到三分钟，他在财务科送来的单子上毫不犹豫地签上扣款的数额。

他已经感到由于自己决策错误所带来经济失控的严重性了，工人们拿不到奖金，甚至工资也要拖欠，而物价却在上涨，他仿佛找到了问题的症结，他对着几位厂级干部说：“应该让工人长长膘！”面对投来疑虑目光的干部，又说：“实行计件制，做一件拿一件工资，不做，一分也不给！”

盐平河两岸、桥南茶馆、咖啡厅那边有了新的议论，新奇惊异、嘁嘁喳喳！

见不到那几个女车间主任在咖啡厅、落弹场上，像赶鸭子、捉小鸡那样把工人们拉回车间缝衬衫、搬衣料的滑稽场面了。

“主任，我的任务快完了，下面生活可要抓紧准备好，闲下来可要你补给我钱哪！”小青年一边低着头赶制衬衣，一边催促领导。

不久，财务科的老陆报出一连串令人吃惊的数字，海盐厂平均工资从 80.5 元一跃而达 160 元！多的高达 300 元或 400 元！

人们惊讶地嚷开了，这是浮肿，不是长膘！

对于这一“长膘”事件，在全厂职工中自然是褒贬不一的，长膘者作喜，未长膘者作怒。实行计件制是一种改革，但需要伴随着严格的科学管理，合理的计量、定时……

“我能想到那么多吗？”他苦好地自问，他寻觅着答案。

香港女经理

步鑫生的失败，并没有使我忘却海盐衬衫厂工人、干部，甚至客户们为挽救厄运中的帆船所作的努力，他们是善良的。我想起了那位小有接触的胖墩墩的张小姐。

那天深夜，我独自一人在衬衫厂厂区的过道上散步，寻找逝去的繁华。记忆总是带给人们过多的烦恼和惆怅。手中的那只袖珍半导体，轻声地报道今天最后的国内国际经济信息。

我意外地发现了接待室的灯光。我走进去。

一幅令人惊喜、令人深思的图像：

几个人伏在铺展在地毯上的几张剪样上，车间主任、生产科长、副厂长小刘、香港的女经理张小姐。

剪刀、铅笔、纸样，低低地磋商。

“喔，您还没睡？”首先和我搭腔的正是和我同车到达海盐的张小姐——一位秀丽女雅的福建姑娘。

张小姐选择海盐做她的业务伙伴自然是在步鑫生名扬海外的时期，这是十多位港商伙伴中的一位，是一位热情的伙伴。

在这几天的接触中，海盐厂的几位女干部，在我面前也毫不吝啬地运用她们所知道的褒誉之词。平易近人，诚恳辛劳，有事商量，有活一起干，打成一片，不摆老板架子，还爱和女干部们一起吃些小零嘴，嘻嘻哈哈，不拘小节。

她的公司在香港商业中心租了几间办公楼。从香港到厦门，到上海，到海盐，空中，陆地，旅途劳顿，但是她终于寻到了钱塘江畔的这家衬衫厂。

前年，张小姐的开发公司碰到了难题，香港市场需要乔其纱女式衬衫，原来交美国一家服装厂加工生产，但其时适逢封关，女经理找到了步鑫生派驻厦门的代表小刘。

“接不接，12 天，4000 件！”小刘在长途电话中拔高嗓音问他的厂长。

美国、中国，在这个小小的女衣制作上形成了一个热点，要展开一场竞赛。

“接！”

12 天，4000 件精美别致的女式乔其纱衬衫，像奇迹一般运到了张小姐的面前。

中国有个步鑫生，去找他！

她介绍的吴小姐，要最新式的女时装 12 套，按时完战！

她又介绍了她的服装伙伴。

终于出现了艰难的局面，失误了，工人的心散了，嗣后的 2 万 2 千打衬衫失约了。长途电话的冲击波也激不起原有的活力，派经纪人来，看到一副败落的景象，哭了！

“哭得够惨的，男子汉呀！”见到过当时那副可怜相的服务员小高对我说，“海盐厂身败名裂了，人家不来了。”

到后来我才知道，这位女经理既守信誉，又讲情谊，她在那批衣服完成后，又拨来一批 6 万套衣服的业务，却被回掉了。

这位面目清秀的张小姐是“文化大革命”期间从国内出去的。她热爱自己的家乡，自然也谙熟她的脾气，因此坚持“合理想象”——在这块日夜眷念和熟悉的土地上的业务伙伴。

她抚弄着搁在膝上精致的港式手提包，有点不在乎地说：“人人都会有失败，打官司，败诉，胜诉，在我们那里天天有，数不尽，跌倒了，爬起来再干就是啦嘛！”港人说普通话，把重音落在“啦、嘛”上，使人发出诙谐的笑。

她的胜败观，确是具有商业场上久经沧桑后的坦然，深烙着现代商人的经商意识。副厂长告诉我，在今年春夏之交，这位略显发福而风韵极雅的女经理，带着她近 20 万套加工业务，飘飘地降落到这块土地上。

今晚，她伏在地毯上就是和恢复海盐厂生机的骨干们研讨一批出口意大利的运动服的剪裁、式样、运料等问题。身缠万贯的老板，也照样熬夜苦战，这也是一种启迪。

我坐在藤椅上，稍有间隙，我问张小姐：“你不怕担风险，同海盐厂做生意？”

“嗨呀，做生意总要担风险的嘛！”她浓厚的闽南音中带着很自信的意味。

“在资本世界里是大鱼吃小鱼的呀，你是在有意支持海盐厂吧？”我说。

“你说得太好了，这是在国内，一家人，大鱼算不上，一条普通的鱼，大家一起游嘛！”她笑了，脸上红艳艳的。她告诉我，她有七个妹妹，都靠她供给生活、学费，她 37 了，还没有结婚，要带着七条小鱼（七姐妹）一起游嘛！

沙漠里的几滴水

善良的人们还想助他一臂之力。

电话铃又闹起来了。

“老步，我在伊犁，”哦，是供销员从天山脚下打来的长途，“这里的纺织品站李经理愿意支援我们，他们有几万尺面料在常熟，叫我们赶快派人去看，适当的话就拿来加工衬衫，不要付钱，卖掉后，我们拿加工费！”

“行！”步鑫生的眼泪在涌动了。

这是一笔不用先拿钱买面料的无本生意，这是一种友谊的援助。

又来了一个同行，远在郊区的新友服装厂厂长、县政协委员陆友根，61岁了，紫铜色脸，硬朗挺拔。

“你不要灰心，衬衫厂的事就是我的事，”他深深地吸了一口烟，“你有服装任务，我帮你做，做衬衫没劳力，我派人来，你们带，渡过这个难关！”

……

门口忽然传来大声吆喝、重重的开门声响，接着门卫小季、小吴奔进来了，“诸暨装来3.5万尺面料，特地赶来的，书记押车。”

“卸吧！”厂长看看手表，夜里十一点半。

叫醒了仓库管理员，加上门卫，加上伏在地毯上的这批辛勤的熬夜者。一个小时，面料整整齐齐地进了仓库，汗水滴进了被海边夜雾润湿了的土地上。

但是，这恰如干旱沙漠里的几滴水，无济于事了，感情，在经济规律面前是最无能的一种自嘲！

不是光明的尾巴

搞财务的人，有它特殊的内在素质。总是那么实在，那么精细、那么一丝不苟，财务科科长老陆除具有以上这两个特点，他又是一个不易乐观的人。坐在藤椅上，他严肃而忧虑地对我说，“海盐厂的苦日子还在后头！”这话一点不假。

这天，他从银行回来，双眉立成了山。

他开始汇报：1987年1到4月亏损265000元，这月份工资——发不出，银行坚持不借钱给亏损户，流动资金利息60万元，积压物资、设备、衣料、服装有200万左右，只能回收百分之六十，至多七十。加工所得进款都被银行扣除。

瘦脱了形的步鑫生用他竹节般的手，紧紧地握住藤椅扶手，心里盘算着工厂的家底，险上的阴云又升起来了。

“通知所有的供销员出外时要收回过去的未收齐所欠账。”改革家虽然不知欠账的底里，但为客户加工后费用不及时去收的事，他是有所闻的。

“平湖还有一个小集体单位欠我们三万元面料钱呢！”老陆又提醒厂长。

“对，老陆，”厂长接上财务科长的话头，“麻烦你去调查统计一下，到底还有几笔欠账在外面，请外出人员落实追回。”

“还有行政费用，步先生这也是一个可观的数字，上个月就花一万五以上。”

“对对，”精明的厂长受到了启发，兴奋不已，“你记住，以后非生产开支一律冻结，碰到修厂房、添置零配件，凡是上二百元的，除了主管领导批准以外，你要交给我！”他开始节流。

“步厂长，”科长抬头，审时地望了厂长一眼，似有犹豫，但还是接着说：“还有请客吃饭？”

“我亲自批！”他的语气更坚决了。

可不，处处是钱。

但已是杯水车薪，无济于事了。

“生财、理财、聚财的能手啊，你为什么不早早就这样提醒我呢？”改革家沮丧地凝视着财务科长。

精明的科长报着数字，将手指挨次地掀倒：工商银行货645万；省财政借款77万；县财政贷款135万；省二轻公司借款30万；县二轻公司借款12万；库存损失60万，于是，1000万借的资产逐渐变成了一个冷峻的负数！县长的脸庞上，似乎也游动着内疚和痛惜交织的神色。

……入不敷出，负债累累，海盐厂由于经营失策，已陷入破产窘境……

一切都无法挽回了！

企图以三年时间来挽回败局的努力，到此宣告结束。从经济方位的视角剖析，竞争总伴随着失败。转化，需要新的条件。

曾经活跃在改革旋风中心的步鑫生平静下来，回顾童话般的往昔，陷入了痛苦的反思。

不是最后的对话

在他的临时卧室里，我和刚刚接到免职令的步鑫生相对默望着。我曾多次和这位闻名的企业家单独对话，但都进行得那么艰难，那么短暂。找他的人太多了，有谈改革的，有谈学校的，甚至有叫他谈计划生育经验的。他开始苦恼地东躲西藏。但是，不乏能干的记者竟将他藏起来，企图搞独家新闻。

我力图从他脸上寻找通常人在猝遭超常打击时常有的沮丧和尴尬情绪，我惊讶地失望了。他的眼睛喷射着激动和祈望的光芒。他自己从五层楼下的食堂为我打来了开水，不一会儿又上来一位炊事员，请我去吃晚饭，这才知道他在打水时作了关照，炊事员态度和蔼亲切，这倒引起了我的感慨，动了情。

室内很静，楼下车间里也没有人做夜班。

我们的对话继续下去。

“我没有预感到会有这个结局。”他说。

“为什么？”

“我是全心全意扑在事业上的。”

“这我完全相信。”我说。白天，副厂长小刘就毫不讳言地对我说过：到现在为止，我敢说步鑫生是厂里工作热情最高的人。

“但作为企业家，这还是远远不够的。”

“西装、领带、用人、脾气——”他自语着，旋即又否定似的摇摇头，“是我的素质没有提高。”

“唔——”我应了一声，无话可答，我是企业管理的外行，时代是在前进的，企业家的自我完善将会是一个重要的课题。旧的自我在实践中淘汰，新的自我又在反思中诞生。

“我本来打算让海盐厂三年内翻过身来，可是刚过了一年——”他把话题拉了回来。

我凝视着他，我捉摸不透他目前的所思所虑，我等待着他把话说完。

“其实，今天的决定对我是好事不是坏事，我要更好地反思，我还要开拓，三年之后，还是我这个步鑫生！”他瘦小的手又挥动起来。

无意中发现他床头的几封信，几乎都是大学生们热情的笔迹，来自西北、来自浙江、来自北京、来自上海。我惊讶地发现，这些信的写作日期几乎都是新华社播出免职通知的当天——16 日。这个细节会引起人们的注意。一位同济大学研究生说：公司倒闭，经理下台，也属正常，更不意味你的人生道路的失败。

你曾经是一面旗帜，但这面旗上污点不少。现在被免去了，这反映了我们党有错必改，处事坚决果断且有分寸。没有哪一个人不犯错误，而要善于解剖自己，吸取教训，不断前进，坚强而不固执，才是真正的男子汉！……想要做什么事业，任何时候都不迟。

此刻，我眼前出现了一个瞬息的回顾。不久前，年迈的经济学家于光远先生专程来到海盐，目睹现状后，握着他的手，说："你只要接受教训就可以了。世界上获得成功的企业家没有不摔过跤的，不摔跤的企业，不可能成为真正的企业……"他看得很远，这无疑也是一种鼓励。

信和对话都显示了社会宽松自由的氛围正在形成，显示舆论对重大社会事件的倾注，表现了一种来自群众的意向。

我们不能糊涂地把一切与某种决定的不同看法视为"逆反情绪""逆反心理"。这恰恰会成为一种可利用的遁词，回避了问题的实质。

步鑫生说得好，他应该进行认真的反思。然而，难道仅仅是步鑫生一个人的反思，而不是步鑫生现象的反思？从步鑫生盛衰过程，就不难看出客观环境的作用，在某些具体环节中甚至起了举足轻重的作用。我在海盐城的采访中，听到了不少人的议论，表现了对步鑫生某种做法的不同看法。有人说，免职的难道仅仅是步鑫生！一位车间干部对我说，把一切责任推到步鑫生身上是不公道的！有的新闻工作者提出，把步鑫生当作一个孤立的人物，只从个人道德、伦理品质等方面去评述成败，而没有从宏观的历史的角度来考察，就会失真。人们开始自由评说。

改革是社会整体的运行，又是一个历史的过程。它需要摆脱许多陈旧的羁绊，需要寻找出新的、符合人们愿望和经济发展规律的社会机制，这就需经过无数次失败和成功的尝试。这便是目前进行的这场牵动亿万人心的大改革的艰难所在。个人的一切行动离不开客体环境，个人素质的自我完善，离不开历史条件。

步鑫生现象的反思带有深刻的历史意义！

此刻，我又想起几年前有人对步鑫生改革说过的“三月桃花一时红”的话，会不会又被人提起呢？也许会的，但这样的预言是必定要失败的。纵观全局，我们的改革不是正在蓬勃地开展着吗？困难和曲折是存在的，却正在被克服着。

我们不仅祈望三年后又是一个步鑫生，也祈望有更多的改革家在广阔的土地上诞生！

写于88年元月22日

原载《文汇》1988年第2期

荣获“1985—1986年全国优秀报告文学奖”

这里是特殊的战场

徐　迟

在国庆40周年前夕，我到武汉钢铁公司，想去看看它建厂30多年来的变化。记得我1954年第一次去大冶，矿山甫在勘探，武钢的厂址尚未选定；1955年第二次去，青山开始推土平地；1956年热电厂拔地而起；1958年高炉出铁；1959年第一炉钢出钢。30年后，1989年已弄不清楚第几次来了，我看到了何等样的变化呵！

武汉钢铁公司第一炼钢厂（以下简称“一炼钢”）厂长徐秉新和原任的厂宣传部部长姚传洪，陪着诗人李声明和我一行四人，走上了一条高架的、桥形的、长长的走廊。

登高而北望兮，见苍茫穹隆间，雄峙着四只奇特如立体型的雕塑的高炉和它们高耸的烟囱。而烧结厂和一个更高的烟囱，就挺立在它们东面。却没有滚滚的浓烟了，只有一缕缕轻尘袅袅。使我一下子想起了开国之初，我在鞍钢，但见铁西区上空乌云弥漫，以为大雨将至，似乎顷刻间即将激发出电闪雷震，我赶快躲避在一个屋檐下。其实，这不过是从炼焦的焦炉、炼铁的高炉、炼钢的平炉和烧结厂等厂子的烟囱里喷出来的腾腾烟雾。现在是80年代最后的一年了，我们建国已 40 周年。

“文化大革命”的时候，说是要砸烂武汉，就得砸烂武钢；要砸烂武钢，就得砸烂一炼钢。结果是所有的炼钢炉子，都不能生产，竟然全部停产，只能保温。烟囱不冒烟，“飞鸟在平炉烟囱上作了窝”。而现在，却又要尽量的“少”出烟了。现在的烟囱确实只出非常之少的烟，烟都被吸进吸尘设备里去了。有朝一日，当技术更加突飞猛进时，将来的烟囱是要被拔掉的。

我转过身来，俯看长廊的另一面。南面铺开了另一幅壮美景色的巨大画面。鸟瞰之下的景色之美，着实使我吃惊。一幅瑰丽的图像，平铺在一条深邃的长条子的车间地面上！虽然眼花缭乱，却又柳暗花明，越看越清爽起来，而且越看越发的美丽。

这长条车间似在浓荫下的暗黑之中。有指示红灯以及强烈光照，忽在这儿忽在那儿闪射出光亮的形体往返来去。下面一列列的列车，上面一个个的天车。它们上上下下的吊的、装的、浇注的、拖拉的，各种各样的大罐和锭模，进行着紧张、热烈的劳动。人影闪闪，但人并不多，只是身手矫健，动作灵活。

“这是铸锭车间，”姚传洪说。忽然他手指着远方欢呼，“呵，你看，七号平炉开始出钢了。”说话间，铸锭车间染上了更强的光芒，传来了更巨大的音响。

多么好看、干净、图案形的车间呵！

多么罕见的构图，抓人心弦的色彩呵！

我真不相信面前那苍茫一片，过去似乎永远收拾不干净，走进去时常走不通。各种巨大钢水罐、钢渣罐、正在烤热和已经烤热的大空罐和数以百计的钢锭模子，经脱模、整模、冷模处理，它们已像列队出征的士兵一样，全副武装好，随时准备或正在迎接钢水烈焰的洗礼，它们都站在自己的岗位上。在这上面，正蠕动和滑翔着 350 吨巨型的桥式天车（一共有九台之多），而机车头拖着渣罐，铸成了的红锭在它们的中间来回穿梭。我记得从前，那里景色特别零乱，物品乱放，钢渣堆积成山，有时简直叫人觉得是无法插足的。然而现在它给我的印象竟是这样的：非凡的整齐，排列得井然有序，毫不零乱，完全像一个临阵不乱的方阵，严阵以待，随时可以迎接、投入和勇敢地战斗的。

而在远处正出着的钢，白热光芒，又给画面染上了一层热情的火红色的耀目的光晕。我正想靠上栏杆细看，徐秉新说："回头再看吧，先看平炉去。"李声明也说："对了。"便过来搀扶我。他说："应该先看头，再看腰身，最后看结尾。然后再从后影看到前身。"诗人的语言，与众不同，非常俏皮，而且话中有话。从后影看到前身，是引用我从前坐在火车窗前，观看江南的田野的旋转的，一句抒情的诗句。

我们又举步向前，并边走边谈。说着我们已经走到长廊尽头。一拐弯，不觉已踏进了平炉车间。

这里紧挨着的三条长长的车间，从横向看去：原料车间是所谓"头"；平炉车间是所谓"腰身"；铸锭车间是所谓"尾"。三者都从这条长廊出发，一直向南伸展。我们先到平炉车间，482米长，几乎望不到尽头，但我只看到一号和三号两个平炉。三号炉前有一台大机器，不知它是清渣机、装料机还是补炉机，挡住了它后面的四个炉子，也挡住了三号炉的炉门。

当我的视线集中到了一号平炉时，姚部长凑到我的跟前说："还是先看原料车间这个'头'。这样你就知道一炉钢是怎样炼出来的。"为了看清楚头尾，他把我领到那个原料车间排头位的混铁炉旁。这座混铁炉拔地而起，又高又大。共有三层，20多米高，可存铁水1300吨，像个巨神，屹立在炼钢厂的头部。还有同样的另一座混铁炉在厂房最南端。我问它们的作用，姚传洪说："一是保温，二是贮存，也可以混合不同成分的铁水，专供炼钢炉之用。"

正当我们凝目仰视这座庞然大物时，一台125吨的桥式天车，把从炼铁厂拉来的冒着火星的铁水罐吊了起来，吊到口朝苍穹的混铁炉口。然后倾斜过来，将热气腾腾的一条金红色瀑布似的金龙，倒入混铁炉中。这样，它们随时可以供给平炉炼钢所需的铁水。这是多么雄浑的生产劳动呵！

不觉我们一行人已来到了一号平炉前。姚传洪接着介绍：“平炉炼钢是24小时不间断的，所以钢水难免要侵蚀炉体的。照例炼钢的第一道工序是补炉，然后是第二道，加白云石、铁矿石、废钢和一些辅助熔剂等，再兑入铁水，便可进行冶炼。”

这好复杂，听得我似懂非懂，但多少已懂了一点儿。

我看到一幅幅光耀的图景，比美术家的创造还更要真实，它完全是真实的。这是你怎么想也想象不到的，哪怕你是最富于想象力的文学家。所有这些是最雄伟的图画。当我举头仰望到：铁水罐里的铁水装进混铁炉，又从混铁炉流出，再注入平炉；然后，吹氧平炉将它炼成钢水，多么壮观；然后钢水铸成钢锭；这些钢锭还要送到初轧厂去；轧过后，再送到其他轧钢厂。

这样的雄壮呵！一首首英雄交响乐！一幅幅现代工业画面的巨大画廊！

此刻，一号平炉正在呼啸，正在咆哮。冶炼已经开始，钢水尚未沸腾。那平炉宽敞得像一座并不很大的五开间平房，其貌虽不扬，神采却飞扬。它的顶上有三个吹氧气的管道，炉壁上有五个炉门。每个炉门上有一个圆孔。现在炉门和圆孔上都喷出了火焰，是紫罗兰色的火焰。那颜色变幻莫测。但凡火焰之舞，全都是非常非常之好看的。火焰排列整齐，如一队芭蕾舞演员，舞影缭绕。巨大的风暴似的音响，则在伴奏着她们轻快的动作。

因为熔炼要有一个相当长的时间（从前要十六七个小时，现已缩短到了六小时多一点），这段时间里，工人们都在观察着和等待着。徐秉新趁此机会，给我说了一段话：

“一炼钢是苏联设计的，1959年建成投产，到今年也有30个年头了。第一期工程是六座平炉，其中两座250吨，四座500吨。70年代初，我们又建了两座500吨的炉子。八座之多！可是好多年我们赌咒、发誓，要想年产200万吨钢，总是事与愿违。为什么呢？一是设备落后，50年代的设备怎能炼出80年代的水平来？二是不大愿意对平炉进行技术改造，认为平炉是即将淘汰的事物，花钱改造它不划算，于是有人批评我们抱着平炉不放。可是，说句心里话，谁不愿意看到自己的工厂现代化？但资金有限。平炉却也不是无用之物，因为老厂还大有潜力可挖。1983年我们对一号炉进行了改建，改成500吨的吹氧平炉。在开始改建时，人们还说我们'砍头'，砍了一炼钢的头，认为我们不可能成功，说不定将会毁掉一炼钢。即使成功了，产量也是上不去的。但是它成功了，产量竟上去了一倍。投资2500万元，两年半全部收回，这一号炉可立了头功了。它已经炼钢七年之久，应当承认它对武钢作出了它应当作出的开创性的贡献。"

我听了真是感到了心上发热，为之欢欣鼓舞：好一个一号炉！

我敢说，任何人只要置身在平炉炉前，绝对是会产生出豪迈心情来的。我此时又有了这种感觉。自己的任何喜怒哀乐，一概消隐无遗，只见那平炉中，炉火燃烧炽盛，我心中也有了一股逼人的炎热。一道道的强烈光焰，一阵阵的风暴似的吼声，它们充实了我的灵魂。却有二三炼钢工人，正安详地站在炉前，透过蓝色眼镜，在观察炉内的状况。这些被火光照耀的人影，又是多么动人的形象，穿着淡淡的白色的粗布工作服的炉前工，显得比大理石雕像还要美！

姚传洪看徐厂长在和炼钢工们交谈，对我耳语："我们厂长可是科班出身的。他开始只是一个炉前工，然后当二助手，一助手，然后当上炉长，然后当总炉长，而后他当上车间主任，又当上了副厂长，到了1984年他担任厂长，现在又兼党委书记。他是一步一步，扎扎实实地走过来的。他进厂前，读完鞍山钢铁工业学校，继之又读业余大学，现在不仅是合格的领导，也是炼钢方面的行家。"

这时徐秉新回来了，我们移步向前，到了三号炉那儿。李声明似诗兴大发，给我提示："从一号炉，来到三号炉，就是从1983年，跨入1984年。"这是诗人的语言，拐了一个很大的弯儿的，跳跃的。这我能懂，他说的是改建的炉子和改建的年代，两者被并列在一起了。

徐秉新说：“是的，1983年改造一号炉，被说成是‘砍头’；1984年改建三号炉，又有人说我们‘腰斩’主厂房。它给我们带来了更加难以想象的困难：因为在整个改造期间，我们要将一炼钢的主厂房一刀折断。中间摆上一个施工队伍，而两头还要生产。这就阻隔了南北，若组织生产时，稍有不当，生产和建设都要受影响的。我们要求‘两不误’：改建争取提前，生产还要超过。这样没日没夜，干了三个月，三号炉投产了。第一年就产量大增。这年一炼钢总产量一下子达到了230万吨，这是1979年起想做到、力争做到而没做到的，最后终于做到了。而且这以后，每年这厂子能增产约20万吨。1988年我们达到了265万吨。今年上半年，因原料供应略有滑坡，产量下降。我们主动要求，下半年要加一把力，把产量提高到144万吨（全年相当于288万吨）。生产力就是壮大了。我们现在正做着必要的准备，以便它进了90年代，生产逐步达到300万吨钢。现在我们的钢种已能炼出200多种。质量过了关，不再是人家当笑话讲的什么：炼出什么钢来就算什么钢的‘民主炼钢’和‘自由铸锭’了，不再有这种事了。现在是严格按照合同所订的，要的什么钢，我们就炼出什么钢。”

我听他这样说着，心里是滋滋味味的，想的是他们干得可真“棒”！

刚才以为是清渣机的这个庞然大物，现在细看一下才发现并不是的，它正好是补炉机，用于冶炼时修补烧蚀的炉膛之用。徐秉新从一位炉前工那儿借来了一副蓝色的眼镜，叫我戴上，让我到炉前靠近补炉机的地方，看一看这补炉的状况，我看到了。不但看清楚了喷嘴中飞迸而出的镁砂，而且主要是我看到了燃烧着的，开始在沸腾起来的钢水。它是这样炫耀的，要是我没戴着蓝色镜子，就看不清这时已接近1600摄氏度的高温之下，这么一幅白热化的美妙景色。

我们移步向前，经过了一块开阔地。我略有不解之色，徐秉新就发言了：

“这里原有一座四号炉，那边还有过二号炉。技术改造后觉得不用这么多炉子，就把它们拆除了。现在一炼钢共有一、三、五、六、八、七（不是顺序有颠倒，按建成时间顺序排列就是如此的次序）六只炉子。”

然后，徐秉新开始给我说了1985年改建五号炉的经过：

“按计划五号炉是最后要改造的一座炉子了。六号炉不想改的。但改建有了困难：一是六号炉有一条料车线要从五号炉前通过。这个问题不解决，则五号炉改造期间，六号炉被迫停产，也就要影响全年生产计划的完成；二是改造期太长，从生产角度着想，改造期最好短一些。这样，完成全年生产任务的把握就大些。然而这两个问题，有关单位都说不好解决。若要改造五号炉，则六号炉就势必停产，工期也难以提前完成。”

“人的记忆总能帮人大忙的。忽然我记起了六号炉的料车线可以改道，当年我还见过这条料车线的图纸。当我向有关部门提出时，他们嫌麻烦不愿接受。这时我们真着急呵，但有什么办法。只好哀求人家：我说，你们有困难，我们来干，你们认可行不行？因为我们不是设计部门，不应该搞大型设计的。有关单位总算帮了我们的大忙。他们说，‘你们可以干’，他们认账好了。那真是太好了。”

“我这个人在干工作上都有点‘得寸进尺’。既为一条料车线要大动干戈，为何不可以借这改建之机，来一个更彻底改造呢？索性把重油平炉也改成双枪吹氧炉，并借它用八号炉一个多余的电除尘器。花钱不多，既可以提高生产，又可以净化环境。这样的好事，何乐而不为呢？我们决心先改六号炉，再改五号炉。在取得公司经理黄墨滨和张寿荣总工程师的同意后，我们就干开了。”

“说句老实话，平时生产就够紧张了，这一下加了个自行改造六号炉任务，更压得大家喘不过气来。我找车间、科室抽调骨干来干这项工作，他们都说不能抽。我知道他们的难处和心理。但又有什么办法？我只好‘将’他们的‘军’了。我说，好吧，你不让抽他们我先抽你了，你的工作由我来代替。我们同志多好！只要你说清楚了，哪怕有再大的困难，他们也乐意承担的。结果一下子抽来了 40 多名骨干。有同济大学毕业的设备科副科长胡国鳌；有年纪较大的，八级钳工出身的，设备厂副厂长周秉文，他是省里的技术能手，实际上成了临时的总设计师；还有热能工程师马善宁；和身体不好，带病而来的郑隆蹇，干劲很大；还有匡刚，他的样子，很文雅，不怎么讲话，可是一讲话就讲得很准的。此外，还有负责炉子的结构设计，技术精湛的老工人游炎林。负责氧枪、管网设计的赵明臣……就是这些人苦战了一个多月，六号炉改造成功了，超过了我们预期的效果。紧接着改造五号炉开工。这回上去的就是正式的设计师和正规的施工队伍了。”

这一番话，说得很动人。在我面前的两个炉子，一下子都活起来。

姚部长发表评论说：“我们厂长心里，有个长期打算的。他老早就有着 280 万吨和 300 万吨的目标的了。”

李声明看我很兴奋，又出了个点子，他建议我们可前去看八号炉了，“走，到八号炉，我们厂长最精彩的故事是在八号炉”。

“真的？”我发问。

姚部长回答：“真的。”

我们到八号炉就进了操作室。它正对着炉子，里面是一些自动化的装置和多种仪表，炉长正在接电话，化验室在报告取样化验钢水的结果。我问炉前一个班组有多少工人？一个工人回答：“11 人。”人不多，而劳动强度那么大，实在很大，叫人佩服不已。但我想到我还得回到我的问题上来。

“是怎么样的最精彩的故事？”我又问了姚部长一句。

徐秉新说：“哪有什么精彩故事？你别信他们的。八号炉有一个复合炉底，他们说的就是这个炉底。当然炉底是最重要的。要是炉底漏钢水了，那可不得了。如发生爆炸，可是特大事故了。现在世界上平炉炼钢正逐步被转炉炼钢取代，但平炉炼钢还没有全部被淘汰。我国平炉座数在减少，其钢产量还不少。大型的吹氧平炉数目不算多，但是用氧强度不断提高，炉底侵蚀的问题就很严重了。这些年我们经常研究炉底问题，做过多次试验，关于技术不必详细说了。采用所谓‘复合炉底’的构想是从1983年年底开始的。到1985年的年底，在八号炉上采用了特定的炉底砌筑和‘助烧结与自烧结’相结合的办法，成功了，效果很不错。经过两年半，冶炼了1702炉钢，做了一次检查发现，打结材料已成为整体层，上部立砌镁砖与烧结层熔为一体，下部砌砖完好如初。如果你有兴趣，我有几篇论文，可以送你，不过不是什么精彩故事，而是极其枯燥的技术资料。”说到这里，他笑了起来。

我说：“这还是很精彩的。我希望能读到你的论文。”

“我到加拿大去考察时，曾问过他们的炉底有什么成果，其实我们是已经解决了的，不过也问问。他们说有很出色的成果，有图纸。如果要，定价三万美元。三万！我没有要，只是从中知道了，我们那个成果仅图纸都还值三万美元呢。”他笑了。

这时，炉前工又在取样。值班室里的炉长，随炉前工的一挥手，打开一扇炉门。顿时好像一个太阳从地平线上升起，照得我睁不开眼睛。这个炼钢工挺着长矛似的长勺儿，站到灼人的炉门口，捞起一勺钢水来，将长勺放到地面上。许多火花飞溅，如金色的花朵飞舞。我跑到离那儿不远处，看到他勺儿里倒出了个小圆饼来，他将这火红的圆饼拿到一个管道口子上，放进去。他们说这是高压风洞，能立刻将它吹送到化验室。一忽儿，它的化学成分就通知到操作室里。经过若干次的取样化验，待到钢水成分合格时，就可以出钢了。

在炉前，我差不多已经对每个炉子都有所了解了，我仿佛进入了一个迷人的旅游胜地，这好像参观了法国巴黎郊外的凡尔赛宫，和参观华盛顿白宫也差不大离。不过这完全是另外的一回事了，这是力的场所。你炉前的感受，是沸腾的钢水和你自己沸腾的血液结合在一起了。你想的是你也要贡献你自己，绝不会想到你要去享受人间最好的享受。你只感到精神振奋，你只感到自己有愧，但又并不是懊丧，而是满怀着信心，充溢着饱满的、乐观的情绪。在这种情绪下，你会感到我们的前景是无比辉煌的。

八号炉出钢的时刻来到。我被带到了铸锭车间的一条正对着炉子的长长的走道上，那里有专门为观察出钢而设计的一个小平台，全景展现在眼前。正是长 682 米的铸锭车间，如同一幅长卷拉开在我们眼前。我们在等待着，看得到工人们正在装炮。他们说到有一家军工厂，是专为钢厂制造了炸开平炉的出钢口的炮弹的。我们稍稍等待了一会儿。

到时候了，果然一声炮响，立刻闪出一道白光，从两个槽口泻下来两股钢水。光彩夺目，不尽地飞溅钢花，如天雨花，也似天女撒满了鲜花。也许最好看的是这钢花飞迸，犹如节日的礼花，它确实比烟火还好看。

可是李声明说道："那飞迸的金色的钢花看起来虽然好看，实际上它们却是渣，也叫钢渣，实在是毫无价值的渣子。"虽然现在连渣子也可以有它的用处，但是，他冷冷地又加了一句，"发光的并不都是钢。还要注意，别叫人哄了。"

真是诗人！这话有意思，我禁不住暗自给他喝起彩来。

从那两个槽口，飞下了两道光芒万丈的飞瀑，它们跳下两个巨大的钢水罐。我并没有觉得这不同于李白的诗句"疑是银河落九天"。我觉得这毋宁是："当太阳爬上了中天，那时万物的主宰拿出他的金天秤。"把国家的命运和钢铁的产量，"放在两头，他把天秤的杆子吊起"，如果钢铁的重量很轻，国家和命运就要"屈服而下沉"；如果钢产量很重很重，国运就要上升，"上达天空"。这是我忽然想起我曾翻译过的这段希腊史诗《依利阿德》中的有名诗句。却也是很美，而且很有深意的。

我发现我是在一个大工业的中心点上。它不仅是武钢连续作业线上的一个中间工序厂，也是全国工业的连续作业线上的中心，并且也是最关键的一个中心环节。我把这个意思告诉了徐秉新，他说："是的，有人说过，这里是特殊的战场！"

我肃然，心中立刻叫好，并问他，他是怎么体会这句话的呢？

他回答我："在平炉炉台上，也是分秒必争的，也是生死之地、存亡之道。你看，这上、中、下，三个层次作战，犹如海陆空三军的互相配合。只能战胜，不能容许任何一点失算。假如一个国家没有钢，就谈不到国防。没有了强大的国防，就什么也谈不上了，人民就失去了安全的屏障。"

他这些话也使我禁不住激动了。这是一个"特殊的战场！"它关系到钢铁的产量。它决定国家的强弱、民族的命运、人民的幸福。

今天，吹氧平炉也应当是国家生活的高峰之一，甚至是我们的工业文学、工业美学、工业诗歌的峰顶之一。它应与科技文学、科技美学、科技诗歌，双双地并峙着。

现在我很想知道，武钢的钢铁，到底作了什么用？起了什么作用？

姚部长在我回去之前，把徐秉新的三篇炉底论文送来了，还送给了我一本《一炼钢厂志》。从中我看到了这样的一段文章："武钢的钢铁用于北京地铁，黄河战备大桥，渤海海底探油井架，广州广播电视塔，菲尔泽水电站，坦桑尼亚—赞比亚铁道，大庆号、风雷号、风暴号、长风号远洋轮船。风光号曾航经地中海、太平洋、大西洋、印度洋，穿过了六个海峡，两次绕过好望角，四次通过赤道区，行程32000海里，同十几米高的惊涛骇浪搏斗三昼夜，而安然返航。"

当然还有许多其他用途，这本志书里没有说。就此也可以知道，这里的确是一个非同小可的特殊的战场。想想看，一个钢厂，六只炉子，年产200多万吨到300万吨钢，这是一个什么样的战场？我可是还没有说到二炼钢，以及正在筹建的三炼钢呢，呵，还有那驰名遐迩的"一米七"等轧钢系统……轧钢厂……这个特殊的战场呵！

原载《人民日报》1989年10月15日

“奥迪”迎面驶来

李玲修

厂长耿昭杰对我说：“你会后悔的，我们这里没什么可以写的。”

“我已经后悔了。我家离一汽这样近，可只在20年前来参观过一次。这次待了两个多月，才知道一汽是个大海洋，有捞不完的珍珠。”

“奥迪”，就是一汽人献给祖国的一颗明珠。

——采访手记

首席谈判代表的埋伏

1987年5月的一天，北京时间22点，一个电话从中国的汽车城长春打到美国的汽车城底特律。

打电话的是一汽的第一副厂长，CA141换型总指挥李治国。他花白的头发，丰满的圆脸膛上那双浓眉紧皱着。一双大眼睛里带有几分血丝。他深知这个电话的分量。也许从某种意义上来说，将决定一汽的未来。

他要找的是一汽的总经济师吕福源。一个40多岁浑身散发着学者气息的关东大汉。此时，他正带着一汽代表团坐在底特律克莱斯勒公司的谈判桌上，和他的对手交锋哪。

电话铃响了，工作人员把话筒递给吕福源。话筒里传来李治国那浓重的大连腔："喂，吕福源吗？我是李治国啊……你好！怎么样啊？耿厂长来电话了，对，他已经在北京了，马上要去十堰参加轿车战略研讨会了，他让我问问你，发动机能不能签啊？"

吕福源听了一怔，随即说："吵得一塌糊涂。对，根本没有任何影儿，怎么能……现在很难说，甚至能不能签下来都不知道！"

吕福源放下电话，眼前闪现出临行前耿昭杰殷切期待的目光："老吕，此行无论如何要把发动机拿下来！"他们太需要引进这套发动机生产设备了。为了发动机选型，一汽的当家人对世界各大汽车公司的发动机进行了扫描分析、考察，最后才把目光定在克莱斯勒公司。这不仅因为，在汽车工业中克莱斯勒公司的发动机和传动系统是世界先进的，早就享有盛名，而且这个型的发动机和一个T—115轻型车救过克莱斯勒公司的命，也使李·亚科卡东山再起，搞出了美国当时最畅销的K型车。它的长处是既可以给轻型车当心脏，又能给轿车当心脏，一身可二用！

这对于资金匮乏的一汽是多么理想的选择！眼前，一汽正在上轻型车，迫切需要它，将来，一汽还要上轿车，更是迫切需要它，难怪耿昭杰那么迫不及待了。

但是欲擒先纵。几年来通过与外国人打交道，吕福源已成为谈判桌上独当一面的首席代表。他明白，任何一点疏忽都会带来满盘皆输的结局，所以刚才他接电话时没有完全讲实情。事实是谈判大有希望，但还有一些需要解决的具体难题，现在正为这些难题争吵哪。如果他此时回答说很顺利，对方就会从中悟到我们签约的迫切心情，那就会寸步不让，这在谈判桌上是最忌讳的！

这一切没法在电话里说清楚，只好让敦厚纯朴而又极其聪明的李治国自己去揣摩。但是有一个脉搏吕福源已从刚才的电话里摸到了，那就是耿厂长去参加轿车发展研讨会时，迫切需要有发动机引进成功这张王牌。为此，他必须和他的代表团继续进行艰苦而缜密的努力……

总指挥的轿车情

见不着吕福源面的李治国尽管也知道吕福源守着克莱斯勒公司的人讲话会有一点策略上所需要的隐蔽和含混，但毕竟话里话外没有流露出一点成功的暗示，为此李治国坐立不安。

也许在一汽领导班子成员中，李治国的经历带点传奇色彩。34 年前，当筹建中的一汽去大连招工时，年轻的四级钳工李治国毅然告别了大海和亲人，只身来到了尚是一片荒野的汽车城。为的是那个国产汽车诞生的梦。

他跟这片汽车城一起成长。他以非凡的毅力顶风冒雪，在念中专的同时补习初中课程，接着又是六年夜大，获得了一张吉林工业大学机械与工艺专业本科毕业生的文凭。

有了文化，又有赤诚，这个八级印刷工的儿子如虎添翼。他年年被评为先进生产者、学习模范、劳动模范。1957 年，23 岁的他很荣幸地参加了在莫斯科举办的第六届世界青年联欢节。作为一汽青年的代表，他受到李哈乔夫汽车厂的邀请，在那里拜会了曾在一汽工作过的苏联专家。参观时，他看到那一辆辆的小轿车，就曾暗暗思忖，中国什么时候也能生产轿车呢？

这个机会来到了，1958 年一汽试制“红旗”轿车的战役打响了。身为七级钳工的李治国，以精湛的工艺解决了使专家们都束手无策的液压变速箱试制的一系列技术难题，他因此也成为轰动一汽的劳模。

七年后李治国又创造了第二个奇迹。当时“红旗”车空调的试制连连受挫，专家和从上海请来的工程师、老师傅也被迫告退。在这种情况下，李治国挺身而出，修改了设计结构和制造工艺，只用3个月时间就将几年来未突破的难关——冷气压缩机试制成功。一直到现在，“红旗”轿车上的空调关键部件，用的仍是李治国当年的“专利”。

从此，李治国对“红旗”轿车总有一种特殊的感情。当周总理决定用“红旗”轿车换下当时接待国宾用的吉斯车，成为我国唯一的国家级礼宾车时，他感到无限的自豪与欣慰。

但是近几年来，在进口小轿车浪潮的冲击下，“红旗”车受到了冷遇。中央有关部门还作出了“红旗”车停产的决定。理由是“红旗”车耗油率高。李治国觉得，这样评价不公平。“红旗”车是有缺点，比如刹车上还需改进，内饰还需提高水平（注：现在均已做了改进），但发动机并不逊色于美国车的发动机。在耗油这个问题上，人们习惯拿她和皇冠、丰田车比，希望“红旗”的耗油能同丰田一样，这根本不可相比，希望大骆驼和小毛驴吃同量的草料可能吗？再者，高档豪华车追求的主要指标不是油耗低，而是华贵、高速、安全、舒适、加速性好。就拿英国女王用车“罗斯罗依斯”来说，它的耗油率并不比“红旗”低。可是在“罗斯罗依斯”车的说明书上理直气壮地写着，“你怕耗油多，就别用罗斯罗依斯车！”

以油耗高为理由将唯一的国产轿车打入冷宫，显然是一次中国汽车工业贻误历史时机的错误决策。这个错误决策的后果推迟了发展中国轿车的历史，以至多年来中国大厂造大车，小厂造小车，遍地都是汽车厂，敲敲打打也出车的畸形产品结构，和发达国家大厂造小车，小厂造大车，集团化、系列化，技术密集型生产形成鲜明对照，并进一步拉大了距离。

但是一汽的“红旗”并没有被彻底丢弃。汽车研究所的科研人员仍在搞新车型的开发。有时为了赠送外宾，满足外来部门更新和节日检阅的需要，也零星让一汽生产几辆“红旗”。

有个传说使这个七万人大厂的换型总指挥感到极大的羞辱：一位日本官员说：“我到了北京，但我感觉还是在东京——因为满街跑的都是日本车！”为这个传说，李治国好长时间要靠安眠药才能入睡。这倒不是因为他神经脆弱，而是感受到了任何一个有爱国心的中国人所不能无动于衷的刺激！尤其他小时候曾在大连受过日本侵略者的欺侮！

什么时候才能名正言顺地批量生产国产轿车呢？李治国翘首等待着；一汽干部工人翘首等待着；整个中国汽车工业战线翘首等待着……

现在机会终于来了，马上要在二汽召开的中国轿车工业发展战略研讨会就是一个重要的信息，在这次研讨会上，各厂家将大摆龙门阵，论证自己上轿车的设想。

为这个会，一汽的领导班子反复进行了研究。决定打出几张牌来展示一汽要上轿车的宏图大略和优势。其中的王牌就是，如果克莱斯勒公司的发动机生产线引进能成功，那就不仅在时间上，也在资金上具备了一个大优势。

遗憾的是与底特律的通话并没有得到成功的消息，李治国只得如实将这不甚妙的军情汇报给耿昭杰。

耿昭杰接了这个电话后，当天就没吃晚饭。

企业家的焦虑与王牌

一汽人早给他们的厂长——个子不高但威信很高，气质潇洒精明强干的耿昭杰起了个外号：耿着急。

他怎么能不着急呢？自从1985年被选拔为一汽的厂长后，他没有一天忘记自己肩上的使命，没有一天不感受到这个老牌汽车城的负荷和要换新貌所面临的巨大压力和重重障碍。

客观地说，耿昭杰这个厂长当得挺出色。他赶上了一汽历史上最困难的时期，他也创造了一汽历史上显赫的战史：30 年一贯制的“解放”牌车的换型成功，原有的解放汽车工业企业联营公司发展到跨 26 个省市。这其中耿昭杰和一汽其他的当家人经历了多少风险，消耗了多少心血，奋斗了多少日夜，闯过了多少危机，那是一部长篇也说不完的。

但是耿昭杰还是着急。

他是全国人大代表。在北京开会时，他亲眼看见人民大会堂前的车海里，“红旗”车寥寥无几。有位外国记者报道说，人民大会堂前停车场只有一辆“红旗”牌轿车。也许这有点夸张，但确实是变相的外国轿车展览会。耿昭杰的民族自尊心受到强烈的刺激，中国人连原子弹都能送上天，难道就造不了小轿车吗？耿昭杰的个人自尊心也受到刺激，身为中国第一个汽车制造基地的当家人，眼看着国家急需的外汇几百万、几千万、几个亿、几十亿的流到了美国、日本、西德等汽车制造商的腰包里，自己就不感到失职吗？而这些外汇如果用来发展民族汽车工业，可以建几个一汽和二汽？！

为此，他在人大会上提议案，通过记者呼吁要尽快发展祖国轿车工业。

这种现象，不仅使耿昭杰坐不住，也使许多民族工业发展的政治家、汽车专家、老百姓坐不住。小轿车，成了中国人敏感而热门的话题之一。几年来，从民间议论、专家呼吁、专题研讨到人大提案，不断升级。对政治敏感的耿昭杰常和班子里的同事议论，小轿车问题再拖延下去，就不仅是经济发展的症结而且会成为政治稳定的症结了。

为此，他能不着急吗？

因此，现在他要扔下厂里所有的事情准备去参加轿车工业发展战略研讨会。

这可不是一般的研讨会，念念论文，发发牢骚，会会同行，交流一下科研成果。没这么轻松！参会的每个代表都明白，在这次会上将有一个潜在的投标竞争，那就是将显现出哪些厂家可以成为中国轿车生产基地。

不利于一汽的是，有一种呼声：中国应该只有一个轿车生产基地。议论中这个基地似非二汽莫属。他们的“东风”车正春风得意，像个18岁的小伙子，浑身洋溢着青春的活力和魅力。因而经济效益异常好，具备了良好的资金积累条件。此外，除了中型车生产，没有上轻型车项目，可以轻装上阵。加之二汽的领导班子非常精干、非常团结。厂长陈清泰是清华大学汽车系的高才生，党委书记马跃是他的同窗好友。两人配合默契，这就是了不起的力量，何况还有一班强将呢？

还有一点令人羡慕，二汽酝酿许久的发展轿车战略论点，早就得到中央有关部门的称道。为这个会，他们提前两个月准备了论文，踌躇满志。会址又是在二汽，真是天时地利人和叫他们占全了。

一汽和二汽就像分了家的两个亲兄弟。既有千丝万缕割不断的联系，又存在着全方位的友谊竞争。一汽是老大哥，当年一汽包建了二汽，把自己开发的准备换型用的第二代产品给了小弟弟，而现在，小弟弟又成了自己最强大的竞争对手。

二汽人也钦服一汽人的勇气和实力。他们经过三届领导班子的接力，终于用三年时间完成了老解放的换型，史无前例地创造了单轨制换型垂直转产的奇迹。

但是一汽新生儿CA141还是个婴儿。尽管这个婴儿非常健康非常讨人喜欢，但很难和18岁的“东风”较量，就像当年“东风”刚诞生时难以和老“解放”在市场上格斗一样。

一汽呢，像个伟大的产妇，有她的喜悦和希望，也有她的虚弱和负担。但这个产妇偏偏不安生，刚挣扎着生下了CA141，又怀了生产6万辆轻型车的身孕。现在，又张罗着要生产轿车的指标，她有这个体力和气力吗？

这种分析与呼声并非没有道理。这也是耿昭杰万分焦虑的原因。世界许多发达国家和发展中国家经济振兴的历史证明了一点，汽车工业是国民经济的支柱产业之一，而轿车又是汽车工业的支柱产品。生产轿车不仅是富厂之路，也是富国之路。

他们呼吁了这么长时间，等待了这么长时间，现在，机会之舟飞来了，他们却可能被甩下，有着光荣传统的一汽人能善罢甘休吗？

“错过此渡无好舟！”

为了推敲润色一汽的论文：《对我国轿车工业发展的几点意见》，耿昭杰和他的助手们连续20天奋战到后半夜。有一天熬到凌晨3点时，坐在沙发上抄稿子的人竟疲劳得一头栽下顶着地毯睡着了。

但是耿昭杰依然精神抖擞，他处于大战前那种亢奋状态，仿佛浑身蕴藏着用不完的精力。眼瞅着开会日期迫在眉睫，耿昭杰还有一件心事萦绕于怀，那就是底特律的谈判尚无消息。致使他到了十堰后，即使与二汽熟人见面寒暄叙旧声中，还在时时刻刻盼着电话铃响。只要电话铃一响，他就扭过脸去谛听。但是结果总是让他失望！

为了等这个电话，他曾想要求大会把他的发言往后推一推，但大会答复，次序已定，不好更改。缓兵之计也未能奏效。

非常富有戏剧性的是，在开会的头天晚上，李治国从长春打来电话告诉他，吕福源不负使命，发动机技术引进谈判成功！并草签了协议！

耿昭杰放下电话，兴奋得像个小伙子。他居然吹了几声口哨，哼起了《毕业歌》：“同学们，大家起来，担负起天下的兴亡……”

果然，第二天上午，耿昭杰在会上把这张王牌一打，论述了充分利用克莱斯勒发动机可以轻轿结合的条件，从3万辆先导工程入手，以挡住整车进口为目标，逐步发展轿车的战略设想。会场上引起强烈反响，连二汽人也悄悄议论：“一汽这一招儿就比我们节省时间四年！”因为他们懂得一个项目引进的全过程没有三四年时间是拿不下来的。

耿昭杰的发言获得了热烈掌声。但是陈清泰的压轴发言获得了更热烈的掌声。连一汽人听了也认为二汽以出口导向为目标的发展轿车的战略论点理论色彩强，具有高屋建瓴之势，中国人谁不盼着中国的小轿车源源不断地驶向世界各地的那一天早点到来呢？

一个挡住进口，一个出口导向，一汽二汽的战略论点既针锋相对又各有千秋，仿佛是两个风格不同的乐章。一汽的乐章符合国情、切实可行，充满了现实主义色彩，二汽的乐章气势磅礴，前景辉煌，具有强烈的浪漫主义气息，两个乐章交织在一起，奏出以大企业为依托，发展民族轿车工业的战略交响乐……

1987 年 8 月，中央在北戴河会议上，将一汽二汽和上海大众汽车公司同时列为中国三大轿车生产基地。

但耿昭杰没有松口气，这仅仅是拿到了船票，能如期登舟起航吗？会不会有什么暴风雨呢？

“十三大”代表的特殊使命

1987 年 7 月，国务院副总理李鹏视察了一汽。精细的一汽人请总理看了汽车研究所和与老厂相连的面积为 323 公顷的二厂区。这是未来轿车生产厂址所在，是在吉林省、长春市的支持下解决的。给李鹏同志打下的烙印是，一汽完全具备开发、生产轿车的实力，而且已经做了大量准备工作。

借着这股东风，一汽写了关于上轿车的可行性报告上交中央有关部门。但是三个月过去了，一直没有下文。

就在这时，党委书记李玉堂当选为“十三大”代表要进京开会。班子里的人都一再叮嘱他到了会上，见到中央领导同志要呼吁呼吁，特别是李鹏同志。因为他视察过一汽，了解情况，对上小轿车是支持的。

年近半百的李玉堂，看上去比他实际年龄年轻得多。他戴着一副眼镜，说话慢条斯理，神情显得自信而谦和。这位当过七年技术员的党委书记，当年刚进厂时，也曾为“红旗”试制流过汗水。事过30年，他仍忘不了饶斌厂长，郭力、王少林副厂长领着一汽人在生产轿车现场挑灯奋战的情景。那片洋溢着强烈爱国主义民族精神的灯海，永在他心中闪烁。

现在一汽要上轿车，李玉堂像一汽搞老“解放”换型和横向联营时一样，继续竭尽全力支持耿昭杰、李治国等人的种种决策与指挥。尽管那时报纸上一再强调党政分开，但他认为分得太清就分家了，把一汽的事业搞好，党委同样也肩负着义不容辞的责任。当他听说李鹏因在丰满水电站工作过，也是吉林代表团成员时，他决心抓住这个机会，完成这个不平凡的使命。

果然，当吉林省代表团开第一次小组会时，李鹏就来了。李玉堂赶忙找个空隙对他说：“李鹏同志，我看了人民大会堂前的会议用车，几乎全是外国车。我心里很难过。是我们没尽到汽车工业职工的责任。不是国家不想用国产车，是我们没生产出来……”

站在一旁的省委书记却为部下解释说：“轿车没生产出来，不完全是一汽的责任……”

李鹏听了也点头表示同意：“是啊，是啊，是这个问题……”

李玉堂赶忙趁热打铁：“李鹏同志，您原来视察一汽时，肯定了我们上轿车的项目。我们已给国家打了报告，但这个报告已经报上3个多月了，还在各部门周转，听说有的部门还有不同意见。希望您能过问这件事情，尽快批复。希望给我们用3万辆滚出15万辆的扶植政策，把3万辆的利润留作发展轿车的基金……我们一汽人实在太着急了！”

李鹏微笑应允道：“好，我记住这个事了，我帮你们催，应尽快解决。”

当李鹏第二次来代表团时，李玉堂不失时机地把省委书记签署了意见的报告递给了他，这才一块石头落了地。

会后，总理很快对一汽的报告做了批复，转给了有关部门。

至此，“奥迪”，这比“红旗”晚诞生20年的混血小弟弟，才拿到出生指标。

一汽上上下下抓住了这个千载难逢的历史机遇，为“奥迪”的诞生齐心合力地奋战起来。

这个事业是那样地吸引人，不仅现任班子里的每个成员欢欣鼓舞，忘我地工作，连那些已离休退居二线的老干部也都焕发了青春。瞧，离休在京的前厂长刘守华隔三岔五地回长春来献计献策；老厂长黄兆銮甘当配角摇旗呐喊，花甲之年的前任副厂长沈永言在建筑工地奔波忘返；干了大半辈子轿车的范恒光，日夜为轿车国产化呕心沥血……

“奥迪”啊“奥迪”！你简直像一个大家族未出生的宠儿那样牵动着一汽人的心！牵动着全国人民的心！

1988年10月，在全国乘用汽车展览会上，正在逐步实现国产化的一汽“奥迪”轿车像一位待嫁的新娘，引来了无数赞美、惊叹、审视与陶醉的目光。

啊，这就是一汽的“奥迪”，它的发动机将由一汽引进的美国克莱斯勒公司的生产线生产，她的车身和整车技术则来自西德大众公司。“奥迪”作为国产轿车中档次和品位最高的车型，是性能与美感的最佳结合，经济与安全的集中体现，她不仅流线型外表诱人，具有最小的风阻系数，而且具备抗弯的安全车身和坚固的驾驶室。在受到冲击时，可保证乘车人的安全！它动力性高、经济性好，不仅适合各种行驶要求，在各种路面上，各种环境里风驰电掣，而且确保在弯道和雨、雪路上仍有优越的行驶性能！

啊，“奥迪”，国产轿车的希望之星。

1989年7月下旬，小轿车问题成为中共中央政治局会议的议题。会上通过的《关于近期做几件群众关心的事的决定》的第四条规定："严格按规定配车，严格禁止进口小轿车……中央政治局、书记处成员和国务院常务会议组成人员，一律使用国产车……"

从此一汽"奥迪"轿车备受青睐，成为中共中央总书记、国务院总理、国家主席等中央领导人的用车，也同时成为许多省委书记、省长和企业、团体的用车……

当这些白色、红色、黑色、蓝色、暗蓝色的"奥迪"在中国的大街上行驶时，中国人民不仅感受到了中央肃贪倡廉、取信于民的决心，而且也从心底滋生出强烈的民族自豪感和自尊心！

1989年10月，一汽出展新研制的7225LH型红旗轿车，荣获《中国工业40年大型企业成就展览会》最高奖——综合奖。曾在一汽工作过七八年的江泽民总书记用一种特殊的深情望着"红旗"轿车，握着李玉堂的手说："你们的工作做得很好，我是要回娘家看看的。"

中国的首都满街跑外国车的年月应该结束了。

中国轿车工业艰难的起飞时代应该开始了。事实是，已经开始进入跑道……

原载《人民日报》1990年5月13日

荣获"1990—1991年全国优秀报告文学奖"

飞向明天

——上海飞机制造厂备忘录

郑伯权

一

高楼如林的上海。在它的北面难得有这么一块视野开阔的地盘。上海航空工业公司下属的上海飞机制造厂大场厂区就坐落在这里，给人一种天高地厚的感觉。

在那宽广平坦的停机坪上，南北两端停放着两架飞机。南端的一架“运十”型飞机是70年代“上飞”职工遵照毛泽东主席独立自主、自力更生发展我国民航工业的指示，在周恩来总理亲自过问下，依靠自己的力量生产的我国大型民用客机的第一个产儿。它性能良好，发育健全，一次性试飞成功。北京、沈阳、哈尔滨、昆明、拉萨……几乎中国所有大城市的上空，都留下过它的身影。它唱着自力更生的进行曲飞行了150多个小时。北端，停放的是一架新安装好的MD-82型客机，它是美国麦道公司和上海航空工业公司合作生产的，标志着80年代民航工业先进水平的大型客机，目下各种测试工作已全部完毕，它的家族中的其他13名成员正在等待着它一同去称雄长空。上航和麦道的伙伴关系始萌于1985年，这是中国改革开放后，发展我国民航工业，踏上国际合作的一个新台阶。

“运十”和中外合作生产的MD-82飞机，分别代表着我国大型民用客机发展的两个历史阶段，既有区别又互为依存。俗话说：两好合一好。只有在自力更生建立起来的工业基础上，一旦开放的大门开启，中国才有可能进入国际的竞技场，与世界的强手们一试身手。

二

麦道公司派驻“上飞”的专家组长鲁宾逊，名字同《鲁宾逊漂流记》中的那个独处孤岛的鲁宾逊巧合。现实中的鲁宾逊，却是生活在有血有肉的“上飞”人中间。鲁宾逊代表麦道公司的利益，履行监督双方执行协议的责任。在他任期的3年半时间里，除了给人们留下认真负责、兢兢业业、忠于职守、直率坦诚等良好印象之外，他和“上飞”职工两次打赌更是传之甚远的佳话。

“中美合作生产MD-82飞机和补偿贸易总协议”，是在1985年上半年签订的。协议规定一年后的4月1日为开铆日期。一天，鲁宾逊在办公楼的过道上，碰到刚从外地调来上航任总经理的景德元。他迎上去握住这位伙伴的手，说：“听说景先生到任，我是十分高兴的，但是，不得不遗憾地告诉你，根据对贵方准备工作的了解，按协议规定开铆的日期已经无法实现。对此，我想提醒景先生注意。”

鲁宾逊的话不能说超出了礼貌和克制的范围，但一字一句仍然是那样使人感到如芒在背。景德元对此并不介意，他对面前这位率直的老外没有使用外交辞令，只是斩钉截铁般回答说：“这点请美国朋友们放心，4 月 1 日开铆的既定目标，我们一定会实现，绝不会因为上航的原因影响协议规定的进程。”鲁宾逊用迷惘的蓝眼睛看了看景德元，无可名状地摊了摊手，大概以为这位中方合作伙伴是一位讲大话的角色。

其实，鲁宾逊对眼前这位并不魁伟相反倒透出几分儒雅气质的中国北方汉子缺乏了解。景德元刚刚在位于江西景德镇的昌河飞机制造厂导演了我国自行研制的“直八”飞机上天的活剧。接着便衔命赴京，被航空航天工业部任命为“上航”公司总经理兼“上飞”厂厂长。此前，他对这项具有国际影响的合作项目的艰巨性，是有充分思想准备的。1986 年春节瓷都喜庆的鞭炮声，把他送到这新的工作岗位上，他便像一泓清泉一下子溶汇到“上飞”这个群体的河道里。

他首先统一了决策层的指导思想，确定了主攻方向，调动一切力量突击型架的制作和安装——型架犹如婴儿的摇床，是 MD-82 飞机安身立命之所。他提出保质保量装好型架按期开铆的会战口号，要求政工人员、后勤人员、物资供应人员统统做到服务到现场。与此同时，还向全国兄弟单位借调技术骨干力量，协同作战，日夜苦干。全厂如汤似沸，热气腾腾。

3 月中旬的一个晚上，景德元和职工在工场加班，鲁宾逊也来到现场，一看眼前这番闹哄哄的场面，很不理解地问道：“你们这是在干什么？”

职工答曰：“我们在加班搞突击。”鲁宾逊一听，不以为然地绽出了一丝苦笑，说：“你们的行为看起来虽然很可爱，但我还是要奉劝你们停止这种徒劳无益的做法。按期开铆显然是不可能了。”

这时，一位和鲁宾逊相处很久的我方工长，走到鲁宾逊面前，充满信心地说：“鲁宾逊先生，我们有这个能力，保证能按协议规定，一分钟也不耽误开铆的时间。”这位工长认真的神色引起了鲁宾逊的兴趣：“那好，我们来打个赌吧。如果事实证明是我输了，我请你们的客。”我方也毫不示弱：“如果你赢了，我请你吃一顿中国的饺子。”“好！”一拍手，一场友好的赌注就这样定下来了。

这之后，“上飞”的生产形势一日三变，忙乱现象得到克服，生产速度直线上升。当第一个型架完全符合要求安装起来后，鲁宾逊明白了输已成定局，他亲自驱车到市内买来了8个节日蛋糕和两大箱汽水，在生产现场请“上飞”工人的客。

“上飞”工人乐哈哈吃过美国人买的蛋糕和汽水，提前一个星期燃放了庆祝正式开铆仪典的鞭炮。然而，这个随意式的打赌，仅仅是使“上飞”人在外国伙伴面前出了一次小风头，叫美国人彻底佩服的是另一场认认真真的打赌。

按双方协议规定：第一架合作生产的飞机，应在1987年5月23日全部安装完毕进入喷漆。第一架飞机的安装，正碰上中国的传统节日——春节横亘在日程表上。此前此后的一段时间里出勤率较低，以致拖欠了五千多个标准工时。任务紧迫，急如燃眉。厂部领导日夜开会筹措应急方略，党、政、工、团兵分四路下到职工中了解情况。一致认为只要方法对头，措施得力，进一步把职工的积极性调动起来，是完全有把握按期实现计划的。于是决定召开全厂职工大会，进行任务、措施交底，打一场百日大会战。

在2月13日的动员大会上，“上飞”职工纷纷发言表示决心后，鲁宾逊作为参加大会的60多名美方人员的代表，拿过麦克风发言了。他似乎忘记了不久前的殷鉴说：“这架飞机能在5月23日装好，但你们的喷漆厂房是无论如何也完不成了，如果你们真能够创造出奇迹，那将向全世界表明中国工人的素质是第一流的，那么我也乐意为这种奇迹的出现，举行一次空前规模的热狗宴会。”

不到5月23日，“上飞”职工又是提前将第一架MD-82飞机推进了新建成的喷漆厂房内。

美国人从香港运来了全套热狗宴烤炉，在5月23日下午举行了一次真正称得上空前规模的招待会，宴请参加这个合作项目的全体中方人员。在招待会上，鲁宾逊对刚从美国述职回到上海的一位麦道公司副总裁说："今后，在进度上对中方不用担心了，他们订出的目标，总会想尽一切办法去达到，这一点我已经是深信不疑了。"

三

如果说前面两次和美国人打赌，是靠"人民战争"赢得了筹码的话，那么当生产秩序走向正常化，要保持稳定发展时，会战之类的做法已不行了。科学技术高度发达的今天，科学的现代化的管理手段已经成为生产力发展的决定性因素。迄今为止，世界上能进行大型民航飞机生产的企业只有3家公司，麦道即其中之一。80年的苦心经营，使它形成了"一家之言"的管理体系。要取得麦道管理程序的全部文字资料，它的国际行情是6000万美元！合作生产MD-82飞机，采用麦道公司第27号生产许可证延伸到上航公司的方式进行，意味着上航公司必须建立麦道公司长滩分厂，采用业已得到美国联邦航空局（即FAA，后文从此）审定的生产程序和系统，实际上成为长滩分厂生产线的组成部分。合作生产能否按协议进行，要经过FAA检查通过。这对封闭已久的中国人来说，不啻天外飞来一块陨石。有那么一些暂时还不懂得如何把优良传统的躯体从落后愚昧的浊水中分离出来的同志，在背后议论纷纷："为什么要把我们那套传统的做法丢掉？我们搞会战不是创造出老外也认为不可能出现的奇迹吗？"

一直保持完整、健全的上航党、政体系，面对当时出现的思想混乱，没有回避观望。公司党委书记陶人观、工厂党委书记吴作权和他们得力的政工干部，出现在思想防线的前哨。他们通过召开各个层次的座谈会，运用种种生动活泼的形式帮助职工弄通思想。

特别有启迪效应的，是请学识渊博的航空工业专家讲世界航空史上所发生的一些重大事故。

近年来，有几架标志着航空工业发展最新成果的飞机失事坠毁。通过对黑匣子里的资料分析论证，这些事故几乎都不是由于主机的故障而引起的，相反，往往是一些被人忽略的微不足道的细节上出现了失误。譬如一个铆钉上黏胶的疲劳强度的设计系数，没有考虑到飞行空间不同高度变化所产生的影响，结果便导致了机毁人亡的悲剧。一位副总工程师在向人们叙述这些悲剧事件后，深有感触地说："航空工业每前进一步都是用鲜血换来的。一场流血的事故，换取一个细节的改进，如果没有一套科学、准确的管理程序给予保证，则无法找到追踪的记载，也就无法改正这些失误，血就会白流。乘飞机的人，每当升上高空，就把自己交给上帝安排了！其实保证旅客生命安全的上帝，就是我们在座的这些从事飞机制作的人，包括哪怕是一个在机翼上打铆钉的普通工人。"攀着启迪的扶手，那些有抵触情绪的职工，逐渐从困惑的泥淖中拔脱出来，景德元手中的"权杖"不再那么沉重了。

麦道公司的那套程序化的管理法规，严格得简直到了令人难以容忍的地步，做什么，谁来做，怎样做，在什么地方做，在什么时间做，一条一款写得明明白白，滴水不漏；完成后的工作件周围绝不允许有任何剩余物，否则质保人员绝不予以验收，也不管你的零件制作得如何白璧无瑕；制作好的零部件要绝对按规定好的时间送到位……在这本浩繁的管理程序法规上，"绝不"，"绝对"，触目皆是。FAA 检查则是根据这个程序的法规来进行的。对于参加生产的每个人员，你所干的每件工作，从开始到结束都由专人详细记录在案。一架 MD-82 飞机总装完毕，有关它的档案记载足足有一吨多重。

下车间采访时，一位工人对笔者说："现在我一进入岗位，强烈的责任感就随之而来。因为我的工作都有详细的记录存入档案。一架飞机的服役期限是 20 年，如果在这 20 年中间，飞机出了事故，就很有可能追踪到我头上来。我们中国有句俗话叫作跑得了和尚跑不了庙，现在庙可以不管在与不在，但是和尚却是跑不掉的。"

麦道公司的管理程序把庙和和尚的关系颠倒了一下。就是说，一个企业一旦以法治代替了人治，一切都在程序的法则中运转，不管领导层人事如何更迭，“庙门”如何改换，庙里的和尚还依旧念他该念的经，企业的稳定与发展由一种法定的程序保护起来，这种优越性是应该正视的。

“上飞”职工从自发到自觉，接受并切实实施了麦道公司的这套看来似乎不近人情的管理程序。3年多来的实施情况表明，“上飞”这个机体的自我调节能力得到很大的增强，企业发育得硬朗壮实：1987年交付使用的飞机为2架；1988年为4架；1989年则直线上升为7架。补偿贸易也由1987年的300万美元递增到1989年的400余万美元。取得如此巨大的效益，这不得不承认科学管理程序的确立起了保证作用。

然而，在这种保证作用中，看不见的是“上航”党政工作人员花费的大量心血。

笔者在采访公司党委书记陶人观和厂党委书记吴作权的时候，发现他们有一个共同之处，那就是他们都不是空头政治家。他们既是党的工作者，又是精通企业管理的专门家。革命化和专业化在他们身上的结合，就像他们善于把党的思想化作活鲜的血和肉，溶化到企业管理机制的每一个肌腱里去那样完美。

陶人观说：“我们所以敢理直气壮地要求‘上飞’职工大胆学习麦道公司的先进管理经验，还有另一方面的启发。我们最近翻译了麦道公司的一本‘行为手册’，里面有些内容与我们的思想工作和对职工的素质要求是一致的。你看，美国的资本家也十分注重人的行为和职工的素质来完善自己攫取利润的手段！殊途同归，同途也可能异归。看问题要看本质。”

上飞党委成员、副厂长刘希武说：“班子的团结是整个企业凝聚力的集中表现。我们都认同景德元同志提出的：尊重、理解、合作的共事原则。有不同意见放在桌面上讲，有争论不怕，拍桌子也不怕，怕就怕在背后算计人。谁能担保一个上万人的企业不良莠混杂？总有那么一些人爱窥探上层内幕。因此，你得给他把门堵死，让他找不到在夹缝中有用武之地。同在一个班子里的人都是和衷共济的战友。我看到景德元和班子里别的成员，工作那么忙，那么累，总是想为他们担点什么，我能为他们多做点工作，让他们得到一点解脱，心里就感到安慰。人生几何？为什么在一起就得窝里斗？只要不从权位上去争你大我小或你高我低，这样就能做到像我们吴作权书记所说的那样，两心变一心，心心相印。的确我们班子里的成员只有一条心——党心。”

写到这里我忽然想起了前面那位工人关于庙和和尚的比喻。我想能不能这样引申一下：“上飞”的这个“庙”是个“好庙”，“上飞”的“和尚”也是“好和尚”，只要有一本“好经”，那就一定能香火百代，一代比一代鼎盛。

四

“我们是朋友。”“上飞”职工和“麦道”职工，一见面就是这句话。这不是客套，而是心灵的剖白和袒露。

在去年春夏之交我国发生那场政治风波的时候，“麦道”驻“上飞”的工作人员接到本国政府要他们暂时撤离到香港的指示后，便找到景德元黯然神伤地把这个通知告诉了他，并请求上航协助他们做好撤离的工作。景德元没有向他解释什么，满口答应了他的请求。第二天当美方人员和他们的家属安全地登上上航公司的包机时，不少人动情地流下了惜别的泪水。

美方专家的心并没有被飞机载去。他们在香港逗留期间，中方一天一个电话打去，告诉他们上海的形势；他们也焦急地询问情况。一听局势稳定，18 天后他们就归心似箭，飞回上海了。一进厂区，一点也看不到动乱在这里留下过什么痕迹，宽坦的林荫道上绿叶吟风，路无遗尘；喷水池碧波荡漾，珠泉四溢，只有草坪上那茵茵嫩绿似乎添进了一层凝重的翠色，方表示出日月的推移。

人事无异，风景依然。麦道公司的朋友们感到既放心又高兴。

当然，也无须讳言，这场动乱的确给中国人民带来了很大的困难。原定的全年安装7架飞机的指标，由于客观上的原因，到8月份才装好了2架，另5架要在最后的一个季度完成，形势不能不说是十分严峻的。但“上飞”职工抱定决心要把在动乱中失去的时间夺回来。对中国工人已经有了充分了解的麦道公司的专家们，虽然担心，但并不怀疑。对在特定环境下为了实现按常规达不到的目的而采取突击的工作方法，他们也理解了。他们放弃了节假日的休息，和工人们一同加班加点，他们也用开水泡方便面来对付饥饿的肚肠。

比这更有意思的是美国人居然用起我们的老传统来帮助做工人的思想工作。在“动乱”前的一天，麦道公司的培训专家能奈先生在一个工位上，看到几个工人无所事事地坐在那里，他问道：“你们为什么不干活？”一个工人说：“没有零件。”能奈摇摇头，用生硬的中国话否定了这工人的答案：“不对，如果没有零件，我可以给你们送来。不用骗我，你们是因为奖金的问题在闹情绪。”说完能奈招招手，把工人们聚集到黑板前，拿起粉笔在上面画了3个圆圈，然后指着中间的小圈说：“这个最小的圆圈代表当年共产党的势力，外面那一圈代表国民党，再外面的代表美国对国民党的援助。中国共产党为什么能突破重重包围，由弱变强最后取得全国的胜利？难道靠的是发奖金？你们红军在二万五千里长征时，难道为每多走一百里就多要钱吗？想到这些你们不感到害臊吗？”这些常常挂在我们政工干部口上的，并没有多少深奥道理的言辞，一旦从这个具有几分绅士气质的异国人口中说出来，你能因为滑稽而置之一笑吗？

全部的目标实现了，这是奇迹中的又一个奇迹。七架MD-82飞机高标准装配出厂了，而且提前了13天。这个消息使世界航空界的同行们目瞪口呆，也振动了我们国家的中枢神经。党的总书记江泽民在接到航空航天工业部的报告后，当即在报告上批示："听到去年胜利完成七架 MD-82 飞机任务十分高兴，望转告该厂领导并全体职工继续发扬一丝不苟的精神，再接再厉保证质量，完成全部任务。"

FAA 第四次来"上飞"检查，认为 MD-82 质量完全合格。美国联邦航空航天局以隆重方式向"上飞"颁发了在美国本土以外的第一份飞机制造的许可证延伸认可证书。在这个时刻，麦道公司的伙伴们兴高采烈的程度是一点也不亚于中国人的。

"我们的失败就是他们的失败，我们的成功也是他们的成功。"和我们谈这番感想的这个身高 1.8 米的虎虎生风的青年工人，就是在乔石同志来大场视察时接见过的马赛。新华社记者在一则通讯中这样写道："乔石边看边听取厂长景德元的汇报。当听说青年工人马赛去年被美国麦道公司评为'最佳员工'时，他高兴地与马赛握手，表示祝贺，赞扬他'年轻有为'。"美国麦道公司被"上飞"传来的一个接一个的喜讯鼓舞；被"上飞"工人创造性的劳动和拼搏精神感动。为了表达诚挚的敬意，决定由麦道公司出面，在"上飞"厂开展评选"最佳员工"的活动。经过美方专家慎重的筛选，最后在"上飞"工人中选出了 15 名"最佳员工"，并议定在这 15 名人选中，再推出 2 人为代表，由美方出资，邀请他们和他们的家属赴美观光游览。当评选结果张榜公布的第二天，在上海市最豪华的希尔顿五星级宾馆整整的一个楼面，举行了有各方面人士参加的庆功大会，麦道公司的一位副总裁飞越重洋专程赶来主持这个盛典。无论从规模到规格，这个庆功会当时都使大上海为之震动。

据介绍对经费控制极严的麦道公司，为我"上飞"开展的这次评选活动前前后后耗资 5 万美元。你认为犯不着吗？麦道公司领导人再阔绰的时候，也是离不开他们的经济眼光的。这实际上是一个高明不过的广告艺术的杰作。不带任何广告的痕迹，向全世界做了一次最有收效的广告：和他们合作的中国伙伴的素质是第一流的，合作的成果顺理成章当然也是第一流的精品。

然而不管怎样，“上飞”人是实实在在领受了一份难忘的友谊。

“上飞”的工人在美国专家的心目中究竟占据着怎样的地位。我想直接听一听外国人的评价。为此我访问了麦道公司驻“上飞”专家组的办公室主任雅达先生。弄不明白他的主任身份，是不是具有我国政工干部的性质。当他从翻译那里知道我是写文章的，多少有那么一点戒备。他很拘谨，每讲一句话都经过深思熟虑。尽量选择最恰当的语言来表达自己的观感，绝对做到不失分寸：

我们和“上飞”的合作生产应该说是愉快的。因为“上飞”能按照协议的规定，完成每个阶段的工作计划，以保证总目标的令人满意的实现。在这里生产的 MD-82 飞机和在美国生产的飞机完全一样。FAA 颁发的生产许可证的认可证书是最具有权威性的证明。这是美国建国以来，FAA 在国外发出的第一份飞机生产的许可证书。目前世界上只有三个地方能生产这种大型客机：美国的西雅图、洛杉矶和法国的吐鲁斯。现在中国的上海有可能成为第四个。

我们的愉快还在于我们认为和中国进行高科技的国际合作不仅是可能的，而且有着非常广阔的前景。因为我们看到中国工人的素质是好的，和美国人一样好。和这样的人合作是可以信赖的，因而也是愉快的。

雅达先生的这个评价，无疑是公允的。

原载《人民日报》1990 年 5 月 27 日

老梨树与退伍兵

李存葆　王光明

听说近年到山东莱阳市采风的文化人，往往会受到两种礼遇：一是到照旺庄梨园观赏老梨树，二是赴古柳镇造访一个名叫吕明玉的退伍兵。老梨树与退伍兵成了莱阳的两大“景观”，两个对外开放窗口。今年暮春，我们去梨乡深入生活，市委果真作了这样的安排。

照旺梨园坐落在五河汇流的五龙河畔，这里系正宗莱阳梨的故乡。哺育梨树的是大片闪着亮彩的油沙地，掬一把沙土摊在手上，似有金粉闪烁。数以万计的树龄在200年以上的老梨树，在子子孙孙们的簇拥下，构成了一二十华里长的浩荡荡的大梨园。时值谷雨，满园梨花带露绽放，似云若雪。村庄罩在梨花里，河水溶在梨花里，山丘裹在梨花里。入得园中，满眼洁白仿佛遁去，紧紧攫住我们目光的却是那气吞大地巨蟒般的树的躯干，它们或直或弯或蜷曲或侧立或躺卧，千姿万态，各呈其妙，从隙间望去，犹如无数条苍黑色的游龙腾飞狂舞，把生命的壮美展示到极致。在梨园深处，我们目睹了堪称“世界梨王”的丰采。这梨王已是389岁了，两米多高的树干早被沙土掩埋，五根海碗粗的枝干犹如五条巨蟒，各自蜿蜒十数米，先卧地而后隆起再聚首，共描春色，每年仍向人间奉献2000斤甘美的果实。无疑，它曾抗衡过风刀霜剑，它曾经历过九死一生，世纪的年轮镌刻在它们的躯体里，它峥嵘的生命仍在谱写不朽的业绩，高吟不屈的凯旋。偎身梨王，我们的生命被另一种强大的生命所震慑，所溶解，所征服，身上的渺小、卑琐、颓唐与消沉顿觉荡然无存……

怀着对老梨树的崇敬与眷恋，我们来到毗邻照旺梨园的古柳镇，走近了莱阳柴油机厂，见到了退伍军人吕明玉。吕明玉是个典型的北方汉子，宽宽的脸膛，高高的鼻梁，厚厚的嘴唇，黧黑的肤色，像梨木一样结实敦壮的身躯，倘若他再挎起钢枪走进军营，他仍是队列中普通的一员；如果他肩起犁耙走上田野，他还是农民中寻常的一个。然而，这个普通的退伍兵，却有着老梨树一样不寻常的人生际遇。他以士兵那永远燃烧的信念，点燃起梨乡父老的希望之火，创造了令梨乡人民引以为豪的业绩：莱阳柴油机厂原是吕明玉率领一伙退伍兵创办的个体企业，他们没花国家一分钱，历经百折千曲，终于使之成为一个有固定资产1500万元、年产值近5000万元的现代化企业。两年前，吕明玉把这个企业毫无代价地献给了国家，使之成为莱阳市政府财政收入的一大支柱。这些年来，吕明玉除按规定上缴给国家一笔为数可观的税金外，还从工厂自留资金中拿出223万元之巨，用于发展文化、教育、科技等公共事业。最令人钦敬的是，吕明玉将办厂以来个人应得的承包奖金49.5万元，分文不留地捐给了梨乡……

老梨树与退伍兵，将历史和现实融汇，驱使我们在梨乡寻觅艺术圣果。

几百年来，尽管老梨树以它固有的无私，馨其香甜于这片闪着亮彩的油沙地，然而世世代代生聚在这里的百姓生活，却一直缺少亮彩。兵荒马乱曾是这里上演不尽的剧目，贫穷和蒙昧曾是这里收割不尽的果实。咀嚼着人生苦果降临于世的吕明玉，现年虽只有44岁，却像老梨树一样是个劫后余生的大命人。吕明玉的爷爷是清末民初的一介寒儒。扛了一辈子长活的太爷爷为改变吕家命运，吞菜啜粥供爷爷读书，爷爷囊萤凿壁，将《周易》、《左传》、孔孟老庄经史子集烂熟于心。那年月，功名难求，爷爷参加了辛亥革命，革命未成，爷爷忧愤交加，于39岁便驾鹤西去。寒儒固穷，却不失君子之风，他留给儿子的家训是“穷不失志，富不变质”。明玉父亲克绍箕裘，也学得满腹经纶，他教明玉研书习文，明玉在渐谙世事的同时，也懂得了“之乎者也”“嗟夫信哉”。然而父亲不再相信读书能救国，选择了跟党扛枪求解放的道路。这位村“国救会长”，宣传抗日，铲暴锄奸，领导土改，带头支前，在故乡泉水村一带名声赫赫。1947年还乡团血洗莱阳，扬言要把吕明玉一家统统活埋，那年明玉刚满周岁，母亲将他存放在一石坑内才免于一死。父亲支前淮海时落下残疾，建国后一直是泉水村的村干。但这曾威慑敌胆的汉子，却未能带领乡亲们攻克贫穷的碉堡。1960年梨乡大饥，吕明玉的哥哥饿得两眼发蓝，在场上偷啃了一穗队里的玉米棒。身为大队长的父亲发现了，照着“因穷失志”的儿子，乒乓掴了两耳光……转年，父亲得了水肿病，谢世前唤明玉于床前，留下遗训：“儿啊，你要精忠报国，方正做人！”

父亲去世后，家中日子益发艰难，刚刚上了半年高中的吕明玉中途辍学，投身卒伍。他来到长山列岛，一住就是六年。一身由三原色中太阳的金黄和大海的纯蓝调配而成的国防绿，给了他荣耀也赋予他责任。六年中，他年年都被评为五好战士，技术尖子，三次荣立三等功，并作为代表出席过济南军区的英模大会。这期间，命运之神对他既无情又有情。1967年4月，驻地坑道工程进入浇灌阶段，担任工程质量检查员的吕明玉进坑道检查工程，猝不及防的塌方盖顶而下，在这间不容发的当儿，吕明玉先是奋力将一位战士从巨石下拖出，又拼命将身边的团参谋长推出死亡线，他却被碎石深深裹埋。战友们将他扒出来时，他已是血染军衣，昏迷不醒……在当时这无疑是爆炸了一颗精神原子弹！军师团三级组成写作班子要宣扬他，问他“在那一瞬间想到些什么？”吕明玉据实以告：“那一瞬间最多几秒钟，当沙石埋过胸膛后我已不能呼吸了，只觉这下是完了……”启发、诱导、暗示，吕明玉仍未扩大事实，缩小灵魂。他想到故乡梨树无谎花儿，麦子七片叶儿，梨花五个瓣儿，有一就是一。本来他可作为重大典型扬名于世并能带伤破格提干，但他为了“方正做人”，将命运之神交给他的不幸而又幸运的缰绳轻轻地滑掉了……

1969年初春的一个早晨，退伍兵吕明玉回到阔别6年的泉水村。6年来，母亲家书报佳音，鸿雁传喜讯，总言家乡生活芝麻开花节节高，让他安心服役。可当他围着梦绕魂牵的村庄转了三圈后发现，故乡的颓垣断壁上除多了几幅“宁要社会主义的草，不要资本主义的苗”之类的标语外，依然如故。他怀着不安的心情走进自家那低矮的柴门，竟一下子呆了：母亲是那样苍老，那样消瘦。没铺席子的炕上，团着用塑料纸包着的黑乎乎的棉套，那是母亲的被子。母亲依然穿着那条大补丁摞小补丁的单裤子……他鼻子一酸喊了一声“娘”，转身抹泪走出家门，用退伍金扯布给母亲做了条棉裤……县劳动局根据吕明玉在部队的表现，破格安排他为国营职工，对他来说，这无疑又是一次改变命运的契机，但看着吃不饱肚子穿不暖身子的乡亲们，他毅然谢绝吃国库粮的美差，在村里三年没有党支部书记的情况下，毛遂自荐当了支书。正是青黄不接的时节，家里仅存的地瓜干需一片一片数着吃，身为一村之主，为不失体统，他常是在大粗瓷碗里盛“两层”饭，底下是地瓜叶，上面盖几片地瓜干，来人时慢嚼地瓜干谈笑风生，无人时猛扒瓜叶以充饥肠。……他以“吃草挤奶”的精神，带领乡亲与贫穷厮杀，一年下来，村里的粮食亩产便过了“黄河”，转年，他又以士兵善于利用地形地物去作战的头脑，凭借泉水村靠近火车站的优势，组织装卸队、建筑队、编织队、驴车队，以副养农……三年下来，泉水村面貌初改，成为莱阳古柳公社改天换地的一面旗帜。吕明玉的事迹见诸《人民日报》，并被拍成新闻电影……他的才能和品行很快得到人们的公认。他先是被县农机局保送到莱阳农学院学了近两年的农业机械，继而又被古柳公社党委拔擢为党委委员兼工办主任。他村里公社一齐忙，一辆破吉普四处飞，他以士兵驰骋疆场的节奏，左奔右突，为古柳的社办企业杀出一条条生路，然而死神又一次捉弄他这“大命人”，在一次外出奔波中，他横遭车祸，肋条被撞断三根，险些“出师未捷身先死”……吕明玉三根肋条先后换来11顶不吃官粮的官帽子：公社农机站站长、公社拖拉机站站长、公社物资综合公司经理、公社地毯厂书记、公社修配厂书记，如此等等，不一而足。

改革的大潮涌动着梨乡的土地，正值吕明玉大显身手的时候，哪知命蹇时乖，一出荒诞剧却骤然上演了：1983年元旦后的一天，出征回来的吕明玉刚卸下行装，即接到公社党委要他去公社修配厂开重要会议的紧急通知。吕明玉以军人的习惯于下午1时半准时抵达会场。这修配厂是吕明玉费尽心血为公社创办的骨干企业，而公社某负责人没和他打一声招呼，便断然宣布，工厂已由他人承包，解除吕明玉修配厂党支部书记的职务，限下午3时离厂回村；吕明玉兼任的其他10个职务也相应解除。该厂共有123人，同时被解雇的还有60人，其中退伍军人为38名……就这样，一个人，上下嘴唇一碰，便将吕明玉用三根肋条换来的11顶“官帽”掼了个精光……事出有因：那位公社负责人与已调走的公社书记不对脸儿，而吕明玉是原来书记的“入幕之宾”，这60名工人又是吕明玉的“尖刀部队”，“城门失火，殃及池鱼”，这便产生了一长串的“株连”……

炽热的呐喊得到的是冰冷的回音。被砸了饭碗的退伍兵们嗷嗷叫着来到吕明玉家。坎坷的人生经历练就了吕明玉宠辱不惊的性格，他安抚战友们耐心待命。当晚，他走进古柳镇边的济南军区后勤部某分部的军营，敲开了分部政委周才保的家门。周政委是吕明玉当兵时的老首长，那时他就很器重吕明玉，来分部任职后仍关心着吕明玉的成长。此时，这位曾名贯内长山岛的“爱兵模范”听罢吕明玉的诉说，气得七窍生烟。良久，才以政委特有的理智说：“……算了，算了，明玉啊，干‘四化’的大气候这么好，是战士总能找到显身手的战场，你要学会绝处逢生！”

在周政委的鼓励下，吕明玉没有松弛战士那钢铁般的神经。1983年古历正月初三，他独自赶赴省城济南捕捉信息，寻找主攻目标，正月十六回家，十七便在三间破茅屋前挂起了“莱阳汽车修配厂”的牌子，一个私营的农民企业在五龙河畔宣告诞生了。然而牌子后面空空荡荡，吕明玉之所以急于挂出它，一为证实他们这伙退伍兵炮打不散，雷击不倒，二为慰藉60位被无理解雇工人的上悬下空的心！农民私人办企业，最头疼的是资金。吕明玉的爱人是养猪能手，这年喂的6头大肥猪连同几窝小猪崽换得现金3000元，他倾囊拿出充当建厂资金，周政委雪中送炭，把部队闲置的机器租借给这伙退伍兵；退伍兵们又租赁了村里的50间破仓库，修修补补成了厂房……吕明玉的汽车修配厂于当年7月1日投产，他们背水一战，当年便盈利12.6万元！那被某人“承包”去的曾是红红火火的公社修配厂，早已被承包者作践得山穷水尽，吕明玉的工厂投产之日，恰是这个厂子的破产之时！

1984年春，梨乡大旱。正是播种时节，百姓望云霓而断颈，禾苗盼甘霖而折腰。因缺少抽水机械，乡亲们急得就地转圈儿。莱阳有家国营动力机械厂，生产的195型柴油机系部优产品，是农民心中的“白马王子”。村支书人托人、脸托脸，动用5个关系户，也未能把“白马王子”请进村。吕明玉当即决定，厂里停止生产，将几台柴油机架出厂房支农。有人支吾着规劝他：“厂长，停产一天就失掉5000元啊！”吕明玉以毋庸置疑的口吻道：“就是失掉1万也要停，啥时都不能忘记咱们是农民呀！”柴油机突突鸣响，田野里喷珠吐玉，望着这仁浆义醴，乡亲们感激涕零。此时，吕明玉萌发出一个奇想，他的厂子要转产柴油机，为农民兄弟排忧解难！当他把这一奇想往桌面上一摆，有的伙伴惊得直吐舌头：“乖乖，虽说咱顶着工人的帽子，说到底还是吃庄户饭的小炉匠，这想法太浪漫了……”吕明玉虽是个敢想敢干的人，但却从来不用空想的花蕾去编织虚无的梦幻。“一个小小的柴油机，一般农民都会操作，脑瓜灵光的还会修理，没有太深奥的学问，东洋人丰田佐吉有句名言——丰田技术人员的成长就是拆拆装装，不断丰富。”吕明玉说到这里，用手指指北面——那里坐落着令人艳羡的虎踞龙盘的莱阳动力机械厂，“下棋找高手，弄斧到班门，我们就跟着‘白马王子’干！”

于是，在梨乡一隅的不露水不显山的厂房里，一场在常人眼里看来是自不量力的与“白马王子”的对抗赛悄然拉开了帷幕。他们先是设法从外地购来一台“白马王子”，将其大卸八块，开肠破肚，拆装，装拆，不惮其繁。吕明玉及伙伴们又找来全国同类型号柴油机资料，采众家之长，掠诸家之美，反复揣摩研制。他们衣不解带拼搏21天，于当年“五一”节，一台自行设计的195型柴油机试制成功，送省有关部门检测，质量完全合格。一伙“土包子”为自己的“婴儿”领来一张“出生证”。吕明玉深知，办好一个工厂，产品质量是极重要的因素，如同贾宝玉脖子上的通灵宝玉一样，失却了它，工厂就会变成一具空壳。产品初试啼声后，他办的第一件事就是延揽人才，广募贤能。青岛有位曾留学国外、跟内燃机打了半辈子交道的刘工程师，吕明玉“十顾”茅庐，请进厂来，将之奉若神明；社会上一些置闲搁散的技术人员吕明玉也聘进厂来，待为上宾。有这些技术骨干操练工人，严把关隘，第一批高质量的柴油机很快产出。这年8月，省农机会在潍坊召开，他们的产品一下燃亮了客户的眼睛，当场订货5000台；金秋十月，全国农机会在邯郸举行，因他们的产品卓尔不群，一下子又订出7000台！全厂上下处在高度的亢奋状态中，被人们称为“吕旋风”的吕明玉，马不停蹄，组织扩建厂房，招收工人，筹措资金，经纬万端忙得他宵衣旰食。即使这样，工厂的年生产能力只有3000台。具有大将风度的吕明玉沉着应战，很快从丰田佐吉成功的秘诀中找到了办法。丰田初创时是“一家一件，配套成线”，他要来个“一厂一件，组装成台”。他对国营动力机械行业的现状已了如指掌：生产柴油机零件的小企业星罗棋布，产品过剩，这些寄人篱下的小企业不得不仰承大企业的鼻息。吕明玉们口角春风，将平等联合的旗子款款一举，应者云集。三个月内，他们便与60家厂子建立了协作关系，使12000台柴油机如期交货，这期间吕明玉尽管忙得不可开交，但他仍紧紧抓住质量这个关键不放。第一批产品盈利后，他一分钱的奖金不发，便购来全国第一流的检测器械，设立了全国机械行业第一家微机试验室，生产的关键工序用闭路电视扫描监控。正因如此，他们的产品合格率一直保持百分之百。

产品走俏并未使吕明玉兀自陶醉，来自农民对农民有着深情厚爱的他深悉农民兄弟的购物心态。孩提时，他便看到，南方人来北方卖木梳是当年给梳子，来年才收钱，当地卖小鸡者，春天赊鸡雏，秋后鸡下了蛋再付款，一台柴油机远非木梳、小鸡可以相比，它是土地承包后的庄稼人的财神爷、心头肉。为不断拓展和巩固农村这个大市场，吕明玉实行的“推销经”，既充满了对产品的自信又注满了感情色彩：农民兄弟买他们的柴油机试用半年后再付款；若有毛病，包赔包换；若出故障，接用户信后5天内派员赶去排除；如属机器自身故障，耽误用户使用一天便赔偿一天的经济损失。外地农户通过当地农机公司购买厂里产品者，每台柴油机附信封一个、邮票一枚、信笺一张，鼓励他们提意见，每一条意见奖一元钱。厂内还专为农民兄弟设一有20余床位的小招待所，来厂购买机器或反映情况者，免费留宿一天和管饭一顿。另外，厂里还建立了跟踪服务小组，推销人员各携放像机、录像带，跟踪用户服务，他们先上映本厂的厂容、厂貌及柴油机操作规范，尔后放适合当地农民口味的录像片儿，这样，常常是一家买机器，阖村喜洋洋……这富有人情味的推销经，使莱阳柴油机厂芳名远播，他们的产品很快欢唱在齐鲁燕赵、中原大地、秦晋高原、辽东半岛、乌苏里江畔、天山脚下……

在梨乡，世世代代难以攻克的贫穷的堡垒，在吕明玉这代人身上终于炸开了缺口，吕明玉们在创建物质文明的同时，时刻也没有忘记向蒙昧这个更为顽固的堡垒开战。吕明玉本身是个文化人，在部队时他就是部队报纸的优秀通讯员，他书法、编剧、摄影、吹拉弹唱广泛涉猎，且有洋洋20余万字的《梨乡的传说》一书行世。与他的祖父他的父亲不同的是，时代给了他一个属于他的舞台，使他能将中国的传统文化、部队文化和西方的先进文化熔于一炉，去锻造自己，去陶冶全厂的工人。从建厂那天起，他就注意把工厂办成一个充满文化氛围的企业。他与省内外名牌大学挂钩，出资培养新一代的农民工人。近两年，厂里有90人获大专文凭，120人获中专文凭。如果说近几年兴起的“文凭热”容易使人对这些数字产生怀疑，那么去年全国机械行业进行的一次闭卷统考却能为这厂的文化水准做强有力的佐证：谁能设想，在这清一色的农民企业里，他们的考分竟在全国名列前茅！部队有个传统叫作月月有晚会，处处有歌声。吕明玉仿而效之，在厂里组织起一个亦工亦艺的文工团。这个文工团不仅活跃了工厂和周围农村的文化生活，也成了他们联络协作单位和部队的感情纽带，给厂里经济的发展注入了活力。文化和知识能使人产生内在的魅力，走进这座工厂，鲁迅笔下那“中年闰土”呆滞的目光早已毫无踪影，一双双眼睛闪烁着憧憬美好生活的亮彩。工人们工作起来站有站相，立有立相，一切都有着部队生活的规范，闲暇之时，他们的穿戴尽管五彩缤纷，但言谈举止彬彬有礼，看上去，男具阳刚之气，女有林下之风……

吕明玉创办的工厂像滚雪球似的年年扩大，厂里的财富像发了酵的面团似的急速膨胀。尽管吕明玉每年都把盈利的大头交给了国家，尽管每年厂里都拿出一批款项用于公共事业，但因是个体企业，有人未免以小人之心度君子之腹，说吕明玉家的钱盛满几箱子，八辈子也享受不完；也有利欲熏心者，明敲暗诈，吃大户索小钱；还有图谋不轨者，趁风高月黑，朝吕明玉那并不醒目的房屋上扔砖块甩石头……然而一桩爆炸性的新闻在1988年3月26日于梨乡传开，这新闻使胡乱猜度吕明玉者目瞪口呆，使狗苟蝇营之辈不可思议！这天，吕明玉在全厂大会上郑重宣布：他酝酿已久，经市委认同，从现在起，莱阳柴油机厂已毫无代价地交给国家，成为大集体企业……工人们看到他们的厂长在宣布这决定后，那黧黑的脸上挂着几颗晶莹的泪珠……此刻，吕明玉是想起母亲那用塑料包裹旧絮套的“棉被”？还是想起哥哥因偷啃队里的一穗玉米而重挨的父亲的两记耳光？抑或是想起他刚当村支书时那瓜干盖瓜叶的“两层饭”？……

我们在这个现有620名工人，其中380名是退伍兵的现代化工厂里漫步、徜徉，偌大厂区里那幢幢新厂房还散发着岁月的清新。在敞亮的组装车间，一排排嵌着白龙的柴油机正倚装待发，工人们自豪地告诉我们，他们的产品不仅畅销国内还出口东南亚和巴基斯坦、孟加拉，去年为国家创汇150万美元，今年又加大出口量，比“白马王子”多出口2000台，可创汇500万美元。我们问：“出口产品为啥叫白龙牌？”师傅们得意地说：“吕厂长说过，白象征家乡梨花的纯洁，龙是我们这个民族的伟大象征！”

走进吕明玉的家中，屋内的摆设，简朴得出乎我们的意料。令我们喟叹不已的是，这个把近50万元奖金分文不留献给梨乡的退伍兵，家里竟还没有电冰箱！吕明玉指着家里的彩电告诉我们，他比另外三位副厂长要奢侈些，他们用的还是黑白电视机哩……正赶上吕明玉的小女儿放学回家，我们问爸爸给她多少零花钱，她把小鼻子一皱：“哼，吝啬鬼！每天只给一支冰糕钱，买本子铅笔还是我用烂酒瓶子换……”

在我们观赏照旺梨园、属望那世界梨王时，陪同人员曾告诉我们，去年仲秋，一美国友人在这梨王下品梨时曾竖着大拇指说：“世界上第一产梨大国是意大利，第二是中国，第三是我们美国，我曾走遍世界，吃过各种梨，你们这莱阳梨无与伦比！”的确，别看莱阳梨外表粗糙，但吃起来崩脆、稀甜、无半点渣儿……

我们登上西去的列车，依依告别了莱阳，透过明亮的窗口，梨乡的山峦、河流、田野、村落一一在我们面前掠过，而老梨树与退伍兵两个不关联又关联的形象仍在我们脑海中幻化叠印：老梨树，你腾游时空，吞纳古今，迎送寒暑，抽谢黄绿，给大地送来几多春华秋实；

吕明玉，你抗争命运，追随时代，开拓进取，超越自我，给人间播下多少纯情挚爱……

老梨树——梨乡的灵魂，吕明玉——梨乡的骄子。我们在你们身上分明读到两个字——奉献！愿这“奉献”二字能书写在更多人的心灵的旗帜上……

《简明大不列颠百科全书》对梨的诠释是，梨属蔷薇科，品种千余，寿命为 50 ~ 75 年；辽宁教育出版社出版的《天下奇闻录》一则关于世界梨王的记载云：浙江仙居县马岩头村有一老梨树，树龄 200 年，每年仍结果千斤。

原载《人民日报》1990 年 7 月 11 日

原动力的潜层开掘
——刘庄煤矿纪实（节选）

蔡子谔

作品简介

蔡子谔《原动力的潜层开掘》初载《长城》1990年第4期，扩充文字后于1991年2月由北京师范大学出版社初版印行。《原动力的潜层开掘》记述了刘庄煤矿领导干部在个人名利方面表现出的无私品格以及他们亲自下井劳动“真刀真枪动真格”的感人事迹，由此激发起广大矿工心中潜在的“原动力”，鼓舞起他们建设社会主义现代化事业的巨大热情和冲天干劲，展现出精神文明建设在企业生产中所发挥出的巨大推动作用。

根据蔡子谔《原动力的潜层开掘》（北京师范大学出版社，1991年2月初版本）节选。

正文节选：第四章心灵“原动力”的潜层开掘

第四章　心灵“原动力”的潜层开掘

干部的“公仆意识”，只有在工人真正获得当家做主的主人翁地位的对象性关系中才能确立。

让我们轻轻拂去历史典籍的尘埃，就会发现，那些生活在莽涛苍雾的蛮荒时代的人类祖先，都被初民通过自己的谲诡的神奇幻想，在“用一种不自觉的艺术方式加工”自然和社会形式的同时，也将自己传说中的始祖“加工”为某种“公仆”的典范。他们构筑巢穴，钻燧取火、亲尝百草、耕耜五谷。而大禹“亲自操橐耜……沐甚雨、栉疾风”“居外十三年，过家门不敢入”，则是他们的杰出代表。远古时代的初民的蒙昧形态的“公仆意识”。他们“通过想象以征服自然力、支配自然力、把自然力形象化”的一种生存需要，也是萌芽形态的“人民性”的折光反映。

随着人类文明进步和阶级诞生接踵而至的即是一种原始社会道德的堕落和蒙昧形态的公仆意识的沦丧。氏族公社的首领由“公仆”变成了奴隶制国家的奴隶主。

无产阶级以“解放全人类”实现“世界大同”为己任。无产阶级的杰出革命导师和领袖，才是全心全意为人民服务的“公仆”。他们探索真理的睿智思想和艰苦卓绝的革命实践中，无不闪烁着历史唯物主义的“公仆意识”的耀眼光辉！

以马克思主义、毛泽东思想为思想基础的中国共产党是以全心全意为人民服务为宗旨的。《关于党内政治生活的若干准则》中明确指出：“各级领导干部都是人民的公仆，只有勤勤恳恳为人民服务的义务，没有在政治上、生活上搞特殊化的权利。”这是无产阶级执政党将“公仆意识”提高到党性原则的鲜明例证。

随着改革开放大潮裹挟而来的欧风美雨，飘洒在政治体制、经济体制及商品经济调节机制不够健全的肌体上，以致滋生出来的政治上、生活上特殊化或曰特权化的毒菇霉菌，腐蚀和霉烂着意志薄弱者的“公仆意识”。这正是党风不正，民心不安，从而酿成动摇共和国大厦的政治动荡的大患的原因之一！

积重难返。小小的刘庄煤矿的领导干部，决心从现在开始，从自己开始，一点一滴做起……

凌晨，无论是晨光熹微，燕语呢喃的初春，还是阴霾满天、朔风呼啸的隆冬，在刘庄煤矿厂区的甬道上、花圃旁、办公室通道内，都可以看见持帚清扫或端盆泼地的身影，担负这“黎明即起，洒扫庭除”的清扫任务的，不是社会上的清道夫，也不是厂内的勤杂工，而是刘庄煤矿的矿长、书记。

过去，矿上有 3 名勤杂工专门负责清扫厂区办公楼的卫生，从 1987 年 7 月之后，这清扫厂区甬路的活计便由矿长，书记、副书记等领导干部“承包”下来了。后来，把这个干部清扫制度，推广开去，便建立了从矿长、书记到股室人员轮流值班的制度。并且一年搞两次认真的评比，好的受表扬，差的挨批评，毫不含糊。

笔者在刘庄煤矿采访期间，天刚蒙蒙亮，窗外便传来一阵儿窸窸窣窣的声音。揭开窗帘一看，原来是一个科室的干部在清扫工区甬路，他扫得那样得认真，那样得仔细……

他们清除着地上的污秽和垃圾，也清除着人们心灵上那些特殊化或特权化排泄出来的污秽和垃圾。

由于矿工整天在井下的煤粉炭屑里摸爬滚打，春夏秋冬都是一身汗水攉一身黑泥，那身“窑衣”把他们单身宿舍里的床单被褥污染得黑黢黢的，又脏又乱，霉腐气息中还夹杂着一种难闻的汗酸气……

多么好的工人啊！他们在地下营造了巷道纵横的立体交叉的空间，而他们自己的生存空间竟是这样的狭小可怜。1987 年 5 月里的一天，矿里领导看到这种现象，他们动情了，提出了刘庄煤矿矿工宿舍旅馆化的要求。而且决心自己动手来实现这个要求。矿长杨福荣，书记刘明利和工会主席贺广祥，他们带着科室的20多名干部，来到职工宿舍，挽起袖子，亲自动手，将所有的东西搬挪到外边，用扫帚扫去墙角的蛛网尘埃，用大白粉将16间房屋的墙壁粉刷得莹白如雪，并将矿工的被褥用品换成一水新的。这个矿工欣喜地说，我长这么大头一遭住这么白净光亮的房子。那个矿工高兴地嚷，这新簇簇、齐崭崭的新被、新褥、新枕巾一铺，明晃晃的灯在那雪白的墙上一照，就像“洞房花烛夜”一样，我们个个“煤黑子”都要当新郎官喽！夜幕悄悄地降临了，当矿长、书记、工会主席和干部们带着一身臭汗和疲惫不堪的身子离开时，被工人们拽住了，一定要请矿领导同他们一起吃一顿家常饭，为他们的“乔迁之喜”，庆祝一番。几个矿工齁喽气喘地紧忙活了一阵子，总算让矿领导吃上了一顿热气腾腾的玉秫渣粥拌豆片。

1989年，矿里又配备专人，对宿舍实行旅馆化管理。增设了文娱活动室，使大家有了舒适的休息场所。1988年暑期，刘庄煤矿在北戴河租了房间，安排去疗养的是清一色的矿工，没有一个股室以上的干部。矿上还修缮了浴池，为了使井下工人上井后洗好澡，副矿长刘炳礼经常亲自检查洗澡用水的冷热。在同一时间，矿领导要外出开会，矿里的工人要去医院看病，矿党支部副书记卞庆峰便让矿领导去挤公共汽车，而把吉普车派去送矿工看病。刘庄煤矿的干部，真是把工人的冷暖疾苦揣在怀里，放在心上啊！

矿工秦玉柱家里，一直是父子两人鳏居着，过着孤独而恬淡的苦涩日子。秦父没有职业，身体孱弱多病；秦玉柱憨厚实在，沉默寡言，二十八了，还没搞上对象。秦玉柱唉声叹气的模样常常浮印在矿领导的脑海里，于是便委托团支部发动团员青年给他物色了一个对象。过了一段时间，女方听信了一些望风捕影的流言，说秦玉柱生理有病，要退这门亲事。为了解决秦玉柱这个“老大难”，矿领导曾三次亲自带秦玉柱去医务室检查化验。然后带了化验单做通了女方的思想工作，消除了女方及家长的疑虑。为了操办秦玉柱的婚事，矿工会作出决定，补贴五百元为他置办了被褥和一些生活用品，并且亲手为他布置新房。结婚那天，矿领导又亲自带着秦玉柱去迎接新娘，举行婚礼。矿领导酒没喝一口，烟没抽一支，正要悄悄离开时，被秦玉柱的父亲紧紧拉住了手。这个饱经风霜的老人，老泪纵横，泣不成声："恩人哪，你们是我们家的恩人啊！你们的大恩大德，玉柱一生一世忘不了哇！"秦玉柱憨答答地傻怔着，脸上挂满了感激而喜悦的热泪。现在秦玉柱已经有了一个白白胖胖的小儿子，小家庭的小日子过着和和美美比蜜还甜啦！

矿里工人打趣地说，矿领导这个"公仆"，真算是做到"家"了！

刘庄煤矿的领导以他们身体力行的实践，给了我们这样一个启示，那就是干部的"公仆意识"，只有在工人真正获得当家做主的主人翁地位的对象性关系中才能确立。

他们真正做到了把工人当作企业的主人，在工作中坚持中走群众路线，虚心听取群众的意见，自觉接受监督，有过则改，从善如流。矿里的工会和职代会具有很高的权威性。绝不像某些单位的矿长（或厂长）将它用来当作标有"民主管理"饰物的"时髦帽子"，用时戴戴，不用时弃如敝屣！

刘庄煤矿领导为了保证工会和职代会充分发挥参政议政的主人翁作用，坚持做到：凡是全矿生产经营、职工福利中的重大问题和重要的建章立制，都要提交职代会审议，并接受质疑和询问，最后作出决定。工会主席按正矿级待遇，参加每周召开的行政例会，及时反映工人的情绪、意愿和要求，参与讨论全矿的重大问题和决策。特别是在解决全矿一些棘手的"老大难"问题上，充分显示了工会和职代会的主人翁作用。1987 年 3 月，刘庄煤矿发生的那场井下大火被扑灭后，工人们议论纷纷，认为这场大火的蔓延暴露了管理不善，关键是某些中层干部不得力的问题。于是工会主席贺广祥会同采煤队分会主席找到了矿长杨福荣，要求改革干部选拔办法，对中层干部实行民主推荐和行政聘任相结合的制度，矿领导采纳了他们的意见。接着，根据民意测验，任命赵英等 15 人担任采煤大队长等领导职务。这些同志走上岗位之后、兢兢业业、勤勤恳恳，对改变刘庄煤矿的面貌和解决生存危机努力拼搏，发挥了中流砥柱的中坚作用。后来，矿长贺广祥曾动情地在全矿职工大会上说："刘庄矿之所以干出这么点业绩也好，事迹也好，正是因为百米井下，千米巷道，有大家这些中流砥柱。"

1987 年调资，矿领导依靠职代会 8 次审议修改调资方案，直到全矿职工满意为止。1989 年 11 月，职代会向矿领导提出了克服库房混乱等 57 条意见和建议，矿领导随即召开了股室以上负责人会议，逐条研究改进措施，凡是能当即解决的问题，立即落实到人头加以解决。

这里有这样一个富有象征意义的镜头：前几年，矿上的通勤车座位少，井下矿工上井登上通勤车时，座位常常被捷足先登的井上人员占据了。坐不到座位的井下工人熙熙攘攘地挤在一起站着，家远的一站就是 1 个来小时。前任矿长杨福荣看到这情形，便让办公室给井下矿工固定了座位号，多余的再安排井上股室的人员。工人正正堂堂坐在有靠背的软席车座上，而书记、矿长却坐在低矮的小马扎上。他们借这时间向矿工了解情况和征询意见，常常仰面朝上，洗耳恭听，频频点头；工人回答问题时则"居高临下"，口讲指划，意气扬扬……书记、矿长被工人亲切称为"马扎书记""马扎矿长"，这一干部做公仆生动的写照，令人崇敬。

他们战胜了"战神"
——那个用他的羞颜可以融化黛安娜膝上的冰雪的玛尔斯

马克思指出："货币，因为具有购买一切东西，占有一切对象的特性，所以是最突出的对象。”

在改革开放的今天，当人们的价值观念中最敏感、最脆弱的区域受到“商品经济”的猛烈冲击和严重挑战时，这个“最突出的对象”——货币（金钱）往往反过来成了人们衡量人，特别是衡量执政党的干部的一个最突出的价值尺度。

有一些党员干部甚至有一些唐哉皇哉的高级干部，他们在这个价值尺度面前倒下去了！他们丧失了党性、阶级性和人性，变成了没有灵魂的可悲而可怜的一个个猥琐皮囊或干瘪躯壳！

哦！难道这一切能简单诅咒“商品经济”或“特殊商品”——货币（金钱）的罪恶吗？！

我们且来看看刘庄煤矿的党员干部在货币（金钱）面前的所作所为，以及他们的所作所为所产生的战胜了“战神”的巨大精神力量吧！

调资，这个与货币（金钱）直接相关的经济活动，也许是中国一种最使人兴奋使人不安使人魂牵梦萦的事，也是各级领导最挠头最棘手最进退维谷的事！

风生于地，起于青蘋之末——调资消息尚未公布，人们的情绪便波动起来，嘁嘁喳喳、交头接耳、猜测揣摩。浸淫溪谷，盛怒于土囊之口——消息的证实评议乃至公布评定结果的全过程，是一个使某系统某单位的全体成员都席卷进来囊括在内撄及其心的情绪大骚动神经大亢奋心灵大曝光的巨大风暴！

刘庄煤矿的调资不例外地也掀起了风暴，然而，这风暴有些特别：不是一种摧毁力量的狰狞暴露，而是一种聚合力量的胜利微笑……

1987 年底，在刘庄煤矿调资过程中，因指标有限，矿长杨福荣、书记刘明利和工会主席贺广祥 3 人私下磋商，订下一个“君子协定”，让出半级的指标来拨给工人。矿长、书记、工会主席是矿里主要领导者，也是企业承包的主要承包者。企业完成了生产的利润指标，调资时他们都调一级是天经地义、理所当然的。再说，他们还坚持下井，超额完成了他们自己规定的原煤生产指标（大体相当于他们工资的定额）。这就表明，他们除了自己的企业管理，职工政治思想和党务工作以及工会和职代会的组织领导等各项本职工作之外，他们在井下完全用自己双手所挖掘的原煤盈利创造的利润，来养活他们自己的。矿上的好多工人都长了一级，而这样的矿长、书记和工会主席都仅仅只长半级！这消息传开之后，在刘庄煤矿荡起了美好的情感涟漪：啊，多么好的矿长、书记和工会主席啊！他们真的做到了金钱面前不伸手。这就像把带着他们体温的御寒棉袄披在了我们工人身上，把他们嘴边的疗饥食物让给了我们工人果腹，人心都是肉长的，他们这样做我们工人心里不难过不感动不义愤吗？这样太不公平太不合理太不近情理了！于是矿工们强烈要求召开职代会，讨论强行为矿领导长级的事。但作为工会主席的贺广祥在这事上一反常态，时而哼哼唧唧，拿话敷衍搪塞，时而嘻嘻哈哈，不说“正经的”；有时还佯装嗔怒说：“这不关你们的事儿，少管！”总之，这次他是压制了矿工们的“民主”。矿工们在急得无选择时，便由29人联名给市煤炭公司写了一封“告状信”，告刘庄煤矿领导“压制”工人“民主”，不采纳工人强烈要求为他们领导涨工资的事。

市煤炭公司也无法解决这个“案子”。俗话说，周瑜打黄盖，一个愿打一个愿挨。而刘庄煤矿的领导，他们自己既是周瑜，又是黄盖。谁——矿上的工人和市煤炭公司的领导——也奈何他们不得！

1989年，市煤炭公司分配给刘庄煤矿60%的调级指标。凡是符合条件的井下工人可以长一级，但井上的职工由于指标的限制，只有5%的职工能长一级。这时，矿长贺广祥又率先提出了自己主动让出半级。他的这一举动又一次在全矿引起了震动，于是出现了10名和12名井下大队长井下矿工每人主动让出半级的动人事迹。

好多矿工曾噙着泪规劝他们的矿长：“奖金少点就少点，涨工资可是关系到后半辈子的事呀，该要就要，可不能这么轻易地一让再让了。”贺广祥带着感激的微笑回答道：“这个道理，我们当领导的心里都明白。但让出来了可以平衡职工心理，平息不少矛盾。大家气顺了，拧成一股劲儿，把生产搞上去了。想想看，是得大还是失大呢？”

以个人之“小失”，与国家的“大得”相比可谓是“小失”，但对个人就不能这么说了。换取刘庄煤矿和国家之“大得”，这也正是刘庄煤矿干部乃至工人于平凡中见伟大的一种催人泪下的创举。

“今夫弈之为数，小数也。”——如果说，让出半级乃至一级工资，在个人和家庭的经济棋盘上还是一个不会引起经济危机而丧失心理平衡的“小数”，这里的“数”权借当“数目”讲，不作本义“技艺”训释的话，那么，万元巨款，就不能不算“大数”而足够叫人怦然心跳骤然失色陶然忘记的了！

那么，刘庄煤矿的干部，在万元奖金这个“大数”面前的所作所为又是怎样的呢？

1988年，刘庄煤矿完成了各项承包指标，按有关文件规定，矿领导班子的正职如矿长、书记等可得承包奖万元左右。那么，这笔巨额奖金拿不拿，拿多少呢？矿领导实在是颇为踌躇：不拿吧，如何体现和落实承包责任制的责权利的统一和社会主义初级阶段的“按劳取酬”的原则呢？再说，刘庄煤矿的干部又不是不食人间烟火的木雕泥塑菩萨，有实际困难，有活思想，也需要调动积极性呀！拿吧，将用什么杠杆来调节矿工和干部由于奖金的巨大差额，所造成的严重心理倾斜？！矿领导班子召开了一个会，专门研究年终承包奖金的事。

这是一个不起眼的小会，它不动声色，鲜为人知。但也许每个与会成员的内在魂灵都进入炼狱受到了一次严酷的熬煎，内在欲望都进入沙场进行了一次残忍的格斗……然而，心灵的凤凰终于在“集香木自焚”的烈火中“涅槃”了再生了升华了，她们是那样的新鲜、甘美、光华……

会上，有的领导坦诚地发言了“咱们矿能有今天，干部虽然有功劳，但主要还得靠全体职工的努力啊！”发言虽没有明确表示是拿还是不拿，但其倾向性是非明确的。大多数干部也都用质朴的语言表明了这样的一种极其可贵的倾向。贺广祥心里热了，他用有些潮润的眼睛郑重地看了看每个可以信赖的干部，最后如同敲定音鼓一般一字一板地说：“我认为这笔钱应该拿，但拿多少，要考虑到职工的心理承受能力。”最后形成的统一意见是，正职拿全年奖500元，副职拿400元。刘庄煤矿矿领导全年承包奖金数额张榜公布之后，又一次引起了刘庄煤矿每个矿工强烈的心灵震动，他们实在按捺不住心中的不平的激愤——这期间当然也许渗透了古老民族特有的“路见不平，拔刀相助”的侠胆义肝！他们像卷起的怒潮一般将工会主席刘桂林裹挟在里面。刘桂林不得不作出妥协，决定召开职工代表扩大会议。谁也没打招呼，而自愿列席的人将会议室挤得满满当当的。会场里就像油锅里撒了盐，噼噼啪啪地“爆”起来：“矿领导对于他们自个儿，也应该按规定办事，该拿多少拿多少。”“比贡献，他们一个子儿不剩的全拿了也不多！”“矿领导不能老这么让，俺们工人心里可受不了。他们没日没夜地干了一年，‘按劳取酬’，也是应得的劳动报酬啊！”当然，也有的工人发出这样的感慨：“原来我猜想当官的准少搂不了，没想他们才拿这么点哇！”这样群情激荡的职工代表扩大会，开一次，与矿领导协商争执一次。就这样，会开了三次，与矿领导协商争执三次。最后双方达成妥协：正职的承包奖金增加到800元，副职增加到500元。这场“起于青蘋之末，盛怒于土囊之口”的特殊的情感风暴，才逆向地返归于“青蘋之末”，而渐渐地平息下来了。

钱有一个别名叫“青蚨”。这典故出自晋代干宝《搜神记》中的一个传说。据说南方有一种虫名叫青蚨，形似蝉而稍大。倘取其子，母即飞来，不管远近。于是，有人以青蚨母子之血各涂钱八十一文，每每购物，无论先用母钱或先用子钱，用掉的子钱或母钱都会再飞回来，轮转无已。魏晋是一个“人的觉醒”的时代，这种“青蚨”的传说，正是从奴隶社会逐渐脱身出来的世俗庄园地主聚敛人间财富、追慕人生享乐的历史印证。

在我国建立社会主义计划商品经济的新体制的今天，某些人商品意识的觉醒，从某种程度讲突出地表现在他们对于金钱的强烈追求和占有上。然而，矿长贺广祥对于那种可以自动飞到手心上钻入皮包里爬进衣兜中的“青蚨”（金钱）采取一种什么态度呢？

1988年12月，矿上的汽车承包队盈利不少。队长肖春业为了感谢矿领导的大力支援和各方面的热情关照，想从自己分得的红利中拿出一部分来，向矿领导“意思意思”。贺矿长对他说：“你承包赚的钱，也是辛苦换来了，多得了一份也是合法的。我们对你的帮助，是矿上的帮助，不是我们矿领导哪几个人的事。你要真有心‘意思意思’，那就向矿上的全体矿工表表心意吧。”肖春业拿出了一万多元交给矿上，作为补贴奖金分发给了矿工。事后，肖春业不无感慨地打趣说：“到头来，还是贺矿长把我给‘涮’了。”对于贺矿长这种一尘不染的廉洁行为，他口服心服，表示甘愿挨“涮”。

贺矿长不但对于飞到手上的“青蚨”（钱），分文不取；而且为了兑现承包合同，严以律己甘愿受罚，一定要让自己用汗水心血挣来的“青蚨”（钱）白白飞走。

1988年，矿上搞的九项多种经营的承包，八项都取得了很大成功，共盈利26万元。仅有一项由于具体承包人春秀亭缺乏经营经验受人拐骗，亏损了1.4万元，贺广祥便坚持要自罚500元。其他矿领导都不同意，说责任应由矿领导班子负责，再说从总体上看，承包是成功的，功足补过。贺矿长态度郑重地说：“功过不能相抵，我是企业的法人代表，用人失误，责任在我，应该罚我。”他硬是坚持自己的意见，从家里取来了500元，亲手交给了矿上的财会室。

马克思在强调货币（金钱）的个性特征时指出：“它是有形的神明，它使一切人的和自然的特性变成它们的对立物，使事物普遍混淆和颠倒。”

马克思精辟阐释货币（金钱）的这种个性特征，在刘庄煤矿的某些人身上，醇酒般地产生了使其陶醉而沉溺的迷茫，从而误入歧途地走向了“人的和自然的特性变成它们的对立物”的异化历程……

刘庄煤矿的财会负责人，本是一个较为能干且具有一定业务水平的会计。然而他没有能够抵御金钱对他的诱惑和侵蚀，在他魂灵的深处渐渐地生长出一层绿茸茸的铜锈来。矿里搞第三产业，成立了刘庄煤矿注浆研究经营公司、矿汽车专业队及劳动服务门市部等之后，他便要从这些独立核算的经济实体向矿里交纳的承包金中索取回扣。如矿上的汽车需要检修了，于是矿里决定由机修组的同志自己来承包检修任务，予以适当的奖金补贴。于是，他便又要从这奖金补贴中捞取一把。更为严重的是，他使矿上工人少发工资和奖金 2.6 万元，因此影响 35% 的矿工晋不了级。矿长贺广祥及时了解到这些情况后，找他进行了严肃的谈话，他便先发制人，开始在工人群众中间，散布某些关于贺矿长所谓经济问题的流言蜚语。由于他以财会负责人的特殊身份，而且散布时又故意吞吞吐吐遮遮掩掩，造成一种讳莫如深的神秘气氛。并扬言：“他贺广祥要是查我的账、撤我的职，我便要将他的事儿彻底抖落抖落！”

金钱的力量不但使他成为他自己的对立物面走向异化，同时还居心叵测地使他人成为自己的对立物，进而“使事物普遍混淆和颠倒”起来。

关于贺矿长的流言蜚语不胫而走，捕风影云遮雾罩。在矿上扰乱了广大矿工的生产情绪。贺矿长知悉后，便在一次职工大会上站起来朗声说道：“不是有人说‘贺广祥把我撤了，我就要抖落抖落他’吗？我就不信这个邪，非把他撤了，让他抖落抖落我，好使我少犯错误。”于是，他立刻请求职代会，组织职工代表成立经济清查小组，开展检查他贺广祥等矿领导及矿承包集团的经济财务工作。

查账结果，矿领导班子的几位成员，不但没有多拿钱，1988 年每人还少拿 8000 元左右。贺广祥全年总收入 4283.18 元，其中含津贴 430.95 元，全年奖金 1090 元，年终奖 800 元，比本矿中上等收入的工人全年收入还要少 336.78 元。

查账结果公布在矿门口的黑板上，白纸黑字，有目共睹。

围观的矿工们不禁瞠目结舌，感慨万千：“咱们矿领导胆真大，真敢让工人查账，公布他们个人收入，这还不是人家行得端立得正身上干净！”“我们刘庄矿领导，这样清正廉明的好领导，真是打灯笼也难找！”“那造贺矿长谣的人也太卑鄙了！”

……

财会股长的职务终于被贺矿长撤掉了，而贺矿长也被他彻底地抖落抖落过了。他们两人的愿望都实现了，然而值得我们深思地是，金钱的魅力又一次显示了它特殊的神奇力量：使得共产党员贺广祥的形象成了财会股长愿望的“对立物”，从而获得了比金子那种“反射出最强的色彩红色”还要美丽的光辉！

一个受到其他加速运动的粒子猛烈轰击的重核顷刻之间可以发生裂变而释放出巨大的能量来，这种能量可以移山可以填海也可以将整座城市夷为平地！利用这种核裂变而释放的巨大能量，可以造福人类也可以毁灭人类。刘庄煤矿的党员干部正是这样一个个用自己的无私的纯洁心灵和满腔热血作为加速运动的基本粒子，来猛烈轰击矿工心灵深处的“重核”，将他们的巨大潜在能量充分释放出来。这便是他们进行原动力潜层开掘的艰巨的系统工程之一。

1989 年初，刘庄煤矿由于矿井自然起火的缘故，生产出现了“滑坡”现象，连续亏损了两个月。这时矿领导班子作出决定：工人奖金照发，领导一分不拿。但是，贺矿长根据井下一线矿工的一再请求，又考虑到主抓生产的副矿长赵英，一直在井下值班指挥生产，便关照财会股长：赵矿长的奖金照发。赵英得知这一消息后，他深知这是贺矿长对他的关心，但他总觉得有一种人格上仿佛遭受了屈辱似的感觉。他找到贺矿长问道：“班子定了，矿领导一分不拿，为什么……”贺矿长不等他说完便说道：“可你一直在井下呀！”赵矿长急了：“你是矿长，我也是矿长，为什么我就应该搞特殊？”赵矿长这句骨鲠在喉的话终于吐了出来，倒把贺矿长噎住了，使他无言以对。

进入三月后，井下矿工一个个都撒泼发疯似的大干苦干。他们说：“干部一分奖金不拿，我们心头不落忍，早一天扭亏为盈，也好让干部早一天同我们一样拿上奖金。”于是矿工们早下井，晚上井，“老板子”快掘多进尺，推车的满巷道拣煤、清煤，把巷道清理得干干净净的，多装快跑。就这样，井下矿工一条心，拼死拼活地苦干了一个月，硬是超额完成了三月的生产任务。工会主席刘桂林拿到三月奖金后深有感触地说：“今年是头一次拿奖金，这可是井下工人拼命干活为我们干部挣的啊！”矿工们看着这情景，听着这滚烫话语，心里暖融融、美滋滋的，格外高兴。

采煤二队的大队长王全会，生就了疾恶如仇的执拗脾气。尤其是对过去矿里干部在金钱上不干不净的行为极为蔑视极为反感极为恼火，多次当着有的矿领导的面揭疤疮戳痛处泄隐私，让某些领导大失体面大出洋相大为光火。于是，他便得到了一个极不雅驯的绰号，咬人的“狗”。由于种种不同的原因，他曾“咬”遍了刘庄煤矿的多位前任矿长。贺广祥是第十四任矿长。贺矿长一上任，他就对贺矿长直说：“我先看你们一年，你们要是只顾自己搂，别怨我王全会不侍候你们！”月圆月缺，冬去春来，一年过去了。他逢人便说：“现在的矿领导我算服了，让我‘咬’也‘咬’不起来。”地球转一圈，他转一圈半。经常十天半月不回家，连连加班。前年和去年王全会多出勤150天，一分一厘的报酬都不要。被采煤工推举为采煤队的大队长，并荣立矿级一等功。

工人王久英，精通机电方面的业务，外单位以300元的月薪聘请他。他说：“就冲着我们矿这样的领导，你给我8000元我也不去。”他外出联系业务连盒烟也舍不得用矿上的钱买。他说：“我觉得矿上的日子就是自己家的日子，省下一分是一分。”还有杨洪田在井下顽强拼搏，难道仅仅是为了每月挣这100多元的工资吗？显然不能这么讲。因为他妻子是在农贸市场卖脱骨扒鸡的，哪天不挣它个三十五十的呢？他家的小日子过得十分殷实富足。那他又是为什么呢？

刘庄煤矿的杨洪田掘进小组，董国华、张印、高国山等4人，配合默契，奋力拼搏，连续三次刷新了矿里的掘进纪录：由班进10架到班进12架棚子。我们可得闭上眼好好想一想，在掌子面上，仅仅他们4个人，光说12架棚子的料，就要足足装一大马车，然后由下面一根一根地拽到掌子面上去，然后再用钻机打眼放炮支棚子，攉下来的就是一百多矿车煤。下午4点钟下井，一直干到午夜零点才上井。他们这样干，难道仅仅是为了多得几个钱的奖金吗？

不，显然不是。矿领导以他们忘我无私和清正廉洁的精神粒子，已经将工人心灵深处的巨大能量轰击开来，产生了一种不可遏制的奉献行为和神奇力量！

莎士比亚曾在《雅典的泰门》中，将有形的神明——货币（金钱）比作“永远年轻韶秀”其“羞颜可以融化黛安娜女神膝上的冰雪”的玛尔斯。然而，这个战无不胜的战神，却被刘庄煤矿的干部和工人的奉献行为和神奇力量战胜了。

原载《长城》1990年第4期
荣获“1990—1991年全国优秀报告文学奖”

走出古老的寓言

——记当代愚公李双良（节选）

长 江

作品简介

1983年，年届六十的李双良主动请缨，带领渣场职工将积存了50年之久，占地2.3平方公里，总重高达1800万吨的渣山搬走，被誉为“当代愚公”。难能可贵的是，他在带领职工清理渣山时不仅未向国家要一分钱的投资，反而为国家回收了130.9万吨的钢铁。长江在生动地描绘李双良不为名不求利，克服重重困难清除工业污染和保护生态环境的壮举的同时，也真实再现了周围人们对他的行为从不理解、不支持到理解、支持的转变过程，透过充满矛盾的生活背景映衬出李双良的光辉形象和卓绝品质。

根据长江《走出古老的寓言——记当代愚公李双良》（中国工人

出版社 1990 年 11 月第 1 版）节选。

正文节选：第一章日月作证

第一章　日月作证

世上有两个“方程式”永远解不开。

一是易如反掌的事情往往没人干；

二是没人干得了的事情有时竟会爆出冷门。

无名者对着苍穹叹息：“无论如何，我也不能把这根羽毛吹到天上去。”

阿基米德却低垂着头对希腊国王说：“只要给我一个支点，我能将地球撬动。”

1

那枚联合国的金质奖章意外地别在了他的左前胸。

小小的，如衣服上的一颗铜纽扣。

没有耀眼的闪闪金光，只有神圣的凝练。

他叫李双良。

一个地地道道的普通人，普通劳动者。

他已过六旬，人高马大。天庭开阔，面呈深赭，一双浓眉大眼与他为人的刚正端直正好匹配。

他是山西人。讲一口个性顽固的忻州话，也有着忻州老年人惯有的被水锈染黄而缺少珐琅质的牙齿。

他在太原钢铁公司工作。用他自己的话说：“打一解放进了太钢门，就是太钢人。一晃 40 年没离开过，无论是人，还是心。”

一顶柳条工作帽扣在他的头上，盖住了他后脑勺上碗口大的秃顶。

那是一块“太阳记”，是他几十年野外作业被太阳灼烤的烙印。抬起头来时，那“太阳记”便向后仰去；弯下腰低头劳作时，那“太阳记”刚好对准太阳，日晷一般地太阳走到哪里，它就随向哪里。

他不像人们揣摩的那样，有“三头六臂”，也不是那种脖子似腰粗，力拔山气盖世的莽汉。

当他绾起袖管，挥起镐头向渣山宣战，要干出一番惊天地、泣鬼神的伟大创举时，他已经60岁——有了一个结结实实的人生花甲，一个苦难和幸福遍尝的花甲，一个荣辱共存的花甲。

他有过嫩芽泡在盐碱泥水中一般的童年。

他给日本人、给大军阀阎锡山做过苦力。

他为新中国工人当过“代表”。

他曾经是厂一级的领导干部，然后被荒唐地“开除”出党。

人们喊过他大老李、李师傅、组长、段长、厂长，又从厂长、段长、组长、李师傅、大老李一路喊回来，如今人们叫他——李老汉儿。

他有大号，可越是亲近他的人越不叫他的名字。

“本来嘛！六十岁的人哩，不叫老汉儿叫甚？！”他说。

就是这样一位花甲老人。

不是将军，手下却有着一支千军万马的队伍。

不是高级领导，四周却有着一片拥护者。

不是大主教，身后却追随着数不清的虔诚“信徒”。

就是他，当太钢排放的大量工业废渣堆积了50年，在自己的南门外堆起一座巨大的渣山，终于影响生产，污染环境，危害人民健康，他勇敢地站出来，以当年王铁人“石油工人一声吼，地球也要抖三抖”的英雄气概，对公司、对众人夸下海口，说他要搬走这座钢铁大山！

没有人不钦佩李老汉儿的满腔热忱。但是，没有人能够理解李老汉儿的举动，至少在当初。

当初，人们投向他的大多是疑问的目光。

当初，甚至可以说，人们根本不相信他能把渣山搬走。

大渣山在太钢南门外不可一世地耸立了50年。50年来，人们早就恨不得一脚踢开这只拦路的“老虎”。

无奈，要搬走这座渣山，谁也没有回天之力。因为，渣山委实太大了。

那是一座钢山铁山，有着钢头铁脑。一点不掺杂使假地完全由太钢这条钢铁巨虫的“排泄物”构成。它的总体积：1200万立方米[①]；总重量：1800万吨；占地：2.3平方公里；峰巅高达23米；有效开采面积的平均高度也有13米！

何其之大的一座人工巨山！

单说2.3平方公里的面积，它的形象含义是什么？

15650.886个标准篮球场。

5.2个天安门广场。

能容得下5个像梵蒂冈这样的国家。

比岛城鼓浪屿还大0.5平方公里。

人站在这样一座大山下，显得很渺小，渺小到几乎没有。

面对如此巨大的一座钢铁之山，人们怎么可以想象它会被人搬掉，而且是被一位六旬老汉儿？

不要说人们已经多年忘却了那则《愚公移山》的古老寓言，就是没有忘记，谁又相信，真有“愚公”会像神仙一样下凡？

李双良——李老汉儿交上了一份请战书，他说他能够搬走这座大山。他能够消化这座大山。

人们费解地瞪起惊异的双眼啧啧发问：这李老汉儿毕竟年事已高，临届退休。而且，毕竟这辈子没有正经上过一天学，一个已经不再时髦了的大老粗。他能行？

李老汉儿却硬要这样做。他说他比当年的愚公强。当年愚公搬山

---

① 原文中为1200立方米，实应为1200万立方米。

时已高龄90，他才60。愚公手下只有数十个儿子、孙子，他却可以招呼上一大群人……

说完，李老汉儿已经绾起袖管，戴上柳条帽，扛起三齿镐，扭头向渣山走去。

他身后是人声、车声、马叫声，还有祝捷的鞭炮锣鼓声——

2

90年代第一个春夏之交。

暖风再度吹绿三晋大地。

为了采访李双良，为了写出一个新的《愚公移山》的故事，我来到太原，来到全国著名的特种钢生产基地——太原钢铁公司。

已是黄昏日落时分。

只用了18秒钟，面包车就带着我爬上了太钢南门外新渣场，替代原始渣山的高大的防尘护坡，人称摩登“城堡”。

18秒。根本未及看清“城堡”里的布局和满眼的红花绿柳。18秒。与搬掉一座大渣山然后再在原址上垒起一座伟岸的防尘设施所花去的6年零8个月的时间相比是那么短暂，甚至羞涩。

一切都不存在了。过去的一切。大渣山。搬山的勇士。人马的喧阗。锹镐与钢铁的碰撞。机器的轰鸣。警报器的嘶叫……

脚下的环型护坡分三层呈梯状。全围长2500公尺，平均宽20米，高13米，把一座现代化的废渣处理场怀抱其中。它替代了原始渣山的粗野和丑陋，向外界显示着建造者的智慧、力量和建筑学的、美学的、实用学的成功的尝试，并以博大雄浑的气势与其正北方十里钢城的宏伟壮丽相得益彰。

听人们说，这座防尘护坡之所以称为“城堡”，原因在于它有四扇红漆大铁门。

那大门给人的感觉太古老！太结实！太永恒！

三只粗大的水泥门柱架着两孔门桥，四扇厚重的大门为金属结构。右手两扇为进门，左手两扇为出门。森严壁垒，却井井有条。

大铁门红红火火地刷成大红色，四周加上宽宽的黑框。每扇门的上下横向铆着 7 颗大黑铆钉，门心还各有一对金黄色的大铜环……

这门的确让人想起古堡、故宫。

如果不是门桥上雕有红五星和“太钢渣场”的大红字样，人们甚至会联想起法国的巴士底狱和古老的巴黎圣母院。

也许，搬走渣山对于改变历史是太其深刻而沉重。

那么，为了记载历史，也就非这能够象征永恒的大门不可。

7 年前，这里还没有大红铁门，没有防尘护坡。

有的只是花草不生、鸟畜不恋、铁青乌紫的一座大渣山。

渣山之前，这里还是一块裸露于天光之下的最自然的大地，大地上有着一片大自然与人友好相处的永恒的宁静。

据说，就在后来被堆起一座连绵起伏的渣山的地方，原来有一座大寺庙，是明朝的建筑。寺庙与太原南郊的“南十方院”对称，取名“北十方院”。明清年间，这两座大寺是并州地区著名的寺院，香火鼎盛，善男信女如云……

寺庙旁边有一个小村，村里的农户人家日出而耕，日落而息，朝朝鸡犬之声不断，暮暮炊烟袅袅不绝……

紧依寺庙和村庄的则是一片洼地。洼地洼了上百年。上百年的山洪雨水汇集于一处，形成了一个天然池塘。

池底坑洼不平，有深处有浅处。那深处深有两三米，夏季孩子们在这里欢天喜地地光腚戏水；那浅处没脚不过膝，是水鸭觅食栖息的地方。

池中的水草苇子连成一片一片，池畔的杨柳榆槐更把身影映入池中怡然自得。水中的鱼儿经常跳出水来咬破水面，阳光又将它复原成一面闪光的金镜。

渣山的前身之地曾经是迷人的地方。

直到大工业的脚步声踏碎了这里的宁静。直到太钢这条钢铁巨虫横卧在这块土地上。

池塘最早被废钢渣填平。紧接着是在劫难逃的村庄和寺庙……

这一笔历史旧账仿佛只有记在太钢头上，尽管这样做不尽公平。

实事求是地讲，当年太钢建厂的时候，北十方院一带虽然美丽宁静，却还不属太原市管辖，而是离市中心还有很大一段距离的北郊。那时的太钢显得离市府很远，太钢每年排出来的有限的一些废渣初始堆在池塘边上，也似无碍大局。

矛盾的激化是在50年以后。50年中，太原市区在不断地向四周发展，大片大片的厂区和居民住宅区一步步向城外蔓延，城郊的距离在一天天缩小，甚至消失……

谁也没想到，或者说谁都忽略了一个事实，那就是，当现代化的城市建设使得太原市的城市范围越变越大，太钢的这座大渣山也由地处城边而渐渐吞噬着新城。

随着渣山越堆越高，它不仅彻底掩埋了原来土地上的秀美和永恒，而且对太原市的污染也越来越大。

渣山位于太原市的西北，恰好是上风口。太钢正常生产，每日排出的废渣一车接一车，火车爬上十几二十米的渣山，向沟底翻斗倒渣，如果正赶上老天爷刮西北风，那半个太原市的天空顷刻之间便被染成灰色。

试想，一座美丽的城市的怀中不得不抱着这么一个大“铁疙瘩”，大“灰箱子”，市长会好受吗？老百姓能容忍吗？

户户门窗紧闭，家家怨声载道。市长和老百姓一样，半天就得脱去那领口袖口起了黑边的白衬衫，但老百姓却品尝不到作为一市之长因为长期的对渣山的无可奈何而苦恼的滋味。

现有的渣山已经占地两平方公里之多。

太钢每年还要新添废渣70万吨，按堆高10米计算，还得每年占地60亩。

肿瘤一样恶性膨胀的大渣山开始威胁每一个太原市民，威胁整个太原市。

正赶上一个北风呼啸的黄昏。

风好像有意帮助我复原当年的景象似的，使劲地撕扯着我的风衣、长发，却不时地封住我的口、我的眼。

站在护坡上，望着坡内新渣场依然是灰粉漫卷的作业面，我努力联想着原来渣山的情景。

沙粒上狂风肆虐时，风神会像一位复仇者，一层层撕扯起大漠般的灰尘，令人觉得是一片凶恶的渣漠渣海。

陪同的太钢工会女干部小佟仿佛为这风的“不礼貌”，向我歉意地笑笑：

“如果要在过去，像咱这么近的站在渣场作业面前，不出几分钟，咱就成‘灰’人了。牙齿里、眼角里，毛孔中全填满了废渣粉尘。加上火车一叫，边叫边在渣山上痛苦地爬行，这渣山就像被鬼魂附体，变成了一只巨魔巨兽，痉挛中抖开肮脏的毛发，远远望去，渣山上灰飞烟罩，好不吓人……”

小佟说得深恶痛绝，连那下意识地掩住领口的习惯动作也带着几分“仇恨”。

“不过现在好了。渣山被整个搬走。防尘护坡把‘尘龙’牢牢锁住。眼前，你看到的环形护坡内，已经是太钢新渣场，现在公司倒渣、处理渣子、回收废钢、综合利用全在这里进行。6 条专业倒渣线已改造完毕。太钢倒渣难的历史结束了。太原市一大污染源消除了。废渣作为一种资源被加工利用的尝试我们正在进行。渣山腾出来的地方，瞧，你转身瞧瞧，就在我们身边左右，你能看到的，一大片全是……”

顺着小佟手指的方向，我以护坡为中心，居高临下地向“城堡”四周望去。

果然，我看到“城堡”的西侧有一条像亮丝带一样的柏油马路直贯南北，那是“大同路”，宽 100 米，长 1200 米，路面是用渣山的渣子做的，夏天不跑油，冬天不裂缝。

正南是一大片一望无际的林立楼区，整整 22 栋，全是居民楼。

东面是一排排高矮差落的新办公楼、车库、厂房。最东头的新楼房，正是李双良师傅现在工作的太钢加工厂，它的对面是加工厂新建的宾馆、职工活动中心。据说那职工活动中心式样别致，造型优美，内部装饰讲究，三层一个十分豪华的现代化歌舞厅在整个太原市都难挑出第二个。

“这些地方原来都是渣山？”

我按捺不住激动的心情——

除了公路、宿舍、学校、宾馆、厂房、车库，在“城堡”四周，我还看到成行成列的绿树、一处处厂区花园，花园中万簇鲜花正姹紫嫣红开得争奇斗艳……

小佟的回答透着万分的自豪：“可不，全是！当年李双良师傅说要搬山，人们还不信。这会儿这些人全服了。不服行吗？渣山真的搬走了！这里变成了幽静的生活乐园。”

现实是历史的最好注脚。

渣山搬走了。大地上再也寻不着它的踪影。

对局外人来说，渣山曾经长时间的存在与渣山的后来被搬走，这一切仿佛只是转瞬之间的事情。可是，这件“从有到无的变化”之事确实发生过，发生在一个年逾花甲的老汉儿和一群参与者身上。

它虽然不能使一座古老的寺庙重新站立起来，虽然不能恢复这块土地上田园诗一般的恬静，但它在大地上竖起了一座举世无双的防尘护坡，一座新式“城堡”，一座灿烂的意义奇特的历史丰碑。

面对这块“丰碑”，有人也许仍然觉得不可思议：

——一根羽毛尚且难以被真正吹到天上去。

——一支杠杆又怎么能把地球撬动？

然而，地球确实被撬动。

选自长江：《走出古老的寓言——记当代愚公李双良》

北京：中国工人出版社，1990年11月第1版

荣获“1990—1991年全国优秀报告文学奖”

天开海岳

——走近港珠澳大桥（节选）

长 江

作品简介

长江《天开海岳》初载《当代》2018 年第 3 期，2018 年 8 月由人民文学出版社出版发行。《天开海岳》记述了被誉为“新世界七大奇迹”之一的港珠澳大桥的建造始末，重点描写了林鸣、朱永灵、余烈、苏权科、张劲文、刘晓东等为代表的勇于担当、不辱使命的新时代建设英雄。全长 55 公里的港珠澳大桥既是中国交通建设史上具有里程碑意义的项目，也是改革开放 40 年成果的有力见证。长江从 2017 年 5 月 2 日“最终接头”沉放入海写起，不仅悬念丛生、扣人心弦，而且展现出桥梁建设者一丝不苟、精益求精的精神品质。

根据长江《天开海岳》(《当代》2018 年第 3 期）节选。

正文节选：《天开海岳》第一节

直到有一天，我脑子里突然冒出这样的一溜小字——伶仃洋上神奇的脚印，我要写一写中国人，写一群建桥人——一群港珠澳大桥的建桥人，这冲动才变得十分明确，难舍难弃。

其实，茫茫大海，谁能把“脚印”留在水面？

不可能！不可思议！

但，就是这渺小与倔强、浩渺与宏阔、人与自然的反差呈现在一个取景框里，那风景才由“伟大”渐渐透出两个震撼力更大的字——“可怕”。

仔细质疑：港珠澳大桥，这是座什么桥？

看介绍，它拥有1100个亿的巨额投资，于当今世界是最长、跨度最大、深埋最深、体量最大的跨海大桥；听名字，它是要跨越香港、珠海、澳门。但这三地之间，可是南中国海的珠江口、浩瀚无垠的伶仃洋啊，此桥是梦是幻？

从西往东里说，大桥从珠海抬起左脚、从澳门迈开右脚，然后身体有如神助了一般飘起来，一路向东伸向香港，弄出个大大的“人”字——之所以说它是飘，55公里的全长啊，架在大海之上，高处鸟瞰，便是条带子。这条“带子”神龙见首不见尾地，22.9公里从珠海出发还是桥，4公里从澳门出发也是桥，但走着走着就钻入海底不见了身影，接着6.7公里的深海隧道，从隧道再钻出，12公里跨向香港。因此从香港，也就是从东往西看过来，它又是一个颀长无比的大“Y”。

这天早上，珠海，难得的采访间隙，我步行在情侣中路滨海的大道上，太阳拨开云雾，露出笑脸，把金灿灿的阳光洒向海面，印象中一向温婉贤淑的雕像“渔女”竟变得有点风情万种——

为什么，为什么中国人要在伶仃洋上建一座大桥？

这桥建好了以后有什么用途、什么意义？

其实说“桥”，这不仅仅是桥，是一个跨海的集群工程。它由桥、岛、隧三部分组成，是继我们国家三峡工程、青藏铁路、京沪高铁之后又一个重大基础建设项目——费用之大、难度之大、风险之大都令人错愕！

不走近，当然我可以事不关己高高挂起地为“我的国”说一句“乐见其成”，但走近了，走进去了，一连二十天的满负荷采访，我才知道什么叫意义深远、作用非凡。才知道建设者是怎样如临深渊、如履薄冰。120 年的使用寿命，千人走钢丝！毫米级标准！

为了应对这 55 公里的难题，特别是 6.7 公里的深海隧道，64 项重大创新让世界瞠目，近 600 项技术已经申请到了国家专利。整个工程，牵一发而动全身，一处处暗礁、一次次险情，最后一处“血栓”还差点要了大桥的性命——后怕啊！采访中好几次我睁大了吃惊的眼睛，听着设计者、指挥者以及工地上最普通的工人师傅们给我讲述那不堪回首、并没有空闲说与他人的日日夜夜，一股凉气从后背爬起——咱中国争这世界第一、奇观、举世无双，干什么？

不过采访开始了，故事听进去了，浸透全身的寒气一点点被熨温、蒸热。

我知道，我该写下点什么，不然就对不起大桥的建设者，也对不起我的心——那一阵阵已经久违了的感动……

凶险的“5 · 2 之夜”

2017 年 5 月 2 日，不要说中国媒体，就是世界主流的媒体，也都把“长枪短炮”，至少是关注的目光对准了中国南部珠江口外的伶仃洋，在这里中国人正在进行着“新现代世界七大奇迹”之一的港珠澳大桥的最后合龙，33 截为了铺设海底隧道而特别预制的巨型沉管通过 4 年里的一次次“海底之吻”已经成功嵌入海底几十米深的海槽，这一天就等着最后一截接头——设计上称为“最终接头”——沉放入海，与一整条隧道连通，从而完成整座港珠澳大桥主体工程的全线贯通。

这一天，安装海域的指挥船——“津安3号”上，全体人员都换上了崭新的工作服，这种工作服肩头绣着鲜艳的“五星红旗”，与测量塔上代表着33截沉管的33面红旗交相辉映，惹得来自荷兰的“密封产品设计师”乔尔也开口向总指挥林鸣要了一件。

6.7公里的海底隧道接通了，用老百姓的话说，55公里的“大桥”也就做成了。

但是万一连不上，或者堵在那里，就是“血栓”，也就会毁了隧道乃至整座港珠澳大桥！

如神话一般，中国做什么事情还会有失败，在人们的期待中根本不存在。不可能，不允许，不“政治”。果然，晚上10点半，作业海域传来捷报，随着最后一段接口装置在海里完成对接，管内没有水，一滴水也不漏。整座港珠澳大桥，这个巨大的海上“巨无霸”，以此为标志可以向全世界宣告：“我们成功啦！”

真的？不漏水，到底漏不漏水？！

太好了！

漏不漏水是隧道成功与否的最关键指标，对全世界而言，概莫能外。

伶仃洋上烟花绽放，安装船上一片欢呼——叫声、掌声、泪水——大海也跟着沸腾！

新华社迅速向全球发出通讯：

时间：2017-05-02　23：52：56

导语：2日22时30分许，重达6000吨的港珠澳大桥沉管隧道最终接头在经过16个多小时的吊装沉放后，最终安装成功。至此，经过我国交通建设者6年多的持续奋战，世界最大的沉管隧道——港珠澳大桥沉管隧道顺利合龙。

为了记录下这一辉煌的时刻，有关企业专门为中国中央电视台设计订制了一个有着很多只“眼睛”、外观有点像螃蟹的水下拍摄器——机器人“小黄”，这家伙不仅有一个大广角、超清摄像头，还有 4 个 LED 灯和两个卤素灯，可以在水下任意变换角度进行拍摄。与此同时，装在无人机吊臂上的摄像机也于头两天到达安装海域充当“天眼”，加上指挥船、吊装船、潜水员船也都安装了固定的摄像设备。这一回可以说天空，海上、水下，每一分钟“最终接头”的形态都在被拍摄、被记录——不能失败，不许失败，不敢失败，最后人们就只剩下一条出路——只能成功！

这压力！不是劈头盖脸，是扛在肩上，一分钟比一分钟更重！

然而，这个“最终接头”真的在海底被安装得严丝合缝了吗？

120 年的使用寿命，中国人真的可以向世人狠拍胸脯，说我们一点问题都没有了吗？

不是，没有！

外界不知道，但建设者不能自欺欺人。“成功”的报道我们说早了，所有的监测指标我们还差一项，那就是……

深夜，其实此时时间已经是 5 月 3 日的凌晨，港珠澳大桥“岛隧工程”各路指挥和项目负责人，刚刚回到驻地，人们心情大好地放松睡下，几年的心血，连续几天的演练、准备，大家都太累了。只是总经理、总工程师林鸣心里不踏实。他在等一个电话。“他们怎么还没给我来电话？”要是以往，林鸣指的是过去 33 截沉管每次安装完毕之后，贯通测量人员的“报喜电话”早就打过来了。

林鸣等待的“电话”是什么？

按照设计，隧道沉管在海底是否实现完美对接有 GPS 系统、双人孔投点、管内贯通测量以及水下人工复核等四种测量手段。最后一个手段，也就是最后一道监测，技术人员要步行或坐电瓶车进到隧道内，打开“最终接头”的封门，亲眼检查和校验“最终接头”纵向及水平方向的安装是不是按设计要求没有超过对接误差。但是这个电话没有来。

忽然一个激灵，林鸣抄起了手机。

“怎么？误差有没有？”他把电话打给了具体的检测人员。

开始检测人员还有点不敢说：“有，有一点儿。”

林总问：“多少？误差到底是多少？”

检测人员：“八九厘米……十几厘米。”支支吾吾，听着有点战战兢兢，理不直气不壮的。

“十几厘米？”对于这样的汇报，林总心里其实半块石头已经落了地。为什么说“半块”？因为港珠澳大桥全长 6.7 公里的海底隧道，由 33 截沉管组成，技术名称是 E1 至 E33。这些沉管说“大”有多大？标准长度 180 米，有两个足球场的长，宽 37.95 米，高 11.4 米，重量将近 8 万吨，等于一个中型航母的体量——如此巨大的钢筋混凝土的“大家伙”要入海安装，再嵌入 20 米深的海槽，而且是无人操作，这工程本身难度就极大，而“最终接头”虽然体长没有 180 米，只有 12 米，但它的重量也有 6120 吨，而且与以往的 33 截沉管不同，它不是和前一个已经在海槽里面安装好了的沉管头尾相连，是要像楔子一样塞进 E29 和 E30 之间，漆黑一片的大海深处，暗流汹涌，接头两旁的缝隙只有 15 厘米。有人形容这在海下简直是“于大风中穿针”。

夸张吗？一点也不。

八九厘米？十几厘米？到底符不符合设计标准？

林总坐不住了，他把电话打给每一个需要商量的工作人员：“快，开会，开会，马上开会！”

5 月 3 日早上 6 点钟，人们接到通知，走进会议室，知道大事不好，但心想也不至于有什么太大的“大难临头”吧？

在会上，林总通报了刚刚听来的“坏消息”，但耳听为虚，眼见为实。他马上招呼大家：“走，上船，我们去现场！”一个小时后，交通船顶着海风抵达头一天晚上的安装海域。人们从“最终接头”上方直挺挺伸出海面的一个 50 米高、90° 角度的“人孔井”鱼贯而下，一个个下到了“最终接头”的肚子里。

残酷的事实暴露在这些大桥人的眼前：“最终接头”真的出现了意外，而且它和 E29 管节的横向对接偏差出现的不是八九厘米，是整整的 17 厘米。这 17 厘米对局外人来说并不知道意味着什么，茫茫大海，一个 6000 多吨“三明治”结构的构件与东西两座“航母们”对接，17 厘米算得了什么？开始，至少我就是这么想的。

对，17 厘米对沉管结构不造成影响，且纵向偏差仅为 1 厘米，止水带压接非常均匀，“滴水不漏”，这已经很了不起。设计人员几乎都在“自我安慰”。

可不是嘛，世界上所有的海底隧道，没有一条是不漏水的，我们不漏，已经很牛了！

但，设计要求是多少？允许误差是多少？

7 厘米。

这 7 厘米是理论上的，17 厘米偏差了出去也就不过只有一个拳头，更主要的是这点“偏差”在深海基槽内根本就没有安全之忧，对于双向六车道的海底隧道来说，也不涉及行车界线，经过后期装饰施工，一点都不会让它看得出来！

怎么办？每个人都皱着眉头，但每个人心里想的也都不一样！

大多数人认为“没问题”，这个“大多数”既包括中国的设计师、工程师，也包括外籍的专家，比如瑞士、荷兰、日本的顾问。

来自瑞士的顶级“顶推系统”专家瓦特现场查验后提议“维持原判”，理由是如果推倒重来，“最终接头”要被从现在已经卡在 E29 和 E30 之间的缝隙里顶出去再推回来，这期间一旦腔里的压力和外面的海水压力不平衡，就可能损坏两侧的止水带和顶推滑道。

荷兰人乔尔，特瑞堡公司派驻港珠澳大桥“岛隧项目”的密封产品设计师，他本来已经订好了 5 月 3 日回家的机票，就等着天一亮坐车去机场了，但早上 6 点接到总部通知，要他马上回现场，“最终接头”有可能会返工，重新调整姿态。

乔尔取消了航班，来到海面，也和大家一样顺着测量塔的梯子进入“最终接头”的底部。两小时后他爬出海面，在决策会上发表意见：“压接状态相当好，管内滴水不漏，纵向间距、平面转角、竖向位置、竖向转角、整体线条都已经很好。为了精调一个方向就意味着将这些来之不易的完美部分都重新置于不确定（因素）中，我倾向于不要再重来了。”

几位外国专家和中国工程师迅速“统战”着，港珠澳大桥“岛隧工程”副总工程师高纪兵曾经就当时现场的情况接受过我的采访，他说：“我也不同意推倒重来——‘最终接头’我们是2016年在江苏南通生产的，但2012年我们就到日本去做过调研考察，知道了世界上目前只有两种方式：传统的‘海底现浇’和另一种需要创新的‘整体式结构’。随后为了敲定我们的‘最终接头’的型式和尺寸，有一阵子我们在会议室连着‘吵架’，吵了四五天，不断地质疑、论证，质疑、论证。一直到2014年年初，项目团队才达成共识，开始筹备做一个全世界独一无二的‘最终接头’。这期间我们总共组织了十余次专家的咨询会，开展了多项专题研究，攻关会议更是开了有上百次，先后推翻了十多个方案，同时也进行了数十次的验证性试验和调试性演练，最后才形成了港珠澳大桥沉管隧道新型的整体安装方案。所以说，真不容易。当时我就不同意推倒重来，怕麻烦是一个因素，但更关键的还在于我们要为此付出极大的风险。”

“什么风险？这风险有多大？”我追问。

高纪兵答：“很大，后来我们真的推倒重来了，好几次险情真是吓得人手脚冰凉。”

外国专家和中国工程师继续“统战”着，只有林鸣眉头不展。

“不，4年沉管隧道安装，33次深海之吻，我们从没有这么大的偏差数据出现过！”

林总开始问身边的工程副总、设计总负责人：“你们要让这个遗憾永远地留在海底吗？你们甘心吗？”

他问话的背后，“副手”们都明白老板这是要决意返工，“一意孤行”了。

但“返工”，或者说重新“精调”，把一个已经固定在深海基槽内重达6000多吨的“大家伙”重新吊起，对准角度，再放到位置，反复几次，不保证调一次就能成功，谈何容易？！

又是4个小时的集中“会诊”、务实讨论。

如果“精调”，这个方案不是不能做，因为为了以防万一，设计人员事先已经为“最终接头”预设了一种断开装置，这就意味着“返工”是可行的。只不过茫茫大海，海浪冲击，暗流汹涌，“最终接头”一旦重新断开、提起，不成功后果是什么？推顶系统，也就是“最终接头”最核心的部分，由两侧各27台千斤顶、顶推小梁及临时止水带组成，一旦腔内与外界（海水）的压力不平衡，脱开时就有可能被损坏乃至被完全破坏，那结果可是不堪设想。

“算了吧。”

“还是算了吧！”

几乎所有人都想说服林总罢手。

现在的情况已经是60分了，虽有遗憾，但你非要追求90分、100分，那万一失败了，千古骂名，所有功劳都会因为这一处闪失而消弭殆尽不说，况且新闻已经报出去了，成功的后面还要再来一个“是否成功，尚未知”？

怎么办？不返工，不影响使用，但“17厘米的偏差”是个心病，留到历史的确是一道永远也抹不去的遗憾；但返工重装，成功了便什么都好说，万一失败，中国人的脸面，整个大桥已经叫响世界的“成功”就可能毁于一旦，我们敢赌吗？！

怎么办？怎么办？怎么办？

决策者迅速思索着、权衡着——千钧压顶，何去何从？

这就是后来为什么有人形容“此一处血栓差点要了大桥的卿卿

性命”！

不过林鸣老兄，自信与任性，你知道边界在哪里吗？你没有模糊了这一条重要的界线吧？

原载《当代》2018 年第 3 期

飞向太空港

——“亚洲一号”卫星发射纪实（节选）

李鸣生

作品简介

李鸣生是“航天文学”的重要开拓者，《飞向太空港》是他创作的一系列航天领域长篇报告文学的发轫之作，初载《当代》1991 年第 1 期，1993 年 1 月由作家出版社初版发行。李鸣生在西昌卫星发射中心度过了十五个春秋，亲历过发射基地的建设和卫星的发射。《飞向太空港》讲述了 1990 年 4 月 7 日中国航天人在西昌卫星发射中心用“长征三号”火箭成功地将美国休斯公司制造、香港亚洲卫星公司委托发射的“亚洲一号”卫星送入太空的全过程，不仅记录了中国航天史上具有“里程碑”意义的重要一幕，而且还回溯了我国航天事业艰苦卓绝的发展历程。李鸣生重点刻画了任新民、胡世祥等几个典型人物，集中展现出中国航天人不畏艰辛、锐意创新的工作作风和默默奉献、不计得失的精神品质。

根据李鸣生《飞向太空港》(《当代》1991 年第 1 期）节选。

正文节选：第五章我们都是地球人

第五章　我们都是地球人

发射卫星，特别是发射同步通信卫星，是当今世界最为复杂的系统工程之一。要把几百吨重的火箭与卫星一家伙从地上发射到天上，并且要把卫星准确地搁在三万六千公里高的位置，确非易事。国内发射一颗同步通信卫星，涉及的单位和部门成百上千，参试人员则数以万计。

而这次发射“亚星”，是全球性的大协作，其控制范围，已跨越了国界。并且，在向宇宙进军的漫漫征途上，中西双方又是第一次并肩合作！

因此，当中国的火箭和美国的卫星先后运到西昌发射场后，当中外专家及技术人员全部云集于发射架下并开始进入发射的直接准备阶段时，由于各自的工作方式、生活习惯、文化观念、价值取向不同，加之语言的障碍和技术上相互防范等原因，因而使这次发射准备工作比过去任何一次都更为复杂、更为艰巨，也更为沉重！

但，开辟通天路，造福全人类，并非一个国家、一个民族所能完成的事情。不管是中国人还是美国人，无论是香港人还是加拿大人，我们都是地球人！把“亚星”成功地送入天空，既是双方共同的愿望，也是双方一致的目的。尽管在通向宇宙大门的路上，双方各持一把钥匙，但最终还是打开了成功的大门。

14 同一世界，两种活法

西昌是中国最现代化的发射场，却坐落在一条原始的穷山沟里。因此，不少美国朋友还在美国时，就开始产生了关于肚子问题的种种忧虑。

一位美国朋友对我说：“还在洛杉矶时，我就想，我从小吃的是西餐，到了中国的西昌，肯定再也吃不上西餐了。顿顿中餐，能习惯吗？万一不习惯，怎么办？”

另一位美国朋友对我说：“两年前我曾经来过西昌靶场，看到这儿四周都是荒山野岭，老百姓很穷困，有的小孩大冬天还打着赤脚。因此我就担心，这次到中国要住几个月，万一吃不好，把身体搞坏了，那就糟糕了。”

还有一位年轻的美国朋友说得更有意思：“我在洛杉矶刚上飞机时就想，哎呀，西昌没有超级市场，听说一年四季都吃土豆，要是我想吃巴西棕榈树心，瑞典腌冻鳝鱼怎么办？”

于是，美国工作人员来西昌时，各自都带了许多自己最喜欢吃的食品，甚至连烤箱、木炭之类的玩意儿也从美国带到了西昌。

其实，关于如何把美国朋友的肚子伺候舒服的问题，早在中方的考虑之中，西昌卫星中心为此做了充分的准备和最大的努力。不光搞来了凡是能搞到的各种食品，也请来了最好的川菜烹调师傅。而且，为了能让美国朋友吃上西餐，还用每人每月一千五百元人民币的高薪，专门从成都请来了两位西餐大师。

美方工作人员每天在宾馆的伙食标准是四十元人民币兑换券。而且，据说凡是在中国参加发射任务的工作人员，每天还可领到四百美元的外勤补助费。

显然，美国人在中国过的这种小日子，对同样参加“亚洲一号”卫星发射而每天伙食费却只有五元人民币的中方工作人员来说，那简直就是生活在天堂了！但，对世界经济强国的美国人来说，仍感到有种种的不满足。

比如，川菜是中国的四大名菜之一，不仅中国人爱吃，美国人也喜爱。开始，每顿川菜刚一上桌，美国人便连声欢呼“OK！ OK！”但川菜毕竟是中国菜，因此，没吃上几天，川菜刚一上桌，美国朋友便使劲地摇头：“NO，NO！”

再比如，在吃的方式上，宾馆采用的是“会议伙食”的办法。但美国人最讲“自由”二字，这不仅体现在政治上，也渗透在吃的文化中，因此对中国这种“会议伙食”的吃法很不习惯。开饭时，有的起床了，有的还在睡觉；有的肚子饿了，有的肠胃还未消化；不想吃的菜，桌上已经摆好，想吃的菜，桌上又没有；去早了开饭时间没到，去晚了又吃不上。

因此，美国朋友向宾馆提出：能不能像饭馆一样搞一个菜谱，我喜欢吃什么，你就给我做什么，而不是你做什么我就吃什么。并且，我什么时候来，你就什么时候给我做。

但宾馆由于客观条件所限无法办到。再说，中国的宾馆也没有二十四小时营业的传统。

这样一来，有的美国朋友便开玩笑说：“哎呀呀，我的中国朋友，这简直像吃监狱饭似的，吃也得吃，不吃也得吃，一点也不自由。”

算伙食费时，就更有意思了。一天，中方为美方准备好了四桌人的饭菜，去吃饭的人却只有三桌，但中方收钱得按四桌人收。美方被搞得莫名其妙，问：“我只吃了你三桌的菜，怎么收了四桌钱？”中方感到问得滑稽，说：“我花出去了四桌钱，不算在你的头上，我又到哪儿去报账？”

因此，有的美国人想换口味了，干脆就跑到老百姓那儿买上一头猪，请老百姓杀了后，再弄回去自己一块一块烤来吃，说味道还真他妈不错！

我问一位美国朋友：“宾馆有现成的好东西不吃，干吗要自己烤着吃？”

那位美国朋友说：“这样吃好，不仅能尝到新鲜的美味，还很刺激。当然，更重要的是我有了吃的自由。”

是的，中国的火箭要在世界商业市场招揽生意，吸引用户，创来外汇，就必须在各方面保证服务质量与服务态度。因此，为了把美国朋友的肚子伺候舒服，宾馆想方设法，不断改变伙食结构，尽可能满足美国朋友们的食欲需求。除了调节好一日三餐外，还专门设立了夜宵点和咖啡厅。同时，在生活的其他方面总是给予热情照顾。

中方热情而诚恳的服务态度，使美国朋友非常感动，他们不仅理解了宾馆的工作人员，也理解了中国。一位美国朋友对我说：“我住过世界上许多豪华的宾馆，虽然西昌的宾馆在物质条件上赶不上它们，但这儿的工作人员都尽到了最大的努力。我们现在住在宾馆，就像住在自己的家里一样。”

15　伦巴、探戈与辣椒、蒜苗

在这个世界上，恐怕没有再比美国人对精神生活要求更高的了。

但在中国的西昌，在西昌的卫星发射中心，在精神生活上却恰恰是一个相当贫乏的地方。

几年前，卫星中心不少地方连电视都收看不上。现在虽能收看电视，也只能收看一个频道至多两个频道，且效果较差。而有的偏远地方至今还看不上电视。

作为一支发射同步通信卫星的部队，发射上天的卫星本是为转播电视的，但偏偏自己看不上电视或看不上好电视，如同盖房子的住不上房，酿蜜的吃不上糖，这不能不说是一种悲哀。

不过，枯燥的精神生活对西昌卫星中心的中国人来说，似乎算不了什么。他们的工作本来就很忙，日子过得本来也很累，即使有点空闲，散散步，聊聊天，抽抽烟，打打球，下下棋，望望山，也就可以了。如果逢年过节，凑在一块玩玩扑克，或者打打麻将，就更是心花怒放了。

当然，有的来自城市的年轻人，在精神生活上也有一定的要求。但客观条件就是如此，你有什么办法？如果实在憋不住了，最多抱着吉他，跑到山上，哥们几个搂成一团，胡蹦乱跳几下；或者对着大山喊上几句；或者在草地上翻上几个跟头；或者对着老牛的屁股踢上几脚。性压抑实在受不了时，便对着老天硬邦邦地骂上一句："我操你妈！"等蹦累了，喊完了，一切又归于平静。地球照旧旋转，太阳依然升起。今天的日子怎么过，明天的日子还是怎么过。

然而，从洛杉矶来的美国人不行。

洛杉矶，是美国的第三大城市。美国休斯公司的总部便设立于此。来中国参加"亚星"发射的休斯公司人员，全都生活在这座城市里。

据美国有关专家的考证，像住在洛杉矶这种城市的美国人，每天约有五个小时是在悠然自得的活动中度过的。比如去剧院、歌剧院、夜总会、动物园、博物馆。或者醉心于最大众化的信息与娱乐之中：收音机、电视、电影、书籍、杂志和报纸。

因此，有人评价说，美国人不仅是世界上精神的最高消费者，同时也是世界上信息最灵通者之一。

显然，长年生活在洛杉矶这样现代化城市的美国朋友们，一下子来到西昌发射场这条几乎与世隔绝的山沟里，来到这片三十多年前才从奴隶社会一步跨入社会主义社会的土地上，在精神生活上，恐怕无论如何也是难以忍受的。

有人告诉我，美国人刚下飞机的第一句话就是："啊，这儿简直相差太大了！"脸上的表情，仿佛像从地球一下踏上了月球！

难怪一开始美国朋友便向中方提出一个要求：希望从西昌到香港能开一趟专机，我们每周要到香港去度一次周末。

难怪刚到西昌的第二天，美国工作队队长努·麦克吃过晚饭，便领着一群美国朋友要到西昌街上去。

但他们刚走到宾馆门口，便被中方工作人员堵住了。一方要去，一方不同意去。于是，中美间第一场小小的冲突便不可避免地发生了。

中方：你们要去哪？

美方：我们要到市里跳舞！

中方：我们不同意，请你们回去吧！

美方：为什么？

中方：西昌市社会情况复杂，你们刚来，路途不熟，又是晚上，我们要对你们的安全负责任。

美方：我们并不打算过早的去见上帝，请你们不用为我们担心。

中方：对不起，这是我们的规定。

美方：中国朋友，跳舞是我们的自由，请你们尊重我们美国人的权利！

中方：先生们，实在抱歉，这儿不是美国。

美方：我们到中国是来发射卫星的，不是来蹲监狱的！

中方：正因为你们是来发射卫星的，所以我们必须对你们负责！先生们，请回吧！

美国朋友们最终还是没去。不过，听说心底坦荡、性情刚烈的努·麦克队长，那晚发了好大一顿脾气。

当然，因跳舞而引起的一点小小风波，很快便得到了平息。宾馆不仅很快开展了台球、乒乓球、游泳、健身等活动，而且还专门联系了西昌的文艺团体或企业单位，邀请组织一些漂亮的姑娘陪伴美国朋友跳舞。

于是，每当周末的傍晚，同在西昌卫星发射中心，便出现了两组截然不同的画面——

画面A：宾馆、酒吧、舞厅。身强体壮、潇洒风流的美国朋友们欢聚一堂。有的举着啤酒；有的饮着可乐；有的躺在沙发上哼着流行小曲；而大多数人则和中国姑娘在舒缓的乐曲声中翩翩起舞。华尔兹、探戈、伦巴、快三步、慢四步、迪斯科。中国姑娘靠在美国朋友的胸前，偶尔轻轻吐出两句羞羞答答的英语；美国朋友揽着中国姑娘柔美的腰肢，眼里闪着大胆的光芒，偶尔也说上两句笨拙的中国话，不时发出阵阵欢愉的笑声。

画面B：厨房、卧室、菜地。衣着朴实、一脸疲累的中国技术员、工程师和高级工程师们，有的在厨房里炒菜、做饭、刷碗、洗衣；有的在灯下辅导儿子或女儿做作业；有的在忙着查阅技术资料；有的在硬着头皮背英语；有的实在太累了，仰身往床上一躺，片刻便响起了沉重的呼噜声；而大多数人则和老婆一起，挑着粪桶，领着孩子，走向自己亲手开垦的二分半小菜地。一边浇水施肥，整苗锄草，一边认认真真地对孩子们说："这是大葱，这是辣椒，这是蒜苗！"于是孩子们也学着爸爸妈妈们的话语比画着说："这是大葱，这是辣椒，这是蒜苗！"

中国姑娘陪美国朋友跳舞，对西昌和卫星发射中心来说，自然也算一件新闻了。机房、饭堂、街头，我曾混同于各种人群中，听到了种种议论——

"打卫星就打卫星呗，还要跳什么狗屁舞？中国的姑娘被外国人搂在怀里，揉来摸去的，这不有辱国格、丢中国人的脸吗？"这是有的老人的意见。

"咳，现在都九十年代了，跳个舞算啥呀？不都是为了身心健康、发射卫星吗？中国姑娘可以和中国男人跳舞，为什么中国姑娘就不能和外国男人跳舞呢？现在中国姑娘和外国男人睡觉都有的是，跳个舞算个球呀！"这是有的年轻人的观点。

也有人说："中国现在提倡开放，我认为不光要在思想领域里搞开放，在情感世界里也应该提倡开放，因为中国人的情感世界太封闭太压抑了。跳舞，是人类较高级的一种娱乐形式。美国朋友千里迢迢、来到西昌这个穷地方，组织舞会，是很有意义的。美国人也是人嘛，是人就有感情，跳跳舞有什么大惊小怪的。"

其实，在共和国的领土上，中国姑娘陪外国朋友跳舞，已不是什么新鲜事了。早在五十年代，当苏联“老大哥”来到中国帮助搞导弹时，在大戈壁酒泉卫星发射中心，文工团的姑娘们便已开了先河。那时，女文工团员们陪“老大哥”跳舞，是当作一项严肃的政治任务来完成的——愿跳要跳，不愿跳也要跳。开始，谁都不愿去，谁都不好意思去。但党组织派人专门做思想工作，说为了中国的航天事业，为了让“老大哥”在荒凉的大漠度过寂寞的岁月，以便能留下来帮助中国把导弹发射上天，各位党员各位团员各位小姐各位姑奶奶们，你们必须作出点自我牺牲，扔掉女性的面子与羞涩，哪怕咬着牙捂着脸也要陪“老大哥”跳舞。据说，有一位文工团员因没去陪“老大哥”跳舞，竟受到了处分。

而今天，时代不同了，观念改变了，中国姑娘和外国朋友跳舞，已不再是一种心理的负担，而是情感的一种释放。

一切都是自愿的，一切都是自由的。西昌卫星中心有关部门，只需同有关团体联系联系，组织组织，根本用不着做思想动员。周末一到，中国姑娘们便穿着漂亮的裙衫，抹上迷人的口红，高高兴兴来到宾馆，挽着美国朋友的胳膊，落落大方地步入舞场。

而且，在美国朋友同中国姑娘跳舞或其他接触中，并没有出现有的中国人担心的问题。

我曾私下对宾馆的女服务员和翻译小姐们坦率地谈到这方面的问题。她们一致反映，美国朋友们是尊重中国礼节的。尽管他们相当风趣幽默，喜欢开玩笑，表达感情的方式十分直露——比如，有时刚一见面就说：“啊！小姐，真想你！”但，他们没有“越轨”行为。

只有一位小姐，向我讲到这样一件事情：

一天晚上，有位美国朋友在酒吧大概多喝了点酒，我刚一过去，他便说：“小姐，你长得真美！”我说“谢谢你的夸奖！”他说：“让我吻吻你好吗？”说着便张开了双臂。我忙后退一步，说：“先生，请你自重一点，别忘了，你这是站在中国的土地上。”那位美国朋友听了这话后，像突然被针扎了一样，愣了愣，说：“小姐，对不起，我喝多了，”说完便一下跪在沙发上，挥动双臂，大声咆哮道：“我的上帝呀！”

当然，这事在美国来讲，普通如中国的咸菜稀饭。

我曾问过一位中国的姑娘：“假如有美国人爱上了你咋办？”

姑娘一个漂亮的摆头，说：“既然美国的卫星能在中国发射，中国的爱情为什么不能在美国落窝？”

文明的鲜乳，使爱变得辽远，变得宽广。

16　有车不坐要骑车

三月的礼拜天，当然很美。何况，恰逢雨后初晴。

一列十余名美国人组成的自行车队在山间的公路上疾驰。

有阳光沐浴，有春风拂面，还有路边牛背上一边举着竹棍观望一边指指点点并不时发出“喔喔”欢叫的中国牧童。因此，当美国朋友骑着美国的自行车在中国的公路上自由自在奔驰时，其兴致自然是很高的。

但车队刚行至一个小镇时，便被中方公安人员拦住了。

之前，美国朋友们就提出要骑自行车。出于安全考虑，中方开始没有同意。但美方说，这儿太闷了，骑车玩玩有什么不好？再说，我们的骑车技术比你们还好，你们都能骑，我们为什么不能骑？

后来，中方同意了。条件是，限定在西昌市和发射场附近。

但今天，美国朋友们或许由于高兴，超越了限制区，中方自然要制止。于是，美国朋友们颇感不快。有人说，星期天骑车是我们的自由，你们为什么要限制我们？有人说，你们作为一个现代化的靶场，却对这个地区不予开放，是不合适的；既然我们都能到这儿来工作，为什么不能在这儿骑车？有人说，只要同意骑车，我们可以给你们写保证书，摔死自己负责。有人甚至说，如果不同意我们骑车，就告到你们总理那儿去！

据说，那天在小镇上中美双方发生争执时，有一位白胡子中医老头站在旁边听了好半天。当他终于弄懂是怎么回事后，脉搏莫名其妙地突然加快，最后实在憋不住了，拽着中方一位工作人员的胳膊问：

“这美国人怎么啦？放着那么高级的小卧车不坐，咋非要骑自行车呢？这山区的公路又高又陡，骑车多累！这不是他妈的脱了裤子放屁——多事吗？”

标新立异，是美国人一直具有的性格特点。这不仅表现在美国人对事业的开拓上，也体现在美国人玩的方式上。

吃饱了，休息了，肚子需要消化，精神需要刺激，生命需要色彩，感情需要宣泄。光打打球，跳跳舞，还不过瘾。怎么办？骑车！

于是，他们让自行车从洛杉矶坐上飞机，跨过太平洋，来到中国西昌，利用短暂的休息时间，在大凉山中进行一番骑车旅游，当然是再浪漫不过的了！

骑自行车，在七十年代便成为风靡美国的一种体育锻炼形式。据说到一九七五年，在两亿一千二百万美国人中，就有一半的人骑自行车。身处这样一个自行车热国度的美国人，好不容易来到中国，若能在美丽而神秘的大凉山中，做一次愉快的骑车旅游——这种有钱都买不到的机会，自然是不肯放过的。

但，西昌毕竟是中国的国土。

按中美两国政府这次共同签署的《关于卫星技术安全的协议备忘录》第八条规定：在中华人民共和国执行与卫星发射有关工作的美方人员，应遵守中国公布的各项法律及规定。

是的，中国有中国的尊严，中国有中国的法律，中国有中国的主权。不管什么人，只要跨进中国的国门，便要按中国的“规矩”办事。正如不管什么人，只要跨进美国的国门，就要按照美国的“规矩”办事一样。

成昆铁路线，是中国的一级保护区。因此，美国朋友要在这区间骑车旅游，理应受到限制。

但中国人毕竟是善解人意的。考虑到具体的生活状态和美国朋友的特殊情况，西昌卫星中心经请示成都军区、四川省公安厅，以至中央军委、国务院后，得到批准，同意美国朋友骑车。

不过，须办理一道手续：中国旅游证书。

三月，又一个礼拜天。

大凉山腹地的公路上，又出现了一列由十余名美国人组成的车队，为首者正是美国休斯公司工作队队长努·麦克。他们脖子上挂着相机，脸上架着墨镜，穿着短袖汗衫，在弯弯曲曲的山路上你追我赶，如赛车一般。

沿途的山民们停下了手中的农活，瞪着一双双惊恐的眼睛，不知这群高鼻子长胡须的“怪物”们到底来自哪个星球？

美国朋友们一路上玩得十分开心。碰上好的景色，便停下车来，拍上几张风光照，或者和彝族阿妹子们一起照上几张；路过一些村庄，便买些山货，然后爬到牛背上玩耍一会；或者逗逗小狗；或者和彝族小孩子们一起采摘野花，翻翻跟头，尔后爬在草地上，让孩子牵着他们的大鼻子，“汪汪汪”地学狗叫。

等玩够了，再翻身上车，继续前行。并且一边骑，一边还稀里糊涂地用汉语对着蓝天白云放声歌唱：

跑马溜溜的山上……

学习雷锋好榜样……

17　回归自然

西昌有一百〇二层的摩天大楼吗？没有。

西昌有自由和机会的象征——自由女神吗？没有。

西昌有联合国大厦吗？也没有。

这些，美国有。

美国有航天博物馆，有纽约证券交易所，有大都会歌剧院，有林肯表演艺术中心，有百老汇剧场，有迪斯尼乐园，有华盛顿纪念塔。

美国还有三十八个国家公园。在东部，有世界上最大的沼泽地之一——佛罗里达州大沼泽地；在西部，有旅游者牧场；在中西部、东北部和西部，有滑雪胜地以及世界上著名的夏威夷海滩。

但美国却没有西昌那样原始古朴、神奇美丽、至今未被现代工业文明所污染的自然风光。

西昌，可谓天灵地秀。由于地处高原，空气清新，自然条件得天独厚，因而无论渔村古寺，近树远山，还是红枫翠柏，云中花海，一年四季均可呈天然色调。

从古至今，凡到过西昌的中外人士，不管是文人墨客，还是达官显贵；无论是将帅武夫，还是庶民百姓，都对西昌的自然景色赞美不已。

晋朝以后，西昌则更是以“邛海夜月”“碧浪朝阳”“西沼采莲”“东岩巨瀑”“泸峰春晓”“古寺晚钟”“卧云烟雨”“螺峰积雪”等八大美景面闻名于世。

美国朋友来到西昌后，对西昌地区已经开放的旅游区兴致固然甚浓，但对发射场附近那一片片至今仍处于原始氛围之中的自然风光，则更是一见倾心，迷恋神往。

发射场坐落于群山环抱之中。四周那山、那水、那花、那草，那山山水水花花草草，与当今中国最现代化的发射塔架和指挥大楼同处一体，相映成趣，构成了一幅幅绝妙的稀世奇图。

应该说，发射场四周的山，才是真正的山。她如同一位沉睡千年的原始少女，至今未被现代男人开垦。如果你身临其境，便会看到，满山是树，满山是绿。幽谷是墨绿，坡地是深绿，山巅是翠绿。还有那数不清看不尽闻不够的山茶、杜鹃、野莓、兰草、山泉、苔藓、溪流、深潭，无不飘荡着绿的色彩与韵味。

倘若你漫步于山间野林之中，还会闻到野花的清香，听到清泉的叮咚，山风的低语，甚至松针尖上的露珠滴落在野花的脖上或蘑菇的头上发出的滴答声，也能听得真切动人。同时，你还会看到野地的炊烟，彝家的山寨，光着屁股的娃儿，以及彝家阿妹子那一双双渴望现代文明的美丽的大眼睛。

这时，你会情不自禁地坐在一块绿草地上，点燃一支香烟，或者打开一瓶可乐，然后饱吃一顿野餐，仰身躺在草地上，大口大口呼吸着地地道道的原装空气。渐渐地，你会全身心地进入一种物我两忘的玄妙境界。忘掉现代都市加给你的一切忧愁烦恼，名利欲念。

当然，这种美感，对于二十年来一直生活在这里，像生活在罐头盒里的卫星发射中心的人们来说，早已不复存在了。他们除了老老实实的不吭不哈的为中国的航天事业长年累月埋头苦干以外，关心的是什么时候该晋职晋级涨工资；什么时候上边能来点艰苦地区补助；关心的是自己的孩子从小闷在这山沟里，长大了会不会是个低能儿；关心的是自己一旦转业回到地方，是住楼房还是睡地窖，是继续当高级工程师还是卖大碗茶或者会不会去干二道贩子？

至于那些大山，那些只有审美价值而无实用价值的大山，他们早已麻木、厌倦了。一位来自农村的大学生在给他恋人的信中这样写道："这里满目荒凉，一片穷山恶水，我仿佛生活在原始的部落中。我们创造了现代文明，却享受不到现代文明，这是最大的悲哀。"

是的，大山给予他们的不是快感，也不是美丽，而是贫困、牢骚甚至憎恨。他们中至今找不出一个万元户。他们至今默默无闻。该得到的他们几乎什么也没得到，不该失去的他们几乎全都失去了。因此，就许多人个人的本愿而言，他们希望早早离开这冷漠的大山，走进现代城市，融进新的生活，快快呼吸一点现代文明的气息。

人类创造了新的文明，又不断被新的文明所困扰、苦恼甚至毁灭，这不得不说是现代人的悲哀。

美国人从小生活在这个地球上最现代的城市里，心律长年伴着现代都市快速的节奏，眼光每日面对五光十色的现代文明，心灵自然会越来越紧越来越虚。他们与这大山中的中国航天人恰恰相反：急于走出城市，摆脱现代文明的困扰，渴求得到大自然母亲的温情。

因此，当他们面对发射场四周那原始的山野时，兴奋得手舞足蹈。在他们看来，这儿简直就是一块风水宝地，那山中的每撮泥土仿佛都是黄金。

一位美国朋友说：“这地方太好了，简直就是世界上最好的天然公园！”

另一位美国朋友说：“我在洛杉矶，从未见过如此美丽的风光，从来呼吸不到这么干净的空气。”

于是，他们又想到了一个玩的花招：爬山！

出于安全考虑，中方开始也是没同意。有的中方人员同美国朋友熟了，还开玩笑想吓唬美国朋友：“山上可不能去哟，那里有老虎、野狼，凶得很哟！另外，这山里的山民很厉害，要是不小心惹着了，他们就用麻袋把你们背到山那边卖了！”

但大山的魅力毕竟太大了，美国人还是坚持要爬山。后来，中方终于同意了。

美国人被允许爬山，如同中国人领到出国护照。

这天，天气晴朗，国防科工委的上官部长亲自陪同几位美国专家爬山。他们一路游山玩水，一路谈有关发射中的问题。不知什么原因，双方平时在小会议室里扯不清的问题，今天在自然界这个“大会议室”里，却谈得十分顺当投机。

美国朋友们一路上谈笑风生，像个刚刚逃离了校门的孩子，不知不觉便在深山走了一个多小时。当来到一个村子时，见几位彝族同胞正在耕地，几位美国人出于好奇，上前同他们攀谈起来。

“老乡，你们知道我们是谁吗？”一位美国专家不知出于什么心理，指着自己的鼻子，首先提出了这个问题。

“我们知道。”一位中年彝胞回答说，“你们是美国人，到这儿来发射卫星的！”

美国专家愣了愣，忙上前热情地握住了这位中年彝胞满是泥巴的手，颇有点异国遇知音的味道，说：“老乡，你们真辛苦呀！”

“不不不，我们不辛苦。”中年彝胞潇洒地在屁股上拍了拍刚同美国专家握过的手，说："你们为了世界的友谊，大老远从美国跑到这儿来发射卫星，你们才辛苦！可惜我们山里人穷，拿不出什么好东西招待你们。"

当翻译将这番话译出时，美国专家们全都呆了。他们既感到欢喜，又感到惊奇，仿佛今天遇上的不是一个山民，而是一个什么大队支部书记。

后来，这位中年彝胞还把美国朋友们请到了家里做客。当美国专家们发现羊圈里有一只白色的小羊羔正偎在母亲的怀里吃奶时，非常高兴。他们围住羊羔，轻轻抚摸着。一位美国专家抱起小羊羔，对那位中年彝胞说："朋友，你把这只小羊羔送给我们行不行？"

上官部长后来回忆说：当时我一听心里就紧张。老乡养一只羊不容易，同意送吧，老乡家里很穷；不同意送吧，外国朋友又提出来了，你说这事咋办？

"可以送给你。"中年彝胞说话了，"但这头小羊正在吃奶，你抱回去没奶养不活。这样吧，我把这头羊送给你！"说着，这位彝胞将另一头大公羊牵在了美国专家的手上。

美国专家们感动得竟不知说什么好了，忙拉着这位彝族兄弟的手，抱着小羊羔，照了一张相。

然后，一位美国专家说："这样吧，我还是要你这只小羊，你先替我养起来，待明年来这儿发射卫星时，再带回美国去。"

彝族兄弟说："好，这只羊算你的了，我一定替你养好。明年来这儿时，可别忘啰！"

美国专家们回来后，无论大会小会，逢人便讲："哎，这儿不仅山好水好，人更好！"

美国休斯公司高级工程师斯赖尔先生自小酷爱大自然，喜欢散步踏青。一个星期天，黑脸翻译许建国先生陪同斯赖尔先生爬山消遣。斯赖尔先生性情开朗，对中国有着极深的感情。许建国先生也是一个爽快人，不仅精通英语，而且擅长写诗作画，富有文采。加之二人没有语言障碍，可直接用英语对话，因此玩得很舒畅，聊得也很真诚。

爬到半山腰时，斯赖尔先生回头看着山下正在抢建的新发射场，突然停住了脚步。“许先生，你们这个新发射场，一直就是这样靠人工苦力修建的吗？”

“是的。”许先生指着发射场说，“由于时间紧，我们又几乎没有像样的现代化机械工具，许多工作就只能靠人工去完成。比如，我们的战士们虽然长着一副九十年代的肩膀，但还得去扛钢筋水泥。”

“许先生，你们民族这种吃苦耐劳、不屈不挠、奋力向上的精神，实在是人类的一种难能可贵的精神。”斯赖尔先生弯腰拔起一根草棍，举在阳光下说，“过去我对中国的航天情况并不了解，这次要不是我亲眼所见，无论如何也想象不到，中国许多现代化的工作都是在原始的作坊里完成的。”

许先生点了点头，继续往前走了几步，突然惊叫道：“斯赖尔先生，快瞧，蚂蚁搬家！”

草地上，数百只棕黄色的蚂蚁，举着一块不知是哪位时髦小伙扔下的猪骨头，正从东到西浩浩荡荡地进行着一场大迁徙。斯赖尔先生蹲在地上看着中国蚂蚁如此悲壮的举动，像观看一场世界级的足球比赛，嘴里不停地惊叹着：“OK！ OK！”

“这就是一种精神。”许先生用草棍指点着蚂蚁说，“你们西方有西西弗的神话，我们东方有精卫填海的传说和愚公移山的故事，这些无非都是人类一种精神的象征。”

“是的，任何一个民族都有他自己的一种精神，没有这个东西，一个民族是很难生存下去的。”斯赖尔先生站了起来，再次凝望着山下的发射场，沉思片刻，然后说道：“许先生，我有个问题，不知该讲不该讲？”

“讲吧，我相信你的真诚。”许先生也站了起来。

“我刚到这儿时，听到美国人有不少议论。他们说中国人待人诚恳热情，也很周到细致，但就是生活条件太差！”斯赖尔先生深吸一口空气，继续说道，“听说卫星中心已在这山沟里生存了二十年，我一直很难理解，这批了不起的中国人究竟是靠一种什么力量活过来的？并且，他们在如此艰难的条件下，竟能为你们的国家创造出惊天动地的奇迹！”

该向这位美国朋友讲什么呢？许先生有些为难了。他慢慢抬起头来。眼前，落日辉煌，白云缠绕，条条弯弯曲曲的山路伸向天边。

“斯赖尔先生，你喜欢听故事吗？”

“当然喜欢啰！”

“那好，我给你讲一个。”许先生说着，慢慢点燃了一支香烟。

这是六十年代初发生在中国西北酒泉卫星发射基地的一个真实的故事。一天，基地李福泽副司令员得知，地方政府向国务院告了状，说基地某团在驻地打了沙枣树，毁林三十多公里。李副司令员立即打电话叫那位团长跑步到办公室。当这位团长满头大汗跑到时，李副司令员劈头就问：“沙枣树是你们打的吗？”“是的。”“为什么要违反群众纪律？”当团长讲明缘由时，李副司令员当场便落眼泪了。原来，这个团没粮食可吃了，只有被迫去打沙枣叶来充饥，他们已吃了整整一个星期的沙枣叶了。

第二天，李副司令员便飞往北京，闯进了总参谋长杨成武家，几乎是哭泣着说：“快给我粮食吧，我的几千名火箭将士不能眼看着活活饿死呀！”

周恩来总理得知这一消息后，当晚一夜未眠。第二天，周恩来走进正在召开的中央军委会议会场上，说：“同志们，我今天不是来作指示的，而是来为我们的火箭部队‘化缘’的，他们已经没有粮食吃了，正在戈壁滩上饿着肚子发射火箭。请你们各军区支援点粮食，就算我这总理求你们了……”周恩来话还没说完，眼圈便红了。

不久，一辆满载着各大军区支援的粮食的火车驰进了戈壁。不幸的是，当在一个小站停下加水时，被当地饿慌的灾民们把粮食和干菜抢了个一干二净。但，当老百姓得知这是为中国发射火箭的部队送的救命粮时，又很快把粮食送了回来。

粮食和干菜运到基地后，炊事班的同志打开菜捆时，发现里边夹着许多粮票和纸条。其中一张纸条是一位上小学的女孩子写的：“发射火箭的叔叔阿姨们，听说你们没粮吃了，我把早餐节省下来的二两粮票献给你们，请你们收下……”

当许先生讲完这个故事时，斯赖尔先生的眼睛潮湿了，坐在那儿望着天空，许久说不出话来。

不日，斯赖尔先生要回美国了。在机场送行时，斯赖尔先生双手握住许先生的手说：“许先生，你讲的那个故事我想了很久很久，它似乎让我懂得了中国和中国的航天。我要把你这个故事带回去，告诉我的朋友们，中国的航天是怎样从昨天一步步艰难地走到了今天。许先生，谢谢你的故事！”

在登机挥别的一刹那，许先生看见，斯赖尔先生的双眼，浸满了复杂的泪水。

18　既是朋友，也是对手

美国的卫星自二月十二日那个雨夜进了中国的卫星测试厂房后，厂房的大门便从此对中方紧紧关闭了。

卫星技术属于高技术，美国政府为了防止卫星技术的疏漏和他人的窃取，特派出了十八名经过政府安全规程训练的保安人员。同时还携带有现代电子仪器监视设备，将卫星置于二十四小时的监视控制之中。

因此，卫星厂房自美方接管之日起，非美方人员，不管是谁，一律不得靠近卫星厂房。

为了提醒中方的注意，美国安全军官们还在卫星厂房的门上、窗户上张贴了许多“安民告示”：

Please respect the right of American！（请尊重美国人的权利！）

Chinese friends，do not make jokes！（中国朋友，这可不是开

玩笑！）

Chinese friends，please protect the American technology！（中国朋友，请保护美国技术！）

并且，在一个集装箱上，还贴有一幅颇耐人寻味的漫画：整个画面是一张国际棋盘，棋盘的一端是苏联人的国旗，另一端是美国的星条旗。两端旗帜数目相当。棋盘的界河处，还用英语写有一行字体：We are facing the challenge！（我们面临挑战！）

当然，美方出于工作方便的考虑，也发给了中方指挥员三个可以进卫星厂房的特别通行证，但中方人员每次进去时，还必须有美方安全军官的"陪同"。

因此，卫星中心有人开玩笑说："看来美国人这里，是没有后门可开了，你就是提上红塔山、五粮液，恐怕也不顶用。"

美方有一位女安全军官，叫玛格丽特。这是一位性格活泼开朗、天生好玩的西方女性。她热爱中国，热爱中国的自然风光，热爱发射场附近的山山水水一草一木。她还喜欢拍照，几乎是见什么就拍什么，连小鸡小鹅小猫小兔也拍。她说，到西昌发射场后，她已拍了十九个胶卷了。

一次，玛格丽特见中方翻译——一位年轻的小伙胸前别有一枚中国航天纪念章，很想要来作个纪念，年轻的翻译便摘下来送给了她。有人和她开玩笑说："玛格丽特小姐，他送你一枚纪念章，你送给他什么礼物呢？"玛格丽特大大方方地走过去，搂着这个年轻翻译的脖子，对准他的额头便是一个漂亮的吻。年轻翻译被闹了个满脸通红，她却咯咯地大笑起来："我的孩子和他年纪差不多，今年大学都快毕业啦！"

但，就是这位活泼开朗、天生好玩的玛格丽特小姐，为了坚守自己的工作岗位，从来没去西昌玩过一次。每当她值班时，态度相当严肃认真，一张本来充满微笑的脸上，你几乎见不到半点女性的温柔。据说，有一次胡世祥去卫星厂房时，故意对玛格丽特小姐开玩笑说：“小姐，这本是我管辖的厂房，今天就不用你陪了，我自己去行吗？”玛格丽特小姐却说：“尊敬的胡先生，很抱歉，我得履行职责！”

本是中国的卫星厂房，中国人不能进，却要由美国人控制，对此，有的中方人员也是很有想法的。有人说，这是中国的卫星厂房，凭什么要把钥匙全部交给美国人？甚至还有人说，让美国人控制厂房，这是出卖了国家主权！上官先生对此有个精彩的说法：“美国卫星运到西昌后，好比一位黄花姑娘要在你的房里借住几晚上，意思就是叫你主人不要动手动脚。既然如此，我们干脆把卫星厂房交给美国人去管理，这样我们既避嫌疑，又让美国人放心，有什么不好！”

当然，中国也采取了对等政策。你不要我进你的卫星测试厂房，我也不让你进我的火箭测试大厅；我看不见你的卫星，你也别想看到我的火箭。

并且，在发射场附近，中方还设有许多限制区域。美方人员一旦进入限制区，便会受到制止；倘若美方人员因工作需要进入某地，中方同样有人“陪同”。

由于双方互有防范而又必须在一起，加之各有各的观念，各有各的习惯，各有各的标准，各有各的干法，这就必然使合作显得更为艰难。

发射团副团长唐贤明说：“美国人的要求非常严格，甚至可以说苛刻。不管白天还是晚上，只要发现有一点问题，便立即打来电话，要求及时解决。”

比如，新的卫星厂房，是按国际标准设计和兴建的，美国人第一次使用，当然也要按国际标准要求。卫星厂房里的温度要求22℃，高一点不行，低一点也不行。这要求中方的空调机连续九天九夜不能停。

中方过去对卫星温度的要求，也是严格的，但有时高一点低一点也就过去了。特别是空调机，从未有过连续工作九天九夜的历史。

为了满足美方这一要求，保证给空调送蒸气，发射团专门组织了一个锅炉班，连续昼夜不停地烧锅炉。一个个本是体壮如虎的小伙子，到后来竟累得又黑又瘦，连起床都困难了。

听说，美国人有一次正在冲胶片，水管突然停了一下水，便气得哇哇乱叫，竟打电话提出抗议。

美国人不仅对温度、湿度等要求极高，对电的要求也相当严格：二十四小时必须保证有电，只要设备在，电就不能停。但人走电灭，是中国的老传统了。人走不关电，是一种浪费，而“贪污和浪费是极大的犯罪”。在卫星中心，人离开机房时，必须切掉设备上的电源，但在美国恰恰相反。美国人离开机房时，设备上的电源从来不关。只要设备在，就二十四小时不停电，长年如此。因此，美用人对中方“人走电灭”这一工作制度感到非常的不习惯，十分的恼火，甚至大惑不解。

当然，中方一下要改变这种习惯，完全适应美方的要求，也是困难的。特别是对卫星的供电，美方要求连续七天七夜不能停电。因为这电是直接加到美国卫星上的，万一供电过程中突然停电，导致卫星出现问题，如何了得？供电问题保证不了，合作无法进行。

但中国人毕竟不是傻瓜，你有你的高招，我有我的绝活。你有你的“国际标准”，我有我的“祖传秘方”。老祖宗早就教导过，“兵来将挡，水来土掩”“车到山前必有路”。

最后，七天七夜连续供电还是保证了。办法虽然土一点，但效果一样。美国人竖起了大拇指。

合作继续进行。

又比如，西昌发射场开始没有逃逸设备，美国朋友便不肯合作。

所谓逃逸设备，是指发射架上一种特殊的设施。这种设施能保证：发射架上要是一旦发生诸如火灾、爆炸之类的事故时，工作人员能迅速逃离现场。

西方所有发射场都有逃逸设备，且占有相当重要的位置。美国人注重个体生命存在的价值，把人身安全放在首位。倘若靶场一旦发生危险事故，美国人首先想到的是如何逃命，而中国人首先考虑的是怎样去排除事故。

因此，美国人上发射架时，第一件事就问：“万一发生事故，从哪里逃走？”

中国人说：无路可逃！

美国人便站在那里，原地不动，无论你怎样动员，就是不上发射架。

无奈，中方只得增设了逃逸设备。

原载《当代》1991 年第 1 期

荣获“1990—1991 年全国优秀报告文学奖”

长江三峡：中国的史诗（节选）

卢跃刚

作品简介

卢跃刚《长江三峡：中国的史诗》对长江三峡工程的历史由来以及引发的争论作了颇为翔实的记述。《长江三峡：中国的史诗》着重回顾了异常艰难的三峡大坝立项论证过程，并对争论双方给予客观公正的高度评价。自孙中山在《建国方略·实业计划》中首次提出开发三峡水力资源的设想后，历经七十余年方于1992年4月3日七届全国人大五次会议审议通过兴建长江三峡工程的决议，1994年12月14日三峡工程正式开工。卢跃刚并不单纯满足于对基本事实的报告，而是坦率地直抒胸臆，满怀激情地表达自己的意见。

根据卢跃刚《长江三峡：中国的史诗》(《中国作家》1992年第6期）节选。

正文节选：《长江三峡：中国的史诗》第二十八—三十五节

二十八

历史是这样有趣。

南宁会议 12 年后，林一山扮演了与李锐一样的角色。

12 年前，林一山力主三峡工程上马，12 年后，却极力反对先于三峡高坝而修葛洲坝，成了名副其实的“反对派”。据说在宜昌，“林一山反对毛主席”，妇孺皆知。

2 年的时间，情况已经完全不一样了。“文化大革命”中期，毛泽东的威望达到了空前的高度，甚至成了“神”，被七亿人供奉着。反对毛泽东的意见，简直是自取灭亡。

所以，林一山比 12 年前的李锐承当着更大的政治风险。

有谁比林一山更清楚呢?

在长江规划中，葛洲坝是三峡工程的一个组成部分，是三峡工程下游反调节的航运梯级。规划是先高坝而后葛洲坝，或者高坝、葛洲坝同时建成。

如今完全颠倒了。

先修葛洲坝，问题是明显的。一是葛洲坝先建，抬高了水位，会给未来高坝造成水下施工的困难局面；二是葛洲坝在规划时，工作深度不够，很多基础工作都没做，更谈不上初步设计了。所以葛洲坝是一个严重违反基建程序的“三边工程”。

林一山极度矛盾。年初刚被毛泽东、周恩来从“牛棚”中放出来。1 月的全国计划工作会上周恩来祝贺他的掌声还在耳畔嗡鸣。要么面对可能发生的恶果，随大流，苟且偷生；要么实事求是，犯颜上谏，担着身家性命。

他选择了后者。

终于等到了周恩来的接见。

12 月 17 日，上午，中南海西花厅，周恩来办公室。

参会的有曾思玉、钱正英。

曾思玉将军首先汇报。他说：

“毛主席说，要修葛洲坝。”

“主席在哪里说的？不要强加于人。”周恩来纠正道。

当时曾思玉作为武汉军区司令员，还兼任湖北省革命委员会主任。“林彪事件”后，他与武汉军区政委刘锋作为林彪一党被免职。

曾思玉汇报完后，林一山便起而反对。他认为葛洲坝许多重要问题无法解决，比如将来三峡水下施工问题。

“可以降低一半水位。”曾说。

“放低一半，意味着发电量就要减一半。”林提醒。

“还有这个问题呀！”曾显得有些吃惊。他是职业军人，技术问题根本不懂。

周恩来插话道：“你管这个事，不会就要学嘛！”

钱正英说：“三峡淹没没问题。长江水深 40 米，减 20 米，只增加 20 米，无所谓。”

林一山讥曰：“三峡如果修纵向围堰，是冬季枯水季节，水深是‘0’，你增加 20 米，0 除 20，在数学上是无限大！”

林一山的反对意见听完后，已是中午。周恩来说：“你把反对意见写出来，送给伟大领袖毛主席。”

后来，国务院业务组副组长纪登奎告诉林一山，要他的反对意见，是毛泽东的意思。

晚秋季节，天气冷得紧，枫叶已是繁霜重重，但那鲜红的颜色仍不失其性格的刚劲和浓烈。

下午，周恩来便打电话到饭店急催“意见书”。

这一夜，林一山没有睡觉，洋洋数千言，上书毛泽东、周恩来，反对葛洲坝在毫无准备和违反科学逻辑的情况下，仓促上马。

1970年12月25日，周恩来把林一山的意见书附在武汉军区、湖北省的报告和中央批复送审稿，一并直呈毛泽东。

在陈述这段历史事件的时候，所有的人都疏漏了一个重要的细节。

“武汉军区、湖北省革命委员会关于兴建宜昌长江葛洲坝水利枢纽工程的请示报告”是10月30日完成的。

10月17日听取林一山的意见。

周恩来给毛泽东的报告却拖到了12月24日。报告中说：“现将中央批复送审稿及报告和附件、附图（二张）呈上，请审阅，并请主席批示。林一山意见书一并送上，供参阅。”

可是中央批复给毛泽东的送审稿的落款日期是“12月25日”。毛泽东生日的前一天，也就是说，可能把中央批复送审稿的日期迟填了数日或数十日，以给毛泽东的生日增添欢乐和喜庆。

周恩来在12月25日这天，把葛洲坝作为生日礼物，敬献给了77岁的神一般的毛泽东。

二十九

1970年12月26日，毛泽东对建葛洲坝水利枢纽工程作了后来争论不休的，也给后来研究者带来无限烦恼和迷惑的批示：

“赞成兴建此坝。现在文件设想是一回事。兴建过程中将要遇到一些现在想不到的问题，那又是一回事。那时要准备修改设计。”

毛泽东书法大有怀素遗风，奔腾狂放，淋漓畅快，气魄宏大，如同他的诗词。可是葛洲坝批示的字迹却是那么迟滞和犹豫，笔画拐弯抹角，发“犟”，发“涩”，有一种老人的企图控制，又无能为力的抖动。有人分析说，这种“抖动”是毛泽东看到“高峡出平湖”的伟大理想即将实现、心情激动所致。

这未免把毛泽东看得太简单了。毛泽东作为20世纪的伟人，什么样的场面没见过？何况葛洲坝与三峡高坝相比，不过就是一个小池塘！虽然其规模位居全国之榜首。

三十

林一山陷在大沙发里，眼睛平视着，这是他失明后惯常保持的谈话姿势。门前有几只觅食的麻雀在叽喳跳跃着。他认为他的意见书对毛泽东有重要的影响，关于长江事务，他知道他在毛泽东和周恩来心目中的分量，以至毛泽东的批示留了“活口”。

“可那时，毛泽东和周恩来已经决定了，你再说还有什么用呢？”我说。

“那怎么行！仓促上马会坏大事。我看到了，为什么不说？我必须对毛主席负责，必须对周总理负责，必须对党的事业负责！”林一山斩钉截铁地说。

“毛泽东再与你有什么交情，万一哪句话把他惹恼了，后果会如何呢？”

“那可顾不了许多喽！”

对于毛泽东的批示，林一山有着非常自信的理解。

他说：“毛主席在冒一个很大的险。他实际上批准了一个三边工程。这严重违背了基建程序，违背了科学。但是，毛主席的批示很有艺术，我理解有三层意思：第一层意思是同意，第二层意思是有可能干不成，第三层意思是修改设计、换人！”

事情正加林一山所预料的那样，葛洲坝工程动工两年后，由于重大设计问题和施工质量问题而被迫停工。

当时的情况，在今天简直是不能想象的。

光天化日之下施工的葛洲坝，对外界是保密的，代号曰“三三〇工程”。典出于毛泽东“成都会议”后的1958年3月30日视察三峡。

工程的第一指挥长是曾思玉，第二指挥长是宜昌军分区司令员李地山。施工队伍数万人在师、团、营、连、排、班的军队编制下，进行着军事化的管理。清晨，军代表要带着工人“跑操”，工地上数万人喊声震天。

10万人会集在狭窄的工地上，在毛主席指示的号召和鼓舞下，人拉肩扛，红旗招展，歌声嘹亮，可谓是“气壮山河”！邱忠恩说：“那时的人都奇怪，干活不觉得累，白天黑夜24小时干活都不觉得累。必须下命令，工人才睡觉。”

可是，狂热代替不了科学。

大体积混凝土浇筑，不搞温度控制，施工的主要负责人说：可以不“吃冰棍”。加上质量控制不严，使已经浇筑的一万多立方米的混凝土强度很低，到处可见“蜂窝狗洞”，出现了重大的质量事故。

技术这一摊更是糟糕。为葛洲坝专门成立了1000多人的庞大设计团。设计团中虽然有刚刚解放出来的一流大坝专家，但他们处于卑微的地位，很难发挥作用。体制上又推广石油部经验，搞所谓的干部、工人、技术人员“三结合”设计，从群众中来，到群众中去，设计方案都要到基层施工单位听取广大干部和工人的批评意见。出现了葛洲坝“千人设计，万人校核”、技术图纸无人签字负责的奇观。

以下的结局便是必然的了。

葛洲坝大坝蜂窝、狗洞29处！大的狗洞一米多！

大型裂缝86条！

枢纽布置方案，船闸、航道方案，因各方意见争执不下，无法定论！而此时大坝施工已有整两年了！

三十一

周恩来愤怒了！

1972年11月8日和9日晚，中南海西花厅国务院会议厅里气氛紧张。听汇报的国务院领导人有周恩来、李先念、纪登奎、李德生、余秋里、刘西尧、王观澜、陈华杰。参加汇报的有国家计委、建委、水电部、交通部、一机部、农林部、湖北省、“长办”、宜昌军分区、三三〇指挥部的主要负责人。

大家的脸都不好看。

深秋肃杀的中南海，奇花异草都没有了声息，唯有松柏在那秋风的抽打中还有几分生机。

周恩来大声的叱责震撼着与会者的魂魄：

“第一指挥长、第二指挥长，都是司令员、分区司令员，都没有搞过，怎么能搞，容易瞎指挥。”

（三三〇指挥部负责人汇报时）：

“长江出了乱子，不是一个人的事，不是你的事，也不是我的事，是整个国家整个党的问题。你学了主席批示了嘛，怎么不吸取教训？”

（三三〇指挥部负责人说设计现在还没定时）：

“（开工前）应该准备一年。我们当时不想马上上，就是你们急得不得了，以为机不可失。最积极的就是张体学同志，还有一个曾思玉同志。”

“我也是积极分子，当时体学同志说，葛洲坝出了问题，把脑袋挂在天安门上。”纪登奎说。

“要挂都挂，不是他一个人挂！”周恩来说。

第二天，西花厅继续开会，周恩来当众表达了他对长江筑高坝

“战战兢兢，如临深渊，如履薄冰”的恐惧心情。

林一山待在会场不显眼的地方。他在观察，他在思忖。他隐约感觉到，周恩来主持的西花厅会议，好像专门是为他设计的。在整个汇报过程中，周恩来紧紧地抓住毛泽东批示的最后一句“要准备修改设计”不放。张体学说：“三三〇工地有困难，有办法，有希望，要鼓干劲。”周恩来立即把方向扭回来：“光鼓干劲不行吧！主席批示不是这样。主席批示兴建过程中将要遇到一些现在想不到的困难，要修改设计，重点在这里。”大家都不明白，这葫芦里装的是什么药。

林一山还注意到，周恩来十分有意识地把会议焦点往他身上引。

“林一山，你身体好吗？”周恩来问。

“眼睛不好。”林一山指指眼睛说。

“你去看过吗？”

“去了。”

“你可能有点不同意见吧？”

“没有不同意见，讨论过了，现在是如何把工作做好的问题。”

“都一致了？不见得吧！不会没有不同意见，总有点吧？是顾全大局。”

后来提到提意见问题时，周恩来大声说：“我与林一山没有共过事。林一山敢提意见，敢提就是好。提意见有正确的，很好，意见提得不对也不怕。党员就是要坚持真理。”

他紧紧抓住林一山不放。

“泄洪出问题，发电不成，航运更谈不上。林一山，要你去挂帅，敢不敢？”

林一山说：“我不是那种材料。”

“你不敢啰？”周恩来将林一山的军。

“设计，他当统帅；队伍，他管不了。”李先念在一旁帮腔。

“大家领导，我当参谋。”林一山谦让道。

“这是长江的工程，是在长江上建坝。葛洲坝设计出问题。找林一山可不可以？你不能看笑话。”李先念语气严肃。

“当然，主席批示的工程，我决没有看笑话。出了问题，由我负责。”林一山只好同意，当场领了军令状。

周恩来见火候已到，接着林一山表态同意的话音，又重新朗读了一遍毛泽东批示，说，“现在，请林一山同志主持讨论。”

之后，周恩来拿出一张早就拟定的名单，明确林一山为葛洲坝技术委员会主任，他麾下的委员有水电部部长钱正英，湖北省代理第一书记、省革委主任张体学，国家计委副主任袁宝华，国家建委副主任谢北一，交通部常务副部长马耀骥，一机部副部长沈鸿，水电部副部长王英先，三三〇指挥部主任廉荣禄。

人们恍然大悟，开了几天会，绕了半天，真正的目的，是要改组葛洲坝核心决策层，推林一山执掌帅印！

三十二

大家万万没有想到，毛泽东、周恩来会在葛洲坝命运攸关的时刻，起用“反对派”林一山来充当葛洲坝的灵魂，把挽救葛洲坝的权杖授给林一山。

这种违反常规之举，着实令与会者吃惊不浅。谁不知道“林一山反对毛主席，反对葛洲坝”？

大家都明白，周恩来交给他们的是一个不容商量、只能无条件接受的现实。败将岂敢言勇？

林一山临危受命，当仁不让。事情虽然来得突然，然而他有预感，葛洲坝这个摊子，早晚要他林一山来收拾。

然而，林一山并不轻松。他面前不仅有葛洲坝这个烂摊子，而且还有包括他顶头上司在内的中央各部委同床异梦的大员所组成的技术委员会。

我问林一山："技术委员会有七个部长，三个中央委员，您只是'长办'主任，有把握领导他们吗？"

他不假思索地说："当然有把握！理由有四条：1. 毛主席、周总理任命和信任；2. 我的官比他们大（林一山解放初期就是行政七级，曾在东北局任辽南省委书记）；3. 长江的事情，我比他们懂；4. 我有'长办'这支不可替代的技术队伍。"

一副"舍我其谁"的大将风度！

林一山主持葛洲坝工程技术委员会后，即大力革除以往争论不休、论而不决、最后无人负责的弊端。他说以往工作方法是，"筑室道谋，三年不成"，提出了技术委员会三条工作原则：1. 委员会是联合国安理会常任理事国，不是少数服从多数，而是"大国一致"；2. 各委员点头摇头都要有根据，都必须把问题弄清楚后再表态；3. 委员会每次会议达成协议的文件，委员会成员都要签字负责，不同意见，一并上报。

从 1972 年 11 月到 1982 年 1 月，在林一山的主持下，葛洲坝技术委员会先后召开了 13 次会议，每次会议都对葛洲坝建设过程中的重大技术问题展开充分讨论，协调各方意见，取得一致或比较一致的看法后，即行上报，使委员会成为一个有效率的决策机构。当然，争论也十分激烈，各部的委员都提到各自的问题，也代表着各自的利益，经常给林一山难堪。袁宝华看不下去了，大声说："林一山是毛主席、周总理派来的，请大家注意尊重他！"林一山则不以为然地说："不同意见可以发表，可以争论。"10 年时间里，每一次会议结果都由林一山亲自起草了给国务院的报告，各委员签名后，上报。

"您写那么多东西，手行吗？"我问。

"那怎么不行？"他举起残废的右手，"这只手写累了，再换左手。我练习左手写字在当时已经八九年了！"

可是，饱经"文化大革命"造反派摧残的林一山也累。

周恩来在汇报结束后给他的重要嘱托，压得他喘不过气来。"长江上如果出问题，砍头不是你一个人，要砍头，我带头。砍头也不行！这是国际影响问题。建国二十几年了，在长江修一个坝，不成功，垮了，要载入党史的！”

第一次技术委员会忙下来，林一山回到饭店，想静静地休息一会。

可休息不成。右眼疼，疼得钻心！

三十三

葛洲坝是人类首次在世界三大河流（亚马孙河、尼罗河、长江）之一的长江干流上拦河筑坝。

葛洲坝工程技术委员会全体签名，向中央郑重报告：我们正面临一些前人未经历过的重大技术问题。

更严重的是，工程技术委员会继承了前期研究不够、仓促上马的重大技术疏漏。为此已经投资 2.6 亿元，还有近三万人的施工队伍嗷嗷待哺！

以林一山为首的全体委员十分清楚他们所面临的尴尬处境：他们穿上了红舞鞋，却是在危机四伏、随时都有灭顶之灾的沼泽地跳舞！

而恰恰在这种关键时刻，林一山病了！

医生诊断，他患了癌症！一种很奇怪的癌症：右眼脉络膜黑色素瘤。而且癌细胞已经突破骨膜，情况严峻。

周恩来听说林一山得了癌症，大为震惊！在林一山主持下，修改设计工作刚刚步入正轨，重大技术问题经过梳理，已是初见端倪。这种时候，不能没有林一山！林一山不能死！

周恩来安排林一山住进北京同仁医院，并亲自过问治疗方案。为了十分稳妥和保险，在周恩来的干预下，将林一山从北京转到上海华东医院，请北京和上海中国一流的眼科专家会诊，组成医疗小组，制定万无一失的手术治疗方案。为此，周恩来和当时中共中央的一位副主席专门致电上海，必须竭尽全力保住林一山的生命。

真是奇人得奇病。

林一山老人指着已被摘除了右眼球的空眼眶说："脉络膜黑色素瘤很顽固，钴60都杀不死。这种癌，白种人容易得，黄种人极其少见。有资料说，白种人发病率比黄种人高两千倍！为这病，全国的专家讨论了100天。我说，别讨论了，允许有误诊，干吧！说起来，都是造反派干的。把我关进水牢，根本没有光线，还要逼着写交代材料！"

当确诊为癌症时，医院和家里都瞒着他。他却对周围这些愁眉苦脸的人说："你们不说，我也知道。我得的是癌症，你们得的是恐癌症！"

林一山快人快语，把医生和家里人都逗乐了。

他安慰日渐消瘦的夫人："我死不了！革命那么多年，八次阎王关都闯过来了，第九次也能闯过来。葛洲坝建不起来，我林一山怎么能死呢？"

手术方案由上海报水电部，又由水电部报给周恩来，由周恩来亲自批准实施。林一山从住院到治疗方案，治疗效果，整个过程都在周恩来的密切关注和监控之下。这种情况，是极为罕见的。

一切都是在林一山非凡的毅力下完成的。

他在北京同仁医院住院期间，正在筹备召开第三次葛洲坝工程技术委员会。

这次会议，将最终确定悬而未决又非常棘手的坝线方案。

五十年代末，在进行三峡工程设计时，葛洲坝作为三峡枢纽的"航运梯级"，只进行了规划性设计。在宜昌至前坪五公里河段内，研究了上中下三个坝段，认为三个坝段同属一个地层，均能建坝。其后根据诸方面条件，选择了横穿葛洲坝的中坝段作为以后勘测设计的重点。

1970 年葛洲坝上马时，亦选定了中坝段坝线。而且，在该坝线，已完成了一期围堰和基坑土石方 650 万立方米，浇筑混凝土 10 万立方米，并在附近修建了公路、铁路和企业。

然而，其后重新研究暴露出来的船闸通航、泄水闸消能防冲、大江截流等重大技术问题，向原设计坝线提出了挑战。

首先是航运方面的挑战。

有专家认为，由于出南津关后，长江水流湍急且复杂，葛洲坝上游静水航段太短，行船危险。建议全部抛弃现状，坝线下移 450 米至 700 米。

这种方案有一定道理，因为葛洲坝的问题，必须首先是航运问题。周恩来和李先念多次表示，如果葛洲坝碍航，那就要炸掉大坝通航。

但是，这种方案意味着前功尽弃。

有没有两全其美的方案来替代呢？

北京城南，四维路饭店一间小会议室里，烟雾弥漫。

这伙人在里面，整整闷了一天一夜！大家脸都绿了，却个个精神亢奋，毫无睡意。

林一山右眼还塞着纱布，便从医院偷跑出来，组织专家为委员会起草文件。

静水航道解决不了，交通部这关就不能过，再好的设想都白搭。

凭直觉和经验，坝线可以不移，但是缺乏说服力。

南津关到葛洲坝不到三公里，这一河段极为奇特。长江出南津关后，海拔高度由 300 米突然降至 70 米，河宽由 300 米展开为 2100 米，水流湍急紊乱，形成了巨大的“泡漩”。林一山老人在新壁街 49 号的大客厅里给我描述着：“长江水从南津关出来，突然遇到一个斜坡，水又翻卷回来，咕嘟嘟，咕嘟嘟，嚯，好大的泡！好大的漩！张瑞瑾教授主持的葛洲坝模拟试验，一放水，他就跑来找我，‘林主任，那水流得奇怪’。我问，‘怎么奇怪’？他说，‘你去看看’。

我去一看就笑了，‘这水流不奇怪，应该是勾股，不该是弦’。‘为什么？’他问。我说勾股水深，摩擦小，弦水浅而粗糙，水当然就不走弦了。他拍着脑袋恍然大悟。这是河流学问题。这长江水，怎么流，怎么走，她是有性格有脾气的，摸准了才能分而治之。”说得兴起，盲老人从沙发倏地站起来，用那龙钟步态和手势，模仿着长江水翻卷起伏、变化多端的姿态，仿佛他就是那长江水，在自然的状态中流动、奔腾、旋转、咆哮；仿佛他就是那江之精灵，如痴如醉地融化在长江中，用那赤诚的心灵依偎着生命的水流，喃喃诉说着一个亘古不朽的神话；仿佛只有让那长江的波涛拍打着他的脸颊，才能证明他的存在，才能让他感知到一个生命的光亮明媚的世界。他身上涌动着的活力，令人惊骇！后来，他创造了所谓“关刀宝剑”——大坝中部向上游两条垂直平行的长堤或叫“竖坝”，一柄曰关刀，一柄曰宝剑，劈波斩浪，约束了湍急诡谲的江水，将长江分隔成了三条平静如镜的人工运河，从根本上解决了原坝线不动静水航道太短的通航问题。他还为了顺应江水流态，数年坚持并力排众议，创造了一个“没有葛洲坝的葛洲坝”，奇迹般地搬走了足有800万土石方的葛洲坝，为后续大江截流、下泄洪水等重大技术措施的实施创造了有利条件。“关刀宝剑”“没有葛洲坝的葛洲坝”这些曾被百般嘲笑的技术措施，后来成为葛洲坝工程独具特色的奇观，被专家称为“天才的想法”。

那都是后话。

当务之急是要给不移坝线找到一个妥协的办法。

桌上铺着图纸，大家切磋着、争论着，却没有结果。

林一山以为一个上午便能解决问题，可是，从上午到下午整个一天都没有解决，晚饭后，继续接着干。过了午夜，还是没有眉目。而且他的眼睛疼痛，看东西看人都变了形。

著名的泥沙专家，现武汉水利电力学院名誉院长张瑞瑾望着坝线发呆，突然，不知哪根神经被天使轻轻地拨动了一下，他突发奇想：能不能坝线不动，闸门下移，修两条人工运河，保证

800 ~ 1000 米的静水航道？

林一山一听，沉吟片刻，猛地大声叫绝："妙呵！我们可以给大坝开两个大抽屉。"

林一山及时总结归纳这个方案的精髓所在："这是一个最坏的方案，但是它可以保证最好的方案出笼。正是因为可以开抽屉，我们将来才可以不开抽屉！"

这便是著名的"开抽屉方案"。

这个方案，是葛洲坝停工修改初步设计的一个重大转折点。这个方案并没有实施，它的重要意义在于打破了僵局，有效地平息了争论，使其他重大技术问题迎刃而解。

整个局面豁然开朗！

沉闷的气氛顿时活跃了化解了。

"天亮了！"不知谁喊了一声。

大家早就没了时间概念，这一声喊，把大家从那忘我的欢欣鼓舞中拽回来，突然感到了困倦和疲乏，——极度紧张后的极度困倦和疲乏。有的人坐在那里便睡着了。

初春的阳光，悄悄地踱进这间刚刚产生了天才想法的会议室，人们关了灯，打开房门，烟雾渐渐散去，房间里充溢着温暖和生机。

林一山跳起来，"睡觉，睡觉"，一路呐喊着出去。坐上车，便往同仁医院奔。

回到医院病房，医生和夫人张彬都埋怨地盯着他。

"睡觉，睡觉。"

林一山作出一副知罪的样子，倒头便睡。弄得大家哭笑不得。

三十四

上海华东医院的手术非常成功。

林一山右眼球摘除，左眼高度近视，几乎看不见东西，处于半失明状态。正是在这种状态下，他以非凡的生命力，继续主持了1973年10月以后的10次葛洲坝工程技术委员会。

技术委员会有效的工作以及一些重大的决策，为葛洲坝1974年复工、1981年大江截流、1988年基本建成创造了可能和条件。

林一山大难不死，在某种意义上来说，既是他本人的幸运，也是长江和我们民族的幸运。葛洲坝不起，中华民族何颜自信于世界民族之林？！

葛洲坝被称作三峡工程的“实战准备”。葛洲坝不起，何谈三峡？！

至今思来，惊心动魄！

三十五

林一山多次对我说：“能做葛洲坝，就能做三峡。”言下之意，三峡大坝在工程技术上比葛洲坝简单。

“为什么？”我不解。三峡大坝比葛洲坝大了好多倍，怎么可能建三峡反而会比建葛洲坝简单呢？

周恩来也怀疑这种说法：“你原来主张先做高坝，后做低坝，你那个高坝不是更难？”

林一山说：“葛洲坝的位置、地形、地质、河势都比三斗坪复杂得多。”

从工程技术的角度看，这种说法也许是正确的，能建成葛洲坝，三峡也不在话下。

官方提供的资料，截至1990年底，中国一共修建了大中小型水库83387座，号称86000座，水库总数居世界之冠。其中大型水库有366座（库容在1亿立方米以上）。修建了一批如龙羊峡、刘家峡、三门峡、丹江口这样的水利枢纽，葛洲坝等堪称世界一流的大坝。中国拥有一流的坝工技术，无可怀疑。中国人能建成三峡高坝，也无可怀疑。

然而，我们必须承认，三峡是当今世界独一无二的超级大坝，她所涉及的许多问题，都可能是前无古人后无来者的。她牵涉范围之广泛，因素之复杂，中国乃至世界所有已建成的大坝皆不可同日而语。她的难度，远远超过了大坝本身。

泥沙淤积、生态环境的影响、库区移民等，特别是包括四川、湖北两省、四个地区、三十九个县市的113万移民，其规模和难度，令世人瞠目结舌。

在三峡所有问题中，移民安置问题，被公认为“最关键”“最困难”的问题，甚至被一些反对派人士称为三峡的“死结”。

李伯宁来了。这个河北任丘人，就是来解三峡这个“死结”的。

1985年，水利部副部长李伯宁被国务院任命为三峡省筹备组组长、党组书记，全盘负责三峡库区移民这一世纪性的工作。

他一到位，即成为三峡重新论证的风云人物。此后，三峡推动过程中的一些重大行动，几乎都能找到他强有力的影子。

原载《中国作家》1992年第6期

荣获“1992—1993年全国优秀报告文学奖”和

“2002年首届徐迟报告文学奖”

壮哉！红松精神

姜孟之

富饶、美丽的大森林

中国这块版图几经外人蚕食、任人割让，江河易道，传至今人手里，成了一只正在啼鸣的大公鸡。

鸡眼是墨绿色的，有 400 多万公顷[①] 那么大，这便是闻名遐迩的“红松故乡”，我国最大的木材生产基地、小兴安岭伊春林区。

红松原始林没有热带林里那些密密麻麻、纠缠不清的藤呀蔓呀的。走进红松原始林似进入高大的宫殿，树冠如盖，树干似柱，你会感觉到，人太渺小了；地上铺着厚厚的松针，踏上去，如履海绵，颤悠悠的；躺上去似卧“席梦思”，暄腾腾的。每公顷蓄积木材 194 立方米，平均单株出材 1.21 立方米。森林蓄积达 4.28 亿立方米，这是

① 原文中为 400 多公顷，经查阅资料应为 400 多万公顷。

一块绿色的金子。

汤旺河是一条天然灌渠，白亮白亮的，在森林里眷恋着迂回曲折、绕来绕去，出了山林便义无反顾，箭也似的向松花江射去。

绿色统治着大地，暴雨过后，汤旺河水也是透明的。细鳞鱼、大马哈鱼在河底嬉戏，森调队员想吃鱼了，在岸上支锅生火，再去甩钩垂钓，不等岸上油锅烧旺，那卷尾摇头的鱼便被提上来了。

小兴安岭属大陆性气候带，森林改变了它暴躁的男子汉式的本性，温柔得如江南少女，夏季小雨绵绵，空气湿润。有“三天两头下，剩下一天小雨拉拉”之美称。

森林里猪熊虎鹿穿来穿去，乌雀飞进飞出，它们活得悠闲、自在。四十年前的“红松故乡”是座天然动物园。

绿色的奉献

1948年红旗开路，人唱、马嘶，机械轰鸣，“红松故乡”被吵醒了。

日伪时期的老木把，新中国的大专毕业生，人民解放军林业三师转业的官兵，全国各地涌来的“盲流”，当然还有逃亡来的地主，等等，组成了新中国第一代林业工人。这是一支“杂牌军”，在一位老红军——张子良的率领下，睡帐篷，饮雪水，吃高粱米籽儿，为支援解放战争伐树，为抗美援朝伐树，为建设新中国伐树。千百双手从祖国的四面八方向“鸡眼”伸来：“木材！”“木材！”“木材！”……

转眼四十年过去了。林业职工发展到39.8万人，一座130万人口的城市散在丛林中。伊春林业管理局下属16个林业局，向国家输送了2亿立方米木材，消耗森林资源4亿立方米，这些木材装上火车，车皮首尾相接，能绕地球一周。

伊春林区生产的木材占全国同期生产的14.3%，上缴利税35亿多元，占全国同期林业上缴利税的一半，相当于同期投资的3.5倍。如果伊春人早些换了脑筋，用这些钱建设伊春，今天伊春的楼房要比深圳的高，马路要比深圳的宽，然而，他们没有同国家讨价还价，盈利全部上缴了，赢得的报酬是“红松精神”。

铁力林业局的伐木英雄马永顺代表伊春林业职工35次进北京，14次受到毛主席、周总理等国家领导人的接见，伊春人很自豪，伊春人把荣誉看得比钱金贵。

悲壮的抉择

在过去的四十多年里，伊春林区只有4年采伐量低于生长量，年均消耗木材是生长量的1.92倍，这就预示着总有一天树要被伐完的。到1990年，森林蓄积已由开发初期的4.28亿立方米减少到2.21亿立方米，单株材积由1.21立方米下降到0.35立方米，红松由28%下降到8%。“红松故乡”能否再度复兴，引起了人们的关注。

早在1985年，林业部雍文涛老部长在《林业建设问题研究》一书中给伊春人敲了警钟。他说：“如果按现在的消耗水平，10年时间（伊春林区）将被全部砍光！”等于说，到1995年，中国这只啼鸣的大公鸡，眼圈不再是绿色的了。

这并不奇怪，地球上原始林的命运大致是相同的。开发初期人们拼命地索取，恨不得一口气把原始林砍光。砍光了，砍伐者受到大自然的惩罚，较发达的国家便大量投入，恢复森林，就连现今森林资源比较丰富的美国也不例外。1620年至1940年美国的原始林由3.3亿公顷锐减到不足4000万公顷，造成了水土流失的严重恶果。1934年刮了三天三夜“黑风暴”，把足以装满100万趟列车的3亿吨地表沃土刮进了大海，雨水一年又冲走大约30亿吨泥土，当年粮食减产100多亿斤。灾害教育了美国人，他们开始大量投入，营造人工林，

1977年8月，美国国会还通过了一项关于成立“青年资源保护队”的法案，加速森林的恢复。

一些穷国森林被砍光没钱恢复，水土流失，造成岩石裸露、沙漠化。尼泊尔流失的表土使喜马拉雅山斜坡与年俱增，尼泊尔的河流每年将2.4亿立方米土壤带到印度，印度称为“最宝贵的进口物资”。

摆在伊春人面前也有两条路，一是无节制地伐下去，伊春人也能过上三五年好日子，可是伐光了怎么办？连重建“红松故乡”的“面引子”也用完了，是要被子孙后代钉上耻辱柱的。另一条路是马上把采伐量降下来，降到生长量以下，可以保住林子，但林业职工却要过一段相当长的苦日子。伊春人选择了后者，市委决定把年采伐量降到生长量以下的224万立方米。决策是对的，可是要实现却不是件容易事。

伊春是个单一的木材生产的城市，每年采伐530万立方米木材才能维持伊春人的温饱，降到224万立方米，缺欠的306万立方米木材的收入何以补偿？新建替代产业又不是一朝一夕的事。

市委制定了一边抓替代产业，一边逐年减少采伐量，渐渐适应的方案：1989年减到423万立方米；1991年减到290万立方米，《黑龙江日报》载文说：“这是一个悲壮的抉择，它意味着伊春人还要咬紧牙关度过段艰难的日子。”

果然，伊春林区从1989年步入了经济危困圈，到1992年10月份，全市欠职工工资2亿元，有的林业局欠职工工资累计15个月。

红松精神在闪烁

第一代林业职工全部退下来了。

年轻时趴冰卧雪、住帐篷，蚊虫小咬不断，为祖国建设贡献了最美好的时光。现在退下来，又遇林区危困，却仍在为重建“红松故乡”发挥余热。

双丰林业局爱林林场退休工人刘玉珍看场子没钱发工资，“休”不住了，找场领导说：

“我退休了，还能干，放树、栽树、修路都行，有什么活你说一声，我白干，为了让林业渡过难关。”

乌马河林业局老林业工人、共产党员刘志潼退下来的当天晚上，有人到家找他成立包工组挣大钱，他说：“容我想想。”

他翻来覆去想了大半宿。第二天早晨6点钟他把老伴捅咕醒说：

“你咋还不起来给我做早饭？”

“我起早贪黑给你做了一辈子饭，从今天起，你退休了，我也该休休了。”

“退休也得吃饭呀。”

老伴按时给他做了早饭，他吃完饭扛起扳钩，默默地来到贮木场他昨天工作过的地方，归楞、装车……干起来了。一年下来，比在岗时还多出勤26天，他只领取劳保工资。年岁大了，腿脚不灵便，领导为了安全不准他摆弄大木头了。他闲不住，自己做个独轮车，买把铁锹，在场内修道。他修了一条500多米长的沙石路，供防火、运材用，职工称为“志潼路”。场内的路修完了，他推着小车、锹镐修乌马镇内的路。早晨出门带点干粮，背个军用水壶，中午也不回家，饿了就在路边吃点干粮继续修。3万人口的一个镇子，镇内每条沙石路面上都印上了刘志潼的脚印。退休10年，义务劳动10年，给国家创造财富10多万元，他应得的工资补差5000多元1分也没要。有人问他：“刘师傅，你咋这么傻？”

他说：“咱林业日子不好过，该出点力的。我尝过亡国的滋味，这是给咱自己的国家干活，啥傻不傻的。”

（前几天笔者去趟北京，见×××路汽车发车站挂块小黑板，用粉笔写着“问事收费两角”。一位老者上前问去圆明园咋个走法，收了两角钱，才告老者如何如何走。哪个奸？哪个傻？各有各的标准。）

老英雄马永顺所在的铁力林业局，1914年开发，1948年建局，为国家生产木材1830多万立方米，是伊春林区资格最老、危困程度较深重的林业局，已拖欠职工14个月工资。冬天大雪覆盖，工人带着土豆做午饭上山干活。马永顺80岁了，离休在家，也过着不开工资的苦日子，职工来到马永顺家说：

“马老师，你的名望高，你上北京说说咱林区的困难吧，让国家出钱帮咱解决解决。”

马永顺想了一会儿说：“咱们工人是国家的主人，怎好伸手向国家要钱？国家若是没困难不会忘了咱的。”

他记起年轻时给日本人伐术，砸伤了腿，无钱医治，流脓淌血，生了蛆虫，不能干活了，被“把头”撵出了工棚子，他拖着一条断腿在铁力街上爬着讨饭吃，是人民政府治好了他的腿，连老婆也是工会给娶的。这是自己的国家呀！

他知道今天的困难是为了保住青山常在造成的。没有林子不只我们这一代人要受穷，儿子、孙子也不会有好日子过。冲出困境最关键的是要多栽树，山上有了树，林区人才能过上好日子。马永顺召集亲属开会。他说：

“我请大家帮我还一笔债。”

都知道他是不欠任何人钱物的，还的什么债呢？听他接着说：

“今生我采伐6.5万立方米，伐树3.65万棵。从1958年我开始边采边栽，到1982年离休，还欠8000棵树没栽上。离休这些年我又栽上7000棵，还欠1000棵，一年中栽树的最佳时间只有20天，若是我自己栽，一年半载怕栽不上。我已是80岁的人了，熟透的瓜，说不定哪天马克思就来请我，我欠着一屁股债，有啥脸面去见他老人家？还不上这笔债，我死不瞑目……”

到会的亲属听了，都受了感动，异口同声地说：

“我们帮你还！”

林业局办公室的同志听说马永顺动员全家人还“债”，派一辆面包车接送，当年就还清了栽树债。

马永顺脸上的皱纹舒展了，他自豪地说：“我没白吃祖宗的饭，没做子孙孽。”

如果说铁力林业局的马永顺是伐木英雄，五营林业局的王仁宽就是个运材英雄了。王仁宽被称为万米大将而闻名全国林区。

小兴安岭的冬天是生产的“黄金”季节，特别是运材，必须抢在冻板儿道开化前完成。木材运不下来，困在山上，一个夏天过后就要生虫子、降等级、少卖钱。王仁宽是汽车司机，为完成任务他昼夜连轴转。小兴安岭的冬天特冷，有人说三九天外出小解需带着棒子不免有些夸张，但是冷到零下 40 度却是家常便饭，王仁宽用寒风做防困剂。他的车左侧的玻璃风挡总是被摇下来，让冷风吹进来，不至于睡着。一个冬运下来，吹成了阴阳脸儿，靠窗的半边脸红黑、皮厚，绽成了无数裂纹，打着卷儿。有一年冬运他连续 6 天 6 夜没离开车。他的家在公路旁，王仁宽的车经过，老伴和孩子从声音就能辨出来。老伴做好了饭，装进饭盒，听车来，让孩子捧着站在陡坡旁，趁车爬坡，车速放慢，孩子把饭盒递上去，王仁宽利用装卸车的空隙吃饭。困极了，眼皮自动合上了，只好停车，可是他不敢靠道边停，停在道边没人叫醒他，谁知要睡到何年月？他困了把车停在路中心，刚闭上眼，后边车过不去，只好把他叫醒。冬运结束，他一连睡了 7 个昼夜也不醒，老伴吓坏了，去找局长，局长也害怕了，去医院请医生。医生认真检查后轻轻地说：“别吵醒他，他在睡觉。”

王仁宽创造了单车三年运材 25280 立方米的全国纪录，10 年完成 25 年的工作量。

他哪知拉的木材越多，消耗森林资源就越多，五营林业局森林资源也日趋危机了。1984 年局党委为减少木材消耗提出以农养林的口号，汽管处被指定试办种植园。汽管处的人都是摆弄舵把子出身，没人会种地。王仁宽已经 50 岁了，摆弄汽车他是行家，撸锄柄却是个

“离巴”。他是汽管处副主任。他想，过量采伐造成了今天的林业危困，自己是打头的，振兴林业也该走在前面。他说：“我去！”

在处里，上班车接车送。种植园在大山里，没有路，没有电灯，野兽出没，蚊虫叮咬，睡土炕，自己做饭吃，仍开原工资。他在山上组织青年开荒种地，一年中有 7 个月住在山上。他用 6 年时间把个荒山野岭变成了花果山。种人参 38400 平方米，大棚葡萄 1700 多株，李子、沙果树 3000 多棵，高寒地区试种西瓜获得成功，第一年就收获 2 万多斤。

打江山易，守江山难。种瓜易，守瓜也难。守社会主义的“瓜”难就难在那句新谚语上：“世上有个加拿大，中国有个大家拿。”如何管好社会主义国营企业？近些年突然成为专门家研究的热门课题了。他们感到“东方”的答案不解渴了，纷纷赴“西方”取管好社会主义企业的“经”。王仁宽没去西方开阔视野，可是把个社会主义国营种植园管得井井有条。他觉得，一个连社会主义企业都没有的国度，哪里会有什么管理社会主义企业的经验？他说：“管好社会主义企业必须有社会主义觉悟。有些好端端的社会主义企业是被送、拿、窃、吃搞亏的。”

王仁宽自己不拿不送，也不准任何人吃拿送损。

1989 年中秋节，种植园的葡萄第一次熟了，王仁宽好久没回家了，8 月 15 日是传统的水果节。家人想，他一定会带些自己种植的葡萄给家人尝个鲜的。中秋节晚上王仁宽提着葡萄回来了，是在街上买的。

西瓜下来了，他按汽管处领导班子的规定，每个职工两个瓜，他赶着马车亲自把西瓜送到职工手里，自己也只分到应得的两个瓜。

外单位的人常去王仁宽的种植园参观。出发前，五营党委书记总是要叮嘱参观的人几句：

“王师傅要求严，到了种植园，只准看，不准摸。”

他严格要求自己，别人谁还好意思去伸手？

王仁宽家的秋白菜买多了，春暖花开，吃不了要烂，老伴说：“你到街上卖了吧。”

“我喊不出口。”王仁宽说。

“卖场子里的大葱你怎么能喊出口呢？”

“卖公家的东西能喊出口，卖自家的就是喊不出口，我也不知道这是怎么回事。”

王仁宽是个科级干部，又是全国林业战线上赫赫有名的劳动模范，白天和青年人一起下地干活，夜里打更，给暖棚烧炉子，场里买了辆货车，他自己开，一年节约开支 5000 多元。

他和郑永斌去哈尔滨办事，听说北国旅店有便宜房间，就去了，问：

“最便宜的房间多少钱一宿？”

“十三元五角。”服务员说。

他嫌贵离开了，沿街找最便宜的旅店，一连找了三家都在十三元五角以上，只好又回到北国旅店。

服务员问：“你们节约了宿费归自己吗？”

“我们实报实销。”

“为啥不住得好一点儿呢？”

“林区处在危困中，节省一点儿好。”

五营林业局党委新上任的刘书记，不去观赏原始林，不去拜亲访友，他要看看最穷的林业职工家的生活水平。他和办公室主任一起走进一户简易职工住房，屋墙上抹着泥，泥上裱着报纸，一位 50 多岁的妇女在屋里扫地。他进屋便说：

“大嫂，我们是过路的，渴了，找口水喝。”

“看你们也不像坏人。”

“家几口人？”刘书记问。

“5 口。”

“孩子爸做什么去了？”

“去阴间了。”

说话间，从外面进来个十五六岁的姑娘，老刘被姑娘的一双脚吸引住了：没穿袜子，黄胶鞋，补丁加补丁，两脚黑泥……

刘书记是孤儿，看了这双鞋，掏出10元钱递给女主人说：“我买你女儿脚上这双鞋。”

办公室主任也掏出10元钱给女主人。女主人睁大惊疑的眼睛问：

“你们到底是干什么的？”

“这是咱们林业局新来的刘书记。”办公室主任说。

“书记买我姑娘的鞋干啥？”

“做教材。”刘书记说。

女主人疑疑惑惑地收下了20元钱，让女儿把鞋脱下来交给了陌生人。

他们路过一条小河，刷净了鞋，数数11个洞。

常委会上，刘书记托着这双鞋说：

“在座的哪位家的孩子穿这样破的鞋？”

“没有。”常委们说。

“这是一位老林业工人女儿穿的鞋，”老刘接着说，“林业危困，我们也必须保证职工吃饱、穿暖，咱们下去搞个调查，查查全局有多少困难户，研究个应急办法……”

全局查出154户特困户。林业局处在危困中，拿不出更多的钱来补助。他们开展互助活动，全局捐款41494元，两个来林业局购买木材的老客户被感动了，也参加了捐款活动。

老刘把鞋同马列著作一起放在书柜里。他说：“下下功夫，马列的书我还能读懂几本，可是这双鞋，也许我一生也读不懂它。”

南岔二中是黑龙江省重点高中，来这念书的，多数是大学苗子，生源主要来自金山屯、南岔、代岭、朗乡、铁力、挑山、双丰等7个林业局。林业局不开支，为节省食宿费，有些学生退学回到家所在地的普通中学读书。

1992年12月的一天，食堂刚开过中午饭，高中一年六班的吴振兴在饭桌上捡学生吃剩的馒头吃。这个学生是从双丰林业局考来的，在学校住宿，他弟弟也在上学。家长9个月不开支，他在食堂吃饭基本不买菜。学习成绩很好，在班级属前4名，食堂管理员何秀峰看见他在捡剩馒头，掏出50元食堂券送给他。

吴振兴说："我捡馒头是怕浪费。"

"你拿着吧，你的处境我知道了。"

"老师，我还能挺住。"说完哭了。

学校知道了这件事，发动全校师生员工捐款1656.57元。市教委副主任汪庆祥遇上了，也捐了100元，学校又拿出20000元，存到银行里，用利息补助特困的学生。

还我"红松故乡"

"万元不算数，十万刚起步，百万才算富。"民谣告诉林区人：山外富得流油了。

钱诱惑着一些伊春人纷纷外流。去上海、深圳等南方，奔挣大钱的沿海城市寻一方乐土去了。一位到过海口的人回来说：走在海口大街上，用不了10分钟就能见到一位伊春人。出走并非容易事，伊春当年免费收留山外逃来的"盲流"，三十年河东，三十年河西。如今伊春穷了，伊春人出山当"盲流"可没那么便宜的，没有钱，没有大专文凭或中级以上职称，人家是不留的。对于急需人才振兴的伊春来说，这无异于拔"大茅"。但是也有那么一些能人，棒打也不走，誓与伊春人重建"红松故乡"。

为保住"红松故乡"，伊春市委从减少采伐量和植树造林两个方面下功夫。伊春的造林工作从开发初期就开始了。

1952年人民政府在南岔林业局的浩良河建起了森林抚育站，试验人工造林。这里原来是红松原始林，被日本人伐光了，留下的是灌木丛。抚育站离火车道线30多公里，没有人烟，职工吃用全靠肩背，常年吃豆腐，几乎都患夜盲症。土匪、烟匪，野兽威胁着营林工人的安全。工人老赵就是被虎吃掉的，翠岗林场的王技术员，至今脸上、腿上还留着当年与狗熊搏斗的伤疤。吃高粱米籽儿、住帐篷，烧铁油桶取暖。四十多年后的今天，林业工人仍保留着五十年代艰苦奋斗的传统。我们去采访时，人工林已经可以采伐了，可是山场修路的林业工人仍住在帐篷里。不同的是，先前的帐篷是帆布的，今天的是透明的塑料薄膜。太阳出来似蒸笼，夜里躺在床上看星星、观月亮，蛮有诗意。铺是用新伐下的鲜木杆搭成的，发出了新芽，铺下长着半尺来高的青草、淌着溪水，已是6月天气，不远处的沟塘里还残存着冬天的冰坨子。

这里有个“土”营林工程师，叫郝瑞。他选择日本“开拓团”留下的一块稻田地建苗圃，试验的树种主要是红松、樟子松和落叶松。樟子松和落叶松是大兴安岭树种，成活率高，生长快，是优良的人工林树种。大、小兴安岭相隔数千里，气温、水土差异很大。书上说，必须逐步迁移，以培养植物的适应能力。那得几十年才能移到小兴安岭。“一万年太久，只争朝夕”，郝瑞把大兴安岭的树种直接播在小兴安岭的土里，小苗出来遇上旱灾，全枯死了，有人说：“什么地方长什么树，是上天安排的，人怎么能改变它。”

郝瑞是共产党人，他不信这个邪。再种，小苗出来又被老鼠吃光了，他研究防鼠办法；再种起了虫害，又研究防虫害办法。经过多年的研究，终于成功了，灾害和坎坷把郝瑞培养成一位营林专门家。樟子松、落叶松成了小兴安岭的主要速生林树种。

郝瑞的老伴叫赵云霞，他们结婚的那天，白天郝瑞还在山上栽树，晚上，所里的青年人一直闹腾到天亮。亮天，省森工总局来电话定要他当天去哈尔滨汇报工作，郝瑞二话没说，向新娘请了假，当天就匆匆忙忙上了路，半个月后回来才重入洞房。五十年代的人就这么傻。

红松是小兴安岭的主要树种，第一代红松林是原始林，第二代红松林只能是人工林。可是人工红松幼苗成活率低，幼树好分岔，出平头，干矮，称“小老头松”，长不成材。这是世界上红松专家们的一道“哥德巴赫猜想”式的难题。当然也成了郝瑞和伊春林区的红松研究者的一项必须解决的科研项目。郝瑞把自己研究的成果概括成两句话：“摘掉帽子露脑瓜，脱掉衬衣穿大褂。”——红松成林后，再逐年去掉庇护林。这个结论得到了科研部门的承认，将其写进了《森林抚育规程》，编进了大学教材。他的论文《关于红松的经营管理》《探索造林的规律》《关于红松丰产林的研究》《红松人工林综合抚育法》，分别发表在市、省、国家级杂志上，获得了国家林学会的“劲松奖”、林业部的“林业技术推广奖”，被誉为“育林功臣”，我国男公民的工作权利是 60 岁，可是这里有时一刀切到 53，有时切到 55，他受到了优待，提前三年切下来了。郝瑞退休时是浩良河经营所的所长兼总支书记，是那里的最高长官。他把自己的一生全部献给了林业，他栽了无数株树木，自己家里却连件像样的家具也没有，一对木箱子是五十年代的，简易的被垛架是用四根木方和一条床单组成的，一个三屉桌是他花 120 元买的，看了真有点儿“泥瓦匠住草房”的感觉，家里三口人住着间半平房。老姑娘还是个“知青”。

中午我去经营所食堂吃饭，炊事员是位上海知青，听说我是做文章的，出于好奇心，坐在我的对面和我聊天。她说：“我真倒霉，和当地人结了婚，又生了孩子，回不去上海了。”

“你是国营职工了吧？”

“我们到这里就是职工了。”

“你很幸运。”

“不，我很不幸。”

“城里知青下乡到林区就是当然的国家职工，当地青年和你们一样上山劳动，就没有这待遇，就连你们郝书记的女儿至今还是待业青年哩，相比之下，你是幸运的。”

她点了点头说：“和待业青年比，我们是很幸运。”

伊春林业管理局下属 16 个林业局，其中的两个林业局在全国首先实现了营造林超过双百万亩。一个是上面说的南岔林业局，另一个是下面将要提到的朗乡林业局。

1956 年朗乡林业局开始在小白林场试栽红松，现主管营林的罗志超局长和他当年的同学、后来的妻子戚燕屏从沈阳林校毕业，坐马爬犁一起来到朗乡林业局做营林工作。他们住地窨子，吃高粱米籽儿。林业职工生活艰苦，营林工人的生活更苦。伐木工人中午带饭每天批给半斤细粮，营林工人同在林场干活却没有这个待遇。

为了探索红松成活率低的秘密，他们同东北林学院毕业的王伟光等一起进行了起苗后光晒时间与红松成活率关系的试验，发现晒一个小时以上的红松苗成活率是零，这是个重要的发现，他们提出了“栽活苗”的要求。树苗起出来必须假植起来，用泡了水的草袋子裹着运输。押运红松苗木的工人背着水壶，随时给小苗浇水，就像保姆护理婴儿似的，提高了红松的成活率。

戚燕屏当时仅 19 岁，是唯一的女技术员，每天打着裹腿起早贪黑领着工人上山栽树，月工资才 30.50 元。她总结了“六道沟苗圃的管理经验”，在报上发表了，她还爱写诗。1959 年总局长张世军[①]来看人工林，称戚燕屏是山沟里的女秀才。1964 年社教，发现营林科崔科长是地主出身，罗志超夫妇打成了地主科长的左膀右臂被批斗，戚燕屏的精神崩溃了，患了精神病。1979 年就因病提前退休在家，但仍喜欢植物栽培，以养菊治病，已繁衍菊花 50 多种，免费向居民提供花卉美化生活。她的《谈北方家庭养菊》一书在《退休生活》上连载，养菊成为晚年的一大趣事。

罗志超年过半百了，仍继续为朗乡的人工林呕心沥血，他踏遍了

---

① 原文中为“张世君”，经查应为“张世军”，下同。

朗乡26.4万公顷的山林，为朗乡的百万亩人工林立下了功劳。他被授予“育林功臣”，他和大家一起使朗乡林业局的森林覆盖率由建国初期的73.6%增加到82.1%，有林面积增加32万亩。

1990年6月，六十九岁的林业部张世军副部长[①]已重病在身，特意从北京来朗乡林业局看人工林，叮嘱大家：“一定要把营林工作搞上去，没有林子就没有希望。”他亲自去看五十年代栽下的树木生长的情况。还邀请了罗志超、戚燕屏一同前往。他看了当年栽下的仅有二寸来高的树苗，如今已成林，激动地说：“我们老了，林子长起来了，也就放心了。”张世军老部长第二年就与世长辞了。他满意地走了。

汤旺河从市区北边、沿着山根儿自西向东日夜流淌，河北岸有一栋孤单单的红砖房，背山临水，里面住着伊春林科院副院长，高级工程师李学文同志，为营造第二代红松林，平房里的灯火时常亮到深夜。

李学文是江苏六合县人，1962年毕业于南京林学院，分到伊春，领导要他留在市机关，他说：“我要到基层去。”

他被分到柳树经营所工作，他数着，每天有八九趟列车木材经过柳树外运，心里十分不安，按这个速度砍下去。再多的红松林也会被砍光的呀！必须建红松种籽林，保证造林良种化。他越过数级给当时的黑龙江省省长李范五写了一封长信，谈了自己的想法，寻求领导的支持。

李学文关心红松的命运却忽视了自家的命运。他爱人在江苏老家农村，遭水灾无法生活，领着孩子来找他。

孩子随父姓，户口却随母走。妻子是农村户口，影响孩子的户口也落不下。一家三口人就李学文一人有户口，三口人每月只有半斤油31斤粮。一个刚毕业的大学生，工资低，无法维持生活。他们便以养猪种地补贴生活，这毕竟不是长久之计，为彻底解决问题，李学文多次找城市人口压缩办申请落户。人家说：“现在的任务是压缩城镇户

---

① 原文中为“张世君部长”，经查应为“张世军副部长”。

口，怎么能给你落户呢？”

李学文给国务院写信说：我是南京林学院本科毕业生，响应国家支援边区建设的号召来到伊春林区工作。老家江苏农村受水灾，爱人和孩子吃不上饭了，来伊春找我，他们是农村户口，落不下，三口人吃一个人的口粮。我提出两种解决办法：给我爱人落户或者把我调回原籍工作。

没出两个星期，国务院把信批回来了：这两条办法都可行。

李学文处在“青春作伴好还乡”的喜悦中。伊春林管局营林处高处长找上门来，说：

“你不能走。”

“不走怎么生活？”

“我要你。”

“你要我，孩子、老婆给谁？”

“都要。”

原来李学文写给李范五省长的信也批回来了，指示伊春林管局马上着手筹建红松种子园。

市长来裕民在李学文为爱人孩子写的落户申请上批示：“科技人员工作需要，特殊照顾。”

李学文再次来到城市户口压缩办，进门就说：“我又来了。”

冷落了好一阵子，一位工作人员才说：“我说过多少遍了，现在正在压缩城镇户口，怎么能给你办落户呢？”

“我这有领导批示。”

“谁批也不行。”

“你先看看是谁批的字再表态。”

听李学文这么一说，工作人员果真瞟了一眼签字，便一声没吱地给落了户。

老婆、孩子的户口落下来了，有了口粮他也就安下心搞他的种子园试验了。

李学文花110元买个人家烀猪食用的板夹泥房，房子矮，他买张中国地图，房墙贴不下，一半贴在房边上，李学文在这里一直住到1976年，他试验了嫁接选优，雨季造林，落叶松间伐，窝根对栽树成活的影响，林中苗圃等。

李学文在研究红松成活率低的课题时，发现影响红松成活的另一个重要因素：与菌根的多少有关。菌根多的红松健壮，生长快，叶呈翠绿色。菌根少，或没有菌根的红松叶黄，生长慢。还发现土肥菌根多，大量使用除草剂、农药，不利于菌根的生长。他为此写了论文《红松菌根与造林》，发表在1979年第一期《林业科技通讯》上。

1983年李学文为解决红松速生、丰产、优质的问题，带领课题组调查了10个林业局20个林场的40多个林班，找到了影响红松生长的诸多因素，写成了论文《伊春林区红松人工林立地质量评价的研究》，为红松营林工作提供了科学依据！发现了透光的多少、早晚对红松的生长至关重要，同郝瑞得出了同样的结论，他把理论变成了营林工人的实际操作。

查明红松早期分岔的原因很困难，站在地上看不见，伐倒树查看太可惜，爬到树上看危险且辛苦。他们为了让树安全，为自己选择了危险且辛苦的办法，攀登了近2000棵树，查看了6686棵树顶。他们爬的都是18 ~ 30年生的人工红松树，平均高度10米左右，等于垂直爬了20公里，衣服破了无数件，手出血了，结了痂，再磨硬，再出血，再结痂，仍不停地爬。有一股力量支配着他们：爬的树越多，得出的结论就越准确。他们终于找到了红松早期分岔的原因，找到了防止分岔的办法。按比例留好阔叶树与红松混交林，消灭病虫害，等等。论文发表后被美国的《应用昆虫学论评》摘转。

为表彰李学文在人工林研究上取得的成就，省政府授予他"红松人工林速生、丰产综合技术研究"奖。

1991年9月，世界第十届林业大会在法国巴黎召开，大会给李学文来信说：

“……我们非常高兴地通知您，您的论文将全文在大会上交流，并在会前同邀请的论文一起分发，希望您参加大会……”

处在山区小城的一个普通科技工作者的论文竟然能冲出国门，进入世界大会的殿堂，跻身于国际水平，是伊春林区的光荣，然而，李学文没能到会，伊春处在危困中，拿不起出国路费。大会秘书处破例免费给他寄来一套由9本论文组成的文献集，他的论文全文登在第6集上。

全国速生丰产林学术讨论会决定，1992年9月份在福建召开。伊春处在危困中，筹备时没有伊春的代表名额。李学文得知后赶写了《利用伊春林区的自然资源和有利条件，建设速生丰产用材林基地的探讨》的论文，争取到了在大会上发言的机会。会上他说：

“伊春林区过去是我国商品材的主要生产基地，为国家作出了巨大贡献，今天森林资源枯竭了，处在危困中，但是不要忘记他们……”

李学文的20多篇论文，11项科技成果，成为重建“红松故乡”的理论依据。

这里没有“代沟”

“代沟”已成为一些无所事事的青年人的时髦资本了。仿佛把“代沟”挖深，自己就是当然的改革派了。

在伊春林区我见到的却是，为了重建“红松故乡”，人们用奉献精神浇铸起来的大桥，把几代人连在一起了。

五营林业局60%的猪肉是外进的，每年买猪肉外流资金达500多万元，这些钱是靠卖木材换来的。这是五营林业局体改办副主任于闯文这位青年人在调查中发现的。如果解决了猪肉自给，不就不用伐树换肉了吗？不就为重建“红松故乡”尽了力吗？于闯文这么想。可是在伊春这等高寒地区办猪场太困难了。自己家养猪都是春天买崽，秋天杀，冬天猪不长个，还常常连皮带肉冻在猪圈里，公家的猪场办一个黄一个。为了治危兴林，于闯文决心辞去科长职务去养猪。他比马永顺小 50 岁，比王仁宽小 20 岁，可谓两代人了，他没有闲心去挖“代沟”，真正的共产党人之间哪有什么“代沟”呢！

于闯文没养过猪，从外地买来 60 头种猪，都是近缘猪，没打过防疫针，多数死了，没死的生下来的猪崽多是畸形、瞎子、木乃伊……第一批 60 头种猪基本都报废了，失败了。他跑到树林里哭了一场后，选了一棵歪脖子树，发誓：“再失败，这棵树就是我的归宿！”

自此他整天同猪生活在一起。母猪产仔，他怕母猪压死小猪，不肯离开猪舍一步，守着猪吃饭，困了找块木板横在母猪旁躺在上面眯一会儿，一有动静就爬起来察看，一头梅山猪崽生下来，割脐带没出声也不动，死了似的，闯文摸摸小猪的心，还跳，就撕下衬衣擦净猪身上的黏液，嘴对嘴地给猪做人工呼吸，10 分钟后小猪被救活了。他见小猪冷得发抖，脱下棉衣给小猪盖上。猪就是命根子。建场 6 年，有 4 个春节他是在猪场和饲养员一起过的。他们终于在高寒、偏僻的林区建成了黑龙江省最大的养猪场，年产仔猪 10000 头，年纯利 20 万元，解决了五营林业局吃肉问题。为缓解森林资源危困作出了贡献。按合同，他月工资 1000 元也不过杠，可是他只开 280 元。

乌马河林业局有位青年营林工人叫张英善，31 岁就被誉为育林功臣。在这个年龄的城里青年的手该是细皮嫩肉的。我握张英善的手，像是握到了半截松木棒子，粗且硬。我用自己的手在他的手上“哗哗”搓了几个来回，我的手火燎燎的，红了。他栽树怕窝根，栽一棵树苗，手要往土里插两三次。他一天能栽树 1000 多株，得插两三千次。十天，二十天……人们说：“英善的手多亏是肉长的，若是铁铸的，怕也磨光、磨小、磨完了。”

从住地到造林地有条河沟，下雨就涨水，五月是栽树的季节，大地解冻才十几厘米深。“沿流水，冰骨髓。”没有桥，怕误栽树期限，他蹚水过河。没腰深的水冰得他牙帮骨“嘚嘚”作响，仍继续栽树。人们称他是今天时兴的活命哲学的叛逆者。

今天的中国，城市里兴起了学习他人的选美热。美的标准从心灵转向了看腰条，瞅脸蛋儿，观摆臀……

张英善的爱人燕玉平是从辽宁农村来的“盲流”，尽管她很秀气，可是她整天在林场帮英善采伐、栽树、赶牛套子，劳动迫使她离当今“美人”的标准越来越远。环境把她塑造成了诗人郭小川赞美的那种：“林业工人美在内”的“美人”。

燕玉平是伊春市的“三八”红旗手，被誉为心灵美，奖金只不过是一条拉什尔毛毯；报载美小姐的奖金高达20万元。究竟哪个更美，失去了统一的准则。

采访时路过市里，见一对青年结婚摆酒席188桌，接亲轿车68辆，警车开路，大哥大指挥，折腾完了还要去度蜜月。英善和玉平的婚礼与这比起来太逊色了。他们俩把行李搬到一起，新婚之夜就开始了。

新婚之夜新人常常用情歌表达爱慕之情。别看英善是个“粗人”，也落了俗套。亲友走后洞房里英善教给玉平一首三字经：“刨大坑，栽当中。不窝根，土弄松，培好土，踩实成。”林区人都知道，这是一首植树谣。英善还是一位严师，他不仅要求玉平当晚记住歌词，还要弄懂每句歌词的意思。燕玉平记着家乡有句俗话：“嫁鸡随鸡，嫁狗随狗，嫁了狐狸漫山走。”既然自己嫁给了林业工人，天亮得一个心眼儿跟着他上山植树造林去，新婚之夜定要学好植树歌。

小兴安岭每年栽树的最佳时间是5月1日至5月20日，为了充分利用这20天，造林前他把镐刃打得像刀一样锋利，镐把换上新的，怕镐把折，现做误时间，还要备下几把备用的。20天不下山，住在临时搭的马架子里。怕临时患上小灾病误了栽树，还备些应急药：镇痛片、土霉素、红药水、纱布什么的。上山前一个星期就改善伙食，让体力达到最佳水平……一切为了栽树，栽树就是一切。上半夜有月亮，就接着白天上夜班；下半夜有月亮，就上半夜休息，下半夜干。他自豪地说："我有两个太阳。"

张英善的小腿骨被汽车轮子碾起的小径木打折了，住进了医院，却又正赶上栽树的季节。弟弟、爱人在床前向他保证：

"你在医院安心治病，我们保证保质保量完成任务。"

英善哪能放下心，他不听医生的劝阻，拄着拐上山检查造林质量。燕玉平看他龇牙咧嘴的样子，借了辆俩轱辘车，把苗子和张英善一起拉到小场。他逐棵检查栽上的树苗，发现两棵窝根的，冷着脸子说：

"全部返工。"

玉平累得腰痛腿酸，担心在限定时间里完不成任务。再说，在这么多苗里有两棵窝根不碍事的，便说：

"不返工行不？"

"不返工就不准你栽树了。"

"我愿栽咋的？"

"不愿栽就回去。"

燕玉平扔下镐就往家走。走着走着脚步慢下来了。她问自己，我走了他怎么下山？明天还来不来了？后天呢？我不来这树苗谁栽？想到这，脚步停下来了，想再回山上栽树，可是自己是被人家撵下山的呀，回去有多低气！不回去完不成任务呢？英善说的在理，栽不活不如不栽。她又回到山场，头也不抬地和英善一起把栽下的树苗刨出来重新栽好。

有人搞了个民意测验："做工的目的是什么？"多数人说："挣钱。"

"下海的目的是什么？"多数人说："挣钱。"

"当官的目的是什么？"多数人说："捞钱。"

如果您对上面的回答感到满意的话，那么张英善的回答会使你失望的。有人问他：“你栽树的目的是什么？”他说：“栽活。”

目的不同，手段、结果也自然不同。张英善为达到栽活的目的，是花了一些心思的。

承包造林挣不挣大钱“地利”极重要，大家争着包离家近、地势平坦、土质肥沃的林班。诸如水湿地、高山角、离家远的林班包不出去，有人主张“抓阄”。

张英善想，“抓阄”算什么玩意儿，共产党人不能启发人们相信命运的安排！他说：

“先可大家挑，剩下的我承包。”

这么一来，党团员带头承包起条件差的林班来。张英善包的多是高山角，红眼哈塘，塔头、水湿地什么的。

张英善在西北岔承包的山场呈45度坡。水土流失严重，土层薄，别人已经在这里6次造林不成林，张英善承包造林后，所长和书记去检查质量，看了树坑问：“你读过造林学吗？”

“没有。”

“你这坑是从哪学来的？”

“自己琢磨的。”他以为领导不同意他用这种坑栽树，急忙解释说：“你看这像不像个簸箕？舌头朝里，背儿向外，高高地向上翘起，水从山上流下来，存在‘簸箕’里，树苗不至于干死。”

阎书记说：“书本上这叫鱼鳞坑，在这种地势，只有用这种坑才能保证树活。做这种坑特费工。英善没上过林业学校，挖出的坑和书上的不谋而合，不花费些心血是琢磨不出来的。”

在水湿地上造林更难了，先用拖拉机把塔头翻过来，扣成大垅，再在翻过来的塔头上刨穴。镐头下去，刨胶皮似的，立即反弹回来，在这样的塔头上栽树，过去是“一年青，二年黄，三年见阎王”。

张英善把镐磨得飞快，像剁饺子馅那样，把塔头剁成指顶大的小块块和细面面。

张英善经过反复琢磨，发现塔头的水分易蒸发，按要求栽25厘米深不行，他深刨穴，把苗根栽到床基上。水分充足，成活率达到96%，解决了“三年见阎王”的老大难。

落叶松幼苗香味浓郁，汁液甘美，老鼠特爱吃。1982 年老鼠突然成灾了，前面栽后面吃，白天栽晚上吃，镰刀削过似的。张英善承包的这块造林地是水湿地，栽的全是老鼠顶爱吃的落叶松。灭鼠丸撒在水湿地上，不等老鼠吃就成粉状散在地上了，老鼠又不会舔药吃。张英善把药丸用豆油浸过后撒在地上，防水效果很好。可是豆油是定量的，玉平的户口在农村，全家一个月只有半斤油，全用了浸药也不够。他又发现，林场草多，鼠就多，他把造林地里的草打光、搬走，弄得老鼠成了秃头上的虱子，没有藏身之地，死的死，逃的逃，小苗保住了。1985 年所里验收，他承包的林地存苗率仍在 96% 以上。

承包合同规定，当年所里扣下承包户栽树应得工资的 10%，3 年后检查，保存率达到 90% 再补发扣下的 10%，超过 90% 的活苗，每棵外加奖金一角钱。

上级领导考虑 1982 年鼠害严重，绝大多数承包人没有完成规定的保存株数，为了多数人的利益，下了个文件：“1982 年栽的落叶松，不奖不罚。”张英善被一刀切了，一刀切掉了近千元。

20 世纪四十年代中期，人来到了乌马河畔，那时这里是一片原始红松林，乌马河水清澈见鱼，后来森林采伐了，河水混浊了。张英善的承包地在乌马河的一条支流西北岔河的上游，他在那栽下262820 株树苗，已成森林，裸露的岩石覆盖上了绿苗，河水又一年年清澈了。

多种可能

中共伊春市委书记王东化同志在市委七届六次全委会上宣布：伊春林区的森林覆盖率已由开发初期的 69.8% 上升到 70.5%。这是个令人欢欣鼓舞的数字，是130万伊春人勒紧裤腰带努力奋斗的结果！然而，并不能因此就得出重建“红松故乡”的理想已经实现了的结论。我们还应该看到，成过熟林、针叶林占的比重、木材蓄积、单株出材率都在锐减。你走进伊春林区仍可以看到“人自为战”“场自为战”的巨幅标语。既是“战争”就会有胜负，乃至全军覆没的可能。“覆没”在这里的特定意义是，森林被砍光。这种可能至今还是存在的。

1. 人的承受力是有限的。一个月不开支，两个月不开支，有的局15个月不开支，还会不会增加？谁也说不准。一旦用精神筑起来的这条奉献的长堤崩溃了，人们就会转向物质要求，挥舞斧锯上山砍树的。

2. 沿海城市的诱惑。在特殊的政策下，那里几乎都过上小康生活了。日子久了，林区人也会说：“我们该死咋的，管它呢，伐树去，咱也过过小康生活的瘾！”

3. 税利的重负，伊春林区采伐量下降，可是上缴利税却逐年增加。伊春人是遵纪守法的，无钱缴，贷款也缴，持续下去又会怎样呢？

4. 恶性循环的苗头已出现。拖欠工资、林场领导有了伐树给职工开支的借口，口子一开就不好收拾了，树木无言，采多采少又有谁说得准呢！

红松是悲壮的，红松精神是悲壮的，重建红松故乡的人们是悲壮的，这悲壮应是我们全民族的悲壮，因为我们要造就的，不仅是一只绿色的“眼睛”，绿色是我们人类的生命！

原载《中流》1994年第4期

漠风潇潇地火红

——世纪末中国石油大会战揭秘（节选）

李林樱

作品简介

《漠风潇潇地火红》是一部取材于石油工业的长篇报告文学，生动地展现出石油勘探重点西移后石油工作者在新疆塔里木、准噶尔、吐哈三大盆地开展石油会战的壮观景象。自 1955 年 10 月 29 日克拉玛依打出第一口钻井后，国家开始在新疆开展大规模的钻探工作，支援油田建设的大军从各地奔赴而来。李林樱热情赞颂了当年自愿离开亲人和故乡，在大漠深处留下足迹的新疆石油工作者群体。本书不仅具有史料价值，而且在人物塑造和西部风情描绘上也颇具特色，有着鲜明的时代气息和强烈的文学感染力。

根据李林樱《漠风潇潇地火红》（石油工业出版社，1994 年 9 月初版本）节选。

正文节选：第四章

第四章

前线：两新两高，地火，探井先锋，重大油气发现者，井喷抢险和天鹅湖。

从乌鲁木齐飞到库尔勒后，在机场，一位年轻的地质工作者含笑邀请我："欢迎你到前线去！"

"前线"，好个熟悉而又新颖的名字！正想找他问个仔细，他却已消失在人群中。

后来我才知道，塔里木北部，井架林立的轮南、英买力地区就是前线，这里有全国六大钻井公司——四川钻井公司、新疆钻井公司、中原钻井公司、大庆钻井公司、胜利钻井公司、华北钻井公司——各路英雄好汉展开会战。

于是我向"前线"奔去。

两新两高

塔里木的油气勘探被称为经历了"五上五下"或"五上六下"的艰难历程，前前后后 40 多年。

这 40 年中，有四个著名的里程碑。

第一个是 1958 年在塔北地区库车县北部山区发现了依奇克里克油田，最高年产量在 10 万吨以上。

第二个是 1978 年在塔里木西南的叶城地区发现了柯克亚高产油气田。

第三个是 1984 年地矿部在库车县境内发现了雅克拉含油气构造，

为进一步认识塔里木的油气勘探提供了重要依据。

第四个是1988年在轮南2井打出了高产油气流。国家领导人曾称轮南2井出油“是个惊人的喜讯”，是塔里木油气勘探的突破性进展。

经国务院批准，中国石油天然气总公司从1989年起，组织塔里木石油勘探开发大会战。1989年4月10日，塔指在库尔勒成立，总经理王涛在会上宣布：“国内最大的油城将从这里崛起。”消息震动全国并传遍世界。

在改革开放的新形势下，塔里木石油会战各路大军完成着艰难的观念更新和自我超越，实行了“两新两高”新体制——新的管理体制和新的工艺技术。在新世纪聚光灯的照射下，甩脱历史因循的重荷，开展一场高水平、高效益的石油会战。

新型管理体制以项目管理、甲乙方合同制为中心。在人事管理上，固定制与聘用制相结合，提出了一个别具一格的口号：“铁打的营盘轮换的兵。”

改革开放以来，亿万中国人民从生活的空中楼阁又回到了实实在在的地面上，开始珍视人生，珍视人的权利、个性和价值，对权利和义务有了崭新的认识，于是出现了塔里木的甲乙双方新体制。尽管这种体制还不完善，还带着某种“中国特色”，但却被塔里木人迅速接受。契约关系，不是无偿奉献；双向选择，可以选择，而且必须选择。

塔里木石油会战在大力推行新管理体制的同时，大力引进、推广国内先进技术。许多技术达到和超过国内先进水平，从而提高了勘探成功率。实现了安全、优质、快速、低耗和科学打井。

“两新两高”新体制已迅速推广到新疆北部的吐鲁番——哈密石油会战之中。

轮南出油、英买力出油、桑塔木出油、东河塘出油、克拉克出油、塔中出油……塔里木沸腾了，熊熊的火把“死亡之海”映照得辉煌壮丽，被古代人称为“埋藏珍宝之地”的塔克拉玛干，终于揭开了迷惑人的面纱，露出它美丽的真实面貌。

1990年新年元旦，第一列满载塔里木原油的列车从库尔勒火车站飞驶而出……

地　火

我只身一人闯进了茫茫大漠，又没有专门的采访车，只好求助于家乡人——四川钻井公司。

50年代，“北京来的”这个招牌曾在新疆帮了我许多忙；而90年代到塔里木，却是“四川人”这个身份帮助我摆脱了许多窘境。

塔里木四川钻井公司在库尔勒城边的一个土墙围成的院子里，办公室十分简陋。但是，一说起钻井，公司上上下下都眉飞色舞。

美国和苏联曾经争论过谁在世界上开凿了第一口油井。美国宣布1859年在宾夕法尼亚州钻成的一口深21米多的油井是世界上第一口；苏联则认为1848年在黑海岸边钻的油井才是世界第一。

其实，真正的世界第一却在中国的四川。钻井技术被外国人称为中国的第五大发明。公元前250年前后，蜀郡守李冰率工匠在广都开凿盐井，在凿井过程中遇到了天然气。公元前1世纪末，西汉杨雄的《蜀都赋》里就提到四川的“火井”。中国古代的钻井技术于11世纪前后传入西方，直到1900年以前，世界上所有的深井基本上都用中国人创造的方法打成。

解放后，中国的第一口井超深井也在四川诞生。

钻井工作是发展石油工业的重要方面。钻井速度的快慢、技术水平的高低直接关系到石油工业的发展速度。解放初期，我国设备陈旧、技术落后，钻井月速度仅三五百米。1958年，玉门的王进喜钻井队（1205队）和新疆的张云清钻井队（1202队）展开了激烈的竞赛。当年进尺都达到了万米以上，为全国树立了榜样。如今在塔里木，群英荟萃，竞赛当然更为火爆。

塔里木一共有44个钻井队，四川队占12个，1991年塔指出现了9个万米钻井队，其中有6个是“川军”。

在“前线”，流传着一首顺口溜，唱的是六大钻井公司，其中有一句是“四川队来要饭的”，也有人讥笑为“是来脱贫的”。的确，多年来，四川没有发现大油田、大气田，致使“川军”一直无法“脱贫”。设备比起大庆、中原、胜利等钻井公司都差了许多，他们是用小米加步枪与别人的飞机大炮展开竞争的。

1986年11月，第一个来塔里木投标的就是四川队。1987年3月，四川队到了塔里木。打第一口井就遇到了膏盐层。这是一种不稳定的、能流动的岩层，钻井难度使外国专家都大摇其头。8分钟要提一次钻，8000多吨泥浆材料全靠自己卸车、自己搬运，进度慢、效益低、工资常常只能领百分之八十，最低的一个月只领到200来元。但是，全队没有打退堂鼓，而是互相鼓励：“格老子要争口气，第一口井就趴下了。咋个脸回去？”

5100米的深探井，足足打了29个钻机月。打成后，总结出一整套对付深部膏盐泥岩的经验，受到塔指奖励。

1987年12月，第一支冒着严寒挺进塔克拉玛干大沙漠腹地的钻井队，也是“川军”。

会战以来，“川军”以敢于攻坚啃硬、特别能吃苦的精神饮誉塔里木，以至被塔指领导称为“拖不垮，打不烂，具有锲而不舍精神的好队伍。”

塔里木四川钻井公司三年完成的钻井进尺占塔指总进尺的百分之三十，名列六大公司之首。1991年6台钻机年进尺超过万米，一台达15000米，是深探井的全国最高水平，也是世界先进水平。

家乡人对我表示了热烈的欢迎。特别凑巧的是，当天下午钻井公司的常务副经理罗世光要到“前线”去，我便跟着他出发了。

一路是戈壁和沙丘，到处是单调的土黄色，连太阳也泛着白色，显出一种严峻的淡漠。我多次注意到，沙漠里的朝阳和夕阳常常不带一点红色，苍白得仿佛没有一点热气。其实，夏季的沙漠几乎可以把人烤熟。

慢慢地我发现，9月初的戈壁竟也留下了金秋的绚丽，有时甚至极为灿烂。骆驼刺、束束柴、棘棘草一丛丛、一片片绿色中又透出一簇簇明亮炫丽的红色，这是红柳。有的地方竟是一大片一大片的玫瑰红，远远望去，宛如遍野都是盛开的鲜花。沙丘到处都露出干枯的巨大苇根，它告诉人们，这里曾经是蓄满清水的湖泊。于是，一种历史的沧桑感油然升上我的心头，在沙漠的进攻面前，人类竟显得这样的无力。

然而，我们毕竟奔驰在新修的柏油公路上。塔中的公路、轮南到吉拉克的公路全都宽广而笔直。新疆的驾驶员习惯于开快车，车速每小时常在120公里左右。

192公里长的输油管道已经从轮台铺到库尔勒油库。银光闪闪的管道和储油罐在阳光下辉耀。

在望不到尽头的公路边是各大钻井公司的前线指挥部，以及别的一些美丽的建筑物，蜘蛛网一样的电线横亘天际；晚霞的一抹羞红衬托出井架巍峨的身影，晚上，它闪烁着一串串不眠的灯光；到处都是美丽的橘红色火把，这是从地下引出的熊熊燃烧的天然气……

这就是地火！在轮南的荒原上，我生平第一次看见了一把把燃烧着的地火，它来自地层深处，纯净单纯，超凡脱俗，欢快明亮。在一片肃穆中，我被深深地震撼了！

银白色的油罐、橘红色的天然气、蓝白色的天幕、灰黑色的井架，再加上，红色的信号服、红色的遮阳帽，戈壁和沙丘不再单调，不再凝滞，塔里木人不愧是大手笔。

在新修的柏油公路边已留下了未来兴建街心花园的地方，车上的人们告诉我："现在虽然没有花，但以后会有的。没有水可以打井嘛，我们会打出井水来浇花的……"

潇洒的尽得塔克拉玛干灵气的塔里木人啊！

探井先锋

周围都是黄沙，我们心中唯一的东西就是一个钻塔——一位钻井工人的话。

一到“前线”，一种历史上曾经经历过，而现在分明已变得十分陌生的“你追我赶”“热火朝天”的气氛突然包围了我，各个钻井队都有许多值得自豪的纪录。

我采访的第一个钻井队是被指挥部命名为“探井先锋钻井队”的四川钻井公司60149队。这个队1991年探井进尺列塔里木44支钻井队榜首，一年打了三口深探井，创造了年进尺15000米的辉煌纪录，即使放到世界上，也是先进水平。

钻井队50多岁、外号“草湖大侠”的平台经理胡远高正在轮休，在四川钻井公司前线指挥部，我只遇到一位前来开会的、20多岁的年轻经理余海清。余海清身材单薄，瘦削的、青黄色的脸庞上颧骨突出。当我告诉他准备上队里采访时，他露出了有些天真的微笑：

“不忙，不忙，看了电视就走！”

他坐在指挥部的电视机前，贪婪地、目不转睛地瞪着荧光屏，看样子大概很久没有看电视了。

晚饭后，我们离开“前指”到井队去。天黑下来，轮南的夜景很美，黑夜掩盖了裸露的、丑陋的黄沙和戈壁，井架上点点灯火连成一片，宛如繁星璀璨，使人难以相信这是人迹罕至的大漠。

一到井队，余海清就陡地变成了老练的经理，他连夜召开会议布置迎接设备大检查，说话的语音十分严肃：

“去年我们设备检查得了第一名，开了现场会，成为排头兵。今年咋办？破釜沉舟也得保住这个第一。要晓得，我们马上要进塔中（塔克拉玛干大沙漠的腹心——作者注）了，明年再也不能参加评比，无论如何不能丢掉这个第一！有人总觉得自己不错，这些人应该去看看别的队。不能当井底之蛙，只看到簸箕那么大块天！我要求全部设备能让人戴上白手套去摸。行不行？不好弄？……吃饭还烫嘴哩！”

60149队入疆前，在四川便是“标杆队”。1989年10月入疆，最初由于地质情况不熟悉，打得很苦，一口井打了13个钻机月。到轮南后，大家决心打翻身仗，钻工们说：我们知道国家缺油，虽然没有举起彩旗、唱着歌，高喊“到祖国最需要的地方去”，但是，我们仍然是真心实意来到塔里木的。国家缺油，海湾战争就是为了油嘛，要真能打出科威特那样的油井该有多好！说起苦，塔里木当然苦。50年代的人从不叫苦，90年代的人一吃苦就会大叫大嚷，但是我们心里却是觉得苦中有乐。

为了攀登世界钻井的先进水平，1991年夏天，全队冒着突降的暴雨在井场举行了誓师大会。紧接着，岗位与岗位、班组与班组展开了劳动竞赛，全队亡命大干。

请看这一连串日新月异、充满想象力、浪漫欢腾而又被汗水浸透的数字吧。

二班首先突破日进尺300米，创造了全队班进尺最高纪录；不久，四班改写了这一纪录，班进尺达328米。在交接班时，四班职工高兴地对二班说：“越往下进尺越慢，这回你们输定了！”谁知没有几天，二班竟达到350米，最高时358米。

在队与队的劳动竞赛中，60149队更从不服输。1991年8月，创造了一个班下套管200根的成绩，但不久之后，6088队创造了更高纪录——一个班下套管210根。于是不甘落后的60149队闻讯之后，立即爆发了一场再创新纪录的大竞赛。由于白天电测耽误了时间，下套管只能改在晚上进行。这天晚上，钻工们几乎八小时半身都泡在泥浆里。每下一根套管，泥浆四处喷射，衣裤浸透，连皮靴都被灌满，终于再创班下套管284根的新纪录。这个纪录至今还没有人能够打破。

7月的一天，突然狂风大作，塔里木的狂风总是带着极强的破坏力，钢铁的井架震颤了。钻工赵荣华突然发现靠在二层台一侧的几十根钢浇铁铸的钻杆也在左右摇晃、咣当乱响。他马上想到：“如果不把这些钻杆捆牢加固，很可能在大风中砸坏井架，造成重大事故……”于是他咬着牙、抿紧嘴唇，迎着狂风，冒着生命危险摸索着爬上两个 7 米高的二层台。在相当于九层楼顶的高台上，系上保险带，顶着巨大的风力，吃力地把一根根钻杆加固……手麻了，浑身无力了，仍然坚持，在狂风中一直搏斗了两个多小时……

一位到油田不久的大学生曾用诗一样的语言描写过这种场景：“井架工刚毅的脸，衣衫飘飘，正用那有棱角的胳膊探身到空中搂着钻杆准备入鞘。狂风在怒吼着、号叫着，井架震颤着，我目睹的这一幕，深深地印入了我的心中……”

钻井进尺上万米这一天，全队部围在井口，上班的人在干，下班的人舍不得走，当达到 1 万米时，许多钻工掉下了眼泪，把头盔扔在空中高声吼叫：“我们胜利了！”

我和年轻的经理余海清进行了一次长谈，他这样告诉我：

“我为啥子来塔里木？因为这里大有搞头。国务院提出稳定东部，发展西部，塔里木是西部三大盆地之一。如果找不到石油真是愧对国人！同时，作为年轻人，我也想来这里锻炼，塔里木聚集了来自全国的精兵强将，体制又很新，很多东西是别处没有的，我可以好好学习。

“我们很注意塑造塔里木人的形象。你想得到吗？60149 队每个班轮休回四川，在火车上都要开展争夺红旗车厢的活动，大家帮旅客们整理行李、打扫卫生、端茶送水，甚至还抓小偷……今年 3 月我从成都回来，在车上碰见乌鲁木齐老两口，一位是干部，一位是教师。最初他们不和我说话，后来看见我们天天拖地、打开水，才感动了。到兰州，丈夫下了车，我们便派人专门照顾他的老伴。分手时，这位女教师说：三天三夜的火车使她改变了对当代年轻人的看法。您看，这作用有多大！以后我常常向职工们宣传这件事。是的，我们年轻人总是很敏感地看到了社会上的阴暗面，但却不会去学习它。

“当然，现在的年轻人考虑物质享受的比较多。我认为，我们这一代不能就这样垮下去！离家时，孩子哭、爱人哭，我也很难受，如果有人接替，我愿意回去；但如果没有人接替，我也能服从组织决定。说句老实话，现在党的形象已经被一些人玷污了，我是党员，应该有理想，不为这个，我早走了！”

60149队还有这样一个不乏传奇色彩的故事：

1990年5月，倒班轮休的职工从四川回新疆，特别快车停在一个小站上，旅客们多半下车散步和买东西去了，这时车厢进来三个人，任意翻检旅客的衣物和行李包。

“你们干啥？”钻工张林大喝一声，迎上前去。

“老弟，劝你还是闭上一只眼好！”歹徒恶狠狠地瞪了他一眼，继续乱翻乱检。

“住手！”张林又喊。

“再喊，小心你的小命！”一个歹徒“嗖”地抽出了匕首。

“你敢，抓小偷了！”张林猛地提高了声音，大声呐喊。

匕首立即向他刺来，张林歪身闪过，竟猛地一伸手一把抓住匕首的刀锋。他两手鲜血长流，痛得浑身颤抖，但就是不放手。

另外两个歹徒也亮出“家伙”围了上来，带班干部陈久毅和另外几位工人闻声连忙冲了过去，帮助张林搏斗。在站台上散步、买东西的职工和旅客听见喊叫也赶了回来，终于将歹徒抓住了。

列车长亲自扶张林去医务室包扎，一再询问他的姓名和工作单位，带班干部陈久毅笑着回答：“我们是塔里木的石油工人。”

这岂不是真正的英雄行为？

我到60149队时，全队正在为进沙漠腹地——塔中——做准备。在别的钻井队，曾有不少人问过我：“记者同志，塔中有没有核辐射？”而在60149队，却没有人向我提出这个问题。全队绝大多数人都写了决心书，一位副司钻这样写道：

“人称‘死亡之海’的沙漠腹地，一切生命都好像无法在那里生存，但在地下深处却蕴藏着丰富的石油资源。现在石油行业正在聚集精兵强将向沙漠腹地发起猛攻，我能作为其中一员深感荣幸和自豪，我将以我的实际行动说明我没有枉此一行。”

有人写得更直截了当：“在紧要关头我们不能临阵脱逃当‘狗熊’！”

听说号称“猛虎钻井队”的“川军”60146队也将赴塔中，人们预言，两个队必将在塔中展开一场激战。

这就是“川军”本色。

重大油气发现者

余海清热情而礼貌周到地亲自跟着汽车把我送到了正在吉拉克构造上的60119队。

这个井队的副经理潘霓融实际年龄38岁，按现行标准是个地地道道的青年，但长期的野外生活，使他看起来比实际年龄大一些。他并没有被塔里木的烈日晒黑，赤着脚穿着一双塑料凉鞋，敦实的身上穿着一件灰绿色线背心，裤腿挽到膝盖处，一点没有中原油田、胜利油田钻井经理们的潇洒和气派，纯粹像个普通工人。

这个队环境十分优美，周围有许多高大的胡杨树，美得像一群群雕塑，著名的塔里木河也在附近。当天下午，潘霓融便和几位生活服务姑娘一起，陪我到河边去。

河岸是几公里宽的林带，穿过茂密的胡杨林，便看见了河水。

这条全长2750公里的内陆河，横卧于大沙漠的北沿，沿途接纳大量泥沙，常常四处漫流。而现在我看见的河流却有意想不到的美丽。河水是绿色的，两岸红柳、胡杨、沙枣婆娑的身影映在河中。红光碧影，悄然无声。红柳的枝头上缀着一串串绛红色的小花；胡杨有的叶片翠绿，有的已经枯死；沙枣树上结着累累果实。河水悠悠地流向大漠，百多米宽的河面水波不兴，只有时而飞起的几只野鸭，打破了这恬静。

在心旷神怡中，潘霓融和姑娘们告诉我，河里有许多鱼，有人拿大头针弯个鱼钩，挂上块馒头，一扔到水里，鱼就忽忽地往上咬，一甩竿就钩起一条。塔里木河的鱼特别肥，拿刀剖开，厚厚一层膘。河边的胡杨林里有野鸭、野鸽子、老鹰、狐狸、狼、跳鼠、黄羊、野骆驼，等等。

潘霓融还告诉我，河边有一个维吾尔族小村庄，他去拜访过，送去了茶叶和方块糖。主人很高兴，按维吾尔族接待客人的最高规格，烤了整只羊羔招待他和钻工们。“维吾尔族人很讲礼貌，女主人举起装着清水的托盘，让客人们洗了手后退了出去；男主人把客人们请到炕上盘腿坐下，女主人端来酸奶和羊肉后又躬身退下；漂亮的维吾尔族孩子们躲在母亲背后，只露出一双双又大又黑的眼睛，偷偷地瞧着我们……”潘霓融高兴地说。

我照了许多胡杨和塔里木河的照片。在静谧的河边，潘霓融向我介绍了60119队的情况。

“我们这支队伍在四川隆昌组建，1988年去胜利油田参加会战。1989年11月到达塔里木。现在已经打完五口井，其中两口获工业油流。91年先打轮南57井，井下情况很复杂，塔指总指挥邱中建、副总指挥和一些高工都到了现场，采取了很多技术措施，获日产原油445吨、天然气近30万立方米。因此邱总曾说：川军发现和评价了吉拉克构造。以后我们又打了吉103井，也出了油气。”

话锋一转，他谈起了自己：“我父亲就当过钻井队队长，我算是子承父业，18岁就到了钻井队，当过钻工、副司钻、司钻、副队长、队长，进塔里木后成了副经理。参加胜利油田会战后，我回家休假，去岳母家耍，矿区突然专程派人来找我，要我马上接受任务，带队伍进塔里木。说实话，当时我确实很犹豫，因为88年去胜利油田，前脚走后脚母亲就去世了，”说到这里，这个粗壮的男子竟哽咽着拿手掌擦着眼泪，“我总觉得对不起母亲。我们家六个孩子，我是长子，父亲一年到头不在家，母亲拉扯这么些娃娃真不容易……现在，父亲也70多岁了，万一去新疆后再见不上他咋办？再说，我还担心一件事——不晓得自己能不能适应新疆的环境，能不能给矿区争光，我怕打败仗。但是，最后还是服从了组织的决定。为了矿区的荣誉，领导派我来，还给我配了个好搭档——许文明经理。许经理53岁了，部队转业，从钻工当到队长、经理，我曾在他手下当过钻工。他正直，没得奴才相，不光大干，还善于管理。有啥说的，我只好来了。许经理爱人得了子宫癌，动了大手术，但他一直坚持工作，没有要求调回去，他说过：既然矿区派我们来，我们就应该把队伍带好，把工作干好……”

我很想采访这受人尊敬的许经理，但他刚好回四川轮休了。

在队部的食堂里，我曾看见了许多漂亮的奖旗、奖牌，听说还有许多没有摆出来，我知道钻井队的男子汉们一贯极为重视自己的荣誉，于是请潘霓融谈谈这些奖旗、奖牌的来历。但他只摇摇头，淡淡地回答：

“没啥好说的，真的没得啥子！”

出乎意料，他突然感慨起来，而且单刀直入地向我提出了一个尖锐的问题：

“我们是搞石油的，晓得国家缺石油，不然不会让我们到塔里木来，我们也想好好打几口井，找出一个大储油构造，不然国家咋办啊？可是，为啥子有人竟把我们叫作‘石油鬼子’，总看不起我们、讨厌我们，说我们横、没教养？记者同志，不晓得你对我们咋个看？”

我瞠目结舌了。他的问题的的确确出乎我的意料之外，他话语里的酸楚和不平也的的确确使我十分难受。“石油鬼子”——这个我从未料到的、侮辱人的称呼，到底是来自庸碌之辈的傲慢和低级趣味，还是由于传统文化中某些渣滓的沉积，一时之间，我弄不明白，也找不出话回答。震动之余，过了好一会儿，我才看着他，认真地说：

“我认为，敢于来到塔克拉玛干的石油人当然是中国的英雄，庸碌之辈的议论根本不值一顾，燕雀焉知鸿鹄之志？从50年代起，我就想好好写写石油人，这次一个人闯进塔里木，原因也在于此！”

他点了点头，严肃地说：“感谢你对我们的信任！”

我为自己惭愧，也为他们心酸，人与人的相互理解竟是这样容易而又这样艰难，而作为记者，我又这样失职。

站在河边，可以看到对岸的井架，潘霓融告诉我：

“那是 60146 队，有名的猛虎队，快进塔中了。”

“能去采访他们吗？”

“不行，没有桥，也没有船，看起来近，实际却很远。”

这真是咫尺天涯了。

由于对我的信任，回到营房后，潘霓融主动打开床前厚重的木箱，捧出两个奖品给我看。一个是“重大油气发现奖”，金色的钻机平台顶上托着一个金色的地球，地球上画着塔里木，底座是黑色的，系着鲜红的绸带。另一个是“优质高速钻井队”金牌，金牌上有井架的图案。

是的，钻井工人的心中只有一个钻塔。

我笑着问他：“为啥不把这些奖品摆出去？”

他摇摇头回答：“没得必要。”

听说我没见过采油树，晚饭后他又亲自驾着汽车陪我去看采油树。

漆成绿色的采油树被勘探队员们充满诗意地称为“戈壁滩上唯一的风景树”。站到钻塔和采油树旁边，我突然感觉到亿万年来山和海的巨变，感觉到了喷涌的滔滔不绝的石油，仿佛听到了地壳下神秘的低语。当然，更浓烈的是感到石油工人们离乡背井、战天斗地的壮烈。

和别的钻井队一样，60119 队也有许多动人的故事，下面便是其中之一：

有一次，一班工人正在安装井口时，一个工人抱着封井器芯子踏上临时搭就的木板桥，身子一晃，“咚”的一声，封井器芯子掉进了圆井。

圆井中有 1 米多深的水和泥浆，司钻谢登跃立刻脱去衣服“噗”

的一声跳了下去。用脚摸，摸不到，他长吸一口气便闭着眼钻进了泥浆之中……由于泥浆太稠，还没潜入井底，就感到胸闷、头晕、憋不过气来，不得不探出头……

班上的工人们连忙扯过水管子，给他从头到脚冲了几遍。休息一会儿，他不顾大家的拦阻，又跳了下去。这一次摸到封井器芯子了，但怎么也搬下动，憋得实在受不了，又从泥浆中钻了出来。

六月炎夏，他却被泥浆浸得浑身发抖，大家要替换他，他怎么也不让："哪个捞都一样，反正我的衣服已经湿透了！"他又第三次钻入泥浆中，使尽平生之力，终于把封井器芯子打捞出来。

他们提前完成了任务。

井喷抢险和天鹅湖

潘霓融一再建议我采访一下参加井喷抢险的6087队。钻井队的好汉们竞赛时各不相让，但心地却光明磊落，对别人的业绩总是心悦诚服地赞叹不已。

离潘霓融的60119队不远处有个井口，周围的路面、戈壁，甚至红柳都是黑色的，仿佛被油浸过，被火烧过。红柳已经全部枯死。潘霓融手臂一挥，画下个半圆形，沉重地说：

"这就是我们打的著名的轮南57井，发现了大油气构造，得了奖，谁知大庆试油队试油时却发生了井喷。喷了多少油啊，路面、戈壁、红柳……都浸透了，更严重的是可能对地下的石油资源造成巨大破坏……"

潘霓融的叙述引起了我的兴趣，我求他送我到6087队去，他痛快地答应了。

我们晚饭后驱车出发，一直走到半夜。看来，潘霓融和6087队的经理是老朋友，一见面，便一边谈心一边端起大碗喝酒。还对我解释："按规定，是不准喝酒的，请你理解理解……"

我陪他们坐了一阵，因为不会喝酒，又很疲倦，就先睡了，早晨起来，才知道潘霓融已连夜走了。

6087队的经理张焱清45岁，野外的风霜雨雪毫不留情地使他过早地衰老，头发已经花白了。

在我的请求下，他说出了下面这个故事：

今年4月，大庆试油队来轮南57井试油，突然，强大的气流带着尖锐的啸声从封井器和油管接头处喷了出来，几分钟后，大火就吞没了一切。

火舌喷起30多米高，四五米高的火柱带着毁灭一切的气势矗立在漠风中，热浪逼得人节节后退，20多分钟后，钢铁铸成的、崭新的试油钻机井架就被高热烤得像面条一样地塌下。

望着这种情景，许多钻工流泪了。

塔指发布了抢险命令，组织了抢险领导小组，副指挥钟树德、总工张仲珉率领有关部门工作人员赶到现场。器材处、机修中心、租赁中心等也参加了抢险。

大庆3012队、3011队40多名职工把毛巾浸湿包在头上、顶着棉被，一次次地冲向火海，在新疆筑路队和塔运司推土机的帮助下清理火场。

上千度烈焰把井场变为十足的炼狱，人的血肉之躯根本无法立足。炙热的火舌乘着漠风四处乱窜，随时都想把妄图扑灭烈焰的人们扑倒、灼焦、烤干。钻井监督办副总监秦刚和总调处安全科的干部们始终冲在灭火的最前线。

危急中，塔指想到了四川钻井公司。四川队曾在四川制服过井喷和大火，有人还参加过科威特油田灭火，不怕苦、不怕死，又有临场经验，闻名国内外，从全国看来，对付高压油气层最有办法的当然是四川钻井公司。

四川钻井公司又把任务落实给6087队，因为这个队曾在四川参加过灭火。

6087队立即组织突击队，无条件地扑向了火场。

大地在颤抖，空气在爆裂，要灭火必须首先清理火场，扫除障碍。为了把烧塌的钻机强行割开，四川钻井公司派了四名焊工穿着石棉衣裤冲进熊熊大火之中。尽管有消防车不断喷水为他们降温，但火舌和蒸汽仍然全方位地包围着他们，灼热的气流使他们昏晕、窒息、无法呼吸。胡启标的手被烫伤了，傅文忠的背被烧得“哧哧”作响，但是，他们咬着牙，在火海中终于切掉了一个又一个钢梁，将坍塌的井架割成几段。

经过五天五夜生死相拼的鏖战，大火终于被扑灭了……

张焱清探亲后回到队里，正遇到大火扑灭后抢险的最后一个阶段。

这时大火虽然已经扑灭，但天然气和雾化的石油依然铺天盖地，离得老远，汽车的挡风玻璃上就涂满了厚厚一层油雾，什么也看不见。而油和气仍然在从井口不断涌出，喷声如雷鸣，如喷气式飞机的尖啸。震得周围几公里内无法忍受；震得塞着棉花、带上护耳，双耳仍然隐隐作痛；喊话声根本听不见，只有靠手势和“心有灵犀一点通”的默契。

为了控制井口，必须安装封井器。但是，井口压力极大的黄白色雾状油气一冲 40 多米高，形成一根高高的骇人的气柱，夹着大量刺鼻的有害气体四处弥漫。竟冲得封井器不断地摆动，张焱清带着三四十个队员都无法拉住。井口看不见了，在油雾中，人根本无法睁开眼睛。陡地，钢丝绳被冲断了，张焱清和带班干部征本泉立即冲上去抓住半截钢丝绳，闭着眼睛、憋着气把绳子重新拴好，然后再多次反复才把封井器吊上。齐德斌、蒲含科、李生荣、张恒孝等十几名工人也冲了上去，跳进齐腰深的油水中……经过大家的共同努力，最后封井器终于严严实实地盖住了井口。

历时 18 天的井喷终于被彻底制服了。大漠上空不再响着刺耳的尖啸声，重新变得深沉而寂寥。

但是，6087 队也付出了极大代价，跳进油水里的人全部皮肤中毒，整整脱了两个月的皮。征本泉患有过敏性皮炎，后果更严重，手脚脱皮、腐烂、发出恶臭，半年了，直到我采访时仍然没有痊愈。

我问大家，抢险时想些什么，征本泉平平静静地回答：

“当时什么也没想。入疆前我就多次参加过油田抢险，这一次也不是很可怕。讨厌的主要是噪声和油雾，逼得人几乎要发疯。团转都是有毒气体，只好咬咬牙拼了。我们想的是，如果都不上前去，那咋个办？”

我相信征本泉的话。很多人在作出英雄行为时，原本没有什么豪言壮语，有的只是简单而执著地下决心把一件事做得更好，不达目的，决不后退。

于是，他们让自己的生命攀登到了新的高度。

也许，这就是人之所以是人。

听完这个血和火的故事后，张焱清经理微笑着建议我去附近的天鹅湖轻松一下。

“天鹅湖！”我惊喜地叫了起来。

天鹅湖离6087队不远。我去那天，下着微雨，戈壁、沙漠和湖水都静谧而忧郁，原始的、朴素的、未经雕琢的风光，像梦一样朦胧，也像梦一样美。

天是浅蓝色的，沙丘是金黄色的，戈壁是灰黑色的，而湖水却是羞答答的绿色，温柔得宛如少女的眼眼，微风掠过，湖水抖动着，泛起一阵涟漪。其实，细看起来，湖水只带着淡淡的浅绿，而湖中的芦苇、湖边的细草和树木都一派碧绿色——碧绿中夹着秋天的淡黄和金黄。湖边的胡杨树下站着四匹褐色的骏马，一动不动地在打瞌睡。几棵已经枯萎的胡杨是白色的。整个风景宛如一幅油画。

钻井队的人们说，对环境十分挑剔的、骄傲而美丽的天鹅，的确曾经栖息在这里。

有谁能料想到塔里木竟有这样的美景？

湖边有一座小房子，住着护林队的工作人员。我坐着汽车去，一听汽车响，男人和女人都出来了，好奇地打量着我们。一个维吾尔族女人——和许多维吾尔族女人一样长得很美，手里抱着个一岁多的孩子。我用维吾尔语向他们问好后，又问："克孜吗巴郎子？"（女孩吗男孩）女人笑着回答："克孜（女孩）。"我摸着小女孩的脸蛋逗她，她望着我，黑葡萄似的眼睛瞪得溜圆，小嘴紧抿着，突然笑了。于是，我们大家都笑了起来……

我恋恋不舍地再一次欣赏天鹅湖后，上了汽车。护林队的人们用友好的目光望着我，我向他们挥手道别："再见，再见！"他们也用维吾尔语回答："再见，再见，欢迎再来！"

美丽的天鹅湖一直留在我的记忆深处。

何时能再到钻机轰鸣、湖水映碧的塔里木石油勘探前线？

选自李林樱：《漠风潇潇地火红》

北京：石油工业出版社，1994年9月第1版

共和国告急

——中国矿产资源开发忧思录（节选）

何建明

作品简介

何建明《共和国告急》连载于《青年文学》1995年第5期和第6期，1998年9月收入报告文学集《共和国告急》(中国青年出版社1998年出版)。《共和国告急》披露了不合理乃至掠夺式地开发导致中国矿产资源流失严重的问题，据国家矿产管理部门统计结果显示，我国7000余座国营矿山处在被窃、被抢、被占领状态而造成停产、瘫痪或者半瘫痪的超过半数。何建明以枯井沟金矿、龙山国营矿山、香花岭锡矿山、钨族三角洲、铜录山孔雀石、七台河煤矿、潞安矿等为例揭示出全民性的抢矿窃宝风，呈现出“矿山大割据”的无序乱采状况。同时他也将触目惊心的矿难公之于世，呼吁人们在进行现代化建设时不要忘了科学平衡的发展。

根据何建明《共和国告急》(《青年文学》1995年第5期和第6期）节选。

正文节选：第二章矿山大割据

第二章　矿山大割据

封建土壤上所产生的国家的一大特征便是割据。中华民族忍受割据之痛苦太久太深。

新中国成立后，中国共产党曾有效地控制和防止了封建的割据分裂现象在中国大地的复活。然而，中华民族长期形成的劣根病，并不是一下能铲除得了的。当稍有一点湿润的气候时，那种潜藏在民族肌体里的居他物为已有的欲念就会迅速膨胀起来，并形成一股势不可挡的巨洪猛兽。

我以为，全民性的抢矿窃宝风中所表露的多种民族心理，不是一种平均主义思潮的泛滥，而是一种根深蒂固的封建割据潜在意识在人们心灵深处的复苏。

没有“独吾天下为王”的割据意识，抢矿窃宝风就不可能达到一种“无法无天”的疯狂程度。当我们巡视一下众多矿山发生的一幕幕触目惊心的事件时，结论便将十分清楚。

非法变合法——香花岭锡矿解体记

在湘南大地，躺着一座宝山——湖南香花岭锡矿山，曾以锡的矿量之富、产量之高、质量之优而饮誉全球。

——它的锡产品，销路畅通国内外，取得同类矿产中为数不多的免检信誉；

——它的锡矿标本，陈列于许多国家和地区博物馆；

——它出产的香花岭石，世上独一无二，堪称“东方绝宝”。

从新中国的工业机器正常运转之日起，香花岭锡矿便以其丰富的矿源底子，雄居全国有数的几个国营大矿山之列。它虽在地方，却直属中央、省委领导。虽只有几公顷面积，却是一个固若金汤的独立王国，四周的高墙、铁网，象征着社会主义国库不可侵犯。在50年代至70年代，这里的一个普通矿工可以同公社书记平起平坐，一个矿长远比县长气派。那时矿山附近的农民兄弟们，即使被“老大哥”硬拉硬请到矿上待一会，也会觉得受惊不已，激动三天。

全民所有制一统天下的时代，吃皇粮者自高一等。但是，进入80年代，这种形势发生了变化。这种变化的契机便是农民们对土地所有的重新认识。承包土地，包产到户，几千年来渴望土地使用自主权的日子终于到来了。他们拍手拥护中国共产党的第十一届三中全会。

“哎，听说香花岭上的一块石头就能换一只母鸡的钱，我们去挖几筐怎么样？”一天，农闲在山坡上放牧的临武县农民刘某对一同上山的邻居李某说。

“怎么，你想挖社会主义墙脚？当心高墙把你的背脊骨压扁了！”李某大眼瞪小眼地回答和他一起长大的伙伴。

“得啦，什么墙脚不墙脚，我爷爷的爷爷就生长在这块土地上，凭什么让这些吃官粮的人占据我们的宝山？”刘某虽比李某大几岁，但因为家境穷，连小学三年级都没上完就辍学了，如今早已够个扫盲对象了。他望着高墙和铁网里那些与他年龄相仿的人个个都穿得好、吃得饱，打心眼里恨之入骨。刘某指着那一片片虽然属于矿区却从来没有人管理的荒山坡，说：“反正荒着也是荒着，走，咱们试试能不能挖到那种宝贝疙瘩！”

李某被他连拉带拖地上到了矿山边缘的一处荒地上。俩人藏在草丛里，提心吊胆地操起铁铲，像蚂蚁啃骨头似的半天才挖出几块石头疙瘩来。怕被矿上的人看到，他俩一直等到太阳落下后才把石头装进筐，悄悄下了山。

“快起来！快起来！”第二天，习惯睡懒觉的李某还未从被窝里醒过来，刘某就来到了他的家，并且从口袋里取出三张“大团结”在李某面前晃动着，然后诡秘地说：“告诉你，今天一早，我将昨天从山上背回来的那几块石头往矿里的矿品收购站一背，卖了这个价！”

“几块石疙瘩就卖了这么多呀！”李某多少有点怀疑。第二天，他也把自己扔在墙角的几块石头背到城里一卖，果真不假。收购站的人还特意问他：“这么好的锡精矿石哪儿捡的？”

李某自然没有公开这个秘密。他比刘某多喝几年墨水，多少知道点处世的哲学。如今事情已证实，那山上的石头可以变钱，而且是变成大钱时，他的那颗“正统”的心开始颤抖了。这一夜，他怎么也睡不着。

第二天一早，刘某还没有醒，李某倒迫不及待地上刘某家催他上山“挖石头”去。乡里乡亲的，消息哪包得住？刘某、李某上山采石发财的事，一传十，十传百，没几天，香花岭四周的百姓全都知道了。这里又正逢农闲，便有成百上千人来到香花岭矿山的四周边缘地带挖矿采石，那时，农民们使用的是最原始的工具，而且不少人是凑热闹来的。直到几天后，大伙挖出的石头都换成了能买鱼肉能给老婆孩子买新衣的票子时，才真的动心了。

“让他们去挖吧，不就是边角的一点点零星矿石么！”有人向锡矿山当时的领导反映情况时，矿长颇不以为然。心想：农民嘛，就是想占点小便宜，成不了什么大气候！当时，不仅是堂堂专区级矿长，就是普通矿工对此也不屑一顾。一位工程师下班见几个浑身汗水淋淋的农民，连半块矿石都没采到，垂头丧气地躺在草丛里抽闷烟，便走过去给这几个人指点道：“找锡矿可不能像拾牛粪似的满坡跑，这得要学老鼠的样，会钻洞才行！”

对，老鼠挖洞！即使是智力最低下者，一经醒悟，便会变得百倍聪明。于是，锡矿山的四周开始了空前的“挖洞”大战。

地穴深处没有铁网，没有界标，有的是越来越厚的锡矿石。

乡亲们完全忘记了前面是神圣不可侵犯的国营“王国”。他们看到的是一张张飞舞的“大团结”。没有谁比金钱更能勾起贫穷者的渴求心理。那些边角的零星的矿石不再是他们所能满足的了。他们开始抬起腿，迈进铁网之内。他们终于伸手去摸“老大哥”的后背了……

同和乡某村这年 17 户上山挖矿致富了；

坳上乡某村这年 48 人上山挖矿，人人都成了万元户，最多一人年收入高达 5 万；

黄沙坪乡这年组织了 3 个采矿队，为集体创 50 万元钱收入；

香花乡某村 17 户致富户，被乡政府挂上了大红花；

华塘镇有 48 户万元户，被树为“标兵”“榜样”。

奖励、表彰、宣传……如同给飞轮擦润滑油，“采矿致富”——成了家喻户晓人人皆知的事。第二年春播刚刚结束，临武、郴县、宜章、桂阳等地农民，丢掉锄头，换上铁锹，扛起铺盖，不约而同潮水般地涌向香花岭矿区，而且比潮水来得更凶猛和迅速。

还在议论穿喇叭裤怎样好看，听邓丽君歌曲怎样入迷的锡矿山上的工人“老大哥”们，这才开始感到情况有些不妙。“喂，你们为什么到矿区来挖矿？”“这里是国营矿山，擅自挖矿是违法的！快走吧！”“老大哥”们认为一两句话就能把“农民兄弟”轰走了。但在事实面前，他们终于意识到了自己的威信已大不如前了。“农民兄弟”们根本不搭理他们，照样凿自己的洞，挖自己的矿。

一份份《呼吁采取措施刹住农民进入国营矿区采矿的报告》，送到了省政府、冶金部、国务院。上级很快有了回复：必须制止，违者重罚。

公安局、派出所如秋风扫落叶似的将近千名个体采矿者赶出了国营矿区。但集体的则保留着。照顾关系，得留给地方一些利益——锡矿山第一次作出了让步。

好，你让我进。国营和集体，同属国家所有，我们采矿不犯法。上！某县天南公社成为香花岭上第一个“吃螃蟹”的和敢于同国营矿山挑战的先锋。一夜间，他们成立了10个采矿队，凿了10条隧道，并且个个采矿队都是清一色的“基干民兵连”，条条隧道都像一把尖刀伸向国营富矿区。

锡矿山吃紧了。专员级的矿长亲自下山请公社书记、主任“咪西咪西”。

“哎呀，我的大矿长，咱们几个土包子能啃得动你们的骨头吗？放心好了，放心好了！”

口径统一，友善而又毫不含糊。

话不投机，矿长甩袖离席。回到办公室，一个电话打到郴州地委、临武县委。

天南公社这下吃亏匪浅。地区冶金局、临武县委和香花岭锡矿达成的协议是让他们撤出矿山，并保证“今后不得重新在600米标高以下开矿”。高压之下，公社被迫与矿山签订“天南公社北山坑道移交书”，损失惨重。天南公社的干部们回去后为此骂了一天娘。不行，不能这么便宜了他们。凭什么他们花了国家的钱吃鱼吃肉，我们就守着金山挨饿呢？

1980年6月，天南公社召开三级干部会议作出“秘密决定”——重上香花岭！

当晚，就有一支“飞虎队”突击上山，揭开被封的窿口。第二天，后备军频频进山，并打下一口斜井，行将凿穿大矿301号地探天井。锡矿山矿长们大惊——一旦天井通风混乱，将造成不堪设想的后果，当即被迫停产。受到生命威胁的“老大哥”终于忍无可忍地拿起铁杆与木棒，“农民兄弟”也早有准备，一声铜锣响，近千名手持锄头与木棍的大伯、大嫂们拥上山头……

双方怒目而视，一触即发。幸亏省、地工作组及时赶到现场，才避免了一场流血械斗。

7月，郴州行政公署以行署名义召开调查座谈会，并以行署〔1980〕121号文给省政府打了吁请解决香花岭矿山纠纷的报告。10月24日，孙国治省长亲自主持会议，有刘夫生、曹文举两位副省长和20多名省委、厅、局负责人及郴州行署专员参加，专门研究锡矿山问题。不知哪一部门贯彻不力，社办矿数量反而从10个增加到33个，采矿人数达2000余人！孙国治省长听后大发雷霆——换谁都一样啊！

1982年8月5日，省政府又一次召开省长办公会议，决定由副省长周政带头，组织省政府办公厅、省人大、经委、公安厅、检察院、煤炭厅、地矿局、冶金厅、乡镇企业局、郴州行署等组成联合调查组，一下就是40多天。如此威势，农民们哪见过？乖乖地卷起铺盖下了山，锡矿山的工人老大哥着实欢呼了一阵。

然而，好景不长。周政副省长他们走了没几个月，“冬眠”了一阵的农民“致富大军”又纷纷重新进入阵地。开始了更大规模的哄抢活动。他们心里非常清楚两个事实：一是省长们不可能长期待在这里，二是既然上面已经开始重视了，再不抓紧挖就晚了。于是“回马枪”比以前打得十倍的激烈。当那些“小萝卜头”（下层干部）再来管他们时，他们根本不予理睬。郴县副县长周儒平上山向采矿者宣传省委关于禁止在香花岭锡矿山乱采乱挖的决定时，竟被打得头破血流。

“谁敢再来啰唆，下场一样！”采矿者气焰十分嚣张。

至此，民采与国营矿山进入相持阶段。大批集体和个体采矿者已经明目张胆地占领属于国营矿山的矿区。虽然双方有时发生冲突，但国营矿仍处优势地位。

1984年下半年开始，形势却发生了急剧变化，香花岭三大矿区的61平方公里面积上，已经全被来自附近的农民插足。临武县的19个乡镇、5个农林场绝大部分都在香花岭锡矿区内办了有色矿，而且出现了前所未有的县办矿。这就使锡矿山的抢矿风暴一下子上升了级别，并发生了关键性的转折。1984年至1985年，香花岭矿山之一的香花岭矿区已有民采人员3000余人，在矿山标高480米以上的部位，有30多个坑道是村、乡、县办矿占领着；在矿山标高385米以下的位置，也被麦市等乡镇小矿拦腰截断，国营大矿被制在 385 ~ 480 米标高之间，形成一个上有小矿盖顶，中有大矿采矿，下又有小矿掏底的立体采矿局面。富矿区罗卜冲地段，在不到一平方公里内总共有 600 多个窿口，上千农民挤在那儿争抢矿石。

“奶奶的，咱们也不是吃干饭的！走，讲理去！”国营矿工中那些血气方刚的小伙子们实在咽不了这股窝囊气，跑到农民的矿井想论三分理。可是，未等他们开口，对方却已拔刀相向，“哗”的一下将几名青年职工打得伤的伤，倒的倒，一名青工不仅嘴被撕破，双腿也被打成残废。这样一来，国营矿山 6000 多名职工义愤填膺，集体罢工抗议。

几个乡、县的农民采矿队见势不妙，赶紧从山上撤下。但是，国营矿山这次并没有占什么便宜，他们发现一个正在建设之中的矿井损失约 13 万元，而更惨的是 6000 多人的生活用水及全矿生产用水的水源被四周的农民切断，全矿不得不停产四天，而且还得每天用四辆消防车到几十里外的地方运水，以供几千人生活所用。

国营矿山真正尝到了“得罪不起”的滋味了！

无奈，他们违心地作出了最痛心的一次让步：将南吉岭、癞子岭、铁砂坪、甘溪大桥北等地段划给县办、乡办小矿。至此，其划出的范围共计 38 平方公里，等于该矿生产区的 1.7 倍！最令人痛心的是将世界上唯一的宝石——1957 年，地质部矿物原料研究所孟宪民等人发现的香花石——产地癞子岭也被弄得百孔千疮了。香花石仅储存于几十平方米面积之中。而在 60 年代初，地矿部、冶金部、公安部及湖南省政府早已明文规定，将此列为国家一级保护范围。

“整个国营矿的老窝都给他们掘走了，还管啥国宝不国宝的！”职工们这样说。

该满足了吧！可再听听农民们怎么说的：

“矿山本来就是我们的，凭什么说是他们让我们呢？”

你认为你的软弱和让步可以换取他们的同情或宽容吗？你以为

你的真诚和忍痛割爱可以赢得他们的感激与敬重吗？那就未免太天真了。农民兄弟们振振有词：土地属于我们！矿山当然也属于我们！——谁说他们没有文化，不懂理论？当他们一旦认为自己是对的时候，一切都将是固执的，不容分辩，毫不含糊。更何况，摆在他们面前的路非常清楚：占领矿山就等于致富，就等于有了老婆与子孙满堂，就等于五谷丰登，洋房小楼。而失去了矿山，就等于重新回到那脸朝地、背朝天，一年挣不了几块臭汗钱的贫困世界。

傻瓜才愿意过苦日子！

“固若金汤”的香花岭矿真正开始了解体！神圣不可侵犯的国营矿山的神话破灭了！

自1984年底开始，香花岭锡矿山完全失去了国营生产的独立形式。农民的采矿队伍也不再是单一的乡办、县办矿了，他们大部分都是以有钱有权有势的“矿主”作承包。这些“矿主”有的是原来的大队支书、村长，或者是与区县某某头头有直接亲属关系的角色。这些人虽然连个行政24级干部都不是，但堂堂一个锡矿山矿长在他们面前说话时只能称“汇报汇报”。你以为你15级干部了不起么？他只要叫上十来个人就把你搅得喊娘都来不及。

先说说用水吧。锡矿山上用的水，必经农民的地盘。你今天要是稍对我不客气，瞧着，明天我就让你兜着走。大暑天，我断你三天水，看你脖子还硬不硬？香花岭上万名职工家属生活起居在孤山上，别说是断几天水，就是一个做饭时间，没有了水，看你愁不愁？住在香花岭矿区的职工，家家都有一个大水缸，就是为应付“水荒”。矿区原来有个游泳池。小伙子、姑娘们把它当作夏天矿上唯一能去的地方。可是，如今断水了。几个胆大的“疯丫头”穿着游泳衣走出围墙和铁门，跑到山底下的小溪河里嬉水。好痛快呀！雪白的大腿、丰满的胸脯、“咯咯咯”的笑声……山上山下的上千名正在凿山挖矿的男人们，不由自主不约而同地把目光朝小溪河这边聚过来。有人干脆将衣裤一脱，光溜溜地往小溪河里跳。姑娘们吓得差一点连宿舍都回不了！

再说用电。矿山用的电源是从几十百里外的发电厂通过来的高压线，而各矿区的作业点与生产线上几乎没有哪处能离得开电。工人下坑道要照明，要有通风设施，要有机动运输线，有时一分钟的断电，都可能造成一场吓人的伤亡事故。这一天，一队采民在塘官铺工区将坑道挖到国营坑道的主平窿去了。工人们一见情况不妙，马上组织力量强行将民采坑道堵住。这下可惹火了“太上皇”。几个农民拿来一包炸药，也不打一声招呼，“轰隆”一声巨响，国营主平窿顿时变成了一个倒塌的鸡窝。好在那一天工人提前下班，没有在坑道底下，可是也没有全部逃过这场厄运，人们发现两名值班工人像黑炭似的倒在了电线旁边——农民们炸断了一根6000伏的高压线……

“啥事干不出来？只要你不让我挖矿，我就让你不得安宁！”采民们的斗争哲学非常清楚而明了。

有一天，几个采民看中了国营坑道的一个富矿点。他们开始派人给坑道下的工人送去1000元钱，好让他们明目张胆地进坑道挖锡精矿。工人们不愿做违良心的事，不但把钱退了回去，而且每天不分日夜地派人把守坑口。采民们看对方不吃软的，就下决心用强攻来夺取坑道。第二天，他们见工人都下坑后，就抱来大捆干柴，又在柴上倒上药剂、辣椒、柴油等，划着火柴，用有毒的烟来熏在井下作业的工人。他们一边在井口使劲拉着风箱，一边学着“地道战”中敌人军官的腔调朝洞内大声喊着：“快出来吧！再不出来，就让你们统统死在里头！哈哈哈……”工人们被迫从井下撤出，刚一撤，这些采民就“呼啦”一下占领了坑道。等你想再反过来找他们茬时，情况可就不是这个样了。1987年11月，工人夏德庆因为实在看不惯这种野蛮行为，白天与几位采民发生了一些争吵。傍晚他到工区电影院看电影，行至大门口时，突然从黑暗中窜出几条大汉，向夏德庆又是拳打脚踢，又是棍舞刀捅。夏德庆连哼一声的时间都没来得及，就倒在了血泊之中……这下好了，谁见了采民的不法行为还敢说三道四么！

“他们是拿工资吃皇粮的，你稍给点颜色看看，他们就甩手不管你了！”一位霸占了六条国营坑道的“矿主”得意地对我说。他讲得一点不错。一些工人们的心理是，你管得了吗？矿山反正是国家的，爱偷爱抢由他们去！老子一个月工资奖金不少就行了。

面对这些贪得无厌的抢矿窃宝者，除非你手中有千军万马，否则就别想直着嗓门说话。部级劳动模范、香花岭矿原矿长陈自强过去就是在省里部里开会，当着那么多大领导的面讲话，也从没放低嗓门。可面对疯狂的采民潮，陈矿长只得雇保镖护身。每逢他家里招待客人时，他总要让矿里的公安干警在房周围认认真真检查几遍，就差没用探雷器。这听起来像是笑话，可在香花岭这是太平常的事了。采民们用来报复矿山职工和干部的手段之一，就是在你居住的地方悄悄放上一包炸药，然后像炸碉堡似的叫你血肉横飞，死而有声！

陈自强矿长现已调到长沙市府。他说，再不出香花岭，我和全家人的性命说不准哪天就会被炸飞在了荒山岭上……

说什么残忍，说什么野蛮，采民们坐在窿口的石头上，一边掂着大沓大沓的钞票，一边会非常认真地朝你这么说：“这叫山地游击战！哈哈哈！百战而百胜！”

我真的感到不寒而栗了。

香花岭矿成了全国乱采滥挖名声最大的矿山之一。国务院的领导同志及部长们没有一个不知道这里所发生的事，也几乎都作过一次又一次的“批示”。至于湖南省政府为香花岭而召开的“省长办公会议”从1985年至今的十个年头里，平均每年不下一两次。郴州行署不止下过几次狠心，撤销了郴县和临武县两名县领导职务。但这儿的情况却始终没有好转。相反，情况越来越糟。下面是我们在香花岭矿摄取的几个场面——

荷叶冲工区：一条宽不足4米，长约300米的狭窄地段，像蜂窝似的云集着2000余名采民，共开有窿口13个，建设工棚203个，安装碎矿设备113台，筑洗砂槽346个。采矿者几乎是头顶头，屁股顶屁股。仅此一条沟，自1984年以来，共损失锡矿石30余万吨。如今他们已是第三次“掘地三尺”了。

香花铺工区：这里是全矿创收的拳头。但如今拳头已被割开，绝不会少于3000的采民每天占据着这块宝地，就连离矿山主提升竖井20米处，也有人竖着一块“×××矿”的招牌在此，名正言顺地掘井开矿。而五六个“游击队员”则不分昼夜地守在国营坑道的运输线上，一旦瞅见运矿的机车驶过，就一拥而上，将机车上的矿偷光。这差使省事，故尽管职工们一再采取措施，但收效甚微。为此，他们不得不时而开工时而停工……

安源工区：全矿重灾区。1987年5月22日和24日两天之内，20名采民因掘穿窿顶造成大面积矿井漏水而死亡。死亡名单中，男女老少齐全，最小的为一名15岁少女。至此，该工区从未有机会再振雄风。出事当年仅为排水和清理窿路就用去6个月时间，经济损失约50万元，也就是说这期间有价值50万元的矿石被人抢走偷跑。

不久前，国营矿长办公室在给中国有色金属总公司的一份报告中说：我们企业的领导人一半以上的精力用于对付乱采滥挖的事上。职工埋怨，上级埋怨，可我们也想不通！想不通为什么国营矿山居然成了这个样子？想不通为什么共产党的天下居然有这么多人在为非作歹？想不通国家的法为什么在这里不起作用？

“香花岭搞成这个样，我们心疼呀！想想办法吧，能不能有个‘孙悟空’来救一救！”那白纸黑字上，印着滴滴泪渍……

得寸进尺——钨族三角洲的陷落

在金属家族里，有位看起来并不十分漂亮的“黑肤小伙子”，却很受人类厚爱。19世纪中叶，当有人发明了电灯后，这个“黑肤小伙子”一下走俏，成了人们获得光明的不可缺少的伙伴。进入20世纪，尤其是在一次大战、二次大战中以及大战后的今天，它简直成了仅次于黄金的“宝贝疙瘩”，被用来制作枪炮、火器、穿甲弹、卫星……它具有3410℃的熔点。灯丝之所以用它，就是因为它有比黄金高三倍的耐熔力。

符号为W的钨，由于它拥有很高的军用与民用价值，故它在国际市场很受青睐。中国是钨业大国，年钨产量占世界的三分之二以上，在国际市场具有举足轻重的地位。从50年代起，钨就是我国出口创汇的拳头产品。在所有出口金属产品中，钨遥遥领先。据说，中国最早的钨矿开采，始于一位专做军火生意的英国商人。他到我国的江西、广东、湖南转了一圈，回去给伊丽莎白女王写了一份报告，声称“如果将南非的金与中国的钨相比，我毫不犹豫地选择中国的钨，这里有个相当于我们大不列颠那么大的钨族三角洲”！

普通的中国人都知道自己有两个富饶的产粮三角洲——珠江三角洲和长江三角洲，却不一定知道还有这么一个钨族三角洲。但你要是问问历届的政府总理，也许他们会毫不含糊地告诉你：如果说长江、珠江三角洲是两颗明珠的话，那么钨族三角洲则是一颗更诱人的夜明珠！

钨族三角洲使中国人骄傲，使政府首脑们在国际舞台上说话更硬气！

中国在国际钨业市场一直处于垄断地位，曾使多少西方世界的商人们为之眼热！然而，进入80年代，这种局面却发生了急剧变化，钨砂价格一跌再跌，70年代每吨钨砂在70美元以上，1983年降为65美元，1986年降为62美元，到1989年1月9日公布的国际市价，每吨钨砂仅为59.50美元。由于钨价下跌，中国每年丧失2000万以上的外汇收入。地球上并没有哪个地方新发现能与中国相提并论的钨矿呀！面对如此变化的形势，中国政府有关部门特意派出了一个钨产品国际市场考察团。因为根据国际市场的预测，中国目前计划生产的钨矿量是处于非饱和状态，这时是价格最稳定并能获得最好效益的时期。可是现在的形势却并非如此，国内计划的钨产量是逐年下降，而国际市场价格却同时在下滑。这种非正常的状态连最著名的市场预测家也感到困惑。

中国钨矿市场调查专家是抱着要挖出一个“孙猴子”的决心，前往钨产品最集中的国际交易市场的。原以为一定有哪个新发现大钨矿的国家代表远远躲在一边，不料情况并非如此。西方商人们见中国官员到来，蜂拥而至地围上来，笑嘻嘻地伸出大拇指：“谢谢，中国人够朋友！”

这是怎么回事？

嗯？难道你们不明白？“老外”感到惊诧：是你们把上等的钨砂大量投入市场，价格一再优惠，使我们大获其利呀！

怪了，中国钨砂出口的国家计划近年丝毫没有增加呀！考察组的中国官员大惑不解。经过“挖地三尺”的调查，原来，除国家正道出口外，通过香港、台湾等非法途径出口的大陆钨砂居然近年间成倍流入海外市场，难怪钨价一跌再跌，让西方人大赚便宜。而造成中国这个钨业大国陷入困境的不是别人，正是中国人自己！

中国官员吃了一肚子窝囊气！回国后给冶金部和中央领导写了一份汇报材料。“到实地查实，想法杜绝此类事！”中央领导批示道。

调查组原计划用一个星期时间完成此行，没想下去就回不来了！北京方面还以为出了什么事，一个电文下去，第三天就接到调查组负责人回电，上面写了这么一行字：“钨族三角洲陷落，十万火急！调查组请求延长日期”。

其实关于“钨族三角洲”所出现的事，上面不是一点不知道，而是闻而不见，总难比亲眼所见所闻为实。

写到此处，我们该给中国的钨族三角洲揭秘了。

钨族三角洲指的是湖南、江西、广东三省交界处约 13 万平方公里面积的那块地方。这里群山起伏，叠嶂嵯峨，在“农业学大寨”那阵子，它一直被视为“穷乡僻壤”。后来人们才慢慢知道原来这是一块得天独厚的宝地。世界五分之一的钨矿储量就埋在这里。截至 1985 年，这里的国营大型钨矿就有 15 座，其中不乏开采了七八十年历史的老矿，也有80年代新建的新矿。

这里本来是个安宁的世界，别称“南国小昆仑”，意思是说很少有人问津此地。但自打人们懂得“一块石头换两只母鸡”之日起，这“南国小昆仑”就一下沸腾了起来。当地人这样描述道：“1980年成群结队下广州深圳，1985年车水马龙上瑶岗仙汝城。”

瑶岗仙、汝城是钨族三角洲其中两个矿。

瑶岗仙位于湘南，虽然用不着七八小时就能到广州，但前几年忙于同港澳做生意的广东人似乎把它遗忘得一干二净。也许是生意做绝了，突然有一天，一群据说是刚从巴黎回来的港商给这边的几位专玩走私货的“广东仔”提出一张货单，那货单上只有一个字：W！

走私的“广东仔”瞪大了眼睛：“怎么，你们要佐罗！”

“佐罗？哈哈哈！对，佐罗！它在巴黎国际硬货市场上与家喻户晓的佐罗一样吃香！每个月你们给提供30吨！”港商挺着大肚子，举着高脚白兰地酒杯，在空中划了个十字。

“广东仔”后来才明白：W就是钨矿石。“哪儿去采这玩意儿？”对羊城的大街小巷倒着背的他们却并不知道W出自何处。

“湖南的瑶岗仙！还有广东、江西的山里，有取之不尽的资源呀！”说来也怪，中国的许多事总是外人先知道。

几个“广东仔”走一趟瑶岗仙，满载而归，首次出货就是40吨，折合人民币50万元，而他们到山里进货时只花了13万！轻轻一转手，37万元到了腰包里。“广东仔”赚红了眼，回家抽起一张席子，又奔瑶岗仙而来。

这时候的瑶岗仙上还没有多少采民。但周围的农民目光敏锐，见几个外地人来了一趟，第二次一出手就租了三间民房，安营扎寨，就知道他们在山上弄到的“石头”有大油水！瑶岗仙一带的几个乡都派出了人南下，这些人回来就拍大腿：“发啦！发啦！瑶岗仙要大发啦！”原来他们不仅了解到钨砂矿是海外市场的走俏货，而且直接与几个港商搭上了头，价值远高于“二道贩子”。乡干部们从口袋里掏出小电子计算机，用不着费脑筋，上面的数字全告诉了他们：假如……就可以……他妈的，土改那回也没有这回来劲呢！

“上，这山本来就不是他们国营矿的！”农民们的理论几乎一样，就是有时加点时代气息：“没有小家，哪来大家；没有瑶岗仙，哪有国营！”

谈判桌上，国营矿山的负责人拿出1986年新颁布的《中华人民共和国矿产资源法》，逐条逐句地给乡干部、村干部念。

“好了好了，咱土改那回上的扫盲班，你不用再给我扫了。”农民的首席代表是老乡长，参加革命的时间比矿长早15年。他把水烟管往桌上一搁，没说半句多余话：“道理再多，文件再大，我都见过听过，现在只有一句话：你们让不让出一块地给我们乡？”

“嘿嘿。老乡长有话好说，有话好说，咱们边吃边谈，请！请请！”文件搬开了，上来的是烤小猪、烧桂鱼，还有海参、对虾，锅巴肉……

“先别忙乎！我一个人饱了，全乡23000人咋办？”老乡长把菜盆酒杯推到一边去，还是一句话：“痛快些，行还是不行？”

矿山的几位头头面面相觑，不知如何是好。给吧，这等于是将自己的脖子往法律的绳子上套；不给吧，老乡长的脾气可不是好惹的。那年“农业学大寨”，瑶岗仙要造梯田，乡里劳力不够，老乡长拿着40年代签发的“中国共产党党员证”跑来找矿党委书记，说道：“天下所有的党员都是为了一个共同的目标，实现共产主义，所以大家要互相关心，互相帮助。眼下本乡响应毛主席号召，学大寨，劳力不够，特来搬贵矿300名虎将，请矿上大力支持。”

“这怎么行！我们矿上的任务还重着呢，得保任务呀！”绕来绕去，矿党委书记还是两个字：“不行！”

老乡长二话没说，回过头叫来公社武装部部长，下了一道“命令”。当天晚上，国营矿山上一片漆黑，所有电源全部被人切断。

支援不支援？不支援，行——等着点蜡烛吧！所有倒下的电线杆上，都有一个班的民兵守着。无奈，矿党委书记老老实实带着工人下山帮助老乡长义务造梯田，不过这时的人数可不是300人，得再加一倍！

吃一堑长一智，这回应以主动为上策，法规暂且放在一边。

国营矿忍痛割下一只“耳朵”。味道不错，第一年的全乡采矿收入，改建了一座乡政府楼，两个中学校舍，另修建大桥一座。

既然已咬下了一只耳朵，留下另一只有何用？瑶岭乡又轻而易举得到另一只“耳朵”。

“耳朵”吃完，食欲大增。总不能长期这样，光有口福而不胖呀！这下老乡长来了个先斩后奏，派出5个基本采矿队，咬住国营矿山的“后臀肉”——今年指标是80万元，乡干部的一级工资，乡所在镇两条街道的修缮，一个自来水站，一个邮电所，可全指望着山上这份钱哪！想想这些，他能松这口肉吗？

无奈，国营矿恳求县、市出面解围。老乡长心里暗笑：咱乡是县、市致富的模范乡，听说现在正往省里报呢！

放手吧，你少一块地耽误不了一年的生产任务。咱可不一样，这年不创收，明年就得遭人臭骂娘！

OK，谢谢你放行！年底，老乡长带领300人组成的一个庞大鼓乐队，声势非同一般地来到矿长办公室，亲亲热热说了一番赞扬的话，最后敬上锦旗一面，上头写着两行字：工农亲如一家，同庆我富你荣，矿长的笑比哭更难看。

瑶岗仙钨矿是在“和平友好的演变”中失去国营矿山的独尊地位的。相比之下，它比汝城钨矿却要少很多麻烦。

汝城，这个湖南最靠东南角的小县，除本省人，大概没多少人知道它。不过，在采民方面，它可是大名鼎鼎。

汝城虽小，但钨矿开采的历史却不短。早在1916年，几位荷兰人与英国人，雇了当地几十名村民，手挖肩背，开始了挖矿纪元。1949年，中原临时人民政府重工部派军代表王学凤、张春本，从旧政府手中接管此矿。当时的矿区范围东到龙虎洞，西起走马坪，南到杉木洞，北止大偏山，共110平方公里面积。解放后，国家对此矿进行扩建，成为我国重点钨矿基地之一，上缴国家利税超过2240万元，是个创汇功臣。不过，这位“老功臣”近年再没立过新功。据观察家们认为，“老功臣”也许再也没有可能立新功了，它能保持不“死”就算万幸了！

命运如此悲哀？一点不假。

汝城矿面积并不大，但上山非法开采钨矿砂的乡镇小矿和个体采民却并不少。目前在矿区持有“合法”开发许可证的乡镇钨矿有20多个，采民近3000人。

瑶岗仙的老乡长虽然打了国营钨矿的主意，但毕竟是“光明正大”和“以理制人”。汝城人则不然，他们一上来就采取了强硬的得寸进尺行动，抢—炸—夺！这是他们的三套进攻手段。

当采民进入国营矿区后，他们非常聪明地发现自己的手工开采方式太原始、太落后。他们瞅着国营矿山用大机器开采就眼红。那铁挖手和钻机多厉害，轻轻一抓就是一两吨矿砂！为什么他们能用我们就不能用？半夜里，一队蒙面人悄悄潜入国营坑道，一条裤衩“呼”地蒙住在坑口值班的工人，后面的人一拥而上，凡能扛能搬的采矿机器，稀里哗啦全被“转移”到自己的防区。第二天，从县农机厂请来几位师傅一安装，马达一响，工效提高20倍！采民们乐得在窿子里跳“迪斯科”！

这是一群从北边来的采民，该占的都被当地人占了，总不能眼瞅着别人发财自己挨饿呀！几个运气不好的后生脸朝天、背朝地躺在草地上直发愣。突然，他们的脸上、身上不知被谁撒下许多黑石灰子。嗯，他妈的，谁还有心思跟老子开玩笑！抬头一看，原来是矿井的索道矿斗从他们上面经过。“喂，有了！”一位机灵者猛地从地上跳起来，拍着脑门直叫。他把自己的主意跟大伙儿一说，哥儿们抱成一团，高兴得在地上直打滚。这一夜，索道上的矿斗没停过一次运转，而进入矿砂堆料场的却没几个装货的，国营矿上的人谁也没有发现这个情况。直到第四天，巡道工到矿保卫处报告说，索道中段的山头上发现三具死尸，现场验证，是一只矿斗掉落所致。护矿队马上敏感到事出有因，半夜里，他们沿索道巡视一遍，发现有三个山头上有人用木棍和铁棒在翻矿斗。死者是他们的同伙，但没有人替他们收尸。“没空！再说人死了，就是那么回事！”在这一点上，他们可真算得上是彻底的唯物主义者。据矿山保卫处介绍，类似这样偷矿而被砸死、摔死者，每年均有。密度最高的是两个月中死了13人。至今，在汝城钨矿区因偷矿而被抛尸井下的仍有29具。……

后来有人觉得偷偷摸摸干，说不定还要丢小命，于是干脆来明的。国营矿职工在关键部位和富矿块区寸土不让，采民则发誓要“寸土必争”！

矿区早被非法占领，国营坑道与民采矿相隔的仅一层薄薄的“面纱”，采民们这时也不愿让它留下。有着制造火药传统的山民奋然拿起土制的火药为武器，对凡阻碍他们开采和抢夺富矿地带的国营设施进行爆炸。国营矿投资几百万甚至上千万的坑道、井口设备以及下了九牛二虎之力建起的防范措施，被采民们的几包炸药炸得全面崩溃，一片瘫痪。以这个矿的大蒲坑口为例，全坑11个中段，有7个中段的主要运输巷道被炸毁、堵死，232个采场所剩无几，损失矿石量35万多吨，金属量924吨，折合800万元。

一位死里逃生的工人这样描述采民野蛮炸毁国营坑口的情景：“……那天，我们正在井下采矿，一队约30来人的当地农民强行霸占了我们的坑口，他们对正在生产作业的我们说：‘老大哥们，你们在这儿干了几年了，现在该轮到我们干了！’说着就将我们一个个强行拉出坑道。这时候，有人就在坑口的富矿部位放上几包自制的炸药，点燃后，只听一声巨响，他们打的坑道与我们作业的坑道的隔墙就被炸穿了。硝烟尚未退却，约百号采民就跑步钻进我们的采场，见钨矿就刨。我们几个工人实在看不惯，对他们说：‘你们只管采砂，可把我们的设备全部毁了，少说也得三个月才能恢复生产，这样太缺德了！’他们用脚踢踢被毁的电机和通风等设备，若无其事笑嘻嘻地说：‘要的就是这个样，不然你们采光了我们采什么？至于设备嘛，你们再向上面打个报告，有了钱再装，没钱待在家里更好。反正照发工资。’回来的路上，我们路过一个采场时，一群采民突然高呼道：‘鬼子来啦！快放！快放呀——！’我们还没有看清是啥时，只听几声巨响，雨点般的大小石块向我们身上没头没脑地倾泻而来。原来，这些人以为我们是前来制止他们非法挖矿的护矿队员，于是就用爆炸的手段不让我们靠近他们。直到天黑，这些人才停止了放炸药，我们才有路可通过。今天的命勉强拣回，还不知明天如何呢……”

“炸药战”使汝城国营钨矿全面陷入瘫痪，它不仅造成了大批坑口安全设施和井下机械设备的埋没与破坏，需要大量财力和时间清理修复，而且许多即使尚未直接被炸被毁的工段，由于配套的其他工段被炸，一场山洪下来，致使全矿受害，淹井、埋坑事故屡发不尽。国营矿唯一能做的是不停地自救自护。由于这种自救自护总处在被动地位，故根本不起半点作用。你想“主动出击”？那情况就更糟。有一次，某坑口党支部书记和保卫科科长，高举着“我们是共产党员，我们和人民心连心”的旗子，到民采矿上劝说他们别为了几万元的小利炸掉几百万元的国营设施。“一边待着去吧！”还没说上两句话，对方就把两位共产党员推进了一个又黑又潮的深山洞，一关就是七个多小时，连口水都没给喝。这是对“官方”的态度，至于对矿上的一般职工和那些专找他们碴儿的护矿队员，情况就不会是这样了，轻则一顿毒打，重则扔到山沟喂野狗，你以为一张状子往法院一送，就可以收拾他们了？“笑话，我们这儿是山高皇帝远，老子坐山为王！”他们这样告诉你。这山上他们有自己的“法律”，即让采矿就好，阻挠采矿就罚。说到做到，决不手软。

汝城的命运是整个钨族三角洲的一个缩影，除瑶岗仙外，江西的大吉山、西华山、岿美山、画眉坳、小龙、高坪、漂塘、下垄、浒坑，湖南的川口、湘东及广东的石头嶂等大型钨矿，被得寸进尺的采民们吞食和吞没国营矿区的情况，基本相似，其中赣南的大吉山、西华山、画眉坳则有过之而无不及。仅岿美山一座钨矿山上麇集的采民就有 9200 余人。这座矿山在遭受三四年的乱采滥挖之后，寿命已缩短 11 年。

钨族三角洲上发生的国营矿山与民办矿山间的阴盛阳衰，必然导致我国钨业出口创汇的倒流和滑坡。由于国营矿山已无力遏制民办矿的迅猛发展和蔓延，钨族三角洲一带的钨砂经营市场也呈现一片混乱。县政府工业部门和乡政府村办的个体收购站比比皆是，而且都紧挨着国营矿区。采民们就像上街卖蔬菜一样容易卖掉非法所采钨矿。走私者乘机大发横财。湖南桂瑶某精选厂两名工人自 1985 年以来，单从浒坑区小钨矿走私钨砂就达 600 多吨，宁乡县农民任某仅因走私偷税漏税就达 32 万元！据钨族三角洲十几个重点矿区不完全统计，仅 1987 年通过这类非法收购流失的钨砂就达 12000 多吨，占这儿钨砂年产量的三分之一多。如此巨量的非计划性生产的钨砂流入国际市场，不造成混乱才怪。以 1987 年这一年为例，农民在“三角洲”通过非法采矿所获得的总收入约 5400 万元，而国家仅此一年在国际市场上钨出口创汇减少 3000 万美元，加之由于这一年供大于求的冲击，造成 1988 年、1989 年钨价的猛跌，实际损失近 1 亿美元。这一年农民采矿者掠夺式的采矿，使所有钨矿寿命减短两年，折合损失 4 亿 5 千万元。此外，这一年农民采矿者给国营矿山造成的毁坏坑口和矿山其他设备费折合 3000 万元。三项损失相加，为 7 亿 8 千万人民币之巨。

农民采矿者所获的实际收入是国家所造成损失的负 12 倍！

地球都为之倾斜，钨族三角洲能不因此而陷落么？

原载《青年文学》1995 年第 5 期和第 6 期

荣获“1998 年首届鲁迅文学奖报告文学奖”

马永顺传（节选）

吴宝三　曹锋

作品简介

吴宝三、曹锋《马永顺传》记述了伐木劳模和栽树英雄马永顺充满传奇色彩的人生经历。1933年，年方19岁的马永顺与十七名青年一道被林业把头骗至吉林省汪清县的长白山林场伐木，受尽日本侵略者和林业把头的盘剥，遭受非人的虐待。后来他只身逃往黑龙江，在小兴安岭从事伐木。东北解放后，马永顺成为新中国第一代伐木工人中的佼佼者，当选全国劳动模范。1982年马永顺退休后带领全家人上山造林，立志将他四十多年来采伐的36500棵树全部补栽上，从当年的伐木劳模转变成闻名全国的栽树英雄。吴宝三、曹锋曾经同马永顺长期生活在一起，彼此熟悉，在作品中通过大量细腻而传神的细节刻画使得马永顺这一人物形象栩栩如生、真切可感。

根据吴宝三、曹锋《马永顺传》(黑龙江人民出版社，1999年

8月初版本）节选。

正文节选：第二十八章只留青山在人间

第二十八章　只留青山在人间

（一）

1994年10月28日，中共伊春市委副书记魏秉仁同志受省委领导的委托，来到铁力林业局向马永顺转达了江泽民总书记的问候。

81岁的林业老英雄马永顺激动万分，笑声朗朗，他那饱经风霜的脸上，淌下了一串喜泪。

“我是名普普通通的伐木工人，只因偿还了一笔‘欠账’，就受到江总书记的夸奖。这不仅是我个人的光荣，也是林区广大职工的光荣啊！”马永顺紧紧握住魏秉仁的手激动地说。

总书记的问候，如阳光洒满全身，如清泉流过心田，马永顺感到身上增加了无穷的力量。他在伊春市召开的“学习马永顺精神”大会上，挥动着两只大手，亮着大嗓门说：“我‘小马’身上的零件还完整，只要我不停止呼吸，身子骨不散花，我就还要上山造林，为子孙后代造福！”

开完会，马永顺大步流星地回到家里，兴冲冲地对老伴王继荣说：“你赶快打电话，让儿子、儿媳和女儿、女婿们来开家庭会。”

马永顺兴致勃勃地说：“江泽民总书记向我问候，也是向我们一家人提出了更高的要求。我已经下了决心，生命不息，造林不止。”

话音刚落，马永顺的老儿子马春生站起来说：“咱爸以前上山造林‘还账’，没有固定的场所，所造的林没有连成片。后来领我们全家上山造林，也东一块西一块，很分散。如今林区开展向咱爸学习活动，我们当子女的要走在前面。我建议，在山上建立固定的育林基地，形成规模，既要栽好树苗，也要勤抚育，做好管护工作。我们不但要接好他老人家植树造林的班，还要子子孙孙一代一代传下去，长期为大山添新绿！”

“建立育林基地这个办法好，我们赞成！”大伙纷纷发言，一致同意马春生的建议。

王继荣听了子女们的发言，也坐不住凳子了。她对马永顺造林“还账”非常支持，前几年子女们上山造林，老儿媳和老姑娘的孩子小，脱不开身，她就在家给看孩子，让两个人一心无挂地上山。现在她急忙插话说：“如今两个孩子都六七岁了，明年春天你们上山造林，我要把他俩带去长长见识。我也要同你们一样，在咱们的育林地上栽上一些树苗。”

“好啊，我妈也要去‘还账’了！”老儿媳孙秀琴开了句玩笑。马永顺的6岁孙子马立新，蹦蹦跳跳地来到爷爷的面前。马永顺拉住孙子的小手，笑着问：“你长大了能不能接爷爷的班，上山造林？”

“能！”孙子歪着小脑袋回答。

马永顺笑眯眯地瞅着孙子，忽然眼睛一亮说：“我是一名老伐木工，咱家还没有人接伐木工的班，你长大了学伐木好不好？”

孩子两只小手一拍，说：“好！我愿意！”

马永顺一把把孙子抱在怀里，风趣地说：“你当伐木工有一条要记住，伐倒一棵大树，就及时栽上两棵小树苗。可别像我，欠了大山的‘账’，退休后才还上！”

一句话，说得全家人都前仰后合地大笑起来。

（二）

说干就干，尽管已进入寒冷的冬季，马永顺不顾子女们的劝阻，决定亲自上山，选出育林基地，为明年春季造林做好准备。

11月10日，西北风冷飕飕的，大地上铺了一层白雪。一大早，马永顺就穿上棉衣，精神抖擞地坐上汽车，去他长期工作过的卫东林场。

汽车刚一进入卫东林场的施业区，马永顺忽然对司机说："请停一会，我有点事。"他下了车，就迈开大步往路边的一片人工林走去。进去后，又像寻找什么东西似的，东瞧西看起来。

同车的人都很纳闷，不知他在看什么。有人不解地问："马老，这小树有什么看头呀？"

"哈哈，有看头！"马永顺用手轻轻地抚摩着一棵又一棵小落叶松，仰着脖子大笑起来。"今年春天，我在这里栽了一百五十多棵树苗，你们看，全都成活了，也长高了，多么招人喜欢！"

这些成活的小落叶松，在微风的吹拂下，树枝摆动着，仿佛一群胖娃娃，向老英雄招手致意。马永顺心里甜丝丝的，看着看着，又爽朗地笑了起来。

正笑着，忽然远处传来一阵"哧！哧！哧！"的油锯伐木声。马永顺好奇地走了过去，只见一名青年油锯手在伐木。

马永顺见树倒了，走到那青年伐木手跟前，用商量的口吻说："小伙子，把油锯给我用一下。我好多年没伐树了，让我伐一棵树，过把瘾。"

那油锯手一看林业老英雄要伐树，不住地摇头摆手说："我可不敢让你老人家伐木，你老年纪大了，万一磕着碰着，领导要批评我的。"

马永顺一拍胸脯，大声笑道："你就放心吧，我'小马'是老伐木工，又是《安全伐木法》的创造者，怎么能磕着碰着呢！"

说着，马永顺接过油锯，戴上安全帽。他像从前当伐木工那样，打好安全道，将油锯往一棵红松树根上一搭，只见白花花的锯末立即在他手下飞舞起来。不一会，伴随着那洪亮的喊山声，这棵红松就"扑通"一声倒在山坡上了。

"真是雄风不减当年！"在场的人纷纷鼓起掌来，向老英雄祝贺。

那青年油锯手走过来，握住马永顺的手亲切地说："你是伐木老前辈，经验丰富，快教教我锉锯吧！”

于是，马永顺便手把手教那青年油锯手锉锯，介绍怎样提高伐木效率，掌握树倒的方向，保护好幼树。两人唠得热热乎乎。

离开时，马永顺盯着那青年油锯手问道：“你当伐木工，欠没欠下大山的‘账’呀？”

“不欠，不欠！”那青年油锯手嘻嘻地笑着说：“近两年，我们开展向你老人家学习活动，冬天伐木，春天造林，采伐过的迹地全栽上了树苗，大伙都在为实现青山常在做贡献！”

“好样的，这么干就对了！”马永顺用手拍着青年油锯手的肩膀，又爽朗地大笑起来。

到了卫东林场，听说老英雄来了，人们从四面八方赶来，围着马永顺问这问那。连过去同他并肩战斗、已退休多年的冯守玉、郗忠发等也来看望马永顺。

冯守玉激动地说：“听说你受到江总书记的夸奖，我高兴得一宿也没睡好觉。你退休了，还在想着为后代造福，我们可要好好向你学习啊！”

马永顺笑道：“咱们还是互相学习，都来为子孙后代造福吧！”停了停，他又说：“为了报答江总书记的关怀，我想建一处育林基地，你们帮我参谋参谋，建在哪里合适。”

大伙你一言，我一语，建议马永顺多考察几个地方。

为了选好育林基地的位置，马永顺先后走了卫东林场、北关农场、建设经营所三个地方。最后在有关部门的帮助下，育林基地确定在建设森林经营所的526林班，占地337亩。

（三）

严冬，小兴安岭上滴水成冰，到处披上了耀眼的银妆。然而，在铁力林业局家属区马永顺家的小院里，却欢声笑语，热气腾腾，春意盎然。

1995年1月22日，黑龙江省省长田凤山一行踏着厚厚的积雪，来看望林业老英雄马永顺。一进门，马永顺便迎上来伸出他那双饱经风霜并多次握过毛主席、周总理的大手，紧紧握住田凤山的手说："谢谢省领导来看'小马'！"

田凤山满面笑容地说："马老，您请坐。春节就要到了，我这次来，不仅代表省委、省政府向您老人家拜年，还要代表江泽民总书记，当面向您转达他对您的问候。这件事听说伊春市委领导已经转告您了。那是去年9月27日，岳岐峰书记和我向江总书记汇报工作时，介绍了您造林'还账'的事迹。江总书记听了非常高兴，称赞您了不起，要我们代他向您致以问候。我们祝您老人家健康长寿，为林业的振兴再立新功！"

马永顺忽地站了起来，向田凤山深深鞠了一躬，说："谢谢江总书记和省委领导对'小马'的关怀！"

田凤山见马永顺一再自称"小马"，好奇地问道："听说您不光自称'小马'，还常常把年龄故意说小一半，这是有来历的吧？"

马永顺哈哈地笑道："那是1959年秋天，在全国群英会上，周恩来总理接见了我。当时我已经46岁了，总理说我还是小伙子，叫我'小马'。从此，我便自称'小马'，一直到现在也改不了。在那次会上，周总理要我不但多伐术，还要多造林，实现青山常在，永续利用。我退休后年年上山造林'还账'，就是按照他老人家要求办的！"

"看来你真是一位兴安岭上的不老松啊！"田凤山称赞地说。

这时，站在一旁的伊春林业管理局副局长韩连生插话说："马老今年造林有新行动。过去他造林分散，没有连成片。今年决定在建设森林经营所建立一处育林基地，儿孙们都表示长期在育林基地上造林，一代一代传下去。"

田凤山不住点头说："建立育林基地这个办法很好，能够起到示范作用。"

马永顺从怀里掏出一张纸，递给田凤山，笑眯眯地说："我想请田省长给我们的育林基地起个名字。这纸上写的是林业局的几位同志为育林基地名称提的建议，你看用哪个好？”

田凤山接过那张纸看了一会说：“叫奉献林、英雄林、长青林都好。可我认为，最好叫‘马永顺林’。因为这个名称大家印象深、影响大，能够流传下去，对广大青少年起到激励作用。”

“这个名称很好，正合我的心意。谢谢田省长。”马永顺大手一挥说。

坐在一旁的伊春市市长滕昭祥同志笑着对马永顺说：“马老，今年春天您上山造林，请告知我们一声，我们也来铁力，到你们基地上造林。”

“欢迎市领导光临指导！”马永顺站起来握住了滕昭祥的手。

当田凤山起身告别时，马永顺从柜子上拿出《马永顺的故事》一书，用双手送到田凤山面前，深情地说：“这是我局一位作者写我的一些事，送给您做个纪念，也请您多多指正。”

田凤山接过书翻开看了看，高兴地说：“好，谢谢您，我回去一定阅读。”然后他向在座的省市其他领导说：“马老一生艰苦奋斗，无私奉献，是宝贵的精神财富。他的事迹要很好地进行总结，加大宣传力度，让广大群众都向他学习。”

这时，省森林工业总局党委书记徐学走过来，笑着对马永顺说：“您的故事还有很多，应该都挖掘出来，继续往下写。”

送走了省长田凤山一行，马永顺十分激动地对全家人说：“省长给咱们育林基地起了名字，市长还要到咱们育林基地上造林。咱们的基地还没建起来，就窗户眼吹喇叭——名声在外了。现在咱们就商量一下该怎么办？”

大家纷纷发言，提出不少好的建议，都一致认为，要有个年轻的带头人，做好组织工作。因此，都推选马永顺大儿子、铁力林业局林产工业公司干部马春山当育林基地的头头。

“这个担子我担了！”马春山满口答应，幽默地说，“我一定接好咱爸造林的班。如不好好干，你们就撤我的职！”

说完，大家都愉快地笑了起来。这笑声飞出屋顶，响彻在林城上空，久久地回荡……

（四）

火热的骄阳，烤化了山岭上的坚冰、白雪，和煦的春风，又吹绿了小兴安岭。

4月下旬，正当老英雄摩拳擦掌，准备在“马永顺林”里大干一场的时候，又从北京传来一条振奋人心的消息：中华全国总工会邀请马永顺以特邀代表的身份，参加1995年全国劳动模范大会。

这位在1956年就出席过全国劳模会的老英雄，做梦也没想到退休以后，在耄耋之年，还能到首都同全国新一代劳模坐在一起开会。马永顺激动极了，兴奋地对子女们说：“你们给我张罗做一套西服，再买一条领带。如今是改革开放年代，我这个老‘山炮’进北京，也要适应新潮流！”

4月30日，马永顺身着西服，脚穿皮鞋，昂首阔步，兴高采烈地同全国各地劳模走进人民大会堂。他被请到主席台上就坐，党和国家领导人看得清清楚楚。

以前，在人民大会堂里，他不但参加过全国劳模会，还参加全国政协会、全国人代会、全国党代会，多次聆听过毛主席、周总理、邓小平等党和国家领导人的教诲，还与他们握过手。如今，人民大会堂陈设没有大的变化，可是，他东瞧西望，没有看到一位五六十年代的老劳模，在主席台前排就坐的也是第三代党和国家领导人。他感到既熟悉又陌生。是啊，只在电视上、报刊上见到过的江泽民总书记、李鹏总理等，就坐在自己的面前，怎能不使老英雄心潮澎湃，激动不已呢！

当江总书记站在讲台前，兴致勃勃地对劳模们提出希望和要求时，马永顺聚精会神地听，心中升起一种敬仰、鼓舞和奋发昂扬的感情。他想起不久前江总书记对自己的夸奖，激动的波涛撞击着心房，感情的浪花在胸中奔腾。他默默地在心里说："总书记呀，请您放心，我'小马'只要有一口气，就要为大山添新绿！"

这位建国初期的全国劳模，改革开放年代又成了人们的学习榜样，在这次大会上，引起大家的瞩目。

一位年轻的劳模握紧马永顺的手说："我小时候就受到您的先进事迹鼓舞，通过向您学习，我也当上了劳模。今天见到您，心里真高兴！"

一位年龄大的劳模约请马永顺在一起合影，说："我要像您那样，一辈子争当先进。就是退休了，也要为人民做奉献！"

国家林业部把三十多位全国林业劳模请到部里，开座谈会。徐有芳部长首先向大伙介绍了马永顺，他说："马老当省和全国劳模已经四十多年了，最近受到江总书记称赞，这也是全国林业劳模的光荣。马老是林业工人的楷模，大家都要好好向他学习！"

马永顺谦虚地笑笑说："我做得还不够，今天回到'老林家'来了，都是一家人，请多多指正。"

几天来，马永顺同开会的劳模们，登天安门城楼，参观故宫，游览颐和园，心情特别舒畅。每到一处，大多数人对古迹、文物感兴趣，马永顺却围着那枝繁叶茂的苍松翠柏，看了又看，问这问那。

"你常年生活在深山老林里，怎么对那些绿树总看不够呢？"同行的人不解地问。

"是啊，不知咋回事，我见了树格外亲。特别是最近，我连做梦都梦见和大伙一起栽树！"

"是不是想起你在小兴安岭上栽的那些小树啦？"

马永顺朗声笑道："你算说对了！当前正是我们那里植树造林的黄金季节。机不可失，我想早点回去，上山多栽几棵树。"

这位心系大森林的老英雄，5月6日，风尘仆仆地回到铁力，就立即张罗上山造"马永顺林"。

人们都来劝他：“你休息两天再上山吧。”

马永顺头一摇说：“每年4月下旬我就上山了，今年已晚了，可不能再拖了。”第二天他就手提苗木罐上山了。

消息传出去，伊春市委书记王东华、市长滕昭祥等领导同志和铁力林业局党委书记曹力卓等，驱车来到“马永顺林”场地，和老英雄一起栽树。

王东华摸起三刃镐笑着说：“马老，今天我们来和您一起造林，既是支持您造好‘马永顺林’，也是来向您学习，请您前边带队，多加指导。”说完，便不停地刨起穴来。

马永顺容光焕发，拿起一棵落叶松苗栽到穴里，培好土，笑呵呵地说：“林区造林流行这样一首顺口溜：挖大坑，栽当中，培好土，踩实成。”说完，他又把这四个动作一一加以解释。

“大伙要照马老说的去做，要遵守操作规程，做到栽一棵，活一棵。”王东华擦了擦脸上的汗，提醒大家注意提高造林质量。

这时，滕昭祥走过来说：“马老，我早就想和您在一起造林。您看我栽得行不行？”

马永顺看了看滕昭祥栽的树苗，笑道：“栽得很好，一看就知道你造过林。”

休息时，马永顺瞧着王东华笑眯眯地说：“今年春节，你送给我一箱白酒，全是60度，喝了真过瘾！”

大家都知道老英雄爱喝酒，酒量也大，都瞧着马永顺嘻嘻哈哈地笑了起来。

这一天，大家栽了一千多株树苗。收工时，王东华、滕昭祥等领导同志，一再叮嘱马永顺多多保重身体。

马永顺一拍胸脯笑道：“请领导放心，我身体结实着哪！造林这个活，就得抓住有利时机，明天我们全家人都来这里造林。”

果然，5月8日，马永顺率领“马家军”——子孙三代人，一大早就来到育林基地，热火朝天地干了起来。

马永顺老伴王继荣领着小孙子也来了。她让孙子在一旁玩耍，自己和马永顺结成对子，马永顺刨穴，她栽树苗。

“我向你讲讲造林的技术要领。”马永顺一边干，一边比比画画地向王继荣讲解着。

王继荣听了一会，扑哧一声笑了，说：“这些话，你向他们年轻人说去吧。造林的要领我全明白，不用你教。不信，咱们就比试比试！”

的确，王继荣在林区生活了四十多年，也成了山里通，整地、造林、抚育全会干，而且都干得很出色。她当过林场家属妇女主任，还多次被评为局、市和省的模范家属。

“这么说，我隔门缝看人——把你看扁了。”马永顺开玩笑地说，“你既然会造林，那好，你就去检查一下造林质量，看大伙栽的树苗合不合格？”

王继荣一检查，发现了问题，儿子和儿媳，姑娘和女婿，都分散着干，没有结成对子，不利于提高造林质量。于是，她和马永顺商量，每家组成一个造林小组，分块承包，到时检查成活率，看谁干得好。

这个办法很好，增强了大伙的责任心，各家庭小组都互相比着干，谁也不甘落后。

收工时，马永顺逐块地进行了检查，栽的一千多棵落叶松树苗都合格。

马永顺春风满面，同全家人坐在山坡上野餐时，多喝了两杯酒。于是，他望着苍翠的群山，动情地喊唱起林区劳动号子：“多栽树呀嘿哟，造福子孙呀嘿……”

老英雄领唱，儿孙们呼应。响亮的劳动号子声，愉快的欢乐声，惊动一群山雀在空中盘旋啼鸣，仿佛一串串珠子撒落在“马永顺林”中……

一石激起千重浪。“马永顺林”像一面旗帜，在浩瀚的林海上空飘扬，广大职工群众植树造林的积极性空前高涨。仅铁力林区，近两年就涌现出一批“青年林”“劳模林”“公仆林”，使许多荒山变成了绿洲！

（五）

1996年2月12日，亚洲冬季运动会刚刚落下帷幕，省长田凤山又来到老英雄马永顺家，代表江泽民总书记给马永顺拜年。

83岁的马永顺健步迎到院外，笑着握住田凤山的手说：“去年您来看‘小马’，今年您又来到我家，真是太高兴啦！”

老伴王继荣兴奋地把田凤山一行请进屋里，笑眯眯地对田省长说：“昨晚我还从电视上看到您在亚冬会闭幕式上，他们说您今天来，起初我可真有点不敢相信呢！”

当得知“马永顺林”五一前后还要进一步扩大规模时，田凤山微笑着对英雄的一家人说：“你们坚持义务植树造林，带了个好头，树立了一种高尚的风气。如果大家都这样脚踏实地去做，那黑龙江大地的绿化就大有希望了！”

马永顺幽默地拍着胸脯说：“谢谢田省长的鼓励，我‘小马’今后领全家人还得好好干！”

这时，铁力林业局一位负责人对田凤山说：“去年您给马永顺造林基地起了名称：‘马永顺林’，今年我们打算给‘马永顺林’立个碑，想请您给写个碑名。”

田凤山爽快地回答：“行，我回去就写。我们要动员林区广大职工向马永顺学习，既多造林，也要开垦荒地，搞林粮、林果、林瓜间作。这样收入有了，森林也可以得到培育。”

田凤山省长回哈尔滨不久，就写了“马永顺林”四个刚劲的大字，寄给铁力林业局。

受到省领导的亲切慰问，马永顺精神振奋，决心再大干一场，他的视野开阔了，心想：趁自己身子骨硬朗，不仅要培育好“马永顺林”，也要把“马永顺工组”建设好，帮助他们再上新台阶。

春节刚刚过去，马永顺就冒着严寒，来到卫东林场。他中午在食堂吃完了饭，连口水也没喝，就奔向山场，去看望“马永顺工组”的工人们。

这个工组换上了第八任组长魏柏山。魏柏山原是“马永顺工组”的集材司机，由于有一股虎劲，在生产中不怕苦，敢闯难关，人们给他起了个绰号：“魏虎子”。

一见面，魏柏山就高兴地对马永顺说：“今年咱们工组又一次被评为局和市的先进工组，我也当上了劳动模范标兵！”

马永顺乐得嘴都合不上了，说：“好啊，你的虎劲越来越足，真是好样的！不过你们一定要记住，不光要搞好木材生产，还要多造林！”

“老组长，请您老人家放心，这些我们都做到了。”魏柏山说到这，忽然想起什么，大声笑着说：“老组长，我告诉您一件叫您高兴的事，1966 年你当营林村长时，在向阳沟留的杨树母树，撒下的种子，如今都长成二三十厘米粗的大树，大的已经可以采了。”

这时，场长走过来对马永顺说：“当年要不是您办了这个营林村，留下那么多天然幼壮林，我们这里早就无林可采了。感谢您呀，老英雄！”

马永顺嘿嘿嘿地笑着说：“一路上，我看见你们造了那么多落叶松，有许多都长高了，长大了。看来，青山常在，永续利用的目标是一定会实现的！”

选自吴宝三、曹锋：《马永顺传》

哈尔滨：黑龙江人民出版社，1999 年 8 月第 1 版

荣获“黑龙江省首届文艺精品工程奖二等奖”

“2002 年《人民文学》优秀报告文学奖”

宝山（节选）

李春雷

作品简介

李春雷的《宝山》包括“东海有孕”“沉重的翅膀”“第二次起锚”“海风爽爽”“海为媒”“驶入公海”“一柱擎天”“向海则兴，背海则衰”等八章内容，通过一系列典型事件呈现出宝钢惊天动地、波澜壮阔的“创业史”。李春雷有着丰富的工业题材写作经验，在《宝山》之前曾经出版过以“邯钢”为取材对象的长篇报告文学《钢铁是怎样炼成的》，在此基础上创作完成大气磅礴的《宝山》。《宝山》将宝钢的创业经历及钢铁与工业、钢铁与人类、钢铁与生活、钢铁与国家等内在关系揭示得生动具体而又惊心动魄，展现出宝钢这一新中国成立以来规模最大、投资最多、技术最新的特大工程项目建设的深远历史意义。

根据李春雷《宝山》（花山文艺出版社，2002年10月初版本）

节选。

正文节选：第一章东海有孕第二节

第一章　东海有孕

2. 风起长江口

1976年，注定是中国历史上极为特殊的一年！

这一年，发生了太多太多的故事……

建国20多年了，“文化大革命”10年了，大乱甫定，一片破损，国民经济已到崩溃边缘，急需医治。更主要的是思维、观念亟待更新。

百废待兴，从何下手？

在欢庆的锣鼓声中，人们抚摸着满头白发，被压抑十多年的激情喷薄而发：要把被耽误的时间夺回来！要把失去的机会追回来！所以，从中央到地方都不同程度地弥漫着一种可贵的却又是急躁的冒进情绪——跑步实现四个现代化！

无疑，国家现代化是大势所趋。问题是如何去实现，走什么样的路子去实现，仅靠热情能行吗？

追求高速度一时间成了时代的主旋律。这从1976年12月召开的全国农业学大寨会议上已露端倪。会上确定“到1980年全国要有三分之一以上的县建成大寨县”。1977年元旦刚过，国务院就将《1980年基本实现农业机械化的报告》批转全国，要求用最大努力实现之。4月，全国工业学大庆会议提出：“石油光有一个大庆不行，要有十来个大庆。”

在这种情况下，各行各业都开始制定大计划。煤炭部提出“用8年时间建设10个年产5000万吨和10个年产3000万吨的大型煤炭基地。1987年突破10亿吨，赶上美国”。冶金部也不示弱，提出了四步长远目标："第一步，1980年达到3500万吨；第二步，1985年达到6000万吨；第三步，1990年达到1亿吨；最后完成1.6亿吨的目标，超过美国。"1978年元旦，两报一刊元旦社论更提出：建设速度问题，不是一个单纯的经济问题，而是一个尖锐的政治问题——口气颇有些"大跃进"的味道了。

这一切在1978年2月召开的五届人大一次会议上达到了高潮。《政府工作报告》中正式提出：新建和续建120个大型项目，其中有10个大钢铁基地、8个煤炭基地、10个大油气田、30个大电站、6条铁路新干线和5个重点港口等。

显然，这些宏大的建设规模无论从国家财力、物力、技术力量还是从资源准备和建设周期上，都大大超过了实际的可能性。

但在这股热潮中，宝钢项目似乎真是一个另类。

我查遍了当时的史料，截至1978年2月，当时提到的新建和续建的十大钢铁基地名单里根本没有宝钢的影子。我又到河北省三河县查阅原冶金部的档案，并访问了几位当时在职的老部长，才得知，1977年底上报中央的抢建和筹建的钢铁厂共有三个：一是在冀东抢建一个1000万吨的特大型钢铁联合企业，利用迁西铁矿、开滦煤矿和滦河水，北京钢铁设计总院已作过多次方案，看方案那应是中国有史以来最大的钢铁企业；二是攀枝花二基地，那时我国"准备打仗"的方针尚未改变，已在四川某山里选定一处隐蔽地形准备建设；三是筹建山西省太古交钢铁基地。

规划中只提到在上海筹建炼铁厂，为上海各家钢厂提供炼钢原料——铁水。至于炼钢、轧钢等根本没有设计。

那么，后来惊天动地的宝钢工程是如何投胎的呢？

说起来怪怪的。

看来这真是一个天造地设的安排，是一次自然却又奇巧的受孕。只不过这个胎盘里太温暖了，太营养了，致使这个婴儿奇迹般地长了起来……

生铁的呼喊：

1977年元旦的晚上，上海市委书记林乎加用那种黑色的笨重的老式的拨码电话拨通了冶金部部长唐克的电话。

1976年10月，“四人帮”在北京被捕后，在上海的余党甚多，蠢蠢欲动。为了稳定局势，中央派出了以苏振华、倪志福、彭冲为首的工作组赶赴上海，接管党、政、军权，对马天水、徐景贤、王秀珍等采取断然行动。一段紧张忙碌后，各方局势趋于稳定，剩下来最紧迫的任务就是恢复和发展经济了。林乎加是随苏、倪、彭一起来上海的，当时分抓经济工作。

上海是中国最重要的工业基地，自然也是钢材消耗量最大的地区。建国前，这里除两三家日本和国民党时期的炼钢炉外，都是私人经营、规模偏小的轧钢企业，俗称阁楼工厂、弄堂工厂，总产量不过几万吨，而且钢号少、钢质低，真正的高档钢铁依赖进口。建国以后，政府在原有基础上进行了改造扩建，经过20多年的发展，形成了以上钢一、三、五厂为龙头的仅次于鞍、本地区的全国第二大钢铁基地，到1976年已年产钢430万吨，分1300多个钢种，2万多个规格，基本满足了上海机械、造船、仪表、轻工、石油等工业的用钢需要。票证年代享誉全国的“凤凰”牌自行车、“蜜蜂”牌缝纫机等都是上海钢铁的杰作。

但内行人士都知道，上海各钢厂有一个最致命的缺陷，那就是缺少炼钢原料——生铁。

建国以来，上海炼钢和铸造用的生铁主要靠武钢、本钢、马钢等企业经冶金部按国家计划调拨，每年数百万吨。这样不仅抢吃了武钢、本钢、马钢等企业的饭碗，使得这些企业的炼钢和轧机系统长期吃不饱，无法充分发挥作用，而且也大大加重了铁路部门的负担，使得华东运输全线吃紧。更受限制的还是上海，长期与兄弟企业争原料，等米下锅，不能保证稳产，更别说高产了。20世纪60年代后，上海下决心在400公里之外的江苏梅山建起了一座炼铁基地，但仍是远远满足不了需要，年缺口仍达300万吨左右。粉碎“四人帮”后，随着上海经济的全面恢复和人民群众对工业品质量、数量的迫切要求，这个矛盾是越来越突出了！

在上海新建炼铁基地已是十万火急。

这是经济规律自然形成的症结和焦点！

林乎加在电话里向冶金部部长诉说着上海的焦急，足足谈了半个小时。

作为冶金部部长，唐克何曾不知晓其中的内情？

中国钢铁最不平衡的地区就是“上（海）、天（津）、唐（山）”，人们经常戏说，中国工业长期不能上天堂，最主要的原因就是始终解决不好“上、天、唐”问题。这三个地方都是解放前的老炼钢基地，当时冶炼规模小，没有高炉。解放后要搞工业化了，钢铁紧俏了，这才感到原料的严重不足。唐山相对好办些，前些年开发了冀东铁矿，上了几座高炉；上海、天津都是中心城市，就难办了。万般无奈，天津在600公里之外的河北涉县深山里开办了一座铁厂，暂时缓解了困难；而上海呢？虽然有了梅山基地，但仅仅是聊胜于无，这里的生铁吞吐量太大了。

上海的问题远未解决！

上海的问题必须解决！

高炉通天：

要解决上海缺铁的问题，只有就地建高炉！

而高炉是钢铁生产中最复杂、最庞大的系统工程，其中包括配套建设烧结、焦化、原料厂、码头、循环水、铁路、环保等系统，这可不仅是近百亿资金的问题，更主要的还是矿石问题。上海远离矿山，一座高炉年需要数百万吨矿石，华东运输根本无法解决。若非如此，偌大的上海市，建国20多年了，建一座高炉难道比建一座上海大厦还难？

现已82岁的陈大同当时是上海冶金局负责人。他告诉我，上海9万钢铁工人对建高炉真是梦寐以求啊，但一直是苦无良策，一筹莫展。有锅无米、借米做饭的日子竟然过了20多年。尤其是“四人帮”倒台后，这种日子更难了。各大钢厂都在想方设法提高产量，人家把原料给了你，不是眼巴巴割人家的股肉吗？所以，经济形势越好，人家越不愿给上海供生铁，上海钢铁的日子就越不好过，长期这样下去，连饭碗也保不住，更别说再发展了。

1977年1月下旬，以冶金部规划院院长王勋为首的规划小组奉命赶到上海。

林乎加听说后，兴奋异常，当天晚上就到王勋下榻的上海大厦17楼商谈，一直谈到深夜。并把自己的上海牌轿车让给考察小组乘坐。

林乎加握着规划小组每一名成员的手，兴奋地说，上海人民感谢你们的到来啊！

王勋小组乘坐着市委书记的轿车，走到哪里都受到贵宾一样的欢迎。他们踏遍了上海各钢厂的角角落落，对厂区范围，工程地质情况进行了全面深入的考察。白天做记录，晚上搞计算，每天工作十几个小时。当时已是腊月将尽，马上就要过年了，但他们全然不觉。这些老知识分子们，被压制了许多年，现在快退休了，才回到钢铁队伍，能不珍惜吗？况且，上海钢铁这盘大棋的第一个棋子将由他们揿动，心里能不高兴吗？

一个星期后，王勋告诉林乎加，可在上钢一厂里安排建两座1200立方米高炉。

1200立方米高炉，即内部冶炼容积为1200立方米，按正常情况生产，一天可出铁2000吨左右。

王勋回京时，已是除夕了，他们在火车上吃的年夜饭。

3月5日，冶金部向余秋里和谷牧两位副总理正式报请立项。

4月，国家计委、交通部、铁道部、冶金部和上海市联合组成调查队，进行实地考察，具体落实有关问题。

此时，问题出现了。

原来上钢一厂附近有江湾、大场、月浦3个飞机场，尤其江湾机场距离太近，又是军用，对周围建筑物的高度有严格限制，而一座高炉的高度要在100米以上。

马上请示空军司令部。

军方的答复是否定的。

两个1200立方米高炉就这样胎死腹中——第一套方案就此终止。

当年6月，冶金部在北京民族饭店召集12家重点企业负责人继续商讨。会上，炼铁专家、冶金部副部长周传典建议，既然搞就搞个大的，干脆上两座2500立方米高炉，彻底解决上海缺铁问题，武钢、本钢、马钢不用再往上海调铁了，铁路的压力也减轻了。这样，既保了上海市，又走活了满盘棋。

这无疑是一个好主意！

高炉增大了，好多环节都要重新考虑，如矿石、煤码头问题、水源问题、大面积征地、迁移问题，等等。要解决这些问题，必须脱开老厂，寻找江边开阔地带。于是，规划组的目光移向了上海市北部蕴藻浜以北地区。此处地属宝山县，濒临长江入海口。

当年7月到9月，规划小组在长江口深入考察，经过反复比较，最后推荐浏河口到石洞口一带的厂址方案。此地距上海市中心约30公里，距上钢一、五厂直线距离分别为17和15公里，铁水可以热装热送，不受机场和码头限制。

第二套方案雏形初步确定。

恰在此时，以冶金部副部长叶志强为首的赴日冶金考察团回国了。封闭了多少年，这是第一次走出国门。一个月的经历让这些专家们目瞪口呆，他们真正见识了日本大工业的气势。日本钢铁从50年代开始引进美国、英国、法国等先进技术，设备采用大型化、自动化、高速化、连续化，无论质量还是数量都已经跃居世界钢铁生产量最前沿。

中日钢铁之间的差距至少20年！

日本的高炉容积已到了5000立方米，我们还上2500立方米，不行！最少应该是3000立方米或4000立方米！专家们高声呼吁。

于是，高炉炉型再次加大。

11月22日，国家计委、冶金部、外贸部联合向国务院具文报告：抢建上海炼铁厂，年产500万吨生铁，引进两座4000立方米高炉及相应的炼焦、烧结成套设备，厂址选在月浦机场或浏河口，力争1980年建成。

11月25日，李先念副主席首先批示："原则同意。"接着华国锋、邓小平、汪东兴和5位相关的副总理都相继圈阅同意。

上海高炉终于定案。

上海人兴高采烈。

陈大同说，当时听说中央批准高炉计划后，他和上钢一、三、五厂的厂长们破例聚在一起吃了一顿饭，还喝了不少酒。有几位临近退休的老厂长甚至还流了泪，这毕竟是多少年的梦想啊！工人们敲锣打鼓，燃放鞭炮，欢呼庆祝，大家普遍感到上海钢铁扬眉吐气的那一天终于临近了。

上海人高兴得太早了。

他们做梦也没想到，他们的锣鼓仅仅是一个小小的开场序曲。历史正在悄悄地为他们安排着一场大戏！他们今夜的鞭炮将要引爆起一场惊天动地的大风雷！

羞愧的中国心：

也许可以这样说，如果没有那一次的日本之行，没有那一卷胶片，或许就没有现在的宝钢。

1977年9月16日至10月14日，对于冶金部副部长叶志强和他率领的中国冶金访日考察团的每一位团员来说，是一次从头到脚的震撼。

在他们登上飞机时，脚步应该是轻松的，因为对他们来说，第一次出国，什么都是新鲜的，第一次穿西服（虽然这东西回去后还须上交），第一次打领带（虽然心底极其讨厌这资产阶级的玩意儿），第一次穿皮鞋（虽然穿上去着实没有布鞋舒适）。他们都是国内各钢铁企业里的负责人，在钢铁的烟火里奔忙了大半辈子，开开眼界、休息休息，原本就是观光大于学习的。

但当走进日本的君津、大分和八幡等钢厂时，他们彻底惊呆了。他们见惯了浓烟滚滚的厂区，而这里宽大明亮的厂房里却是洁净如家；他们看惯了成群结队的浑身油泥、大汗淋漓的工人兄弟拼命苦干的场面，而这里却几乎看不到人影，只有少数几个人坐在计算机前用手指在指挥着生产，工作现场一尘不染，像是在医院。国内的高炉大都还是几百立方米，而这里最少也4000立方米了。国内的转炉大都是几十吨位的，而这里都是300吨以上的，而且已是自动化了。国内的轧机大都是原始的横列式的，需要人工喂钢，红红的长蛇一样的钢条常常穿人致死，而这里全是全连轧了，轧制速度每秒竟超过了70米……

日本是个战败国，面积又那么小，又没有矿产资源，别说富铁矿，就是最普通的石灰石也需要从我们的大连进口，为什么能发展这么快！20世纪50年代，中日钢铁相差无几，何以仅仅十几年时间，日本就新建了8个千万吨级的钢铁厂，到1973年钢产量就猛增到了1.19亿吨，而中国的年产量直到去年才2046万吨……

哦，大和民族，是什么魔力注入了你的肌体！

让人震撼的事还有很多很多。

到处是通畅的高架立交桥，到处是高耸入云的大楼，听说日本正在修海底隧道，建跨海大桥……

吃饭时，日本人送上的易拉罐啤酒和饮料，我们竟然没见过，更不会用。乖乖的，日本人竟然能把钢铁轧制得像纸一样轻薄柔韧？还印上了彩色图案？既方便又灵巧。要知道，此时国内厚重的铁皮罐头是焊制的，是需要用菜刀和改锥才能撬开的啊！

当时我们国产最好的汽车是红旗和上海轿车，轿车面板用的是热轧钢板，既厚重又笨拙还易生锈，而且涂漆的光洁度也不好，而人家用的全是冷轧板，酸洗、镀锌、电烤漆，轻盈灵便、水光透亮；我们的汽车外形是手工在模具上敲制的，而人家全是冲压的，流线型的车体既精巧又现代。至于车速，更是无法相比，因为红旗车内部的机电构件全是国产钢铁，关键部位易损耗、性能差。

一次，考察团要到八幡厂参观，中国驻日机构人员也奉命随行。当时中国外交部有规定，驻外人员代表国家形象，出席活动必须乘坐红旗轿车，并且车前要悬挂国旗。所以，随行的中国驻日人员乘坐的是一辆国产红旗车。由于当日行程紧凑，车队在高速公路上开得比较快，这一快，出事了，红旗车怎么也跟不上去。日本车只得走走停停。后来，中国司机不得不冒险加速，这一来，又出事了——车抛锚了，怎么也发动不起来了。最后，中方人员只得坐到了日本车里，红旗车让人家的清障车给拖走了。

当时，面对着红旗车前那面红红的中国国旗，这些钢铁汉子们真是羞愧难当啊！

他们都是战争年代过来的人，都是老党员，都是民族自尊心极强的人，都是搞了半辈子钢铁的人，都是一直为祖国的钢铁事业自豪骄傲的人，但当面对这种情景时，他们似乎要窒息了。

任何一个有血性的中国人，不能不惊愕，不能不羞愧，不能不发奋！

这种震撼分两部分，一是因为中日之间钢铁差距太大了，自愧难当；二是感觉到马上就大难临头了。当时刚从“文化大革命”中出来，满脑子还是战争思维，总担心第三次世界大战会打起来，而日本又是中国的宿敌。他们出国前，曾组织学习国际形势和中央领导的有关讲话。那时对国际形势的估计基本上还是“备战备荒”，“北有苏联，东有日本，苏联修正主义陈兵百万，亡我之心不死；日本军国主义蠢蠢欲动……”

日本帝国主义的钢铁竟如此发达，一旦战事爆发，我们岂不又要国破人亡吗？

也凑巧，他们参观的八幡制钢所，就是日本二战时军火制造的大本营，至今还陈列着、炫耀着各种武器的样品。

他们大都是从战争中过来的人，懂得从战略上忧国忧民。

在回来的飞机上，大家群情激奋，一致要求向中央建议，全面引进日本的先进技术，用最短的时间缩短与日本钢铁的距离，从经济上和战略上尽早争取主动。

10月22日，叶志强等人在中南海详细地向中央政治局汇报了访日见闻和感受，并放映了新日铁赠送的电影片。

看着那一幕幕惊人的画面，李先念、余秋里、谷牧、康世恩等人都相视无言，默默不语……

电影又放了一遍。

仍是默默不语，相视无言……

中国的心弦被深深地拨动了……

多少年后，我采访时，曾想方设法寻找那部胶片，重温一下当时的震撼，却怎么也找不到了。哦，那该是一件怎样珍贵的历史文物啊！

它在无意中成全了中国钢铁。

实际上，当时中央高层发展钢铁的思路仍是传统思维，准备在冀东建一座年产1000万吨的中国最大的钢铁基地，建设方式仍然主要是立足自我。正是这短短的画面，正是日本钢铁的强烈刺激，使得中国钢铁的命运在冥冥中转向了。

宝钢，悄然投胎了！

机敏的日本人：

新日铁董事长稻山嘉宽在日本民间被称为“钢铁帝王”和“大藏相”（财政部长）。这位出生于本岛，毕业于东京帝国大学经济系的钢铁通才，从20世纪20年代开始进入八幡制钢所，用自己的一生把八幡、富士两大钢铁企业组合打造成一家庞大的新日本钢铁公司，把美国、西欧等所有钢铁企业的最新技术全部化为己有，使新日铁成为一家无论从产量上还是技术上都跃居世界第一的钢铁王国。

从战败的阴影中树立起日本的钢铁形象，稻山堪称日本的民族英雄。

但稻山毕竟是商人，商人自有商人的风险和苦恼。

当时正值世界范围内大规模的石油危机，日本的国民生产总值逐年下跌，钢铁市场更是持续低迷，为了寻找市场，他的目光从韩国移向了中国。此前不久，他刚刚帮助韩国政府投资200多亿美元建起了一座完全现代化的特大型钢铁企业——浦项钢铁公司，体体面面地为日本提回了几桶赤橙橙的黄金。

当刚刚恢复生机的中国向日本派出第一个冶金代表团时，他感到机会来了。于是他除了殷勤接待外，还让人精心制作了一盘电影拷贝，递交中国政府，进行投石问路。

中国政界的微妙反应通过各种途径汇入了他的耳中。

于是，1977年11月28日，在中国冶金考察团回国仅仅一个多月后，他便以中日长期贸易委员会委员长的身份来到了北京。

李先念会见了这位传奇老人。俩人谈论钢铁。客观地说，稻山是中日友好人士，他一方面为生意，一方面为友谊，他向李讲起了钢铁工业的重要性。他的这番话对于老资格的政治家和军事家李先念来说真是太小儿科了。这还需要说吗？没有谁比共产党更懂得钢铁的重要性了，也没有谁比共产党更需要钢铁了。

但当稻山讲到目前世界钢铁业的发展现状和趋势，以及日本、欧美钢铁的先进工艺时，李先念沉默了。

是啊，中国封闭了这么多年，实在太落后了。每年要进口钢铁四五百万吨，都是高价高档产品，要花去外汇近20亿美元啊，明后年又是用钢高峰，进口量要接近900万吨，那样用外汇就更多了，最少也得40个亿吧。中国的外汇储备少得可怜啊，都是串在肋条上的，动一个子儿都心痛的，而钢铁进口每年都要占去一大部分。中国不发达，能出口挣外汇的商品寥寥无几啊，石油工人辛辛苦苦打出的石油卖出去，一年能挣回几个子儿？农民家的鸡蛋、渔民们从深海打出的黄鱼不舍得吃，送出去换回外汇，但这一切都拿去买了钢铁啊！

作为一位长期分管中国财经的领导人，他心里比谁都清楚，比谁都无奈。

不过，最近情况有了转机。他现在是中央政治局常委，又主抓经济，最近他曾几次主动向华国锋、叶剑英、邓小平等人议论此事，大家也有同感，特别是看了从日本带回来的那部电影后，政治局又开了两次会，基本都认同了他的想法。

会谈后，李先念代表中国政府向稻山表示了一个意愿，请新日铁考虑与中国进行技术合作，建设一个年产五六百万吨的钢铁厂。

连稻山也没想到，这笔他人生中最大的生意竟来得如此之快！

中国太渴望钢铁了！

稻山嘉宽能做成这笔天大的生意，也真是天时、地利、人和的奇配。天时是中国当时正巧刚结束动乱，人心所向要发展经济；地利是日本是中国的近邻，而中国当时开放程度还太浅，对欧美等国尚不熟悉，选择对象比较单一；人和是中国正在着手调整外交关系，致力于发展中日睦邻友好，正在筹备邓小平访日。

稻山的这笔生意使得新日铁和他本人在国际上的知名度进一步提高，日本经济也为之一振，据说竟提高了一个百分点。不过这是后话。

当然，从长远来说，受惠最大的还是中国的钢铁业！

日本人脚步匆匆！

美军占领日本后，实行西方化的完全自由市场经济。在市场海洋里已游泳几十年的日本人个个都有一身好水性。他们自然知道中日之间这笔生意的分量。稻山回国后，连夜开会部署，以最快速度仿照援建韩国浦项公司的图纸，制订了一套对华方案。

仅仅10天之后，以新日铁常务董事大柿谅为首的日本钢铁技术咨询小组就来到北京，并带来一份详尽的《关于建设钢铁联合企业的技术资料》，第一次提出了建造一个年产600万吨钢铁联合企业的配套方案。

大柿谅此次来华最大的成绩就是，说服中国放弃了原来设计的单纯建一个炼铁基地的构想，着力促成了中国在上海单独建一个完整的钢铁联合企业的计划。

他形象地劝说中国人，用4000立方米特大高炉的铁水长途运输去支援上钢一、五厂的小转炉，犹如大茶壶往小酒盅内倒水，浪费太多，根本不合算。不若在高炉后边再建3个300吨大转炉和配套的初轧机或轧钢机，直接炼成钢，初轧成各种坯材，或直接轧制成材，这样既保证了工艺的先进性和连续性，又建成了一座世界第一流的完全现代化的钢铁企业。

无疑，这是一个更经济更完善地为中国钢铁铸造未来、为日本国民铸造金条的两全齐美的绝妙主意。

中国人别无选择！

大柿谅是个中国通，最近以来频频访华，对中国的钢铁企业了如指掌。他深深知道中国钢铁的现状，也摸透了中国人的性格。他在与中国各界的接触中一直在推销着他的观点：单靠老企业改造挖潜的创新能力是有限的，在世界新技术层出不穷的今天，要迎头赶上潮流，必须高起点地引进，引进最新科技成果，在此起点上再进行追踪、赶超。日本的发展就是如此，如果不从美国大量地引进，只在战后的基础上恢复改造，根本没有今天……

无疑，大柿谅的话是有道理的，他的观点撼动了曾经非常顽固的中国钢铁。

12月14日，李先念批准了冶金部关于《拟和日本技术小组商谈新建钢铁厂主要问题的请示》。同日，华国锋、叶剑英、邓小平等也相继圈阅。

至此，中日合作共建钢厂的意向正式浮出水面。

1977年12月28日下午，李先念在中南海会议厅召集有关人员再次专题研究上海新建钢铁厂。

谷牧、顾明、叶志强等人就具体问题的不同意见进行了逐一汇报。

李先念明确表示："大柿谅的意见是有道理的，我倾向他的意见。至于是搞开坯还是搞连铸再研究一下，要首先把水运、煤炭定点、电站等问题的工作做细点，要快一点，不能动摇。"

会上决定，谷牧、顾明尽早赶到上海，就具体问题再进一步研究确定。

会议一直开到晚上9时。

当天夜里，叶志强匆匆赶到冶金部值班室，通过专线电话打给在上海前线进行规划的冶金部副部长刘学新，嘱其即刻按铁、钢规模各600万吨进行规划，国家将很快批复决定。

宝钢战鼓，正式擂响！

1978年1月2日，国务院组织计委、建委、冶金、交通、铁道、水电、煤炭、外贸、一机、四机等部委以及上海市领导和专家40余人对新建钢铁厂的厂址、矿石过驳码头、产品方案、投产时间、施工组织、投资估算等进行了研究，简称"两委八部一市会议"。

1978年1月6日，在上海市康平路市委小会议室，刘学新汇报钢铁总厂建设规划，苏振华、倪志福、彭冲、林乎加、陈锦华、顾明、唐克等参加。

1978年1月12日，上海市委常委会最后定调："建设规模为两座4000立方米高炉、3座300吨转炉，并按此前后配套，不再改变。"

……

选自李春雷：《宝山》

石家庄：花山文艺出版社，2002年10月第1版

荣获"2005年第三届鲁迅文学奖报告文学奖"

中国工人许振超（节选）

刘海民　林红梅

作品简介

《中国工人许振超》详细披露了许振超的人生历程，记述了他凭着三十年如一日的刻苦钻研精神练就的“一钩准”“一钩净”“无声响操作”等“绝活”，以“振超效率”“振超精神”谱写了新的时代强音，成为当之无愧的践行“工匠精神”的优秀代表。许振超在平凡的岗位上干出了不平凡的业绩，将爱岗敬业演绎到极致。他不仅个人能力突出，而且还富于团队精神，热心帮助他人，带领团队创造了每小时单船381自然箱桥吊装卸的世界纪录。刘海民、林红梅通过生动传神的细节刻画展现出许振超高尚的性格品质和丰富的内心世界。

根据刘海民、林红梅《中国工人许振超》（新华出版社，2004年5月初版本）节选。

正文节选：《中国工人许振超》第九节

九、演绎“空中芭蕾”

当研究生比较多，博士生才变得时髦的时候，青岛港的人才观没有发生大的变异。

青岛港的人才观是富有青岛港特色的。

青岛港在1990年的时候，提出了科技兴港的口号。

长期以来，传统意义上的港口生产科技含量是很低的，装卸生产主要依靠装卸工人的体力做支撑。从1949年到1988年的近40年中，青岛港虽说添置了一些机械设备，但装卸生产依靠人海战术的状况并未从根本上发生变化，科学技术和科技人员没有什么地位。

科技兴港战略的提出，意味着青岛港决策层生产经营观念的根本改变，也意味着青岛港的命运出现了新的转折点。

集团总裁常德传的见解让人感到新鲜，他说，港口生产就是装卸货物，最大的需求就是科技人员为生产服务，把研究、发明和生产实际捆起来，捆得好就行。哪怕是对一项工具进行一丁点的改革，比如让一根长铁丝变成短铁丝，把一个扁钩头改成圆钩头，只要方便了生产，提高了生产效率，这样的人就是人才。要让劳动者看到自己的价值。

常德传的这段话说得很精彩。这让我们想起了刚刚读到的一位读者来信中的一段话：在学历高于一切的今天，一个工人能脱颖而出是时代的进步。

青岛港开始在政策上向科技人员和技术工人倾斜。

在这种人才观下面，许振超成了受益者。

在这种人才观下面，青岛港的许振超们成了受益者。

工人的概念过去是与技术两个字难画等号的，但是，今天的青岛港就将一大拨钻研技术的工人划进了技术者的行列。20 个世纪 90 年代初，在青岛港召开的科技大会上，许振超就上台领了奖。从那时起，青岛港从上到下，没有人不认为许振超就是技术人员。

这是一次艰难的跨越，但许振超是时代进军中的一位成功者。

许振超有一身超群的“手艺”，这让他在人类社会进入以知识产业为核心的知识经济时代显得跑在别人前面。

如果不是亲眼看见，绝不敢相信许振超有那么多的“绝活”。这包括“无声响操作”“一钩准”“一钩净”“二次停钩”等。这些“绝活”是那样的神奇，神奇得令外国船员大喊不可思议！中国的码头工人许振超出神入化般地做到了这一切。

许振超的“无声响操作”是令人叹服的，偌大的集装箱放入铁做的船上或车中，居然就做到了铁碰铁的不出响声。

“真是了不起！”谁看了谁说。

许振超说：“我之所以创造了这种操作法，是因为它可以最大限度地降低集装箱、船舶的磨损，尤其是降低桥吊吊具的故障率，提高工作效率。”

实践证明，它是最科学也是最合理的。

有一年，青岛港老港区承运了一批经青岛港卸船，由新疆阿拉山口出境的化工剧毒危险品，这个货种特别怕碰撞，稍有碰撞就可能引发恶性事故。当时，铁道部有关领导和船东、货主都赶到了码头。为了确保安全，码头、铁路专线都派了武警和消防员。

泰然自若的许振超和他的队友们在这关键时刻把“绝活”亮出来，他们只用了一个半小时，40 个集装箱被悄然无声地从船上卸下，又一声不响地装上火车。面对这轻如“行云流水”般的作业，紧张了许久的船主、货主们心里迸发出了一阵欢呼。他们说，青岛的工人太伟大了。

工友们都说许振超能琢磨也会琢磨，他创造的那些“绝活”推广后，铸造了青岛港的新优势，也引领了工友们创新的兴趣和热情。

许振超在青岛港工作了30年，除创出了许多令同行瞠目的“绝活”外，也成为一名青岛港码头工人科技创新的引领者，他不仅带出了身边的一个“绝活”队，他的这种精神也带起了全港口工人大练“绝活”的热情。

现在，在许振超的队里，已经涌现出了许多像他一样的“装卸专家”。那些技术主管们，已经成功地主持了许多桥吊的电控改造。他们的维修班还改进了桥吊钢丝绳更换方式，大大缩短了换钢丝的时间，是全国沿海港口最短的。

在青岛港大港公司候工楼的走廊里，有一个“学振超精神，亮装卸绝活”的专栏，在那上面，我们认识了几位年轻的工友，他们说，“振超精神”激活了青岛港，学他的榜样，人们都在瞄准自己的“绝活”。

17班班长李瑞青很年轻。他的“绝活”就是码氧化铝的标准垛。氧化铝的标准垛最不好码，但李瑞青码的垛整齐坚固，七层高的垛下紧上松，层层收紧。

一个叫郑顺的装卸工，小袋物标准钩做的最有名，用行话说，现在干小袋，装粮食、糖、化肥、硫黄、鱼粉和纯碱一类的货物，都使用网络装钩、网络挂钩吊运。郑顺摸索出了自己的办法：千件重四五十公斤的货物，钩型要对码两趟，每趟4批，5层高，定40包，要包口朝里。搬包时要先码外，后码内，包要放平，成批成行。

篷布封火车看上去简单，实际要封好很不容易，一名叫秦泗成的工人“一骑绝尘”创造了带有自己风格的封车法。他封车讲究先将篷布抻紧铺好，两块篷布边的接缝处相应对齐，共同折叠两次后在篷布上放上两根封车大绳。他总结说，在盖篷前拴加固大绳时，要先把四周篷上的小绳拴紧，然后将车顶的两道纵向大绳与每道大绳交叉拉紧并打上死结。秦泗成的封车术省时又达标，自然也成了工友们学习的榜样。

在许振超的带动下，青岛港的工人们立足岗位，开展了一场“学习和技术的革命”。一个价值400多元的将要报废的柱塞阀，在油港公司生产服务中心锅炉班工人们的手中，被重新修复利用了起来。他们自己钻研，用土办法让一个本应该扔掉的柱塞阀重新用上了。

“第一的工作，第一的责任，第一的标准。”青岛港的码头工人，用这样的标准激励自己去创新，工人中的技术革新如火如荼。

常德传说了，只要工人们有了“振超精神”，只要他们的积极性和聪明才智充分发挥出来，青岛港就能不断地创造出奇迹。

许振超凭借自己的这些“绝活”，由一个普通工人成了一名“桥吊专家”。

“绝活”当然不是信手拈来的。在这里真的很多。

集装箱上有4个锁孔，从几十米高的桥吊上看下去，很难分辨，更别说用在空中摆荡的吊具放下去一次把锁眼对齐，对齐了4个孔集装箱才能抓得牢。在别人没有做到的情况下，许振超做到了。工人们说，许振超“一钩准”的诀窍是，钩头起吊平稳，钢丝绳走“一条线”。他的活干得就是与众不同。

用桥吊钩起满满的一桶水，可以做到在行进中滴水不洒。许振超做得到，这项操作的名字叫“一钩清”，还有“一钩净”。“一钩净”也是许振超的发明。在青岛港开吊车的司机，都知道一个“四稳”的口诀：就是在舱内起钩要稳，旋转时要稳，落钩时要稳和变幅时要稳。但要协调做到这四个方面很不容易。特别是落钩，操作不好就会造成货物撒漏。如何能做到不让货物撒出来？许振超开始练习，练了半年后，做到了吊具一钩下去，一点不撒，他把这种技术起名为“一钩净”。抓粮食时，吊具一抓斗重10吨。要准确地把抓起来的10吨粮食装入长12.5米，宽2.7米的车厢，很不容易。因为吊车的抓斗伸张开有3.4米，比车厢要宽。许振超就反复练习，琢磨抓斗的嘴张多大正合适，终于找出了恰当尺寸。铁路运粮食时，对装车的标准要求很严格，粮食要在车厢内打个尖，高出车厢80公分，码头工人叫起“龙骨”。打这个“龙骨”很难，坡度要合适，坡面要平滑，盖上篷布后，才能不存雨水。许振超用他的“一钩净”，把这些问题都解决了。

许振超的“二次停钩”，如今已经被桥吊司机们广泛应用。他经过统计发现，桥吊作业中最容易出安全问题的环节就是箱子一起一落的时候。为避免发生类似问题，他要求桥吊队每名司机在吊箱时都要做一次“二次停钩”，就是箱子刚离地和快落地的一刹那，放慢速度，先观察后起落，这样做虽然使每次操作时间多了几秒钟，但杜绝了事故隐患，最终提高了生产效率。

“无故障运行。”结合青岛港口的实际，许振超提出了一个核心班轮保班作业“一二三”的工作法，“一”就是“一个目标”：桥吊呈现无故障运行；“二”就是“两个制度”：凡是保班作业，一是技术主管昼夜值班制，二是出现突发故障15分钟排除制度；“三”是“三个事先”：对桥吊，保班作业前要技术主管事先检修一遍，事先掌握船舶技术资料、作业箱量，事先动员。功夫不负有心人，他们实现了保班作业无故障运行的目标。之后，他们又在全国沿海港口率先实现了“核心班轮保班全部100%”的目标。

许振超还在门机上加了一个小踏板开关，使工作效率提高了一倍多。这个发明后来在全队推广，他开的13号门机成为最受装卸工喜欢的机械。

1984年，许振超成为桥吊司机后，又练就了“操作一瞄准儿”的绝活儿。操作中，他上扫集装箱边角，下瞄船上装箱位置，手握操纵杆变速跟进找垂线，又轻又稳，又准又快。

从排除一般机械故障，到修复精密部件，别人做不到，而许振超做到了。一次，桥吊上的重量传感器坏了，按使用说明不能打开。换一个，需要1万美元。不换，就要降低60%的作业效率，而且订货周期要6个月。许振超查阅了大量外文资料并向有关专家咨询，初步了解了它的基本原理和构造后，决定上桥吊去探探路。

像手电筒一样大小的传感器上醒目地印着英文的“王牌”字样。“管你王牌不王牌，先打开再说。”许振超说：“可打开一看，竹子洞大小的空间里，布满了蜘蛛网般的电阻丝，像人的大脑神经一样。”“外国人能造出来，我就一定能修好。”许振超把重量传感器拆下来，翻来覆去研究了几个晚上，每根线的颜色和位置都做了标识和记录。然后，他戴上眼罩，拿着修表用的镊子，一根一根地检查，终于发现是一根细如蚕丝的电阻丝断了。焊点比芝麻粒儿还小。许振超把最顺手的电烙铁磨尖，自己配了焊料，像外科医生做手术一样，小心翼翼地焊接。一次不行两次，两次不行再来。整整一周，外国人的“王牌”产品修好了。

许振超的“绝活”是怎样练成的？许振超的解释很简单：多去想，多去学，熟能生巧，巧能生精。简简单单的14个字要承载着多少的艰辛，恐怕只有许振超自己知道。

20世纪90年代，许振超偶尔在报章上看到一则消息：由于中国产业工人队伍技术素质低，高级技工奇缺，“技工荒”出现。为此日本的一家公司决定向中国输入日本高级技工。许振超为此受到刺激，他拍案而起，要求工友们发奋求索，让码头工人也都成为有“绝活”在手的中国技工。

许振超敬慕那些“一口清”“一抓准”们，那些劳动标兵和技术能手都是他心中的偶像。他认为，作为一名共和国的码头工人，也应该有一番自己的创造。工友们都说他心气大，但也佩服他能钻研。

“15分钟排障”是一句桥吊常见故障限时排除的术语，也是许振超的创造。桥吊在运行中常常会出现故障，能否做到迅速排除，除了是衡量一个单位综合技术能力的标志，也事关装卸效率和船东利益。许振超锁定了“15分钟排障”这一世界目标，他说，中国的港口就是要不同凡响。“台上一分钟，台下十年功”，许振超带领他的工友们解剖了每一个运行单元，研究了如一座座小山般的图纸，为了一个“手到病除”，许振超不知熬了多少夜。今天，他的这个目标实现了，从接到故障信息，到主管工程师到场排除，15分钟以内解决问题，这也作为强大的技术维修平台的一角，支持了“振超效率”的创造。

20世纪90年代初，桥吊用的可控硅控制系统全要靠进口。许振超发现，可控硅每两三周就烧坏一个，一个元件就要上千美元。他想到了用国产产品代替，但当时国内还没有生产厂家。一次偶然的机会，他得知青岛有家电子元件厂，专门为航天部生产电子元件。于是，他就跑去了，可厂家以产量少、成本高为由拒绝了他。他不甘心，又托人找到了主管工程师，带上自己设计的图纸，和工程师反复进行探讨。因行业原因，工程师对桥吊不熟悉，谈了两个小时没谈拢。后来，他索性把工程师请到了港口，并带他一起爬上了桥吊。站在高大的桥吊上，看到这么复杂的结构和深奥的技术，那位工程师感动了，他感动的是一名中国港口普通的桥吊司机，竟然有这样的科技热情和爱护企业之心。随后他们就组织研制，最终从十余个品种中，筛选出了性能最可靠的可控硅，提供给了青岛港。工友们说，把港口当成自己的家，是许振超练出“绝活”的根本动力。许振超说：“凡事只要敢作敢为，再加上科学的态度，就没有攻不克的难关。”

随着青岛港的桥吊越换越大、越换越先进，许振超也在不断换“脑子”。为了适应学习需要，他给自己配了“三件宝”：一台笔记本电脑、一个笔记本和一个快易通英汉电子词典。他说：“如果不好好学习，在这场鼠标和铁锹的革命中，能不掉队吗？”

绝活是什么？新华社发表的一篇评论《各行各业都需要绝活》这样写道：如果不是许振超创造了“无声响操作法”，把装卸速度提高了上去，很难想象他和他的工友们只凭借传统作业，就能屡屡打破世界纪录；如果不是“许振超们”各显其能，让港口的每一处角落都“绝活”亮眼，青岛港要跻身世界现代港口前列的目标，恐怕也只能是纸上谈兵。

中国有句老话，叫作“一招鲜，吃遍天”。所谓的“一招鲜”当然就不是大众化的，我有你也有的。全国著名的劳动模范、原北京百货大楼的售货员张秉贵，“绝活”就是卖糖果。当时柜台上经营的糖果有80多种，不管你这样称几两、那样称几两，他都心算“一口清”，而且称糖“一抓准”；售票员李素丽是北京公交行业的一面旗帜，为适应社会主义市场经济的新要求，她刻苦学习文化知识，还自学英语、哑语，钻研心理学、语言学。为了成为一名“活地图”，她业余时间走街串巷，几乎转遍了北京城。在当了18年售票员后，她又以服务热线的形式，将个人的服务规范成一个品牌，形成了一个服务群体；还有上海的徐虎，一名普通的水电维修工，他没有小瞧这个行业的技术，一门心思地练出了过硬的“招数”。有一套“硬本事”的支撑，他和他的同事率先推出了全天候服务制，承诺24小时解决各类水电急修问题。10多年间，他从未失信过他的用户，群众叫他“晚上7点的太阳”。铁人王进喜也有自己的“绝活”，20世纪60年代初，他就和工人、技术员们在调查研究了地层情况后，改革钻头钻具，用40年代的老钻头打出了当时全油田第一口斜度只有2度多的直井。

“绝活”代表的是一种技术进步，反映着一种先进的生产理念。“绝活”受益者除了创造者本人，更多的是广大群众。工业战线的“绝活”多了，可以提高效率和效益；服务行业的“绝活”多了，有助于百姓生活质量的提高。实践反复印证着一个道理，哪个行业中的创造发明多，哪个行业的发展就快；哪个行业中不断冒出“土专家”“智多星”，哪个行业就拥有了在市场上劈波斩浪的“定海神针”；哪个行业把工人阶级的伟大聪明才智激发出来了，哪个行业就肯定会不断地突破前人，实现新的超越。海尔靠着自己的“绝活”跻身到了世界最具影响力的100个品牌之中；青岛啤酒也是靠自己的“绝活”大踏步地走向了世界。

中国的工人阶级是伟大的，他们中蕴藏着的创造力也是巨大的。许振超用他的“绝活”给了现实中的人们一个说法，那就是各行各业都需要技术进步，而且也都有着巨大的挖掘空间。青岛港的今天，工人们已经告别了“傻、大、笨、粗”的生产作业方式，现代化的生产方式已经走到面前，但许振超认为，满足于这些不够，所以他想到了向新技术发起冲击。这种冲击是青岛港工人与时俱进，勇于创新的标志。

许振超的创新精神，从一个侧面反映了他的主人翁意识。没有这种崇高思想做基石，没有精忠报国的责任感，许振超大概不会今天创造一个“轻轻一抓”，明天创造一个“悄悄一放”。许振超不是神仙，但他爱岗敬业，乐于进取。他只是一个普通的桥吊队长，但却成为一个令青岛港上上下下为之佩服的“工人专家”，靠的是什么，就是老生常谈的12个字：干一行，爱一行，钻一行，精一行。许振超说过一段很朴实的话：知识能够改变命运，学习可以成就未来。他还说，我当不了科学家，但可以练一身“绝活”，做个能工巧匠。他不是那种好高骛远的人，他用务实的精神让人们从“绝活”中看到了工人阶级的力量。

在“绝活”的问题上，光有热情显然是不够的，还必须讲究科学的态度。许振超在这方面给我们作出了表率，他善于学习，善于积累，善于钻研，一点一点地“啃骨头”，一点一点攻难关，他用自己的实践证明了“天上不会掉馅饼”这个朴素而浅显的道理。

人总是要有一点精神的。许振超用他的行动为新时期工人阶级创作了一幅生动感人的“自画像”，这是一幅以工人阶级优秀品质为底色，以创新精神为框架，以特色“绝活”为点睛之笔的壮美的图画，这幅图画给我们激励也让我们思考，那就是新时期工人阶级所承担的责任和各行各业如何奋起。其实，许振超的“绝活”再多，拿到大背景下也只不过是凤毛麟角，但如果各行各业的每一位职工都立足自己的岗位，开动起创新的“机器”，那么我们面前涌过的就是一条创新的大江和大海，中华民族的伟大复兴，就会在中国人不断的锐意进取中实现。

选自刘海民、林红梅：《中国工人许振超》

北京：新华出版社，2004年5月第1版

共和国的血脉（节选）

李 娟

作品简介

李娟《共和国的血脉》记述了新疆克拉玛依油田半个世纪艰苦卓绝、千折百曲的勘探开发历程，再现了几代克拉玛依人立志为国家找到大油田的殷切情怀，赞扬了他们前赴后继、开拓进取、团结拼搏、无私无畏的崇高品质。50年来克拉玛依石油人辛勤工作、默默奉献，长年累月地在荒无人烟的戈壁和浩瀚的古尔班通古特大漠腹地为共和国寻找油气资源，不仅将火热的青春无怨无悔地奉献给石油事业，而且包括杨虎城将军的女儿杨拯陆在内的不少同志还为此献出宝贵的生命，谱写了一部可歌可泣的新中国石油工业建设的史诗。

根据李娟《共和国的血脉》（新疆人民出版社，2005年9月初版本）节选。

正文节选：第四章西出阳关挥师北上第十二—十五节

第四章　西出阳关挥师北上

1966 年 1 月 1 日，中华人民共和国燃料工业部新疆石油公司正式成立。为了加快新疆石油工业建设的步伐，加强领导和管理力量，国家主席毛泽东亲自签署命令，中国人民解放军第十九军五十七师整建制转业，支援地方石油工业。数千官兵奉命西出阳关，挥师开赴新疆石油工业建设的辽阔疆场。

12　军　令

汉中北校场练兵场上，8000 官兵英姿勃发，威武雄壮地伫立在猎猎飘舞的“中国石油工程第一师”红旗下，倾听毛泽东主席签发的战令。那猎猎飘舞的红旗，凝结着力量，象征着神圣。他们将战令的字字句句铭刻在心底。将党中央、中央军委、毛主席的重托担在了宽阔有力的肩上……

公元 1952 年。

早春 2 月，南国已是草木葱茏、隔河看柳的季节。然而，春风不度玉门关，地处祖国大西北的玉门油矿仍然被封锁在冰雪严寒之中。油矿军事管制委员会总代表的办公室里烟雾缭绕，冻结在玻璃窗上的霜花被通红的炉火融开一个椭圆。椭圆中，一个消瘦的身影在房间中来回踱步，办公桌上的烟缸里倒插着数十支烟头，他手中的一支还在冒着袅袅青烟，另一支已经准备在桌上了。

这位焦灼不安地在房间踱步的，是早年就读于清华大学地质系，自 1949 年 9 月中央军委决定对玉门油矿进行军事管制之日起，就担任军管会总代表的康世恩同志。

1950 年 4 月召开的第一次全国石油工作会议上，明确了石油工业在国民经济恢复时期的地位和任务，按照国家关于“经济上重点恢复的”要求，确定了“三年内恢复已有基础，发挥现有设备的效能，提高产量，有步骤、有重点地进行勘探与建设，以适应国防、交通、工业与民生的需要”的决定。康世恩敏锐而又兴奋地预感到，开创共和国石油工业建设新局面的序幕就此拉开了。而他的人生也面临着一次新的选择，这个选择与刚刚诞生的中华人民共和国的命运息息相关。这必定又是一场艰苦的、长期的战争，而这场战争的胜负将取决于参战的队伍。新中国的石油工业建设需要一支具有高素质的队伍，这支队伍必须具有严格的组织、严明的纪律、严肃的作风。总之，是一支能打胜仗、善打硬仗的队伍。

经过一段时间深思熟虑，康世恩决定上书党中央，请求整编中国人民解放军一个师，参加共和国石油工业建设……作出这一决定，康世恩狠狠地吸了一口烟，信手将余下的半支插进烟缸，随后在办公桌前落座，拿起笔，展开纸，奋笔疾书：

党中央，毛主席……

鉴于我国目前发展国民经济的紧迫国情以及急需能源的形势……

公元1952年8月1日，中国人民解放军建军25周年纪念日，由毛泽东主席亲自签署，中央军委颁布的庄严号令传至位于秦岭山脉以南的陕南地区汉中北校场练兵场。

北校场上，中国人民解放军第十九军五十七师8000官兵英姿勃发，倾听毛泽东主席签发的战令：

……中国人民解放军在中国共产党的领导下，从创建之日起，就具有高度的爱国主义和国际主义精神，本着全心全意为人民服务的宗旨，英勇战斗，艰苦奋斗。今天，我们人民解放军，将在已有的胜利基础上，站在国防的最前线，协同全国人民，为独立、自由、繁荣、富强的新中国而继续奋斗！

为此目的，我批准中国人民解放军第十九军五十七师转业为中国人民解放军石油工程第一师的改编计划，将光荣的祖国经济建设的任务赋予你们。你们过去曾经是久经锻炼的有高度组织纪律性的战斗队。我相信你们在生产建设的战线上，会成为有熟练技术的建设突击队。你们将以英雄的榜样，为全国人民的，也为你们自己的未来幸福生活，在新的战线上奋斗，并取得辉煌的胜利。

这是一支英雄的部队。

解放战争中，他们随大部队南下横渡长江，北上挺进陕南。为了彻底消灭胡宗南匪帮，1949 年 5 月至 1949 年 7 月间，他们经历蔡家沟、马盘山、老羊山、鹰嘴崖、牛蹄岭等二十多场浴血之战，突破敌人三道重兵防线，击毙、俘虏敌军 4400 余人。11 月，胡宗南余匪难以抵挡我军大军压境的强大阵势全线溃退。五十七师乘胜追击，势如破竹，仅用 10 天就长驱直入，占领了陕南首府汉中市，解放了胡宗南匪帮盘踞多年的陕南地区。解放陕南之后，五十七师将士经历两年的剿匪战斗，消灭了号称 10 万地下军的胡宗南股匪。

五十七师在大山中剿匪期间，朝鲜战场战事吃紧的消息不断传来，美帝国主义以朝鲜为跳板，进而侵略中国的野心激起官兵们的满腔怒火。他们压抑不住为保卫共和国而战的沸腾热血，摩拳擦掌，只等一声令下，千军奋蹄，奔赴朝鲜战场，献一腔热血，保家卫国。

然而，五十七师官兵接到的却是“整建制转业，支援地方石油工业建设”的战令。那是一道非常时期的特殊战令，那道战令使得这支英雄的部队与石油紧紧地联系在一起。

此时此刻，8000 官兵英姿勃发，威武雄壮地伫立在“中国石油工程第一师”猎猎飘舞的红旗下，倾听毛泽东主席签发的战令。那猎猎飘舞的红旗，凝结着力量，象征着神圣。他们将战令的字字句句铭刻在心底，将党中央、中央军委、毛主席的重托担在了宽阔有力的肩上。从那一天起，他们实现了具有历史意义的战略转移，开始了向人民共和国石油工业建设主战场进军的新的征程。

13 古城之夜

秦峰清俊的面庞渐渐冷静下来，意味深长地说：石油师转业三年了，在西北局，我们在生产组织方面积累了一些经验。燃化部领导要求我们到任第一年，打石油生产的翻身仗。国家经济建设需要石油，中央领导要求我们两三年之内找到大油田。看起来，新疆也是我们的用武之地呢……

1954 年 12 月 15 日深夜。

西北石油管理局局长康世恩同志的办公室。

窗内透出了明亮的灯光。室内缭绕的烟雾说明，这间办公室的门已经关闭很长时间了。

室内一张长方形的条桌前就坐着中国燃料工业部部长陈郁、西北石油管理局局长康世恩、西北石油管理局副局长兼玉门钻探处处长秦峰以及由南昌赶来的王其人。

陈郁部长是下午由北京抵达西安，宣布燃化部关于调任王其人同志为新疆石油公司临时党委书记，张文彬任公司总经理，秦峰任副总经理兼独山子矿务局局长的任命的。

宣布任命之后，陈郁全面而又具体地介绍了正待移交的中苏石油股份公司的情况，他严肃地说："'一五'计划前两年，全国唯有燃料工业部没能完成任务指标，而中苏石油公司恰恰是没能完成计划的企业之一。我在这里给你们下一道死命令：到任第一年，必须打新疆石油工业生产和建设的翻身仗！"

在陈郁身边就坐的康世恩将烟头拧进烟缸，语调不高，却极其有力地说："国家经济建设需要石油，新疆蕴藏着丰富的石油资源。你们到了那里，要依靠留任的专家、技术人员，依托现有的基础设施，在加快恢复独山子炼油生产的同时，加快步伐，推进新区勘探，一年之内打石油生产的翻身仗。困难会有很多，但是，并不是没有基础。通过努力，目标一定可以实现！"

陈郁同志的期望，康世恩同志的鼓励，使即将赴任的王其人、秦峰心潮难平。

陈郁同志带队，王其人、秦峰随同前往新疆首府乌鲁木齐的行程约定在 12 月 17 日。那一天，他们将以领导者的身份，接管中苏新石油股份公司的生产、经营管理。

接到任命后准备启程的时间里，王其人、秦峰查阅了包括人文历史、地理环境、生活习俗等方面的资料。当然，最为重要的是有关新疆石油工业建设方面的资料。临行前夜，在西北石油管理局办公室，秦峰与王其人进行了一夜长谈，所涉及内容最多的是如何在“到任第一年，打石油生产的翻身仗”。他们调动思维，勾勒着即将接手的新疆石油公司的前景和框架。

然而，那究竟是一盘什么样的战局？

王其人 1928 年参加革命，1932 年加入中国共产党。历任八路军山东纵队组织部部长、旅顺口市市委书记、南昌市市委书记。担任新疆石油公司党委书记，是他革命之旅的又一次转折。此时此刻，他沉稳地说：“能源是发展国民经济的命脉、血液。现在，我们要进行石油资源勘探开发，更觉得它的重要意义所在。新疆地大物博，发展石油工业前景广阔。我考虑，苏联专家撤离后的短时间内，在生产以及管理上会存在一定问题。这一点，我们必须有充分的思想准备。”

个头不高，面色白净，神情和蔼的秦峰渐渐冷静下来，意味深长地说：“石油师转业三年了，在西北局，我们在生产组织方面积累了一些经验。国家经济建设需要石油，燃化部领导要求我们到任第一年打勘探开发的翻身仗，中央领导要求我们两三年之内找到大油田。看起来，新疆也是我们的用武之地呢。”

王其人面带悦色地说：“石油师的官兵放下枪杆子，握上刹把子，是一支能战能胜的队伍啊！”

秦峰神采奕奕地说：“同志们已经听说即将西进的消息了，就等着开拔那一天呢。这回，钻探团又要打前站喽。”

王其人说：“石油勘探靠的就是钻井。不钻井，油从哪里来嘛？”

秦峰说：“不仅仅要考虑钻井。打出油来，需要加工，需要运输。石油师几个团有明确的分工。‘一团钻，二团建，三团围着车轮转’。按照这个生产组成结构，调上来的同志马上就可以顶岗工作。像许士杰、王友常、王照明、刘占仓、李少春，还有很多同志，已经掌握了一技之长，都能够独当一面。”

1937 年 7 月，秦峰结束了西北农林学校的学习。在校期间，他功课优秀，英语最为优异。一口流利的英语加之流畅的文字翻译功底，在校期间，他的人生坐标就已经拟定——留校任教或者经商。

秦峰做梦都没有想到，此生与军、政、石油工业有关。而后来的革命生涯使他一次次感悟到，今生与军有缘，与政有缘，与油有缘。

1938 年，抗日战争爆发，他毅然进入山西民族革命大学读书，同年加入中国共产党。1939 年，24 岁的秦峰参加了山西青年抗战敢死队，誓以青春之躯与日本入侵者血战。满身儒雅之气的秦峰当兵打仗却异常果断、干练。他以决死二纵队六团机炮连指导员、抗大陇东七分校三大队指导员等职参加了解放晋西北临县战役和反扫荡斗争后，党组织安排他在阎锡山的第二战区司令长官部担任巡视组长等职，他利用敌人内部矛盾，掩护了党组织。四年寒窗给了他满腹学识。战争中深入敌人心脏浴血奋战，练就了他果敢豪勇的军人作风。他个头不高，在军营却显得鹤立鸡群。一场战斗打下来，他晋升一级。再一场战斗下来，又升一级……战争，为他后来历任五十七师一七〇团政治处主任、政委直至五十七师政治部副主任、石油师政治部主任埋下了重重的伏笔。

作为新疆石油公司副总经理，虽然还没有到任，秦峰在人员布局上已经有了如此构思，使王其人感到非常欣慰。他感慨地说：“有中苏石油公司的基础，有石油师整套人马上阵，一年之内打石油生产的翻身仗，我很有信心！”

1954 年 12 月 17 日。

中国西部古城西安机场。

飞机犹如离弦的箭，呼啸着冲出跑道，腾空而起。

机身在升腾，升腾，穿破云层，翱翔在蓝天白云之间。大地已在脚下，蓝天就在身边。

机舱里，陈郁部长与秦峰、王其人并排而坐。临窗就坐的王其人凭窗远眺，心境也随之高远开阔起来。

三位使命不同的领导，三天前从不同岗位相聚在古城西安。如今，又肩负着同一使命，飞向新疆。同是一腔热血，同是心驰神往。

王其人收回远眺的目光，操着一口浓浓的齐鲁乡音说："三天前还在中南，两天前到达西安，昨天夜里我们还在办公室谈话呢，几个小时以后就要降落在新疆了。"

陈郁部长将视线移向窗外，沉思着说："中苏石油股份公司移交仪式之后，你们就要独自承担公司的生产和经营工作了。此行，你们任重而道远啊！"

王其人头靠椅背，语气沉缓地说："新疆石油工业的发展，关系到国家的经济建设。在西安听到公司的生产现状后，感到担子更重了。秦峰同志虽说是公司的副总经理，可是，他的主要精力必须放在独山子油矿。总公司这边的工作也是千头万绪呢。"

陈郁部长一边眺望窗外的白云，一边说："石油师官兵在老君庙实习三年，无论钻井，还是采油，都已经出徒，可以独立顶岗工作了。这批同志扛枪打仗百战百胜，如今又挑起新疆石油工业建设的大梁，有了这批中坚力量，开发建设新疆石油工业，大有希望啊！"

说完，陈郁看看腕上的表，说："这几天你们辛苦了，抓紧时间休息一会儿，到了新疆参加移交工作，不会轻松的。"

秦峰豪爽地回答说："哪里能睡得着啊，心里是一种上战场的感觉，压都压不住，就盼着尽快到达目的地呢。"

陈郁和王其人带着倦意渐渐睡去，秦峰却越来越清醒。在机身的升腾起伏中，他想起了石油师，想起这支培养、锻炼、造就了他的英雄的部队。

时隔三年，这支英雄的部队，勇敢的石油工程师8000官兵，即将举旗西出阳关，北上新疆……

想到这里，秦峰的脸上露出一丝发自内心的欣慰的微笑。这种发自内心的欣慰似乎使他处于亢奋中的心情平静下来，机窗外的蓝天白云渐渐模糊，不一会儿，座椅中传出他沉沉的鼾声。

14 使 命

张文彬感念康世恩运筹帷幄新中国石油工业建设的雄才大略，而毛泽东主席签发的军令中对五十七师的高度评价和高度信任，胜于任何奖赏，每时每刻地鼓舞着张文彬，策动着张文彬。他的胆略，他的豪情，他的一往无前，他的渴望大场面、打大仗的愿望即将成为现实……

1955年8月17日，一架苏式伊尔轻型飞机徐徐降落在乌鲁木齐机场，张文彬与他的战友陈烈民走下舷梯。

张文彬是在8月3日接受任务，稍事准备后，赴新疆石油公司，接任马载同志担任总经理的。之前，他作为西北石油管理局副局长兼钻探局局长出席了在北京召开的全国第六次石油勘探工作会议。会议期间，康世恩同志听取了黑油山地区的勘探进展情况介绍后，认为黑油山是很有希望的储量构造，应该加大勘探力度，并代表燃化部宣布了对准噶尔盆地西北缘地区进行大规模地质调查的决定。也就是在那次会议上，张文彬对新疆石油勘探工作的总体状况有了比较全面的了解。

新疆，是张文彬人生的第二战场。而他的确有过出生入死、久经沙场的人生经历。

1931年，12岁的张文彬就读于山西代县第五师范学校。16岁那年，他受中共地下党派驻学校的班主任郝德青先生启蒙，开始接受马列主义。1936年，18岁的张文彬联合16位爱国青年弃学从军，加入“山西省牺牲救国同盟会”。1937年参加决死队，同年8月加入党组织。从那时起，张文彬就将自己的命运同中华民族的解放事业紧紧地联系在一起了。十几年戎马生涯，他参加过抗日战争中的“百团大战”，解放战争的“延安保卫战”等著名战役，战场上屡建功勋。张文彬是决心戎马一生的。然而，国内战争结束，板门店和谈朝鲜战争落下帷幕。一名军人——英雄无用武之地了。已任五十七师政委的张文彬心中陡生出一种前所未有的失落感。

就在那种前所未有的失落感使张文彬感到痛苦却又无可奈何的时候，传来中央军委任命他为第四野战军政治部主任的军令。军人以服从命令为天职。师部的欢送会开过了，下属们送别的话说过了，战友间惜别的泪也洒过了。就在这时，毛泽东主席签署中央军委颁发的那道五十七师整建制转业为石油师的战令传到秦岭大山中。

那道非同一般的军令，改变了张文彬的人生道路，他将带领昔日厮杀疆场的官兵们走上与卫国战争完全不同的国内经济建设之路，而且是一条艰苦卓绝的石油工业建设之路。

张文彬了解石油师整建制转业的背景，是在很长时间以后了。

五十七师整建制转业后，官兵们按照“一团学钻井，二团学炼建，三团学运输（戏称一团钻，二团炼，三团围着车轮转）”的原则，分布在玉门油矿，对口集训学习。集训学习结束以后，西北石油钻探局接到兵分三路的指示，张复振、焦力人分别带队前往四川、青海参加会战。张文彬却被传到北京，共和国石油工业部第一任部长李聚奎宣布了任命他为新疆石油公司总经理的决定。

任命是国务院下达的。李聚奎话音本落，张文彬的心顿时沉重起来。虽说工作在西北局，但对新疆的勘探情况张文彬略知一二。他沉吟良久，说道：“部长，恐怕我力不从心，承担不起这个任务。”

转业以后，一直在燃化部领导下的西北石油管理局工作的张文彬从来没有考虑过要前往地域条件独特、组织构成环境复杂、工作任务艰巨的新疆担任主要领导。此时此刻，他完全没有“天降大任于斯”的洒脱与悲壮情怀，只是感到压力和沉重！

李聚奎看出张文彬复杂的内心，爽朗地笑着说：“你这员虎将也有怕的时候哦？不要怕嘛。”

张文彬解释说：“我不是怕，是怕……”

李聚奎打断张文彬说：“说到底，还是一个‘怕’字。”

张文彬急切地说：“部长……我……”

李聚奎沉吟道：“国家需要能源，需要石油啊。最近，陈云同志指示我们，要在两三年内找到一两座大油田，否则不能安定人心。这是强国安民的大事。一定要把‘怕’字甩掉！”

张文彬的眉头越皱越紧。

陈云同志“争取在两三年内找到一两座大油田，否则不能安定人心”的指示，深深地触动了张文彬。这是希望，也是嘱托。“天降大任于斯”，这大任哪里是天降？分明是祖国，是党和人民委以的重任。张文彬没有再说话，他凝神沉默，接受了重任……

那是半个月前。而今，张文彬乘坐的航班穿过云层降落在新疆石油公司所在地，乌鲁木齐机场。

15 大漠孤烟直

嘉峪关气势恢宏的城楼遥遥可视。当年固若金汤的“落日照大旗，马鸣风萧萧”的西部边关，如今一派默然。然而，从静默关楼上的拱斗飞檐中，仍然可以想象出当年战马长嘶、长风怒吼、血肉横飞、声色悲壮的疆场搏杀的情景……

十几辆军绿色的汽车像是被一条无形的链带穿引着，长龙般行进在漫长的丝绸古道上。车轮飞转，马达声声，卷起滚滚烟尘，给“野营千里无城郭，雪雨纷纷连大漠”的戈壁荒野平添了一脉生气。

这是奉命前往新疆石油公司报到的石油师官兵。他们始发西安，辗转兰州，途经祁连山麓，安西风月，在这条“一川碎石大如斗，随风石头满地走”的旷野之路上，昼夜兼程，这已经是第七天了。一路上，他们领略了大漠孤烟、戈壁风尘，心迹中留下了缕缕古道遗风。

汽车驶出酒泉，汉朝大将军霍去病的故事还久久萦绕在许士杰的脑海中……大将军霍去病击败匈奴，保卫疆土有功，汉武帝赐他美酒一樽。霍去病惦念沙场上与他生死与共的众士卒，将樽中之酒倾入一泉池内，与众士卒共饮之，“酒泉”因此得名。许士杰从一樽美酒中体味着中华民族灵蕴之厚的纵深历史。

当年，将卒共饮。如今，官兵同行。

霍去病的历史已经远去。石油师官兵踏着时代的步伐，走向西部。

汽车颠簸着，寒风裹带着烟尘一览无余地扫进汽车大厢。数日风吹日晒，官兵们的面庞变得愈加粗粝黝黑，嘴唇裂开一道道口子。马骥祥、刘占仓与几十名战士坐在最后一辆压阵的汽车里。他们与战士们说笑逗趣，毫无官兵之分。只是，被漠风吹塑俊气的马骥祥增添了一种粗犷与豪气。刚过而立之年的马骧祥不像张文彬那样足智多谋，也不似秦峰那样豪爽大气，但他的勇猛、机智、理性却深得两位师首长的赞赏。在解放陕南的一次战役中，他先大部队之前到达前沿阵地，只身冲进敌人指挥所，一手端枪，一手高举手榴弹高声大喊：“放下枪，不老实我就拉弦，咱们同归于尽！”敌人见状，吓得魂飞魄散，迫不及待地举手缴械。

关于石油地质，马骥祥最初也是门外汉。对石油为何物，他也曾困惑过，甚至有战士提问“石油是长在地下，还是生在海里”的时候，他也无从回答，只能简单地、模棱两可地说：“石油不是庄稼，不用镰刀去割。也不生在海里，不用撒网去捞。”

新中国成立初期的玉门，工人的思维中依旧存有“技外传，丢饭碗”的观念。就说钻井吧，开始几个月，师傅只让他在钻台下干一些打杂的活。即使上了钻台，一到技术操作的关键时刻，立即借故把他支开。为了掌握石油的生成原理、开发过程，他不耻下问，拜师求技。为了索得一知半解，做饭、洗衣、做小工，看尽了师傅的白眼，甚至毫无缘由地遭受斥责。有一次，马骥祥躲在篷布圈外想偷学一点技术，被师傅发现，隔着篷布狠狠踹他一脚。若不是反应机敏，肯定会被踹断鼻梁。就是这样，对技术，对石油勘探知识，他孜孜以求，痴心不改。当时，全团只有一本380多页的《钻井工程手册》，战士们轮流传抄。马骥祥挨了一脚之后，仍然刻苦学习的傻劲、钻劲令师傅感动不已，允许他踏上钻台。

风越刮越大，夹带着细碎的沙粒打在脸上，感觉出微微的刺痛。马骥祥拉了拉帽子的护耳，重新系紧帽带，脸上感觉轻松了些许。他眯眼眺望远处，悠然说道："今天是第七天，快到嘉峪关了。春风不度玉门关，越向北走，天气就越冷了。"

刘占仓紧缩了一下揣在袖管里的手，爽快地一笑，顺口咏出一段诗来："'过了玉门关，两眼泪不干。'你看我们这些人，哪里有眼泪啊。不但没有眼泪，还一个劲地唱，唱了一路。没有'累'，哪会有泪呢？"

与魁梧挺拔的马骥祥相比，刘占仓显得瘦小了些。但，从他刀刻般的面颊上不难看出他所具有的军人气质和干练果断。

刘占仓是侦察兵出身，身怀一手好枪法。部队过黄河之前，他装扮成豫西百姓的模样，头戴一顶破草帽，肩挑一副柿饼筐，腰别手榴弹，只身孤胆从敌占区窃出情报。此后，张文彬、秦峰在多种场合誉他为舍得拼命的"刘大胆"。

马骥祥没有听出刘占仓的"累"与"泪"的区别，调侃说："你那都是诗里讲的弱女懦男。咱这车里坐的都是石油师人，巴不得过了嘉峪关快进新疆呢。这一回，咱们真是跟着政委挥师北上，找石油来了。"

刘占仓顿时来了情绪，大声说："都说新疆远，这回咱可知道有多远了。走了七天，还没迈进大门呢。"

战士们似乎受了感染，纷纷开口发表见解，大厢里的气氛顿时活跃起来。

“都说新疆是个好地方……”

“吐鲁番的葡萄，哈密的瓜，馋掉咱们的牙……”

“小伙子穿皮靴子，穿坎肩，像外国人……”

“姑娘几岁，就扎几条小辫子，扎得满头都是……”

有人低吟，有人哼出曲调，有人唱出歌词，在嗓间低回，声音继而升高。渐渐地，战士们兴趣盎然地击掌伴奏，齐声唱起临行前刚刚学会，这些天已经唱熟了的《新疆好》：“新疆是个好地方，天山南北好牧场……”

风送歌声，一辆辆载满石油师人的军车里传出一声高似一声的具有浓郁新疆风情的歌声：天山南北好风光……吐鲁番的葡萄哈密的瓜……库尔勒的香梨……

头一辆车上，段振廷、杨万明在唱；

第二辆车上，刘如喜、王有常在唱；

第三辆车上，田玉庆、孙少春在唱；

……

压阵的车上，马骥祥、刘占仓在唱……

挥师西进的石油师人引吭高歌。高亢粗犷的歌声在寂寥清冷的辽远戈壁中阵阵传开，此起彼伏，久久回荡，仿佛一部潮起潮落无伴奏曲的浑然组合，唱出了石油师人的精神、力量、信念、神往。

不绝于耳的歌声中，嘉峪关的轮廓影影绰绰时隐时现。刘占仓伸手一指，马骥祥眼前一亮，高声喊道：“嘉峪关！嘉峪关！”

逶迤在戈壁之上的车厢里的官兵几乎在同一时间看到了影影绰绰的春风难度的嘉峪关。

车轮疾驶，嘉峪关的轮廓由远而近，渐渐清晰。

汽车减速，嘉峪关气势恢宏的城楼遥遥可视。当年“落日照大旗，马鸣风萧萧”的西部边关如今一派默然。然而，从静默关楼上的拱斗飞檐中，仍不难想象当年战马长嘶、长风怒吼、血肉横飞、声色悲壮的疆场搏杀的情景。

遥望连接着绵延万里疆土的西部要塞，初领大漠风情的石油师人不禁肃然起敬。那种神圣的感觉，似乎冲淡了他们跨入新疆境内的激情。无论当年的嘉峪关是何等的固若金汤，如今却只能是“谁见幽人独往来，缥缈孤鸿影”般的清冷寂寥。

直到驶进新疆东部重镇哈密，他们对嘉峪关的感怀才渐渐消失。

哈密重镇，或正方平顶，或拱形圆顶的建筑，或身着艳丽服饰的维吾尔族妇女，或扎着珍珠串般的小辫、头顶花帽的维吾尔族姑娘，或身穿袷袢、眉慈目善的维吾尔族老人以及无人听懂的话语，完全将想新疆、念新疆、盼新疆的石油师人带入了梦一般的境地。

热情好客的维吾尔人用生硬的汉语向他们问候，与他们交流。在新疆首站哈密，他们初次品尝了独具特色的风味抓饭、烤馕、烤包子，还有——烤羊肉串。

再向西行，巍巍天山山脉遥遥在望。汽车载着心情急切的石油师人，驶向尚且冰封雪冻的乌鲁木齐。风雨兼程带来的疲惫被新奇感驱赶着，寒冷被热情融化着，焦急被希望淹没着。

乌鲁木齐近在眼前。

得知即将到达乌鲁木齐，大家又兴奋起来。这条漫长的西进之路即将画上句号，一身文气的许士杰诗情大发，诗从雪中来：

戈壁阔无比，
公路一线穿。
车行连八日，
未近祖国边。

各族亲相聚，
宝藏万万千。

不尽开拓者，
豪情映天山。

马骥祥、许士杰、刘占仓、段振廷、杨万明、刘如喜以及乘坐在汽车上的赴疆心切的石油师人遥望、遥想着天山山脉的远古、神秘，欣赏着它无与伦比的俊俏壮美，神往着它脚下的那片土地。

西出阳关的石油师官兵，走进坦荡无垠的戈壁，走进苍凉神秘的大漠，走上开启神秘地层的坎坷之路——一条胜利伴着艰辛、漫长写满辉煌的路。

选自李娟：《共和国的血脉》
乌鲁木齐：新疆人民出版社，2005 年 9 月第 1 版

走进特高压（节选）

古清生　黄传会

作品简介

《走进特高压》记述了特高压工程建设过程中涌现的平凡而又伟大的事迹，展现出中国电网人追求卓越的艰辛历程，呈现出一部中国电网波澜壮阔的创新史。经过电网人艰苦卓绝的不懈努力，2009年1月6日22时，晋东南—南阳—荆门1000千伏特高压交流试验示范工程正式投入运行，标志着中国特高压远程输电技术迈向世界电力科技的高峰，不仅有效降低了输电成本，也为提升民族装备制造业贡献卓巨。古清生、黄传会在《走进特高压》中全方位地记载了特高压工程研究者、组织者、建设者、设备制造者和电网运行者的感人故事，生动地展现出中国电网人的风采。

根据古清生、黄传会《走进特高压》（中国电力出版社，2009年8月初版本）节选。

正文节选：第九章国家电网“一号工程”第二节

第九章　国家电网“一号工程”

特高压从这里出发

2006年8月19日，这一天，必将写入中国电网发展史。

晋东南—南阳—荆门特高压交流试验示范工程，在山西长治市长子县石哲镇西汉村奠基，从蓝图到现实，中国的特高压工程将从这里出发！

上午10时，奠基仪式正式开始。鼓乐喧天，鞭炮齐鸣。在雄壮的国歌声中，出席奠基仪式的国家电网公司总经理刘振亚，山西省委书记张宝顺等省委、省政府、省人大、省政协，以及国家发改委、国土资源部、国家电力监管委员会、中国电力企业联合会、中国机械工业联合会等有关部门的负责人与在场的2000多名电网职工代表，共同迎来了一个中国电网跨越式发展的历史时刻。

刘振亚在讲话中指出，发展特高压电网，是贯彻党的十六届五中全会，落实科学发展观，促进节约型社会和环境友好型建设的重大战略举措；是优化我国能源资源配置，构筑稳定、经济、清洁、安全的能源供应体系，促进我国能源工业可持续性发展的必然选择；是转变电力发展方式、解决煤电运输紧张问题，满足我国经济社会未来发展需要的必由之路，对于实现电力工业技术升级，提升我国重大电工装备企业的制造水平和自主创新能力，推进创新型国家建设，增强国家综合实力，具有重要的现实意义和深远的历史意义。

张宝顺书记对工程的奠基表示热烈祝贺，表示将全力支持工程建设，创造良好的条件和环境，确保工程建设的顺利实施。

11时15分，随着一锹锹沙土填入奠基坑，一块记录着中国乃至世界电力发展史的里程碑诞生了。

长期以来，山西煤电能源不仅支撑着当地经济，也支持着全国工农业生产。“十一五”期间，山西省规划投产自用装机容量1421万千瓦。到2010年，全省自用装机容量将达到2908万千瓦，规划投产向外送电装机容量达到1800万千瓦，外送电量1100亿千瓦时。犹如输煤需要畅通的高速公路一样，输电也必须有承载大容量、大功率、远距离、高效率的电网通道。山西经济的加速发展呼唤以特高压为重点的坚强电网来支撑。

山西省委、省政府对特高压建设高度重视，多次召开专题会议，成立了工程协调领导机构，出台了《关于加快电网建设的通知》。省政府专门向国务院上报了《关于建议将国家100万伏特高压输电线路示范工程落户山西的请示》。

2006年6月7日，国家电网公司与山西省政府签署《会谈纪要》，就加快发展山西电网达成共识。双方一致认为，未来5年，是山西电网建设快速发展时期，也是电网建设与新型能源和工业基地建设相对接的重要时期，加快电网建设步伐刻不容缓。山西省委、省政府明确表示，将进一步加强与国家电网公司的战略合作，一如既往地支持电网建设，特别要全力以赴支持特高压电网项目审批和土地使用等工作，创造良好外部环境。

2007年11月初，踏着初冬的阳光，我来到位于太行山腹地的长治市。

这是块历史悠久的土地，相传6000多年前，中华民族始祖炎帝神农氏就在这里尝百草、兴稼穑，完成了人类历史上从游牧到定居、从渔猎到农耕的划时代的转折；这是块充满着神话传奇的土地，女娲补天、精卫填海、后羿射日等一个个脍炙人口的神话传说都源于这里；这又是块有着光荣传统的土地，抗日战争和解放战争期间，神头岭伏击战、长乐急袭战、沁源围困战、上党歼灭战等一场场惊天动地的激烈战役都在这里打响。

长治市在山西东南部，地处沁水煤田，位于国家晋东大型煤炭基地的中部，基地含煤总面积15059平方公里，地质总储量1227亿吨。煤层浅、煤质好，有利于大型煤炭企业集团集中开采，2010年规划年产量达18000万吨。

尽管煤炭资源丰富，但长治市这些年来，却年年都要为煤炭运不出去而发愁。长治市的煤炭运到山东，煤价翻了一倍，运价比煤价还贵。市里的领导逢年过节，都要去铁路部门慰问，求爷爷告奶奶，希望能多批给一些车皮，多往外运煤。长治通往外界的公路，一年到头，每天24小时堵塞，由于车辆严重超载，公路一直在修，却一直处于破损状态。

目前，长治地区电源总装机容量204.49万千瓦。除了已投入运行的漳山电厂及在建的王曲电厂、和信电厂、漳山电厂二期扩建工程等360万千瓦总装机容量外，计划开工建设的还有鲁能赵庄电厂、高河电厂、襄垣和信电厂、王曲电厂二期扩建工程、长治热电厂等总装机容量540万千瓦。如果这些电厂均按计划投运，预计“十一五”规划末期，长治地区总装机容量将达1215万千瓦。如何将这些电输送出去，任务艰巨。

获悉国家电网公司即将启动特高压交流试验示范工程，长治有可能成为这项工程落点的起始端时，长治人敏锐地察觉到，这将是长治进入跨越式发展的一个新的历史机遇。

长治市委、市政府专门成立了特高压项目协调配合领导组和各个专业工作小组。其间，市委、市政府在5天内，连续召开了4个有关特高压工程的专题会议，2天内会签办理了7个文件，用最短的时间和最快的速度，配合国家电网公司先后完成了项目调研、站址选择、路径踏勘、用地报批等前期工作，先后形成了60余份“同意建设”的承诺文件及评审意见，并出台了一系列支持电网建设发展的重要举措，将特高压建设纳入全市国民经济发展规划。率先在3个“落点”的变电站中，第一个取得省厅土地预审手续。这其中，长治供电公司功不可没。

山西省电力公司特高压工程办公室调研员孙光源，原来是长治供电局的副局长，谈起特高压，他显得十分兴奋。他说，我们长治是产煤大市、产煤基地，但我们的煤运不出去，靠公路运输，公路严重堵塞；靠铁路运输，车皮有限，谁能搞到车皮谁就是大爷。过去，每到过年过节，政府部门都要去铁路部门慰问，说好话，烧香拜佛，无非就是求人家多给批点车皮，好把煤炭运出去。我们虽然是产煤区，但我们的煤又无法转成电，为了保京津唐供电，弄得我们这里过去经常要拉闸停电，特别是2004—2006年，用电特别紧张，供电部门三天两头要拉闸，企业苦不堪言，老百姓怨声载道，供电局也整天挨老百姓和企业骂。2005年7月，国家电网公司在武汉市召开了一个特高压选点可行性论证会，我们长治也派人参加了。山西省提供了13个点供特高压建设备选，我们长治市的积极性最高。我还记得有一个小细节，当时，原定是市政府的秘书长带队去武汉参加论证会的，下午，我们在机场等飞机时，正好遇到出差回来的杜市长，他听说我们是去参加特高压选点可行性论证会的，觉得规格不够，马上决定增派一名副市长赴会，以表示重视……

特高压落点的长子县，位于长治市西南部，煤炭和水资源丰富，交通便利。规划中的1000千伏晋东南变电站站址，位于距市区约22公里的石哲镇西汉村，它南临长子县至临汾市二级公路约400米，往东1000米为500千伏榆林V回线路。

站址区域内为农田，地势开阔平坦，地下无文物，不在煤矿规划开采范围内。站址地形平缓，雨水排泄条件很好。站址距公路较近，有利于设备运输。该站距离赵庄电厂17公里，距离晋城电厂45公里，距离高河电厂12公里。

走进正在建设之中的特高压晋东南变电站工地，我们立即被眼前一片繁忙的施工场景所吸引：一面面旗帜迎风飘扬，一辆辆汽车穿梭般来往，每处施工点都显得热气腾腾。

一座现代化变电站的雏形已经出现：超大构架像一排排威武的士兵，整齐地排列着；主控楼、综合楼的土建工程已经完成；安放主变压器的大体积混凝土基础也已经浇筑完毕……

自2006年8月开工以来，4支中标的队伍一起参与了晋东南变电站工程建设：整个工程由北京国电华北电力有限公司设计，山西电建四公司负责基础和土建部分，湖南送变电建设公司负责地面设备安装，山东诚信工程建设监理有限公司负责工程监理。在工程建设过程中，各参建单位都清醒地认识到自己所从事的是一项史无前例、功在千秋的划时代工程，都把特高压工程看作一切工作的“重中之重”，都表示要倾全公司之力、集全公司之智，用最科学的管理、最优秀的人才、最先进的技术建设好这项工程。

在热火朝天的建设工地上，我采访了一个个国家电网人，深深地被他们特别能创新、特别能战斗、特别能吃苦的精神和作风感动……

贺虎，国网交流工程建设有限公司晋东南变电站现场管理项目部经理，1981年参加工作。今年47岁的贺虎，已经是基建队伍中的一名老兵了，他将自己的青春和智慧，全部贡献给了祖国的电力事业。特别是在投身三峡输变电工程建设的10年间，他长年累月驻守在建设工地上，从未休过一次年假，他无法为病中的父亲尽孝，无暇为烦恼的妻子分忧，无力为孩子的学习辅导。他放弃了常人所拥有的儿女情长、天伦之乐，他开玩笑说：“我现在回家，孩子与我特别生疏，都不想要我这个爸爸了。”为了工作，他还多次放弃了调回武汉市，解决夫妻分居问题的机会。

2006年年底，被国网交流工程建设有限公司点将，贺虎出任晋东南变电站工程项目经理，项目经理是本工程的第一责任人。

我问贺虎：“这个工程和以往的工程相比有什么区别？”

“我深感肩上担子的分量实在是太重了。1000千伏特高压晋东南变电站工程，是我国发展特高压输电技术的起步工程，工程标准高、任务重、工期短、施工难度大、安全风险多，更何况，过去从来没干过这么高规格、高等级的工程，既没有可以直接应用的标准和规范，也没有可供借鉴的成熟的技术和经验。因此，如何确保工程整体建设的质量和安全目标，对于参与特高压工程的建设者来说，是一次考验，也是一次挑战；对于我个人来说，同样也是一次严峻的考验。”贺虎说：“作为业主的代表，我代表的是企业的利益，我们是国有企业，实际上代表的是国家利益。参与工程建设的有四支队伍，来自五湖四海，但大家都有一个共同的目标，都为了一个共同的心愿。经过一年多的磨合、沟通，设计、施工、监理三股力量已经拧成一股绳，组成一支齐心合力、和谐的团队。”

由于地理位置与海拔高度（站内海拔 966 米）关系，长子县春季短暂，夏秋多雨，冬季寒冷而漫长（通常每年 10 月下旬即进入冬季，延续至次年 3 月底）。这些都在客观上给工程建设带来了更多的压力与挑战。

2007 年 10 月中旬，晋东南终于送走了持续半个多月的绵绵秋雨。由于连续的阴雨天气，冬季也较往年提前来临，11 月中下旬开始，连续几场罕见的大雪，使当地最低气温达到零下 20℃以下，积雪厚度 20 厘米以上，现场的施工条件变得极为恶劣。而此时，土建主要设备基础图纸集中到齐，使得设备基础及辅助建筑全部土建工程量都集中到第四季度。土方开挖总量约 54000 立方米，2∶8 灰土地基换填量约 13700 立方米，混凝土基础数量 500 多个，混凝土总量约 15000 立方米，主变压器及高压电抗器基础预埋件约 100 吨且误差要求控制在 2 毫米以内，此外还有 1000 千伏构架及其他支架总量近 600 吨。工程量之大，任务之重，时间之紧，技术要求之高，施工难度之大，在输变电工程建设史上前所未有！

现场管理项目部最根本的任务是抓质量、抓安全、抓工期，最重要的责任是在现场工作中找问题、找差距。贺虎根据国家电网公司有关现场管理的总体思路，采取了落实“三全控制”的管理措施，即全方位共同控制、全过程控制、全员参与控制，组织各单位全体员工，全过程积极投入工程创优的活动中去，共同参与、集思广益，充分发挥各自的角色作用。积极开展工程创优活动，不断地改进和创新，以集体智慧来开展有计划、有组织的现场工程管理工作。对变电工程首次大型设备的安装、大体积混凝土浇筑、构架组立等重大施工方案，在组织各参建单位及专家对其实施方案充分研讨及论证的基础上，推行样板施工法。他们还把创优质精品工程的要求，落实到每个局部的设计方案和施工工艺上，强化施工质量和工艺控制，强调一次成优，不提倡返工及修补的优质工程。明确安全目标，健全安全管理制度，引导施工单位主动地、严格地、持之以恒地抓好现场安全文明施工，形成全面、全员、全过程抓安全的合力，确保安全施工始终处于“可控、能控、在控”的状态。工程进行至今，未发生任何事故，阶段性地实现了零缺陷的目标。

为了在有限的时间里实现既定的各项工作目标，他们还通过特高压工程建设体系发挥集团化运作的优势，督促监理、施工单位进一步加大人力资源与机械装备的投入力度，现场投入了高出正常施工 1 倍以上的人力与机械，施工高峰期站内共有各工种作业人员 630 余人，挖掘机、土方车、碾压机、装载机等各种大型机械 20 余台。他们根据人员和机械情况，合理安排倒班，人歇机械不停。领导干部带头值班，各工号有专人全程值守，监理适时监控，职工食堂加开夜餐，保证现场形成 24 小时连续作业的局面。

不久前，在由国网交流工程建设有限公司组织的对晋东南变电站、南阳开关站、荆门变电站的综合检查中，晋东南变电站各种数据指标、工程的进度和质量均处于领先地位。

我对贺虎说：“有人告诉我，你每天都要到工地去巡视，你的表情特别严肃，从来没有笑容，你的目光像鹰一般锐利，四处搜寻，任何问题都逃不脱你的眼睛……”

贺虎一听，笑了：“是吗，有这么厉害吗？”

片刻，他又自言自语道：“干了这么多年的工程，觉得特高压这个工程是最具挑战性的。你不想想看，就给两年时间，工期这么短，还不能出丝毫的差错，真不敢有任何的疏忽，许多常规都要被打破。所以，我现在每天都是如履薄冰，如临深渊，感到特别劳心！”

从“特别劳心”这四个字里，我读懂了一名国家电网人的责任感和严谨作风！

山西电建四公司晋东南变电站项目部经理王首谦，也是一名基建战线上的老兵。据介绍说，他参加工作20多年，光工地主任就干了10年。他一年四季一身工作服，一年四季穿旅游鞋，对讲机不离手，小卷尺不离身。

为了采访他，我约了两次，都没采访成，第三次，硬是把他从现场“抓”回来的。

王首谦与贺虎同龄，也是47岁。他中等身材，深棕色的脸上布满了皱纹，显得比实际年龄要大得多。

见他满脸满身都是泥水，我感慨道：“干你们这一行还真辛苦！”

王首谦抹了一把脸上的汗水，说：“基建行业本身就是一件苦差事，寒冬酷暑，刮风下雨，都要在露天作业，整天就是跟泥和土打交道，摸爬滚打，钻低上高。就像煤矿工人一样，你不下井就采不到煤。不过，现在条件比十年前、二十年前强多了。那时候，野外施工住的是干打垒，是泥巴墙、苇子顶的房子，一到下雨天，外面下大雨，里面下小雨；外面雨停了，里面还在滴水点儿。特别是在冬季，夜里冻得根本睡不着觉，早晨起来，眉毛上都挂着冰霜。不知道你在我们工地上这两天发现了没有，干我们这一行很少有穿皮鞋的，为什么？工地上到处都是泥泥水水的，你哪儿还有时间收拾皮鞋？多少年来习惯了，索性也就不穿它了。”

2006年6月6日，王首谦带领施工队进驻现场，承担了场平及主体建筑工程的施工任务。他根据变电站工程的特点，提出了“精致施工、追求细节”的质量管理理念，组织项目部一班人根据国网交流工程建设有限公司《现场建设管理纲要》，并结合自己在电厂建设施工管理20余年的经验，编制了项目部一整套的管理办法。这支施工队一直从事电厂建设项目，对变电站的一些规范要求没有明确的概念，王首谦带领项目部工程技术人员深入施工一线，了解掌握施工动态，并随时协调解决施工过程中出现的疑难问题，手把手地进行指导。他还根据工程进展情况，把项目部技术人员分区划片，明确各工号的负责人，负责人对工程必须全程进行跟踪监控。开始好多人对此不理解，认为是多此一举，在王首谦的一再坚持下，并经过多次实践证明后，各工号的负责人意识到了这是土建工程控制质量最为有效的途径。

场平工程开工后，当地村民因为赔偿费用等问题频繁阻挠施工，给工程进展带来了很大的压力。王首谦他们一方面依靠当地政府积极进行协调，另一方面施工队主动采取措施，尽量减少土地损耗。站外排水管线开挖时，熟土、生土分开堆放，覆盖保湿减少扬尘，保护环境，回填时先回填生土，再填熟土，这样有利于土地耕作。对于施工过程中遗留在农民土地里的各种遗弃物，施工队组织专人进行及时清理、翻耕，确保来年春天当地村民播种不受任何影响。

2006年7月底，长子地区遭遇罕见暴雨袭击，短时间连续降雨量高达140毫米，导致厂区内出现大面积积水。项目部紧急启动防汛应急预案，迅速调用各种防汛物资，合理组织人力及机械资源，采取有效措施，确保站内积水最短时间内安全排出，保证了设备、材料、成品建筑的安全和1000千伏构架基础正点开挖。

变压器设备和构架基础施工是电建四公司承担的主要任务，冬季施工期浇灌混凝土，控制温度是确保质量的关键。为此，王首谦精益求精，一丝不苟的工作，首先从源头上控制混凝土配比和温度，要求负责供应混凝土的厂家严格执行配比，混凝土运输罐车必须采取保温措施，并派检测人员全程监控，安排专门的测温人员，对运到工地后的混凝土入模温度进行随时测控，保证入模温度不低于10℃；混凝土浇筑前预埋测温导线，采用专用的建筑电子测温仪，对混凝土体内温度进行测温监控；根据混凝土体内温度与大气温度的差异情况，随时采取必要的措施进行保温，如覆盖塑料布，加铺草袋，气温特别低时，还搭设保温棚，配备火炉子或电暖器进行保温，确保结构实体的质量。有人说："王经理对基础设施，比照料婴儿还留心。"

在500千伏、1000千伏架构基础施工过程中，对于直埋螺栓的精确定位技术，王首谦与项目部有关技术人员多方考证，反复试验，自制了专用的定型模具，在传统措施基础上，改进施工工艺，创造性地装置了8条可微调的螺丝，又亲自带领测量人员对所有的基础用经纬仪精确测量，及时调整。最终92个独立基础，1212条直埋螺栓，误差全部控制在2毫米以内（设计要求允许误差不大于5毫米），为架构的吊装全部一次就位成功，创造了良好的条件。在500千伏、1000千伏构架安装过程中，所有已完成的构架设备均一次到位，75000余螺栓无一扩孔。

到我采访时，山西电建四公司共开工12个单位工程，已验收检验311项，分项工程77项，验收合格率100%；材料检验试验合格率100%；钢筋采用直螺纹机械连接，成品试件检验全部合格；500千伏构架基础灰土地基承载力检测完成33组，报告显示承载力达到200千帕（设计要求150千帕）。

从进驻工地的第一天起，王首谦就瞄准了一定要拿下基建行业的最高奖"国家优质工程金奖"或"鲁班奖"的目标。为了达到这个目标，他提出了"精致施工、追求细节"的管理理念。他的眼中容不得任何瑕疵，不放过任何一个细节。他的精细不仅仅体现在工程管理上，他把精细化的管理推行到项目部管理的方方面面。去过晋东南变电站的人都会对该站办公区、生活区的环境，特别是食堂的卫生环境留下十分深刻的印象。职工食堂永远是窗明几净，永远是纤尘不染，即便是大夏天，食堂里都看不见一只苍蝇，这在许多人眼里认为是很难做到的事情，但王首谦做到了。

采访即将结束时，我无意间发现了一份王首谦的作息时间表：

06：15—06：30 起床

06：30—06：50 早餐

07：00—07：30 备早会

07：30—12：00 上午班

12：00—12：20 午餐

12：20—13：40 午休

14：00—18：00 下午班

18：00—18：25 晚餐

18：35—19：45 晚休

20：00—24：00 加班加点

00：00 后视情况而定

每天，从清晨 6 点起床到深夜 12 点，王首谦几乎一直都处于一种工作状态之中。

有人称王首谦是“工作狂”，是工地上的一面旗帜、一根标杆，一点儿都不过分……

有“湘电铁军”之称的湖南送变电建设公司，负责变电站电气设备安装。

这个项目的副经理兼总工程师周孚民，今年才 30 岁出头。周孚民年轻，经历却不同寻常。自 1999 年参加工作以来，周孚民先后担任过技术员、工地技术负责人、施工队副队长。他参与的工程既有新建项目，也有扩建项目；既有电压等级高的，也有电压等级低的；既有变电工程，也有线路工程。

2001 年底，24 岁的周孚民独自担任沙坪 500 千伏变电站新建工程电气安装技术负责人。沙坪变电站是湘西北和三峡电站向长沙送电的关键变电站，容不得半点闪失，大伙都为这个年轻人捏了把汗。他带领全体员工，科学施工，吃苦耐劳，兢兢业业，该工程后来被评为“国家优质工程银奖”，他本人也被评为“省电力公司劳模”。

2006 年年底，周孚民和经理带着施工队北上，进驻特高压施工现场。

一个个难题，一块块“硬骨头”，摆在了周孚民和建设者的面前。

1000千伏构架安装是特高压工程的攻坚项目之一，构架柱采用矩形变截面的钢管组合格构式钢结构，进线柱根开4米×10米，整个构架柱共由八节组成，节与节之间通过柔性法兰连接，单柱重量为70吨；地线柱采用四边形拔梢格构柱。构梁采用等截面钢管格构式结构，断面尺寸为4米×4米，构梁底面高45米，跨度54米，单根横梁重30吨。由于构架超高、超重，加之以前没有成功的施工经验可以借鉴，致使其安装难度非常大，安全风险高。为了安全、优质地完成施工任务，周孚民一次次翻阅图纸、查询资料，与技术人员和工人师傅经过反复论证，大家群策群力，形成了构架柱安装的两种方案：第一，构架柱组装采取线路上常用的悬浮抱杆加内或外拉线的方式；第二，构架柱组装采取组片、组笼的方式，即第一节组片、第二至五节组笼，然后分别利用25吨、50吨、160吨、300吨吊车完成吊装任务。横梁的吊装方案也有三种：第一，采取液压提升装置；第二，采取卷扬机提升；第三，采取吊车吊装方式。项目部将方案上报公司，由公司组织多次方案评审。从最初方案的编制起，至最终方案的形成，共有四个版本，经过了十多次的内部审查，确定实施的安装方案：第一节采取25吨吊车组片，单片吊装；第二至五节均采用地面组笼，然后分别利用50吨、160吨吊车吊装；第六至八节整体组笼，利用300吨汽车吊安装。横梁采取地面组装，然后用300吨吊车安装。为了做到万无一失，他们又先后于2007年8月12日、9月10日、10月12日三次进京，召开“诸葛亮会”，请全国吊装专家对方案进行评审。

2007年10月6日，周孚民一大早就来到现场，把各项准备工作从头到尾又仔细检查了一遍。作为项目的总工程师，他显得有些激动，同时又夹杂着些许紧张，毕竟没有搞过难度这么大的安装作业啊！

整体安装分成两个步骤进行，先完成两根构柱的安装，再吊装横梁。尽管事先做了充分的准备，能想到的问题基本都想到了，但在安装过程中，还是出现不少难题。比如，第二节在地面上组笼后，由于没有测量对角线尺寸，吊装时，发现第二节与第一节法兰错位达20毫米，上下法兰螺栓无法穿入，现场采用750公斤手扳葫芦将开档较大的收小，上下法兰仍不对孔，只能对上半个螺栓的孔距。技术人员当场加工了与孔距一样的钢销，上下法兰通过钢销的作用力，产生了旋转力，带动螺栓穿入。按照这种方法，顺利完成了前四节构架柱的吊装。第五节安装高度达49米，重达9吨，需要起用160吨大型吊车。在所有准备工作就绪后，160吨吊车徐徐开进施工现场，摆好了脚。随着现场指挥一声令下，大吊车将第五节构架柱提起，稳当地调整到达预定的位置。但过了十几分钟，仍未听见穿好螺栓的回应，现场指挥一边询问高空作业人员的实际对位情况，一边通过望远镜观察四周的相对情况，发现由于第五节与第四节需连接点有16处之多，特别是第五节各面的十字交叉斜衬需连接到第四节的筋板，部分斜衬阻挡了对接的位置，使得对接法兰无法对齐，相应的螺栓也无法穿入。周孚民紧急召集现场会，群策群力，很快找到了解决方案：通过对角线方向控制绳配合产生一个旋转力，使第五节与第四节的法兰对齐。此方案果然有效，几分钟后，当高空作业人员通过对讲机传来“螺栓已顺利穿入”的消息时，大家一颗悬着的心终于落了下来。

团结一条心，凝聚千钧力。国家电网人以一流的管理、一流的技术、一流的施工、一流的质量，确保把1000千伏晋东南—南阳—荆门特高压交流试验示范工程建设成为世界一流的输变电工程。

自2008年6月起，晋东南变电站已全面进入安装阶段。作为特高压交流变电站，其主要设备具有尺寸大、重量大、工艺要求严、试验难度大、安装调试要求精密、施工配合单位多、组织协调严密等特点。所以说，特高压工程能否成功，设备研制、安装、调试是重中之重。

由于特高压工程的特殊性，许多关键设备在全世界都是“孤品”，容不得有任何的闪失，任何一个细微的环节上出现问题都可能使整个工程功亏一篑。为此，他们及早安排相关人员进驻设备厂家，进行了为期两个多月的学习、培训和技术难点攻关，为现场设备安装打下了良好的技术基础；并根据高压电抗器及主变压器的结构特点，及时购置大型专用工机具，并考虑足够数量的工机具作为备用，以做到现场施工万无一失。人力资源方面，安装单位集全公司优势兵力，采取“联合战队制”，确保主变压器设备安装各个工序有专责，各个质量控制点有把关。建设项目部结合 1000 千伏三大主设备（指主变压器、高压电抗器及 GIS 开关设备）多台同时到货的情况，同时考虑尽量避开冬季施工的影响，经与各参建方研讨谋划，与各设备厂家紧密沟通，编制了《三大主设备及二次施工管理策划预案》。施工单位已按策划预案顺利完成实施计划，现场已经具备同时进行 3 台高压电抗器 1 台主变压器同时施工安装的条件和能力。

贺虎告诉我，他们每一名参与特高压施工的建设者都抱着一种如履薄冰、如临深渊的心态，认真谨慎地对待工程建设的每一个环节，每一个细节。

比如已经开始的 GIS 开关设备安装，要求必须在无尘的环境下施工，整个施工区域采用专门的防尘隔离网进行隔离，所有作业人员都经过严格的培训，无关人员禁止进入作业区，作业人员服装和鞋帽均经过严格的无尘处理，所有现场对接工作均在专用“防尘房”内进行，这些在以往常规变电站的安装中，都是前所未有的。

主变压器的注油处理也是变压器安装的一个十分重要的环节，技术指标严格，油务处理工作量大（2200 吨）。为此，安装单位设置两个既相互独立又紧密相融的油务处理中心，总面积达 2000 平方米，满足主变压器及高压电抗器同时安装的要求。为了有效地控制 1000 千伏绝缘油新标准油颗粒度小于 1000 个每 100 毫升的要求，施工单位不断进行技术攻关，多次研讨解决方案，添置三级过滤精度精滤器保证现场需求。容量达 12000 升 / 时的滤油机的采用，大大解决了因油务工作缓慢对安装进度造成的影响。这些油务处理工机具均是目前最为先进的设备。另外，为了达到现场滤油和试验同步进行，安装单位果断投入，将油化验设备搬进了现场，管理关口前移。

针对 1000 千伏高压套管超长、超重、安装易损坏的难点，组织专家对其安装方案进行研讨和策划，并组织建设者在厂家总装时实地观摩。

随着 1100 千伏 GIS 设备对接中主变压器单元断路器成功对接，随着 1100 千伏高压电抗器及 1000 千伏主变压器成功安装就位，晋东南变电站已为系统调试及最终成功投运工作做好了充分准备。目前他们正在掀起“争分夺秒，与奥运同行，大干 100 天，更快、更高、更强建设特高压品牌”活动，为特高压工程建设取得最终胜利作新一轮的冲刺。

我说：“你们提出的‘更快、更高、更强’，不就是奥运精神的体现吗？”

“是的，我们是与奥运同行，以奥运促建设。”贺虎在电话中对我邀请道：“等年底你再来吧作家同志，那时候，我们站已经开始运行，特高压将给你一个惊喜！”

我完全相信特高压的建设者，他们有能力完成历史赋予的使命，他们将为中国输变电工程建设谱写壮丽的篇章。

我两次到山西采访，均与山西省电力公司总经理王抒祥失之交臂。2008 年年底，我借他到北京开会之机，对他作了闪电式的采访。

作为特高压工程的起点省份，山西省电力公司承担着光荣的使命和艰巨的任务，他们在特高压工程建设中，集全公司之智，倾全公司之力，全力服务特高压建设，为工程顺利进行提供了全方位的优质服务，营造了良好的氛围。与此同时，省公司抽调精兵强将，组建省、市、县三级由一把手挂帅的特高压建设领导组，配全省公司、地市分公司、支公司、供电所四级特高压建设专责，组建设计、施工、调试、监理4个专业的特高压工程技术属地化协调服务队，建立周例会通报、月例会检点、全年重点督办的常态工作机制。在国家电网公司的统一领导、统一指挥、统一组织、统一协调下，为工程建设竭尽所能。

除了前文写到的省电建四公司，王抒祥谈得最多的是省公司所属的另外三支参与特高压科研与建设的队伍：山西电科院、山西省送变电工程公司、山西供电工程承装公司。

特高压工程落户山西，对山西电网的安全稳定运行提出了新的要求，山西电网该以怎样的运行方式适应特高压，在特高压发生故障后应该采取怎样的技术措施等。作为山西电网的科研企业，山西电科院肩负起了特高压落户山西后的技术支持和技术保障任务。针对特高压试验示范工程投运后山西电网运行中可能存在的新技术问题，山西电科院高电压所、电力系统所、电气测量所先后完成了《山西电网接入特高压电网的运行协调及控制策略研究》《1000千伏GIS设备现场交流耐压试验方法研究》《特高压输变电设备试验方法的研究》《1000千伏交流互感器试验方法的研究》等科研项目，解决了一系列关键技术难题。由于这些科研成果的应用，更换、改造山西省内500千伏变电站主变压器4台；对山西南部电网喷涂RTV防污闪涂料，大大提高了高压设备外绝缘水平；调整了南部电网500千伏变电站低压电容器的过电压保护；完善了特高压线路的安全控制策略；编制了一整套特高压设备监造、现场试验方案及标准化作业指导书等指导性文件，为工程实施和后续工程建设提供了宝贵经验。

2008年10月4—6日，特高压晋东南变电站进行第一次局部放电试验。山西电科院的技术人员发现在电压较低时，就出现很强的局部放电信号。仪器检测试验回路和试品外部没有发现明显电晕放电。在现场十多位专家的关注和期待中，对试验回路进行了认真检查，再次对高压引线、接地系统和屏蔽进行了细致整改，又按照正常试验接线反复对主体变压器升压并测量局部放电。原因出自何处？一时没有结论。直到次日凌晨2点，电科院技术人员会同专家组经过深入细致的分析，初步找到“病灶”——局部放电发生在变压器内部中压侧。

高压所所长胡晓岑凭借丰富经验，结合产品结构，组织试验人员计算、分析，采取改变试验接线、运用超声定位、连续色谱监测等手段，进一步确认了放电点在中压端部。“病灶”确定了，需不需要“开刀”？专家们慎之又慎，经再三研究，决定打开人孔。故障终于显形：那是一个隐藏在内部的、必须仔细查找的极易疏忽的部位。

问题迎刃而解。

10月26日，给A相主变压器第二次做局放试验，一天的试验快要顺利结束，大功即将告成时，青年技术员李艳鹏向胡晓岑报告：设备内部色谱分析结果异常。

“你做仔细了吗？”胡晓岑的神色显得格外的严肃，他知道这个问题的严重性——“色谱分析结果异常”，带来的可能是设备的大规模排查，甚至返厂。

“我仔细做了，反复验证过了。”为了保证数据的准确，小李目不转睛、大气不敢出地在仪器前工作了3个多小时，经过脱气、做标样、注样品等环节，才得出这一结论的。

色谱分析是验证局部放电的重要依据之一。胡晓岑同几位专家们研究确认后，马上把结果上报给国家电网公司，并将样品送相关试验单位进行验证。结论出来了，通过监测充油设备的绝缘油指标，验证了设备内部的色谱异常，从而提前排除了设备的一个重大隐患。

兢兢业业的工作作风，实事求是的科学态度，是“电科人”永远的追求。

山西省送变电工程公司承担第3标段线路建设任务。从中标开始便意味着挑战的开始，因为该线路段在山西晋城市泽州县境内N204–N205挡内，需连续跨越阳东三回500千伏输电线路。为最大化地降低新建线路跨越施工造成的生产损失，并保障新建线路施工及被跨越线路运行安全，国家电网公司从设计之初，便立项“无跨越架全程不停电跨越阳东三回架线施工”，作为2007年度科技创新课题，并同时委托山西省送变电工程公司负责实施。

无跨越架全程不停电跨越技术，就是利用特高压塔的高度远远大于其他电压等级线路铁塔高度的优势，中间敷设护网，通过动力伞放导引绳，从而实现不停电跨越电压线路的目的。原理没错，推理可行，但可操作吗？项目部经过上百次的数字、实物论证，写出了详细的可行性报告。又经过上百次的演算、实地考察，科学、合理、可行的施工方案终于出台，并得到了国家电网公司的认可。

2008年5月10日，动力伞空中飞跨并敷设初级导引绳，将3根迪尼玛绝缘绳分相空中敷设，通过逐级过渡方式，实现每单相两根承网绳的安装就位和两根牵网绳的预留设置；地面组装、空中悬挂绝缘网（杆），但当通过事先敷设好的牵网绳张拉展开绝缘网（杆）时，出问题了，十几人共拉一根绝缘网却毫无动静，换作5吨绞磨为动力依然缓慢，哪来这么大的阻力？

项目总工张建勇眉头紧锁，盯着地上展开的绝缘网（杆），几分钟之后，他向上扶了一下眼镜，用对讲机下达了一个让人出乎意料的指令：“拆除绝缘网（杆）上的小滑轮，直接用吊钩与承网绳联结。”

工人们把小滑轮一拆除，阻力立马就减少了。这时，张建勇才解释说：“从理论上讲，滚动摩擦阻力小于滑动摩擦，但我们的承网绳在受力之后局部是不平直的，滑轮在上面滚动不顺畅，实际上讲，这一点滚动摩擦阻力反而远远大于滑动摩擦。”

5月13日，山西省电力公司王抒祥总经理亲临跨越现场坐镇指挥。

“沿线控制一切正常，具备带电牵引导线条件，请指示！”

“开始牵引！”随着王总一声令下，现场所有的人，不约而同举目紧盯转动的放线滑车和窜动着的导引绳。当放线走板行进至跨越挡时，大家的心一起提到了嗓子眼，正下方就是正在带电运行的3条500千伏超高压电力线路。此时，不断传来对讲机中信号员的报告声："30米……10米……5米……"紧接着"啪啪"两声清脆的走板拍打滑车的声音，"走板顺利通过跨越挡！"现场一片欢呼声。

无跨越架全程不停电跨越技术的成功运用，避免了4500万元的售电损失以及超过10亿元的工业产值损失。该技术在我国电网建设史上尚属首次，达到了国际先进水平。

选自古清生、黄传会：《走进特高压》
北京：中国电力出版社，2009年8月第1版

闪着泪光的事业

——和谐号：“中国创造”的加速度（节选）

蒋　巍

作品简介

蒋巍《闪着泪光的事业》初载2010年6月11日《人民日报》，收入《人民日报70年报告文学选》（人民日报出版社2018年6月出版）。《闪着泪光的事业》记述了我国高铁建设取得的伟大成就，不仅着重展现了工人们勇于奉献牺牲的精神，而且也描绘了他们所承受的委屈和泪水。蒋巍在讲述“闪着泪光的事业”中所发生的一个个事件的同时，也刻画出从铁路总设计师到普通工人，再到乘客等一个个人物形象。

根据蒋巍《闪着泪光的事业》（《2010年中国报告文学精选》，长江文艺出版社，2011年1月初版印行）节选。

正文节选：《闪着泪光的事业》第二—五节

2. 从“加快”到“跨越”：中国等不及了！

一个人口最多、发展速度最快的大国，坐在两条脆弱而行驶缓慢的轨道上，那不就是“大象走钢丝”吗？2002年，中国火车平均时速只能跑50多公里。全国铁路日装车需求量最高达到30万辆，铁路只能提供10万辆左右。中国铁路处于“四面楚歌”之中。无论铁路人付出怎样巨大的辛劳与牺牲，赔上多少委屈的笑脸，但是只要“一票难求、一车难求”的现象不能从根本上加以扭转，人们怨气冲天甚至跳脚骂娘就是不可避免的。

现实不相信眼泪，需求不相信眼泪，市场不相信眼泪。

历史已经到了这样的时刻：站在21世纪的大幕前，望中华大地风起云涌，千帆竞发，百舸争流，积重难行的中国铁路究竟向何处去？铁路人必须作出选择，必须向人民、向时代提交出自己的答卷了。

加快，跨越，中国已经等不及了！

2003年，党的十六大，以胡锦涛为总书记的新一届党中央领导集体，站到世人的面前，胡锦涛对全党提出的“权为民所用，情为民所系，利为民所谋”的要求，深深打动了全国人民的心。在考察铁路发展的路途中和列车上，胡锦涛期望铁路系统广大干部职工，抓住机遇，努力加快我国铁路的发展步伐。温家宝总理也多次对铁路工作作出重要指示……

国家需要重如山，人民利益高于天。为实现铁路的跨越式发展，200万“铁军”誓师出征，开始了一场排山倒海的大决战。

提速，提速，再提速！

从1997年4月1日到2007年4月18日，中国铁路共进行了6次大提速。10年间，纵横全国的主要干线时速相继提升到120公里、160公里乃至200公里以上，催逼得国人走路似乎也快了许多。登上流线型的“和谐号”，人们忽然有了许多新鲜感和愉悦感。看来，“老土”的铁路人终于和时代接轨了，“一站直达”“朝发夕至”“夕发朝至”“旅游专列”，等等，成了那几年的流行语，女列车员们的服务与微笑也变得分外温情和靓丽。曾是第六次大提速京津既有线时速200公里动车组首列列车长，后又担任京津城际铁路时速350公里动车组第一任列车长的徐颖，见证了中国铁路从提速到高速的巨大变化。徐颖身材高挑，容貌姣美，服务细致入微，是网上的明星级人物，人气极旺，堪称中国铁路的“形象大使”。“和谐号”驶过的第一个母亲节，她和同事们向所有“母亲旅客”赠送了5000朵康乃馨。旅客们高兴地对她说：“姑娘们和空姐绝对有一拼了，我们就叫你们‘动姐’吧！”

但是，没多少人知道，在6次大提速的背后，铁路人付出了何等艰辛的努力！在遍及高山平原、穿越江河峡谷的线路上，所有客货列车都在紧张地运行，所有时限都不得突破。因此，沿线换枕、换轨、换岔和线涵桥隧的整治工程、电气化改造工程，大都必须在下半夜，在列车行驶的间隙当中插空进行。数十万建设大军就这样默默无闻，夜战数年。一列列灯火通明的客车风一样掠过，没人知道他们的名字，甚至没人看到过他们的身影。

为适应大提速，必须精简铁路沿线层层叠叠的管理机构。2005年3月18日，那是个悲壮的日子。在全路电视电话会议上，铁道部正式宣布，从即日起撤销43个铁路分局，由四级管理改为三级管理。一夜之间，数万名科以上干部进入“待业”状态，许多对政治前途抱有热望的青年干部和“后备干部”，自此加入“等待重新分配工作”的行列。但他们是经过“铁律”训练出来的人。他们忍下巨大的痛楚与失落，需要继续在岗位上尽责的，就默默守在岗位上；不需要的，就默默清理好自己的办公桌，走上新的岗位。经历了涉及人数如此之多、牵动面如此之广的体制性“大手术”，那个夜晚，中国铁路安然无恙，稳如泰山，安全正点！

2002年，中国铁路营业里程为7.2万公里，人均铁路长度仅为5.5厘米，新华社记者形容说："还不如一根香烟的长度。"如此严峻的现实意味着，仅靠现有铁路提速是远远不够的，"必须加快速度，建设更多的大运量、低能耗、占地少的现代化高速铁路！"铁道部总工程师何华武如是说。

那是大决战的前夜。那是几间堆满国内外资料的"暗无天日"的房间——全世界的"铁路"从最落后到最现代的都装在里面了。铁道部精英云集，全员出动，茶杯里泡着让人亢奋的浓茶，烟缸里插着不睡觉的烟蒂，墙上挂着巨大的中国地图。历经几个月智慧与勇气、激情与思考、技术与梦想的激烈碰撞，房间里云遮雾绕，火花四射，键盘山响，图纸纷飞，墙上的中国地图用红蓝铅笔画了那么多穿山越岭、粗重有力的线条……

入秋，铁道部和国家发展改革委将一份关于铁路发展规划的建议送达国务院。2004年1月7日，国务院常务会议讨论并原则通过了《中长期铁路网规划》。这是大力推进铁路建设的纲领性文献。

号角已经吹响，道路已经指明。空前规模的铁路建设大潮澎湃而起，中国铁路实现"陆地飞行"的历史时刻已经到来！

3. 中国"高铁模式"：没有失败的大国博弈

2004年1月，49岁的何华武出任铁道部总工程师。

他的家乡是四川资阳一个宁静的小镇，每天走在上学路上和夜里做梦，他能听到的最嘹亮的声音，也是小镇唯一来自工业文明的声音，就是成渝线上隆隆而去的火车，那雄壮的汽笛声仿佛是对他青春之梦的召唤。因此上大学读硕士，他都毫不犹豫地选择了铁路。接受高铁任务的那个夜晚，何华武对身患胃癌多年、体质极为虚弱的妻子说，以后工作会比现在更忙了，我恐怕抽不出多少时间来照顾你了，孩子也在读大学，我们都伸不上手，你可要照顾好自己啊！妻子泪水盈盈默然无语，末了说，你去忙吧，我理解，我会照顾好自己的……

何华武唯一能做的，就是给妻子备下一些方便食品，然后毅然走向紧张繁忙的高铁建设现场。从选址到组织重大工程攻关，从主持关键技术试验到论证各种建设方案，何华武全身心投入崭新的高铁事业之中。京津城际铁路通车之后，何华武专门陪妻子登上"和谐号"，让妻子体验一下今日中国的"高铁速度"。同为铁路工程师的妻子兴奋得两眼炯炯闪光，那驾风驭电的速度是丈夫的梦想，也是她的梦想啊……

在北京城市建设规划中，北京南站原本没有如此宏大的规模。正是京津城际铁路和京沪高速铁路的建设，催生了京南这座富于流线美、闪耀着人文光辉的椭圆形建筑。能容纳上万人的宽阔候车区，进出方便快捷的无障碍通道，能发电、采光、保温、隔热的 5700 块太阳能板，把城市地铁、轻轨、公交、出租全部纳入"体内循环"，以实现旅客"零换乘"的精妙设计……这一切都闪耀着"以人为本"的熠熠光辉，使北京南站成为中国高铁耀眼的"皇冠上的明珠"。当然，还有新建的武汉站、广州南站、上海虹桥站……在迅速延伸的高速线上，一座座各具特色、造型优美的现代化建筑拔地而起，犹如五线谱上一个个华美的音符，共同汇聚成一首"凝固的交响乐"，而"作曲者兼指挥家"就是铁道部总规划师郑健和他的团队。郑健白面长身，性情儒雅，平时话很少，人们很少看到他为什么事情激动或大笑。只有通过那些矗立在大地上的"凝固的音乐"，我们才能发现他的内心世界原来如此绚丽、浪漫和辽阔。

2004 年 4 月，国务院召开专题会议，就发展高速铁路和机车装备问题提出一个重大指导方针："引进先进技术，联合设计生产，打造中国品牌。"在"中国铁路"这个世界最大的棋盘上，一场需要深谋远虑、大智大勇的大国博弈开始了。

中国决定海纳百川，博采众长，走“引进消化吸收再创新”的技术道路。于是，掌握和代表着当今世界高铁技术制高点的四大跨国集团：德国西门子、法国阿尔斯通、日本川崎重工和加拿大庞巴迪纷至沓来，进入中国的旋转门。红地毯上出演了真诚而热烈的美酒加咖啡的欢迎仪式，中国东道主们个个西装革履，彬彬有礼——因为他们都是地道的“学生辈”。自改革开放以来，铁道部领导和高层技术人员都曾多次到这几个国家或留学，或考察访问，或参加相关学术会议。那时他们还年轻，坐在西方的高速列车上，风一样的速度让他们眼界大开，激动不已——火车原来可以跑得这样快呀，“火车跑得快、全靠车头带”的模式原来可以改变，牵引动力可以分散到各个车厢啊！他们不断向东道主表达着真诚的敬意，同时又觉得脸上一阵阵潮红，中国的火车何年何月才能赶上西方的速度啊？

可以肯定，当时他们谁都没有预料到，这个激动人心的时刻来得这样快，这个伟大的历史使命竟然是在自己的手上完成的。改革开放，为他们缔造人生辉煌提供了千载难逢的机遇！

那是2004年初夏的早晨，学生和老师分坐在谈判桌两侧。中国“学生”们注意到，座中的德国老师们不仅鼻子最高，神情也相当倨傲。他们确实有恃才傲物的资本——德国高铁堪称世界一流，他们的精密制造技术也一向是称雄世界、无可匹敌的。

中方郑重表示，希望引进各国高铁机车车辆制造的先进技术，不过，中方代表又明确表示：“参观过故宫的外国朋友都知道，进入中国大门是有门槛的。我们的门槛就是，整个市场只有一个入口，不搞‘诸侯混战’。整个中国只有一个买主，就是铁道部。从整车技术到任何一个零部件，都由铁道部代表中国政府，统一招标、统一向制造商下订单。”同时他郑重的约法三章：“要想进入中国铁路市场的外国朋友，必须实行关键技术全面转让，必须使用中国品牌，实行本土化生产，必须价格合理……”

行事谦恭的日本人频频点头，性情浪漫的法国人报以灿烂的微笑，表情深沉的加拿大人不动声色，只有盛产哲学家的德国人保持着"哲学式"的孤傲。在他们看来，一流的德国高铁技术是中方非买不可的。万万没想到，两个月后，铁道部一位负责人严肃而又不失幽默地对西门子公司谈判代表说："你们德国人长着方脑袋！"

连德国人都不好意思地笑了，那笑容分明含着几丝苦涩——因为他们出乎意料地出局了。

那些日子，长春客车公司同时拉住法国阿尔斯通和德国西门子分别谈。那意思很明白，谁的价格优惠就跟谁合作。但过于自信的德国代表根本没把法国对手看在眼里，也完全不考虑中方意愿，"方脑袋"和大鼻子挺得高高的，就是不肯圆通，咬住每列原型车单价 3.5 亿元人民币、技术转让费 3.9 亿欧元的天价，死不松口。

他们的一口价就是"底线"，天下哪有这么做生意的？

所有谈判进程当然都在铁道部的密切关注之中。开标前夜，即 2004 年 7 月 27 日，双方依然没有达成协议。深夜，中方代表话说得语重心长和直截了当："作为同行，我对德国技术是非常欣赏和尊重的，很希望西门子成为我们的合作伙伴，但你们的出价实在不像伙伴，倒有点半夜劫道、趁火打劫的意思。我可以负责任地表明中方的态度：你们每列车价格必须降到 2.5 亿元人民币以下，技术转让费必须降到 1.5 亿欧元以下，否则免谈。"

德方首席代表靠在沙发椅上，不屑地摇摇头："不可能。"

"方脑袋"确实像个撬不开的钱匣子，商量回来，脑袋仍然很"方"，没有一点圆通的余地。

第二天早晨 7 时，距铁道部开标仅有两个小时，长客宣布，他们决定选择法国阿尔斯通作为合作伙伴，"双方在富有诚意和建设性的气氛中达成协议"。

大梦初醒的德国人呆若木鸡。早餐桌上，得意扬扬的法国人品着香甜的咖啡，还不忘幽了德国哥们儿一默："回想当年的滑铁卢之战，今天可以说我们扯平了。"

“德国人从中国的旋转门又转出去了”，消息传开，世界各大股市的西门子股票随之狂泻，放弃世界上最大、发展最快的中国高铁市场，显然是战略性的错误。西门子有关主管执行官递交了辞职报告，谈判团队被集体炒了鱿鱼。

不过，西门子知道，他们还有一棵“救命稻草”，即中国北车集团唐山轨道客车公司。富有戏剧性的是，在铁道部这次招标中，雄心勃勃的唐车和野心勃勃的西门子同时“流标”，被关在中国高铁事业的大门之外。

唐车，始建于清末的1881年，迄今横跨3个世纪，被誉为“中国机车车辆工业的摇篮”。中国第一台蒸汽机车“中国火箭号”，供慈禧太后乘坐的第一辆专列“銮舆龙号”，就诞生于唐车。共和国成立后，唐车青春焕发，贡献卓著，但在1976年唐山大地震中遭受重创。厂房大面积坍塌，员工和家属死伤过半，并遗留下由工厂扶养的“八百孤儿”，活下来的员工也大都深陷丧亲之痛。老厂长说，“八百孤儿”进入结婚年龄以后，他作为唯一的“家长”，参加过的婚礼不计其数，每次都让他喜笑颜开又老泪纵横。大地震之后的唐车似乎再没恢复过元气，干部职工每月只能领到两三百元的最低生活费，许多人被迫流落到社会上打工，或者蹲街头卖羊肉串儿。

2003年，山雨欲来风满楼，唐车人嗅到浓烈的临战气息。他们收集了大量国外高铁资料进行学习，并主动送到部里以期引起重视。他们勒紧腰带，组织力量清理环境，翻新厂房，准备迎战。他们还自筹经费造了一辆“高速样板车”，欢天喜地、披红挂彩地拉到北京，让部里看看他们是多么的干劲冲天，志在必得。听说世界高铁技术四大巨头的谈判代表到了国内，他们立即派人联系游说，期望合作。但那时唐车困难重重，老外根本不理睬他们。倔强的唐车人不甘心，“没有门就跳窗户，没窗户就撞墙！”开标之前，他们费时数月，精心制作了一套一尺多厚的投标书递了上去……

2004年7月28日，铁道部开标之日，气氛空前紧张。凌晨3时，眼睛熬得血红的唐车老总王润（后出任北车集团副总工），对结果已经有所预感，他命手下给西门子总部发了一份传真，大意是，如果贵公司在这次招标中出局，我们愿意与你们精诚合作，争取下次机会。

颇有点惺惺相惜、同病相怜的意味。不想放弃中国市场的德国人很快回了一份传真，算是给自己留了一条“后路”。

这个夜晚，聚集在北京的30多位唐车人无事可干又都没有合眼。睡不着，“我们就像等待宣判的囚犯一样”，工程师出身的党委副书记孔学云说。上午，派到现场的工作人员终于打来电话，声音极为沉重：“流标了！”

所有的努力付诸东流，梦破碎了。守在房间里的唐车人全哭了。王润铁青着脸跟大家说：“你们在北京哭个够吧，不过绝不能把这种情绪带回厂里！”过后，王润依然干劲十足，要求全厂振奋精神，不可松懈。他说：“我们还是大有希望的，其一，现在引进的高铁技术时速是200公里，中国的雄心绝不会停止在这个水平上；其二，西门子掌握的高铁技术是有优势的，只要价格合理，铁道部的大门对它还是敞开的，我们只要抓住西门子就有希望……”

孔学云嘲笑他：“你就天天给我们画饼吧！”

2005年，铁道部启动第二次招标。唐车与西门子同时意识到，对方是自己必须抓住不放的最后一棵“救命稻草”。这回，西门子终于放下身段，同意以每列原型车2.5亿元人民币、技术转让费8000万欧元的价格与唐车合作。

一举中标！

与德国人第一次出价相比，中方节省了90亿元人民币采购成本，但中国的“高铁模式”没有失败者，德方也获得一份巨额订单和广阔的中国市场——双赢！

德国人的脑袋其实还是很圆的。

中标的那个夜晚，很多铁骨铮铮、泪流满面的唐车人喝醉了。

4. “山高我为峰”：一个民族的雄心与胸怀

高速铁路自1964年在日本发端，首开时速210公里的纪录，此后在西方国家走过40多年漫长的发展道路，运营时速一直在250公里上下徘徊。这显然与他们民航和高速公路比较发达，高铁缺少紧迫而巨量的市场需求有关系。而在中国，辽阔的疆土、广阔的市场、人民的需求和高速发展的国民经济，一切让铁路人疲于奔命、泪光闪闪的巨大压力，都转化为助推高铁事业呼啸猛进的强大动力！

天下英雄，舍我其谁！现在来看看中国高铁令人目眩的发展速度：

——从2004年至2005年相继引进日本、法国、加拿大和德国的高铁技术，到2010年3月，中国投入运营的高速铁路长达6552公里，时速和里程都冲到世界第一的位置。

——时速高达380公里的动车组日前刚刚下线，这是“中国创造”的高铁运营速度的更高纪录，同时意味着世界上更快的京沪高铁将很快投入运营。

——时速400公里的检测车、500公里的试验高速动车组及相关路网、信号配套系统，正在紧张的研发之中。

前后不过6年，中国一举跨过发达国家高铁40年的发展道路，创造了后来居上、自主创新、领跑世界的奇迹！

一个国家的雄心，会激发出全民族巨大的精神能量。回望高铁6年征程，我们看到，众志成城的举国体制和闻风而动的统一政令，展现出强大的动员力和凝聚力。50多名院士，15万科研人员，150多家核心企业，数百家产业链上的企业，200万铁路大军，数十万筑路民工，全国各行各业的有识之士和支援团队，一呼百应，呵气成云，攻坚克难，所向披靡……

辉煌就这样被创造出来并在祖国大地上迅速延伸。

集中力量办大事，一心一意谋发展——中国特色社会主义制度的优越性又一次得到验证。

毫无疑问，中国高铁超乎寻常的发展速度，首先源于我国综合国力的迅速提升，源于几代铁路科研人员的技术积累。但是，还有一个重要的助推力是我们不应当忘记的：那就是发达国家近半个世纪的科学探索和技术研发，给我们提供了一飞冲天的平台。"山高我为峰"——那是因为我们站到巨人的肩膀上了。

按照合作协议，青岛四方、唐山客车曾分别派出一批青年工人，到日本和德国学习铝合金车体焊接技术。洋师傅们对中国工人普遍友好，认真负责传授了相关的知识和技术。所有这些工人回国后，无一例外，全部成为企业的技术骨干。青岛工人离开日本时，日本师傅与他们紧紧拥抱，相约再见，洒泪而别。

张雪松，唐车工人技师，两获"全国技术能手"称号，"河北省十大金牌工人"之一。他从钳工转入数控机床操作，再转入装调维修，每次都成为行内"状元"。这样一位优秀的专家型工人，他勇于探索的积极性，有一次却遭到德国工人的严厉批评。那天，他趴在焊接机器人下面的地上，正在为排除故障冥思苦想时，耳畔传来一句生硬的德语。张雪松爬出来抬头一看，一个高高瘦瘦的西门子工人紧皱眉头站在面前。德国人看张雪松没有听懂他的话，于是招手叫来一名翻译。

翻译对张雪松说："他问你在设备下面干什么？"张雪松说："设备坏了，我在修设备。"德国工人又问："你有维修焊接机器人的资质吗？"张雪松摇摇头："我是负责数控设备维修的……"德国工人严肃地说："如果你没有维修资质，你就不能维修这台设备，请离开吧。"

"谢谢你！"面红耳赤的张雪松脱口而出。那是他发自内心的声音，那一刻让他深刻认识了德国式的"一切都有规矩，一切都按规矩办”的严谨作风。正是这些看来似乎过于“刻板”的规定和纪律，培育了德国精密制造在世界上的崇高声望。

唐车因此在全厂展开一个学习运动，要求广大员工全面学习、模拟和落实德国严格、严谨、严密的工作方法和工作作风。

日本川崎重工的专家和技术工人进入青岛四方以后，也让四方人耳目一新，深受震动。过去中国工人把机车线路接上头并保证无差错，就算完活了，日本专家却要求线路配管一定要“横平竖直”。日本工人到达工作点，首先铺开一块布，把工具按顺序排好，工作结束，再按顺序裹起来带走，一样不会丢失。而中国工人用一个大背篼，用什么掏什么，干完稀里哗啦一装，走人。一把钳子就这样遗忘在动车组车厢里。为此，日本专家石野主动召集中国工人开了个班组会，他严肃地说，“把工具忘记在产品里，就像医生做手术把钳子刀子遗忘在病人肚子里”。

深受教育的青岛四方，为此在全厂轰轰烈烈开展了一场长达半年的“向不良习惯说不”的运动，厂报记者每天抓拍中方工人随意、粗放的行为表现，登报示众，进行点评。工人们说，“平时没感觉，登报一对比，真是惊出一身冷汗”！

在长期的合作中，中国工人和外国专家结下深厚的友谊，逢年过节，德国专家被请到家里一起包饺子，法国人、加拿大人被请到联欢派对上跳舞、唱歌。在青岛四方工作的日本专家归国后，有些人借休假之机，还自费到青岛来看望他们的中国“师兄弟”。看到中国工人夜以继日地奋战，德国专家布拉赫激动地跑进唐车领导人办公室，强烈要求安排工人休息。看到中国工人那么辛苦，一些德国工人不计报酬，和中国工人一起加班……

唐车建厂 129 年，青岛四方建厂 110 年，都是中国民族工业和产业工人的“摇篮”。但是，面对西方数百年工业文明打造的科学精神、优良素质和严谨作风，中国企业领导人和工人阶级看到自己的巨大差距并用心学习、奋起直追，这无疑是我们更为重要、更具长久意义的收获。

和平、发展、合作是当今时代的主题。谈判桌上的讨价还价、唇枪舌剑都是"各为其主"，不必苛责。虚怀若谷，海纳百川，始终保持清醒的头脑，善于学习借鉴世界各国的文明成果和发达国家的先进经验，这才是一个伟大民族的胸怀和希望所在。

5. 让闪电掠过大地：中国铁路人在行动！

引进消化时速200公里动车组技术——自主研发时速350公里动车组——创新研制时速380公里动车组。6年时间，中国高铁完成了惊人的"三级跳"。

高铁是当代新技术、新材料、新工艺集大成的产物，除了没有翅膀（却多了两条信息化、现代化的轨道），其复杂程度几乎与航空航天技术不相上下。让中国高铁冲到世界第一的速度，没有强大的自主创新能力是不可能办到的。

——那个夜晚，在千里冰封、万里雪飘的塞北大地，长客副总工程师赵明花"冻成了冰棍儿"。2007年冬，京哈线上的一列动车组在行驶中因突然断电而停车。赵明花立即带领一批专家赶往现场了解情况。旅客安全"摆渡"登程之后，浓浓夜色中，只剩下孤零零、空荡荡的动车组。这位身体单薄、性情文静的朝鲜族女性与同事们一起登上车顶，查找故障原因，测试各种数据，最后认定：速度飞快的动车组从北京到哈尔滨，经历了急剧变化的温差，造成车顶出现冷凝水，导致电路短路。赵明花和同事们意识到，"这肯定不是偶然的事情，如果不从内部结构上加以防范，在高寒地区有可能经常发生！"由赵明花主持的一个设计团队迅速组成，几个月之后，一项动车组电器内部构造的创新设计完成了，从根本上杜绝了冷凝水断电故障。一个看似偶然的事故，却激发出一项中国创新！

2009 年圣诞节前夕，穿越英吉利海峡海底隧道的“欧洲之星”高速列车遭遇大雪天气，进入隧道后因冷凝水浸漫导致断电，5 列车被堵在隧道里动弹不得，“欧洲之星”被迫停运 3 天——赵明花看到这则新闻，感慨地对同事们说：“幸好我们早有发现、早做预防了！”

——高铁“水土不服”的难题就是多。北方有冰冻，南方又多雨。飞驰在武广线的动车组，面临着长时间的雨季漏水和潮湿浸润的问题，在唐车副总工程师杜会谦的主持下，又一项防雨防潮的创新设计诞生了。

勇于创新，各有高招！

——丰桥公司副总工程师赵秀丽“叫板”两条大汉的故事，是高铁建设工地上的一段佳话。2005 年 7 月，京津城际铁路开工建设，中铁六局丰桥公司承担了 14910 块无砟轨道板的预制任务。轨道板是无砟轨道结构体系中最基本的支撑物，是高铁轨道核心技术之一。按德国工艺要求，轨道板必须用超细水泥制作，而国内尚无厂家能够生产，如果全部进口，不仅价格昂贵，而且工期也很难保证。

一个受制于人的大难题横在高铁人面前。赵秀丽跑遍华北各大水泥厂，动员游说厂方进行试制。一次次试验的失败，令多家水泥厂先后告退，只有一家还在犹豫不决。厂长是个膀大腰圆的汉子，赵秀丽对他说：“你一个大男人，还不如我坚强吗？”几个月后，符合国际标准的高规格水泥终于试制成功，实现了原材料国产化的重大突破，仅此一项，为丰桥公司节约资金 1500 多万元。

但是，赵秀丽的思考与探索没有停止。超细水泥不仅成本过高，而且耐久性差。能不能用改进的国产普通水泥替代呢？她和同事们废寝忘食，反复研究试验，寻找最佳配比和路径。京沪高铁开工以后，赵秀丽找到山东一家水泥厂，厂长一听她对水泥成分的新要求，吓了一跳，连连摇头说：“我们的产品已经达标，不愁市场。你的要求我们做不到，算了。”赵秀丽向他介绍了中国高铁的宏伟计划，说：“高铁市场这么大，要是把新型国产水泥搞出来，将带来源源不断的效益，你连这点雄心壮志都没有吗？"

这位山东大汉热血沸腾了。经过数百次反复试验，又一项创新成果——国产新型"绿色高性能水泥"问世，世界一流的无砟轨道板诞生了，为企业节省投资7000万元，更为今后中国高铁大发展提供了充足可靠的材料保障！

——中国幅员辽阔，地形、地质之复杂是国外同行不曾遇到的。郑州至西安路段，是全世界唯一铺设在黄土地带的高铁，何华武说："黄土缺少支撑力，遇雨就沉降变形，像水浸过的面包一样。"高铁路基架在这样的土质上，如果固化不好，轨道就变成"面条"了。十几位院士和一批专家汇集到黄土高坡上"集体会诊"。就凭着这样的集体智慧和创新勇气，郑西线的湿陷性黄土地基，武广线的岩溶地基，广深港和甬台温的淤泥地基，合宁的膨胀地基，哈大线的高寒软土地基，等等，都被中国铁路人一一攻克，并实现了"零沉降！"

再来看看空中的创新。

2009年12月9日，在武广线试运行过程中，中国动车组以"双弓重联"的方式，创造了时速394.2公里的速度，这是又一项世界级的新纪录！

所谓"双弓重联"，就是将两列动车组、共16节车厢联挂运行，上部同时升起两个受电弓，从空中的接触网导线获取动力。这种大编组联挂，无疑会大大提高运输效率。但这绝不是"1+1=2"的简单等式，因为列车前弓高速冲击接触网后，会引起接触网的振动，使后弓与导线的"密贴跟随性"（专业术语称之为"弓网耦合"）大为降低，剧烈的振动有可能造成后弓离线、撞线，产生大量火花，严重的时候可能会出现烧线、刮弓，酿成重大事故。此前，仅有西门子在西班牙高速铁路上做过"双弓重联"试验，但尚未在正式运营中应用。

中铁电气化局年轻的副总工程师董安平率领他的团队，承担了攻克"双弓重联"这一世界性难题的任务。回忆这段艰辛的历程，董安平感慨良多，他说，中铁电气化局是个老企业，搞了几十年电气化铁路建设，过去把导线一挂，平直度差个一两厘米无所谓，只要不出现波浪弯和扭面，跑起来不打火就算完事大吉。武广高铁建设按欧洲标准，导线在1米长的范围内平直度不得超过0.1毫米。中国这些架线老手必须从零开始，在上千公里的线路上，那些粗糙的大手仿佛在一针一线地“绣花”。经检测，武广线牵引导线的平直度平均达到0.05毫米，比头发丝还细。这不仅是工程质量、技术水平的质的飞跃，更是中国工人在素质、理念、作风上的跨越性进步！

高铁系统对导线性能的要求是极高的：一是要有足够的硬度，受电弓几十万次与它高强度、高频率的摩擦，硬度不够，耐磨性低是不行的；二是必须有很高的导电率。但在金属材料学中，强度和导电率恰恰是一对矛盾：强度越高，导电性越差；导电性越高，强度越差。比如铜比铁软，导电性却比铁高。

那么，能不能找到一种新的合金材料，使两种性能都能得到足够的保证呢？董安平知道，80年代，日本研制出一种性能良好的PSC导线，于是他向日本有关方面表示，希望引进这个技术。日方专家经过严肃认真的内部讨论，最后以“我们的技术还不成熟”为由，拒绝了中方要求。毕竟，中国曾是远远落后于他们的角色，如今突然变成强大的竞争对手，他们必须小心提防了。

中国高铁发展的前景，又一次遭遇受制于人的瓶颈。董安平的心情久久不能平静，他和同事们开始探寻自主创新之路。一个偶然的机会，他们与浙江大学金属材料研究所所长、博士生导师孟亮教授遇上了。窗外一弯月，桌上几杯茶，海阔天空聊起高铁上的导线，孟教授说，中国航天器上用过一种新材料，他进行过专题研究，还发表过论文。

董安平大喜过望，双手把桌子拍得山响，茶杯都跳起来了。电化设计院总工程师王立天迅速飞往浙江，在孟教授的实验室看到一小块样品，那一刻，他激动得眼泪都涌出来了！“我们成立个合资公司怎么样？”王总当即提议。铁路系统的河北一家制造商闻讯自愿加盟，十几天后合资公司正式启动。

试验过程中，年近六旬的孟教授有胃病，天天靠冷水吞药片顶在第一线；董安平瘦了十几斤，笑称"攻关就是最好的减肥运动"；项目经理何劲松35岁时才要孩子，为了高铁事业，妻子怀孕5个月时他"离家出走"。孩子渐渐大了，会认爸爸了，妻子只能抱着孩子到公司大厅的光荣榜前，指着何劲松的照片说："那是爸爸……"

"中国导线"终于在千里武广线上横空飞架，牵引着"和谐号"高歌猛进。

通信信号是铁路的"神经系统"。从当年"李玉和式"的手摇信号灯，到今天集成创新的数字技术控制，与共和国同龄的中国铁路通信信号集团作出重大贡献。研发中心总工程师江明今年刚刚32岁，他的话可以代表所有高铁科研人员的心声："我们的工作很有干头，因为我们解决的都是前人和别人没有解决的问题。"他还有一句更牛的话："什么难题我们都能找出办法来，主要是时间不够用。唉，人类为什么要睡觉呢？"

在迅猛前进的高铁事业中，还行进着一个默默无闻的庞大群体——中国新一代知识化、专业化的产业工人。他们全是"80后"甚至"90后"，个个朝气蓬勃，英姿勃发。就是这些被父辈视为"掌上明珠"的独生子女一代，构成中国新一代"铁军"。

——"五朵金花"坐在我面前，谈起这些年的艰辛与劳苦，全哭了。她们是青岛四方的"女焊花"：史秀华、曲先华、孙国华、于延伟、崔恩霞。

"和谐号"工程上马之初，还没有机械化焊接设备，由她们负责焊接铝合金车体。从接受任务的第一天开始，她们就成了一群"不要命也不要家的女人"，被不叠、衣不洗、锅不刷了，化妆品扔抽屉里了，几乎天天踏着晨露上班，顶着星光回家，一进家门骨头就散架了。吃奶的孩子，狠狠心断了奶，扔给老人。上学的孩子，经常一连几个星期见不到妈妈的影子。那天曲先华半夜回家，丈夫去上夜班了，她一进门就听3岁女儿在梦中喊“妈妈”。黑暗中，曲先华坐在床头热泪长流，哽咽不止。

她们无数次答应过孩子：“等妈妈忙过这阵子，就带你去公园、看电影。”可她们从未实践过自己的诺言。读小学的孩子批评说：“你是最不守诚信的妈妈！”上大学的孩子说：“放假我再也不回家了，你们都在厂里忙，剩我一个人守着空房子有啥意思！”

背过身，妈妈怎么也抹不尽滚滚而下的泪水。

终于有一天不加班了，史秀华乐疯了，脱下工作服就往家跑，跑到家门口才发现自己忘乎所以，拎包和钥匙都锁在工具箱里忘带了，只好敲门。孩子上学，老公在单位，家里只有瘫痪在床多年的老母亲。老母亲挣下床，在地板上爬了近半个小时，才颤巍巍支撑起来把门打开。门开的那一刻，史秀华抱起母亲，一边往屋里走一边哭……

——一列动车组有几万个接线头，接线工必须成年累月以跪蹲方式进行工作，那大概是世界上最枯燥的劳动，一天忙下来眼花缭乱，夜里做梦，满脑子仍然飞舞着五颜六色的线头。唐车接线工高向丽，文静柔弱，走路和说话都是轻轻的。因为长时间跪蹲工作，第一次怀孕不幸流产。但就是她，以惊人的定力创造了两万根接线无差错的纪录。唐车所有接线工都保持着极高的无差错纪录，德国专家说，你们已经超过西门子的水平。

——身材高挑、容貌秀丽的孙斌斌，是唐车选送到德国培训的首批青年焊工之一，家里三代都是唐车人。新中国成立初期，唐车制造出第一辆火车头，上面的毛泽东像就是她爷爷亲手刻制的。好家风培育了一个意志坚定、好学上进的好女儿，孙斌斌在德国顺利通过“国际焊接教师”的资格考试——成为全球第一位获得此项资格的女性。她受邀走上讲台，为西门子培训德国学员——她又成为“中国第一人”。因为她授课耐心细致，德国学员们把好几位本国教师赶走了，说：“你们能上哪儿就上哪儿吧，我们只让中国老师教！”

在唐车动车组奋战的第一代优秀青年焊工，都是孙斌斌一手“克隆"出来的。

——女工吕开香，地震中两个姐姐不幸遇难，她成了父亲唯一的"掌上明珠"。唐车决定送她去德国培训时，父亲老泪纵横，不愿意女儿跑到那么远的异国他乡去，但她还是扔下两岁的女儿，和同厂的丈夫一起踏上征途。从她离家那天起，女儿每天夜里都抱着妈妈的枕头睡觉，而且不允许任何人碰那个枕头，因为枕头上有"妈妈的味道"。

说到这里，吕开香泣不成声。

世界上的女人是水做的，中国高铁女工们是汗水和泪水做的。但她们无比骄傲和自豪，她们说："我们作出了世界上最好最快的动车！"

截至目前，中国南车和北车集团已经出口轻轨动车组成套设备达23亿美元。

无论多么绚丽的梦想，无论多么伟大的设计，当最后一道工序完成时，站在旁边默默擦汗的一定是一群工人。他们是中国高铁真正的钢轨和基石。他们如同春蚕，用自己的爱和生命，默默吐出一条流光溢彩的钢铁的"丝绸之路"。

尾　声

2009年9月，新中国成立60周年大庆前夕，北京南站披红挂绿，热闹非凡。铁道部组织全路上万名劳模，登上京津"和谐号"城际列车，以领略中国高铁的建设成就。伴随着速度显示屏上节节上升的红色数字，劳模们站立起来，激动地挥动双臂，齐声高喊，仿佛不是接触网上的巨大电流，而是他们的喊声在推动列车飞速前进。那是"中国创造"的加速度，那是几代铁路人的梦想与追求，那是中华民族走向伟大复兴的激越步伐啊！两鬓飞霜的老劳模老泪纵横，气宇轩昂的青年劳模热泪盈眶……

是泪花，也是骄傲与自豪，在他们的脸上闪闪发光。

十六大以来的8年，中国铁路谱写了自己辉煌壮丽的篇章：从世界上最快的“和谐号”到地球上最高的青藏铁路，从六次大提速的技术集成创新到运煤专线大秦线（大同至秦皇岛）创造的世界重载最高纪录——那可是壮观到令人震撼的景观啊！第一位上线的万吨重载货运列车司机程利甫是西北汉子，英眉朗目，虎虎生威。他告诉我，大秦线上每天飞驰着95对重载列车，年运量达4亿吨。一列重载列车最高载重达2万吨，编组200多节车辆，总长2.5公里，最高时速120公里，这意味着大秦线平均每秒飞过去13.7吨煤，如同一条波澜壮阔的煤河每天源源不断地从大同流到秦皇岛……

中国铁路人终于在大地上画出最新最美的图画。高速、高原、重载，既有线提速等创新成就一鸣惊人，傲立于世，并在国际上一举打响“中国创造”的最优品牌。目前美国、俄罗斯、巴西、沙特、土耳其、波兰、委内瑞拉、印度、缅甸、柬埔寨等几十个国家都希望我国参与他们国家铁路项目的合作。有些项目已经开工建设。

“火车一响，黄金万两”，这是国人对轨道交通价值意义最通俗也最精到的概括。到2012年，随着京沪、京广、京哈、沪汉蓉、沪昆等“四纵四横”高速铁路网的建成，闪闪发光的高铁将如一条条彩带，把北京和各省会城市紧密联系起来，从“1小时生活圈”到“8小时生活圈”，再到西部边疆省区的“一日生活圈”，56个民族组成的“中华大家庭”载歌载舞，仿佛都汇聚到辉煌壮丽的天安门广场……

横空出世、光彩熠熠的高铁，成为中国递给世界的一张亮丽名片。国际铁路联盟高速铁路部总监说：“中国正成为全球领跑者，世界铁路的未来在中国。”一位曾在广州车站当过春运志愿者的大学生，在经历和目睹了太多的崇高和感动之后，写下这样一首温情的小诗：

有一种车次，千百趟的终点

都是同一个站名——家
有一种运送，千百趟的目标
都是同一个向往——团圆
有那么一群铁路人，日夜工作
都是同一个希望——让您回家团圆
因为他们的坚守，因为他们的温暖
这个除夕不太冷

中国铁路人以对国家和人民的勇敢担当、艰难奋斗和炽热情感，在中华大地建立起一座以“无私奉献”命名的历史丰碑。

面对这座丰碑，我们充满敬意。

原载《人民日报》2010年6月11日

国家责任（节选）

王成章

作品简介

张国良经过三十多年卧薪尝胆，带领团队创造了中国碳纤维的神话，实现了孜孜以求的碳纤维“中国造”的梦想。他先是将一个濒临破产的纺织机械厂变成国家级重点高新技术企业，接着又发展壮大成集纺机后整理专家板块、纺织面料和服装板块、碳纤维及新材料板块等16家企业于一身的鹰游集团。张国良之所以甘冒风险下定决心研发碳纤维，源于国家需要，他以企业家的责任担当意识谋求企业发展的同时肩负着造福国家、社会的重任。王成章采用焦点透视的表现手法立体地呈现出张国良这一中国改革开放风潮中涌现出的弄潮儿形象。

根据王成章《国家责任》（人民出版社，2015年5月初版本）节选。

正文节选：第三章国家责任第一节

第三章　国家责任

第一节　心游万仞

2002年3月3日，乍暖还寒时节，“瓦良格”号航母历经多重曲折从乌克兰来到中国，停泊在大连港。

从那时起，连云港就有一个人一直关注它的消息。

这个人还注意到，2005年4月26日，“瓦良格”号由大批拖轮拖进大连造船厂第一工场的30万吨船坞。

这个人暗暗有点兴奋，他对自己说，有戏！

不错，确实有戏，而且是一出大戏，一出振奋民族的大戏！

2011年7月27日，中国国防部证实正在利用一艘废旧航空母舰平台进行改造，用于科研试验和训练。

同年8月4日，“瓦良格”号附近加强管控，禁止拍摄及窥视港区。

2011年8月10日，“瓦良格”号首次试航。

千呼万唤始出来啊！“瓦良格”号航母承载了国人诸多期望：南沙的权益、海洋的航路安全、中国大国崛起的屏障……

后来，“瓦良格”号正式改名为“辽宁舰”。

“辽宁舰”首次试航的那天，这个人晚上一遍遍地在电脑上反复看着它的处子秀，心潮澎湃的他边看边打开了他的家乡酒——四特酒。

当然，那时候的他压根儿没有想到，2012年9月25日这一天，我国第一艘航空母舰“辽宁舰”正式交付海军。就在央视《新闻联播》播出这个振奋国人消息的时候，一个叫梅文的政委亮相荧屏，顿时，他的家乡沸腾了，因为梅文的家乡就在九江长江大桥北面的小池镇，和他同在一个镇。他的家在腊列村，梅文的家在中列村。一个志在实业报国，为祖国争光，为民族争气；一个报效军队，成为中国首艘航母的政委。另外，两个人都有从小就教育他们爱党爱国的好父母。

除了关注“辽宁舰”，这个人还特别关注中国新一代战机的研发信息。

2011年1月初，一架编号为2001的新型战机在我国某飞行试验场出现，引起了广大军迷和国内外各大媒体的热切关注。根据中国新型战机的命名传统，这款战斗机被称为“歼—20”，但网友赋予了它一个更贴切的名字：黑丝带。这款新型战机表面呈黑色，可以判断出这是隐形材料的涂层，同时机体采用了鸭翼、V型全动双垂尾、DSI进气道等第四代战斗机特有的气动布局设计，因此得名“黑丝带”（黑色的第四代战斗机）。

那一天，网友拍摄的试飞视频他看了一遍又一遍，他兴奋得手舞足蹈，兴奋得有点“漫卷诗书喜欲狂”的样子。

2011年1月11日，这是一个让中国航空人和军迷们最难忘的日子。我国自行研制的“歼—20”第四代战斗机一飞冲天，让国人热血沸腾，令世界目瞪口呆。“歼—20”的诞生，再次让中国航空事业走向了新的高峰，也再次让世界对中国军工刮目相看。

“歼—20”首飞，代表着中华民族飞起来了。有人可能疑惑，一架战斗机，能够抬到这么高的水平吗？事实上，随着战斗机的技术复杂程度越来越高，发展到了第四代（或者说第五代）已经成为考量一个大国的综合国力，包括意志力、经济实力和科技实力的一个标杆。在欧洲国家止步于“台风”“阵风”这些三代半战斗机的时候，中国已成为继美国和俄罗斯之后的第三个研制第四代战机的国家，充分证明了中国综合国力的提升。

“歼—20”由成都飞机设计研究所设计、成都飞机工业公司制造，是接替歼—10、歼—11等第三代歼击机的未来重型歼击机型号。

“歼—20”机身，采用了国际最先进的复合材料。

这是一个铁杆军迷，更是一个企业家，一个写出《我的军人情怀》、一个远赴呼伦贝尔草原为部队官兵改水、一个把部队赠送他的炮弹壳放在办公室视如珍宝的企业家。

我想我就不用在这里绕弯子了，因为读者已经猜到这个人是谁了，他就是本书的主人公张国良。

张国良知道，无论是“瓦良格”的改装还是“歼—20”试飞，乃至“神舟”和“嫦娥”的飞天，都离不开一种特殊的材料——碳纤维。

前两年，人大代表张国良就写了关于建造中国航母的议案，该议案被采纳，由中国人民解放军总参办理，并收到书面答复。

2011年7月28日，是鹰游纺机集团公司成立10周年庆典。

其间，《鹰游纺机》杂志记者向张国良提了两个很有趣的问题：您最近在关注什么话题？哪个人让您最景仰？

张国良回答：我最关注的是“瓦良格”和“歼—20”，我最景仰的人是两院院士师昌绪。

师昌绪是谁？

他是新中国成立时，美国明令禁止回到“红色中国”的35名中国学者之一，是著名金属学及材料科学家，曾任中科院金属研究所所长。主要从事合金钢、高温合金及材料强度的研究工作。领导研制成功中国第一代铸造多孔气冷涡轮叶片，为中国航空工业的发展作出了贡献。

人们不吝于给他戴上多项桂冠：“中国高温合金之父”“中国材料学之父”。这多项桂冠都和材料有关，难怪有人说他就是用“特殊材料”制成的。

他和各种材料打了一辈子交道，并为中国创造了多项第一。

2001年1月，两院院士师昌绪给时任国家领导人写了《关于加速开发高性能碳纤维的请示报告》，点燃了中国碳纤维的发展之炬。

碳纤维的研制，不仅助力我国战略武器成功飞天，更在新材料领域刮起一股革命旋风，它被誉为“黑色黄金”“新材料之王”。

2010年1月14日，91岁的金属学及材料学家师昌绪以他对研发高性能战斗机的突出贡献，获得了国家最高科学技术奖。而在此三天之前，中国的“歼—20”隐形战机才刚刚首次公开试飞。

难怪媒体这样说：“材料之父”师昌绪助“歼—20”起飞。

而他却将获得的500万奖金全部用于金属所研究和设立奖学金。

材料是制造业的基础，决定着整个国家的强富与贫穷。强国梦，材料不可或缺。2013年3月23日，师昌绪在中国科技馆作了题为《材料与社会》的报告。他说实现强国梦必须重视新材料。

他说，我们这代人为什么爱国情结根深蒂固，因为受外国列强欺辱太深。

他说，每一个中国人都应该有一个信仰，这个信仰就是使中国强盛，中国梦就是大家共同的梦。

他还说，作为一个中国人，就要为祖国作出贡献，这是人生的第一要义。

这时候，你会为喊出“为祖国争光，为民族争气”口号的张国良会心一笑，也难怪张国良会景仰师昌绪，因为他们都有一颗中国心，他们都要做祖国最需要的“材料”。

应该说，整个人类的发展史都是以材料为一个主要的划界线的。但是材料往往不受到重视，因为它不是最终产品。人们都喜欢会叫的，会跳的，上天的，但是它们主要是由材料组成的。材料不过关，你任何东西都过不了关。有人说航空飞机70%是仗着材料往前飞，有一代新材料，就有一代的新飞机。对于航空飞机和航母而言，什么样的材料决定了它上天本领多高，下水战力多强。

因为师昌绪，这一涉及航空航天军事领域的核心材料在我国从无到有，并摆脱国外掣肘。在他的主持下，我国一系列新材料规划相继诞生、世人瞩目。

这一下，你会明白张国良为什么景仰师昌绪，师昌绪后来为何在89岁的高龄走访鹰游集团了。

因为碳纤维，他们走到了一起。

话分两头，我们把时间再往前溯。

2001年左右，连云港市关注碳纤维的除了张国良，还有几个热心人，且听我慢慢道来。

我们前面提到的连云港纺织公司，后来改名为江苏省奥神集团。奥神是2000年9月经江苏省人民政府批准成立，2001年7月正式运营的市属国有独资公司，运营资本主要由原市纺织工业公司管理的国有资产构成。2001年张国良的鹰游集团改制时，奥神集团的国有股还有25%的股份，过了一两年就全部退出了，也就是说奥神集团和鹰游集团已经各自独立，没有任何产权关系了。

当年纺织公司下属有一个钟山氨纶公司，是纺织公司和香港钟山公司联合投资的，所用的设备和技术全是从日本买来的。20世纪八九十年代，日本财团和企业积极布局中国，是因为中国的发展态势欣欣向荣，同70年代高速成长期的日本近似；相形于一个跃进的中国，人们看到的是一个停滞的日本，中国经济持续性快速成长给日本企业带来开拓巨大市场的机会。在中国这个巨大市场同各国竞争，建立其生产基地，是日本企业生存之道。

很多日本企业开始把过去在欧美的战略重心向中国转移，并加大了投资力度，这也就是所谓的中日关系"蜜月期"。其实这只是日本财团对华战略的深度布局而已，它要建立自己的离岸经济，其触角伸展到粮食、钢铁、纺织、机械、化工、能源、电子和信息、纤维、物资、金融等广泛领域。

钟山氨纶董事长兼总经理是杨正寰，1993年到1995年的钟山氨纶一度是连云港效益最好的企业。纺织公司改名为江苏省奥神集团后，钟山氨纶就变成了奥神集团的控股企业。2000年左右，美国杜邦公司又来和钟山氨纶公司合作，杜邦公司是美国大型化学公司，它想购买氨纶公司的股权。双方经过反反复复的谈判，钟山氨纶公司以6000多万美元的价格转让了一定比例的股份给杜邦公司，名称也改为杜钟氨纶有限公司。这样，奥神集团有6000多万美元闲在那儿，按照当时人民币与美元1∶7的兑换比率，有4个多亿人民币呢，这可不是个小钱，放在现在也是一笔大钱。

这么一大笔钱怎么用？如果你不用的话，只能自我贬值。但国有资金不能乱花，用的话得找项目投资，找项目就得根据连云港市的产业基础和创业环境来找，不能盲目投资，否则到头来竹篮打水一场空，谁也担不起这个责任。

那么连云港市的产业基础和创业环境当时怎么样呢？连云港工业在江苏省还非常薄弱，纺织行业棉、麻、丝、绸在全省根本排不上号，棉纺人家有几百万锭，连云港市只有三万锭；涤纶人家有产能几十万吨，连云港市只有两万吨。比较好的只有氨纶，纺机就更差了，可以忽略不计，这就是连云港市的纺织基础。

当时连云港市对纺织行业定的调子是“立足纺织，走出纺织”，奥神集团做什么或不做什么，就得去调研考察。杨正寰是东华大学毕业的，东华大学有一个潘鼎教授，在实验室里成功作出了碳纤维，小批量生产，是采用黏胶基方法做的。黏胶基碳纤维是做导弹的烧蚀材料，不是结构材料，导弹头打出去以后就烧蚀掉了，但在燃烧之前它有硬度有强度。

说起碳纤维这个名词，十几年前肯定有人感到奇怪，这是啥玩意儿？至今恐怕还有人不明白，开发碳纤维有何用？

这简直是一种神奇的材料。它是一种神奇的纤维，只有头发丝的1/10至1/20般粗细，柔软如蚕丝，但却比钢硬、比铝轻、比不锈钢耐腐蚀。重量，只有钢铁的1/4，强度，却是它的10倍。用它来造大飞机、汽车、轮船、自行车，能大幅减重提速；用它来做高尔夫球棒、羽毛球拍、钓鱼竿，轻巧且耐用……美国最新型的战斗机上，碳纤维复合材料占1/4，机翼占1/3；航天飞机上火箭推进器的关键部件、先进的导弹发射管等，全部是碳纤维复合材料。航天飞机只要能减轻1公斤重量，助推火箭就可以减轻500公斤的重量。同时，它的民用范围也很广泛，在医学上，用碳纤维材料制成器官进行人体移植，其排异反应很小……

因为它的神奇，掌握其生产技术的日、美等国一直严格保密，相关产品也在禁运之列。

碳纤维工业化生产始于20世纪60年代初的日本，其实我国碳纤维研发起步并不晚，20世纪60年代初，中科院长春应用化学研究所就已开始了研发，并在吉林辽源石化厂建生产基地，继之又有沈阳金属所、北京化学所等介入研发。因航空航天领域的亟须，当时的国防科工委主任张爱萍将军1975年11月在广州主持召开了著名的“7511”会议，会后正式纳入国家科技攻关计划，开始启动了碳纤维的研发和生产。

可惜的是多年的攻关并未突破碳纤维原丝等关键技术，产品没能走出质次价高的怪圈，无法满足国内的军民用需求，致使我国95%以上的碳纤维长期依赖进口，在这一重要战略物资上受制于人，严重制约了我国军民用复合材料产业的发展，后果是极其严重的。

既然碳纤维这么神奇，奥神集团董事长鲁林就派副总经理芦静随杨正寰去东华大学，参观潘鼎教授的实验室。芦静1970年参加工作，1995年到纺织公司做副总，后来又做奥神集团的副总，当时也就40岁出头。她喜欢思考问题，思维敏捷，略显瘦削的身体里潜藏着的巨大的能量。

芦静和杨正寰参观后都觉得非常了不起，碳纤维在1000多度的高温下、从烧得通红的炉子里出来，它还是一根纤维，烧不断。

这里有必要介绍一下潘鼎教授了，张国良对潘教授评价很高，称他为“不是院士的院士”。潘鼎教授早在40年前就与碳纤维结下了不解之缘。1978年，国家恢复研究生招生制度后，他考入我国纺织教育与研究的最高学府、东华大学的前身——华东纺织工学院，毕业后分配到吉林化工研究院，中国早期研究碳纤维的大都是从吉化院出来的。后来一个偶然的机会，他认识了被誉为“中国化纤第一人”的高分子化学专家、东华大学校长钱宝钧。吉化院的院长也是钱宝钧的学生，他请钱宝钧到吉化院讲了一堂课。潘鼎很崇拜化纤界的权威钱宝钧，后来写过几封信向他请教问题。

钱宝钧也知道潘鼎是在吉化院搞碳纤维的，后来他把潘鼎从吉林招到东华大学做了他的研究生，1981 年潘鼎毕业，本来是哪里来回哪里去的，但钱宝钧和纺织部计划司的领导讲，潘鼎这个人我要！他看上潘鼎了，还在上海为潘鼎申请到了户口，破格把潘鼎留在上海，潘鼎就死心塌地跟着导师干起了碳纤维。

20 世纪 80 年代，被誉为“共和国之矛”的我国头号战略武器面临最后两项久攻不克的遗留难题，其中一个“拦路虎”就是航天级高纯黏胶基碳纤维。作为洲际导弹弹头防热层关键材料，航天级高纯黏胶基碳纤维的性能、品质直接关系到飞行的质量及成败。因其原料要求极高、制备技术极难，当时只有美、俄两个超级大国拥有，且对我国严密禁运、技术封锁。

难关攻不下，导弹上不了天！

关键时刻，在国家有关部门的支持下，潘鼎领衔的碳纤维项目组临危受命，采用国外否定、国内仅有的棉浆基纤维素为原料，先后攻克了“原丝、工艺、强度、排废”等难关，苦战四年，在碳纤维生产的基础理论、工艺技术和制备等方面获得了系列突破，在软硬件技术上获得了大量原创性成果，最终成功研制了集美、俄两国同类产品性能所长的航天级高纯黏胶基碳纤维，为国家头号战略武器飞天提供了关键性的技术支持。

潘教授此举不仅填补了国内空白，让我国由此成为世界上第三个掌握航天级高纯黏胶基碳纤维研制技术的国家，也为我国国防现代化的升级换代及捍卫国民经济现代化成果作出了贡献。这么多年来，潘鼎教授团队配合国家战略任务，为现役及高新后续的各类型号导弹持续稳定地提供着保质、保量的碳纤维产品，得到了相关航天部门及军方的充分肯定，获得国家科技进步奖等多项奖励。

潘鼎坦言，中国科研人员研制的高纯碳纤维成功后，立即被应用到洲际导弹及其他导弹的弹头防热层，这种纤维不仅有效减轻洲际导弹重量，其防热效果也使核弹和制航系统在进出大气层时得到有效保护。

如果说黏胶基碳纤维的“横空出世”，展现了东华大学在高性能纤维研究领域“敢为人先”的魄力与胆识，那么，聚丙烯腈基碳纤维的持续攻关，则体现了潘鼎教授团队在致力于新材料产业“换代升级”变革过程中“追求卓越”的决心与毅力。和黏胶基碳纤维相比，聚丙烯腈基碳纤维也用于国防军工，但其涉及的民用领域更广泛，不仅飞机、汽车等交通工具可用，建材、医疗器械、体育用品等方面也大有可为。拿飞机来说，以前多用的是铝合金耗材，有疲劳极限，换作聚丙烯腈基碳纤维材质，不仅机身更轻，飞得更快，更重要的是，强度得以加强，断裂概率大为降低，安全系数也得到很大提高，在能耗及环境污染方面，也创造了杰出效益。

参观碳纤维给了芦静和杨正寰很多启发，但奥神集团不会去做烧蚀材料，而是要做国家最缺乏的结构材料。于是奥神公司就开始了碳纤维的调研工作，杨正寰虽然已经退休了，但他有广泛的人脉，对做项目也别有心得，很有经验，也参与了调研。芦静就跟着他学怎么谈判，怎么做项目，杨正寰有点像奥神集团顾问的样子。

2002 年元旦，奥神集团董事长鲁林邀请相关专家来连云港市，商谈投资碳纤维的有关事宜。请来吉林吉炭公司的肖工程师，吉林化纤公司的王国信工程师，还有潘鼎教授、山东大学的王成国教授。因为是悄悄约谈的，几个专家都没有和单位汇报。

但在锦山宾馆谈了很长一段时间，一直没谈好，专家们意见不统一，没有拿出具体的方案。

外贸专业出身的鲁林尽管对碳纤维情有独钟，想搞但一直没下决心，拿不定主意。他考虑的不光是技术和资金，到底怎么搞碳纤维，没有非常明确的方案，所以这事一拖再拖。

多年后芦静认为，当时没下决心有方方面面的原因，和奥神集团的企业体制也有很大关系。

接下来芦静他们又有了机会，去日本考察一家做碳纤维后道制品也就是实际应用的企业，公司名叫 OBS，董事长叫大石乔。该公司用超声波把碳纤维扩展，由 2 厘米宽扩展到 8 厘米宽，然后编织成碳布。奥神集团当时也曾想引进这个技术，先从后道的碳纤维应用入手，再往前道的研制去做。

可是这事很快被日本政府知道了，碳纤维属于日本的国家机密，OBS 公司立即中断和奥神的接触。奥神集团董事长鲁林此时又调回政府任职，碳纤维项目就停下来了。

直到 2003 年，连云港市政府牵头组成了一个代表团到日本考察调研，招商引资，代表团由副市长施炎带队。施炎副市长分管工业经济、信息化、科学技术和民营经济。

应该说，在 20 世纪 90 年代和 21 世纪初，因为《史记》记载的秦代方士徐福东渡日本的故事，日本企业和连云港市的联系还是比较多的，因为徐福的故里就是连云港市赣榆县，双方利用文化搭桥也唱了不少经贸戏。连云港市是为了招商引资，日本企业则是为了完成其产业布局。施炎经常会见日本的三井、三菱、住友等商社或企业的高管，连云港人热情好客，此次访问日本带有回访的性质，来而不往非礼也。

在日本参观了几个公司后，一个曾经和芦静打过交道、聊过碳纤维的日本人知道芦静到了日本，也从北京赶回日本要接待芦静一行。

第二天代表团本来要去参观其他的企业，但芦静还是放不下牵挂已久的碳纤维。

芦静快人快语，她对施炎说，这些公司去不去都一样，我带你去另一家公司。

施炎问，哪一家公司？芦静就大致地说了一下。

施炎说，好啊，其他公司就不去了，就去看这家碳纤维公司。

但当代表团刚一提出要去参观这家公司，日方接待人员马上说要等一会。这一等就从 8 时等到 9 时 40 分，芦静至今记得非常清楚，因为是她擅自改变了代表团行程。芦静自嘲在这个代表团里她充其量是个小喽啰而已，如果参观不成的话她面子上也不好看，所以她一直焦急地盯着手表看时间。

日方后来还是让他们进了工厂，但全部的设备包括生产线全部用布蒙了起来，不让你看见，只是让你走一圈而已。就像我们平常家里人出远门，把家里的沙发等物品都蒙起来一样。日方觉得自己到连云港考察，人家都盛情招待，到了日本想看看你的工厂你都不让去不让看，有点说不过去。于是他们在芦静一行等待的这 1 小时 40 分钟时间里把所有机密产品都蒙起来，然后带你到商务接待中心接待一下，车间里让你走一圈，如此而已。

施炎 1961 年出生，当时还是相对年轻的副市长，因为年轻所以他会出其不意攻其无备，使了一个眼色就和几个人各掀一个角，把盖布掀了起来，把碳纤维设备和产品都偷看了一下。他们看到车间里有很多产品即将运发美国，芦静看到的碳纤维产品薄如蝉翼，同时强度又很大。

芦静就介绍说这个东西就是碳纤维，比钢轻多少倍，但比钢强度高多少倍。

施炎就说，这个真是好东西，芦静啊，你要是把这个东西弄到连云港来生产，不管花什么代价都是值得的。

分管工业副市长的话芦静记住了，回来就向奥神新任董事长刘新华作了汇报。

刘新华决定重新启动碳纤维项目，于是又把潘鼎、王国信和北京航天 703 所的工程师请了过来，“神九”“神十”和导弹发射都是他们做的，大家一起讨论到底怎么做。初步决定和潘鼎一起合作做碳纤维，王国信也不断地寄来有关资料和图片。因为引进是没门的，西方国家的“巴统协议”正卡着中国的脖子呢。

“巴统协议”的全称是“巴黎统筹委员会”，是1949年11月在美国的提议下秘密成立的，因其总部设在巴黎，通常被称为“巴黎统筹委员会”，是对社会主义国家实行禁运和贸易限制的国际组织。它绝对禁止高新技术流入社会主义国家，实际上是发达国家对发展中国家高新技术的封锁。

当时中国经济政策的大环境是“国退民进”，即在某些领域扩大民营资本所占市场份额，而缩小国有资本，推动经济市场化，这是一个特定的历史阶段。

经过反反复复、走走停停的几年调研，奥神集团基本上也形成了一个投资方案，即引进客商投资，市内外有几个企业要和奥神一起干。刘新华觉得有必要和张国良说一下，因为张国良对碳纤维非常感兴趣，大家又在一个行业里，张国良还是奥神集团的董事呢，尽管奥神和鹰游已经没有产权关系了，但还是有一些合作，不告诉他面子上过不去。

就这样，刘新华带着芦静抱着和张国良说一声的想法来到了张国良的办公室。

再说张国良。从2001年7月28日鹰游纺机有限责任公司改制成立，到立成毛绒、迎雁毛纺、飞雁毛毯、金典服饰等公司相继挂牌成立，2005年集团力量壮大，已经是一只羽翼丰满、振翅翱翔的雄鹰了。分进合击，游刃有余。如果张国良领导鹰游集团不断做“精”做“专”，前程一样光明。

2005年春天，鹰游集团就像一艘满载希望的航船，行驶在浩荡商海中。

2005年对于中国纺织业来说，应该是一个不错的年景。从1月

1 日起，全球纺织业发生了 40 年来最大的一次变革，即全部取消纺织品配额制度，这对于发展中国家的纺织业是一个扩大市场的良机。我国纺织业摩拳擦掌，准备大干一场，新上了大量设备，从业人员和生产能力骤增。

鹰游集团迎来了关键的发展时期，从 3 月 1 日起，集团进行了管理体制改革，给予各分公司以独立和高度自主的经营权和分配权，让它们直接面对市场和社会；整个集团推行年薪制，各公司实行总经理负责制，从根本上调动各位总经理的积极性，在更大的空间大显身手。鹰游纺机新品不断，飞雁毛毯、金典服饰出口创汇再创历史新高，人造毛皮厂也大有起色。

但张国良丝毫没有松一口气的意思，他在居安思危。

“居安思危”，一直是中国人用来告诫管理者最常用的一个词，它出自《左传·襄公十一年》：“居安思危，思则有备，有备无患。”

微软的总裁比尔·盖茨有一句名言：“微软离破产永远只有 18 个月。”

张国良一直有一种忧患意识，他在早期的文章里说，有一个梦让他最恐惧，那就是厂子破产了，工人们没有饭吃了。

常将有日思无日——这是中国人的老传统，事实上也是一个处在饥荒中的民族在危机感中养成的、渗透到了血脉和性格中的一种忧患意识。

做企业家要有信念，但企业家不可能是一片坦途，不可能永远繁花似锦。做企业家，经常站在悬崖峭壁上。所以英特尔公司的前总裁安迪·格罗夫说，“直到今天我还是战战兢兢地经营，如履薄冰”。后来，柳传志、张瑞敏在某些场合也说过“如履薄冰”这类的话，这反映了他们的忧患心态。

在管理学中有一个很知名的管理故事叫作“青蛙效应”。“青蛙效应”告诉我们，企业竞争环境的改变大多是“渐热式”的，如果管理者与员工对环境变化没有疼痛的感觉，最后就会像青蛙一样，被煮熟。同样一个企业如果只满足于眼前的既得利益，一味沉溺于过去的胜利和现在的繁荣之中，而没有忧患意识，对危机的逐渐形成麻木不仁，最后肯定会像青蛙一般在安逸中死去。

企业要避免“温水煮蛙”现象，首先要求其最高管理层具备危机意识，才不致在战略上迷失方向，否则就易滑入危机的泥潭之中。

20 世纪 90 年代初，波音公司产量大幅下降，为走出经营低谷，波音公司摄制了一部虚拟的电视新闻片：在一个天色灰暗的日子，众多的工人们垂头丧气地拖着沉重的脚步，鱼贯而出，离开了工作多年的飞机制造厂。厂房上面挂着一块“厂房出售”的牌子。扩音器里说：“今天是波音时代的终结，波音飞机公司关闭了最后的一个车间”，画面反复播放。这则企业倒闭的电视新闻使员工们强烈地意识到市场竞争残酷无情，只有不断进击、创新、拼搏，才能在竞争中立于不败之地。否则，虚幻的模拟倒闭就会成为无法避免的事实。员工们充满了危机感而更加努力工作，终于迎来了大发展，一跃成为世界上最大的飞机制造商。

有一句话让人印象深刻：一个成天总是乐呵呵的人，要么是成佛了，要么就是个傻瓜，绝不适合做企业家，更加不可能成为杰出的企业家。

在中国企业家这个群体里，每一年都会有每一年的浮沉，在这个极速变化的世界里似乎并没有真正的常青树。

做自己最熟悉的，这是张国良多年的坚持，但一个企业想在未来 10 年、20 年获得持续的发展，一定是因为它完成了布局。不仅仅你努力、你辛苦、你有愿望、你有技术，就可以获得几十年持续发展，持续发展一定是完整的布局，借助结构化的力量。

早在 2004 年 5 月 10 日，张国良就对企业发展模式有过定论：

“拼积木效应”是一种有广阔发展空间的发展模式，“积木”每块都是独立的，只要有一个契机，要拼多大就有多大，发展没有局限性。

“滚雪球效应”是一种不能无限制发展的模式，“雪球”滚动时直径从1米、2米到3米，再大就滚不动了，发展总有一定的局限性。

一个优秀企业家最大的爆发力是对自己成功模式的超越。

张国良一直在苦苦思索，他要给鹰游集团找到一条创新之路，打开另一扇门。

对于张国良来说，创新不是海参鲍鱼，而是萝卜白菜的事情，一个企业必须与时俱进，市场如战场，没有创新思路的企业是没有前景的企业。这时候的他，正在悄悄思考产品升级转型的事情。

他的脊梁上担着一份责任。

他的脑海里也几次闪现一直萦怀着他的碳纤维。早在2001年初，他第一次听说过碳纤维刷毛机用起来不变形，就逐渐对这种神奇的纤维产生了兴趣。后来他在网上找项目，想做碳纤维材料的飞机刹车片，为此，2001年底他还专门带着张建国和芦静到北京航天703所复合材料实验室调研过。其实当年考察的还不是严格意义上的碳纤维，是碳碳复合材料，是碳纤维的初级产品，刹车片后来因为其他原因没有做成。虽然此时的张国良还没有见过生产线上的碳纤维，但碳纤维三个字已经深深印入他的脑中。

就在这个时候，刘新华带着芦静进了他的办公室。

刘新华说，我们要干碳纤维了。

一听说“碳纤维”，张国良眼睛一亮，这可是他一直的梦想啊！

张国良说，你们要干碳纤维？好啊，你说，你继续说。

刘新华就继续说。

在听两人介绍情况时，张国良已经从两位潜在合作伙伴的话语里感受到一阵阵向他逼来的商机。

他马上激动起来，一把握着刘新华的手说，刘董事长啊，你可真是《水浒》里的宋公明啊！

说得刘新华一头雾水。

张国良擂了他一拳，你瞧瞧，宋公明就是及时雨啊！

他满屋子踱着步，太好啦，太好啦！这样吧，我就来个竹筒倒豆子——干脆利索，咱们联袂出击。

他又说，什么是你们干碳纤维啊，应该是我们，我们一起合作把国产碳纤维造出来！

张国良说话一点也没有含糊，不管是让我控股，还是让我参股，至于控多少参多少，全都没问题，我全都听奥神集团的。只要让我干碳纤维，我都没意见！

张国良的态度非常明确，也很坚决。

这让刘新华和芦静吃了一惊。

回来的路上，刘新华开车带着芦静，他有点不知所措了，自言自语地说，这该怎么办呢？

本来有几家企业要来谈判了，要来投资了，有本地的也有外地的，我们只是和张国良打个招呼而已。

他们没想到半路杀出个程咬金来。

芦静安慰他说，董事长，你也不要急，我们是国企，我们另外还有几个董事，我们再听听他们的想法。况且政府有分管副市长，你去汇报一下，看施炎副市长怎么说嘛。

施炎副市长事前听过奥神集团要搞碳纤维的汇报，政府的基本意见是碳纤维投资一定要设在连云港，但同时明确指示不让奥神自己搞，在国退民进的大环境下，一定要引进外部投资者，特别是民营投资者，政府支持民营企业做大做强，这是连云港市委、市政府的方针。

于是两个人下午就去请示施炎，施炎一听也很吃惊。

施炎和张国良很熟悉，他也喜欢运动，尤其喜欢打羽毛球，还是连云港超越羽毛球俱乐部的会员呢，有时也会和张国良过上几招。

连云港的几个发展快的企业明摆在他的心里，这几年张国良的鹰游集团迅速崛起，兼并重组了好几个厂，搞得风生水起。张国良有底气了，思想转变得也很快，国有企业决策慢行动慢，船大调头难，而张国良则尝到了民营企业决策快、转型快、行动快的甜头。

听说张国良这么迫切地要搞碳纤维，他还是很惊奇，咦，这张国良怎么横插一杠子啊，碳纤维这个题材有这么吸引人吗？但同时他又想，搞碳纤维风险太大，不能让张国良的民营企业独自承担风险。

王丽萍和我谈过一个细节。那是2005年10月的广交会，张国良从北京直飞广州，一见王丽萍这些年轻人就说你们来你们来，把他们聚拢到住处，开始眉飞色舞地谈他听北京专家说的碳纤维，他讲得头头是道，甚至手舞足蹈，听众们虽然丈二和尚摸不着头脑，但也被他的热情感染，不愿扫了他的兴致，只有不懂装懂。王丽萍悄悄问自己，董事长是不是会感到受打击很大？因为他的这些听众对碳纤维闻所未闻，一窍不通。

虽然此时的张国良还没有见过生产线上的碳纤维，但他对纺织业实在是太熟悉了，什么“聚丙烯腈”“制成丝”，原丝不就是腈纶丝吗？但专家说，碳纤维原丝的确和腈纶丝是一样的成分，但它致密性高、没有杂质，几乎没有缺陷，因而很难生产。若能生产出来就成功了一大半。

在生产一线浸润了多年的张国良认为，既然碳纤维原丝与腈纶丝都是由相同的原料通过相同的化学反应制造而成，其生产工艺就应该有相通性，只是反应条件和工艺的要求会更苛刻。而我国经过20世纪八九十年代的引进消化再创新，已完全掌握了腈纶生产设备的制造以及工艺设计和控制技术。

于是，张国良也找到施炎说，我想造出中国的碳纤维，我想把中国的碳纤维产业化。

张国良当然了解奥神集团，也了解杨振寰和他的氨纶公司。杨振寰，中国纺织大学毕业，从 1981 年开始关注氨纶，1984 年开始调研氨纶企业，1986 年与纺工部、省纺工厅、香港“光大”公司组成的考察小组，考察日本东洋纺、富士纺及美国环球公司的氨纶生产线，到 1993 年连云港钟山氨纶正式投产，可谓是十年磨一剑，其间几度坎坷、几度沉浮。

开始，杨振寰让三家公司提供样品，可三家公司谁也不提供。等到 1988 年杨振寰和美国环球公司马拉松式的谈判接近了尾声，就待落笔签订合同的当儿，情势发生了戏剧性的变化，日本东洋纺作为第三者插足了。然后就是连云港氨纶厂和日本的旷日持久的谈判，氨纶厂决定从日本购入氨纶全套设备，引进日本技术。等谈判结束双方签字了，日方又提出，“巴黎统筹委员会”可能以限制出口来制裁中国，因此东洋纺出售的氨纶设备中，有两个关键部件难以保证供应，一是光谱分析仪，二是控制电器仪表的电子计算机软件，交货合同中应补上这一条。这不是明显卡脖子嘛，然后又是谈判，这边谈完了，日方又提出要履行合同中方要预交 30 万美元政治保险金。

这一切一步步解决完了，等钟山氨纶建设二期工程时，日方又提出了大幅加价的要求……

以张国良雷厉风行的干事风格，这么慢的干事速度他是绝对不接受的；而且时过境迁，在美、日对碳纤维的严密封锁下，现在已绝无可能从美日引进技术，何况他素来对外资进入心怀警惕，他反对引狼入室。

日本对中国经济的渗透有多深？你或许完全想象不到，不只是我们都能看到的日本汽车、日本动漫、日本化妆品、核能、商贸、零售、物流、农业、LED 等领域都被日企深度潜伏。因为中国消费者对日本的情绪，故而日本许多产业采用深度潜伏策略。

日本一直在深度布局中国。

猎豹捕食猎物，往往潜伏数小时甚至数天，锁定猎物，寻找机会，瞄准对方死穴，一口猛咬下去，对方一时间可能还没反应过来。

张国良对日本资本没有好感。

有人说，创业的人，就需要点疯狂的设想力跟“下意识决定力”。

优秀的企业家有一个特质，就是“下意识决定力”。

当乒乓球向你右侧飞来之时，你有经过周到的思考吗？“砰”，你挥拍击出——这一刹那，你脑海中真考虑过用扣杀的、削球的、提拉的？还是絮叨把球给高高吊起来？力度多少？方向朝哪儿？

假如真的这么想，估计全场下来，也接不住多少个球。

你若采访王楠、张怡宁，她们肯定也说球飞过来时，基本不必思考，直接挥拍就是了。这种“不思考”，切实是经过千百次锤炼后的“下意识决定力”！

人人都有各自熟悉的范畴，也都具备相应的“下意识决定力”。一个好厨师，放盐时不会用天平称一下，但味道每每恰到好处，也是因为“下意识决定力”。

没有风险的决策并不是好的决策，这句话张国良加了个定语，那就是要力求风险最小，要建立在科学的基础上。

上马碳纤维，张国良的眼光无疑是超前的。2005 年年底，连云港市确定把新材料、新能源、新医药企业打造成连云港市经济开发区的主体企业。

而碳纤维，无疑是新材料的王冠。

2005 年也是连云港市发展的一个重要节点，这一年连云港周边的城市风起云涌。

其实张国良完全可以进军房地产业，凭他的智慧、凭他的市场感觉，他完全可以成为房地产界的大佬。

但是他不喜欢房地产业，他认为这个暴利的产业没有科技价值，而一个国家、一个民族的未来，在于它的科技水平！

张国良认为，企业家为社会创造财富的同时，应该更多地参与国家、国防、民生的建设，如果企业家只为了赚钱，可能中国的繁荣就像中国历史上五千年不断重复的那样，都将会是昙花一现。

3月4日，张国良带着连云港人民的嘱托，赴京参加全国人民代表大会。

3月初的北京，公园里迎春花、丁香、玉兰、海棠、牡丹、郁金香、映山红、芍药正在萌动发芽，水畔的垂柳颜色慢慢变绿，到处散发着春天的味道。到月末就可见春色盎然，一片嫩绿了。

清晨，意外地迎来一场瑞雪，美丽的雪景在民众眼前华丽亮相，为乍暖还寒时节带来了不小的惊喜。张国良心里对自己说，这雪下得太好了，瑞雪兆丰年嘛。

两会代表委员人才济济，其中不乏科技界、文艺界、社科界、经济界、教育界、体育界、医药卫生界的精英。会议期间，他从一位人大代表、碳纤维专家那里获悉，两三年后，中国碳纤维年需求量将达到7500吨，而我们的生产量连100吨都不到，尤其是尖端的碳纤维，我国已经到了无米可炊的地步。

听罢，张国良感到很沉重。

他问那位代表，我想上这种产品，你觉得行吗？

那位代表说，你可别小看这东西哦，为这一根细细的丝，我们国家投资几十亿，搞了30年，始终搞不出来，目前全国只有几个实验室搞出了样品，性能还很不稳定，到今天都没有成功。而且这项目投资太大，你一个民营企业想单枪匹马地干，风险太大。

只要国家需要，只要有市场前景，我干。

对他来说，挑战与危机并存，碳纤维失败了，大不了我再到“革命根据地”纺机车间干我的纺机去。

听见兔子叫，就不种黄豆了吗？

每个人都会有失败和成功。当我们经历过挫折后再来和朋友说挫折，都会做出同一个举动：相视一笑。无一例外都会觉得自己当时对所经历的事情看得太重，其实走过来了也不过如此。

面对困难，要问问你自己的心，你真正想要的是什么？

只要选择是正确的，重要的就是坚持下去，特别是当所有人都在劝你放弃的时候！

选自王成章：《国家责任》
北京：人民出版社，2015 年 5 月第 1 版
荣获“2019 年第二届中国工业文学作品‘光耀杯’大赛”二等奖

第四极

——中国“蛟龙”号挑战深海（节选）

许　晨

作品简介

许晨《第四极》初载《中国作家》2015年第11期，2016年4月又由作家出版社出版同名专著。

2014年6月至8月，许晨应国家海洋局和中国大洋协会之邀，登上了“向阳红09号”科学考察船，跟随我国自行设计和自主集成研制的载人潜水器“蛟龙”号远赴太平洋，亲眼见证了中国科学家创造深潜探海的伟大奇迹。他在《第四极》中详细记述了中国“蛟龙”号载人潜水器从无到有的发展历程，描绘了中国人对南极、北极和第三极青藏高原之外的深海世界也即第四极的探索过程，歌颂了研发设计人员开拓进取的拼搏精神，展现出他们“胸怀大海、走向世界”的远大理想和博大胸怀。

根据许晨《第四极》（作家出版社，2016 年 4 月初版本）节选。

正文节选：第六章横空出世——中国载人潜水器诞生记第一、二节

第六章　横空出世——中国载人潜水器诞生记

一　中国大洋协会

一次又一次　一回又一回
我们用科技描绘海底画像
深入洋底　探寻宝藏
大洋事业伴随我们成长……

这是一首名为《大洋考察之歌》的歌曲。2011 年 12 月，为了纪念中国大洋协会成立 20 周年，国家海洋局宣传教育中心在人民网上推出了两套歌词方案，征求广大网友意见，共同谱就一首反映大洋工作、体现大洋精神的战歌，上述便是摘录其中之一。虽然还有待完善，但已基本反映了中国大洋协会的精神风貌。

然而，对于许多普通人来说，“中国大洋协会”几个字，还是笼罩着一层神秘的面纱。这究竟是一个什么机构呢？它与深海载人潜水器有什么关系呢？

它的全称是，中国大洋矿产资源研究开发协会，简称“中国大洋协会”。

1991 年 4 月 24 日，在庄严的人民大会堂一间会客厅里，来自国家海洋局、冶金部、地质矿产部等有关单位的代表围坐一起，很像是在召开一个座谈会。唯有背景会标上一行大字，说明了此会的主旨和内容：中国大洋矿产资源研究开发协会成立大会。这似乎是一个简单

低调的会议，没有电视转播、没有鲜花红旗，但却在中国海洋事业发展史上，具有重要的意义。

中国大洋协会对外代表国家参与国际海底区域事务，申请国际海底区域资源，对内协调国内各方面的优势力量，开展国际海底区域工作。最高决策机构为理事会，大洋协会办公室是协会的执行机构，简称“大洋办”，具体负责大洋专项任务的组织实施，由国家海洋局代管。由此，正式吹响了中国进军深海大洋尤其是神秘海底的号角。

前面说过：地球的表面积为5.1亿平方公里，海洋的面积为3.6亿平方公里，其中不属于任何国家管辖的国际海底区域总面积为2.517亿平方公里，约占地球表面积的49%。因此，国际海底区域是地球上具有特殊法律地位的最大政治地理单元，是尚未被人类充分认识和开发利用的多种自然资源潜在的战略基地，是各国进行瓜分被称为“第六大洲”的“蓝色公土”。

20世纪末叶，世界各国利用海洋高技术特别是深海载人潜水器技术，对海底进行资源勘探，陆续发现了众多丰富宝贵的资源品种，其储量是陆地无法相比的：锰结核，富钴结壳，含有镍、钴、铜、锰、铂等70多种元素，高出陆地几十倍到几千倍；热液硫化物，含有铜、锌、铅、金、银、铂等元素；天然气水合物，换算成甲烷气体，约为全世界煤、石油、天然气总储量的两倍；还有多样的深海生物资源，具有独特的生物结构、代谢机制……

瞧，国际海底区域这块“大蛋糕”是多么诱人啊！完全可以用开国领袖毛泽东的一句词来形容：“江山如此多娇，引无数英雄竞折腰。”

1982年4月，联合国第三次海洋法会议上通过的《联合国海洋法公约》明确规定：国际海底区域及其资源是人类的共同继承财产，任何国家不应对区域的任何部分或其资源主张或行使主权权利，任何国家或自然人或法人，也不应将区域的任何部分据为己有。可以说，这体现了公平正义原则，不能说谁拳头大就是谁的。我国完全支持，公约通过当天就签字同意，并于1996年由全国人大批准加入。

可是，一些西方大国感到无便宜可占，迟迟不肯签字，甚而直至今天，常常把“人权平等”挂在嘴边上的头号超级大国——美国，还没有成为《联合国海洋法公约》签约国，却不断以最强的海上力量在深海大洋上来往横行、指手画脚。

1983年3月，联合国海底管理和海洋法法庭筹备委员会成立，简称“海底筹委会”，后称国际海底管理局。它是依据《联合国海洋法公约》成立的一个国际组织，是联合国的一个分支机构，总部设在牙买加首都金斯敦。其宗旨是，代表全人类行使管理国际海底区域内资源的一切权利。公平分配从区域内活动取得的财政及其他经济利益。

我国对“海底区域”的探索始于20世纪70年代，最初是进行多金属结核调查。自1984年8月以来，国家海洋局和地质矿产部分别派出“向阳红16号”和“海洋4号”调查船，共进行了8个航次的调查，调查面积200多万平方公里，从中选出30万平方公里多金属结核富矿区，为我国提出矿区申请登记奠定了基础。

同时，为了维护我国的海洋权益，酝酿成立一个类似民间科研的组织机构，便于在国际上出面工作。于是由国家海洋局联合地矿部、冶金部、外交部等部门向国务院提交了“关于成立大洋矿产资源研究开发协会的请示”。1990年4月即获得批准筹备，并开始以此名义开展工作。

1990年8月，时任我国驻联合国大使的李道豫，向联合国秘书长德奎利亚尔递交了《中华人民共和国政府要求将中国大洋矿产资源研究开发协会登记为先驱投资者的申请书》，并附30万平方公里的申请矿区。先驱投资者是指《联合国海洋法公约》正式生效前，已经对大洋底多金属结核等资源的勘查活动，进行了至少3000万美元投资的国家或其控制下的法人和自然人。此时，只有印度、日本、法国、俄罗斯等国海洋部门，提出申请登记。

1991年3月5日，联合国海底筹委会根据《联合国海洋法公约》的规定，将我国申请的东北太平洋矿区分为两个同等商业价值的区域，其中15万平方公里作为保留区留给国际海底管理局，另15万平方公里作为开辟区分配给中国（后来，我国与国际海底局先期签订了7.5万平方公里多金属结核矿区勘探合同）。这标志着中国大洋协会的申请书获得联合国的批准，成为在国际海底管理局和国际海洋法法庭筹备委员会登记的第五个先驱投资者。

在此背景下，中国大洋矿产资源研究开发协会应运而生。它受中国政府委托，组织开展大洋资源研究开发工作，享受《联合国海洋法公约》赋予的权利，承担其要求的责任和义务。中国大洋协会现有理事单位90个，常务理事单位12个，先后由国家海洋局副局长陈炳鑫、王飞兼任理事长，张利民、毛彬、金建才、刘峰任秘书长兼办公室主任，其成员主要来自国家海洋局、地矿部、冶金部、有色金属工业总公司。他们都是中国大洋事业的开拓者，由此开始了我国大洋事业非凡的发展历程。

其中，有一位本书中至关重要的人物，走上了“大洋工作”的前沿阵地。他就是日后研制中国深海载人潜水器的总体组组长、“蛟龙”号海试从1000米深到突破7000米设计深度、海上试验的现场总指挥刘峰。

初见刘峰，是在2013年初冬的一天，我应约来到位于青岛市崂山区仙霞岭路的国家深海基地管理中心。当时，刘峰是中心的主任，而他们的基地正在青岛即墨鳌山湾建设之中，临时借用兄弟单位第一海洋研究所的一座小楼办公。在热情周到的办公室主任李直东引领下，我走进了刘峰主任的办公室。

这是一里一外两个房间，外边稍大一点摆着几只沙发，看得出来是开小会兼接待客人之用。他正在里屋打电话，来言去语谈的全是有关深海基地的事情。不一会儿，他放下了电话，微笑着走出来说：“哎，不好意思，让你们久等了，快请坐！”

“没关系，是我们打扰了。”望着这位已经从电视报纸等新闻媒体上熟知的、为中国深潜事业作出杰出贡献的开拓者，作为采访了众多成就斐然人物的我，还是肃然起敬地打量起来。他中等个头，身材不胖不瘦，头发乌黑整洁，近视眼镜后面的双眼闪着明亮的光泽，精明而干练。

“你们想了解‘蛟龙’号，媒体上说了不少了，都是大家按国家部署干的，我没什么可说的了。”

“刘主任，我们从北京到无锡再到青岛走了一圈，大家都说你最清楚‘蛟龙’号的来龙去脉了，因为从立项到海试成功，每一个阶段你都是主要参与者。可以说，找到你就等于找到打开‘蛟龙’号发展的钥匙了。”

“过奖了过奖了，我只不过做了自己应该做的工作。”他谦虚地摆了摆手。

“实际上，作家采访与记者不一样。有些已经报道的过程不必多说了，我特别想了解一下你们的心路历程和个人经历，以及其中的酸甜苦辣。也就是说，咱们不设什么题目，谈谈心聊聊天好吧？”

“这样好！”

于是，整个下午，我们在他的小会客室里，悠闲地喝着茶，围绕深海潜水器的话题畅谈起来。其间，不断有电话打来，或者有人来请示汇报工作，我就耐心地等待。刘峰主任总是很快处理完毕，又接着话茬攀谈。研发高科技装备不只是冷冰冰的机器——有生活的风雨、科研的波折，也有成功的喜悦、挫折的烦忧，充满了精彩的传奇和情感的力量，我深深地感受着他和他的同事们的内心世界……

公元 1962 年，正是天灾人祸肆虐神州的年月，在山东省西南部的菏泽地区鄄城县的一个农家里，刘峰出生了。祖祖辈辈都是“汗珠落地摔八瓣儿”的庄户人，传承给他淳朴正直勤劳刻苦的家风。好在家里不管多么困难，也要省吃俭用供他读书上学。老师大都是临时聘用的回乡高中生。这样的教学质量可想而知，不过小刘峰十分好学上进，睁大着一双求知的眼睛。因为他明白，只有学习出色才能有改变命运、“吃上国库粮”的机会。

1977年，“四害”清除，“文化大革命”结束，国家恢复了高考制度。许多人摩拳擦掌准备参加高考，仅仅读完高一的刘峰因成绩好也被推荐参加，他懵懵懂懂地决定试一试，结果名落孙山。年仅15岁的刘峰丝毫没有气馁，反而看到了希望。他铆足了劲儿，考上了菏泽一中高中班，开始了更加勤奋的学习生活。离家50多公里，刘峰与几百个同学住在学校大礼堂里，堪称全球最大的学生宿舍。吃饭多是啃窝头。心中有梦，就不觉得苦了。1979年夏天，刘峰再次报名参加了高考，这次一举成功。当老师问他申报什么专业时，他脱口而出：“学机械！”因为他看到公社有个农机站，当个农技员就挺好的。

那年高考录取分数线是270分，刘峰一下子考了350分，远远超线了，按照填报的志愿，被录取到北京钢铁学院矿山机械系。这年他才17岁。其中有一个细节：当时高考英语分数只占10%，他为保证主项，就干脆放弃了那门课程。后来自己戏称是免考外语，实则上了大学后才从ABC学起。刘峰从小有一股韧劲儿，认准了的事情，一定要做成。进北京上了大学，犹如鲤鱼跳了龙门，怎能不百倍珍惜呢！他开始了宿舍—食堂—教室三点一线的生活，学校每周一次的电影娱乐，都很少去看，全身心地投入知识的海洋。

功夫不负有心人，大学四年，除体育等课程得了4分外，几十门功课他都是5分。品学兼优的刘峰让人刮目相看，一直被选为学习委员，多次被评为三好学生，刚满21岁就光荣地加入了中国共产党。毕业后，他直接考取了本院研究生，他仍然一如既往地刻苦努力，每门课程都是“A”。他如饥似渴，博览群书，除矿山机械的专业知识外，还阅读历史、人物传记等各种书籍，像一块海绵，拼命补充因“文化大革命”造成的知识缺失。1986年硕士毕业，他被选中留校当了助教，两年后成为最年轻的讲师。一棵来自鲁西南忠义之乡、革命老区的幼苗，就这样在春风吹拂的京城里茁壮成长起来。

命运之手有时在不经意间拨动了人生方向。如果不是一次推荐，我们的主人公刘峰可能就会沿着钢铁学院教授、主任、博导这条路走下去，也就不可能与海洋深潜打上交道。1991 年春天，中国大洋协会成立，需要冶金部推荐一名懂机械装备的人选前来工作。年轻的钢铁学院讲师刘峰进入了视野。当时学院正准备提拔他当系副主任，舍不得放人。可他听说这是为国家开采海底矿藏的事业，又无反顾地来了，成为大洋协会的开山“元老”之一。一年后出任大洋办技术开发处副处长，两年后，年仅 32 岁的他又被任命为处长，是当时国家海洋局系统最年轻的正处级干部。

此后，刘峰在几任理事长、主任的直接领导下，一头扎进调查海底资源、研究制订发展规划的工作中去。他几乎在大洋协会各个部门走了一遍：技术处、总务处、国际合作处、项目管理处等，经历过各方面的磨炼，越来越成熟了。1997 年，他出任大洋办主任助理兼技术开发处处长，重点负责深海采矿技术项目，开始参与我国大深度载人潜水器的论证、立项工作。其间，刘峰跟随原海洋局副局长倪岳峰、大洋办主任金建才多次到相关单位——科技部、中科院、中船重工 702 所等地调研、座谈。一些有关研制深潜水器的报告、建议书，都是他在倪局长、金主任的指导下，连夜起草整理出来的。

当时光老人的步履迈入世纪之交时，世界各国的海洋战略不断调整深化，时不我待。尤其是我国被联合国列入深海采矿先驱投资者，并申请到太平洋国际海底矿区之后，研制深海载人潜水器的呼声也越来越高了……

1999 年 10 月，杭州西湖岸边，秋阳明丽。正在这里出席全国“国际海底资源开发战略研讨会”的代表们，没有一点心思欣赏美丽的景致，而是集中精力探讨中国如何走向深海大洋之路。这次会议就是中国大洋协会组织召开的，与会人员都是来自各科研单位的海洋战略和海洋装备专家。

通过热烈而有序的研讨，会议确定：我国的国际海底活动在 21 世纪中期以前，大致可分为以资源勘查和圈定矿区为主、研究开发深海产业技术为主和建立深海产业三个阶段。然而，要完成这些战略任务，没有高技术等级的深海装备是不行的……

实际上，早在20世纪90年代初，国内不少有识之士就曾呼吁研发大深度载人潜水器。最典型的是中国船舶重工集团第702研究所。这是我们船舶工业研发与设计的国家队，也是高等级海洋装备系列的孵化室。著名的水弹性力学与船舶力学专家、中国工程院首届院士吴有生出任所长后，力主开拓创新、双向发展，既积极争取国家高科技项目，又瞄准市场需求。

这时，在“863”机器人领域首席科学家蒋新松组织协调下，本所徐芑南为总设计师的无人自治式6000米深潜水器正在研制，胜利在望。吴有生敏锐地意识到大深度潜水器将是国家开发海洋的“利器”，应该加大工作力度。一方面专门成立了水下工程研究室，另一方面组织所内专家徐秉汉、徐芑南、沈泓萃等人研究论证，向国家有关部门打报告：早日立项开发载人深海潜水器！

可惜的是，当时人们还没有真正认识到这项提议的重要性。有关部门研讨了申请报告后，以目前还不是十分需要、国家财力有限为由没有批准立项。其实最根本的原因是没有迫切的“用户”，认为无人深潜水器就可以达到目的了。国际海底管理局成立之后，2001年与中国大洋协会签订了在东太平洋夏威夷海域7.5万平方公里多金属结核勘探合同区，水深约5300米。合同规定：15年内具有专属勘探权，未来具有优先开采权。如果期满不具备商业开采价值，可以申请延长5年，过时收回。

这样一来，中国如果没有高精尖的深海技术装备，将缺乏有效完成海底探测的能力，既与我们这样一个海洋大国的地位不相称，也会使到手的勘探矿区功亏一篑。作为代表国家履行勘探开发深海职责的中国大洋协会责无旁贷。他们就是最直接、最迫切的“用户”！

2001年1月16日，大洋协会在北京组织召开了“深海载人潜水器座谈会”，专题研究如何大力发展深海载人技术装备。国家海洋局局长张登义、副局长倪岳峰，中国工程院副院长王淀佐等11名院士和外交部、发改委、科技部、大洋协会常务理事单位，中船重工集团机关及702所相关的领导、专家参加了会议。各方达成了共识：尽管无人潜水器具备安全、自由的优点，但无法代替科学家深入海底具体观察、勘测。为了早日登上深海开发头班车，我国一定要发展载人潜水器。

生活就像海洋，波浪一个接着一个。目标确定后又遇到了新问题，展开了新争论：究竟研制多大深度的载人潜水器为宜？几种意见互不相让，各持己见。一种观点是，“三大洋平均水深不超过5000米，而矿藏资源大都集中在4500米左右的海底，我们研制4500米级的深潜水器就可以了，技术上、材料上都更好掌握一些，也比较安全”。

另一部分人认为，“正因为你没有这个装备，去不了那么深的地方，才不清楚在更大深度的海底有什么科学价值。世界上只有美国、法国、日本和俄罗斯有载人深潜能力，但最深也就是6500米。我们是站在新的时代里，作为海洋大国，有责任把世界深海技术推向前进。直接研发7000米以上的大深度潜水器，几十年也不落后”。

当时，俄罗斯某研究所正打算研制万米级的潜水器，可缺乏资金，于是希望与中国合作，这样可能会快些，缺点是我们不能完全享有自主权。种种方案各有长处，又都有不足。经过不断的交锋、碰撞、融汇，由当时的国家科技部高新技术司汇总，报到了徐冠华部长手中。

一介书生模样的徐冠华，是一位具有专业和行政才能的复合型领导人。接到报告后，他没有马上下结论，而是带队来到702所深入调研，综合评判，同时向我国分管科技的老领导——前任国务委员、国家科委主任，时任全国政协副主席、中国工程院院长宋健做了汇报。在宋院长明亮的办公室里，徐冠华带领高新技术司、大洋协会的人员一边打开有关资料，一边分别讲述了几种方案。

“国家需要，研发能载人的深潜水器势在必行。各方面意见都有一定道理，你们的看法呢？”宋健听完汇报后问道。

“我认为，要做就做高水平的。”徐冠华旗帜鲜明。

从战争年代的胶东半岛走来的宋健，既是一位早年当过“小八路”的老干部，又是一名留学苏联获得过博士学位的科学家。他生长在大海边，长期担任国家科技事业的领导人，了解海洋对人类的重要性，以及我国进军深海大洋的战略意义，深入思考后掷地有声地表态了：“在这个领域，我们已经落后欧美和日本很多年了，现在要迎头赶上！要我看，一是要自主，二是要超前。外国这个类型最深的不是6500米吗？我们就做7000米的，拿它个世界第一！”

“好！”听到老领导态度如此坚决，徐冠华长舒了一口气，“技术上不是问题，关键是抗压材料和浮力材料。7000米级的可以到达全球绝大多数海域，够用了。”

“对。前几年我们就制定了‘上天、入地、下海’的科技规划，如今上天入地都有了很大进展，下海也应有所突破。我们要在前人的基础上再前进一步。通过这次大深度载人潜水器的研发，还可以培养一批高科技人才，带动相关方面的研究与制造。你们按照这个思路再好好论证一下，拿出一个切实可行的计划来……”

宋健，作为国家科技事业的领导人，站得高，看得远，更加坚定了科技部、海洋局、大洋协会的信心。又经过一番严谨细致的论证，各方面统一了思想认识。大洋协会办公室金建才、刘峰等人抓紧草拟立项报告。科技部高新技术司组织审核，终于将“7000米载人潜水器”项目立项了，并且列入国民经济“十五”规划863计划的重大专项。

国家海洋局作为本专项的组织部门，中国大洋协会作为业主，负责具体组织协调实施。历史使命就这样光荣而艰巨地落在他们身上……

二　吹响深海集结号

寒风凛冽，雪花纷飞。那是北京多年来少有的一场大雪啊！

2001年12月7日，冰雪封堵了路面，交通大面积瘫痪，整个城区的大街小巷似乎都成了阡陌相连的停车场，北京市政府为此破天荒地发出了一号扫雪令。大雪、周末、堵车，让市民出行成为一个“艰难的旅程”。当天，路边伸手招车的人不计其数，可路过的出租车全数爆满；偶有靠站的公交车，乘客蜂拥而上，没有半小时工夫关不了门……

位于京城海淀区的北京友谊宾馆会议室，却洋溢着一片春天般的温馨和活力。科技部高新技术司、国家“863 计划”自动化领域组正在这里召开竞聘“7000 米载人潜水器”总体组成员会议。总体组相当于整个专项的龙头，负责组织调度研发的计划、进度、技术上总体协调等，说白了，它就是一场大战的前沿指挥部。只有首先选聘好了总体组，确定好了作战方案，各个“战场才能相应展开”。

全国相关单位——海洋局、大洋协会办公室、中船重工集团 702 所、701 所、中科院声学所、沈阳自动化所等代表济济一堂。科技部高新技术司冯记春司长主持，首先做了热情洋溢的开场白：“今天外面雪花飘飘，是个好兆头，瑞雪兆丰年嘛！我们等于在这里摆下一个擂台，各路豪杰把你们各自的优势亮出来，让评委们好好选一选……”

这是一个全新的组织形式——过去研制新装备，往往是某个研究所行为，力量有限，也不是专为用户来办的，而此次科技部决心突破体制，设立一个机构统领、主导这个项目。总体组应运而生。而一直为海洋装备奔走呼号的中国大洋协会，理所当然地被推上了前沿。作为大洋办主任助理兼项目管理处长的刘峰，责无旁贷。

几位应聘者陈述过后，冯记春司长宣布：“现在请大洋办的刘峰作应聘报告。”

刘峰应声而起，走上前台，向大家鞠了一躬，朗声说道：“各位评委、各位领导，上午好！我的陈述报告分三大部分，一是个人简历，二是对 863 重大专项计划的认识，三是参加重大专项总体组工作的初步设想。下面我结合幻灯片汇报……”说着，他将早已制作好的 PPT 应聘材料播放在大屏幕上，翔实而生动。

作为大洋协会项目管理处处长，他参与组织制定了有关规划，使协会的海上勘探、技术发展、环境研究、船舶建设等项目得以协调发展；在国家863重点项目——6000米自治式水下机器人研发中，他任总体组成员，具体负责制定深海环境下的技术要求，船上收放设备与机器人衔接；更为重要的是，他曾组织专家提出了深海载人潜水器需求论证报告……

最后，他清了清嗓子提高声音说："作为总体组成员，我的初步设想是：一、形势紧迫，时不我待。世界正在进行蓝色圈地运动，我们中国人不能当看客。目前结核富矿区已被瓜分完毕，国际海底管理局正在制定海底硫化物、海底富钴结壳规定，但我们苦于没有手段，无法进行详细调查。二、条件具备，加速发展。我国在深海运载器技术领域已经具有一定的基础，可以再接再厉。现在有了明确的用户需求和业主支持，我们大洋协会基本方针就是'持续开展深海勘查，大力发展深海技术，适时建立深海产业'，要求在'十五'期间研制出能实用的载人深海运载器。应该说，万事俱备，只欠东风。如果我应聘成功，一定在上级机关的有力领导下，团结各个单位科研人员，克服各种困难，圆满完成这项任务，为我国的深潜事业、为大洋开发作出应有的贡献。我的陈述到此结束，谢谢各位评委和领导！"

"哗——"他的话音刚落，立时响起一阵热烈的掌声。

与会专家学者领导们，对刘峰的应聘报告印象深刻、十分满意，认为有观点、有思路、有例证、有信心，看得出来，他做了充分的准备，既熟悉研发7000米载人潜水器的来龙去脉，又具有高度的献身祖国深海开发的责任感和事业心。当所有应聘人员陈述完毕，评委们开始了紧张的评判工作。晚餐时间到了，他们还在激烈地讨论……

经过如此严格科学、公开公正的选拔程序，评委会从有利于全局出发，综合考虑各个方面的因素，确定了总体组成员名单：刘峰（大洋协会主任助理、项目管理处处长、教授级高工）、徐芑南（中船重工702所研究员）、万正权（中船重工702所副所长、研究员，后改为崔维成，702所所长、研究员）、吴崇建（中船重工701所副所长、研究员）、张艾群（中科院沈阳自动化研究所研究员）、朱维庆（中科院声学研究所研究员）。刘峰为总体组组长。

那天晚上，虽说飘飞了一天的大雪停止了，天气转晴，但温度极低，尚未清扫干净的马路上冻结了一道道车辙印，人来车往都像个小脚女人似的，小心翼翼还免不了东滑西斜。刘峰好不容易回到家里，已经是深夜12点多了，可他没有一丝一毫的倦意，一直沉浸在兴奋与激动之中。他明白：使命光荣，责任重大！开弓没有回头箭。从小喜欢唐诗宋词的刘峰，反复默念着王昌龄的那首绝句：“青海长云暗雪山，孤城遥望玉门关。黄沙百战穿金甲，不破楼兰终不还。”心中充满了迎接挑战和机遇的豪情……

犹如一部大型电视连续剧，围绕组织实施这个国家重大专项，国家海洋局、大洋协会办公室，特别是以刘峰为组长的总体组全力以赴，一幕紧接一幕、一环紧扣一环地铺展开来。首当其冲的是研讨通过《7000米载人潜水器总体方案论证报告》。

事实上，这项工作早在动议研发大深度载人潜水器之时，已经启动了。前面说过，中船重工702研究所曾经提交过类似报告，只不过未能得到落实。如今有了大洋协会这个用户，柳暗花明又一村，列为国家863计划重大专项。不用说，这个报告的起草工作又落在了中船重工702所头上。主要领军人物——吴有生和徐秉汉，是中船重工第702研究所的两位工程院院士，也是最先呼吁研发中国载人深潜水器的其中两位科学家。

生于1942年的吴有生，浙江省嵊县人。1968年他在清华大学工程力学系研究生毕业，被分配到中国船舶科学研究中心（702所前身）结构力学实验室工作。虽说处在风云动荡的年代，吴有生像许多胸怀大志的科学家一样，丝毫没有沉沦，而是利用一切机会学习、实践。20世纪80年代初，国际上享有盛誉的二维水弹性力学理论创始人、英国伦敦大学的比绍帕教授应邀前来讲学，惊奇地发现吴有生的研究水平已经很高了。爱才心切，当得知吴有生即将赴美进修时，立即建议他改往英国学习，并愿意帮助解决一切手续和学习费用。

1981 年 6 月，吴有生到达伦敦，决心要在这优越的条件下实现学术上的超越。他每天工作十几个小时，没有星期天、节假日。当他终于把自己的第一批研究成果交给导师比绍帕时，导师由衷地高兴。面对打印好的、凝结着三年心血的厚厚博士论文稿，面对那张外国人习惯给亲人或父母献词的扉页时，吴有生感慨万千，沉思片刻，郑重地用英文打上了久藏心底的一句话："献给我的祖国！"

1984 年 10 月，英国伦敦布鲁内尔大学，博士论文答辩正在进行中。

"我注意到了，您这儿写的'献给我的祖国'，而不是一个以大写字母开头的人名，是吗？"答辩委员会主席雷诺斯教授看着吴有生博士论文扉页上的一行英文字，亲切地问道。

"是的。"吴有生掷地有声地回答。

"那你打算留在英国吗？这里有很好的研究和生活条件啊！"另一位答辩委员会成员史密斯博士试探着问。

"我感谢校方和老师们的厚爱。但祖国需要我，在国内，我还有许多没有做完的研究。"吴有生礼貌地回答。

"您的祖国会为您感到骄傲的！"也许是被眼前这名年轻学子的拳拳爱国心深深打动了，雷诺斯教授主动站起来与吴有生握手致意。

他的导师比绍帕教授对吴有生的离开深感惋惜，但也深深理解他的心情，专门给 702 所所长写了一封热情洋溢的信。"我们即将失去吴有生，而你们却将重新得到他。当你看到他的论文的时候，你会发现这简直是一篇杰作，它表明吴有生是水弹性力学与船舶力学的一流专家。"

回国时，吴有生用省吃俭用攒下的 120 英镑，买了 6 个当时在世界上最先进的加速度传感器，送给 702 所做实验用。在他的影响和带动下，我国终于有了一支颇有国际声望的水弹性力学研究队伍。1992 年，吴有生出任中船重工 702 所所长，1994 年当选为首届中国工程院院士。在成功和盛誉面前，吴有生更加努力。他书斋里那不眠的灯光，构成美丽的太湖岸边一处别样的风景。

同样，徐秉汉也是这样一位优秀的科学家。他比吴有生大 9 岁。1933 年 8 月 21 日，出生在浙江省鄞县乡下一个普通家庭里，徐家为其取名秉汉，就是希望他将来有出息，做一个堂堂正正的男子汉。不幸的是他幼年时父母双亡，依靠两个姐姐度过了童年的生活。

新中国的成立，才使这样的穷孩子有了上大学的机会。1955 年，他从上海交通大学毕业后，被选送到苏联列宁格勒造船学院读研究生，并参加船舶结构力学教研组工作。他很快如鱼得水，在知识的海洋中遨游。徐秉汉常说：“少年时代的贫穷生活锻炼了我艰苦奋斗、努力向上的意志，在国外的那几年，则培养了我独立生活和独立研究问题的工作能力。”

1961 年初春的一个夜晚，列宁格勒电台晚间新闻，报道了中国留学生徐秉汉全票通过答辩并获副博士学位的消息。老师和同学们向他表示祝贺，并请求他留下来工作。徐秉汉的目光扫过生活了 4 年半的房间，桌上一只中国帆船模型触动了他的神经。

中国海洋史上特有的辉煌和屈辱的历程，使他心潮起伏。船！造船！让我们在海上筑起坚不可摧的钢铁长城！

回国后，徐秉汉被分配到国防部第七研究院从事流体力学和结构力学的研究，经历了时代的风风雨雨，科技报国之志始终不渝，后来转任 702 所结构研究室主任，在我国潜艇发展中的几次重大试验中，做了许多开创性的工作。他所领导的研究课题分别获得国家二等奖 1 项、三等奖 2 项，部委科技进步奖二、三等奖共 7 项。1997 年，已经 64 岁的徐秉汉当选为中国工程院院士。

本来，随着中国海洋意识的增强，以及中国大洋矿产资源研究开发协会的成立，中国被联合国批准为第五个深海采矿的先驱投资者，承担了 30 万平方公里洋底的探测任务。徐芑南参加的 CV-01 无人自主式潜水器进展顺利，以吴有生、徐秉汉两院士为代表的 702 所船舶专家们，看准了国家的需要，力主研发大深度载人潜水器。不料，由于时机不太成熟，只得到一句："再等等看吧……"

这一等就等了将近10年。如今时来运转了，他们怎能不欣喜若狂、全力以赴呢?！立即组织力量，详尽筹划，在大洋协会金建才、刘峰等人的组织协调下，整理出了一份严谨科学、便于操作的《7000米载人潜水器总体设计方案论证报告》。应该说，这就是日后的国宝——"蛟龙"号的胚胎，也是一份值得保存在国家档案馆的"作战计划"。

"7000米载人潜水器"由载人潜水器本体和母船支持系统组成。

潜水器本体包含潜水器总体性能集成、水动力系统、载体结构系统、重量调节系统、应急安全系统、动力源系统、液压系统、作业系统、控制系统、通信定位系统、观察系统和生命支持系统等部分。由中船重工702所、701所，中科院声学所、沈阳自动化所等单位负责研制。

母船支持系统由7000米载人潜水器的用户（中国大洋协会）负责保障。

此外，报告还论证了俄罗斯、美国、日本、法国等国家的同类型潜水器的技术特点、国际市场上的浮力材料、光学仪器、加工工艺等行情，指出借助国际深潜科学界的宝贵经验，高起点、跨越式发展我国深海潜水器技术，切实可行，有信心也有能力在2005年研制出满足用户需要的载人潜水器。

2001年12月23日，科技部高新技术司、863计划重大专项组在北京组织召开评审会，通过了《7000米载人潜水器总体设计方案论证报告》。这就等于签发了中国大深度载人潜水器的准生证，一场精心组织实施的深海潜水器大战拉开了序幕……

原载《中国作家》2015年第11期

荣获"2018年第七届鲁迅文学奖报告文学奖"

大机车（节选）

鹤蜚（孙学丽）

作品简介

《大机车》以时间为序记述了大连机车车辆厂（现为中车大连机车车辆有限公司）的百年发展历程，从一个修配厂转变成国内机车生产的骨干企业。自新中国成立后，大机车进行了五次技术革新，从第一台蒸汽机问世，到电力机车批量投入生产，经历了从研修到研制，从替代进口到批量出口，从单一品种转向多元化经营的蜕变式发展过程。大机车的发展壮大凝聚着几代大机车人勇于创新的逐梦精神和赤诚火热的爱国情怀，鹤蜚在《大机车》里描绘了从企业管理者到普通专业技术人员等一系列人物形象，正是他们的齐心努力方才让大机车取得令人瞩目的辉煌成就。

根据鹤蜚（孙学丽）《大机车》（大连出版社，2016 年 5 月初版本）节选。

正文节选：第十九章筑梦天下：民族工业的世界传奇

第十九章　筑梦天下：民族工业的世界传奇

每年9月，都是大连最美的季节。而每到9月，大机车都和美丽的金秋一样，进入了黄金般收获的季节，都会传来让人振奋不已的消息……

2009年9月25日，110岁的大机车开始建设新家。这一天，大机车旅顺基地正式奠基，新设计的环形试验线项目正式开工建设。

2008年年底，大机车与大连市政府签署战略合作框架协议，通过扩建改造大机车，凭借大连临港临海和全面对外开放的优势，以及雄厚的工业基础，在大连打造世界级轨道交通装备和通用动力机械制造基地，以推进黄渤海经济圈国家战略的实施，加快大连建设国家重要的先进装备制造业聚集区，为大机车的未来发展开疆拓土，积蓄力量。

大机车新厂建设分三期，将建设200多万平方米的新厂区。其中一期建设的城轨地铁车间，厂房面积27万平方米，工艺设备达到600多台，新建设环形机车和城轨地铁车辆铁路试验线4.1公里。大机车扩能改造后将达到年制造各类机车1000台、城轨地铁车辆1000辆、中高速柴油机1000台，实现年销售收入200亿元以上，各项经济指标增长5倍以上，在大连形成机车相关的产业链和产品配套体系，增加就业机会。

喜获国家科技进步奖一等奖

按照国家《中长期铁路网规划》，到2020年，中国铁路电气化率将达到60%以上，铁路运输需要大批技术先进、性能可靠的大功率电力机车。铁道部的铁路技术装备现代化的宏伟蓝图的实施，给大机车的发展提供了前所未有的历史机遇。它迅速搭建了自主研发具有世界先进水平的电力机车的技术创新平台，占领了世界机车研发生产的制高点，努力打造轨道交通装备行业的世界级企业，开始了比肩世界的阔步前行。

2011 年 1 月 14 日，中共中央、国务院在北京隆重举行国家科学技术奖励大会，党和国家领导人胡锦涛、温家宝、李长春、习近平、李克强出席大会。在本次大会上，大机车主持的《六轴 7200 千瓦大功率交流传动电力机车的研发与应用》项目喜获国家科技进步奖一等奖，在全国铁路开了机车整机产品荣获国家最高科技奖的先河，填补了国家最高科技奖项在此领域的空白。

大机车生产的六轴 7200 千瓦大功率交流传动电力机车（“和谐 D3 型”）实现了多项创新，主要是建立了六轴 7200 千瓦交流传动货运电力机车技术创新平台。通过系统集成创新，在世界范围内首次搭建了六轴 7200 千瓦交流传动电力机车设计平台，形成了系统和部件的技术条件和评价标准，建立了相关系统的仿真分析和试验验证平台；形成了年产 1000 台机车的技术创新平台，并形成了新型产业链，通过该技术创新平台的搭建，进一步研发时速等级为 120 公里、160 公里、200 公里的交流传动机车，满足不同要求的货运及客运牵引需要；创新研制了轴控模式的六轴交流传动系统和车载计算机控制及通信网络系统，在国内首次采用了轴控模式的交流传动系统；实现了轮轨黏着利用的精细控制，机车黏着利用系数达到 0.39；系统提出了交流传动系统的优化设计方案，在国内电力机车上首次采用 4500V/900A 的 IGBT 元件的水冷牵引变流装置，实现了与牵引电动机、变压器良好匹配；采用再生制动技术，实现了能量回馈再利用，机车再生制动功率为 7200 千瓦，与其牵引功率相同；控制网络系统车载计算机双机热备冗余，实现无间隙切换，保证机车可靠运行；创新研制了适应重载牵引的转向架、高强度车体及车体过载保护结构，建立了机车刚柔混合模型，进行机车可靠性分析，合理确定了各部件承受的载荷；通过仿真优化转向架结构和悬挂参数，采用二系高圆簧悬挂结构和低位牵引装置，实现了良好的动力学性能和较高的黏着利用率。

为满足重载牵引需要，使机车能承受列车巨大的纵向冲击力，机车还设置了过载保护装置，实现了车体的过载保护；创新研制了大容量牵引变压器和大功率交流异步牵引电动机，车载变压器容量在世界上首次达到了9006千伏安，单位重量容量处于世界先进水平；在有限的安装空间内，研制了大功率、大扭矩的交流牵引电动机，功率为1250千瓦，最大扭矩达到12600牛·米，与以往直流牵引电动机相比，单位重量功率提高了1倍以上；创新研制了具有微机控制网络和大功率轮盘制动装置的空气制动系统，研制了大功率环保型合成闸片和轮盘制动装置。

六轴7200千瓦大功率交流传动电力机车与国外投用数量较大的六轴交流传动电力机车对比，牵引功率提高了10%，黏着利用系数提高了15%，总效率、等效干扰电流、功率因数等参数与之相当。

“和谐D3型”大功率交流传动货运电力机车获得2008年中国铁道学会科学技术奖一等奖，配属在全国9个铁路局17个机务段，用于货运及临客牵引任务，已成为京广、京沪、陇海等铁路干线上货运牵引的主力车型。机车采用再生制动技术，以西康线为例，单台机车每万公里运行可向接触网回送电能41兆瓦时，按年走行20万公里计算，每台机车年回送电能820兆瓦时，价值人民币50万元以上。随着整车生产规模的扩大，零部件配套企业分布在全国21个省、自治区、直辖市，带动了电力、电子、冶金、机械制造等相关产业的发展，拉动社会经济产值约300亿元。

该型机车已向大同电力机车有限责任公司和北京二七轨道交通装备有限责任公司进行了技术转移，并开始生产。

大功率交流传动电力机车的成功研制，不仅使大机车掌握了机车总成、车体、转向架、主变压器、牵引变流器、网络控制系统、牵引电动机、驱动装置和制动系统九大核心技术，实现了我国机车制造由交直流传动技术到交流传动技术的革命性跨越，而且搭建起与世界先进水平接轨的技术平台。根据铁路运输需要，大机车将掌握的核心技术转化为新的生产力，向提升功率和客运牵引方向发展，加快了公司发展方式的转变。同时，该型机车的成功研制和应用，培养了一批掌握交流传动电力机车研发、制造、试验、运用技术的专业队伍。

国产大功率机车开上“世界屋脊”

青藏高原是世界上海拔最高的高原，平均海拔在4000米以上，有“世界屋脊”和“地球第三极”之称。青藏高原实际上是由一系列高大山脉组成的高山“大本营”，地理学家称它为“山原”。高原上的山脉主要是东西走向和西北—东南走向的，自北而南有祁连山、昆仑山、唐古拉山、冈底斯山和喜马拉雅山，这些高山海拔都在5000米以上……

2014年，大机车“和谐N3型”高原内燃机车首次登上“世界屋脊”，打破了青藏铁路大功率机车主要依赖美国进口的历史……

中国西部大开发战略在铁路上已经取得了重大成就，那就是青藏铁路的修建与开通运营。青藏铁路纵贯青海、西藏两省区，成为沟通西藏、青海与内地联系的具有战略意义的大通道，同时也成为西部腹地路网骨架的重要组成部分。青藏铁路为西部地区的经济发展建设提供了有力的运输保障。

青藏铁路是世界上海拔最高、运营里程最长的高原冻土铁路。青藏铁路的格尔木至拉萨段全长1142公里，其中位于海拔4000米以上的线路有960公里；昼夜温差达40摄氏度，最高风速达32米/秒，常年有风沙雨雪，并有较长的雷电区段，空气稀薄，空气的含氧量为平原地区的50%，还有较强的紫外线照射；铁路最大坡度为20‰，最低海拔为2800米，最高海拔为5072米，还要经过世界海拔最高的风火山隧道、世界最长的昆仑山隧道和条件恶劣的羊八井隧道；铁路为单线运行，沿线基本实现了无人管理。青藏铁路的延伸线拉萨至日喀则段全长253公里，桥隧占全程的60%以上，其中最长隧道长达10.4公里。一直以来，担当青藏线客货运任务的是从美国通用电气公司进口的78台“NJ2型”机车。

2012年3月27日，由大机车制造的“和谐D3C型”0473号机车——牵引功率为7200千瓦的新型机车——牵引着K110次旅客列车从昆明火车站出发，途径滇、贵、湘、鄂四省2000公里长的铁路线，于次日正午抵达武昌，这是大机车制造的机车第一次穿越海拔平均2000米的云贵高原。

2014年8月16日上午9时，随着韩红优美的歌声在车厢里响起，青藏高原的拉日（拉萨至日喀则）铁路线上首趟“和谐号”客车缓缓启动，由大机车独家研制的“和谐N3型”高原火车头，牵引着长长的列车，昂首驶进“天路”。青藏高原铁路上从此用上了大功率国产牵引动力机车，将不再进口美国机车。

高原内燃机车的开发，大机车充分考虑和依托了青藏铁路的运行条件。青藏铁路是世界海拔最高的铁路，有强紫外线、多风沙、长交路等特点，而且青藏高原空气稀薄，气压低，燃料无法有效释放能量，此前，国产机车在青藏铁路面前只能望而却步，仅从事一些简单的调车任务，无法在这个区域运营。大机车研制的“和谐号”机车在拉日铁路担当客运和货运牵引任务，这是中国国产大功率机车首次登上“世界屋脊”。

大机车在研制高原内燃机车时采用了近远期方案相结合的思路。近期方案主要是在现有的“和谐型”机车基础上进行适应性改造，争取机车在短时间内小批量投入运用，充分摸索和研究目前“和谐型”机车在高原的适应能力和运用情况。远期方案是根据近期机车的使用情况及积累的数据和经验，为青藏铁路量身打造一款适用的机车。

总体方案设计是在“和谐N3型”机车主结构和主参数不变的基础上，针对高原地区的特点进行适应性改进，以保证机车满足青藏线的运行要求。“和谐N3型”机车是我国目前性能最卓越的内燃机车，此前主要运用于我国东北平原地区，担负北煤南运等重要物资运输牵引任务。大机车在主传动参数、电气系统、冷却性能、柴油机、制动系统、转向架及司机休息室等方面对“和谐N3型”做了适应性改进和优化配置。机车为双司机室、内走廊、底架承载、整体式燃油箱结构；双司机室分为操纵端和非操纵端司机室，非操纵端司机室为司机生活休息区，内有休息床等生活设施，操纵端司机室内有操纵台、座椅、电暖气、空调、热水壶及制氧系统等；电气间为模块化整体式电气控制柜，强迫正压通风，左侧装有整体干式卫生间；电阻制动间内有电阻制动、I架通风机、主发通风机及空气制动柜；空气滤清间内有惯性滤清器、玻璃纤维滤清器等；动力间有16V265H型柴油机、主发电机及膨胀水箱；冷却间有顶置式散热器、冷却风扇、转向架通风机、两台空气压缩机及油水管路。每台机车单司机室操纵，双侧贯通内走廊，两台机车重联使用，两台机车可通过非操纵端司机室实现互通。电气系统、制动系统、辅助系统、转向架等都越发科学合理。

大机车先期试制的两台“和谐N3型”高原内燃机车，于2014年7月13日抵达青藏铁路公司格尔木机务段，并且顺利完成了格尔木至拉萨、拉萨至日喀则的往返牵引试验，完成了高海拔地区的冷却能力、油耗、排放及制动的高原适用性试验。

“和谐N3型”高原内燃机车具有优异的牵引和制动性能，具有牵引吨位大、速度快的特点，能够缓解突破铁路客运运输紧张的局面，满足西部铁路客货运市场的基本要求，带来巨大的经济效益和社会效益。由于机车采用了电子喷射柴油机及交流主辅传动技术，机车传动系统的效率提高到92%，辅助功率仅占机车总功率的4%。

由于“和谐N3型”高原机车最高时速可达120公里，从拉萨到日喀则（世界最高峰珠穆朗玛峰位于日喀则市南部）仅需三个小时车程，缩短了从拉萨到珠峰的时间，实现了拉萨至珠峰一日通达，游客坐火车看珠峰不再是梦。日喀则地区还有着丰富的矿产资源，通过拉日铁路运输方便、经济，改变了以前只能依靠汽车运输的历史。

高原机车是大机车针对极端地理和气候条件研制的产品之一。通过攻克极端条件下的市场和技术难关，大机车不仅快速推进了研发制造技术的提升，也有利于市场的大规模拓展。

随着我国在高原铁路上投资建设力度不断加大，西藏铁路网在“十三五”期间的扩张势如破竹，高原机车的需求将进一步增加，同时也为我国高原机车向智能型、环保型方向创新发展提供了更为有利的广阔空间。

“和谐 N3 型”高原内燃机车的成功研制填补了国内高原型交流传动内燃机车的技术空白，完全满足西部铁路对客货运内燃机车的需求，同时其先进性高、可靠性好、油耗小等特点使用户产生可观的经济效益。“和谐 N3 型”高原内燃机车价格在 2500 万元左右，远低于美国的“NJ2 型”机车，而且各项水平参数相当。大机车首期向青藏铁路交付了 30 台“和谐 N3 型”高原内燃机车，不仅促进了西部地区的政治、经济、文化、科技、生态文明的发展，也是实现民族团结、社会稳定和边防巩固的重要保证。

泪洒唐古拉山口

2015 年 1 月 26 日，中国北车集团发布重大合同公告：中国北车集团大连机车车辆有限公司已与中国铁路总公司、大秦铁路公司等签订了大功率机车销售合同，累计金额 23.1 亿元。此次签订合同的“和谐 N3 型”高原内燃机车共 30 台……

自 2014 年拉日铁路正式开通以来，“和谐 N3 型”高原机车牵引的旅客列车已输送旅客约 25 万人次……

拉日铁路开通后不久，2014 年 8 月 26 日，我在大机车见到了刚刚从青藏铁路线上回来的总工程师曲天威。让我惊讶的是，曲天威总工程师是个“70后”，在这个有着一百一十五年历史、上万名职工的大厂子里，他这么年轻就担任总工程师，不由得让我肃然起敬，同时也让我对大机车领导重视人才、大胆起用年轻人才的举动满怀敬意。大机车领导者这样心存高远、开阔大气的胸怀，是大机车长盛不衰的所在。

曲总的脸上看上去满是疲惫，这之前，为了拉日铁路的顺利开通运营，他和他的团队已经在青藏铁路线忙了一个多月的时间。当他向我说起奔跑在青藏高原上的“和谐 N3 型”高原内燃机车，说起为了中国机车能够开进青藏高原的艰难探索，说起在世界上海拔最高的青藏高原进行机车运行试验的日日夜夜，说起那些为高原机车苦战奋战的人和事时，我不由得湿了眼眶。

自青藏铁路开通以来，青藏线上运行的都是美国通用电气公司生产的机车，从机车的采购到机车的维修维护，全部依赖进口，而且青藏铁路公司与美方已经有过多年的合作，机车的性能和运行质量等都非常稳定，双方的磨合期也已经度过。但是，作为中国机车人，每当想到让中国人骄傲的青藏高原上跑的是外国的机车，曲总的心里却特别不是滋味，那份渴望成功的心情可想而知。

据曲总介绍，虽然中国机车目前处于世界领先水平，但是高原机车一直是中国机车的弱项。青海、新疆、西藏等地区地域辽阔，这些地区铁路发展相对滞后。随着中国西部发展战略的逐步实施，加强铁路建设、生产具有自主知识产权的高原机车势在必行。

2013 年 8 月，中国铁路总公司开始筹划研制高原机车。他们组织了大机车等两家工厂各自设计，分别拿出两种型号的机车进行试验。大机车专门为高原试制的“和谐 N3 型”高原内燃机车和另一家工厂设计的机车在北京怀柔通过试验。

完成了平原试验后，接下来就要开始高原试验，试验路段从格尔木到拉萨和成都，全长 1130 公里，其间要经过海拔 5000 多米的高处——唐古拉山口。

曲总记得非常清楚，第一次试验，机车刚进入唐古拉山口附近就出现了故障，在平原上试验各项指标合格的机车，到了高原上便水土不服，许多指标都发生了变化。由于受高原自然条件的限制，机车如果瘫痪在半路上，维修和处理起来的困难难以想象，如果高原机车试制失败，就要继续购买国外机车，这不仅关系到国家战略，更关系到中国机车未来的发展。他说："作为一个中国机车人，我们不服气，大家给自己打气，只许成功，不许失败。当时，整个高原机车工程的设计人员，心里承受着巨大的压力，大家憋着一股劲，无论多么困难，都要打破国产机车在高原上不能奔跑的'魔咒'，我们一定研制出属于中国人自己的高原机车，让中国机车在青藏高原上奔跑。"

再次试验，设计人员根据机车在高原上的具体运行情况，结合综合功率等级等参数，现场更改，重新调整运行方案。一切准备就绪后，当天晚上机车重新开始运行，连续跑了四十多个小时共计 1000 多公里。那天，所有的工程技术人员全部都站在车头的司机室里，机车到达格尔木时，大家高原反应强烈，但是没有一个人去休息。

整个试验段路况复杂，隧道一个接一个，其中有一处隧道内有 4% 的坡路，内燃机车在隧道内需要"呼吸"，对油温、水温和柴油机的温度以及运行等各方面指标都要考虑，对可能发生的一些变化都要有详细的预案。试验段经过一段海拔 5000 多米的高处——唐古拉山口，这是世界上海拔最高的铁路要道，中国机车前行的脚步曾在这里"歇脚"，这是最难行驶的一段，也是最考验机车质量的地段。闯过去！闯过去！曲总在心里坚定而执着地祈盼着。后半夜 2 点，机车进入唐古拉山口，当表针指向 2 点整时，机车像一条沉稳的巨龙，缓缓地越过了唐古拉山口，就在那一刻，几乎所有的人都屏住了呼吸。当时机车带着两节车厢，铁道部、青藏铁路公司和大机车的有关领导以及部分工程技术人员都在机车上，他们无法入睡，心情难以平静。

由于机头太小，他们只好在车厢里焦急地等待着消息。当电子显示屏上显示机车正一步步接近唐古拉山口时，所有人的心脏几乎停止了跳动。当机车终于顺利地通过唐古拉山口时，曲天威总工程师拿起对讲机，他压抑着激动的心情，对着另一节车厢里等待消息的同志们高声喊道："各位领导、同志们，现在，你们可以放心睡觉了！我们的机车已经顺利地通过了唐古拉山口，最艰难的路段我们挺过来了，最艰难的历程我们走过来了！"他的话音一落，两个车厢里同时发出了欢呼声，而曲总也和他的同伴们拥抱在一起，流下了激动的热泪。

大机车人做事认真是出了名的。曲总记得，机车设计出来后，安排两家同时竞标的公司去高原做试验，结果大机车的工程设计人员提前十多天就到了现场，而另一家公司只提前一天到达现场，他们还带来了合作的外方工程设计人员。当时曲总和同伴们心里直打鼓，看着对方信心满满、胸有成竹的样子，当时就想，他们这么自信，一定是做好了充分准备。大机车人不去想那么多了，他们还是认真准备，预案周全，全力投入机车试验中，大机车人靠着他们的执着、精益求精圆满地完成了试验任务。

有付出必有收获，在经过四十多个小时的艰苦运行后，由大机车设计的"和谐 N3 型"高原内燃机车顺利地通过了竞标试验，各项性能指标达到了高原机车的要求。同年 10 月，中国铁路总公司确定由大机车生产高原机车。同年年底，大机车加快各项方案的改进，所有在试验中遇到的问题全部得到了解决，性能和运行的可靠性得到了进一步加强。2014 年 2 月，大机车研制的高原机车通过了专家评审，3 月，确定了最终方案。同月，高原机车开始正式生产，5 月初，实现了整车出厂。

2014 年 7 月 5 日，满载着大机车人厚望的高原机车从大机车厂出发，开始了通往青藏高原的漫长征程。7 月 12 日，高原机车抵达格尔木。7 月 13 日，所有参与高原机车调试的技术人员全部到达格尔木，开始了紧张的工作。当时参与首列高原机车正式调试的人员，包括相关技术人员，有100多人，大家对高原机车又期待又担心。

整个正式牵引运行试验开始了。7月20日早7点30分，高原机车从格尔木出发了，这是一场严峻的大考，整整三十六个小时的试验，曲总和他的同伴们几乎没有合眼。车头的司机室里只有几把椅子，他们坚守在这里，见证了试验的成功。

自8月1日起，高原机车又进行了多次往返试运行，技术人员采集了大量机车运行过程中的现场数据，及时计算分析，对机车的相关性能和结构进行调整，最终实现了高原内燃机车能够在青藏铁路上长期安全可靠运行的目标。当时，所有调试基本上都是在夜间进行，曲总和他的伙伴们只有一个想法：确保运行成功，不能在全国人民面前丢脸，不能丢大机车的脸，更不能丢中国人的脸。

8月15日那天，拉日铁路开通，当天，所有的工程技术人员都到了现场。当第一列高原机车顺利地跑完全程时，虽然当时大家都在现场，但后来看到电视直播的画面时，看到全国人民对高原机车、对拉日铁路的关注和喜爱时，曲总说，他和同伴们还是忍不住掉下了眼泪。他说："那一时刻，作为一名中国机车人，想到自己亲自参与设计制造的机车挺进青藏高原，感觉非常骄傲，感觉无比自豪，为我们自己的祖国，为中国机车，更为大机车骄傲和自豪！"

曲总告诉我，在青藏高原上试验机车，工作条件艰苦，大家能战胜困难顺利完成任务，完全靠的是意志。在格尔木做青藏铁路新线开通准备前的试验时，海拔为2800多米，工作至三四天时，大家就开始出现了强烈的高原反应，吃不下、睡不着，有的人上火，满嘴起大泡，还有的人嘴唇干裂，但大家没有一个叫苦叫累的。

高原机车的试制成功，是国家重视的结果，也是大机车人为中国铁路作出的贡献。曲总说，他记得非常清楚，在最初进行机车试验时，他们受到了铁路沿线藏民们的欢迎。一些年长的藏民从没有见过机车，当机车停下来进行修理时，藏民们就会主动来到机车前，抚摸机车，到机车上参观，一个个喜欢得不得了。许多人打听拉日铁路何时开通，他们期盼的目光常常让人感动，也让人感觉到身上的责任重大。机车在高原运行时，他们经常会看到藏民们远远地向他们挥手致意。可以说，青藏铁路的开通，尤其为那些边远地区的藏民们带来了福音……

记得2006年7月1日，青藏铁路正式开通的同一天，中共中央政治局常委李长春来到大机车。李长春对公司的领导说："像你们这样的企业，是关系到国计民生和国家经济战略安全的骨干企业，是'国家队'，在对外开放中一定要坚持以我为主，不断加大投入，加快自主创新步伐，填补国内空白。"

李长春说："今天，青藏线铁路正式开通，胡锦涛同志去参加了典礼，青藏线有没有你们的车？"大连机车车辆有限公司董事长、总经理孙喜运回答说："修路用的工程机车都是我们的，这次从格尔木到拉萨正式开通使用的车是进口的。"这时，中共辽宁省委书记李克强说："如果这次青藏线正式开通，用的能是你们大机车的机车，我们将多么自豪啊！"孙喜运说："高原用机车有许多我们不熟悉的技术，而美国曾为秘鲁和北欧提供过高原机车。"李长春说："客观地讲，这些年我们国有企业的一个共同特点是技术投入不足、技术储备不够，一下子拿出高水平的高原机车也很困难，需要有一个过程。你们是百年老厂，有很强的技术实力和装备实力，要加快中国高原机车的研发。"

今天，高可靠性、高适应性的高原机车由中国制造的"中国梦"成为现实。

在曲总办公室的墙上有两张大大的地图，一张是世界地图，一张是中国地图。他站在中国地图前，向我介绍青藏铁路未来的发展蓝图。他说："随着西部大开发战略的实施，国家大的铁路网建设正在加紧铺开，我们机车人的任务还很繁重。目前我们的高原机车功率过大，没有充分发挥作用，还不算为高原'量体裁衣'，仍要继续改进。未来针对高原运行环境和高可靠性的要求，在主传动参数、电气系统、冷却性能、柴油机、制动系统、转向架及司机休息室等方面会相应地适应性地改进和优化配置，在满足青藏铁路牵引要求的前提下，适当进行功率修正，提高设计余量和可靠性，要完全专门为高原打造成熟车型。”

身材有些瘦小的曲天威，站在中国地图前，一下子变得高大而强壮，似乎浑身充满了力量，像一个运筹帷幄的将军。他的手在中国地图上指引着我，向我描绘中国铁路未来的发展蓝图，描绘未来中国机车和大机车的发展前景，他目光坚定，信心十足。我知道，那是大机车人特有的担当和责任意识锻造的精神力量，是充满民族气节和国家荣誉感的大机车人身上恒久不衰的中国力量。

新兴的“无辫”有轨电车

传统意义上的有轨电车“地面有轨道，空中有电网”，连接空中电网的就是大家看到的“辫子”。大机车率先引进的有轨电车及地面供电技术，与传统有轨电车的根本区别就在于“地面有轨道，空中无电网”。

空中电网的消失是有轨电车从传统走向现代的一次革命，为有轨电车的发展带来了新的生机与活力。

现代有轨电车及地面供电技术，专业上称为“地面有轨电车运载系统”，主要由地面供电系统和100%低地板有轨电车两大部分组成，是一种依靠地面供电、空中无吊挂电力网的绿色节能的现代化有轨电车系统。它不仅可以保护古迹，保持市区内重要建筑的视觉美感，而且由于采用嵌入式轨道，无须专用道，与其他车辆可以路权共享。地面供电系统既可在现场安装，也可在厂内预制模块再运到现场安装，并且维修简易。随着我国城市化进程的加快，绿色低碳、节能环保、智能便捷将是未来城市功能定位的主要特色，必然带动以提升城市承载能力为核心的城市建设综合水平的提高。大力发展城市轨道交通已成为国内众多城市完善城市功能的举措之一，而发展现代有轨电车正悄然成为城市轨道交通市场的发展趋势。同时，世界范围内对有轨电车的需求也呈上升趋势，必然催生新的市场需求。目前我国北京、上海、天津、广东等省市已经规划了几十条现代有轨电车线路。

大机车瞄准现代有轨电车世界顶级技术，规划建设了现代有轨电车生产基地，并引进世界最先进的意大利安萨尔多百瑞达有限公司的“空中无网，地面供电”全套地面移动控制技术，成为国内第一家全面引进国外有轨电车技术的生产厂家。其产品涵盖地铁车辆、有轨电车、城际列车等多个产品系列。大机车 2014 年签订的珠海 1 号线、北京西郊线等“无辫”现代有轨电车项目引起了海内外的广泛关注。

中国企业史上内燃机车最大出口订单

2014 年 5 月 4 日，国务院总理李克强率团出访非洲，带去了中国制造的现代化铁路机车车辆。5 日，在非盟总部所在地埃塞俄比亚首都亚的斯亚贝巴举办的中国铁路航空展上，由大机车研制的“和谐 D3 型”“和谐 D3B 型”“和谐 D3C 型”3 台交流传动电力机车格外惹眼，成为非洲政要和当地铁路交通官员关注的焦点。

同日，中国铁建中国土木工程集团有限公司与尼日利亚交通部签订了高达 800 亿元人民币的尼日利亚沿海铁路项目框架合同，这份铁路大单可带动包括机车车辆在内的 30 亿至 40 亿美元的中国装备出口。这条横跨尼日利亚沿海地区 10 个州的铁路，完全采用中国铁路技术标准。大机车此次参展的 3 台机车最高设计时速均为 120 公里，恰恰符合尼日利亚沿海铁路项目所采用机车的条件。

就在李克强总理出访非洲之前，2014 年 3 月 17 日上午，在南非经济中心约翰内斯堡，大机车与南非国家运输集团（Transnet）公司签署了 232 台内燃机车的销售合同。这是中国企业内燃机车出口海外的最大单笔订单，大机车成为中国机车坚持“走出去”的最大赢家。

中国内燃机车首次进入南非市场。

2005年，我曾经到南非考察，南部非洲迷人的自然风光和丰富的自然资源，都给我留下了难忘的印象。但让我印象最深的一件事也是最刺激我的一件事，就是在整个南非几乎看不到中国企业的广告，唯一一次看到的中国广告是在高速公路边上的一家电器产品的广告牌。不是他们端着国际大都市见多识广的架子不买中国广告的账，而是很长一段时间，在南非，中国商品就代表着地摊货、劣质品，这样的感觉让我的心痛了好久，这件事也一直在我的脑海里转悠，久久挥之不去。如今十年时间过去了，中国机车成功地登陆南非，而且是出自我们中国大连的拥有自主知识产权且世界领先的机车工业产品，这样的成就，抹去了我心中久久挥之不去的那份遗憾。

非洲自然资源丰富，人口众多，但铁路网稀疏，铁路客货运均不足。非洲地区铁路装备制造业水平较低，无法满足非洲铁路建设的需要，随着非洲城镇人口的增长和聚集，非洲各国参与全球贸易的机会增加，铁路客运和货运的需求都会呈现出增长态势。南非以前最常使用的内燃机车主要来自美国通用电气公司，此次中国内燃机车成功开进南非，对当地铁路运输发展起到了有力的推动作用，同时对中国机车挺进非洲其他国家也起到了积极的促进作用。

据南非国家运输集团方面的数据，大机车获得了232台内燃机车订单，总金额将近9亿美元。此外，庞巴迪和美国通用电气公司分走了其他订单。大机车此次为南非Transnet公司设计的交流传动内燃机车，功率高达3300千瓦，采用先进的交流传动技术，轨距1065毫米，行驶速度更快，机车最高时速100公里，可与南非当地既有电力内燃机车重联运营，是目前技术最先进、功率最大、可靠和高效的窄轨机车，对当地铁路运输发展起到有力的推动作用。

大机车自1993年实现国产机车作为商品出口“零的突破”以来，累计向约20个国家和地区出口机车产品，大机车成为我国唯一一家同时拥有内燃机车、电力机车、城轨地铁车辆出口的企业。大机车凭借雄厚的机车技术研发实力和可靠运用，成功开拓非洲铁路市场，“大连机车”相继开进坦桑尼亚、赞比亚、刚果、安哥拉、尼日利亚、埃塞俄比亚等多个国家和地区。

善于抓住机遇、敢想敢干、永不言败的大机车人又将开始更加辉煌的征程。那些夜下挑灯的身影，那些异乡奔跑的背影，那些车间挥汗的面孔，那些如沐春风的笑脸，那些真诚友善的眼睛，都在告诉人们，大机车人有着生生不息的奋斗精神，有着一代代传承下来的光荣与梦想。

登陆大洋洲

自1923年美国人制造出第一台内燃机车以来，世界机车市场一直被西欧、北美一些国家的大公司垄断，这些国家出口机车的历史已有半个多世纪，而中国内燃机车发展起步较晚。参与国际竞争，大机车面对的是最强硬的老牌对手。

2014年8月23日，中、新双方再次相聚新西兰奥克兰，中国造高端火车头凭借其高度的可靠性与稳定性，持续出口发达国家，其创新技术达到了世界先进水平，在国际高端轨道交通装备市场逐渐形成品牌效应。

新西兰现有铁路4700公里，多年来使用的机车基本上来自美国。然而，大机车以不俗的表现，引起了新西兰铁路公司的密切关注，该公司多次派员前往马来西亚、巴基斯坦以及土耳其等国家考察大机车车辆的运行情况。大机车以优良的产品规范、长期稳定的配件供应、可靠的售后服务以及人性化的设计，使新西兰最终决定采购大连机车，这是新西兰近三十年来批量最大的一次机车购置行动。

新西兰铁轨技术采用英制标准，比标准轨距要窄很多，特别是由于铁路限界比国内小得多，且各路段还不统一，机车设计必须首先进行微机软件模拟试验，以保证各不同限界都能通过。同时，国内机车一般轴重在23吨，而新西兰机车轴重仅18吨，机车自重相对其他同类产品要少30吨左右，但机车强度要求反而更高，增加了机车设计难度。新西兰使用的机车特别强调人性化设计，讲究舒适度。大机车设计人员改变设计思路，由传统的以产品功能为首位转为以产品运用为首位，在充分保障机车高性能的同时，还在司机室内装载微波炉、音响、空调等设备，增加机车操作的舒适度，全面满足客户的要求。

在新西兰等发达国家，现有机车车辆的运用质量是影响其是否继续采购的决定性因素。正是由于大机车窄轨内燃机车实现了良好运行，才实现了中国机车向发达国家的持续出口。

大机车凭借着雄厚的实力使产品登陆大洋洲，打破了西方发达国家机车市场长期由欧美垄断的历史。新方对机车的检验十分苛刻，大机车生产的机车所有功能、性能、噪声、电动系统、零部件等各个方面全部符合新方的条款要求。也正是大机车可靠的技术和赴新工程技术人员的不懈努力，满足了新西兰方面对质量的苛刻要求，使出口机车取得了成功。

为全面提高机车运用的适应性及可靠性，大机车技术及售后服务人员克服了中新两国的理念及文化差异，在新方配合下，双方共同努力，保证了机车的稳定运行，赢得并维护了中国品牌机车良好的国际声誉。

我曾采访过大机车一位副总工程师，他曾经多次到新西兰交车，在新西兰待的最长时间达到十五个月，他清楚地记得在新西兰工作的那些日子。他说，新西兰的天空是湛蓝的，风景也是美的，但是他和他的同伴们根本无心去欣赏美景，每天的工作表都排得满满的。他认为，大机车出口新西兰的机车运行稳定，性能优良，是出口机车中运行性能最好的机车之一。

电力机车冲出国门

塔什干是乌兹别克斯坦政治、经济、文化和交通中心，也是独联体内仅次于莫斯科、圣彼得堡、基辅的第四大城市。8 月，正值乌兹别克斯坦瓜果上市的季节，街头到处都是五颜六色的西瓜、哈密瓜、葡萄等水果，散发着诱人的香甜之气，给塔什干这个有着一千五百多年历史的古都增添了亮丽的色彩和勃勃生机。

在这瓜果飘香的季节里，美丽的乌兹别克斯坦的首都塔什干迎来了特殊而尊贵的客人：由大机车生产的“和谐 D3 型”大功率交流传动电力机车，在这个芬芳浓郁的季节里开进了塔什干。

当地时间 2013 年 8 月 23 日上午 11 时，由大机车生产的出口乌兹别克斯坦电力机车首批机车在乌兹别克斯坦首都塔什干火车站举行交车仪式。交车仪式上，当中国驻乌大使张霄、大机车副总经理朱智勇与乌兹别克斯坦副总理扎其洛夫、乌兹别克斯坦铁路公司董事长拉玛托夫的手紧紧握在一起的时候，塔什干火车站交车现场响起了欢呼声。几天前，3 台崭新的“和谐 D3 型”大功率交流传动电力机车从大连出发，穿过新疆西部边境阿拉山口，经过哈萨克斯坦，历经 8000 多公里，挺进塔什干，这是一次具有里程碑意义的壮举。至此，大机车继内燃机车持续出口新西兰、阿根廷等近 20 个国家和地区后，大功率交流传动电力机车第一次驶出国门，这标志着大机车打破电力机车出口零的纪录，电力机车开始真正进入国际市场。

交车现场，乌兹别克斯坦副总理扎其洛夫、乌兹别克斯坦铁路公司董事长拉玛托夫兴奋地登车参观，并与机车和中方人员合影留念。他们对大连机车的质量以及合同履约等情况给予高度赞扬，对双方未来合作的前景充满希望。

此次大机车先期向乌方交付的首批 3 台具有世界先进技术水平的大功率电力机车，是铁路干线货运机车，同时具有牵引客运机车的能力。该车以荣获国家科技进步奖一等奖的“和谐 D3 型”大功率交流传动电力机车技术平台为基础，首次搭建了符合俄罗斯国家标准的大功率交流传动六轴宽轨（1520 毫米）电力机车技术平台。机车单轴最大功率1200千瓦，最高运行速度每小时120公里，具有功率大、环保、速度快等优点。针对乌兹别克斯坦冬季寒冷的特点，机车进行了特殊防寒设计，完全适应当地铁路使用环境，满足运用要求。按约定，其余8台机车将分两批在当年年内完成交付。

未来几年，乌兹别克斯坦还将修建多条电气化铁路，不断为乌兹别克斯坦扩充铁路运力，对性能先进、运用可靠的交流传动电力机车仍有大量的需求。通过此次电力机车顺利交付，中乌双方确立了友好伙伴关系，彼此期望有进一步的互利合作和共同发展。大机车将通过此项目的完美实施，占据更为广阔的中亚机车市场空间，在电力机车海外市场中逐渐占据主动地位。

永远的“毛泽东号”

2014年12月26日，是毛泽东同志121周年诞辰纪念日。12月12日15时26分，伴随着清脆的汽笛声和嘹亮的《东方红》乐曲，一台镶嵌“和谐D3D1893”金色标识的“毛泽东号”机车，缓缓驶出大机车的出车场，交付北京铁路局。这是“毛泽东号”机车的第五次换型。

北京铁路局“毛泽东号”机车司机长临行前给大机车技术开发部设计师戚百灵发来一条微信：“我代表‘毛泽东号’感谢你们的精心设计。”简短的一句话，让戚百灵百感交集。

戚百灵曾为上一代“毛泽东号”设计徽像，这次又接到换型任务，且被司机长“钦点”为“毛泽东号”设计徽像，他备感荣幸。第六代“毛泽东号”在上一代最高时速120公里的基础上，加快了33%。毛主席徽像的重量和安装方式成了需要尽快解决的关键问题。经反复计算分析，徽像改用重量更轻、强度更好的碳纤维复合材料替代原来的铸铜材质，减重率高达80%，确保机车在高速运行时安全可靠。

有着“机车摇篮”美誉的大机车与大机车人共同见证了“毛泽东号”机车的诞生与成长，与“毛泽东号”机车结下了不解之缘。“毛泽东号”机车被誉为“全国火车头中的火车头”，镶嵌在机车前面的铸铜喷金的毛主席头像闪烁着耀眼的光芒。自第一次正式命名“毛泽东号”机车以来，随着铁路事业的快速发展，“毛泽东号”先后五次更新换代。

“毛泽东号”的五次换型，见证了中国机车工业发展历程。

“毛泽东号”最初由一台废弃的旧蒸汽机车改造翻修而成。蒸汽机车原车型“咪卡尼 1–304 号”，配属到哈尔滨机务段。1946 年 10 月 30 日，经中共中央东北局批准，以“毛泽东”的名字命名，“毛泽东号”机车正式在大连诞生。

“毛泽东号”机车是我国第一次用国家领导人名字命名的机车，在解放战争中，“毛泽东号”机车担负着运送部队和战争物资的任务，在辽沈战役、淮海战役以及平津战役中屡建奇功。1949 年春天，伴随着新中国的成立，“毛泽东号”机车正式进京，落户北京铁路局丰台机务段。

1977 年 2 月，“毛泽东号”结束了三十年使用蒸汽机车的历史，永远告别了蒸汽机车，开始使用大机车制造的“东风 4 型”0002 号内燃机车。

1991 年 8 月，“毛泽东号”再次换型。这次换型选用了大机车制造的当时国内最先进的荣获国家优质产品金质奖的“东风 4B 型”内燃机车，选用毛泽东诞生年份为车号，编号为“东风 4B1893 号”。这次换型宣告了中国大批进口机车的时代结束。

2000 年 11 月 2 日，“毛泽东号”机车第三次换型。这次换型选用了大机车最新推出的名牌产品——“东风 4D 型”内燃机车，仍以毛泽东诞生年份为车号。“东风 4D 型”内燃机车经过三次铁路大提速的运行考验，技术先进、性能稳定、质量过硬、牵引力更加强大，成为“毛泽东号”机车当之无愧的选择。

2010年12月20日，见证中国机车工业发展历程的“毛泽东号”机车第四次换型。此次换型，目标锁定大机车研制的“和谐D3B型”机车。“和谐D3B型”机车集众多现代高新技术于一身，多项关键技术将引领中国乃至世界的机车技术发展。此次交付的新款“和谐D3B型1893号”机车成为中国铁路线上一道美丽的风景。

2014年7月1日下午1点38分，由北京铁路局丰台机务段“毛泽东号”机车牵引的到安庆的K1071次旅客列车驶进北京西站。至此，“毛泽东号”机车结束六十八年货运的历史，开启了牵引旅客列车的任务。

2014年12月12日，“毛泽东号”电力机车正式换型“和谐D3D1893”，这是“毛泽东号”机车的第五次换型。六代“机车领袖”描绘了大连机车产品升级换代的发展轨迹。

“毛泽东号”从诞生之日起，就开始了不平凡的里程。穿越烽火硝烟的解放战争，踏过荆棘密布的创新之路，“毛泽东号”机车满载着民族使命不停前行，为中国的经济与社会发展作出重大贡献，成为中国铁路史上的一面旗帜，已然成为中国铁路的“形象代言人”。

“毛泽东号”五次换型，见证了中国机车从无到有的辉煌历程，见证了中国铁路数十年的沧桑巨变，更凝聚了大机车人缅怀伟人的情感。每次机车换型，大机车都提供了安全可靠、代表当时国内最先进技术的牵引动力，圆满地完成了任务。“毛泽东号”机车组所取得的成绩，也包含了大机车干部职工的心血和汗水，凝结着大机车人的期待与盼望，表达了大机车人对伟大领袖由衷的敬爱之情。

“毛泽东号”是中国机车工业发展历程的最佳见证，这既是大机车的骄傲，也是中国铁路装备制造业的骄傲。

选自鹤蜚（孙学丽）：《大机车》

大连：大连出版社，2016年5月第1版

获2018年首届中国工业文学作品大赛报告文学一等奖

中国机器人（节选）

王鸿鹏　马　娜

作品简介

机器人有“制造业皇冠顶端的明珠”之称，是衡量一个国家科技创新和高端制造业水平的重要标志。《中国机器人》记述了以蒋新松、王天然、曲道奎等为代表的几代中国科学家研发机器人的曲折经历，他们前赴后继地从事机器人研发工作，展现出中国科技工作者开拓创新、拼搏进取的精神。他们胸怀“科技报国”之志，投身于“中国制造”向着“中国智造”转变的伟大事业，经过刻苦攻关运用东方智慧打破了国外的技术封锁，将中国机器人打造成大国重器，为民族工业赢得了尊严。王鸿鹏和马娜为了创作这部作品不仅走访了大量相关领域的专家学者，而且到沈阳新松机器人等企业同一线科技工作者展开深入交流，掌握了大量第一手资料，真实地展现出中国机器人的发展历程。

根据王鸿鹏、马娜《中国机器人》(辽宁人民出版社，2016年12月初版本)节选。

正文节选：第二章我们有了“第一人”

第二章　我们有了“第一人”

科学无国界：政治家推开一道门缝，科学家的精神情怀成为穿越时空的超力量。

01　跨洋握手

2015年11月23日，“2015世界机器人大会”在北京国家会议中心隆重举行。

当晚，在大会“机器人创新之夜”活动大厅，灯火缤纷，光彩绚丽。来自世界各国的200多名一流机器人专家学者欢聚一堂，将在这里举行《机器人创新合作北京共识》签字仪式。

这时，全国政协委员、中国电子学会秘书长兼本届大会秘书长徐晓兰，邀请美国大学教授席宁先生作为嘉宾和她一起主持“创新之夜”。

曲道奎对身旁的朋友说：“席宁教授是新松公司的‘贵人’。”

一位美国大学的教授怎么会成为新松公司的“贵人”呢？

席宁是1977年“文化大革命”结束后恢复高考的第一批大学生。父亲是航空工业部第四设计院总设计师，也是航空工业部成立时的创始人之一。当年，席宁从北京十一中学毕业，高考成绩非常优秀。父亲特别希望他子承父业，就让他报考了北京航空学院（今北京航空航天大学），攻读自动控制。1987年，席宁赴美留学，如今是美国密歇根州立大学教授。

在大家的掌声中，只见席宁又把一位老人扶到台上。

王天然院士又向朋友介绍："他是蒋新松的好朋友，也是我们沈阳自动化所的'贵人'。"

一个"贵人"又引出另一位"贵人"。他们与中国机器人之间到底有什么故事？机器人是怎样来到中国的？

历史不是一个传说。

1979 年春天，中国迎来几位特殊的美国客人，他们是美国几所名牌大学的知名教授，也是各自学科领域的专家权威。他们相继来到中国讲学，并完成一项特殊的使命——挑选一批大学生赴美留学。这是新中国成立 30 年后，中美之间科学教育界首次开展的交流活动。

要想知道中美之间实质性的交流互动为什么会发生在 1979 年春天，又为什么是从科学教育界开始的，我们必须把目光聚向历史的纵深，追溯一代伟人如何以改变世界格局的政治智慧和雄才大略，挥动巨手推开了中美之间冰封的大门。尽管一幕幕镜头早已定格在历史的画卷中。

20 世纪 70 年代初，随着国际形势的变化和发展，中美两国领导人清醒地意识到，改善双边关系符合两国的共同利益。

1972 年 2 月，美国总统尼克松应中国国务院总理周恩来的邀请访问中国。毛泽东主席与尼克松总统的握手，打破了中美冻结 20 余年的坚冰。

这是中国伟人与美国政治家跨越大洋的第一次握手——在此岸。

1977 年，卡特入主白宫。他考虑到，中国在地区和世界上发挥的作用越来越大，已成为影响国际局势不可忽视的重要一极，是不可否认的事实。卡特政府把同中国关系正常化作为它对外政策的主要目标。

随后，在邓小平和卡特的共同推动下，经过艰苦谈判，中美两国宣布自 1979 年 1 月 1 日起互相承认并建立外交关系。

为了进一步增进中美双方的了解，推动中美关系的发展，邓小平副总理应卡特总统的邀请，于1979年1月28日至2月4日对美国进行正式友好访问。

邓小平访美期间最具实质性的活动内容，是中美双方签署多个合作协议。其中，邓小平和卡特总统分别代表中美两国政府亲自签署了科技合作协定和文化交流协定。其内容之一，就是在科技领域开展技术、学术交流活动中，中国选派50名大学生赴美国深造，主要攻读自然科学、医学和工程专业。

这就是1979年春天，一批美国客人来到中国的使命。

在先期到达中国的美国科学家中，有一位美籍华人科学家备受期待。他就是圣路易斯华盛顿大学教授谈自忠先生。

当时，由于谈自忠教授的特殊身份和在自动化领域的学术地位，他的到来似乎让中国科学界更感兴趣。他被邀请到中科院自动化研究所作了一场“自动化与未来机器人”专题报告。

蒋新松作为自动化领域的专家，陪同谈自忠参加活动。在科学领域的志同道合，使他俩拥有更多的共同语言。他们像分开多年的老朋友，一见如故，总有说不完的话题，很快消除了彼此的距离感，两位科学家的理想与情怀拥抱在一起。

邓小平访美时，谈自忠教授应邀出席了中美科技合作协定和文化协定签字仪式。邓小平在与科技界人士的交流中，得知谈自忠是美籍华人科学家，握着他的手说：“你是美国科技界的少壮派，为我们带几个学生吧。”谈自忠用四川话说：“为故国效力，没个啥子说的嘛。”邓小平微微一笑，他们之间立刻多了一份亲近感，从此，也多了一层私交。

少小离家中年回。为挑选中国留学生，谈自忠第一次重返中国大陆，踏上了阔别30多年的故乡。按照父亲的嘱托，他到重庆老家祭拜了祖先，便匆匆赶到北京履行承诺。

他在中科院自动化系统所、清华大学和科技大学精心挑选了 5 名优秀学子，带到圣路易斯华盛顿大学做他的学生，并提供全额奖学金。这位情系故土的海外科学赤子要为中国培养未来的机器人专家。

02　访日受辱

1979 年 8 月，首届国际人工智能研讨会在日本东京召开，蒋新松作为中国专家组组长带领 4 人出席会议。

这是蒋新松第一次出国。除了出席会议，他最大的心愿就是能买一台日本的机器人，并利用这次机会对日本的机器人发展应用做一番深度考察。

在日本举办的这次研讨会上，蒋新松与谈自忠再次相逢。他俩已经成为推心置腹的好朋友。

虽说此前不久，邓小平先后访问了日本和美国，中国正以改革开放的崭新姿态融入世界，但中国与外国的科技交流毕竟刚刚起步，缺少经验。蒋新松一行在与外国专家学者的交流中，不免显得有些拘谨，无论在公共场合还是私下交流中，都有些放不开。再加上他们与外国专家彼此生疏，蒋新松一行显得有些孤单，亟须建立必要的人脉关系，尽快融入国际科技界的圈子和各种交流活动中。

在这种情况下，谈自忠利用各种场合和机会，热情主动地将蒋新松带领的中国专家组成员介绍给各国专家学者；在主办方私下安排的酒会、冷餐会或小范围的相互宴请等交流活动中，谈自忠也主动拉上蒋新松一块参加，让他进入自己的朋友圈，给中国专家组创造更多的交流学习和结识朋友的机会。

中国专家组也很想回请外国朋友，以此加深彼此之间的了解和友谊。来而不往非礼也！可蒋新松做不到。不是中国人不大方，而是蒋新松心有余而钱不足。那时中国的经济条件差，出国经费少得可怜，捉襟见肘。何况，蒋新松有自己的“大盘算”，他要把出国经费省下来购买器材和资料。

蒋新松出国对自己十分苛刻，兜里的那点外汇恨不得掰开花。在后来出国考察的奔波劳顿中，蒋新松常常喝面汤、啃个面包对付一顿，根本舍不得花钱，游山玩水的事更找不到他。这成为他出国的一种习惯。在这样的国际交流活动中，让他掏钱请客，实在勉为其难。

谈自忠很能理解蒋新松的心情和处境，但这种场合下的社交对首次出场的中国专家组来说，又不能不为，不然人家不但不会拿你当朋友，还会瞧不上你，这在国际交往中是很丢份的，谈自忠便主动掏钱帮蒋新松请客。

有时，蒋新松请客，谈自忠主动买单。蒋新松也不客气，因为他俩已成为莫逆之交。宴罢，他至多说一句："拜托你了。"在后来他俩出席的国际学术交流活动中，谈自忠为蒋新松请客买单已在情理之中，甚至成为他俩之间的"惯例"。谈自忠的良苦用心，为中国专家组赢得了不少机会，让蒋新松一行非常感动。

中国专家组首次出访日本参加国际学术会议，大开眼界，收获颇丰。在谈自忠教授的积极推动下，蒋新松在与外国专家学者的沟通中，不仅增进了了解，结下了友谊，而且也建立了相互开展学术交流和技术合作的关系。谈自忠还给蒋新松提供了大量的机器人前沿资料。

会议结束后，蒋新松带领4名成员立刻奔赴日本的几家机器人公司考察，他要买一台机器人带回去做研究。想不到，冷峻的现实给他留下的是刻骨铭心的伤痕，以至多年之后，他向他的大弟子曲道奎回忆起这件事时，仍然不能释怀。

当时，由会议主办方联系安排，蒋新松一行来到一家日本著名的机器人公司参观。他们看到无人化的机器人生产车间，十分震撼。这就是一年前邓小平看到的"现代化"。

蒋新松立刻产生一种强烈的冲动，中国的现代化就是要搞这样的机器人工厂。参观结束时，他向厂方提出购买机器人的愿望。对方看了他一眼，用一种轻蔑的口气说："你们会用吗？ 15 年之内我们不打算与中国合作。"

想不到，对方竟以如此傲慢的口气拒绝他，蒋新松被噎得一时无语。当众之下，他像挨了一巴掌。蒋新松满脸涨得通红，两道浓眉立刻竖了起来。弱者的愤怒从来都是毫无意义的。

蒋新松努力克制心中的愤怒，回敬了一句："15 年以后，你卖给我我还不一定要你的哪！"

对方自觉失言，忙作解释，蒋新松转身走开。被人瞧不起的耻辱，在他心里留下了终生疤痕。

历史喜欢与人开玩笑。15 年后，这家日本公司真的找上门来要与蒋新松谈合作。这是后话。

瞧不起中国！深深刺痛了蒋新松，也激发了他那强烈的民族自尊心。从那一刻起，他发誓要研制出中国自己的机器人。

蒋新松还是用省下的经费从日本带回来一台计算机。他在字条上写下"勿忘雪耻"四个字，贴在计算机屏幕的一角上，作为座右铭

从此，他像一头发怒的雄狮，成为科学界的一名狂人。他常说的一句话就是："为国家的科学事业，活着干，死了算。""科学工作是没有 8 小时工作制的。如果一个人对社会什么贡献也没有，就是长寿有什么用？"

他全身心投入机器人的研究中，提出搞机器人的种种设想和方案，发誓要追踪国际先进技术，改变中国装备制造业落后面貌，赶超世界先进水平，让中国机器人成为民族工业的尊严。

然而，茫茫何处是通途？那时的中国，没有自己的技术积累，也没有必要的研究设备，外国实行技术封锁，把中国拒于千里之外。

蒋新松如何寻找一条通往彼岸的路？

03 Robot 友好走廊

2015 年 11 月 23 日晚，在北京“2015 世界机器人大会”现场，主办方组织的“机器人创新之夜”活动中，嘉宾主持人席宁扶上台的那位老人，就是美国圣路易斯华盛顿大学谈自忠教授。

谈自忠是美国圣路易斯华盛顿大学著名的终身教授，他长期致力于系统科学与控制理论研究，在世界智能控制和国际机器人研究领域具有卓越的建树，先后担任过两届国际电气与电子工程师学会(IEEE)、机器人与自动化学会的主席。他曾经获得过“Autosoft 终身成就奖”，IEEE、机器人与自动化学会“自动化先驱奖”和“George Saridis 领导奖”，以及美国自动控制委员会的年度大奖等殊荣。他曾多次被列入美国当代科学技术名人录以及国际工程界名人录，一度成为美国主流媒体追捧的科学界“明星”，是一位具有广泛影响力的科学家，现被清华大学等国内多所大学聘为教授，并荣获中国科学院“2010 年爱因斯坦讲座教授奖”。

谈自忠教授身材不高，微胖，平头，戴副眼镜；一身得体的休闲西装，温文儒雅；开阔的前额闪烁着智慧的光亮，一副大学者的气派。看上去，谈教授要比实际年龄显得年轻。他和夫人在美国已经生活了半个多世纪，却看不出一点西方的洋味道，浑身散发着中华民族的朴实风。据说，除了喜欢听听女儿弹钢琴作为一种工作放松和生活的奢侈之外，这位老人一生没有什么爱好，几乎是在实验室里度过了自己的科研生涯。

谈自忠 1937 年出生于四川重庆，父亲是国民党时期的一名盐业官员。他在抗战烽火的硝烟中跟随着父母颠沛流离，度过了动荡不安的少年时代。据他回忆，为了躲避日军的轰炸要经常搬家，他上小学时就换过 6 所学校。

1946 年，父亲被派往台湾，举家搬迁至台北。谈自忠 1959 年由台南成功大学毕业后考入美国圣路易斯华盛顿大学攻读自动化专业，后留校任教，从事机器人研究。父亲生前交代他：不要忘了四川老家，有机会多为故乡效力。

“我和蒋先生在国内初次相识。那次在日本参加会议就成了好朋友。当时中国比较困难，他们出来都很不容易。‘文化大革命’刚结束没多久，还不熟悉国外环境，也不善于对外交往，我就牵线搭桥创造机会。他们没有条件请人家吃饭，我在国外经济条件比较好，就请他们和国外专家一起吃饭，让他们和外国专家认识、交流。只有吃饭才能相互熟悉，结交朋友，建立联系……”

谈教授说话声音不大，慢条斯理。

“说起来，话就长了些。我和宋健认识得比较早，是1976年在欧洲赫尔辛基召开的世界自动化大会上认识的。当时，他在七机部是搞自动化的。宋健这个人比较开放的，讲话直，口无遮拦。‘文化大革命’中有人整他，被下放了，受了很多苦。周总理爱惜人才，把他送到一个部队保护起来，否则，他的处境会更糟糕。宋健能出国参加这个大会不简单。后来，他到我这里搞研究，做访问学者，住在我家里……那时还有一个人叫杨嘉墀，我们很熟。他是中国很有名的老科学家，他与屠善澄都是从美国回来的，是新中国第一代搞自动化的专家。杨先生前一段时间去世了。那年代，在国际会议上，我跟大家就熟悉起来了。为了提高中国技术发展成果的影响力和在国际上的地位，我把蒋新松取得的科研成果和论文力推到美国的评奖台，获得了美国SME‘大学领先奖’和‘工业领先奖’。从此，世界对中国的科技发展水平不再小看了。”

谈自忠教授长嘘了一口气，又说：“大家都在争取。中国的科技水平和影响力在世界上还不够强，我也花了一点力量，做了一些工作，动员人家举手投票。你不可能强迫别人把手拿起来。因为我跟他们很熟悉，我自己在这方面的理论工作做得很多。有自己的贡献、有一定的权威性，我才能讲，不然的话，没法讲，讲话没分量，尤其在学术会议上，别人不服气。我在里面积极牵线搭桥，推动中国这方面的工作，提高中国在世界上的地位和影响力，不能让人家看不起。我和蒋先生都是做自动化、搞机器人的，又是好朋友，帮他的忙，很正常。后来，我邀请他到我这儿来访问，相互开展技术和学术交流。我知道他非常需要。”

科学无国界，是世界科学家们共同遵循的信条。20 世纪 80 年代，蒋新松与谈自忠之间你来我往，广泛开展学术交流，关系甚密。他们之间通过双向交流和技术互利开辟了一条机器人“友好走廊”。

然而，搭建“友好走廊”的不只是蒋新松和谈自忠，起到关键作用的人物还是邓小平和卡特两位政治家。正是美国受科技合作潜藏的商业利润刺激，卡特总统最终决定在中美两国建交的同时开展文化科技合作。

卡特与邓小平 1979 年亲自签署的中美第一个科技文化交流协定，在中美之间关闭已久的大门上推开了一道缝，科学家的精神情怀便成为穿越时空的超力量。中美科技合作给美国带来了巨大的商业利润，而引进世界先进科技也推动了中国对外开放的进程及中美政治关系的发展。

正是因为两位政治家在美国的那次跨越大洋的握手，才有了中美两位科学家之后跨越大洋在中国的握手。所以，这条无形的“友好走廊”是在中美科技文化交流合法的框架下架设的。

在这里，中国机器人应该向他们致敬！

04 “呱呱”落地

这是中国机器人从零开始的故事。

20 世纪 70 年代末，在一次国际人工智能研讨会上，日本专家炫耀，他们研究的水下机器人已经成功地下潜到千米以下，而正在研制的“海沟”号水下机器人，正向万米以下的马里亚纳海沟冲击。

蒋新松心头增添了深深的担忧。这意味着海洋探索的话语权已经被日本掌握在手里。中国一片空白，无力发声。

蒋新松寝食不安。中国必须在这一领域有所作为。他开始苦苦寻找水下机器人研究的突破口。提出研制“极限作业机器人”，就是能够替代人在高温、高压、深海、有毒等极为恶劣的环境中作业的特种机器人。

这时，南海传来一则消息，那里蕴藏着丰富的油气资源，具有巨大的开发价值和可观的前景。更重要的是，南海的海洋安全对于国防安全具有极其重要的战略地位。

水下机器人属于特种机器人，用于水下探测、开采和海洋作业。虽然应用的范围和市场没有工业机器人那么大，但对我国来说非同小可。我国海洋面积 300 多万平方公里，约为陆地面积的三分之一，其中还有部分海洋国土存在争议。中国面临着激烈的海域划界争端。

蒋新松不仅具有长远的战略眼光，他那科学家的思维触角也十分敏锐。南海蕴藏丰富资源的消息带给他灵感。他立刻意识到，结合中国的国情，应先从水下机器人这一课题入手，肯定能在海上石油勘探和开发中派上大用场，在维护国家海洋权益中发挥作用。

1979 年，蒋新松提出把“智能机器人在海洋中的应用”作为国家重点课题，把水下机器人作为最初的攻坚目标。1980 年，蒋新松出任沈阳自动化研究所所长，并担任智能机器人在海洋中的应用项目总设计师。

蒋新松多次赴南海考察，了解到开展海上施救或开采石油，常常要潜到水下 20 多米，很难看清目标。50 米水下的海洋则被永恒的黑暗笼罩，海底作业只能在黑暗中摸索，深水作业极易造成人体伤害，人工水下作业的成本极为高昂。潜水员水下呼吸所需的费用，1 分钟相当于 1 克黄金。我国这么大的海洋面积，无论是海洋资源开发还是国家的海洋安全，都需要水下机器人技术。

蒋新松从国外机器人的发展现状和中国的国情出发，组织制定总体方案。他带领一个由 10 人组成的调研组到全国 20 多个单位开展海洋机器人课题的可行性调研工作，开始向海洋机器人进军。当水下机器人姗姗来迟的时候，工业机器人捷足先登，“呱呱”落地，降生到中国。

1981 年 5 月，蒋新松收到谈自忠教授发自美国的邀请，欢迎他到圣路易斯华盛顿大学访问。

不久，蒋新松来到美国圣路易斯华盛顿大学并考察了谈自忠的实验室。在谈自忠的实验室里，蒋新松看到了用于实验型的工业机器人。这台机器人看上去并不复杂，但它的控制系统，也就是核心技术是一流的，属于世界高科技水平的标志性产物。

谈自忠还陪同蒋新松参观考察了圣路易斯发达的电子仪表工业和电子技术研究所。埃默森电器公司是世界上第一流的电子企业，采用了先进的集成制造。美国最大的飞机制造公司麦克唐纳—道格拉斯总部就设在这里，世界上第一艘登上月球的宇宙飞船“阿波罗”号就诞生在这里。20 世纪中期以后，这里是仅次于底特律的美国第二大汽车制造中心。无论是航天机器人还是工业机器人技术水平，这里都处于美国的前沿地带。

谈自忠向蒋新松详细介绍了机器人前沿技术，蒋新松大开眼界，深受启发。他意识到机器人在未来制造业中的巨大作用和价值，是工业现代化建设的方向。同时，国内的工业发展水平与发达国家相差悬殊。沈阳作为中国先进的重工业基地，常被人们引以为豪，事实上与国际上先进的制造业差了一个代际。这让蒋新松陡然增添了一种强烈的紧迫感。

回国后，蒋新松向所里的同志们介绍了这次访美的见闻和感想。他说，我们再不能夜郎自大了，必须奋起直追。否则，在这个地球上，我们没有当“球员”的资格了。他很快确定了研制工业机器人的方案，并一马当先，亲自担任组长，带领沈阳自动化所科研人员，开始攻关。

为了建立模型和调整算法，蒋新松经常通宵达旦，连续工作。几经苦战，终于攻克了一个个技术难点，实现了核心技术即控制系统的关键性突破。

1982 年，沈阳自动化所研制出了我国第一台工业机器人——用计算机实现点位控制和速度轨迹控制的示教再现型工业机器人，并于 6 月通过了国家组织的鉴定，获得了中国科学院科技成果二等奖。

至此，Robot 踏上了中国国土，拥有了中国标签。

事实上，按照现在的标准，彼时的机器人还算不上一个真正的“人”，只能是一个“胚胎”，或者说只是人的一只“胳膊”。它在预先编好的程序下，通过示教盒操作指令，能够自由地抓取东西。虽说没有“自理”能力，但它是中国的第一个工业机器人。

对当时的中国来说，这已经很了不起了，仅用了一年多的时间就走完了国外十几年的路程。科学家们已经看到了东方初露的曙光。

对此，蒋新松并不满足。他要把这个“婴儿”培养成“人”，转化成产品，走出实验室，应用到装备制造业，建造无人工厂，为国家的经济建设服务，跻身世界先进行列，让科学实现真正的价值。

蒋新松充满信心地宣称：“20 年后，让中国进入机器人时代。”

人们期待着中国工业机器人跃出海面，横空出世。而跃出海面的是另一个“婴儿”。

与此同时，水下机器人也在快速的孕育中。示教型工业机器人的研制成功，实现了机器人控制技术的突破，提升了沈阳自动化所在科技界的地位，科研人员信心倍增。蒋新松鼓励大家顺势而为。1983 年，海洋水下机器人被列入中国科学院的重点研究课题，并正式命名为“海人一号”。然而，这对蒋新松来说，仅仅是“路漫漫其修远兮”的开始。海洋机器人是一项跨学科的、综合性的高技术，面临许多前所未有的技术难关。

1985年12月，中国“海人一号”机器人第一台样机在大连首次试航成功，并深潜199米，能灵活自如地抓取海底指定物，技术指标达到了当时同类型产品的世界水平。

这一突破口的选择具有历史意义，为我国机器人研究与应用作出了开创性的成就。但是，与世界先进水平仍然差距巨大，美国、日本和苏联的水下机器人下潜深度已达到千米级。

别无选择，中国机器人只有奋起直追。

选自王鸿鹏、马娜:《中国机器人》

沈阳：辽宁人民出版社，2016年12月第1版

获2016年度中国好书奖。第十四届精神文明建设“五个一工程”优秀作品奖

鲲鹏起兮

——大型运输机运 -20 研制纪实

崔斌峰

大型运输机运 -20 代号“鲲鹏”。

鲲鹏状其势，势若垂天之云；鲲鹏喻其志，志在九天之巅；

鲲鹏言其美，大国重器之美；鲲鹏显其威，蓝天王者之威。

鲲鹏起兮云飞扬。

引子：阎良醉了

2013 年 1 月 26 日，农历腊月十五。

西安市阎良区，晴，最高气温 13°C，最低气温 -2°C，西风 2 ~ 3 级。

今天，大运飞机首飞。

天还没亮，西飞试飞站的同志们就起来了。早餐很简单，每人一个馒头一碗粥一个鸡蛋，还有一小盘咸菜。吃罢早餐，他们匆匆赶往大运的停机坪。

唐长红天一大早就在院子里踱步，一遍遍梳理着首飞前的各种事项，不断问自己：还有什么地方没有做到位？

高玉伟照顾完孩子，对着梳妆镜打扮起来，她换上了一件红色毛衣，仔细盘好头发，抹上口红，又拿起好久未用的眉笔。一旁的老公揶揄道："别打扮了，没用，穿上工装就是个中性人。"高玉伟嫣然一笑："今天是大喜的日子，结婚时没怎么打扮，还不兴人家补上一回啊！"

李素兰师傅也起得很早，在老公的遗像前烧了三炷香，眼泪止不住地往下流，喃喃道："今天首飞，我代你去看看……"

整个上午试飞站的同志都在忙碌，通电，开车，检查机上设备，擦拭飞机。

中午，一飞院、西飞、试飞院以及其他单位足有几千人来到机场，在跑道一侧坐定。他们都穿着航空工业深蓝色的工装，远远望去黑压压的，像一片茂密的松林。有的很兴奋，脸上盛开着灿烂的笑容。有的很沉静，静静地等待那个时刻的到来。不同专业、不同岗位上的年轻人难得聚到一起，眉飞色舞地谈论着什么。

空军试飞团首席试飞组在团长邓友明大校率领下，列队走向停机坪。

空中飞来两架专机落在了跑道上，那是从北京专程来观摩首飞的首长。

13 点 55 分，现场气氛一片肃静。

研制现场总指挥、西飞总经理唐军迈着军人步伐走到时任航空工业集团公司副总经理耿汝光面前，报告："耿汝光同志，申请放飞，请您指示。"

耿汝光发出指令："同意大型运输机，按批次试验大纲首飞！"

13 点 56 分，伴飞的一架歼 11 飞机起飞。同时，大运开车，巨大的轰鸣声震耳欲聋。

14 点 00 分，大运滑向起飞线，稍停片刻，开大车，起步，加速，抬前轮，主起落架离地，漂亮！完美越飞。

随即，飞机做了一个低空盘旋，向首长和大运人致敬。

现场爆发出雷鸣般的欢呼声。

飞机远去，消失在人们的视线里。指挥席上，老总们全神贯注盯着监控屏幕，直到扩音器里传来邓友明大校的声音："飞行状况良好，一切正常！"他们的心才稍稍放下。

14 点 48 分，大运又回到机场上空，这次它来了个低空通场，边通场边摇晃机翼——这是空军礼节。

人群中再一次爆发出热烈的欢呼声。人群开始向跑道移动，10 米、20 米、30 米……突破了限制线来到跑道边。

15 点 00 分，大运稳稳地降落到跑道上，减速，停稳。

现场气氛达到了高潮。

鞭炮齐鸣，拥抱、握手、欢呼、献花，击掌、欣喜若狂、喜极而泣。

娇小的高玉伟雀跃着奔向大运停机位，老公看着妻子的背影，傻傻地笑着。

李素兰独自坐在那里，两行清泪默默地涌出了眼眶。

唐长红面对记者的采访，竟一时说不出话来。

……

这注定是一个狂欢之夜。一飞院、西飞，阎良小城所有的航空单位都在开庆祝宴。大街小巷里的大饭店、小酒馆无不张灯结彩，"为庆祝大运首飞，本店八折""本店六折""本店五折"……阎良人醉了！

唐长红倒是没喝高，晚上回家躺在床上却怎么也无法入眠，两千个日日夜夜像"过电影"浮现在他眼前……

第一章　出征

研制大运是国家意志，再苦再难，我们也只有一条路，那就是成功！

——大运项目行政总指挥　耿汝光

雨夜赴京

2007年夏天，唐长红正带领试飞团队在新疆，进行一次重点科目的试飞。

7月末的一天上午，他接到来自北京的电话，要求他和几位院领导即刻赶赴北京，参加翌日召开的大型运输机研制动员部署会。

唐长红他们马不停蹄地赶到乌鲁木齐地窝堡机场，坐上了飞往北京的航班。

还好，正点起飞。

飞机在平流层之上平稳地飞行着，一座座小山般的云朵从舷窗外闪过，唐长红的心情越发不平静起来，一股出征的豪情油然而生。他想起中学时学过的两句诗："万里赴戎机，关山度若飞。"

唐长红看了一下手表，按照时刻表应该飞抵北京上空了，可为什么没有下降高度？

"各位旅客，北京地区有强降雨，首都机场无法降落，周边机场也无法降落，本次航班将备降在沈阳桃仙机场。给您带来的不便……"

好吧，沈阳就沈阳，落了地整辆车连夜赴京，只要别误开会就行。

飞机抵达沈阳已是傍晚时分。唐长红他们草草扒拉了几口饭，坐上汽车向北京进发。

车子一出沈阳狂风暴雨就迎面而至。道道闪电在漆黑的夜空中划过，声声炸雷震耳欲聋，狂风咆哮着卷起一股股雨水砸向车顶、车门，车灯照出去是一片白惨惨的反光，刮雨器的转速已经开到最大，疯狂地摆来摆去……

“唐总，咱们是不是先到服务区避一避？”司机问。

“不！就是爬也要爬到北京！”车上的人几乎异口同声地说。

这是一次雨中行军，车外电闪雷鸣、狂风骤雨，车内心潮澎湃、热血沸腾。

谁都没有一丝困意，每个人都只想着两个字：北京。

司机好像感受到了什么，他拿了一张 CD 碟片放进播放器。

低沉而雄浑的旋律，立刻回荡在车厢里：

“起来，巨大的国家，做决死斗争……让高贵的愤怒，像波浪翻滚，进行人民的战争，神圣的战争！”

车里人都知道，这是苏联卫国战争时期的经典歌曲《神圣战争》。雄浑的旋律与车外电闪雷鸣交相呼应，大家不由自主地跟着唱了起来。

是的，一场神圣战争即将开始。

经过一夜雨中行军，他们终于赶到北京。但还是晚了，他们到达会场的时候，会议已经开始一会儿了。

看到这一行人疲惫地走进会场，坐在主席台中央的军委首长，示意会议先停一下。对唐长红他们说：“你们辛苦了。”“刚才宣布了任命，唐长红你被任命为大运的总设计师。”

将军走下主席台，“来，我跟设计师合个影。”

合影完毕，将军面向大家说：“这是我任内争取的最后一个大项目，它像一块石头一直压在我心头，现在好了，终于立项了。我不一定能看到它装备部队，但是，在座的各位一定能看到它飞起来、装备部队。”

“哗——！”一片掌声。

老首长的一席话，是一位老军人的肺腑之言，同时也反映了全军将士的心声。

这一天，全军将士盼了几十年，航空人也盼了几十年。

一颗种子，播在了心田

1980年，中国改革开放的春天，春草吐绿，乍暖还寒。

这一年发生了一件震动航空界的事件：运10首飞。9月26日，运10在上海大场机场进行了首次试飞，绕场两周后着陆。

“校园里大路两旁，有一排年轻的白杨，早夏你披着彩霞，傍晓你吻着夕阳……”唐长红当时是西北工业大学的学生，运10首飞的消息让他和同学们无比振奋。

干中国的大飞机！一个梦想就这样种在了唐长红的心田。

谁都知道，运10后来下马了。为什么会这样——飞机上天、型号下马？一个国家要搞大飞机，必须同时满足国家战略、工业基础和经济实力三大条件，实事求是地讲，20世纪80年代搞大飞机，我们的综合国力和工业基础还不足以支撑其实际使用和后续发展。运10注定是一次悲壮的探索。

接下来，航空工业经历了一段令人窒息的萧条期，军品订货锐减，许多单位连工资都发不出来，不少人选择了离开。唐长红没有选择离开，他选择了“充电”——到北航读研究生。他心中的那颗种子等待着发芽。

河出伏流，一泻汪洋，改革开放让中国社会发展进入了快车道，综合国力快速提升，每个人都感受到了生活的变化。

20××年×月，20多位院士向中央上书，希望国家研制大型飞机，发展大飞机产业。报纸杂志纷纷发表文章，呼唤中国的大飞机。门户网站开设了“大飞机论坛”，人气指数颇高。大飞机，被寄托了强烈而复杂的民族感情。研制大飞机，是民心所向。

种子发芽需要一个休眠期，唐长红心中的那颗种子居然等待了二十多年。

二十多年，也是一代人的时间。女硕士高玉伟生于 1983 年，相当于唐长红的晚辈，她对大飞机没有特别复杂的情愫，但却一见钟情。

2007 年夏天，她从西工大毕业，和男朋友一起来到阎良一飞院。初到一飞院，高玉伟逢人便说：

"我们就是奔着大飞机来的。"

"我从小就想干大事，干那些全国人民都看得见的事儿。"

"阎良小吗？我不嫌它小，小地方能干大事。"

是的，阎良不大，但确实是一个干大事的地方。

阎良是一座航空城，被誉为"中国的西雅图"。区内有飞行试验研究院、第一飞机设计研究院、西安飞机工业集团公司、飞机强度研究所等大型航空企事业单位。中国的多种军民用飞机都是从这里飞上蓝天的。毫不夸张地说，阎良是中国航空气息最浓烈的地方，阎良的几大家都以军号作为作息号令，嘹亮的军号声时刻提醒外来的人们——"你到了一个非常之地"。

在大运的故事中，阎良的这航空几大家都是角儿。

高玉伟初到一飞院，正赶上大运立项，她和男朋友草草结了个婚，便投入昏晨相接的大运攻坚战当中，后来她成了全线闻名的人物。

"压力山大"

2007 年，一个网络新词——"压力山大"迅速流行开来。此时大运线上的人们切实体会到了这个新词，压力山大！

这年 8 月，一个由项目主要负责人参加的高层会议，已经开了几天。

服务员小曹为会议服务，当她推开会议室房门为与会者换茶水的时候，只见屋内一片烟雾，浓烈的烟草气息扑面而来，一下子把她呛了个趔趄，咯、咯、咯地咳嗽起来。

“指挥官”们身上的担子太重了，面对前所未有的困难，他们倍感压力山大。

“我们将要研制的飞机，要从数十吨一下子跨越到 200 吨级，技术难度不是增加了几倍，而是增加了一个数量级。”

“航空界有规矩，新机新成品的比例不能超过 30%，而大运的新成品超过了 90%，这些新品除了原理有所继承外，几乎没有什么继承性，技术风险怎么控制？”

“我们统计了，大运需要的新材料都是国内空白啊！”

“大运不同于大客，大客可以搞全球供应链，可以买、可以合作，大运可不行，花多少钱人家也不卖给咱。”

“研制周期太紧了，美国 C–17 从方案确定到首飞用了 14 年，俄罗斯的伊尔 –76 用了大约 11 年，欧洲的 A400M 至今 8 年过去了还没飞起来，我们要用 5 年多的时间实现首飞，如何保证‘后墙不倒’？这才是最关键的。”

“还有人才呢，波音、空客设计团队就达三千人，现在一飞院的设计人员千余人，其中缺乏经验的年轻人占到半数以上，而且还要兼顾其他型号。”

……

在大运人面前，横亘着三座大山：

第一座大山——能力。飞机重量跨越到 200 吨级，需要研发能力提升一个层次，如何提升？必须攻克“六大关键技术”“两大难点项目”、400 多道技术难关。

第二座大山——时间。研制周期仅为国外同类飞机的一半，各项工作节点精确到天，每个节点都是“脚打屁股”，任何一个重大节点保不住都可能导致“后墙崩塌”。

第三座大山——壁垒。在大飞机领域，美国、欧盟甚至俄国早就给中国人织好了一张大网，处处封锁，无论是关键技术，还是原材料、制成品，一概对我们说“NO”。中国人要想登上顶峰，必须从山脚下一步步爬起。

“研制大运是国家意志，再苦再难，我们也只有一条路，那就是成功！”耿汝光一脸严肃地看着大家，“大运项目不仅是对航空工业的一次‘大考’，也是对整个国家工业能力、创新能力的一次‘大考’。我们没有退路，拼了！”

大军团体系

就这样，面对崔嵬嶙峋的三座大山，航空人开始了一次伟大的出征。

迎接他们的是一次“大军团作战”，我们先来看一下这个大军团体系。

行政总指挥系统：负责项目的组织指挥，计划协调，人员、经费、物资保障等工作。

总设计师系统：由各级设计师组成的跨建制、跨部门的技术指挥系统。总设计师单位由一飞院担纲，唐长红任总设计师。

总制造师系统：鉴于大运制造、装配工程量巨大，诸多事项需要总装厂协调，大运项目特别设立了总制造师系统，总制造师单位由西飞担纲，西飞总工程师何胜强任总制造师。

总质量师系统：这是一个跨部门、跨建制的型号质量保证机构，一飞院时任副院长罗延生任总质量师。

研制现场指挥部：相当于“前敌指挥部”，负责研制现场的组织领导工作，按照研制节点，先后分别由总设计师单位（一飞院院长方玉峰、李守泽先后担任）、总制造师单位（西飞总经理唐军、何胜强先后担任）。

“大运办”：解放军总装备部、国防科工委、空军、中国航空工业集团公司、一飞院、西飞均设“大运办”，各级大运办“一竿子插到底”，保证政令和信息的畅通。

大运项目工程浩大，过去的“一所一厂”（一个设计所和一个总装厂）模式已不适用，故采取“一院六厂”模式。“一院六厂”是大运项目研制的基干力量。

除了“一院六厂”，还有更多、更多的研究所、制造厂、公司、大学、为大运提供机载设备、制成品、原材料、元器件以及技术支持。

大运的大军团体系呈“金字塔”分布。在这个“金字塔”上，第一层次是“一院六厂”相当于总承包商；第二层次，也就是分系统/部件转包商，计有200家左右；第三层次，即零部件/原材料供应商，数量极为庞大，居然达到上千家。

都说大运哪儿都大，飞机体量大，工程规模大，覆盖范围大，技术难度大，技术跨度大……就连开会的规模也特别大，别人二十个人的会，大运得上百人，吃饭的时候，盛米饭的盆子也比别人大几号。

这上千家单位、几十万人，组成了一个庞大的交响乐团，都要跟着“两总”系统的指挥棒演奏各自的乐段，蔚为壮观！

只能靠自己

就在大运队伍出征的同时，中国另一支队伍也进行了一次远征。

2007年8月，上海合作组织“和平使命——2007”联合反恐演习，在俄罗斯车里雅宾斯克进入实兵合练阶段，中国出动了1600名士兵和8架“飞豹”战机参加军演，同时还出动了几架伊尔-76运输机保障部队机动。演习取得圆满成功，我军的表现可圈可点。但也暴露出了一个重大缺陷——我军远程投送能力太弱！1600人、8架战机，仅相当于一个团的兵力！

而当时美国、俄罗斯的空中战略投送能力又怎样呢？美军拥有战略运输机 499 架，每天 8000 万吨公里的运输能力，俄军战略运输机 369 架，他们都能够在一个波次内将几个重装旅授送到 5000 千米之外。

古人说“兵贵神速”，许多军事家都将速度看作决定战争成败的第一要素。当今时代，大型运输机是保证军队远程机动、快速机动的根本所在。而我军由于缺乏大型运输机，远程机动能力受到极大限制。

在信息时代，空中预警机、空中加油机、大型电子战飞机被称作“军事力量的倍增器”，属于“关键的少数”，这些关键装备都是由大型运输机改装而来的。日本有 100 架 P-3C 大型反潜巡逻机，而我们只能停留在个位数上……捉襟见肘，大飞机受制于人，无疑给自己套上了一个战略枷锁。

“大运”这块短板，让我们在“大军”建设上处于非常被动的境地！

为了加快项目进度，工程伊始决策者们确实想到过“走捷径”，也就是对乌合作。

苏联的大飞机研制水平曾经执业界之牛耳，它有许多著名大飞机设计局，图波列夫、安东诺夫、伊留申，等等，后来苏联解体了，安东诺夫设计局归乌克兰所有，其他的被俄罗斯继承。安东诺夫设计局大名鼎鼎，迄今世界上最大的运输机安 -225 就是出自他们之手，苏联解体后，安 -70 大型运输机依然在他们手中发展。

为寻求合作，耿汝光率领一个代表团访问了乌克兰安东诺夫设计局。

当对方了解到我们的项目发展目标后，感到整个项目无疑是天方夜谭，并打了一个十分粗俗的比喻：“生孩子需要十个月的时间，你就是一下子娶十个老婆，也不可能在一个月内给你生出一个孩子来。”

耿汝光当即回应：“火车已经开动，我们只考虑从哪站上车、哪站下车，从来没考虑过这辆火车如何停下来。”

在接下来的谈判中，对方以“没我你就干不成”的态度，提出了一揽子苛刻条件，耿汝光他们断然拒绝了。

“从来就没有什么救世主，也不靠神仙皇帝。”

干中国的大飞机，只能靠我们自己。

原载《中国航空报》2017年6月10日、13日、15日、17日、20日

2018年获“首届中国工业文学‘光耀杯’作品大赛”报告文学一等奖

中国飞天路
——中国载人航天工程发展纪略（节选）

兰宁远

作品简介

兰宁远《中国飞天路》初载《解放军文艺》2017年第7期，2020年1月又由湖南科学技术出版社出版同名专著。兰宁远长期致力于航天文学创作，《中国飞天路》记述了中国航天事业取得的辉煌成就，几代中国航天人自力更生、艰苦奋斗，锐意进取、勇攀高峰，在一穷二白的基础上创建起中国的航天事业。1992年9月，党中央审时度势、高瞻远瞩，批准了载人航天工程，中国航天工作者齐心协力取得了载人航天工程历史性的突破，展现出航天工作者群体和航天员“特别能吃苦、特别能战斗、特别能攻关、特别能奉献”的载人航天精神。

根据兰宁远《中国飞天路》(《解放军文艺》2017年第7期)节选。

正文节选：《中国飞天路》第一、二节

时光进入二〇一七年，我国空间科学实验的重大战略工程——载人航天工程已启动整整二十五周年。从航天员首次飞向太空，到第一次太空漫步；从神舟、天宫实现“太空之吻”，到女航天员的首次出征；从航天员的太空授课到太空三十三天的全新征程，回望神舟飞天的壮丽航程，中国航天人在迈向建设航天强国的征途上，走出了一条“自主创新，重点跨越，支撑发展，引领未来”的飞天之路……

神舟，从东方起航

自古以来，浩瀚宇宙，璀璨星河；嫦娥奔月，吴刚斫桂；牛郎鹊桥会织女，敦煌伎乐舞天宫……数不尽的神话传说寄托着炎黄子孙对飞天的梦想和遐思。千百年来，虽然人类时时刻刻都在受着地球引力的束缚，但却从来没有停止对飞天的探索。

当人类文明进入二十世纪，世界上的一些大国将探索太空奥秘、寻找能够利用的空间资源的目光瞄准了距离地球三百至五百公里之遥的太空，在这个轨道高度上运行的载人航天器可以进行地球环境与资源探测、开展生命科学和空间医学实验、进行卫星释放等太空活动。

二十世纪五十年代，刚刚从战火中走来的中国人从过去百年的屈辱史中深刻地体会到落后就要挨打的道理，也把目光瞄准了正在飞速发展的航天技术。面对新的国际局势和高技术发展的迅猛势头，一九五六年春，在周恩来总理的主持下，国务院成立了科学技术规划委员会，组织全国六百多名科学技术人员历时半年，研究制订了

《一九五六—一九六七年科学技术发展远景规划纲要》，明确提出，在航天技术方面要发展喷气和火箭技术。

一九五六年十月八日，中国第一个导弹研究机构——国防部第五研究院成立，刚刚归国不久的科学家钱学森被任命为首任院长。这一天，是中国火箭导弹事业的奠基日，也是这一天，中国的航天事业在一穷二白中迈出了第一步。

一九五七年十月四日，苏联第一颗人造地球卫星成功发射。毛泽东主席在第二年五月召开的党的八大二次会议上，发出了“我们也要搞人造卫星”的号召。同年，在中国西北部的内蒙古巴丹吉林沙漠开始破土动工建设航天发射场。一九六六年五月，一项“以科学实验卫星作为开始和打基础，以测地卫星特别是返回式卫星为重点，在此基础上发展载人飞船”的规划设想开始实施。在当时没有运载工具的情况下，规划先从探空火箭开始。这年七月十五日清晨，中国第一枚生物试验火箭搭载着一只名叫“小豹”的小狗发射升空并安然返回。七月二十八日，我国又成功发射了第二枚生物试验火箭，箭头生物舱完整无损地回收，随舱搭载的小狗“珊珊”与白鼠等小动物均平安返回地面。

一九七〇年四月二十四日，随着“东方红一号”的发射成功，我国成为世界上第五个独立研制和发射人造地球卫星的国家，开始了探索外层空间的新纪元。钱学森向中央建议：发展载人航天事业。毛泽东在国防部五院和空军联合起草的“上马宇航工业”的报告上批示“同意”，随即着手载人飞船的研制工作。五月，中央军委下达选拔航天员的任务，从空军歼击机优秀飞行员中选拔出了二十名预备航天员，集中生活、训练，计划在一九七三年底发射第一艘载人飞船，命名为“曙光一号”。虽然“曙光一号”计划点燃了航天人继“两弹一星”后的热情，然而，处在动荡时期的中国，无论是经济能力、工业基础，还是设计、制造工艺，特别是航天发射、测控水平，远不具备开展这一庞大系统工程的条件。“曙光一号”计划最终只停留在了一个两舱式全尺寸的飞船模型上，但航天科技工作者探索太空的脚步并没有因此而停止，依然在一步一个脚印地稳步推进。一九七五年十一月二十六日，我国第一颗返回式遥感卫星“尖兵一号”由“长征二号”火箭发射入轨，绕地球飞行三天四十七圈后被成功回收，这是我国进行的首次卫星返回技术试验。

一九七九年，中国改革开放的总设计师邓小平赴美国访问时，特意参观了美国航天博物馆。他坐在美国的月球车上，清楚地看到了中国与世界的差距。他意识到，六十年代，没有原子弹、导弹，在世界上说话就不算数；七十年代，没有人造卫星说话也没有分量；八十年代以后，航天成为世界各国高科技发展的主流之一，中国作为一个有着飞天传奇的文明古国、一个正在崛起的航天大国，没有理由缺席。

在这个科学的春天里，中国航天人瞄准国际水平再一次迈开了向宇宙进军的步伐。一九八〇年五月一日，我国第一支远洋航天测量船队起锚远航；五月十八日，我国研制的第一枚洲际运载火箭飞向太平洋；一九八四年四月八日，长征三号火箭将我国第一颗试验通信卫星“东方红二号”送入赤道上空……

与此同时，席卷全球的高科技竞争拉开了帷幕。美国为促进科技和经济的全面振兴实施“星球大战计划”；欧洲各国为发展未来高技术进步联合实施“尤里卡计划”；苏联随即也提出了自己的高科技发展纲要。面对这场迅猛的科技革命浪潮，邓小平指出，中国必须在高技术领域有一席之地。

一九八六年三月，一封攸关我国高技术发展的来信呈到了邓小平面前，王大珩、王淦昌、杨嘉墀、陈芳允四位科学家联名提出了《关于跟踪研究外国战略性高技术发展的建议》。他们说，真正的高技术是花钱买不来的，建议国家制定“高新技术发展规划”，集中现有的科研实力出成果，同时培养新一代高技术人才。两天后，邓小平在这封信上作出批示："此事宜速作决断，不可拖延。"八个月后，中共中央、国务院批准了一项具有深远意义的重大决策——《国家高技术研究发展计划纲要》，也就是著名的"863 计划"。航天技术列入七大领域之中，两大主题项目都与载人航天紧密相关：大型运载火箭及天地往返运输系统、载人空间站系统及其应用。

一九八七年，"863 计划"正式启动实施，中国的航天事业开始进入加速期。载人航天工程作为"863 计划"的重点发展项目，开始进行技术经济可行性论证。当时的国防科工委组织成立了由屠善澄、任新民等航天科学家组成"航天技术专家委员会"和两个下属主题项目专家组，负责研究载人航天技术的发展途径和总体方案。

专家们在深入航天领域的各大系统中考察时，欣喜地看到，我国独立自主研制的十一种不同型号的长征系列运载火箭已走向了世界；长征二号 E 捆绑式大推力火箭将近地轨道的运载能力提升到了八吨。同时，还掌握了返回式卫星的制造和回收技术；建成了酒泉、西昌、太原三个航天器发射场；航天测控网也已初具规模。当时的中国已成为世界上第五个能独立发射卫星特别是地球静止轨道卫星、第三个能回收卫星、第四个掌握了一箭多星技术的国家，积累了数十次成功发射的经验。更重要的是，综合国力和技术水平较二十年前有了长足的发展，已具备启动载人航天工程的基础。考察结束，专家委员会得出的结论是，时机成熟，条件具备，载人航天工程可以"立项"。

专家们结合国际研制载人航天器的情况，筛选出空天飞机、火箭航天飞机、小型航天飞机、可部分重复使用的小型航天飞机、多用途载人飞船等五个技术途径方案。当时，国际航天界应用较多的是载人飞船和航天飞机方案。专家们对这两种方案争论了数年，并逐渐倾向于采用航天飞机方案，拟报中央。报告呈送到钱学森的案头。时年七十八岁的钱学森通过对当时国情、国力进行综合集成分析，在给中央的报告上慎重地加上了一句话："应将飞船方案也报中央。"钱学森的建议得到了专家们的重视。

一九九一年，联合论证组完成了《载人飞船工程实施方案》，并提出《关于我国载人飞船工程立项的建议》：航天飞机造价昂贵、技术复杂，中国还不具备生产的技术条件，中国的载人航天工程应从飞船起步，最终建成空间工程大系统。六月，时任国务院总理、中央专门委员会主任的李鹏主持中央专委会议，决定“从飞船起步，立即发展我国载人航天技术”。

一九九二年是“国际空间年”，也值得中国航天人永久铭记。这一年，中央专委第七次会议决定由原国防科工委组织开展载人航天工程研制，并作出了分“三步走”的发展规划：

第一步，发射载人飞船，建成初步配套的试验性载人飞船工程，开展空间应用实验；第二步，突破航天员出舱活动技术、空间飞行器的交会对接技术，发射空间实验室，解决有一定规模的、短期有人照料的空间应用问题；第三步，建造空间站，解决有较大规模的、长期有人照料的空间应用问题。

九月二十一日，江泽民总书记主持召开中央政治局常委会议，讨论通过了中央专委提交的《国防科工委关于开展我国载人飞船工程研制的请示》，批准了“三步走”的战略蓝图。这一天，我国历史上规模最大、系统组成最复杂、技术难度最高、协调面最广的国家重大工程——载人航天工程正式启动。

载人航天工程立项时由工程总体和七大系统组成，分别是航天员系统、空间应用系统、载人飞船系统、长征二号F运载火箭系统、酒泉发射场系统、测控通信系统和着陆场系统，各系统分别建立了行政和技术两条指挥线和总指挥、总设计师联席会议制度。考虑到工程总体与各系统之间关系密切，且工程耗资较大、研制进度较紧的特点，经国务院和中央军委批准，专门成立了中国载人航天工程办公室，作为统一管理载人航天工程的专门机构，对工程实施专项管理。

一九九四年十月二十八日，北京航天城在北京北郊唐家岭开工奠基。空间技术研制试验中心、航天员培训中心、指挥控制中心等多家航天机构在这里集中建设，各大系统的设计和研制工作也同时全面展开。中华民族的飞天梦想化作国家的发展战略，开始了实实在在的行动。

实现载人航天飞行，势必要面对飞天路上的重重挑战，运载火箭要确保把飞船安全送入轨道；载人飞船要保证稳定的在轨运行，提供满足人类生存的舱内环境，安全地将人送回地面。这些要求远比人造卫星难得多也复杂得多，而且，国外对中国实行严格的技术封锁。中国航天人面临着巨大的挑战。如何攻克这些难题？中央明确要求，我们起步虽晚，但起点要高，要从总体上体现中国特色和技术进步。

“保证航天员的安全”是载人航天工程始终坚持的首要原则，其核心问题是要确保航天员的安全。用最可靠的火箭，将航天员安全地送入太空，是运载火箭系统研制者的郑重诺言。火箭系统在长征二号E捆绑式火箭的基础上进行改进，提出了载人运输火箭安全性指标要求必须达到零点九九七，并将可靠性指标提高到了零点九七。这一标准之高在中国航天史上是空前的，世界上也只有个别型号的运载火箭能达到。根据这个目标，火箭系统增加两个系统，一个是故障检测系统，另一个是逃逸系统。这两个系统可以在火箭待发段和上升段出现故障时，自行检测、诊断，自动发出信号，逃逸救生系统能迅速实施自动逃逸或地面控制逃逸，确保航天员的生命安全。新的运载火箭研制成功后，被命名为“长征二号F”，是我国目前可靠性最高的运载火箭。

载人飞船是整个工程的核心部分，也是难度最大、安全性和可靠性要求最高的系统。他们把设计目标瞄准了世界上最为先进的第三代飞船——苏联的“联盟TM号”，采用具有中国特色的三舱一段方案，即由返回舱、轨道舱、推进舱和附加段构成，具有起点高、具备留轨利用能力等特点。研制人员在短短几年时间内，先后攻克飞船三舱的分离解锁、调姿制动、升力控制、防热、回收等五项关键技术，完成各种复杂的大型地面试验。一九九六年，飞船全系统的电气设备开始桌面联试，经过五个月的测试获得成功，飞船进入初样研制阶段。

一九九八年一月九日，工程总指挥、总师联席会议决定：在一九九九年利用长征二号F运载火箭首次飞行试验的机会，发射一艘试验飞船，重点考核火箭的可靠性和飞船的舱段分离、返回控制等关键技术。

一九九八年五月，载人航天工程第一次在刚刚落成的酒泉卫星发射中心载人航天发射场完成了合练，全面检验了火箭、飞船、发射场各系统之间的匹配性和协调性；七月，飞船参加整流罩横向解锁试验获得成功；十月，至关重要的模拟真实飞行程序的运载火箭——飞船的零高度逃逸救生飞行试验程序取得成功，逃逸救生技术获得突破。

当得知我国载人航天工程前期工作连获喜讯时，江泽民同志亲笔为正在制造的第一艘试验飞船题名“神舟”。

一九九九年，举国欢庆国庆五十周年和澳门回归的喜庆日子里，在中国西北大漠深处，秘而不宣的中国载人航天工程正悄悄准备着首次奔向太空的腾飞。十一月二十日，成千上万的人们在戈壁黎明的寒风中兴奋地等待着，翘首企盼一座全新的巍然屹立的发射塔架。六时三十分，随着发射指挥员“点火”命令的下达，大地震颤，烈焰喷腾，长征二号F火箭托举着中国人自主研制的神舟一号无人飞船冲上云天……

中国人来到太空了

二十世纪九十年代，一颗外国卫星在太空中发现，中国西北荒漠，一座全新的、体量巨大的钢铁结构正悄然竖立，与之相距一千五百米的，是一栋蓝白相间的单层建筑。国外航天界猜测中国正在进行一项重大的太空计划。

卫星上的那片建筑就是中国酒泉卫星发射中心载人航天发射场。作为中国的航天第一港，我国第一枚导弹在这里发射，第一颗卫星在这里上天，第一枚洲际运载火箭从这里飞向太平洋，积累了丰富的实践经验和雄厚的技术基础，拥有完善的测量、控制、通信、气象、计量、铁路运输、发供电设施设备，可完成多种轨道卫星的测试发射任务，具有良好的载人航天发射试验基础。同时，中心处于戈壁平原地带，人烟稀少，地势平坦，视野开阔，气象条件优越，对跟踪测量的限制小，发射前后航天员应急救生条件极好，年可发射时间长达三百多天，有利于发射场各项设施的建设。一九九四年七月三日，载人航天发射场在大漠深处奠基。一九九八年建成的中国载人航天发射场采用的是当时具有国际先进水平的“三垂一远”发射模式，“三垂一远”指的是，垂直组装、垂直测试、垂直整体运输和远距离测试发射控制。“三垂一远”发射模式最大限度地减少了技术状态的变化，大幅度提高了载人发射的安全性和可靠性，具备短时间内连续发射的能力，同时满足未来空间站应急救援发射的需求。

随着中国神舟第一次的壮美升空，各大系统迎来了首次全方位的重大考验。

浩瀚苍穹，神舟飞船穿行期间，会受到空间各种干扰，为了保证飞船及轨道舱的正常工作，并确保飞船顺利返回，必须通过由飞行控制中心、地面测控站、海上测控站和中继卫星构成的天地一体化的测控管理体系来对飞船轨道进行实时跟踪和控制。而二十世纪八十年代建成的中国航天测控网，只能完成测控卫星的任务，却无法满足载人航天工程高精度、大容量的数据传送和大覆盖面的要求，必须采用新的技术手段，并扩大和完善全球布站。工程立项后，我国自主研发了集遥测遥控、测距测速和话音图像传输等功能于一体的 S 频段统一测控系统，新建了青岛测控站和两个国外测控站。形成了由北京、西安、东风三个中心和遍布国内外的测控站、船组成的载人航天测控网，不论是测控覆盖率还是测控精度都实现了大幅跃升。

神舟一号飞船在轨运行期间，地面测控系统和分布于公海的四艘远望号测量船对其进行了跟踪与测控，成功进行了一系列科学试验。十一月二十日十八时，当神舟一号第十四次飞临南大西洋海域上空时，正在这里待命的远望三号测量船准确地发出了返回指令。随后，飞船建立返回姿态，制动发动机点火，从太空开始返回。

工程立项之初，在中国九百六十万平方公里的疆域中，要找到一块既能够满足着陆条件，又符合飞船轨道要求的区域并不简单。着陆场系统的技术人员对河南、内蒙古、辽宁等所有理论上适宜飞船着陆的地方，经过六次大规模的实地勘察，最终将主着陆场定在了地势宽阔、平坦的内蒙古自治区中部的四子王旗阿木古郎草原，副着陆场选在了内蒙古阿拉善盟额济纳旗的中南部地区，恰好处在飞船返回舱返回主着陆场的途中，如果主着陆场的气象条件不好，可选择在这里降落。

神舟一号飞船在太空中飞行二十一个小时后，于一九九九年十一月二十一日凌晨三时四十一分顺利降落在预定主着陆场。

神舟一号任务的圆满成功，标志着我国载人航天技术取得了重大突破。但神舟一号还不是一艘正样飞船，只是一艘处于初级技术状态的电性船。飞船所有分系统设计的正确性、合理性、协调性和可靠性，以及飞船与其他大系统之间的协调性和可靠性，都有待于在神舟二号上得到进一步验证。

神舟一号成功后，科研人员将飞船变轨列为重大技术攻关项目。他们将原定飞船第十四圈返回时变轨的设计方案，在神舟二号任务中提前到第五圈，同时加上了回归轨道的设计，这样可以让飞船每天都有返回着陆场的机会。此外，飞船还增加了由航天员控制的手动应急程序，大大提高了返回的安全性。

二〇〇一年一月十日凌晨一时，神舟二号发射升空。这是我国第一艘正式用于太空试验、功能基本齐全的无人飞船，自主飞行七天，绕地球一百零八圈，变轨程序在飞船运行到第五圈时启动，并获得了成功。神舟二号检验了各系统的工作性能，仪表照明、应急救生、乘员和有效载荷等分系统工作在这次任务中全面展开，并重点考核了环境控制与生命保障系统的功能，进一步检验了飞船系统与其他系统的协调性。

神舟二号飞行试验对载人航天工程各系统从发射到运行、返回、留轨的全过程进行了全面考核和检验，获取了大量试验数据，于二〇〇一年一月十六日十九时二十二分返回地面。之后，神舟二号的轨道舱进行了留轨运行，在轨工作的半年时间里，成功进行了微重力环境下的空间生命科学、空间材料、空间天文、空间物理等四大科学领域的空间应用试验。

二〇〇一年九月三十日，神舟三号飞船运抵发射场。这是一艘经过改进的正样飞船，技术状态与载人飞船基本一致。在发射前进行的技术测试刚进行到第三天，工作人员忽然发现飞船的穿舱插头有一个连接点出现不导通问题。尽管这只是所有同类插头两千多个接点中的一个，而且所有使用这个插头的信号都是双点双线连接，未必会导致任务失败，但考虑到神舟三号飞船要严格考核飞船的载人性能，专家们建议拆换飞船内所有同类插头，重新生产。但飞船一共使用了七十七个插座，共有一千五百多点，如果全部重新设计、重新投产，飞船的发射至少需要推迟三个月时间。当时来自各地的实验队已经进入发射场，撤场势必会造成巨大的经济损失和发射时间的延误。工程总体的压力很大，一时难以下决心，指挥部专门向中央作了汇报。中央领导指示：一切安排服从质量。中央领导的指示及时地解除了大家的思想负担，指挥部最终决定推迟发射。出现故障的穿舱插头拿回北京“归零”，结果发现插座设计存在根本性缺陷，是批次性问题。

三个月后，一批经过重新设计、生产的神舟三号飞船专用插座在北京通过专家组鉴定验收后，运抵发射场。

二〇〇二年三月二十五日，江泽民同志亲临发射场指导并观看神舟三号发射，他说：神舟三号发射成功，举国振奋，大长了中国人民和中华民族的志气。这次任务之前，江泽民还为长征二号F运载火箭亲笔题名“神箭”。

神舟三号任务期间，工程各系统在全状态下参加任务，逃逸与应急救生功能首次全面启用，火箭控制系统首次实现了控制系统冗余，同时，还增加了火箭上升段偏航机动、纳米比亚测控站、远望四号船上行遥控、飞船轨道舱偏航试验等内容。神舟三号在太空绕地球飞行一百零七圈后开始返回，着陆场系统获取了飞船黑障前后返回舱测量数据，完成了遥测接收和遥控发送，返回舱于四月一日十六时五十一分返回地面。

八个月后，深冬的戈壁滩已是一片萧瑟景象，神舟四号飞船运抵发射场。十二月二十一日，距离预计的发射时间只剩下八天，一股罕见的西伯利亚强劲寒流突然袭击了发射场，最低气温瞬间下降到零下三十摄氏度。按照惯例，火箭发射时，最低气温不能低于零下二十摄氏度。低温发射会导致火箭密封圈失效，引起燃料泄漏，诱发管路堵塞，造成电缆插头接触不良。尤其是火箭发动机的可靠性要求极高，倘若低温环境超越底线，后果不堪设想。而此时，火箭燃料已加注完毕，可以说是箭在弦上，不得不发了。为了给火箭保温，发射场成立了临时“火箭飞船抗寒抢险小组”，迅速展开一系列保温工作。直到十二月三十日，发射场的气温开始回升，达到了发射规定的温度时，神舟四号飞船才成功发射升空。

神舟四号任务是载人飞行前的最后一次彩排，飞船的技术状态与载人飞船完全一致，设计师们根据前几次飞行试验中暴露出来的问题，对部分技术状态进行了改进，设计了八种救生模拟方式，完善了应急救生系统功能，增加了航天员手动控制系统，增强了整船偏航机动能力，以便在不同阶段出现意外，都能保证航天员安全返回。

神舟四号飞行中，先后进行了对地观测、材料科学、生命科学实验及空间天文和空间环境探测等一系列科学技术实验，于二〇〇三年一月五日十九时十六分，安全返回地面。

“发射一次，前进一步”，这四次无人飞行试验对工程总体和各系统从发射到运行、返回、留轨的全过程进行了全面考核和验证，特别是神舟三号、神舟四号在全载人状态下连续发射成功，相继在第五圈完成变轨任务，使决策神舟五号飞行一天返回成为可能。

载人航天工程是中国航天史上规模最大的跨世纪工程，航天员是这项工程的最后实践者。工程立项后，创立于一九六八年的宇宙医学及工程研究所，更名为航天医学工程研究所，具体负责航天员的管理和训练。当时，美、苏两国的载人航天事业经过四十多年的发展，已经掌握了一整套完善的航天员训练方案，拥有一批经验丰富的教练员。而对我国的航天员系统来说，培训航天员不像其他系统的工作那样具有一定的继承性，一切都要从零开始。二十世纪九十年代，通过临床医学选拔、生理功能检查、心理品质测试和面试、家庭查访、综合评定等工作，我国从空军一千五百多名现役歼击机飞行员中选拔出十四名预备航天员。

一九九六年，航天员吴杰和李庆龙奉命赴俄罗斯加加林航天员训练中心接受培训，他们仅用了一年的时间就把通常需要四年的课程全部学完。回国后，他们和教员们一起研究摸索出了一套适合中国航天员特点的训练模式。

一九九八年一月五日，一个简短的仪式翻开了中国航天史上的重要一页——中国航天员大队正式成立，并正式由空军部队移交原国防科工委管理。

就在航天员艰苦训练的同时，首次载人航天飞行任务的决策工作也在紧锣密鼓地进行。二〇〇二年十月十七日，中央专委同意按照“一名航天员、飞行一天”的方案，在二〇〇三年实施我国首次载人航天飞行。胡锦涛同志作出批示：这是二〇〇三年度最重大的科研实践活动，一定要高度重视、精心组织。

二〇〇三年七月三日，十四名航天员已完成了五年多的学习训练，经过严格公正的考核评定，全部通过考核，创造了“零淘汰率”的奇迹。这一令世人惊叹的结果，意味着我国已创建了具有中国特色的航天员训练体系。在接下来进行的“首飞梯队”选拔中，经过三轮筛选，航天员杨利伟的成绩始终名列第一，他和排名第二、第三的翟志刚、聂海胜入选了“首飞梯队”。

十月十四日，神舟五号飞船发射的前一天，任务总指挥部决定，由杨利伟执行载人飞行任务。当天下午，中共十六届三中全会一闭幕，胡锦涛同志就赶往酒泉卫星发射中心，为中华民族历史上的一次伟大出征壮行。

十月十五日，晨曦中的酒泉卫星发射中心圆梦园，身穿白色航天服的航天员杨利伟迈着从容而稳健的步伐，向载人航天工程总指挥报告出征。

九时整，在举世关注的目光中，火箭腾空而起，驶向浩渺的太空，发射场和地面指挥大厅里，所有的人都屏住呼吸。九时九分四十七秒，甩掉最后一级火箭的神舟五号飞船进入了预定轨道。“飞船一切正常”，得到杨利伟来到太空后的第一声报告时，地面指挥大厅里掌声雷动。杨利伟在《飞行日志》上写道：“为了人类的和平与进步，中国人来到太空了！”飞船飞行到第七圈时，杨利伟展示了中国国旗和联合国旗帜。“和平利用太空，造福全人类”——这声“太空宣言”穿越茫茫宇宙，传递着一个民族飞天梦圆的心声。

在神舟五号飞行期间，测控通信系统按照飞控计划与太空中的杨利伟进行了天地通话，通过生理遥测参数和电视图像监视他的身体状态，对飞船进行了跟踪测量和监视控制，圆满完成了与航天员通信联络及图像接收处理、测控计划生成、遥测数据接收与处理、遥控与数据注入、轨道控制与确定、天地校时等任务。

十月十六日四时十九分，神舟五号飞船环绕地球飞行了整整十四圈后，接到了北京航天飞行控制中心下达的返回命令开始返回。六时二十八分，神舟五号飞船返回舱在红白相间的巨大降落伞的拖带下，安然降落，距理论着陆点仅四点八公里。这一刻，千年的梦想、十几年的研制、五年的训练，二十一小时的飞行，证明了一个事实，中国人飞向太空不再是梦。

原载《解放军文艺》2017 年第 7 期

中国智慧：中国高速铁路创新纪实（节选）

王 雄

作品简介

高铁极大地改变了人们的出行方式和生活方式，中国高铁以其安全、快捷、舒适的综合优势带给人们全新的体验，成为中国人出行的重要交通工具。《中国智慧：中国高速铁路创新纪实》记述了中国高铁集世界高铁技术之大成，勇超世界一流所走过的艰辛历程，彰显了中国智慧。王雄以翔实的材料和大量的访谈，讲述了鲜为人知的中国高铁的故事，清晰地描绘出中国高铁的发展轨迹，探索了中国高铁的创新之谜，体现出社会主义制度能够集中力量办大事的优越性。

根据王雄《中国智慧：中国高速铁路创新纪实》（河南文艺出版社，2017 年 9 月初版印行）节选。

正文节选：第二章中国高速列车第三节

第二章　中国高速列车

第三节　“复兴号”奔向未来

2017 年 6 月 25 日，雨后的北京，碧空如洗。位于北京西郊的北京动车段喜气洋洋，一片欢腾。

今天，中国标准动车组在这里被正式命名为“复兴号”。从这一刻起，“复兴号”高速列车亮相中国大地，承载着中华民族伟大复兴的中国梦奔向未来。它标志着中国高速列车完全建立起了自己的标准体系，标志着我国高铁成套技术装备特别是高速列车已经走在了世界前列。

采访中，专家告诉我，建立起自己的高速列车技术平台，这无疑是巨大的进步，但还远远不够，还必须建立起属于自己的高速列车标准体系。这是实现高速列车技术的全面自主化的根本所在。

中国铁路总公司总工程师何华武解释道，国外高速列车行驶距离一般只有 1000 公里左右，中国高速列车则一般在 2000 公里以上，适应这种国情、路情的高速列车标准当然与众不同。何华武认为，所谓“中国标准”，就是集国际标准和国外先进标准之所长，又有中国特色和新的超越。

按照完全中国标准研制的高速列车，意味着中国高速列车技术完全摆脱了对外的依赖，实现了自主创新的根本性跨越，具有了完全的知识产权和综合生产能力。

“芯”与“脑”的智能

谈及中国标准动车组，关键是核心技术必须是自己的。这样才能自己说了算，才能谈自己定标准。那么，什么是高速列车的核心技术呢？当然是“高铁芯”与“高铁脑”。然而，这一核心技术却长期掌控在外国公司的手中。

采访中，专家解释道，“高铁芯”即高速列车的牵引电传动系统，是列车的动力之源，决定高速列车能否高性能、高舒适地运行。它就像人的心脏，主要功能是提供压力，把血液输送至身体的各个部位。“高铁脑”即高速列车的网络控制系统，决定和指挥着列车的一举一动。

通俗地说，“高铁芯”就是一个高频率开关，通过弱电控制强电、有变流作用，快速自如地改变电流的大小及有无，保障高速列车动力源的正常供给。开关频率每秒数千次，不仅程序、数据复杂，而且制造精细程度要求极高，被广泛应用于轨道交通、电力系统、工业变频、风电、太阳能等诸多领域。

2008 年 5 月 28 日，中国南车旗下的株洲南车时代电气股份有限公司成功收购全球知名企业英国丹尼斯（Dynex）公司 75% 的股权。这年 10 月，两个公司共同宣布，向中国平移技术，投产 8 英寸绝缘栅双极型晶体管（IGBT）芯片（高频率开关）。

南车公司抓住机遇，在引进、消化吸收的基础上，全面推进高速列车牵引电传动系统和网络控制系统的自主创新，决心拿下这个“芯”和“脑”。为我所用，为我所有。

研发团队从零开始，对平移过来的技术文件，一个词一个词地查字典，一个短语一个短语地翻译，然后再通过一步步试验去解析，不仅要知其然，还要知其所以然。这群年轻的科技工作者开始了从“游戏用户”到“游戏开发者”的创新之旅，在很短的时间内，硬是把 3000 多页逻辑图弄得滚瓜烂熟。

作为指挥列车网络控制系统的“高铁脑”，程序异常复杂，一个指令不对，就会影响整个计算机读取数据。而在试验中，若想要在上万行源代码中查找某一处问题，犹如大海捞针。在一次试验中，轴温显示系统频繁出现跳变，科研团队多日奋战无果。他们并不气馁，经过无数次跟车检测和在地面试验台的反复同步试验，终于在庞杂繁复的程序里准确“揪”出了罪魁祸首，即那个制造麻烦的时间参数。通过软件重新设计，彻底解决了机车轴温跳变导致的轴温误报警问题。

2014 年 1 月 16 日，第一列采用国产“高铁芯”的银灰色超速试验列车，在试验台上创造了时速 605 公里的试验速度，并将这一速度保持了 10 分钟，比当时线路上运行的高速列车速度翻了一番。中国南车由此成为国内唯一一家全面掌握“高铁芯”技术研发、模块封装测试和系统应用的企业，跻身世界先进水平。

2014 年 4 月 3 日，装有国产“高铁芯”的高速列车牵引电传动系统通过了行业专家评审。同时，完全自主化的 CRH5 型动车组列车网络控制系统也通过中国铁路总公司组织的技术评审，获准批量装车，成为国内首个获准批量装车运行的高速列车网络控制系统。

由此,《人民日报》骄傲地向世界宣布，我国首条 8 英寸绝缘栅双极型晶体管芯片生产线，日前通过专家鉴定，将于 6 月全线投产。这意味着中国高速列车将用上“中国芯”。

2014 年 11 月 25 日，配备“中国创造”的牵引电传动系统和网络控制系统的高速列车，进入“5000 公里正线试验”的最后阶段。起步、加速、通过弯道……这条贴地飞行的“巨龙”，身姿矫健平稳，气象万千。

2015 年 1 月 27 日，采用中国“高铁芯”和“高铁脑”的 CRH5A 型动车组，在哈大高铁进行了“30 万公里正线运营考核”试验，取得成功。由此表明，中国创造的牵引电传动系统和网络控制系统等多项核心技术实现了新的突破。

就这样，我国完全掌握了“高铁芯”的设计、生产、封装及应用全环节技术，并已成功批量应用于城轨、大功率和谐系列机车及风力发电机、电动汽车和高速列车上。“和谐号”动车组采用国产“高铁芯”，每百万公里的故障率不到0.5件，远低于1.3件的国际通行标准。

实现牵引电传动系统和网络控制系统完全自主创新，标志着中国高铁列车核心技术真正实现了由“国产化”向“自主化”的转变，实现了由“中国制造”向“中国创造”的跨越。可以自豪地说，中国高速列车在看得见的器件上，实现了中国设计、中国制造和中国材料；在看不见的控制软件中，则奔腾着中国语言、中国逻辑和中国思维。

“高铁芯”与“高铁脑”等高速列车核心部件实现自主创新，是中国高铁产业最值得点赞的丰硕成果。事实上，这些丰硕成果为“中国标准动车组”的诞生，做好了理论和实践上的准备。

“金凤凰”与“蓝海豚”

2017年春天，我来到青岛采访。

眼下的高铁之城，一派生机勃勃的景象。朋友告诉我，青岛四方公司制造的高速列车名扬四海，高铁品质提升了青岛的城市质感。这里一半是大海，一半是工业。这里曾诞生了CRH380A新一代高速列车，中国标准动车组今天又诞生于此。那蓝白相间的身影，被网民形象地称为“蓝海豚”。蓝海豚，大海的孩子。

我走进四方公司总装配厂，伫立在转向架构架自动焊接生产流水线前。全长120米的生产线，有5台焊接机器人，沉重的钢铁构架在水线上如同一个个小玩具，被任意传送、焊接、翻转、输出……

采访中，厂方提供了这样一组数据：

一列高速列车车体，有1万多个组件，其中提供电力驱动、内核控制、信号传输的电线就有5万多根，接线点10万多个；一列高速列车车厢，组装需要4个月时间，要有700人参与；一列高速列车的检验，总共有56000个数据确认项点，需要进行200项试验检测；一列高速列车的调试，要经过大约 20 天，以零缺陷状态出厂交给客户。

采访得知，借力世界先进技术，经过 10 多年的努力，中国高速列车制造在较短时间实现了重大跨越。当初我国从欧洲、日本引进了“和谐号”1 型车、2 型车、3 型车和 5 型车 4 种不同的技术平台。这些车型技术路径不同，虽然“兼容并包”结合了我国的技术特点，但也带来了诸多不便和“尴尬”。

由于技术平台标准不统一，没有做到标准化统型，不仅司机的操作台不一样，就连车厢里的定员座位也不一样，无法相互替代。一旦某节车厢出现故障，需要组织乘客换乘，临时调来的车很可能要么“挂不上”，要么“缺座位”。由于车型标准不统一，每种车都需要有备用车停在车站应急，动车检修的车间要把 4 种车的零部件全部配齐，高铁司机也要把各种车型都学习一遍。

研制“时速 350 公里的中国标准动车组”，正是为了构建体系完整、结构合理、先进科学的中国高速列车技术标准体系，这是迄今中国铁路史上最高级别的单个科研项目。该项目被列入“十二五”国家战略性新兴产业发展规划，由国家专项资金给予支持。2012 年春，由铁道部主导，集合国内有关企业、高校、科研单位等优势力量，启动了“中国标准动车组”研制工作。

来自全国 25 所一流高校、11 所科研院所、51 个国家实验室和工程中心的 68 位院士、600 多位教授级高级工程师、200 余位研究员以及上万名工程技术人员，形成了集合优势力量、产学研用紧密结合、协同创新的态势，全面展开了“中国标准动车组”的研发与制造。

高速列车是各种尖端技术的高速集合。中国标准动车组采用的“中国标准”涵盖了动车组总装、车体、转向架、牵引电气、司机室布置及设备、制动及供风、网络控制、运用维修等 10 多个方面关键技术和配套技术。一切都是自主设计，具有创新性、安全性、智能化、人性化、经济性等特点。承担中国标准动车组设计制造任务的青岛四方公司和长客公司，以“中国标准动车组”技术条件为依据，对动车组顶层技术指标进行分解，周密制定了各子系统的功能规范并开展相关技术方案设计，完成了动车组的总体设计、各子系统的技术参数匹配与相关结构设计，以及动车组的空气动力学仿真、车辆动力学性能仿真、动车组通过曲线能力仿真分析、牵引—制动特性仿真、铝合金车体与转向架结构可靠性分析等设计验证与校核计算。

采访中，我曾多次旁听专家们的讨论会，力求准确把握中国标准动车组研制工作思路。尽管是一知半解，但对“中国标准动车组”的设计方略还是有了一个朦胧的理解，即从原始逻辑起点，强调正向设计，从需求出发编制技术条件，自始至终凸显“中国基因”。

所谓正向设计，是一个从概念设计起步到CAD[①]建模、数控编程、数控加工的过程。即以完全适应中国的运用需求为基础，根据中国铁路特点制定中国标准，自主进行列车的顶层设计，软件全面自主化，逐级开展系统及零部件设计，试验验证方案设计，通过大量应用新技术，以适应技术进步的总体要求。

采访中了解到，中国标准动车组的设计研制，充分运用传感网、互联网和物联网等智能化技术，广泛采用轻量化、减震降噪、节能环保等技术，积极推进永磁电机、非黏着制动、电力电池双动力等新技术，实现高速动车组技术全面自主化，整体性能及车体、转向架、牵引、制动、网络等关键系统技术均达到国际先进水平。

据专家介绍，中国标准动车组采用全新低阻力流线型车头和车体平顺化设计，线条更优雅，跑起来也更节能。列车阻力比 CRH380 系列降低 7.5% ~ 12.3%，在时速 350 公里运行时，人均百公里能耗下降 17% 左右。大量运用镁合金、碳纤维等先进的轻量化材料，减轻了车体重量，扩展了车厢容积，列车高度从 3700 毫米增高到了 4050 毫

① CAD：全称 Computer Aided Design，计算机辅助设计。

米，座位间距更宽敞。

中国标准动车组的“标准”，意味着今后中国大地奔跑的所有高速列车都能连挂运营，互联互通。统一零部件技术标准，实现了各型号动车组相同零部件的互换使用，有效降低运用、检修等寿命周期成本，整车寿命可达 30 年。

强大完善的智能化感知系统，渗透到中国标准动车组的每个毛细血管里，大大提升了列车的“警惕性”。全车部署了 2500 余项监测点，能够对走行部状态、轴承温度、冷却系统温度、制动系统状态、客室环境进行全方位实时监测，采集车辆动态信息达到 1500 余项，为全方位、多维度故障诊断、维修提供支持。列车出现异常时，可自动报警或预警，并能根据安全策略自动采取限速或停车措施。

2015 年 6 月 30 日，两列具有完全自主知识产权、时速 350 公里的中国标准动车组分别在青岛四方公司和长客公司下线。集物联网、传感网、列车控制网络、车载传输网络的多网融合技术于一体的中国智能化高速列车由此诞生。

网民们对中国标准动车组的问世，表现出极大的兴趣。流线型的车身，仍然是以白色为基调，分别点缀蓝色或黄色标色。为此，网民将青岛四方公司生产的蓝标色动车组称为“蓝海豚”；将长客公司生产的黄标色动车组称为“金凤凰”。于是，中国标准动车组有了两个令人喜爱的昵称。

两列中国标准动车组的型号分别为“CR400AF”和“CR400BF”。“CR”是中国铁路总公司英文缩写，也指覆盖不同速度等级的中国标准动车组系列化产品平台；型号中的“400”为速度等级代码，代表该型动车组试验时速可达 400 公里及以上，持续运行时速为 350 公里；“A”和“B”为企业标识代码，“A”代表青岛四方公司研制的“蓝海豚”，“B”代表长客公司研制的“金凤凰”；“F”为技术类型代码，代表动力分散电动车组。

2015年1月18日，两列中国标准动车组在大西高铁的运行试验中，都跑出了时速385公里的试验速度，列车各项技术性能表现优异，通过了高速试验“大考”。

据中国铁路总公司科技部介绍，中国标准动车组属于中国第三代高速动车组，也是我国高速列车生产的第四个技术平台。中国标准动车组的“中国”，意味着我国高速列车从最早的“洋基因”“混血”“以我为主”，到现在从内到外都是“纯中国”了，特别是软件全部是自主开发。在高速列车254项重要标准中，中国标准占84%。

目前，我国已启动时速350公里速度级16节编组中国标准动车组、时速250公里速度级中国标准动车组、时速160公里速度级动力集中电力动车组及京张高铁智能列车的研发工作。还将根据运输市场需求，逐步研发CR300和CR200系列中国标准动车组。

惊艳的“交会瞬间”

2016年7月，中原大地烈日炎炎。

刚刚经过联调联试的郑徐高铁，完成了正式开通前的一系列准备工作。在这等待正式开通运营的间隙，郑徐高铁有了一个喘息的机会。

7月1日，两列一直处于运行试验中的中国标准动车组，相继到达郑徐高铁试验线路，准备在这里进行一次具有特别意义的世界最高速度的交会试验。两列车体都各自安装了2000多个传感器，可以动态监测动车组高速运行中各个部位的压力变化，为对动车组的整体鉴定提供依据。

几天时间里，两列中国标准动车组在郑徐高铁线路上多次进行了双组重联运行试验，两列不同厂家生产的动车首尾相连，进行统一操作运行，一切状态良好。这标志着中国标准动车组成功实现了互联互通及互操作。

15 日上午 10 点，这是一个十分惊险而又富有激性的时刻。

在郑徐高铁民权特大桥上，蓄势而发的两列中国标准动车组均以最高时速 420 公里的速度迎面而来，风驰电掣一般，两列高速列车贴身而过，眨眼间，安全顺利地完成了高速交会试验。两车交会时间不过 2 秒。有资料表明，这是世界上首次成功在实际运营线环境和条件下的高速列车最高运行速度交会。

据专家介绍，在极近距离内高速交会，两列高速列车之间会产生强大的“吸引力”，对高速列车抗压力、承受力是个极大的考验，更何况两车都是 420 公里的时速。

从航拍画面可见，“金凤凰”和“蓝海豚”两列高速列车闪身而过，惊艳无比。舆论高度评价为，这是一个令世界惊艳的“交会瞬间”，一项新的世界纪录。

这次综合试验，成功获取了中国标准动车组运行能耗、振动噪声特性等大量现场资料，探索了时速 400 公里及以上高速铁路系统关键技术参数变化规律，为深化高速铁路轮轨关系、弓网关系、空气动力学等理论研究和高速铁路核心技术攻关、运营管理提供了大量的数据支撑。

专家认为，这次综合试验的成功，进一步验证了中国标准动车组的整体技术性能，标志着中国高铁工程建造、装备制造、列车运行控制等总体技术达到了世界先进水平。特别是首次实现了动车组牵引、制动、网络控制系统的全面自主化，表明我国具备设计制造满足世界各国不同需求动车组的能力。

这是中国标准动车组自 2015 年 6 月下线以来，完成的最后一次试验。至此，中国标准动车组先后完成了整车型式试验、科学实验、空载运行、模拟载荷运行等试验考核工作，试验考核指标全部符合标准规范和运用要求。这标志着中国标准动车组的安全性、适应性、稳定性、可靠性，以及制造质量和各项性能指标均达到设计要求，通过了专家评审，具备编入运行图实施载客运行的条件。

2016年8月15日6时10分，G801次列车驶出大连北站，沿着哈尔滨至大连高速铁路开往沈阳站。中国标准动车组首次实行载客运行。

2017年1月3日，中国标准动车组取得国家颁发的型号合格证和制造许可证。这标志着时速350公里的中国标准动车组，9大关键技术和10项配套技术完全实现自主化和重要技术突破，标志着中国铁路拥有了自主知识产权的高速动车组技术平台，同时具备了参与国际高速列车市场竞争的实力。

自此，中国标准动车组开始批量生产。

中国工程院院士、著名铁路机车车辆专家傅志寰认为，中国标准动车组的意义在于：一是摆脱了核心技术和关键零部件受制于人的局面；二是改变了动车组引进种类过多、标准不一的局面；三是实现了零部件统型的多家供应商供货和主要部件换件修，降低了生产成本。

据悉，在时速350公里中国标准动车组基础上，我国还将开展时速250公里、时速160公里及动力集中、双层等系列化中国标准动车组研制，继续深入开展零部件统型、自主化、互联互通的研究工作。

“中国标准”的力量

“中国标准”即“以我为主，为我所有”的标准。

顾名思义，中国标准动车组，即按中国标准生产的动车组。这个中国标准，就是结合中国国家标准、行业标准、中国铁路总公司企业标准，制定的一系列技术标准的复合型标准，是符合中国铁路运行环境和运行需求的高速列车标准。

2017年2月25日10时33分，随着G65次高速列车驶出北京西站，中国标准动车组开始在繁忙的京广高铁执行载客任务。与以往不同的是，这趟列车是由8节车厢的“蓝海豚”和8节车厢的“金凤凰”重联而成。两种来自不同厂家、不同型号的动车重联在一起进行载客运行，这在中国高铁实际运营中还是首次。事实上，与中国高铁线路上奔驰的其他动车组的本质区别在于，两列不同厂家生产的动车组采用的是统一的中国标准。

专家认为，“蓝海豚”和“金凤凰”实现重联载客运行，意义重大。两列动车组不仅机械挂钩相连，其内部电气车钩也完成联挂，司机可在一个驾驶室内，对两列列车同时操作。

据悉，内部电气线路设计不同的“金凤凰”和“蓝海豚”，之所以能够重联，是因为遵循了中国标准动车组规范生产。统一标准后动车组的性价比也大大提升，在零部件的更换上也可以保持一致，大大节省了运营周期的成本和减轻运营检修人员的压力。

一个新标准的确立，需要智慧、话语权和技术底气，是一种国力的彰显。遥想当年，世界各国铁路的轨距五花八门，有标准轨、窄轨、宽轨之分。标准轨脱胎于最早诞生铁路的英国。英国当年国力强大，号称日不落帝国，特别是作为工业革命的初始国，其工业技术底蕴丰厚。最终，铁路轨距只能是采用英式为标准轨。

谁掌握了科学技术的话语权，谁就是技术标准的缔造者。譬如在蒸汽机车发明之前，就有了铁轨。这时的铁轨不是用来跑火车的，而是为了方便马车拉煤。如今铁路的标准轨距——1435 毫米，即为当年英国马车的轨距。百年来，这个马车轨距逐步通行各国，以至 1937 年国际铁路协会将 1435 毫米认定为铁路标准轨距。之后，在德、法等欧洲国家改造或者兴建高铁时，都采用了这一轨距。日本原本采用的是窄轨标准，但在 20 世纪 60 年代东京奥运会前，其开始兴建的高铁即采用了标准轨距，算是与世界接轨了。

旧中国留下的铁路，是多国标准的铁路，窄轨、宽轨、标准轨混用。新中国成立后，国家选定了标准轨，让中国铁路轨距与世界接轨。

我国高铁起步时，动车组技术曾先后引进过日本、法国、德国和加拿大等国技术，形成了制式多样、标准多样的局面。而出身不同的动车组因为系统不统一、语言不互通、操作界面不一样，根本就没有办法重联运行。经过多年的技术攻关，中国高铁技术创新实现全面突破，特别是牵引、制动、网络控制系统等核心技术的全面自主化，为中国标准动车组的诞生奠定了基础。

借用中国铁路总公司总经理陆东福的话来说，中国标准动车组的深层意义在于，为世界高铁发展提供了“中国方案”。这个“中国方案”主要表现在：

一是技术性能达到世界先进水平。列车安全性、可靠性和平稳性得到明显提升。

二是装备简统化和互联互通取得重要进步。共完成列车 11 大系统、80 余项零部件的统型，实现了多家供应商供应和主要部件的换件修；统一规范了动车组修程修制，方便了不同厂家动车组的维修运用。

三是旅客乘车体验明显改善。旅客普遍反映中国标准动车组运行平稳舒适，乘坐空间加大，气密性增强，列车运行中震动和噪声明显减小。

2015 年 10 月 14 日世界标准日前夕，国家标准委批准发布了《高速动车组车辆玻璃性能检测方法》等 5 项高铁的相关国家标准。这些标准具有完全自主知识产权，极大提高了我国高速列车制造产业在世界上的整体竞争力，为高铁“走出去”提供了重要的技术支撑。

目前，我国铁路有国家标准 182 项、行业技术标准 1036 项、中国铁路总公司技术标准和标准性技术文件 1582 项。其中，我国自主制定的标准占 80% 左右，采用和借鉴的国际国外标准占 20% 左右；高速铁路领域自主制定的标准占 2/3 左右。中国铁路主持和参与了 46 项 ISO、UIC 国际标准制修订工作，中国高铁标准正逐步成为国际标准。

《韩国经济》曾刊登文章认为："包括高铁、核能等在内的中国高端制造业正在迅速扩展世界市场，由此带来的是'中国行业标准成为世界标准'。"

山东省委党校副教授孙西辉认为，在国际上，高铁已成为中国的国家新名片和金字招牌。中国有着自己的一套相对完备的高铁标准，一些技术甚至比欧美标准更先进。

2015 年 2 月 1 日，中国高铁技术的首个国家标准《高速铁路设计规范》正式实施。中国致力于将此标准推广适用于马来西亚、新加坡、印度、俄罗斯等引进中国高铁的国家，未来包括伊朗、美国、委内瑞拉等全球 30 多个国家也有望采纳"中国标准"。

这正是"中国标准"的力量所在。

选自王雄：《中国智慧：中国高速铁路创新纪实》

郑州：河南文艺出版社，2017 年 9 月第 1 版

智慧之翼

李青松

逐　梦

初　识

若干年前，我在某森防部门任职时，初识了无人机。当时，一片森林发生了一种罕见的病虫害，且呈蔓延态势。我受命带领一个专家组，前往执行防控任务。那片遭灾的森林处在一座险峻的高山上，迎面尽是悬崖峭壁，飞瀑喷雪，荆棘横生，森防人员凭借脚力很难到达现场。病虫害的具体情况不甚明了，怎么办？——必须搞清受害树种、受害程度和受害面积才能施策防治。情急之时，呼叫后方就近调来一架无人机。

那是我头一次接触无人机。

操控人员像放飞一只鸟那样，随手一抛，无人机就上天了。嗡嗡嗡！空中的无人机似乎很调皮，忽左忽右，忽上忽下。在场所有的人都仰着头，目光被无人机牵着，忽左忽右，忽上忽下。我当时心里嘀咕，这东西能行吗？

顷刻间，视频图像已经实时传回地面——森林里的“虫情”“病情”以及正在蔓延的“灾情”，在电脑屏幕上清晰可见。更奇的是，视频图像的各种不同颜色还能自动分割，如同毕加索的画笔，绘出各种轮廓，轮廓线条在电子地图上生成一个一个的“斑点”。接着，那些“斑点”又变魔术般生出大脑和慧眼，识别并统计出各种各样的数据，哪些树是健康树，哪些树是枯死树，哪些树是遭受了病虫害的树，各自的面积是多少，一目了然。

我立时目瞪口呆了，深切感到，这个世界与以往不同了。

很快，专家现场会诊，对症配药，用无人机对那片森林的病虫害进行了精准施药，控制了灾情。我喊了一声收工！大家收拾家什，背上背囊迈着蹒跚的脚步，开始下山。

行至半山间一草庐时，忽闻柴门里传出妇人嘤嘤声。叩门打问才知晓，妇人家里一只羊丢了，四处找寻，未见踪影。我身后一个声音说：“让无人机找找”——说话间，无人机已经上天了。一圈一圈地找，黄豆地里花生地里没有，玉米地高粱地里没有，柞树林里榛子灌木丛里没有，附近山岭溪涧青纱帐里找遍了也没有。我的心里打了几个问号——会不会被狼叼走了呢？会不会被贼人偷走了呢？就在我揣想各种可能的时候，无人机抖擞精神，翻过一座更远的山岭，终于在一条河湾里找到了那只羊。

“是它吗？”操控人员指着电脑屏幕上那只羊的视频图像问妇人。

“嗯，是它。耳朵上有块黑。”妇人擦擦眼睛肯定地回答，“这个该宰的东西！”——破涕为笑了。

原来，山岭那边河湾里的草实在太肥美了，那只羊贪吃，竟索性不归了。嗡嗡嗡，空中的无人机紧紧跟随着，生怕它再丢了。

忽然，一只游隼闪进视野，在无人机身后跟飞，忽上忽下，忽高忽低，如影相随，画面甚有趣。

话说无人机

想不到，风筝居然是人类最初的飞行器。古时称“鹞”，亦谓之“鸢”。1887年，英国人道格拉斯·阿奇博尔德把相机装在风筝上照相，这或许就是无人机最早的雏形。

然而，无人机名称的出现，已经是20世纪二三十年代的事情了。1927年，世界上第一架无人机在英国皇家海军“堡垒”号军舰上问世。历史不是某一个发明造就的，它是在社会、经济和科技进步的相互作用下，随着时间的到来而到来的。其实，无人机真正的历史也不过一百余年的时间。

中国无人机研制始于20世纪五六十年代。刘亚楼、钱学森、范绪箕等都曾提出过“要造出我们自己的无人机”的构想。1966年12月6日，“长空一号”首飞成功。从此，共和国的蓝天上，有了属于中国人自己研制的无人机。“长空一号”总设计师——赵煦，一生只做一件事，研制无人机。

何谓无人机？专家告诉我，无人机是飞机，但不只是飞机。这话怎么理解呢？完整意义的无人机，指的是无人机系统。这个系统是由无人机平台、任务载荷、起降系统、测控与信息传输系统及地面保障系统等组成。无人机无人驾驶，因此被冠以“无人”。实际上，它具有多重有人驾驶飞行器的特征和功能，故而“似人非人”才是“无人”的真正内涵。而无人机也不一定无人，有的无人机也可以载人——比如，以色列“空中骡子”无人机就可以载人。“空中骡子”造型怪异，如同一堆废弃的烂铁，毫无美感。这不要紧，以色列人注重的是实用。别看“空中骡子”长相粗鄙，却能垂直起降，能在空中悬停。载人载物，不吝力气。在自然界，能在空中悬停的鸟类，只有蜂鸟。

无人机是人的创造，人在创造无人机的同时，也创造了无人机的秘密，而无人机的秘密里隐藏着人的秘密，那秘密里有人的思想、趣味和审美。

无人机的出现令人兴奋。它一直更像是科幻小说，而非现实技术，让机器自主动作并且飞来，这简直是神才有的能力。

常见的无人机有三种类型。其一，固定翼。就是翅膀固定，靠流过机翼的风提供升力。一般而言，军用无人机多是固定翼。固定翼飞行速度快、高度高，抗风能力强。其二，是直升机。靠一个或者两个主旋翼提供升力。其三，是多旋翼。就是具有四个或者更多旋翼的直升机。其实，这个也是直升机，但为了突出它的多旋翼，就叫多旋翼，而不叫直升机了。

按用途来分，无人机可分为军用无人机、面向行业应用的工业级无人机和面向大众玩家的消费级无人机。而工业级和消费级均属于民用范畴。

2017 年全球无人机产量三百万架。无人机系统种类繁多，在尺寸、重量、航程、飞行高度、飞行速度等方面都有较大差异。美国的“全球鹰”是无人机中的巨无霸。它看起来很像一头虎鲸，黑白分明，流线优美，器宇轩昂，威风凛凛。就续航时间、飞行距离和飞行高度而言，它是目前世界上最先进的无人机。

无人机是现代战争的利器。“彩虹”无人机系列，是中国军用无人机方阵中的尖兵。“彩虹”察打一体无人机（目前，察打一体无人机主要由中美两国设计制造），复合式挂架，可挂载十六枚空地导弹，载重量可达一吨。它一出手，顷刻间就可以摧毁一个坦克连。它携带的雷达可穿透墙壁，能够辨认和追踪建筑物内的目标。续航时长四十小时，最大飞行距离超过一万公里。这就意味着，三千公里以外的目标，它能直接扑过去，可以执行“定点清除”或者“斩首行动”。外电报道说，这是中国无人机里“最可怕的杀手”。

“彩虹”的另一款大家伙——太阳能无人机。它是用太阳能做动力，机体不携带燃料。机翼上全部是太阳能板，翼展四十五米，飞行高度超过两万米，任务区域广阔无边。“彩虹”太阳能无人机的最大特点——其一，飞得高，高到什么程度？高到几乎要出大气层了，准确地说，就是要出未出大气层的高度。这个高度，即便是风电雷暴，哪怕是强台风，也都是在它的下面，毫无影响。故此，它又有“准卫星”“大气层里的卫星”的说法。其二，飞得长。主要指续航时间长，一口气续航时间可以超过二十四小时，如果需要更长时间，它甚至可以留空数天数月数年。“彩虹”太阳能无人机，不用加油，不用补充能量。因为它本身在吸收太阳能的同时，就创造了能量。它体能充沛，脑子灵光，耐力极强，可军用，也可民用。

中国的“翼龙”个头也不小。“翼龙”机长十一米，高四米盈余，翼展二十余米。可凌云直上九千米，续航二十小时，翼下的复合挂架可挂载十二枚导弹。即便稍纵即逝的目标，也能立斩无赦。“翼龙”，亦乃强国之利器也。

2018 年 1 月 12 日，我走进“彩虹”总部——中国航天空气动力技术研究院。“彩虹”总设计师石文不无感慨地对我说：“无人机在中国令人惊叹的高速发展，其实并不是一个独特的孤立现象。这背后是我国改革开放四十年来技术积淀和强大的工业、科技基础。没有数字电传飞行控制、先进导航、综合航电和指挥控制等技术的突破，就没有无人机发展的今天。”

无人机改变了什么？

无人机又被唤作空中机器人，一个重要的原因——它的运行空间原本并不属于人类。无人机以及无人机所包含的自动化技术，其运行方式是人类永远所不能的。它并非抢走了我们的工作，而是开始进行我们永远无法从事的工作。

在我们看不到的空间里，有一个更广阔的空间。我们虽然看不到，但无人机看到了。无人机看到了，就是我们看到了。

其实，无人机的原理无处不在——小的传感器通过网络连接到信息处理算法，以我们从未做到，甚至从未想到的方式处理来自我们的数据。——显然，无人机是超越了人类自身的机器人。它的思维方式与人类的思维方式绝对不同。它不是沉重的工业机器，也不是头重脚轻的滚动装置。它是什么？

——它是我们无法理解的智慧物种。

——它是负载着我们梦想的空中精灵。

想象注满能量。

科技进步带来的变革，正在颠覆着这个世界已有的秩序和逻辑。无论是抵制、抗拒，还是畏惧，都无济于事，因为未来已经到来。

世界在改变中正变得妙趣横生，多姿多彩。

无人机的新功能被不断创造出来，我们对无人机的审美标准也在发生相应的变化。无人机到底会走向何方？也许，将来的某一天，天空上的事情比地面上的事情要多得多。

未来，人，是不是可以乘坐无人机去月亮上或者火星上旅游？——这是完全可能的。无人机将成为标准化的交通工具，我们或许还可以省去打包和装卸行李的烦恼，甚至可以直接把家搬过去，搬到月球上去，搬到火星上去。埃隆·马斯克信誓旦旦，有一段时间逢人就讲，他要搭载无人机去火星上建一座农场，种蔬菜。然后，在火星上退休。他在国际宇航大会上发表演讲时说，他已经制订了一项宏大计划，十年后他要陆续把数十万人送往火星。无人机将频繁往来于地球与火星之间。往返一次需要六个月时间。

“这种无人机的载重量将达到一百吨。”马斯克绘声绘色地描述道，“太空旅行并不寂寞，机舱里的设施本身就都很有趣，乘客有零重力室、咖啡厅、电影院和其他多种娱乐消遣可以选择。”

有人请他透露一下飞往火星的无人机票价，他不无认真地说，每个座位最初票价大约二十万美元，最终要降到十万美元。因为无人机及其系统装置可以重复使用，运营成本降低，票价自然就降下来了。他说，这种无人机的另一个名字叫——太空飞船。

马斯克是著名太空探索专家。2015 年 5 月 31 日，他的“龙飞船”太空舱成功与国际空间站对接后返回地球。他开启了太空运载的私人运营时代。世界上掌握了航天器回收技术的，有个说法是只有三个国家一个人。三个国家是美国、俄罗斯、中国，一个人就是埃隆·马斯克。

马斯克的话，或许不是开玩笑。

无人机改变了空间，改变了时间，也改变了人。

这个时代充满传奇，没有什么事情不可能发生。

多面角色

民用无人机除了航拍照相以外，还能做什么呢？

当然，它能做的事情多了。植保、救援、防火、防虫、医疗、巡护、测绘、检测，乃至具体到一次别具创意的有浪漫故事的求婚。总之，它可以做许多超出我们意料的事，而且不知疲倦，从不抱怨。

它是突发事件的急救员，它是航拍摄影师，它是会飞的缉毒警察，它是地形遥感测绘员，它是野生动物巡护员，它是投递邮件的邮差，它是空中的喷雾器，它是放牧的牧羊犬，它是给心上人送花的爱的使者……它还是什么？这要看我们希望它是什么。

农业植保每年所用农药（原药制剂）一百二十万吨。传统的作业方式是农民用喷雾器喷药，如果防护不当，药液很容易通过口腔、呼吸道和皮肤等途径侵入人体。我国每年农药中毒人员有九万人，其中致死致残的就有八千人，大都是因为施药防护不当导致的。

近年，无人机喷药作业大受农民欢迎。一架无人机一小时作业六十亩，相当于人工作业的四十倍，而且安全、防治效果好。

在南方某农田防治现场，一架无人机正在离地面三五米的空中作业，喷洒农药。那架无人机搭载四个喷头，旋翼产生的气流作用于雾化药剂，可让药剂到达农作物最靠近的土壤部分。喷头是静电喷雾装置，由高智能控制，能够定速、定高飞行和定流量喷洒，精准到位。无人机作业时，几乎看不到药雾弥漫的景象，喷洒的药液通过静电吸附功能，瞬间全部附着在庄稼叶片上，即使叶片的背面也能均匀受药。

无人机有航线断点记忆功能。无药了，也不要紧，它可以自动记忆坐标点。加完药后一键返回断点处，继续喷洒作业。断点断在哪块田，哪条垄，哪些作物，它清清楚楚，从不糊涂。

据统计，2017年，光是植保无人机，我国农村的需求就有一万五千架。如同犁和镐头一样，喷药除虫，无人机将成为田间地头会飞的农具。农业部官员说，无人机属于农机新产品，已经正式纳入国家农业补贴范围。我国有二十亿亩农田，三十一亿亩森林，三十三亿亩草原，防虫防病防火任务繁重，植保无人机大有可为呀！

可惜，会操控植保无人机的飞手少之又少。培训更多的飞手是当务之急呢。

当然，无人机也常常干出惹是生非的勾当。在华盛顿，一架无人机居然优哉游哉降落于白宫南草坪。由此，引发人们对美国的空防体系产生怀疑。在东京，一架无人机携带一瓶放射性废料，也携带着环境保护主义者的愤怒，降落于日本首相官邸楼顶，引来首相官邸里的人一片惶恐。在伦敦，犯罪分子用无人机向监狱里运送毒品、手机和武器的事情也不是什么新闻了。

据报道，2017 年 4 月 21 日，仅仅三个小时里，成都双流机场就遭遇了四架“黑飞”无人机的干扰，导致五十八个航班备降其他机场，四架飞机返航，一万余名旅客出行受阻。在此之前，多处机场发生无人机闯入机场净空区事件。仅 2017 年上半年，全国各地机场就发生五十余起无人机影响航班运行的事件，影响航班超过二百七十架次。好家伙，无人机“黑飞”惹出的乱子可真是不少。

战争杀手

军用无人机最初的角色并不怎么光彩——它是作为目标靶机而出现的，也就是说用自己的粉身碎骨来培养空军飞行员的实战能力。因而它相貌粗鄙，结构简单，声音嘈杂，也就没有更多人在意了。

二战时期，美国共生产了一万五千个靶标无人机。

1991 年，在海湾战争中美军动用大批无人机，完成了战场侦察、火炮校射、通信中继和电子对抗任务。美军在伊拉克、阿富汗等地的战场上，动用无人机攻击达数百次。2001 年，美军用“捕食者”无人机摧毁一辆塔利班坦克。而在伊拉克战争中，仅“全球鹰”无人机就执行了十五次作战任务，美军使用它所收集的目标情报，摧毁了十三个伊拉克地对空导弹连，五十个地对空导弹发射架，七十辆导弹运输车，三百辆坦克和三百个地空导弹箱。不是打不打得准的问题，而是想不想打的问题。“全球鹰”是美军的利器。

俄罗斯虽然没有最先进的无人机，但却拥有最先进反无人机作战系统。俄军组建了世界上第一支反无人机部队。俄军的“蔷薇”电子战系统，可以对无人机进行大功率信号压制，也可以进行指令欺骗。还有一种新型武器——能够造成所有“蜂群”无人机系统电子器件瞬间瘫痪。

军事专家说：“战争中的自动化是极其可怕的。但是，与军事自动化画上等号的不是巡航导弹，不是机灵炸弹，而是无人机。”有人说，美国空中力量的军事实力无法再现昔日辉煌了。我不是军事专家，但从我近期掌握的情况来看，这是一种错误的认识——美国从来就没有停止前进的脚步。美军研制的无人机型号超过六十种，总数达上万架。美军的规划显示，未来无人战机将超过有人战机。

1981年，发明了氢弹的特勒说："无人机的重要性，堪比20世纪30年代的计算机。"

新时代之光

在中国，民用无人机领域可以说是群雄并起，群星璀璨。掰着指头数数，除了大疆，还有昊翔、亿航、星图、零零无限、极飞科技、数字绿土、零度智控、科比特航空等，能列出一长串的名单。

如果说全球民用无人机市场十分天下的话，那么中国占七成，欧美占两成，其他加起来也不过一成。

大疆无人机产品中，从飞控、飞行平台、动力系统，到电源系统和影像系统都是自己研发的。大疆微小消费无人机，从设计上剔除了所有可能导致心情不愉快的各种可能，最大限度地体现了好玩的各种因子——隔震、精巧、有趣、可折叠、机身轻、续航长、画质清晰。

大疆无人机，可以像手机一样放进衣服口袋里，也可以像矿泉水瓶一样塞进背囊的网袋里。在你开始一场浪漫之旅，向着诗和远方大步迈进的时候，它不是负担，不是累赘，不是麻烦。相反，它却能为你带来更多的意外和惊喜，还有欢愉和快乐。

大疆的秘密在于它的大脑，飞行影像控制系统（简称"飞控"）的不可超越。没有这个"飞控"，无人机就是无头苍蝇，也成不了天上的眼睛。而这个"飞控"取决于算法。算法既要安全稳定地飞行，又要能够避障，保护无人机，防止坠毁。也可以说，无人机就是算法的集合。是啊，任何足够先进的科技都与魔术别无二致。

美国人喜欢什么从不掩饰。世界首富比尔·盖茨喜欢大疆，苹果公司之父沃兹尼亚克喜欢大疆，好莱坞导演詹姆斯·卡梅隆喜欢大疆，西部农场主喜欢大疆，美国警察喜欢大疆。——为什么喜欢？因为操控简单。无须像驾驶汽车那样要经过培训，顶风冒雨，要熬够多少多少学时，还要天天指纹打卡，要考试，取得了驾照才能驾车上路。——而大疆则不，可谓到手即飞。无须组装这个那个，无须加装相机摄像机。

大疆总部在深圳。大疆，乃大志无疆之意。它创立于2006年，刚刚十二岁，还是个涉世未深的少年嘛！大疆拥有一万两千名员工，却有五千名研发人员专注于技术创新。在海外七个国家的十七个分支机构，主要也是研发人员。“精益求精，止于至善”——大疆在自己的发展壮大过程中，从来不去搞关系，不去追风口，不去追资本，不去炒概念，不去赚快钱，甚至连上市的念头都没有。它不屑追求那种千篇一律的所谓成功，而是选择了一条最难走的路，那就是一门心思研发和制造打动人心的产品。

大疆无人机产品的迭代速度快得惊人，一直使追赶者气喘吁吁，望尘莫及。

大疆人平均年龄不到二十七岁，他们是早晨八九点钟的太阳。“对年轻人一味地限制和训导一定是错的。”大疆没有非常严格的职级制约，能解决问题的人可以迅速获得资源支持。几年前，一位还在大疆实习的年轻人，想出了能让无人机脚架折叠的设计方案，解决了无人机在航拍过程中三百六十度拍摄，而不会被脚架阻挡的问题。——多好的创意啊！

大疆立马在组织上和资金上给予支持——一百多人的团队由这个实习生领导，并投入一千多万元资金，使其设计方案成为现实的可以折叠的无人机产品。研发跟着“问题导向”走，后来，折叠无人机又发展成了变形无人机，接着，航拍一体无人机也面世了。

大疆的可贵，在于只要你有了翅膀，就会给你提供翱翔的天空。大疆的可贵，在于它的想象力的无疆，对研发创新，不惜血本。

我在大疆采访时，得到消息：三年内，位于深圳西丽的大疆总部新大楼——“天空之城”将拔地而起，横空出世。

“天空之城”，好名字！

随着智能时代的到来，谁掌握了天空，谁就掌握了未来。

我抵达深圳的次日，深圳发生了一件具有新时代意味的新闻：无人驾驶公交车上路运行。这是一种高度智能化的公交车，车上配有激光雷达、毫米波雷达等智能设备，能辨识红黄绿信号灯，能感知周围情况，并对突发状况作出反应。虽然无人驾驶，但此车能够从容减速避让，紧急停车，障碍物绕行，变道，自动按站点停靠等。总之，比有人驾驶车还规矩，可靠、安全。啧啧，无人驾驶胜过有人驾驶。

四十年前，深圳还仅仅是个小渔村。十几条渔船，十几张渔网。空气中日日弥漫着海腥味。那些摇橹的渔民，怎么也没有想到，他们晒渔网晒鱼干的地方，会以最快的速度生长出一座城市，而这座城市又用科技和智慧创造出了一个又一个的传奇。

当年，“时间就是金钱，效率就是生命”——这句中国人熟悉的标语最早出现在深圳街头的时候，曾引起轩然大波。但是，深圳人不争论，而是埋头做事，埋头创新，用“叫得响，数得着”的成果来诠释这句话的深刻内涵。太阳，每天都是新的。四十年，深圳创新的脚步从未停歇。继互联网和智能手机出现之后，人工智能、基因工程、纳米技术、无人驾驶等各类技术也在深圳大放异彩，气象万千。——为什么是深圳？

不驰于空想，不骛于虚声。——或许，这就是深圳的魅力所在吧。不得不承认，此次深圳之行和对无人机的采访，我固有的观念和思维，常识与经验，以及规则与逻辑，都被改变了。

在此，我要向那些造出强国利器和智能美物的人们致敬！正是他们的智慧和创造，改变了世界对中国的看法。正是他们的智慧和创造，让我们这个民族，在面对世界时有了足够的底气和自信。

原载《人民日报》2018年2月28日

大国重器

——中国火箭军的前世今生（节选）

徐　剑

作品简介

中国人民解放军火箭军的前身为中国人民解放军战略导弹部队（又称“第二炮兵”），是由中央军委直接掌握的战略部队，也是中国实施战略威慑的核心力量。1966年7月1日，中央军委正式发布由周恩来总理亲自圈定的“第二炮兵”这个名字，2015年12月31日，“第二炮兵”被列入五大军种之一，命名为“火箭军”。徐剑《大国重器》以宏大的视角记述了从“第二炮兵”到“火箭军”的发展历程，前后几代国家领导人、军队领导人和中国科学家高瞻远瞩、呕心沥血，方才使得这支战略部队逐渐发展壮大，成为大国重器。从“第二炮兵”到“火箭军”的发展过程离不开中国军工行业的强大支撑，尤其是核工业、航空工业、航天工业为铸就大国重器奠定了坚实的基础。

根据徐剑《大国重器》(《中国作家》2018年第7期)节选。

正文节选：第六章第一朵蘑菇云第一、二节

第六章　第一朵蘑菇云

1. 弱水受命，出任首次核试验办公室主任

李旭阁走出炮兵教导大队之后，却一天也没有离开过导弹。

彼时，他在军委作战部空军处，主管地空导弹。因50年代末，台湾海峡局势紧张，蒋介石政权挟美自重，以为“反攻大陆”时机已到，便在国民党空军之中挑选飞行精英，组成一个黑猫中队，频频驾驶美制RB–57D和U–2高空侦察机，飞临中国腹地。

1959年国庆将近了。马上就举行国庆十年大阅兵，毛泽东主席要登天安门城楼检阅，还要邀请苏联共产党总书记赫鲁晓夫等社会主义阵营党和国家领导人观看建国十周年大阅兵，如果美蒋高空飞机此刻临空，生出一些事情来，那就不仅是示威了，而是在向新中国宣战。党中央、中央军委决定给美蒋一点颜色看看。可是，当其黑猫中队窜入大陆，飞临北京城时，我军的歼–5飞机和高射炮的射程，都达不到其飞行高度，奈何不得，敌机如入无人之境。

最终，总参作战部根据敌情判断，敌高空侦察机必然窜入北京上空进行侦察，应抓住战机，用长辛店训练的苏军“543”地空导弹，将其打下来。

当时，李旭阁在总参作战部具体分管这项工作，参与完成长辛店炮兵教导大队地地导弹和地空导弹集训之后，苏军导弹营走了，但是

苏制“543”地空导弹，却装备华北防空军 4 个营，布置在北京周边一线，保卫首都安全。

那天，作战部长王尚荣对李旭阁说，你随我去沙河基地，执行一项秘密任务。

部长，去沙河做什么？

坐直升机选点。

王尚荣将大比例北京城图打开，在通州、南口和西边丰台一带，画了 3 个圈，说，老蒋气焰太嚣张，欺我空军战机和高炮够不着，总理交代，用新组建的“543”地空导弹将其击落，给美蒋一点颜色看看。

应该如此。李旭阁沉思片刻说，我们就在北京东、北、西三处布防，严阵以待，如果它敢进犯，就择机将其打下来。

总理和罗总长就是这个意思，但我们不打无把握之仗。

明白！

于是，李旭阁跟随总参主管作战的副总参谋长杨成武和作战部长王尚荣、北京市委副书记赵凡，乘坐总参陆航团的直升机，开始在北京城周边遴选地空导弹阵地。

那天下午，他们乘坐的直升机先选定了通州的阵地，然后又飞到石景山的北面，寻找一个叫模式口的地点。因陆航团的飞行员第一次飞掠北京上空，对京城空域的环境不熟，在西边城郭之上盘旋半天，仍然找不到地图上标定的点。当时在机上也有点眩晕，旷野茫茫，村落点点，阡陌纵横，不知模式口究竟在何处。李旭阁只好建议飞行员找一个操场降落，下去问路。杨成武副总长笑了，李参谋，直升机降落问路，这可是头一遭啊，并点头同意。直升机缓缓降落在一所煤矿学校的操场上，几经询问，再度起飞后，终于找到了准确的位置，接着又飞往昌平方向，选定南口一带的作战阵地，结果落到了十三陵水库工地。正在修水库的老百姓第一次看到直升机，欣喜若狂，蜂拥而上，将直升机围了个水泄不通。李旭阁连忙请群众让出一条道，让杨成武副总参谋长、空军领导和北京市委的同志撤离，并找来公安维持秩序，使直升机很快飞离。

国庆将至，北京城东西南北的通州、石景山、房山和南口的阵地上，空军遵照总参作战部的命令，迅速部署“543”导弹营进入阵地，4个地空导弹营4个区域，以20公里射程的范围，以逸特劳，只待蒋军空中侦察机自投罗网。

1959年10月4日，国民党空军一架美制RB-57D高空侦察机果然大摇大摆地飞入了祖国大陆，从东边掠过北京上空，进入了通县地区的地空导弹二营的阵地空域。营长岳振华指挥发射3枚导弹，一举击落了美制最先进的高空侦察机，创造了世界上首次用地空导弹击落高空侦察机的纪录，世界一片哗然。

外交部部长陈毅召开记者会。有外国记者问中国是用什么秘密武器打下美国高空侦察机时，陈老总风趣地说，我们用竹竿捅下来的。捷报传来，那天晚上，李旭阁夙夜未眠，挥毫填词一首《清平乐·地空导弹》：“美蒋勾结/派飞机侦察/欺我射程不够高/往返毫无惧怕/引起地空导弹/巧妙布局特战/敌机进入空域/瞬时烟消云散。”

那一刻，李旭阁觉得在长辛店学习所付出的心血没有白流。

一幕辉煌过尽，便是绵绵无尽期的寂静。

4年时间匆匆过去。中国人仿制苏式“543”导弹的“红旗一号”地空导弹终于1964年春夏之交，在弱水之滨的酒泉卫星基地开始首飞了。

5月24日那天，总参作战部部长王尚荣通知李旭阁，让他们随队去酒泉，观看“红旗一号”的发射情况，了解武器型的试验和进展情况，以便将来好装备更多的地空导弹营、导弹团。

那天早晨7时，李旭阁准时赶到西郊机场，空军专机“子爵号”406航班早已经停在停机坪上。走出候机室，太阳刚从京畿的城郭上升起，一抹晨曦涂在了机翼之上，阳光折射，一片炫目。“子爵号”系中央领导和军委首长的专机，曾多次担负周恩来总理出访东南亚专机任务。而他们乘坐的这架专机是前几年从英国引进的，比苏制伊尔系列的运输机更豪华、宽敞，堪称空军最好的专机了，由此可窥此次行程之重要和神秘。不过，登机之后，李旭阁环顾左右，并没有军委首长和总部领导，同机而行的都是一些负责红旗地空导弹的有关工作人员。

飞机 8 时准时起飞，往酒泉方向飞去。高度 6000 米，航速每小时 460 公里。飞机穿过云层，如一叶方舟，融入了一片蔚蓝。李旭阁倚在舷窗旁边，翼下簇簇白云，悠然入梦来。

50 年代末，党中央、中央军委决定发展中国的“两弹一星”工程，选定了在这块大漠上建立东风发射基地，他在总参作战部空军处技术组，具体分营这项工作。记得当时张爱萍副总长和工程兵司令员陈士榘，坐着飞机在这里的上空转了几圈，觉得此地最适合建东风基地靶场，遂上报了中央。

当时中央决定，将清朝乾隆时期从俄罗斯东归的蒙古土尔扈特部的额济纳旗旗府所在地让出来，留给东风基地，而他们则沿黑河往末端迁徙一百四十多公里，到达东居延海的来库布镇。随后，工程兵司令员陈士榘率领数万将士，上不告父母，下不告妻儿，悄然进驻东风基地和远去一千多公里外的罗布泊马兰基地，开始试验导弹基地工程建设。在弱水之滨的绿洲里，崛起了一座航天城。

这片空旷的大漠，曾经离我们那么远，却又是这样近。

它通过一曲胡笳、一首唐诗、一座沙掩的古城，在“大漠孤烟直，长河落日圆”“弱水三千，独取一瓢”这些童叟皆宜歌能诵的诗句中，将这片瀚海变成了我们每个人文化的故乡，也成为一个民族的历史遥望和记忆。

11 时 40 分，飞抵酒泉机场。走下舷梯，已经到了吃午饭的时候，在机场附近匆匆吃了一顿中饭，再改乘火车前往东风基地。

这是一条秘密的铁路运输专线，一百八十多公里的转运线路，每个站点因涉密程度高，不纳入地方铁路运输网，都由东风基地管理，包括司机、乘务人员，都编入军队序列，在中国乃至世界，也是独此一家。

李旭阁一行是从清水车站登上列车的，东风基地来接的同志说，这是条军事运输专线的起点。列车过了金塔县，便穿越浩瀚的戈壁，极目远眺，广袤无垠，尽是一目千里的枯黄和死寂。沿途有几个小站，是空空和地空导弹部队的试验场。他们一行下榻代号为“十号”的招待所，条件不错，每个人一个房间，推窗便可看到绿洲，还有淡淡的枣花清香飘来。三年困难时期，这些野沙枣树，曾救过导弹部队官兵的命。

这次国产地空导弹试验发射，参试的官兵大多是第一次发射导弹，经验不多，部队的压力也很大，但是准备却非常充分，各种设想和预案已经做过许多遍了。在东风基地，试验官兵最流行的一句话便是，总理的16字赠语：“严肃认真，周到细致，稳妥可靠，万无一失。”

晚春戈壁滩，是沙尘暴肆虐最厉害的季节，当天晚上，便遇上了沙尘暴。

风是从晚上10时开始刮的。风尖啸着掠过屋顶，浮冉尘土随风潜入屋内，一股呛人的尘土气息四散弥漫。李旭阁无法入眠，坐在床上，静听戈壁狂飙四起。如惊雷，如魔歌，如秦腔，如鬼哭，如盘马的长啸，如醒狮的长嗥，直至曙色初露，仍然刮个不停。倚窗俯瞰，整个东风基地都笼罩在一片黄沙滚滚之中，天地一片昏暝，仿佛回到远古的混沌岁月。

没有发射窗口，就只有等待。从此，发射窗口这个词进入了他生命的记忆之中，伴随了他的一生。

发射窗口，说得通俗一点，就是气象问题，当年李旭阁所知道的导弹发射、原子弹核试验，并不是全天候的，遇有雷暴、沙暴、冰暴，都不能发射，这个困境一直困扰了他们多年。按照发射行程安排，今天是听地空导弹“红旗一号”导弹概述和发射程序介绍。

到了中午时分，沙尘暴停歇下来了。此时，“红旗一号”地空导弹发射架已经进场，昂首兀立大漠之上，如一柄长剑，扬眉出鞘。它是苏制“543”地空导弹的仿制品，不过完全国产化了。信步戈壁，走近“红旗一号”导弹阵地，仍旧怦然心动，几年前的一件往事仍然历历在目。

苏制“543”导弹，最风光的开始是岳振华指挥地空导弹发射二营一举击落了美制 RB-57D 空中侦察机，让出界一片惊叹。

从那以后，李旭阁多次去大连、福州和青海格尔木踏勘阵地，在东南、西北方向国民党空军高空侦察机欲出入的航道上部署地空导弹，以打游击的方式陆续击落了美制高空飞机 5 架，从此，敌机再也不敢贸然飞临大陆上空。

作为总参分管这项工作的参谋，李旭阁对“红旗一号”导弹的概述和指挥作战程序已了如指掌，但是空军第一次接触新型武器的同志们，仍然瞪着一双双好奇的眼睛，不停地问这问那。李旭阁站在一旁，感慨颇多，我们这支从战争年代走来的人民军队，正开始一场从小米加步枪到高尖端武器、从传统战争到现代化战争的转型。

这次的任务很轻松，李旭阁就是来观摩的，压力比部队小得多，但是蛰伏在招待所里，也无所事事。大家起床后的第一件事情，便是倚窗看天，等好的发射窗口，连打扑克的心情也没有，气象成了最关心的问题。以后几天，天亮一起床，就在问天气，今天会晴吗，沙尘暴能停下来吗?

发射零时延后，反倒给发射部队赢得了准备时间，他们在查找发射过程中可能出现的原因，制定方案。而李旭阁却再没有别的任务，只有盼着天晴了。

终于有发射窗口了。

早晨起床，步入十号小招待所的院子，戈壁滩又恢复了往昔的寂静，晴空万里，旷野无风，天上没有一丝云彩。极目远眺，瀚海空阔无边。唯见天地接壤处，仿佛一片古海复活，大海奔涌而来，海水与沙滩的分界清晰可见。满目的焦灼与枯黄消失了，远天隆起成一片湛蓝，让人看得有点目眩。

部队一片欢欣鼓舞。吃过早餐，李旭阁从十号登车前往发射场。说来难以置信，东风基地虽是现代化的航天城，条件却并不好，他到发射场去看最后一次综合操作测试，坐的是大卡车，穿着一件皮大衣，爬上货厢，往“红旗一号”地空导弹发射场疾驶而去。戈壁的气候就是这样，纵使到了夏天，仍然是“早穿棉袄午穿纱，抱着火炉啃西瓜”。大卡车行驶在大漠里，瀚海的黄沙就像波涛一样，在车后滚滚而去，凉风吹在脸上，如刀割一般疼痛。

东风航天城有许多发射场，有地地战略导弹试验场，有地空导弹试验场，甚至还有空空导弹发射场，从十号招待所到地空导弹发射场，则需溯弱水而上，沿路返回，往金塔县方向行数十公里。一路风尘，只待一柄利剑，像一只凤凰浴火而生，直冲云天，凤翥九霄。

那天上午跳下卡车，空军地空导弹发射部队已经进场，进行最后一次综合测试。大家站在一旁观看，“红旗一号”导弹是1959年引进苏联的“543”地空导弹改进型号。作为当年长辛店炮兵教导大队的第一批学员，李旭阁在总参作战部空军处工作后，一直在关注和追踪这个型号的导弹，从发射训练到作战要素的选择，都倾注了心力，特别是当年岳振华营长在通县一举打下了美制“R2547”空中侦察机，苏制“543”导弹，亦称萨姆–2导弹曾风靡世界。经过5年多的消化吸收，中国人已成功仿制出第一代国产“红旗一号”地空导弹，性能和作战指标并不逊色于苏制的“543”。空军地空导弹营的官兵虽然是第一次操纵国产地空导弹，但是技术非常熟练，每个号手的动作都做得无可挑剔，让初看的同志眼花缭乱，惊叹声四起。

惊叹之余，几辆嘎斯吉普车驶入了发射场，在离导弹阵地不远的停车场戛然停下。李旭阁抬头望去，只见副总参谋长张爱萍上将跨出车来，在东风基地司令、政委的陪同下，朝着发射场健步而来。

副总参谋长同志！空军导弹营长连忙跑步上去报告，导弹营正在进行综合测试，请指示！

继续测试！

是！

部队维继操作，张爱萍副总长却走过去与参观人员一一挥手，看到李旭阁后，他先是有点愕然，继而脸上绽开欣慰之色，说，李参谋，你也来了？

是！张副总长。

哪天到的？

5月25日。

好啊，我一下飞机就问作战部来人没有。你来了正好啊，时逢其人，正待其人，你有事没有？有没有带其他任务？

没有！李旭阁答道，就是来看地空导弹发射。

好！那我就临时抓差了。张爱萍副总长高兴地说，试验发射结束后，你随我去出差。

是，首长！他顺口问了一句，去哪个方向？

天机不可泄露！张副总长神秘一笑，说，6月2日，你随我的专机走。

好的！首长，我要不要向作战部领导报告？

不必，我给王尚荣部长亲自打电话。

张副总长亲自打电话，为他请假，却又不交代去向和任务性质，李旭阁心想，此事非同小可，凭一个高参的直觉，自然是涉密程度极高的国之大事。

1954 年，李旭阁到总参作战部后不久，指挥“一江山岛”三军联合作战的张爱萍，提升为中国人民解放军副总参谋长，主管装备建设，自然成为我军国防尖端武器发展的有功之臣。虽然在这 10 年间，有很长一段时间，李旭阁经常跟随总参谋长粟裕大将、空军司令员刘亚楼上将、国防部副部长陈赓大将往返于北京与大连之间，处理苏军撤出后的武器装备购买和移交，以后，他又在作战部空军处任技术组组长，主管空军、海军和军委炮兵的特种兵的尖端武器研制、实验，但是还没有直接跟张副总长下过部队。在旃坛寺总参大楼办公时，张爱萍副总长与彭德怀元帅在六楼办公，而作战部则在四楼，上下出入经常相见，也有许多事情要向他当面请示汇报，接触很多，彼此之间已经非常熟悉。也许首长觉得李旭阁还是一个能办事的人，就在一个临时参观现场，事先未向作战部领导打招呼，便让李旭阁跟其出差。这既在情理之中，也有点出乎意料。当然，他十分乐意跟着首长外出。

那天，张爱萍副总长看完空军地空导弹营的综合操作后，站在队前，给部队发表了热情洋溢的讲话。鼓励官兵放下包袱，不要紧张，以科学严谨的态度，搞好第一枚中国自己制造的国产地空导弹的试验发射任务。

根据各自的准备情况，张爱萍副总长与东风基地的领导决定，“红旗一号”导弹的发射零时，定在明天早晨拂晓时分。

东边的天幕上刚露出了一抹曙色。

时间还早，但是因为导弹发射时间选在早晨，便起床比较早，匆匆洗漱后，走出了招待所。天刚拂晓，戈壁滩上挂着一轮明月，月色惨淡，水一般洒在荒原上，抚照着一个个沙丘，仿佛在抚摸一个个千古不死的戍边将士的坟茔，李旭阁觉得，在戈壁滩铺陈向前的沙丘、黄尘掩埋之下，一将功成万骨枯，应该有一代代边关军人的忠魂。

穿上一件皮大衣，匆匆爬上了大卡车，穿行在戈壁之中，清风徐徐，一片寒凉。眺望着天边的一轮冷月，很低，很近，照着边关，照着大漠，照着一代代前仆后继的铁血英魂。醉卧冰雪，挑灯看剑，会挽弯弓射天狼，那确实是古代将士戍边卫国的一种境界。不过，可以告慰的是，今日之弯弓已经不是当年飞将军石破天惊的神箭，而是可以喷射烈焰、扶摇飞翔数十公里的地空导弹了。

箭在弦上，蓄势待发。坐车到了发射场，“红旗一号”地空导弹已经展开了地面设备，一声令下，从发射架上缓缓而起，呈45度角，遥指天穹。

所有参观人员，被安排在离发射架身后不远的观看台上。今天安排参观的两场发射，一场是地空“红旗一号”，另一场则是空空导弹发射，都是国产品牌，莫不让人欢欣鼓舞，感慨良多。

东方既白，戈壁滩上露出了一道光亮，如一条白绸滑过天幕，一抹祥云飘在天地接壤处，白绸渐渐被染成了彩练。谁持彩练当空舞，自然是当代导弹健儿了。

随着3分钟准备的发射口令下达，远天之处，传来了一阵嗡嗡的轰鸣之声，一架飞机拖着靶机，从地平线那边的鼎新机场飞了过来。车载雷达迅速捕捉到了目标，锁定了靶机。发射连长对控制员下达了最后的口令，10、9、8、7、6、5、4、3、2、1，按转电，点火！

只见小旗子朝下一挥，一枚绿色的导弹，如一只浴火的神鸟，翾然而起，朝着飘摇在天穹上的靶机，呼啸而去，轰的一道火光，将空中的靶机击毁。

成功了！站在看台上的人都禁不住欢呼雀跃。李旭阁经历过许多这样的发射，但是，第一次看到国产的地空导弹捕捉到了目标，一举击毁了“敌机”，感动处又热泪潸然。男儿有泪不轻弹，激动的原来不止他一个，李旭阁觉得那天观看发射的人个个欢天喜地。

下一个试验项目是空空导弹发射试验。只见3颗红色信号弹划过天穹，两架飞机先后从空旷的大漠上飞掠而过，一架靶机在前，拖着靶机先滑过天幕，悠然巡天。后边则是一架挂弹飞机，紧随其后，几个回合跟踪和格斗过后，挂弹飞机上的飞行员终于出手了，按下发射按钮，只见双臂合体的抱夹迅速打开，一枚导弹从机翼下轻轻落下，在半空中点火，喷着烈焰，如一条飞旋的火龙，朝着靶机追踪而去，迅速捕捉目标，轰的一声巨响，烟云腾空而起，碎片四落。

站在观看台上的人抑制不住激动，不少人将帽子往空中一扔，几乎蹦了起来。

这次试验的成功，标志着我国已经拥有国产的地空和空空射击能力。

当天晚上，张爱萍副总长专门在酒泉基地“十号”招待所举行酒会，招待试验圆满成功的地方专家、科技人员和发射试验官兵。这已经是一个惯例了，发射成功之后，总要加几个菜，上点酒，庆贺一番。张爱萍副总长即席讲话，并赋诗一首。

李旭阁不胜酒力，但还是为国产的地空导弹扬眉剑出鞘干了一杯。

2. 上马与下马之争

李旭阁随张爱萍副总长登上停在鼎新机场的专机，飞越河西走廊，会当凌祁连，最终落在距青海湖不远的一个机场，然后，直驱金银滩原西北军阀马步芳的上五庄别墅。车抵之时，天已经黑下来了，冷雨凄凄，夜幕包围中，无法一观马步芳别墅全貌。

站在马步芳别墅回廊上，李旭阁茫然四顾。整个建筑格局中西合璧，既有中国北方四合院的神韵，又将西洋别墅式样巧妙地融为一体。正门的主楼是三层，而周遭的厢房为两层，雕楼高耸，厢房次第，九曲回廊，连成一体，既是庄园，更是城堡，宜军宜民，展示出西北王当年的豪雄与霸气。

当年解放兰州时，彼乃六十五军一个团参谋长，与马步芳兵卒血战兰州，领略过马步芳之伍的暴戾之勇。然一个大时代降临了，一代西北王黯然收场，人去楼空，留下一片悠悠白云和一抹暮霭。核工业部原子弹制造基地就建在金滩、银滩，离此不远。上五庄的马步芳别墅自然成了指挥中心。二机部九院分院就坐落于此，路虽不远，却有一段路走起来很艰难。此地海拔达到3200米，上楼时都感到呼吸短促，夜里也睡不好，梦多。昼夜温差很大，暮霭涌起，天气开始变冷了，有点高山反应。走急了、爬楼梯快了，便气喘吁吁。夜间凉风徐徐，寒侵入骨，这就是高原气候，让人冻得受不了。见张爱萍和李旭阁他们带的衣服不多，厂里专门给他们找来了军大衣用以御寒。

翌日清晨，太阳照样从金银滩上血潮般涌起，壮哉斯晨，天空透亮，伫立别墅楼上，能看到很远。草原尽头像一片野火扑来，染红祥云，朝霞在草原和村庄上空燃烧着，极目远眺，湛蓝的天幕像打翻了一瓶番茄酱，甚是壮美。

吃过早餐后，李旭阁随张爱萍副总长驱车去了金银滩的原子弹制造基地，看望干部与职工。

独怆然四顾，厂区占地很大，50年代末，就开始在这里建厂。这座核工厂分布在金银滩方圆数十公里的地域，由九院分管，警卫森严。为了防核辐射，也为了抗击敌人动核手术，主要的制造车间皆建在地下，或者用土山包掩盖起来。几十公里的厂区甚是壮观。

然，最令李旭阁激动的是，陪张爱萍副总长参观制造车间。他们换了一件白大褂，像大夫一样，站在现场，围成一圈看装置加工过程。工人在车两个甲乙球，用车床在铣，进行切割。李旭阁第一次看核弹头的核心部分，当时工人并没有什么防护，用铣床切割，火花四溅，站在一旁，没有谁心惊胆战，望而却步。李旭阁问现场一位工程师，有什么防护措施，今后会有什么影响。他说，没有什么啊，吃了核剂量，喝点茶水就可以排泄了。其实最好的办法是喝啤酒，或者吃猪血。那个年代，在遥远的大西北，啤酒是奢侈品，猪血，也不是随便能够寻找到的啊。

李旭阁觉得眼界大开，给他们讲解的是一群大名鼎鼎的物理学家王淦昌、彭桓武、程开甲、邓稼先、朱光亚等人。英雄不问出处，可是这群科学家却大多为世家子弟，留学欧美，有的还在诺贝尔物理学奖获得者麾下求学，受过一流的高等教育和学术训练。归国前，不少人已在世界物理学界小有名气。可是新中国成立后，他们毅然朝着东方、朝着五星红旗升起的地方归来，用知识报国。个个拥有高学历，却又改名换姓，做了无名英雄。王淦昌是德国柏林大学的哲学博士，彭桓武是英国爱丁堡大学的哲学和科学双博士、诺贝尔物理学奖得主薛定谔教授的学生。两个一级教授，一人坐镇一个部，王淦昌是实验部主任，彭桓武是理论部主任，王淦昌改名为王京，彭桓武很幽默，说自己长得很难看，起了一个名字，叫无颜，是一个国君夫人的名字。李旭阁顿生敬意，感到王淦昌、彭桓武都是很有成就的大科学家。邓稼先是美国普渡大学博士，朱光亚是美国密歇根州大学的物理学博士，程开甲也是博士。邓稼先是实验部副主任，郭永怀是空气动力专家。朱光亚是三级教授，他负责组织，很深沉，并不轻易说话。而他们的院长李觉少将，曾是北大学生，当年“一二·九”学生运动的组织者之一，后来投笔从戎，参加八路军，在二野刘邓首长身边当作战参谋，新中国成立后当过西藏军区参谋长。50年代中期，被周总理点将，调来搞原子弹，当时宋任穷找他谈话，让他到九院当院长。李觉很实在，说，我就去做后勤部长吧，他跟一大批科学家打交道，礼贤下士，精心组织，很有责任心。

看过工厂，李旭阁陪张爱萍副总长看望干部家属，虽然这是中国最核心的国家机密——原子弹制造工厂，但是环境十分艰苦。张爱萍一经询问，许多专家、技术人员和工人都是从北京、上海、武汉等大城市挑来的，工人多是七级、八级技工，政治上要求百分之百可靠，可以说是我们国家和民族的中坚。他们到这片荒原上生活，抛家别子，无怨无悔，为自己能参与中国的原子弹绝密工程，而感到无比的自豪和荣光。

那天下午，张爱萍副总长召开核物理学家和高层干部参加的座谈会，李旭阁和坐在一旁的核工业部副部长刘西尧、九院院长李觉作陪。会上，张爱萍风趣地对王淦昌、郭永怀、彭桓武、陈能宽、程开甲、邓稼先、朱光亚等科学家说，原子弹这个东西我懂得不多，中央要搞，让我来分管，搞核武器试验。我过去没有管过，战争年代，我哪里知道原子弹是啥子嘛，就知道一个山药蛋。接受这个任务后，我下决心了解情况，叫上了刘西尧，用一个月的时间，跑了二机部有关的工厂，搞调研，了解原子弹是怎么一回事。调查完了，要让我领导的事情，就有发言权。各单位反映了许多，都需要解决。有的涉及经费，而且是美元，我给邓小平同志写了报告，由中央批钱，想办法从国外买设备，现在我可以郑重托付给大家，你们想方设法，任务完成是你们的，干不好，由我负责。张副总长将这个话说了，对科学家和工程技术人员鼓舞很大。

晚上散步时，李旭阁问张副总长，您今天谈到中央让您抓原子弹，搞了一个月调查，当年原子弹上马与下马的争议是怎么一回事？是否有隐情啊？

当然有。张爱萍感叹地说，中苏关系渐渐走向决裂，苏联撤走了专家，将新技术协定援建中国的导弹、原子弹半拉子工程扔进了西部大漠上，甚至连原子弹的教学模型和图纸也不提供，绝尘而去。这一天恰好是 1959 年 6 月。二机部决定永远记住耻辱的日子，把中国的原子工程定为“596”，造出中国争气弹。可是此时中央决策层围绕着原子弹上马与下马的问题展开了一场争论，因为正值三年自然灾害，负责经济工作的同志觉得全国都在饿肚子，原子弹的科研工作还是等经济好转了再上马。但是军队的几个老帅则主张，纵使困难再大也上，这是关乎新中国命运和安危的大事情。于是“下马”与“上马”的争论摆到中央政治局的会议上。主张下马的同志摆了一系列的现实问题，认为如果此时上马，国民经济会雪上加霜。陈毅元帅的态度最坚决，说，一天都不等，一天都不能停。就是当了裤子，也要把原子弹搞上来。贺龙、聂荣臻、叶剑英元帅也都大力支持要搞下去。

“说得好啊！”李旭阁感叹地说。

张爱萍回忆道，当时主持中央政治局会议的少奇当场拍板，说先不争论上马下马的问题，派人调查清楚原子能工业的基础和现状，再定也不迟。陈老总和聂老总商量，派张爱萍同志去吧，他是副总参谋长，管军队武器装备的，主席和少奇同意了。

张副总长说，他与刘西尧到全国各地核工厂等地作了一个月的调查后，向邓小平送上了一个报告，这份报告提出，争取在 1964 年，最迟 1965 年实现第一颗原子弹爆炸的奋斗目标。这个报告，小平看了后专门批示：“送主席、周、彭阅，无时间，看一页半即可。”因为我和刘西尧在报告的前一页半中提出了倾向性的意见和时间节点，“若组织得好，抓得紧，有关措施能及时跟上……在 1964 年制成核武器和进行核爆炸试验是可能的”。

我是“始作俑者”啊！张爱萍感叹地说，聂老总身体不好，首次核试验这个大事情，大的方向总理在把着，一线的工作就得我具体来抓了。李参谋，你从现在起就要熟悉情况，我身边得有一个得力助手，主管计划与协调落实的人啊。李旭阁点了点头，请张副总长放心，虽然我过去也像你一样只知道山药蛋，但我会认真去学的，很快熟悉，进入状态。

张副总长点了点头，说得好哟！

那天金银滩上的黄昏很壮美。

夕阳冷山。芳草萋萋。落日浮在金银滩神秘的工厂上方燃烧，星星从高天的腹地钻了出来，渐次明亮，睁着一双吊诡的眼睛，似乎要窥透下边的秘密。

张爱萍、李旭阁驱车而去，往靶场疾驶，遥远的地平线镀上了一层金色。那天傍晚 7 时，陪张爱萍观看原子弹全弹轰爆，这是首次核试验展开前，必须经历的一个重要试验程序。原子弹全弹爆轰，也叫冷试验，核装置是 1 ∶ 1 的，只是里边没有核材料，就是不含裂变的，也就是不使用核真品铀 –235 等高能燃料的试验，是热核试验的前奏，距真正的核爆炸只有一步之遥。中央专委对此非常重视，张爱萍特意来现场打气鼓劲，因为这事关系随后进行的核试验能否一举成功。看的目的，就是检验原子弹全弹爆轰后，能不能出中子，在全弹达到临界，只要进去一个中子，就会轰击核心部件，发生连锁反应。操作员手触控制按钮，随着 10、9、8、7、6、5、4、3、2、1 的口令下达，起爆！轰然一声巨响，一股白烟冉冉升空，犹如很多个小原子弹爆炸，全弹炮轰击出中子，不是出一个，而是出了很多，达到了数百万个。在场的人员还没有缓过神，一朵小蘑菇云已经冉冉升空，将厂区的草原点燃了，一片熊熊大火照亮了西部荒原，也照亮了中国历史的天空。

原载《中国作家》2018 年第 7 期

祖国至上

——战略科学家黄大年“飞行记录”（节选）

刘国强

作品简介

刘国强《祖国至上》记述了“时代楷模”黄大年的感人事迹。黄大年是国家第二批“千人计划”特聘专家，曾任吉林大学地球探测科学与技术学院全职教授，自主动放弃在英国的优越科研和生活条件回国之后，他带领团队创造了多项“中国第一”。他作为首席科学家组织全国400多位来自高校和科研院所的优秀科技人员，深入开展“高精度航空重力测量技术”和“深部探测关键仪器装备研制与实验”两个重大项目的攻关研究，为我国深地资源探测和国防安全建设作出了突出贡献。

根据刘国强《祖国至上》(《北京文学》2018年第7期）节选。

正文节选：《祖国至上》第五节

气流颠簸：“他不食人间烟火”

潮平两岸阔，风正一帆悬。

两个5亿多元的大项目下来后，涉及很多单位交叉合作，该项目第九分项首席专家黄大年“权很大”。可多数人不知道，黄大年就一个想法：谁水平高请谁做。这让许多人不理解，你黄大年是吉林大学的人，怎么能肥水流向外人田？

老校友找上门来，要求参与。黄大年开诚布公地表态：你和你的团队做不了这个。没有同意。老校友用社会上惯常那套“拉关系”，黄大年严厉拒绝：“你没跟我套近乎都不行，你套近乎就更不行了。”

老校友拂袖而去。

这天，黄大年刚到家，一位数十年一直有联系的老同学登门拜访，黄大年特别高兴，热情地留他在家吃饭。老同学拿出提兜，里边还有礼物，黄大年觉得气氛不对劲。得知还是向他要项目，黄大年毫不留情地严厉拒绝了他。老同学以“老朋友要给面子”进一步“争取”，黄大年火了，他拎起提兜递给老同学，伸直胳膊指向门口：“在科学方面，我没有敌人，也没有朋友，只有国家利益。”

找上门来的不行，黄大年却主动将项目“送给”素不相识却有实力的科研单位，他直接将电话打过去：“我有个上亿元的项目，你们的技术符合我们的要求，我可以提供经费，一起合作完成这个项目。”

接电话的人不屑一顾，认为黄大年是“骗子”。这年头，拉项目多难，托亲靠友甚至要有“潜规则”，怎么会有人把项目送上门来？

我闻知特别悲哀，谁能干让谁干，本是人之常情，现在却被人当成“骗子”！从什么时候开始，正事开始“歪办了”？

后来真的与这家研究所“结秦晋之好”，人们惊讶黄大年的真诚为人，“世界上还有这样的人？”

这话更加令人深思：原本像黄大年如此办事的应该是“多数人”，现在怎么变得“稀缺了”？那么，“多数人”又是如何办事的呢？

黄大文向我分析大哥的思维和行为形成原因：“大年一直上学、留校任教，又是在90年代初期出国。那时中国的社会风气比现在纯净多了，外国人也不搞这一套。他在国外待了18年，国内的社会风气污浊不堪，大年仍旧坚持原则，碰了不少钉子。”

黄大文的话令我反思，当今中国，把“友谊”都弄反了，早就丧失了本意，成了同流合污的挡箭牌，成了一块办事的敲门砖。多数人办事（包括我）不走直线，而是先绕弯儿，找到朋友再“绕回来”。那么，一个人绕弯儿，一个单位绕弯儿，一个国家绕弯儿，要浪费多少“无用功”？原本简单的事情，越绕越麻烦！

国土资源部科技与国际合作司副司长高平这样评价黄大年：“大年对待科学是很‘任性’的，他不唯上不唯权不唯关系，不允许‘你好我好大家好’那一套，如同一股清流。”

然而，这股清流却不被人认同。

指挥如此庞大的项目，如何高效率组织科研力量，让项目在一个统一的目标下科学有序地推进至关重要。

黄大年站出来，提出“公司化”“绩效化”的管理方式，“借鉴欧洲大公司的相关管理经验，在总目标下，赋予相关负责人具体任务，层层落实，责任全覆盖。”

黄大年干脆引介一套项目管理系统，把工作任务分配到每月、每周甚至每天，以计算机记录工作。把资源问题、智力问题和人为阻碍分门别类，他会实时监督、干预，实施询问、催办、指导。

春天的不少芬芳，正被一些人扒进私囊。

针对丝丝入扣、不能耍滑偷懒的紧张工作，有人直接提出抗议：“我们是科学家，不是工程师！”

“我们这里是大学，不是办公司！”

“我们是科学家，又不是机器人！”

有人背后议论黄大年“不食人间烟火”。

项目启动要先制订规划，有些专家承担的科研任务比较多，不能全程参加，黄大年无论名头大小，一律通报：“如果想要点卯挂名，就不用来了。”

开论证会，黄大年发言从不寒暄客套，更不绕弯子，而是直面问题，一针见血。他只对工作不对人，但被他“涉及的人”却暗中抵触。

晚上 11 点，黄大年登录管理系统，按时核验进度与质量，诊断问题对症开方，拧紧管理螺丝。

黄大年恨不能把自己分成两个人、四个人、八个人，出现在各个科研环节，加速推进。可不少人却因为他“不食人间烟火”暗中抵触，说他“外来的和尚乱念经”。

项目评审，黄大年态度和善，却刀子一样剜问题，数据引用不准，标示参数不清晰，他不予签字。PPT 里有错字，他也要一一纠正。

“技术指标不能模棱两可”，任何一项说不清楚，他都不予通过。他要求所有提交的材料都要“无懈可击”，禁得起推敲。有人说这套管理“太不近人情了”，黄大年说：“在工作上，不要和我讲人情！”

杨长春劝黄大年：“你刚回来，人生地不熟，你这干的全是得罪人的事。”

“这都是按科学规范做事，为什么有人不理解？”

杨长春说国内不比国外，黄大年说：“我就是想干成事，不这么干不行啊！”

黄大年以为“纲举目张”就行了，但他不知道，有人在背地悄悄地拆网绳；他以为加大油门就能提速，不料油质标号不够；他只顾拧紧螺丝，却不知螺丝已经“滑扣”了……

有人暗中议论，搞重力梯度仪哪有那么容易？那只是“大年童话”罢了。

进度上不去，黄大年万般焦急。自己在地质宫加班干到后半夜两三点钟，回家却焦虑、失眠，患上带状疱疹。他满身劲使不上，拳拳打在枯叶上，步步迈空，甚至萌生了辞去首席科学家、只当普通教授的念头。

国土资源部科技与国际合作司副司长高平非常清楚，现在真理在少数人手里，却又不能打击别人，便对他直言：“大年，你不能走，你不能轻易把这片刚刚看到的阳光撤走。”

“我再考虑考虑，”黄大年说，“我没有想到，真的很难。”

他一个人面对幅员辽阔的残酷现实。

黄大年在学校操场跑道上飞跑，在靠边的石头上独坐，扶着树干思索，团队的师生们心疼他，不忍去打扰他，“黄老师一心想干事，可国内的环境就这样，他太难了！”

很深的声音是听不见的。

我和你只隔一页纸的厚度，为什么，翻了这页还有那页？消极者的串串谗言像被风扯碎的旋律，听不清一句歌词。黄大年已经感觉到彻骨的寒冷牙齿，狠狠噬咬着他，一下一下又一下……

黄大年很清楚：爱你的人和不爱你的人，总会像玫瑰花和蒿草一样混杂着长在一起。更多的事物深隐在它们背后，很难判断来历和去向。

好端端的一团毛线，暗中却打了许多个结。

2010 年 7 月，北戴河花香蝶舞，海浪奔涌，白鸥飞翔。随同 70 位“千人计划”专家来此疗养的黄大年，心胸像大海一样开阔起来，仿佛有了海浪的激情。海鸥的翅膀，一扫工作不畅带来的不快，一下子开阔了思路，增强了底气。

相逢何必曾相识，初见清华大学副校长施一公仿若知心故交，“大家有一样的想法，一样的情怀，回国后遇到不少类似的苦恼”。专家们在一起如老友重逢，相互激励着，为祖国的科学事业而不遗余力！

意外的是，习近平率党和国家领导人亲自来看望他们，亲切、和蔼、真诚，倾听大家的想法和建议。“国家领导人那样有眼光、有想法”，黄大年喜不自禁！

心情畅爽，时时都是春天。站在大海边，黄大年极目远眺，心随潮涌，像战马渴望疆场，像雄鹰渴望蓝天，恨不能立刻投身到科研一线！

黄大年被许多指向错误的道路围困，现在，要抓紧分分秒秒，把正确的路分拣出来。

回到长春，黄大年发现电视里播放了新闻，“周围的环境很快发生了改变”，黄大年激情澎湃，找来锤子和铁钉，亲手把在北戴河与习近平的合影挂在办公室里，对身边的团队成员说：“士为知己者死。国家这么一搞，大家对我们‘千人’专家的认可度提高了，我得努力啊！”

希望是在风雨之夜所现的晓霞。

黄大年像一叶鼓满风的帆，飞速前进。每个夜晚，都是黄大年勇猛拼搏的黄金时段。

面对路上的拦挡物，他的决心气冲霄汉：即便逼下深渊，也要发现辽阔坦荡的渊底大平原！

他对工作更加严谨，丁是丁卯是卯，认事不认人。

黄大年告诫自己，要迅速进入话语体系。如果真的有人推陈不出新，那么，就必须端出自己的话语体系。

2011 年 4 月，东北长春春意融融，暖风习习。黄大年却“制造”一股寒流。昨天就通知了，今天上午，按惯例进行每个月的项目课题组长视频答辩会，黄大年事先早早准备好，会前要预览交来的答辩材料。

约定 10 点开会，现在已经 9 点 50 分，材料没交上来，人也没来，多个视频会场的人也没到齐。

制度像失去秩序的花名册，大大小小的名称零乱错落。

“怎么回事？”黄大年问秘书王郁涵。“小王，你催过了吗？”

“我催过了啊，黄老师！”王郁涵偷偷瞄着时间，心里怦怦跳。

“人浮于事！”黄大年气愤极了，突然一扬手，“啪”地把自己手中的手机狠狠摔在地上，屏幕立刻粉碎，他大声吼道：“我们拿了纳税人的钱，怎么能草草做事？汇报材料不做好，汇报的PPT也不好好做，开会不按时到，有这么干事的吗？我们要遵守契约啊！”

身边的人一下子惊呆了，从未见过黄老师发这么大的火。

事后他对助手说：“于平啊，我实在无法忍受有人对科研进度随意拖拉，我担心这样下去，中国会赶不上啊！”

“大年，你要服水土，”中国地质科学院原副院长董树文好言相劝，“许多事情要慢慢来，跟你的想法渐渐对接。”

“那不是我！”黄大年执拗地说，“要是那样，我就不用回来了！”

黄大年坚持以项目管理的方式抓科研协同。提出了“滚动中淘汰”，“前期给了500万，干得不行，下期钱就收回来。”“千人专家”王献昌非常吃惊，“钱都给了，怎么可能要回来呢？”

黄大年硬是按章办事，在管理中形成了开中国科研先河的“倒逼制”。

第九项目斥资超过3亿元，如石击水般“浪花朵朵”，很多机构和单位都争相“采摘”。黄大年不看介绍材料，也不提前通知，而是直接钻进人家的实验室和车间，查验对方的资质水平。有自以为与黄大年不错的专家来找他，想替某研究所拉点经费，黄大年一句“我没有敌人，也没有朋友，只有国家利益”，把人家“噎个半死”。后来对方发现，就连黄大年就职的吉林大学，也没有多拿一分钱。

黄大年就像一架永远力足的马达，调到最高转数，飞速向前。深探专项经常开会，往往今天通知、明天开会。身在东北长春的黄大年是“出勤率最高”的专家组成员。

“你累不累啊？”高平直言道，“你前天刚走，今天又来。”

“这么重要的会我一定要来。”

会议讨论时，黄大年只考虑议题本身，开始连董树文也“受不了”。董树文在台上还没说完，黄大年就“接茬”了：“院长，这个目标我认为有点儿太不科学！”

“大年，”董树文强抑心中的不快，“你等我讲完再说行不行？”

“不行！你们不能这样说！”

只有呼吸过两种空气的人才会懂得两种空气的差别。

董树文后来意识到，黄大年的直言原本就是“最好的方式”，此后凡是深探项目的会议，大家都直来直去把事情摆在桌面，不再“弯弯绕”，也没了桌面下的“小动作”。

当代中国，许多人的屁股正日益取代双脚成为身体的权威部门。尽管进化到门好进、脸好看、话好听，却丝毫撼动不了“一头沉”的职权天平。

2014 年 9 月，地质宫外秋叶微红，鸟儿鸣唱。地质宫 507 室突然“嘭”的一声响，黄大年的手狠狠砸在桌子上：“别说了！”

黄大年焦急建无人机库，向院里打报告层层签字盖章。事情交给于显利去办。大半年过去了，签章只完成了一半。

按规定，每个部门必须一把手签字。签字顺序也要按部门的职能排序。问题是，每个部门的一把手都有不少杂事要处理。哪怕跟某个部门约好了，如果有事晚来几分钟，就只能下次再约。如果恰逢一把手出差，还要等上十天半月。这么低的办事效率，要耽误多少事？

“黄老师，您先消消气。”王郁涵送进来一杯咖啡。

“是啊，您消消气，”于显利说，“您看咱们都走到这一步了，现在不干太可惜了。”

于显利手里攥着一张纸，那是搭建无人机库的审批申请。移动平台探测技术研究关键硬件便是无人机，研制与存放必须有无人机库。在选址、搭建、管理、消防等涉及学校多个部门审批。

为了推进“重载荷智能化物探专用无人直升机研制”项目，黄大年一连好几个月日夜打拼，无数次跑无人机模型销售商店，左选右挑，自己掏钱买回模型样机，赶紧建好机库，便可大显身手！哪承想，事前以为没有任何难度的校内审批，竟这样曲折难办！

陈腐的陋习，如同一方过期无用的旧闻占据着头版头条，谁看谁厌却又无可奈何。

“我回来五年了，我现在这些成果也好，或者说进展也好，我在国外也许一年就能达到。我非常不满意，但是又没有办法！”

一波未平一波又起。

这天，几位大爷大妈打破地质宫的寂静，吵吵嚷嚷地上楼来，一位瘦高个往前一指：“这，就是黄大年的办公室。”

黄大年闻声走出来：“你们有什么事吗？”

几个人根本不听劝，以挡光为由，你呼我喊，跳着脚，指着黄大年的鼻子，连训带骂，一起群攻。他们三番五次闹到学校，工作根本做不通，没有办法，只得在地质宫旁边的空地上，强挤出一小块地方。

被挤跑的还有时间。折腾到 10 月，东北封冻季节已大举逼近，总算批下来机库手续，在东北最不适宜施工的季节破土动工。

黄大年分身无术，便请先期去北京进修学习无人机技术的退休教师、“动手大王”王永泉组织施工。

王永泉相当敬业，天天盯在工地，严格按要求施工。黄大年自己掏了千把块钱给王永泉，每天给施工人员买吃的，熬红姜糖水暖身子。又叮嘱道：“王老师，如果施工太晚，就请大家吃顿饭，钱不够千万跟我说。”

黄大年一有时间，就来工地检查质量。冷风飕飕刮，和大家一起顶着零下 20 多摄氏度的严寒，给工人们递工具，帮忙搬建材。冷得抗不住，他便找来棉大衣，套在羽绒服外。

2015 年 3 月，眼见机库就要竣工，机库临街的大门上贴了一张告知书：限该建筑所有权人于 2015 年 4 月 2 日前自行拆除。逾期不拆除我局将依照有关规定申请管辖权的人民政府依法强制拆除。

于显利看到告知书立刻报告给黄大年。黄大年当即向学校作了汇报，又给有关部门打了报告：这是搞科研的临时建筑，用后我们会自行拆除。主管单位回复“收到了”，转危为安。

这天正午刚过，一位学生慌慌张张地推开507室的门：“黄老师，有人要拆机库！”

黄大年跑下楼时，一辆大铲车正轰隆隆威武地奔向机库。

黄大年一下冲上去：“不能拆，我们打过报告的！”

“我们不知道什么报告，这是违建，必须拆！”

眼见大铲车饿虎扑食般向前冲，黄大年突然大步向前，“腾”地倒在地上，直挺挺地一躺，司机慌忙狠踩刹车、停住，车头前盖悠悠地抖动。

我们的大科学家，就这样躺在冰冷的地上，迎着刺眼的阳光，以满腔报国志和装满顶尖科学的肉体对抗大铲车……

工人们傻眼了：原来这个“帮手”是位大科学家啊！

悲哀啊！黄大年看似“意外”的举动，却在“情理之中”。这等杂事用得着一个大科学家以命相抵吗？这事该由谁来干？为什么拖了大半年，却遭遇如此境地？这样的效率赶超国际先进，“我们来得及吗？”

无人机库保住了，黄大年却被人称作“疯子”。黄大年毫不理会：“中国要由大国变成强国，需要有一批‘科研疯子’，这其中有我，余愿足矣！”

“能让中国立足于世界民族之林，有一帮人在拼命，不是我一个人。”

黄大年甘当铺路石：“为了理想，我愿意做先行者。我已经五十多岁了，生命也就这么几年了，能作出点儿事情，让后来人有一条更好走的路。”

没有这样的“科研疯子”，怎么带领中国物探科技“弯道超车？”

提速：实现“弯道超车”

不是棒槌的敲击，而是水的载歌载舞，才使鹅卵石如此光彩亮丽。

2011年，作为国家“863计划”资源环境技术领域的主题专家，黄大年负责策划协调和组织中科院、高校等高科会资源形成高科技联合攻关团队，承接科技部“863计划”航空探测装备主题项目，开发军民两用技术研究。

满天的翅膀都在飞翔，多而有序；多条激流奔腾向前，各抒豪情；一条线串引多个风筝，在严谨的约束里豪情万丈……

黄大年将时间的油门踩到底，高速前进。在首都北京，在南国广州，在北国哈尔滨，在巴蜀四川，在江南苏州水乡，在大西北新疆乌鲁木齐……在英国伦敦，在美国华盛顿，在澳大利亚悉尼，在日本东京，到处都有黄大年的身影。他与探测仪器专家合作研发深地探测装备，与计算机专家合作研发地球物理大数据处理与解析，与机械专家合作研发重载荷物探专用无人机，涉猎地学、信息、军民融合等多个领域。

攀登科学高峰的距离在缩短，地质宫507室的灯光在延长；他与家人的接触日渐疏远，乘坐最后一个航班的频次在加密；睡眠的时间迅速减少，吃药、晕倒的次数日益增多……

每一个迷失又找到归宿的科研数字，每一组由生疏到默契的科技组合，每一次从抽象到具象的艰难裂变，都多瓜儿累秧一样在耗损母体，黄大年的健康……

黄大年团队的科研进度震惊了世界，超高精密机械和电子技术、高温和低温超导原理技术、纳米和微电机技术、冷原子干涉原理技术、光纤技术和惯性技术等多项技术进步显著，快速移动平台探测技术装备研发也首次攻克瓶颈，突破国外封锁。

令人兴奋的是，黄大年的团队在航空重力测量研究上有重大突破，重力梯度仪已研制出工程样机。在数据获取的能力和精度上，我国与国际的研发速度相比至少缩短了10年，而在算法上，则达到国际先进水平。“航空移动平台探测技术装备项目是精确探测的高端技术装备，我们用5年时间完成了西方发达国家20多年所走过的艰难路程，取得的进展成果填补了我国空白，将意味着中国又成功抢占了一个国际前沿科技制高点，对推动国防安全建设和深地资源具有支撑作用和重要意义。”

黄大年在国际同行中威望极高，有着非凡的影响力。有一次，黄大年带队考察，国外的研究机构为了专门接待中国考察团停止工作半个月，不惜成本将处于零下200摄氏度的产品解冻，并拆开细部让中国考察团仔细观察。随行考察团的中国科学院院士罗俊震撼又感慨：“我从事这项工作这么多年，这是第一次受到西方发达国家如此隆重的接待。”

深探专项答辩进入最后的倒计时，黄大年和团队主力们连续夜战3个通宵，黄大年还在紧张地工作。他清楚，这是团队苦干了6年的项目，决不许有丝毫错误，必须来个漂亮的冲刺！

去北京答辩前，他见还有一点富余时间，关上门，在沙发上躺了20分钟，才匆匆赶往机场。晚上11点到北京，黄大年把师生们汇总的材料拷贝出来，一头钻进房间，又熬了个通宵！

瘦月弯成一把老镰刀，收割着仅仅剩下的那点余晕。黄大年敲完最后一个字，插上筒状“渔网”一样的U盘，新组建的“科技军团”整建制挥师前进……

第二天答辩前，黄大年像压子弹一样吞服了几粒速效救心丸，步入答辩席。历时两个半小时的答辩发言，黄大年仍像刚刚加足油的赛艇，马力正旺。

惊骇世界的伟大超越性结论，终于写在专家组的鉴定书上：项目成果整体达到国际先进水平！

这是国内同类项目评审中的最高评价！

这标志着中国重型探测装备技术研发实现了弯道超车，完成了跨代飞跃！

晚上，很少沾酒的黄大年一口气喝掉半瓶白酒，在微信朋友圈写下深情的感言："我和我的团队成员5年多来没轻松过，最后一段时间没睡好过，有累倒的，有因委屈而忧郁的，有半道放弃的，还有失去家庭生活的……我在最后一刻也终于没撑住，终于倒下，是吃着救心丸上验收场的，别人替代不了。但是，正是这些项目能为吉大培养出一帮'疯子'和'狂人'，一批能打硬仗的精兵。"

迅猛刮起的"大年旋风"，以第九项目的结题为标志，深部探测能力已达到国际一流水平，局部处于国际领先地位。国外专业期刊艳羡而惊异地报道：中国已正式进入"深地时代"！

7年间，黄大年带领400多名科学家创造了多项"中国第一"：地面电磁探测系统工程样机研制取得显著成果，为产业化和参与国际竞争奠定基础；固定翼无人机航磁探测系统工程样机研制成功，填补了国内无人机大面积探测的技术空白；万米大陆科学钻探工程样机"地壳一号"横空出世，超深井大陆科学钻探工程向前迈进；无缆自定位地震勘探系统工程样机研制突破关键技术，为开展大面积地震勘探提供技术支持……

黄大年清楚，在大宗矿产资源领域，中国的矿产资源探明程度仅为1/3，那么，没有探明的2/3究竟在哪里？自己办不到，依赖进口又严重威胁国家安全。明明知道陆地下500米至4000米乃至更深的地方有矿产资源，就是找不到！"在人地探测装备上，如果说人家是导弹部队，我们还是'小米加步枪啊！'"黄大年能不着急？

董树文说："美国人管这个叫地球重力武器，对中国是绝对封锁的，探测深度很大。比如在阿富汗战场上，重力梯度技术可以找到所有的洞。”这个“千里眼”能看穿地下每一个角落。

2009 年 4 月 22 日，第四十个“世界地球日”到来之际，我国“深部探测技术与实验研究专项”正式启动，该项目计划设置九大项目 49 个课题，集中了国内 118 家机构，1600 多名科学家和技术专家，破天荒地叩响“地球之门”，吹响了中国地学界嘹亮的“集结号”！第九分项首席科学家黄大年，有多少事要做啊！

2016 年 9 月，在黄大年的倡议下，经过一年多的酝酿讨论，吉林大学新兴交叉学科学部筹备初期工作宣告完成，一个辐射地学部、物理学院、汽车学院、医学部、机械学院、计算机学院、国际政治系等的非行政化“科研特区”初步形成。黄大年当选为吉林大学新兴交叉学科学部学部长。

专业扶摇而上，黄大年的健康却每况愈下。

2016 年 11 月 29 日凌晨两点，救护车急促地响着警笛直接开进机场，北京飞往成都的最晚的航班刚一落地，医护人员便七手八脚地将黄大年抬上车。

半个小时前，黄大年突然满脸是汗，浑身抽搐，连忙塞进嘴里几粒速效救心丸也无济于事。晕厥前，他叫来空姐：“如果我不行了，你要将我怀里的电脑交给国家，里边的资料很重要。”

在救护车里，他怀里还死死地抱着电脑。

他被抬进成都市第七人民医院的急诊室内，黄大年第一件事仍是告诉医生保护好他怀里的电脑。

1968 年 12 月，科学家郭永怀在青海基地急于将重要的数据带回北京研究，便搭乘了夜班飞机。不料飞机在北京坠毁。大家从机身残骸中找到郭永怀，吃惊地发现他同警卫员牟方东紧紧抱在一起。烧焦的两具尸体中间，紧紧夹着装有绝密文件的公文包，完好无损！

无须多言，这一个细节，足以感天动地！

人们想不到的是，第二天，黄大年又出现在会场。他塞进嘴里几粒药当“后盾”，英姿勃发地发言，精神爽朗，看上去毫无倦意。

“拼命黄郎”将自己的生命发挥到了极限，昏厥和痉挛的频率日益加快，同事们劝他去体检，他总以“太忙”一推再推……

2014 年 7 月，在水下通信和水下网络领域备受瞩目的吉大校友崔军红从美国回来探亲，经朋友引荐后认识了黄大年。

“中国水下国门洞开，”黄大年直言不讳，“祖国特别需要这类人才。咱们学校的新兴交叉学科部正在筹备，你可以申报‘千人计划’，回国创建智慧海洋研究中心，大家集中合力，一门心思把这件事做好。”

崔军红内心波翻浪卷。在美国，她的平台已足够大，回来即便和黄大年联手前景可期，可她已在美国生活 16 年，回来能否适应国内环境，心里没底。黄大年热情地邀请她看自己团队的项目成果，崔军红仍有疑惑：“黄老师，咱们要搞海洋探测，可是吉林没有海啊？”

“这没关系啊，”黄大年胸有成竹地说，“哪里有出海口我们就向哪里去啊！”

崔军红深深被黄大年的爱国情怀和智慧感染，2016 年 6 月，她作为“千人计划”专家，签约吉林大学。

“地壳一号”是我国完全拥有自主知识产权的“庞然大物”。将它从四川运到黑龙江大庆时，用了 50 辆六轴大货车运送，一举创下了 6000 米钻探的亚洲纪录，并且还在向地心进发。被国外一直垄断的设备终于换上“中国芯”，中国成为继俄罗斯、德国后，世界上第三个掌握地下万米钻探技术的国家。这让太多“老外”刮目相看。同行友善地送他个外号叫“黄大牛”。

“深部探测关键仪器装备研制与实验”是为黄大年量身定做的。他回国后，在前八项“名花有主”时，追加了第九项。董树文召集几家单位共同商定，时任中科院地质与地球物理研究所所长朱日祥院士同意请黄大年主持这个项目。

谁料，在掌控专项第九项目的首次讨论会上，黄大年一张口就引起一片哗然。“既然我们落后很多年了，就不能从零开始，而是要把国外最先进的设备买过来，对关键部位和插件进行升级改造，让我们的‘蓝军’直接进入‘红军’的心脏，一举站在巨人的肩膀上。”

黄大年所说的“红蓝军路线”，就是通过红军、蓝军之间的比拼，借用西方已有的技术升级换代，再一举超越西方。

尤其是“把人家的后台数据库买过来，进行插件升级再卖回去”的想法，可谓惊世骇俗。黄大年却毫不在意众人异样的目光，从容地说：“好比一场马拉松，别人已跑了半程，中国要从头起跑，恐怕很难赶上，我们也等不及，必须另辟蹊径！”

黄大年翔实的调查和数据，深深感染了董树文，他相信“从大年嘴里说出来，一定有着深远的考虑”。

2014 年下半年，黄大年主持的“第九项”传来捷报，移动平台综合数据处理解释一体化平台的 24 组插件全面完成，整个系统实现了升级换代。“大年童话”逐一实现……

由“大年童话”孕育的“科研特区”，即将拉动上千亿元的产业项目。人们又有猜测，“挖黄大年的地方太多，吉林大学留不住了”。

“我没想走啊，”黄大年说，“要不这样，我直接签到退休。”第二次签约，黄大年在一次聘任签 5 年的基础上又延长两年，一直签到退休。

原载《北京文学》2018 年第 7 期

2019 年获“第二届中国工业文学作品‘光耀杯’大赛”报告文学一等奖

大国起航

——中国船舶工业战略大转折纪实（节选）

舒德骑

作品简介

舒德骑曾任船舶工业下属单位的宣传部部长，出版过多部关于船舶工业的作品。《大国起航》记述了改革开放初期中国船舶工业的干部职工在举步维艰的危急关头，坚决贯彻执行邓小平“中国的船舶要出口，要打进国际市场”的战略决策，百折不挠地突出重围，赶超英、美、日、韩，成为世界造船大国，为实现中国人的海洋强国梦贡献卓巨。舒德骑长期在船舶工业工作，亲历了中国船舶工业走出低谷发展壮大的艰难曲折过程，真实地呈现出中国船舶工业在历史转型期所面临的种种尖锐矛盾，生动地刻画了以六机部部长柴树藩为代表的船舶工业战线的干部职工形象。舒德骑着重记述了“长城”号货船的建造过程，它不仅是我国第一艘按照国际规范建造的船舶，也是我国打进国际市场的第一艘大型出口船舶，开创了中国船舶工业的历史新篇章。

根据舒德骑《大国起航》（人民出版社，2018年8月初版本）节选。

正文节选：第四章铸起海上的“长城”

第四章　铸起海上的“长城”

长城，是中华民族的象征；长城，是中华大地的标志。

或许是心有灵犀，另一位已入英籍的中华子孙，完全赞同华侨领袖廖承志先生的建议，将他在祖国建造的第一艘远洋巨轮，命名为“长城”号——这就是船王包玉刚的兄弟包玉星。

这是中国造船厂将要按照国际规范建造的第一艘远洋巨轮。

“长城”号的建造，将开创中国造船史上的一个新纪元；中国驶向世界庞大的远洋船队中，领航的将是这条“长城”号！

可是，中国人能完美地造出这条船吗？中国人建造的这条船能经受大洋上风暴的考验吗？能自由自在地遨游在世界五大洲四大洋吗？

整个世界都将怀疑、迷惑、探询、惊讶的目光投向中国辽东半岛的一个造船厂——也就是如今中国人自行研制的第一艘航空母舰下水的地方。

狭路相逢勇者胜

20世纪70年代，笔者在西藏部队当兵时，曾听连队指导员讲过他在中印自卫反击战中的一段轶事：在一次重大的战役中，我陆军51师33团在一条狭隘的山谷之中，与印军1个步兵师遭遇。敌强我弱，情势危急，而我团必须从这条山谷中突击出去，与左翼的友邻部队会合，然后对敌形成包围圈，实现刘伯承元帅作出的“斩头去尾，破腹挖心”的战略部署。

两军对垒，战斗异常激烈，拉锯似的战斗持续了一天一夜。当年，年事已高的刘伯承元帅坐镇兰州指挥这场战役。在战斗进行得最激烈的时候，这个团的机要参谋收到前线指挥部发来的一份密电，电文极其简单，只有几个字：“狭路相逢勇者胜——刘伯承。”

团长看完这份密电，二话没说，他牙一咬，帽子一甩，衣服一脱，马上组织了突击队，亲自抱了一挺轻机枪，光着膀子就向敌方阵地扑去！在团长身先士卒的带领下，突击队就像一把尖刀，一下就把敌方阵地戳了个七零八落，打得敌人抱头鼠窜，一举就从这条山谷中冲了出去！

这则逸闻在部队流传很广，首长们讲起当时的战斗情形来是绘声绘色、颇为自豪——而且据说，当年带头冲锋的那个团长，就是我们所在部队的师长、解放战争时原陕北安塞游击大队的大队长田启元。

这则逸闻的真实性到底有多少，我不得而知。但刘伯承元帅那“狭路相逢勇者胜”的格言，至今令我难忘，并从中悟出一个道理：人在极端困难和危急之时，后退的懦夫是没有出路的；只有勇往直前，或许才能从困境和危急中拼杀出一条血路来！

对于“长城”建造，用“狭路相逢”这个成语来形容，看起来似乎有点牵强，但其实不然。

“我们那个时候，别说狭路，简直是无路可走了！”说这话的人叫孙文学，他原是大连造船厂的厂长，后来又担任过大连船舶工业公司副总经理。当年“长城”的建造任务，就是他从部长柴树藩手里接下来的。

事隔几十年，头发已经斑白，已是七十多岁的孙文学，在笔者采访他时，一提起“长城”号的建造就激动不已，甚至眼睛潮湿：“那时，我们大连造船厂虽说在外有一定的知名度，又是造过万吨轮，又是造过导弹潜水艇。其实，那时候造船，都是我们从苏联那里沿袭下来的验船标准！而‘长城’号的建造，是我们第一条按英国劳氏标准造的船，这和过去造船简直不可同日而语，来了个天翻地覆，可以说一切都是从零开始。”孙文学说，“从人的思想观念、管理方式、工作习惯，到规范、技术、设备、材料、检验、操作……一切都必须从头开始，而且交船期是那么紧迫。造这第一条按国际规范验收的出口船，不要说我们如履薄冰，就是柴部长他们，也是提心吊胆哪！”

讲到这里，孙文学停住了，他的目光移向了窗外，似乎陷入了对往事深深的追忆之中。

从这位把一生都献给了中国船舶事业的老前辈身上，可以看出这是一个具有领导素质和造船工人气派的人。他有着睿智、机警、深沉的领导干部素质，同时也有着豪放、坦诚、开朗的造船工人气派。他宽阔的前额和斑白的头发，是他长年勤于思索的象征：他古铜色的脸膛和粗大的手掌，是海风和劳动在他身上留下的印痕。

他 1946 年 1 月进厂当工人，当年 7 月加入中共地下党，后来任过支部书记、总支书记、组织部长、工会主席。在中苏合营时，从事军事装备制造，搞技术革新改造，还和其他领导一起组织过“跃进”号的建造。1962 年因坚持真理被下放到地方。可由于他有着出众的领导才干，在地方被任命为一个市的建材局长。粉碎“四人帮”后，六机部的领导找到辽宁省委书记：孙文学是个造船的优秀人才，让他在地方搞建材实在太可惜了！你们找个局长好找，一个造船厂的厂长可太难找了——你们就高抬贵手，让他回造船厂来吧！

于是，孙文学又回到大连造船厂来当这难当的厂长。

孙文学回厂期间，正是工厂“军转民”、“找米下锅”、企业整顿、产品结构调整最艰难时期。如前所述，造了几十年军船的工厂，竟然没有一条军船可造；造民船，用船部门说是质量不好，不找你造。到了 1980 年，原说给工厂的 23 条运煤船，其实一条也还没有落实。

“难哪，实在太艰难了！我这里两万多工人每天在车间里、工地上等着工段长、班组长分配活干——可哪里来活干呀！”孙文学捋了捋满头的白发，长长地叹了一口气："没有事干，没有活儿干，我两万多工人吃什么，喝什么！没有事做，没有活儿干，工厂如何能稳定，工人如何来安排呀！我真是吃不下饭，睡不好觉，只好跑到部里找部长们，可柴树藩部长、安志文副部长他们也急呀，压力比我们这些人还大呀！有次我去找柴部长，他的秘书告诉我：孙厂长呀，我看您就算了吧。别找柴部长了，昨天和前天柴部长都通宵没睡觉了……"

孙文学讲到这里，停了下来喝了一口水。

"是啊，那时真的是太难了，整个造船行业好像真的是无路可走了。"此时，坐在旁边的渤海原造船厂厂长、后又是大连造船厂厂长的侯君柱接着孙文学的话讲道，"造船还是买船，从上面到下面，争论得都很激烈。不少人都说，我们造的船质量不好，别人不要；按国际规范造船，我们又造不出来，实在不行还是跟人家买吧——唉，真是难啊！"

这个侯君柱，也是中国造船界一个响当当的人物，他有着不畏强权、大胆果断的工作作风。在"文化大革命"最艰难时期，他曾在核潜艇生产厂主持成功地建造了中国第一艘核潜艇。

"我为什么敢接'长城'号的建造任务呢？老实说，我是无路可走了，是铤而走险！"孙文学放下茶杯，接着讲道，"一次，我到北京开会，柴部长、安副部长专门把我找去，说香港船东包玉星有两条2.7万吨的船，要在国内建造。因为他们造船的要求实在太苛刻，国内别的船厂不敢接，敢接的报价又高得吓人。柴部长简单将情况讲了一下，问我敢不敢接……"

孙文学说着说着有点动感情了，他一下站了起来，挥动着手臂讲道："接！我怎么不接？！我就是冒着再大的风险，就是亏本上法庭我也要接！我两万多人要吃饭，要活干，我怎么能不接？！一个工厂，说一千道一万，没有活干就不行！说大点，我们要为国家和六机部争点光；说小点，也要为我们造船厂和造船工人争口气——有些人不是说外国的月亮圆吗？如果反过来外国人都说中国的月亮更圆，到那时候，我看这些人还有什么话好说！”

“我就知道你孙文学有这点气概！”柴部长闻言颇感欣慰。

柴树藩接着和孙文学谈了船价、工时、验收规范、备品备件等具体问题。最后，他不无担忧地对孙文学讲道：“老孙呀，这是我们按国际规范建造的第一条出口船，每一个环节对我们来说都是新的考验。目前，我们设计图纸还没出来；图纸出来后，还要交到日本东京审查，审查至少也要三四个月。可是，我们的交船期只有 18 个月！”

柴树藩讲到这里，又特别加重了语气：“只有 18 个月！尔后优惠期 1 个月，每超 1 天，罚款 4500 美元；超期 150 天，船东就可以弃船！如果产生这样的后果，我们打进国际市场、我们建造出口船的战略部署，就将满盘皆输。孙文学同志呀，你掂一掂这件事的分量！”

“柴部长，您放心，我大连造船厂两万多干部工人，就是头顶在地上，也要保质保量按期交船！”孙文学站了起来，向柴树藩郑重保证道。他在向部长作出这个保证时，真有点“风萧萧兮易水寒，壮士一去兮不复还”的悲壮气概。

“就这样，我们在无路可走的情况下，在为国家和部里争点光，为工厂争点气的想法支撑下。冒着风险，斗胆接下了这两条船。可……”讲到这里，可能是往事的追忆触动了这位老人的感情，他用手背抹了抹有点潮湿的眼睛，“可这两条船，是我们两万多干部和工人，用汗水加泪水泡出的呀！……”

一张白纸上描绘蓝图

上海。

船舶及海洋工程设计研究院。

透过这块闪光的铭牌，可以觅到这个设计研究院昔日的名气和创下的辉煌。他们设计的“远望”号航天测量船、“向阳红 10 号”科学考察船，曾获国家科技进步奖特等奖；设计的打捞救生船，也获得国家科技进步奖一等奖。此外，“东风”“风庆”“高阳”等万吨级船舶也是由这个院设计的。

可以说，这是国内顶尖的船舶设计机构，这里船舶设计大师云集，不少人在国内外都有相当的知名度。

可如今要按照英国劳氏规范设计“长城”号，却令这些大师们望而却步、束手无策了！自从接到“长城”号设计任务以来，担任设计主管领导的孙松鹤、总设计师周良根、轮机专业技术主管仲豫明、船体结构专业主任设计师郑君镐及金柱青、戴经武等人都食不甘味、夜不能寐了。

几十年的与世隔绝，造成了我国极其封闭的环境。说来令人感到不可理喻的是，几十年来，我们的设计人员对国外的造船规范和标准，连提也不能提，问也不能问，更不敢去探讨和研究，生怕被扣上“崇洋媚外”“洋奴哲学”“爬行主义”，甚至“里通国外”“汉奸卖国贼”的帽子。不是第一艘出口到马来西亚的“友花”号货船，连合同的文本都不能用英语，机器的铭牌也不能用洋文吗？

铁桶一般的封闭，造成了我们对飞速向前发展的航运和造船领域新的规范、标准几乎一无所知。可突然在一夜之间，要我们的设计技术人员全部采用当今新的规范和标准，入英国劳氏船级，确实令他们一时措手不及，无所适从。

没有资料，没有图纸，时间又是如此紧迫：7天完成报价设计；38天完成合同设计；33天完成技术设计中的送审图纸。不要说没有资料，就是资料齐备，对一种新型船舶的开发设计来说，这样短的周期，不仅国内没有先例，就是在当今科技发达的世界造船界也是罕见的。

于是，在六机部副部长程辛主持、刘清副部长参加的技术设计会上，就产生了两种意见：一种意见认为我国设计建造这种船舶缺乏经验，尤其是缺乏资料，为避免第一条按国际规范建造的出口船砸锅，应向国外购买现成的图纸；而另一种意见则认为，自新中国成立以来，我国已经培养和造就了一支优秀的设计队伍，也积累了一定的运输船型设计经验，虽然对这种船型和国际规范不熟悉，缺乏实践经验，但经过努力，还是能够完成任务的。

到底何去何从，一时间众说纷纭，莫衷一是。

“刘部长、同志们，我作为一个老技术人员，也想谈谈自己的想法。”一向沉默寡言，从不轻易在任何公开场合发表自己意见的老技术人员仲豫明，耐心地听完所有同志的意见后，一反常态地在会上发了言，“买图纸资料，我们当然可以少冒或不冒风险，但一是别人是否会卖给我们，还有就是会要多少价钱，最重要的是能不能在这样短的时间里满足我们的要求？如果满足不了我们的要求，那我们就会得不偿失，丧失良机！我的意见是……”

仲豫明犹豫了一下，随即果敢地说道：“我的意见是，由我们自己设计！根据过去的经验和目前我们的技术状况，我敢保证，一定会向部里和船厂交上满意的答卷！”

小心谨慎的仲老，一辈子没说过这样的惊人之语。一辈子没向人作过这样果断的承诺。他的一番话，引起与会同志更深层次的沉思。

当时的会上，刘清副部长未作明确结论。

会后，六机部有关部门分别向日本日立造船公司及HH公司联系，咨询有关情况。日立造船公司表示没有类似的船型设计可以提供，对不能满足中国方面的要求“深表遗憾”；而HH公司则表示，这样的船型，目前世界上可以提供图纸资料的国家很少，该公司可以承担设计，包括提供图纸和材料、所有船用设备等，但他们狮子大张口，索价竟高达1200万美元！整个船价不过才1218万美元，他们的开价几乎和船价相等，这样的结果中国方面自然是无法接受的。

其实，在生意场上基本是没有什么同情和怜悯之心的，有的只是利益和竞争。而今，摆在船舶设计研究院面前的，已经没有任何退路了，只能是自行设计！

消息反馈回来，全院的人都紧张地行动起来。

事后总结起来，当初若真花巨资从日本人手里购买图纸，至少有4个弊端：一是设计费太昂贵，首船花了费用，后续的船还要交费，加上专家服务费等，我们不但拼死累活要做义务劳动，说不定还要倒赔本；二是时间上根本来不及，根据日本方面的惯例，一个报价设计一般需要一个半月时间，而我们的报价时间只允许7天，技术设计日本公司估计要6个月以上，如此一来，我们极有可能丢失已经到手的生意；三是设备选用权在外国人手里，若他们与设备制造商私下串通，抬高设备价格，则我们蒙受的损失更大；四是并非买来的图纸就天衣无缝，能为我所用。

从后来我国几个船厂购买外国设计图纸的情况来看，并非“外国的月亮都比中国圆”。如丹麦一家设计公司为上海船厂设计的1.6万吨货船，航速几乎达不到要求；机舱设计的线型就太窄，主机放不下，而改艉部线型；同时空船重量超重800吨，还剧烈振动，造成船东差点弃船。又如西德一家设计公司为中华船厂设计的4000吨货轮，也超重数百吨，导致载重量减少，油耗增多。这些情况，较之国内设计的缺陷，要严重得多。

难怪而今以习近平同志为核心的党中央再三提出我们要增强“理论自信、道路自信、制度自信、文化自信”。

“有人以拼命宣传古人的成就，来树立我们民族的自尊心和自信心；也有人以夸大外国人的成就，来菲薄我们民族今天的创造力，贬损民族的自尊心和自信心，都不足取——对古今中外的一切成就和成绩，都必须进行客观科学的分析，才能得出正确的结论！”王荣生总经理在船舶工业干部大会上讲的这番话，对我们如何正确看待他人和自己，正确处理好与外商的关系做了最好的注释。

尽管山重水复前路迷茫，而今上海船舶设计研究院的领导和技术人员，只能丢掉一切幻想，破釜沉舟，背水一战！

“在那些紧张的日子里，我们发动全院的同志查资料、找规范，通过外边的朋友，也通过国外的亲戚不惜一切找资料。那时，真是病急乱投医啊，就连美国的海洋警卫队，我们也发信给他们要资料！嘿，美国海洋警卫队还真给我们寄了资料来！”孙松鹤院长介绍当时的情况时说，“资料收集来了之后，整个院里夜夜灯火通明。袁随善、仲豫明这些英文好的老同志，通夜通夜地翻译资料。他们翻译好了，马上就提供给搞设计的同志。当时，正值春节期间，就是大年三十和初一，这些同志也没休息，好多同志加班加点，早已忘了过年。那时，没有一分钱加班费，也没有一分钱奖金——有难同当，同舟共济，我们科技人员的这些品质，真是难能可贵啊！”

令人撞破脑袋都不敢相信的是，就在这样一穷二白的条件下，这个研究院的科技人员，奇迹般地在7天时间中完成了报价设计；33天完成了技术设计中的图纸送审——当然。对这样一种新型船，设计中难免还存在一些小的缺陷，在实际操作中还将做点修改；但在建造过程中，周良根等设计人员几个月蹲在厂里，同工人、技术人员一起摸爬滚打，完美地将船舶建造出来。

以后货轮试航的实践证明，我们的技术人员设计的船舶，比起外国专家来毫不逊色。在首条按国际规范设计的出口船中，他们不但爬上了设计先进船舶的高峰，而且还在那山峰上露出自信的微笑呢！

在这第一条按英劳氏规范设计的船中，为提高“长城”号的先进性，设计人员采用了一系列新的措施并获得成功；优选线型并设计一系列球艏进行试验以提高航速，注意合理配载和设置强框架，支柱设计时考虑主机干扰力影响等，以减小船舶振动和保证船舶强度；为解决内部承载两层卷筒钢板问题，在板格跨中设加钢筋，并推导创造了简化的计算方法；主机用雷氏1号3500秒燃料油，其系统设计获得成功；等等。

“‘长城’号在几乎空白的基础上，如此快速地设计成功，这显示了我国船舶设计人员高超的技术水准，同时也是我院科研技术人员集体的智慧，集体力量的结晶！”孙松鹤院长在笔者结束采访时如此说道，“它为以后我国大规模设计出口船舶开了一个好头！”

“长城”号的技术设计还在挑灯夜战之时，远在千里之外的大连造船厂，他们在接下这艘船的建造任务后，已经紧锣密鼓地行动起来……

选自舒德骑:《大国起航——中国船舶工业战略大转折纪实》
北京：人民出版社，2018年8月第1版
获“2023年首届《重庆纪实》报告文学奖”

改革时间：我们和我们的时代

李 瑾

1978年1月，北京的深冬。

凛冽的西北风夹杂着纷飞的雪花，扑向灰蒙蒙的低矮楼群。破旧不堪的四合院里，炊烟伴随着煤饼燃烧的味道，弥漫在行人寥寥的陋巷。

这一年的《人民日报》，继续接连不断地刊登着“抓纲治国”的报道。甚至在它刊登的北京电视台节目预告表里，依然不乏这样政治化的词汇。

依照这份提前刊出的节目安排，1月21日18时35分，北京电视台——4个月后的5月1日，它才更名为中央电视台——播出了电视新闻专辑《抓纲治国初见成效》。

坚冰尚未解冻，贫瘠的中国大地显得焦躁不安，仿佛在等待着梦醒时刻。

5月11日，《光明日报》发表特约评论员文章——《实践是检验真理的唯一标准》。石破天惊，桎梏思想的樊篱溃决了第一道关口。

12 月 18 日，北京。历时 5 天的中共十一届三中全会，悄然开幕。

同一天晚上，安徽凤阳小岗生产队里，18 户没有外出要饭的农民秘密集会，决定包产到户，连夜抓阄分牲畜、农具和丈量土地。17 个农民的指印和 3 个图章落在保证书上——“我们干部作（坐）牢杀头也干（甘）心、大家社员也保证把我们的小孩养活到十八岁”。

12 月 22 日，十一届三中全会闭幕。新中国成立 29 年以后，中国共产党终于完成了具有深远意义的伟大转折，中国改革开放的历史新时期由此开启。

浪潮席卷而来，没有谁能够置身其外。

我们和我们的时代，就这样进入波澜壮阔的改革时间。

假如还有来生

1978 年，改革开放的曙光照亮祖国的山河。

这一年，吴运铎回到了自己钟爱的工作岗位，担任五机部第二十研究院副院长、副总工程师。党组织给他的政治结论是，在“文化大革命”中立场坚定，“一切罪名纯属陷害”。

炸断四根手指，炸瞎了左眼，身上留下了大大小小无数伤疤……所有的这一切，都无法让这位“中国的保尔”放弃为党工作的执念，忙碌起来依然像战争年代一样“疯狂”。

这一年，82 岁的戎冠秀第五次当选全国人大代表。得知消息的那一晚，老人激动得彻夜难眠：“我还不老，要跟上年轻人的脚步，一起建设四个现代化。”

在戎冠秀的心中，永远不会缺少革命者的激情。每天清晨，这位全国劳动模范都会背起粪筐去拾粪。在她看来，“劳动可不是一般的事情，它是一个大事情”。

这一年，71 岁的马恒昌还是住在那处灰白外墙的平房里。紧邻公共厕所和垃圾堆，下水道常常堵塞，雨天泥泞不堪，冬天污水成冰。

此时，马恒昌已经担任了 13 年全国人大常务委员会委员。但是，在这位曾经叱咤中国工业战线的全国劳动模范身上，工人阶级的本色依然生动而鲜明。

这一年，张秉贵还站在他最钟爱的糖果柜台。

从“一抓准”到“一口清”，这样的“一团火”成为北京百货大楼的传奇，如同春风传递给南来北往的每一个人。

在北京，张秉贵是最受尊敬的人。公共汽车上，买过糖的乘客主动给他让座。公共浴室里，素不相识的人主动为他搓背：“我是您的顾客，今天就让我为您服务一次吧！”

这是改革开放的第一年，打破坚冰正在让中国的发展面临“惊险的一跃”。无论是吴运铎、戎冠秀、马恒昌还是张秉贵，或许都没有意识到一次伟大的革命正在慢慢发生。然而，他们都在用自己生命的最后时光，继续着对祖国的忠诚。

1985 年 5 月，马恒昌第一次抗拒了组织上的决定，坚持离开友谊医院，乘上北京到齐齐哈尔的火车。他说：“北京不能再待了，花钱太多了，那都是工人的血汗钱啊！”

两个月后，马恒昌因癌症医治无效去世。临终时，他的眼角流出两颗热泪，没有遗言。

1987 年 5 月，张秉贵胃穿孔大出血，被紧急送进医院，诊断发现癌细胞已经大面积扩散。他说：“我这一辈子，在柜台上用尽了全部的力气，可以画个圆满的句号了。”

139 天后，张秉贵去世，安葬在八宝山革命公墓。

1988 年 1 月，戎冠秀病重住院。康克清赶到病床前执手相望，聂荣臻专门送去一束蓝色的勿忘我。弥留之际，老人神志恍惚：“孩子们，好好养伤，养好了消灭敌人。”

1989 年 8 月 12 日，戎冠秀去世。她用自己的一生，诠释着中世纪意大利诗人但丁的名句——“世界上有一种最美丽的声音，那便是母亲的呼唤。”

1991 年 5 月 2 日，吴运铎因肺心病复发抢救无效，停止了呼吸。几个小时前，他还接待了三批来访者。在与死神抗争的最后日子里，他无比眷恋着党和祖国：“假如我有来生来世，我还要把一切献给党！”

今天，戎冠秀的故事依然在被人们传诵，张秉贵的半身铜像静静伫立在北京王府井大街，以马恒昌命名的班组始终是劳动者的标杆和旗帜。当然，还有吴运铎留下的那一句话——“在困难面前退却的人，从来不可能成为生活的强者”。

这些感动中国的劳动榜样，就这样离开了沸腾的生活。如果把中国比作一列开往富强美好的列车，他们已经无缘欣赏愈加绚丽的风景。

但是，所有前行者的精神财富，都让我们拥有更多的勇气，迎接改变中国的凤凰涅槃。

做最好的工匠

1980 年，技校毕业生李斌成为上海液压泵厂的一名青工，最大的梦想就是“学一手好技术，当一个好工人”。

没有人能够想到，这个憨厚的小伙子能够荣获国家科学技术进步二等奖。更没有人想到，23 年后会有“李斌技师学院”的诞生。

这时的中国，“喇叭裤”已经悄然流行。每个傍晚，提着录音机的青年人涌进公园，在飞扬的尘土中跳起迪斯科舞。美国合众国际社发自广州的报道称，中国人开始关心如何得到手表和电视机。澳大利亚旅行者对于中国的感受是，“简直像退回到 20 年代，他们太穷了”。

所有的这些——物欲和时尚——似乎都与李斌无关。就像一颗螺丝钉，李斌牢牢地钉在生产第一线，成为驯服进口机床的优秀技术工人。老厂长禁不住连声夸赞：“有一个李斌，工厂就可以起步；有十个李斌，企业就能振兴。”

2016 年 3 月，十二届全国人大四次会议上海代表团会场，全国人大代表李斌第四次和习近平总书记一起审议政府工作报告。李斌说，“提升技术工人的技能刻不容缓”。习近平回复，“我们要想办法调动一线工人、制造业工人、农民工的积极性”。

5 个月后，根据中央全面深化改革领导小组要求，全国总工会牵头相关部委开始研究制定《新时期产业工人队伍建设改革方案》。中国技术工人的命运，由此变得更加光明。

在上海，包起帆的名声丝毫不逊于李斌。他的左手大拇指有一道深深的伤疤，那是在上海港务局码头当装卸工时被钢丝绳留下的印记。中国工业水平的整体落后，使得成千上万的一线劳动者只能直接用手去进行危险的操作。

李斌走进工厂的那一年，在连续 14 个小时飞行 1.1 万公里后，一架巨型蓝白灰三色宽体客机降落在北京机场。后来的报道说，“这是中国以每架 1.56 亿美元购买的 3 架波音 747SP 巨型喷气式客机中的第一架”。

腾空而起的波音 747 客机，让包起帆和每日劳累的工友们对现代科学技术目瞪口呆，深切感受到落后生产力带来的刺痛。1981 年，亲眼看到 3 位工友死在木材装卸作业现场后，30 岁的包起帆暗下决心，要靠科学文化知识把工友的生命从“虎口”里夺回来。

3 年以后，一套完整的木材抓斗装卸工艺系统成功诞生，从此不再需要工人直接捆扎木材，包起帆也被大家亲切地称为“抓斗大王”。

1994 年，包起帆报告会走进中南海，这位工人发明家的名声愈加爆红中国。千般显赫，他的创新之路却从不停歇。他用自己的17项发明金奖，去鼓舞每一位普通的劳动者：“我们可以没有学历、资历和背景，但只要努力学习、用心做事，照样能够取得成功。”

包起帆名扬中国的时候，窦铁成还只是中铁一局电务公司一名普通的电务工。初中文化程度的“先天障碍”，丝毫没有影响他最终成为技术的强者。

1999年，单位财务部门配备了办公电脑。窦铁成请求财务人员，“晚上帮你们看着办公室”。多少个不眠之夜过后，他终于学会了直接用电脑设计绘制技术图纸。

2008年，窦铁成的事迹传遍全国。人们记住了这位饱经沧桑的汉子说的一句话：“最优秀的人永远在超越自身，奉献他人。在生命本质的最高层面上，工人和哲学家没有差别。”

7年以后，中央电视台播出八集系列节目《大国工匠》。这部充满主旋律的电视专题片所展示的劳动者们，没有进过名牌大学，没有拿过显赫文凭，只是在平凡的岗位默默坚守，追求职业技能的完美和极致。普通劳动者的极致精神和非凡技艺，令人折服，并迅速引发社会巨大关注，热度持续不退。

2018年，在工会组织的全力推动下，“大国工匠”成为中国社会最耀眼的“劳动明星”。打开人们常用的那款浏览器，“大国工匠”可以搜索到149万个网页。改革开放40年造就的诸多新词汇中，它属于最耀眼的那一个。

为爱义无反顾

改革开放首先意味着思想的解放，意味着旧有的价值体系必然遭遇汹涌的冲击。

1979年3月，《诗刊》杂志公开发表北岛的朦胧诗《回答》——“卑鄙是卑鄙者的通行证，高尚是高尚者的墓志铭。看吧，那镀金的天空中，飘满了死者弯曲的身影。”

这段诗句中的叛逆意识，震撼着正在学习思考和判断的一代人。他们尝试用“黑色的眼睛”去“寻找光明”，在黎明初现的天空发现答案。

这一年9月，在毛泽东逝世3周年纪念日前夜，新华社播发了毛泽东1956年8月24日对音乐工作者的谈话全文。毛泽东认为，中国应当学习外国的东西，“非驴非马也可以”。

不同思想的碰撞，让容易躁动的年轻人陷入迷茫。1980年5月，《中国青年》杂志发表潘晓来信《人生的路啊，怎么越走越窄》，直言“任何人，不管是生存还是创造，都是主观为自己，客观为别人”。6万多封读者来信涌入北京，引发一次人生真谛的大讨论。

远在长春的蒋筑英显然没有参加这次讨论，这不仅是因为他的时间已经全部填满了科研工作，更因为他早已找到了中国知识分子应有的信仰——“人的生命是有限的，党的事业是永存的。要看到国家的需要，要为国家解决实际问题。”

科学的春天里，蒋筑英的理想展翅翱翔。作为长春光机所的业务骨干，他接连被派往欧洲学习。第一次出国，他把半年省吃俭用结余下来的外汇，为所里买了一台英文打字机、一部录音机和20部电子计算器。他似乎忘记了，他的家只有14平方米，挤着两代四口人。当然，他更忘记了自己一直梦想有一张书桌，这样就可以不用再趴在床板上研究课题。

生活简陋少人问津，理想依旧无比坚定。那个年代的知识分子，就这样孤傲地挺直脊梁。

当蒋筑英的名字成为中国知识界的颂扬榜样时，邓稼先依旧在罗布泊过着枯燥的科研生活，日复一日。这位最终签字确定中国原子弹设计方案的人，在学术刊物和科研联络中消失，甚至连妻子也不知丈夫究竟在执行什么样的保密任务。

空投预试，降落伞没有打开，弹体摔碎了。邓稼先在荒漠中找到残骸，仔细检验碎片。然后，他拍下了第一张自己的工作照。他知道，严重的放射性侵害已经发生。

1985年7月，邓稼先离开罗布泊回到北京，被确诊为直肠癌。他无力地倒在病床上，平静地告诉妻子："我知道这一天会来的，但没想到它来得这样快。"

1986年7月16日，邓稼先被授予全国五一劳动奖章。13天后，他全身大出血，不幸去世，终年64岁。张爱萍将军赋词悼念："君视名利如粪土，许身国威壮河山。"

此时此刻，蒋筑英已经离开人世4年了。4年前的一次科研出差，让这个身高一米八的"大个子"倒在了成都。离开长春的时间是凌晨5点，即便这样早的行程，他还是没有忘记给妻子煮好早饭的粥，没有忘记为孩子煮好两个鸡蛋。

成都医院持续20个小时的抢数，没有挽回蒋筑英的生命。医生们觉得简直不可思议，这位患有化脓性胆管炎、败血症、急性肺水肿的危重病人，竟然刚刚没日没夜连续工作了两天。

27年后，93岁的吴大观开始了同死神的最后抗争。依靠视力只有0.3的右眼，这位中国航空工业和航空发动机设计研制事业的主要创始人，研发成功中国第一台喷气发动机和第一台涡扇发动机。中国的航空发动机水平，终于穿越黑暗、迷雾和险滩，站到了世界的前台。

2009年3月18日，吴大观永远闭上了眼睛。生前，他用10万元积蓄交了最后一次党费。他当年的办公室被保留下来，一张老式的写字桌，一个放大镜，一把计算尺，一幅巨大的发动机研制图。它们默默地停留在那里，留住了那段曾经激情燃烧的岁月。

中国的改革开放是一次前所未有的长征。包括邓稼先、吴大观、蒋筑英在内，每一位充满理想主义的知识分子，都在为着现代化的未来拼命奔跑。当他们最终无力倒下的时候，依然化成一座精神的丰碑，默默伫立在这个国家的来路，深情地祝福着我们，祝福着之后的时代。

底层的清贫者

中国社会的很多进步，尽管属于历史的必然，却往往显现为源自偶发的人物和事件。

1982 年的蒋筑英之死，让更多中国科研工作者的生存状态得到强烈关注。人们惊呼，“为什么不能让他们得到稍微好一些的工作和生活条件？”聂荣臻、方毅、胡乔木先后公开表态，呼吁彻底肃清“左”的影响，真正落实知识分子政策。

一束无声的永恒之光，带来了有声有色的世界。伴随着改革开放的进行，中国知识分子的命运迎来了又一次转折，开始拥有平等、体面的生活。

1984 年，带着中科院计算所的 20 万元，柳传志创立联想公司。如今，这位 74 岁的全国劳动模范依然名震江湖，“大概拥有联想集团不到 1% 的股份”。最新的《财富》世界 500 强排行榜中，联想集团排第 240 名。

但是，生活的路途不会让所有勤奋的人都得到财富的成功。志向、能力、承担一切苦难的坚持，拥有这些并不意味着就可以远离清贫。

1981 年，马永顺从黑龙江省铁力林业局退休。伐木 33 年，这位新中国第一代林业工人一共放倒了 3.65 万棵大树。

“砍倒了多少棵，我就要补种多少棵”，这是马永顺的目标。到了退休的时候，还差8000多棵树没有栽上。没有二话，这位退休工人回到工作过的林场，10年义务栽树7000棵。

这时，马永顺已经78岁了，生怕有生之年栽不完最后的1000多棵树。于是，他组织全家19口人一起上山植树。进山路远，他从每月357元的退休工资里，大方地拿出200元租车费，到了山上，老人兴奋地喊起了伐木号子。

同样有着造福自然理想的退休工人，还有在太原钢铁公司工作一辈子的李双良。1983年，当他退休回家的时候，放心不下的是公司南门外那座足有5个天安门广场大小的渣山。

600多人，300多辆小平车，65部手扶拖拉机……当年“五一”劳动节，李双良没要国家一分钱，带着这支队伍冲向7层楼高的渣山。第一个月，8万多吨废渣清走了，近4000吨废钢铁回收了。整整50年来，这座渣山第一次开始变矮变小。

治渣第10年的时候，渣场总资产达到2亿元。李双良放弃了2000万元的政策奖励，依旧领取每个月800元的退休工资。他从不后悔自己的选择，内心安宁快乐。

和马永顺、李双良同样立志恢复自然的，还有远在毛乌素沙漠边缘的王有德。

1985年，王有德来到宁夏灵武白芨滩防沙林场，被沙漠吞噬良田、房屋和公路的景象深深震惊，由此立志，“要让沙漠绿起来”。

治一亩沙需要180元，国家拨款的补助费只有60元。每亩120元的缺口，王有德带着工友挣钱去弥补。在20多年人进沙退的搏斗中，每年治沙造林3万亩，一道45公里长、10公里宽的绿色屏障，出现在毛乌素沙漠的西南边缘。

昔日那个皮肤白皙的年轻人再也看不到了，今天的王有德双手黝黑粗糙，老茧丛生，指甲缝里钻满了抠不出、洗不净的泥土。但是，他用自己的青春留住了绿色，留住了春光。

马永顺、李双良、王有德默默造福自然的那个年代，空气污染指数还远远没有走进中国人的生活，北京街头的落叶被扫在一起随手烧掉。华北大地的“五小作坊”扩散着毒气浓烟，洁净的河流呜咽着混入掺杂有害成分的生产废液。享乐的欲望像沙漠一样吞噬着躁动的人们，清贫者在世俗的眼光中成为无能的象征，占有财富、放纵欲望的冲动无法控制。

1984 年 4 月，中国第一家西式快餐店义利快餐厅在北京开业，人们津津有味地品尝着汉堡包、热狗和法国炸土豆条。

4 个月后，成千上万的人们从中国各地奔向佛山，抢购佛山信托投资公司公开发行的股票，以求从中国的最新一次资本实验中分得一份好处。

1985 年 2 月，台湾歌手邓丽君的照片出现在《中国青年报》上。4 月，英国最著名的威猛乐团亮相北京工人体育馆，第一首曲目的名称是《在你摇摆起舞前请叫醒我》。

1988 年 8 月，中国先后发生 3 次抢购商品和提兑存款的风潮，一些地方的日用百货、粮油食品和金银首饰几乎被一抢而空，惶恐不安的银行储户则争相提取存款。

1990 年 12 月，新中国第一家证券交易所 19 日在上海正式对外营业，时任上海市市长朱镕基提醒世界，应当从这里感受到中国的开放政策不会改变。

1992 年 3 月，广东珠海率先重奖科技人员，高级工程师迟斌元获得 100 平方米住房、26.7 万元奖金和一辆奥迪轿车。继 1984 年和 1987 年以后，中国第三次经商浪潮动地而来。

……

这些时代的喧嚣，走在悬崖峭壁间的邮差王顺友无从知晓。从接过父亲传给自己的马缰绳开始，这位四川凉山马班邮路的乡邮员就安心于一个人、一匹马的生活，默默行走。

孤身上路，没有人能分担近乎残酷的艰苦。山洞，牛棚，树林，雪地。每一年，王顺友独自行走的日子，都要超过330天。20年，他没有延误过一个班期，没有挂失过一个邮件，相当于在雪域高原上走了21次“二万五千里长征”。

人们总是惊讶于明艳的鲜花，却习惯忽略那些默默无闻的绿叶和土壤。

改变历史命运的力量，离不开那些底层的清贫者。他们把自己羸弱的肩膀挨在一起，挺起脊梁和胸膛，支撑着共和国改革开放的根基。

恪守初心之辈

1978年，知青大批返城，宗庆后从农村回到杭州，在校办厂做推销员，郁郁不得志。

1986年，42岁的宗庆后开始创业，承包一家校办工厂。有报道说，“在被命运遗弃了大半生之后，宗庆后这次紧紧抓住了命运给予的一丝可能”。白天，他骑着三轮车送货。晚上，他给员工煮饭煲汤。

2007年，宗庆后登上《福布斯》全球亿万富豪排行榜，以11亿美元列第840位。2010年，更以70亿美元列第103位，位居中国内地第一。

今天，尽管互联网的神话已经把所有凭借实业起家的“首富”打落宝座，宗庆后的财富却依然足以令人瞠目结舌。但是，在娃哈哈的王国里，宗庆后还是那个为员工盖楼买房的“家长”，继续保持着每年除夕夜与员工共餐守岁的习惯。

宗庆后说过，他最看重的荣誉是全国劳动模范。从为自己创造财富，到为社会创造财富，这才是每一位成功者最清晰的前路。

改革开放给每一个人带来了不同的可能。这种超过以往任何时代的选择性，显然容易让人陷入迷失，忘掉了自己的初心。唯有那些意志坚定的人们，才能始终恪守着初心的方向。

1980 年，杨怀远主动辞去上海海运局轮船政委的职务，回到船上担任服务员，重新扛起那根服务乘客的扁担。

1997 年 11 月，杨怀远退休，留下的是 6000 多首服务顺口溜，40 多万字的服务经验，还有天南地北的乘客写满 47 根扁担的赞誉。

17 年间，企业领导和员工的收入差距不断拉大，一线劳动者的社会地位持续下滑。面对这些，杨怀远对于自己当年的选择，后悔过吗？迷茫过吗？失落过吗？

没有人知道答案。但是，人们可以相信的是，35 个在轮船上度过的春节，1360 个放弃的休息日，足以让一颗不忘初心的心，独自快乐满足。

同样经历过岗位转换的，还有那位名声显赫的“铁姑娘”。

1980 年 9 月，郭凤莲收到昔阳县委组织部的通知，“即日起调离大寨村，工资定为行政 24 级”。这一刻，她默默地哭了，默默按照组织安排来到山西晋中果树研究所。

1991 年，郭凤莲重新回到大寨，成为大寨村第 8 任党支部书记。

第二年年底，“中国大寨羊毛衫厂”在北京举行新闻发布会。郭凤莲说，经受时代浪潮冲击的大寨，不会忘记昨天，也不会看不到大寨的今天和明天。

这是社会转型的时代。欢呼与喧嚣，兴奋与躁动，眺望与迷惘，前行与阵痛……猝不及防，骤然而至。40 年恪守初心之辈，在官衙，在乡野，是“居之不倦，行之以忠”，是“清心为治本，直道是身谋”，是“埋骨何须桑梓地，人生无处不青山”。

1979 年，33 岁的邱娥国从部队转业，成为南昌市广外派出所的一名户籍民警。他把100多位居民的户口迁进南昌，却把80岁的母亲、5个兄弟和16个侄儿、侄女的户口留在农村。在户籍警的岗位上，他穿街走巷的行程达到12万公里，日复一日，风雨如常。

1983年，从海军退役的张云泉进入江苏省泰州市信访局，从此把爱和同情送给上访群众，把恨和愤怒泼向霸道之徒。22年间，他的手指被咬得露出骨头，他的鼻腔被拳击到喷射鲜血，他的左眼视力更从1.5被打成0.15，但是，这位“一号接待员”却成了泰州的青天。

1988年，44岁的孔繁森准备第二次进藏工作。告别家乡的时刻，他为母亲梳完头，跪倒在地号啕大哭。他不知道这一走，快90岁的母亲还能不能等到他再回来。

6年以后，孔繁森在工作途中遭遇车祸，不幸遇难。噩耗传来，一直神志不清的母亲忽然对家人说：“俺三儿回来了，快点香！”

8.6元，这就是孔繁森给母亲留下的财产。然而，数不清的哈达敬献在他的灵前，堆得像洁白的雪山。

1999年，桂希恩走进河南省上蔡县文楼村，带走了11支试管血样。回到武汉，11支血样中，竟然有10支被确认为艾滋病。顶住压力，他秘密前往北京报告真实状况。很快，中央派出艾滋病防治工作组来到文楼村，这里成为中国第一个免费治疗艾滋病的村庄。

2003年4月，世界卫生组织在北京举行新闻发布会。官方表态，“非典疫情已经得到控制”。钟南山直言：“什么现在已经得到控制？根本就没有控制！”SARS的真相由此揭开，这位从医几十年的中科院院士用讲真话的勇气，成为人们心中的英雄。

初心的力量，就这样鼓舞着那些有志者，传递温暖的善意，唤醒社会的良知。它让中国改革开放航船上的每一个人，彼此忠诚相拥，融合你我，永远相亲相爱。

跨世纪的迁徙

1995 年 1 月，苏北睢宁。18 岁的朱雪芹扛起铺盖，与家乡渐行渐远。

这一年，发源于 1978 年改革开放大幕初启时的农民工流动大潮，已经进入到第 17 个年头。这个新的社会阶层的出现，正在希冀中经历磨难，在嬗变中等待淬火重生。

这一年，广东珠海一家外资企业里，韩国女老板咆哮如雷，120 多位农民工含泪跪倒一片。来自南阳的打工者孙天帅宁死不跪，在辱骂声中丢掉了工作。

朱雪芹来到上海的 11 年后，中国农民工总量达到了 1.3181 亿人。在中国社会转型的特殊时期，他们就像大草原上迁徙的野马，奔向每一处哪怕只闪烁着最微弱希望之光的角落。

2007 年 3 月 8 日，北京，人民大会堂。

正在举行的十届全国人大五次会议宣布，十一届全国人大代表选举中，“在农民工比较集中的省、直辖市，应有农民工代表”。

历史航行的巨轮，就这样又一次驶入一个重要的时间点。

2008 年 1 月 21 日，广东省十一届人大一次会议举行第三次全体会议，佛山市三水区新明珠陶瓷集团销售员胡小燕成为全国第一个当选全国人大代表的农民工。

5 天以后，重庆市三届人大一次会议举行第三次全体会议，重庆建工市政第一有限公司路面处农工班班长康厚明当选第十一届全国人大代表。

再过 3 天，已经从缝纫工成长为上海华日服装有限公司工会副主席的朱雪芹，和习近平一道出现在上海市十一届全国人大代表64人名单中。

当朱雪芹把这个消息告诉远在农村老家的父母时，老人喜极而泣。

2008年3月，十一届全国人大一次会议在北京举行。农民工胡小燕、康厚明、朱雪芹联袂亮相，以最高国家权力机关组成人员的身份走进人民大会堂。

在接受媒体采访时，朱雪芹特意穿上了浅灰色的职业套装。她说自己愿意用这种方式让农民工们知道，“知识可以改变命运”。

广东代表团的分组讨论会上，温家宝总理听完胡小燕的发言，忍不住对时任广东省委书记汪洋说：“这个代表选得好，你们看她讲得多慷慨激昂。”

从此，胡小燕在农民工眼里成了更耀眼的明星，甚至有人找她索要温家宝的电话。在北京开会的十几天里，月收入只有3000多元的胡小燕，竟然花了1500多元钱的电话费。她说：“我感觉全世界都在看着我。”

十一届全国人大代表履职期间，朱雪芹领衔提出1份议案，先后提出14份建议。就连最苛刻的西方记者都不得不承认，让农民工在中国最高权力机关表达利益诉求，中国民主政治的这次伟大尝试获得了成功。

5年以后，十二届全国人大一次会议即将开幕。这一届全国人大代表中的农民工代表，从上一届的3人增加到31人。朱雪芹当选连任，胡小燕成为一名公务员，康厚明则出现在全国党代会的会场。中国“草根阶层”的权利保障，日显高层次和多样化。

没有了胡小燕和康厚明的相伴，朱雪芹并没有感到孤独，因为还有30位新的农民工代表和自己站在一起。他们每个人的身后，都是一支庞大的外来务工者大军。

毫无疑问，利益群体多元化正在成为中国社会最重要的特征之一，不同群体利益的差别性与同一群体利益诉求的一致性，需要借助协商才能实现各方利益的最大公约数。

在国家最高权力机关这个平台上，一旦农民工全国人大代表真正成长起来，农民工与资本博弈的天平就不会再像以往那样倾斜，法律和决策的制定将会进一步公平和公正，中国农民工阶层的利益诉求才能得到更加直接有效的表达。

今天，胡小燕落户佛山，康厚明落户重庆，朱雪芹落户上海。在人生发展的通道上，他们都完了自己的身份转型。在不远的历史转角处，千百万农民工都将像胡小燕、康厚明、朱雪芹一样落户城市，成为中国新型产业工人队伍中的一员。

中国农民工群体从产生、发展到融入的历史，就是中国改革开放和走向现代化的历史。

2.8 亿中国农民工的未来，正在徐徐拉开新时代的大幕。

走向光明未来

1984 年 10 月 1 日，北京，天安门广场。

在 80 岁的邓小平身旁，簇拥着头发花白的老战士，他们和 50 万北京市民一起注视着 6000 名军人和武警从眼前走过，洲际弹道导弹和新型坦克首次亮相，94 架军机在空中呼啸飞过。当群众游行队伍走过天安门时，大学生们用竹竿挑起这样一幅横标——“小平你好！”

2013 年 4 月 28 日，北京，复兴门外。

这是中国工运历史的璀璨时刻——党和国家最高领导人第一次走进全总机关大楼。习近平总书记向会议室里的 65 位劳动模范挥手致意，郭凤莲、窦铁成、郭明义等激情澎湃。

听完9位劳模代表的发言，习近平充满感情地说，人世间的美好梦想，只有通过诚实劳动才能实现；发展中的各种难题，只有通过诚实劳动才能破解；生命里的一切辉煌，只有通过诚实劳动才能铸就。

6个月后，中国工会十六大在北京举行，许振超、郭明义顺利当选中华全国总工会兼职副主席。中国政治的历史格局里，中国工人阶级又迈出了重要的一步。

来自青岛港的“金牌工人”许振超，吊车司机的岗位很普通，吊装货物的工作很单调。

然而，机会来了。2002年4月27日晚上，装载3400个集装箱的地中海法米娅货轮靠港，8台桥吊一字排开。在许振超的指挥下，桥吊队以339箱的出色成绩，一举打破了单船自然小时内336箱桥吊装卸的世界纪录。15个月后，这一纪录再次被刷新为381箱。

另一位全总兼职副主席郭明义，同样有着自己的人生传奇。

1982年，郭明义复员转业，进入鞍钢矿山公司齐大山铁矿。他从部队带回来的纪念品，就是一本《雷锋的故事》。

27米高的牙轮钻，20米高的电铲车，6米高的电动轮汽车，这就是采场公路管理员郭明义的工作岗位。但是，在他的抽屉里还有140多张汇款单，那是寄给180多个希望工程孩子的学费。这些年来，他累计无偿献血近6万毫升，相当于一个正常人全身血液的十多倍。

当选全总兼职副主席后，郭明义每月4000元左右的工资没变，每天提前2个小时上班的习惯没变，住房依然只有60平方米，女儿结婚时没有办一桌酒席。

郭明义不抽烟、不喝酒，能说一口流利的英语。当然，他也会玩麻将，也会玩“斗地主”。家人聚会，他也要跟着摸上几把。从1984年通过干部考试，他的行政级别长期不变，一直是最普通的科员。但是，付出的幸福，他自己知道，自己享受。

在许振超和郭明义成为全总兼职副主席的那一年，51岁的巨晓林还是中国中铁电气化局集团的一位技术员。

1979年，巨晓林高考落榜，在家务农。8年以后，他成为工地上的一位农民工，开始面对纵横交错的电杆和接触网，还有犹如天书的图纸、70多本工作笔记，230多万字的学习记录，最终让他成为电力接触网施工的“工人专家”。

2016年1月，中国工会改革创新的浪潮，把54岁的巨晓林推上历史的前台，以农民工身份当选全国总工会兼职副主席。其时，北京市人大会议正在举行。丰台区代表团的讨论会场上，巨晓林被请到最中间的位置。

直到今天，巨晓林还是更习惯被称为“巨师傅”，丝毫没有“巨主席”的架子。作为兼职副主席，他没有秘书，没有司机，工资、奖金仍由企业发放，和过去一样还是6000余元。

2018年10月，“大国工匠”高凤林当选全总兼职副主席，他要用手里的那杆焊枪，在中国工会和技术工人之间，焊接出最紧密的连心桥。

高凤林的“出道”时间，其实远远早于许振超、郭明义和巨晓林。1996年，34岁的高凤林获得国家科学技术进步二等奖。3年以后，高凤林受邀在中央电视台《实话实说》特别节目亮相，广被追捧。2006年，丁肇中教授主持的世界反物质探测器项目受困低温超导磁铁的制造，高凤林出手相助，难题迎刃而解。如今，他更成为中国最有名的为火箭焊接心脏的人。

40年，多少人无而有，生而死。

40年，多少事小而大，盛而衰。

40年改革开放，就这样改变着每一个普通的中国人。我们奋斗的样子，我们散发职业魅力的瞬间，我们闪耀人性光辉的时刻，都是这个伟大时代的印记。所有的细节汇聚起来，融合成波澜壮阔的历史画卷，成为中国故事足以打动人心的情节。

2003 年 10 月 15 日，长征二号火箭尾部发出巨大的轰鸣声，总重 487 吨的火箭和神舟五号飞船腾空而起，中国人第一次飞向太空。有记者问："你在太空的时候有没有看到上帝？"杨利伟回答："我看到了——全国人民就是我的上帝。"

毫无疑问，中国的改革开放，就是改变中国命运的"上帝之手"。

这是影响中国未来的改革时间，已经开始，永不结束。

这是写入中国历史的关键节点，我们和我们的时代，致敬来路，再次出发。

原载《中国工人》2018 年第 12 期

大江之上：长江大桥建设三部曲
——中国脊梁（节选）

章剑华

作品简介

《大江之上：长江大桥建设三部曲》分为上、中、下三部，题名分别为《天堑通途》《中国脊梁》《世纪跨越》，详细记述了新中国成立后建设于不同历史时期的武汉长江大桥、南京长江大桥和江阴长江大桥、润扬长江大桥等为代表的长江大桥建设史，彰显出我国工业发展取得的伟大成就，描绘出民族复兴的光辉发展历程。章剑华讴歌了一代代中国桥梁建设者奋斗拼搏的精神，激发起人们建设社会主义强国的壮志豪情，着重刻画了以茅以升、李文骥、彭敏等为代表的老一辈桥梁专家和新中国成立后成长起来的新一代桥梁专家，正是他们无私忘我、攻坚克难的强大精神意志，方才铸就起我国桥梁建设的一座座丰碑。

根据章剑华《大江之上：长江大桥建设三部曲》（江苏人民出版社，2019年10月初版本）节选。

正文节选：《大江之上：长江大桥建设三部曲》（中部）第二十三、二十四章

桥，水梁也；桥，脊梁也。

一段艰难岁月。一个特殊年代。聚全国之力，积十年之功。大桥建设者用生命与激情，用汗水与泪水，“虽九死而犹未悔”，挺起中华民族的脊梁，克服难以想象的困难，把不可能变为可能，独立自主建成了南京长江大桥，创造了旷世传奇的人间神话。

这是一座自力更生的“争气之桥”，这是一座感天动地的“精神之桥”。

第二十三章　秘密之行

只有执着地追求目标，勇敢地向前迈进，
才能开辟出道路来。

又一次伫立于长江之岸，眺望着滚滚江水东流而去。

但这里不是武汉。这里是南京。

梅旸春带着一项新的特殊使命，与设计小组组长胡竟铭以及王序森、李家咸、曹桢、陈新等一行秘密来到南京。

几天前，中央领导在武汉视察时曾问铁道部工程局局长彭敏：“以后在长江上建大桥，不请苏联专家行不行？”彭敏回答：“完全可以。”闻之，中央领导高兴地说：“我们在中国的大地上推翻了三

座大山，我们还要在中国的大江上建几座大桥。不光是几座，将来我们在长江上要修上 20 座、30 座桥，黄河上修几十座桥，到处能走。”

中央领导所说的还要在大江上建几座大桥，是指武汉长江大桥以外，中央还计划新建南京、芜湖和宜都三座长江大桥。

为了落实在长江上修建更多大桥的设想，铁道部立即指示大桥局尽早开展三桥的前期勘测设计工作。

此时，梅旸春比当年站在武汉江边更为激动，因为，武汉长江大桥胜利建成在即，一张新的蓝图又将在大江之上展开。

不过，他也有些忐忑。面对如此汹涌而开阔的江面，作为桥梁专家，他对近代以来在这里建桥的动议和难度早已有所耳闻。

20 世纪初，开通的沪宁铁路和津浦铁路在南京被隔断在长江两岸无法贯通。1916 年，为沟通长江南北交通运输，中英银公司在修建沪宁铁路后曾动议接通南北运输。1918 年，中华民国北洋政府请法国桥梁专家在南京进行建桥的勘测，结果不了了之。

1930 年，国民政府因实施《首都计划》建设，由铁道部用 10 万美元重金聘请美国桥梁专家约翰·华特尔，对南京的下关与浦口间建桥进行了几个月的考察，但他作出了八个字的结论“水深流急，不宜建桥”，并丢下一句话：“在南京建桥，不可能。”

1936 年以后，国民政府又先后两次考虑在南京长江上建桥，但都因战争而作罢。日本侵略军占领南京后，一方面烧杀抢掠，无恶不作；另一方面又到处搜查中国文物，包括故宫博物院的南迁文物。一次偶然的机会，他们得到一份在南京下关建设过江通道的方案图和相关资料，如获至宝，立即送回日本封存。日本关东军司令本庄繁还扬言，必须彻底打破中国人在长江上建大桥的计划，让自然天堑永久阻滞中国在地理上的统一。

梅旸春清楚地知道，日本侵略者不让中国人在长江上建桥，有其险恶的政治和军事目的，而约翰·华特尔作为一名资深而正直的桥梁专家，他讲的“不可能”，既非偏见，也非信口开河，而是基于他当时对于在长江上造桥难度的认知与判断。

的确，在此建桥绝非易事。南京地处长江的下游，与武汉那边相比，江面更宽，水流更急，地质情况也更为复杂。当时已有的资料显示，江宽一般都在1500米以上，下关和浦口之间最狭处也有1100米，水深大都在15 ~ 30米，最深在50米以上。南京东距长江入海口近400公里，终年受潮汐的侵袭和夏秋季节台风的影响，附近江面的潮汐一涨一落平均历时12小时25分钟，年最大潮汐平均值为1.42米。当台风袭来时，江面风力可达10级以上。

“难啊！但再难我们也要建！”梅旸春面对长江自言自语道。

站在一旁的胡竟铭对梅旸春说：“凭我们的技术水平和施工条件，在这里建桥似乎确实很难。”

梅旸春坚定地说：“我们就是要把不可能变为可能。”

多年跟随梅旸春的工程师王序森也充满信心道：“我们能把武汉长江大桥建起来，也就一定能够把南京长江大桥建起来。”

梅旸春说：“是的，虽然这里的困难要比武汉大桥多，但中央下了令，我们桥梁人就得向前冲。这是彭局长临行前对我说的。”

胡竟铭说：“梅总，那你就给我们下达任务吧！”

“今天，我们先在江边走一下，大致了解这里的环境情况，回到驻地我们再作研究。”

设计小组的驻地在南京市区的宁海路和北京西路交叉口的西南角。这里原是民国时期的使馆区，有许多单门独户的小洋房。因为这次勘测工作对外是保密的，所以南京市政府的洪副秘书长就特地为设计组找了一栋两层的小洋房，并配备了办公桌椅、床铺等用品，非常适合设计组开展工作。

那天晚上，梅旸春召集设计小组开会，布置这次勘测设计的主要任务，要求对在南京建长江大桥的可行性进行初步勘测论证，并提出大桥桥址的建议。他特别关照设计组的年轻人说，你们在武汉大桥的建设中得到了难得的锻炼机会，现在又首批参加到南京长江大桥的勘察设计中来。这是多好的机会啊！你们要多动脑、多动手，力争独当一面，成为新中国的新一代桥梁专家。大家很受鼓舞，也倍感肩上压力重重。

第二天，梅旸春就赶回武汉去了。

胡竞铭他们立即投入了勘测设计工作。他带着设计组的成员，拿着一封铁道部大桥局的介绍信，来到江苏长江旅游规划办公室，说明了情况，请求支持。这里的领导二话没说，很快就派了一条测量船和五名测绘人员，配合设计小组的工作。设计小组就靠着这条船和带来的简陋的勘测设备，在沿岸和江面上进行了为期三个月的勘测工作。

基本的勘测工作做完后，设计小组就回到北京，进一步收集以前的相关资料和数据，结合这次勘测所得，着手编制初步文件。

一天，设计小组接到铁道部办公厅通知，要他们派人到铁道部铁道科学研究院茅以升院长办公室领取一份资料。

胡竞铭即派杨电雷过去。茅以升从办公桌的抽屉里拿出一份资料，对杨电雷说："这是解放前的一份在南京下关建设过江隧道的方案图和有关资料，日本占领南京时被盗取了，解放后日本有关人士为了表示对战争罪行的忏悔，将这份资料交还给了中国政府。你们拿过去看看，也许会有一定的参考价值。用完之后，务必退还到我这里。"

杨电雷把这份资料领回后，胡竞铭让李家咸对资料先作研究。李家咸研究后觉得这份资料的参考价值并不大，但从中可以看出侵华日军企图永远分裂与称霸中国的狼子野心。

设计小组根据大量的历史资料和现场勘测数据，进行充分的研究与分析后，认为在南京建设长江大桥，并不是不可能，而是完全可行的。于是着手编制了初步设计文件，并重点提出了三个桥址的比较方案。

宝塔桥方案：在南京车站与浦镇林场车站之间，线路最短最顺，北面可以接津浦线，南面可以接沪宁线。在河道方面，该方案在下关狭窄段，向东江面逐渐展宽，冲淤缓和，两岸较为稳定。距离市区约2公里，位置适中，既不妨碍城市规划，又能方便市民来往。

煤炭港方案：在宝塔桥上游900米，正桥要比宝塔桥方案短400米。但是右岸桥头地势狭窄，联络线没有回旋余地，必须穿过池塘低洼地带，还需跨过运粮河，多建一座桥梁。另外，这里距离火车渡仅480米，施工时会影响轮渡以及其他船只的航行安全，距市区也太近，会影响到城市规划。

三山方案：在宝塔桥上游25公里，正桥可比宝塔桥方案短100米，但在岸联络线由浦镇林场东站到桥头，比宝塔桥方案长22公里，且地势低洼，路堤修筑困难。左岸铁路联络线须接宁芜线的古雄车站，再绕行28公里到南京，运营里程加长，线路也需改造。

三个方案各有利弊。那么，确定哪一个方案呢？

第二十四章　所见略同

前行的路途中，总有险峻的高山，
而它总为不畏艰难的人留下一条攀登的路。

设计小组的初步设计文件上报之时，正是武汉长江大桥胜利建成之日。

铁道部大桥局立即把工作重点转移到南京长江大桥的前期工作上来。彭敏局长亲自组织讨论了设计小组的初步设计文件，尤其是对大桥的选址进行了具体分析比较，初步认定宝塔桥方案有一定的优势，但会上没有作出定论。

会后，彭敏、梅旸春又率王序森、胡竞铭、李家咸等来到南京，实地察看宝塔桥现场。

宝塔桥位于南京市下关金川河入江口，始建于明代初年，古名伏沉桥，因这里江岸时有坍塌，遂在西岸建宝塔以镇江水，桥名从此改为宝塔桥。此桥原为石拱桥，抗日战争中被日军炸毁，日伪期间改建成四孔砖台木面桥。由于地处入江口，又是通往中山码头的必经之路，日军在桥上设置岗哨，过往百姓常在此受到日寇欺辱残害。因年久失修，长期只能行人，不能通车。直到解放后的1956年，南京市政府将此桥改建为全市第一座钢筋混凝土T型桥梁，这在当时当地算是最为显赫的建筑了。

彭敏一行在宝塔桥一带反复察看，综合多方面因素，一致认为在此处建桥最为合适。为了便于向江苏省委、省政府汇报，他们连夜绘制出南京大桥草图。

惠浴宇省长听说铁道部来人汇报南京长江大桥建设事宜，极为重视，放下手头的工作，在办公室热情接待了彭敏和梅旸春。他畅快道："铁道部真有远见！在南京建长江大桥，利在当代，功在千秋。我举双手赞成！"

彭敏说："这是党中央、毛主席的决策。我们是来做前期准备工作的。"

"那就更好了！"惠省长说，"南京作为东南重镇，扼华东水陆交通的要冲，在南京江面架设桥梁，连接南北交通，是长江两岸人民多年来的愿望。我们江苏省委、省政府正准备向中央打报告，希望早日在南京建设长江大桥！"

彭敏说："有江苏方面的重视和支持，我们的工作就更好开展了。"

"这既是你们的事，也是我们的事。"惠省长表示，"我们江苏省全力配合。"

接着，梅旸春汇报了关于在南京建造公路、铁路两用长江大桥的初步方案。惠浴宇省长看着草图说："宝塔桥这一带我非常熟悉。把长江大桥建在那里，真是英雄所见略同啊！因为这里离市区较近，对市内交通和老百姓出行来说都很方便。"

彭敏对惠浴宇省长说："这仅仅是一个初步的设想，回京后还要进行大量的设计和论证工作，并报中央批准。"

"那是当然。"惠浴宇省长说，"我们上下呼应，江苏立即给中央打报告。”

听取彭敏、梅旸春汇报后不久，江苏省委、省政府就召开了专门会议，研究在南京修建长江大桥一事，将此事提上了议事日程，并电报国家计委、铁道部及铁道部上海局，提议兴建南京长江大桥。电文说：

> 浦口至南京间的长江渡口，为我国北方各省与东南沿海诸省的交通要道。长期以来，京沪铁路因长江轮渡而卡“脖子”，对经济发展的影响日益突出。南京解放时，轮渡设备陈旧，栈桥岌岌可危，过渡实施双轮航行，每日约 20 渡，过 300 多辆货车，而且实行“客车不渡、夜间不渡、刮风下雾不渡”。虽然现在开始三轮航行，每日提高到 100 渡左右，年运量 1400 万吨，但由于京沪铁路通过浦口过江南运的货量日益剧增，轮渡口积压待运物资不断增多，货运量还在持续增长，长江轮渡远远不能适应经济发展的需要。为了解决铁路渡江南运物资的困难，下关宝塔山附近兴建浦口至南京间的长江大桥势在必行，望中央及早批准建设。

1958 年 5 月，中共八届二中全会在北京举行。这次会议正式确定了党的社会主义总路线，即鼓足干劲，力争上游，多快好省地建设社会主义。之后，总路线与“大跃进”、人民公社，统称为“三面红旗”。

在“三面红旗”的指引下，全国各行各业各部门纷纷召开动员大会，提高生产指标，制定加快发展的措施，发布各种振奋人心、鼓舞斗志的口号，一时间，“一马当先、万马奔腾”的社会主义建设热潮在全国上下兴起。

正是在这种“大跃进”的形势下，计划中的南京长江大桥建设项目，被提到更加重要位置，步伐明显加快。

8月，铁道部组织部分专家讨论了大桥局提交的《南京长江大桥建设意见书》，会议同意桥址选定在宝塔桥；同意按铁路、公路两用桥设计，桥下可通过万吨级海轮；决定立即开始大桥的初测工作，力争年底前完成；要求大桥的修建必须贯彻“多、快、好、省”的方针，并适当考虑到城市建设需要及美观上的要求。

9月，国务院正式批准建设南京长江大桥并成立大桥建设委员会，由江苏省省长惠浴宇担任主任委员，南京市市长彭冲、铁道部大桥局局长彭敏、江苏省交通厅厅长王治平任副主任委员。委员会正式讨论通过了南京长江大桥桥址及公铁两用等初步设计意见。

10月，铁道部与中国科学院技术科学部在武汉召开长江三大桥技术协作会议。参加会议的有科学院土建研究所、铁道基建局、建筑科学研究院、同济大学等25个单位的领导、专家、学者、科技人员及老工人，其中有茅以升、赵飞克、汪菊潜、彭敏、梅旸春、杨廷宝、罗邦杰、李国豪、刘恢先、钱令希、张季勤等。

近百人济济一堂，畅所欲言，对大桥桥址没有意见，对梁部结构形式提了些意见，但并没有对具体技术问题进行深入探讨。与会者表现出建设长江大桥的极大热情，表示要为国家建设主动承担任务、争做贡献，决心在南京长江江面上建造一座比武汉大桥还要好的桥。

只有王序森在会上提出了一个让人吃惊的问题，他说：“武汉长江大桥虽然胜利建成了，但我们有必要认真总结经验教训。我觉得有个情况应当在南京长江大桥建设中引起高度重视，就是武汉长江大桥开通的那天，大量的人群从武昌的蛇山、汉阳的龟山乌压压向大桥进发。第一波上了大桥，突然大桥晃动起来，人群开始骚乱，不明真相的人们惊慌起来。好在有部队维持秩序，加上晃动持续时间并不长，大家便渐渐平静了下来。当时我在现场，对晃动有切身体验。这总是一块心病。”

茅以升关切地问：“后来有什么影响吗？”

王序森如实道：“虽然之后大桥运行良好，但社会上还是有些传言，说这座桥有质量问题，也有人说是有人故意搞破坏，甚至还有人说长江发怒了，莫衷一是。不过这些传言很快就过去了，现在没有人再提这事了。”

李国豪又问：“那大桥晃动的原因找到了吗？”

“就是至今没弄明白。”王序森答道。

说到这里，大家再也没有往下说。沉默片刻后，话题又转到南京长江大桥上去了。

会议结束后，梅旸春找到彭敏，对这次会议发表了自己的看法：“会上虽然对设计方案进行了讨论，也提出了一些意见和建议，但总体上还不够深入，尤其是对桥基的难度和技术问题有所忽视，包括王序森提出的大桥晃动问题。”

彭敏说：“是的，我也有同感。我们第一次开这样的技术协作会，缺乏一定的准备和经验，但总体上会议开得是成功的，与会者建设长江大桥的热情很高，团结协作的气氛很浓，这开了一个好头。以后我们可以再开这样的会议，组织全国的力量来进行技术攻关。”

彭敏的这番话打开了梅旸春的思路：“这是一个好办法。我们抓紧把南京、芜湖、宜都三桥的技术问题梳理出来，分门别类，分头攻关，分别设计，打有准备之仗。”

欲速则不达。“大跃进”的高潮持续不久，国内外形势发生变化，出现了许多问题与困难。随之，中央对建设三座大桥的实施计划作了调整：先上南京桥，芜湖桥改为轮渡，宜都桥往后推移。

这个消息，非但没有减轻彭敏和梅旸春他们的压力，反而让他们觉得压力更大了。因为芜湖桥、宜都桥相对简单，如果先易后难可以提高胜算，且有更多的技术储备，积累更多的经验，而现在先上马南京长江大桥，技术难度大、工程艰巨，没有十分的把握。

正在他们忧虑之时，一个机会来了：苏联交通部部长列文邀请中国桥梁专家访问苏联，交流建桥经验。得此消息，彭敏征得铁道部领导的同意，组团赴苏访问，成员有总工程师梅旸春、勘探设计处总工程师王序森、二处处长刘麟祥和翻译赫崇骥。

当时，中苏关系开始出现裂痕，两党之间在许多问题上显露出分歧。但彭敏心里明白，我国在科学技术方面还处在落后阶段，而国际上资本主义国家一直对我国实行技术封锁，只有苏联还没有完全断绝关系，虽然两党的关系出现裂痕，但两国人民之间前几年经济建设合作的友谊还在，尤其是中苏两国桥梁专家从在战争年代一起抢修桥梁到新中国成立后合作修建武汉长江大桥，结下了深情厚谊，这次苏联主动邀请我国桥梁专家考察就是保持友好关系的表现。彭敏心想，苏联在桥梁技术方面确实比中国先进得多，要抓住这个有利时机，争取到新的技术帮助，为南京长江大桥建设创造条件。

选自章剑华：《大江之上：长江大桥建设三部曲》
南京：江苏人民出版社，2019年10月第1版

图书在版编目（CIP）数据

中国百年工业文学大系：报告文学卷Ⅱ / 田丰主编.
-- 北京：中国工人出版社，2025. 5.
ISBN 978-7-5008-8560-3
Ⅰ. I211
中国国家版本馆CIP数据核字第2025MT2592号

中国百年工业文学大系：报告文学卷Ⅱ

出 版 人 董　宽
责任编辑 宋　杨　傅　娉
责任校对 张　彦
责任印制 黄　丽
出版发行 中国工人出版社
地　　址 北京市东城区鼓楼外大街45号　邮编：100120
网　　址 http：//www.wp-china.com
电　　话 （010）62005043（总编室）　62005039（印制管理中心）
（010）62379038（社科文艺分社）
发行热线 （010）82029051　62383056
经　　销 各地书店
印　　刷 北京印刷集团有限责任公司
开　　本 880毫米×1230毫米　1/32
印　　张 24.375
字　　数 470千字
版　　次 2025年6月第1版　2025年6月第1次印刷
定　　价 118.00元
